本书为国家社科基金重大项目"中国外国文学研究索引（CFLSI）的研制与运用"（18ZDA284）的阶段性成果

俄罗斯文学的多元视角（第2辑）

"现当代俄罗斯文学跨学科研究"
国际会议论文集

主 编 王 永

编 者 袁淼叙 薛冉冉 姜 磊

СОВРЕМЕННАЯ РУССКАЯ ЛИТЕРАТУРА: МЕЖДИСЦИПЛИНАРНЫЕ ПОДХОДЫ

Сборник статей международной научной конференции

ZHEJIANG UNIVERSITY PRESS
浙江大学出版社

图书在版编目（CIP）数据

俄罗斯文学的多元视角：“现当代俄罗斯文学跨学科研究”国际会议论文集. 第 2 辑 / 王永主编. —杭州：浙江大学出版社，2020.1

ISBN 978-7-308-19763-2

Ⅰ.①俄… Ⅱ.①王… Ⅲ.①俄罗斯文学—文学研究—国际学术会议—文集 Ⅳ.①I512.06-53

中国版本图书馆 CIP 数据核字（2019）第 265828 号

俄罗斯文学的多元视角（第 2 辑）

——“现当代俄罗斯文学跨学科研究”国际会议论文集

主　编　王　永

编　者　袁淼叙　薛冉冉　姜　磊

责任编辑	董　唯
责任校对	吴水燕
封面设计	续设计
出版发行	浙江大学出版社
	（杭州市天目山路 148 号　邮政编码 310007）
	（网址：http://www.zjupress.com）
排　　版	浙江时代出版服务有限公司
印　　刷	杭州高腾印务有限公司
开　　本	710mm×1000mm　1/16
印　　张	27
插　　页	1
字　　数	625 千
版 印 次	2020 年 1 月第 1 版　2020 年 1 月第 1 次印刷
书　　号	ISBN 978-7-308-19763-2
定　　价	88.00 元

“现当代俄罗斯文学学科研究”国际会议

Международная научная конференция Современная русская литература: междисциплинарные подходы

中国·杭州 2018年11月9—11日
9-11 ноября 2018г. Ханчжоу (Китай)

"现当代俄罗斯文学：跨学科研究方法"高级研修班
2018.11.11 杭州·浙江大学

序 一

俄罗斯是一个文学大国。几十年来,我国学者对俄罗斯 19—20 世纪文学经典作品的研究相当深入且经久不衰。21 世纪以来,国内对俄罗斯当代文学的研究逐渐兴起,翻译出版了数十种当代文学作品,产生了诸多研究成果,使其成为学界的研究热点之一。为了促进国内外学者在俄罗斯现当代文学研究方面最新成果的交流,推动跨学科研究的继续发展,2018 年 11 月 9—11 日,浙江大学外语学院与中国外国文学学会俄罗斯文学研究分会及中国俄语教学研究会联合举办了"现当代俄罗斯文学跨学科研究"国际会议。100 余位来自国内外各大高校及科研院所的专家学者参加了本次会议。会议共收到 100 篇论文摘要。有 8 位专家学者做了大会主题报告,88 位学者在分组讨论会上发言。各位学者从哲学、诗学、文化学、艺术学、语言学、翻译学等视角展示了各自的研究成果。

本论文集共收入 40 篇会议论文,其中,正文部分分为俄罗斯文学与诗学、俄罗斯文学与文化学、俄罗斯文学与艺术学、俄罗斯文学与语言学、俄罗斯文学与其他学科等五大板块,呈现了国内外学者从诗学、文化学、艺术学、语言学、翻译学、生态学、叙事学、博物馆学等视角对俄罗斯文学的最新阐释,集中展示了近年来现当代俄罗斯文学跨学科研究的最新成果。北京外国语大学"长青学者"张建华教授的大会发言"21 世纪俄罗斯的跨学科文学研究"精辟地分析了 21 世纪俄罗斯多元化、多样性的跨学科文学研究局面形成的原因,并指出,俄罗斯跨学科文学研究的主要形态是:历史文化研究、以语文学为主体的审美形式研究、哲学思想研究、社会学研究、心理学研究等。其论文不仅契合大会主题,更为我们研究现当代俄罗斯文学提供了跨学科研究视角及方法,因此,本论文集将该文作为序二。各板块的论文编排依照先俄文再中文的原则,分别按作者姓名音序排列。

2017 年,我们编辑出版了《俄罗斯文学的多元视角》第 1 辑,这次推出的是第 2

辑。我们倡导和推动俄罗斯文学的跨学科研究,绝非让跨学科研究代替传统的文本细读和理论研究,因为那是无法替代的。但我们同时认为,跨学科研究可以为文学研究提供新的视角,带来新的发现,从而丰富俄罗斯文学研究的成果。

在编辑过程中,我们本着充分尊重作者的原则,保留内容原貌,尽量仅对格式及文字错误进行修改。如有疏漏之处,敬请作者及读者谅解。

浙江大学外语学院俄语语言文化研究所

2019 年 8 月

序　二

21 世纪俄罗斯的跨学科文学研究

[摘　要]　21 世纪俄罗斯的跨学科文学研究得以勃兴的原因有多种：苏联时期文学研究单一的社会历史方法论的危机；对欧美文学研究成果的借鉴和对其批评话语术语迷宫的反感；苏联解体后文学创作实践的多样性、复杂性。另一个不可忽视的因素是，传统的文学批评理论遭到来自世纪之交"语文学小说"批评家的尖锐批评。俄罗斯跨学科文学研究的新浪潮是一场现代语境中的俄罗斯文学批评的本土化复兴运动，逐浪者们高度重视"本土化"的批评话语建设。其主要的跨学科形态有五种：历史文化研究、语文学研究、哲学思想研究、社会学研究、心理学研究。就整体而言，其学术思想资源是对俄罗斯既有的研究方法和话语的反思和创新，对西方学术话语的批判性借鉴。俄罗斯的跨学科文学研究始终坚持两条基本原则：历史人文批评和审美形式批评，"怎样说"总是在为"说什么"服务的。

[关键词]　21 世纪；俄罗斯；跨学科；文学研究

　　21 世纪，俄罗斯文学批评界和文学史界有一个共识，即"席卷俄罗斯语文学批评的新浪潮已抵达其峰值"[①]。这种从 1917 年以来从未有过的文学研究方法论的勃兴，表现为研究者握有更为得心应手的理论利器、海量的不同层次的研究成果，出现了由一代代学人组成的壮观的批评研究队伍，无论在文学批评、作家分析，还是在文学史研究方面都取得了长足的进步。

　　其原因有多种。其一，长期以来，由于苏联时期文学研究单一的社会历史方法论的危机，意识形态政治的主导性批评已无法适应不断丰富的文学创作实践的批评需求，对 19 世纪和 20 世纪文学经典既有的认知也有待新的反思和深化。其二，政治铁幕的存在使得俄罗斯的文学批评研究与欧美文学的人文科学成果是隔绝的，俄罗斯文学批评家和理论家需要对后者的经验、成果有更深入的了解、借鉴和运用。其三，20 世纪中后期，以结构主义为主要方法论的欧美文学批评呈现出五

---

　　① *Фортунатов Н. М.，Уртминцева М. Г.，Юхнова И. С.* История русской литературы XIX века. М.：Высшая школа，2008. С. 5.

光十色的图景,而后现代主义文化批评理论方法在不断推陈出新的同时,出现了明显的概念化、反体验化的文学研究趋势,大量的理论概念与学术话语造就的"术语迷宫"导致了文学批评与研究的学院化、艰涩化趋势。俄罗斯学者利哈乔夫（Лихачёв Д. С.）说:"理论家们追求的是一种思想'震荡',很少顾及文本、文本的艺术结构,以及左右创作规律的文学生活的审美接受。"①其四,苏联解体后,文学创作与批评实践变得更加多元、多样、多变和复杂,各种"主义"杂陈,文学批评和研究的个性化趋势突出,"学术评价的随意性"也随之增强。

另一个不可忽视的因素是,传统的文学批评理论遭到来自世纪之交"语文学小说"（филологический роман）批评家的尖锐批评。这些曾经的大学语文教师和人文学者既有西方的文学理论背景,又亲自参与文学创作实践,他们对于文学的真谛,特别是对于批评的真正意义更有切肤之感。诺维科夫（Новиков В. И.）②在他的自传体元小说《语言的浪漫,又名感伤的话语》③（《Роман с языком, или Сентиментальный дискурс》）和《语文学小说》（《Филологический роман》）④一文中多次对传统的文学研究方法提出了质疑。他认为,文学批评不可过分夸大语言的功能,文学的代际更替不仅仅是意识形态的更替,社会、历史、伦理、语言规范的更替,更是文学审美形式的更替,这一更替是由超语言的文学自身的艺术规律决定的,它才是向读者呈现明确、系统、和谐的文学景观和有条理、有意义的艺术世界的要义所在。他还提出,长篇小说的体裁形式已经发生了深刻的变化,托尔斯泰笔下的那种经典长篇小说的形式已经绝迹,长篇小说的传统概念早已消亡、变异,传统的研究方法和理念也已经陈旧。

21 世纪俄罗斯文学批评界和理论界围绕文学本质和文学批评功能、价值的各种讨论涉及文学批评的方方面面,如关于文艺学的发展前景、文学改革的必然性、文学的语文学研究的目的和功能、文学文本的概念界定、文学文本能否归于一种消闲文化、文学能否被看作社会伦理规范的思想资源、文学史研究与历史学研究的关联等。无疑,这一讨论促进了 21 世纪俄罗斯文学批评和研究新的问题视野的形成和理论方法的更新和丰富。

应运而生的俄罗斯跨学科文学研究是现代人文语境中的一场俄罗斯文学批评的本土化复兴运动,这波文学批评新浪潮的逐浪者们高度重视俄罗斯文学批评自身的思想资源并着力建构"本土化"的批评话语。历史社会学批评、形式主义的语

---

① *Фортунатов Н. М.*, *Уртминцева М. Г.*, *Юхнова И. С.* История русской литературы XIX века. М.: Высшая школа, 2008. С. 7.

② 1948 年出生,莫斯科大学新闻系文学批评和政论专业教授,多种杂志的批评家。

③ *Новиков В. И.* Роман с языком, или Сентиментальный дискурс. М.: Аграф, 2001.

④ *Новиков В. И.* Филологический роман, «Новый мир». 1999. № 10.

言学批评、塔尔图符号学派批评、莫斯科结构主义学派、巴赫金的文化哲学学派等历史资源奠定了今日俄罗斯跨学科文学研究的理论基石。自然，批评家与研究者们也少不了对欧美研究方法进行借鉴与扬弃。需要指出的是，俄罗斯的跨学科批评和研究不是一场在西方现代性意义上的批评话语向俄罗斯文学批评的移植，而是俄罗斯经验与西方经验的间接对话，俄罗斯跨学科文学批评实践和理论建设的重要成果不是提出某种新的主张或理论，而是如何将既有的理论方法运用于批评实践，俄罗斯的跨学科文学研究是在文学创作和批评实践中延伸、发展和建设的。文学的这一跨学科研究是指文学研究活动的方法类型，它要求在研究同一个对象时进行不同学科之间的互动。21世纪俄罗斯的跨学科文学研究主要表现为文学研究与历史文化、语文学、哲学思想、社会学、心理学这样五个不同学科的交叉和互动。

一、历史文化研究

历史主义批评观始终是俄罗斯文学批评最重要的思想武器，在20、21世纪之交的俄罗斯文学批评和文学史的研究中依然是一种占主导地位的批评方式，也是研究者对作家、作品、文学现象和文学历史分析研究的主要方法。研究者不是用今天的政治规约来审视历史政治的，而是通过"价值中立"的态度洗刷掉苏联时代文学研究中过于浓重的政治色彩，将文学事实置于一定的历史文化语境中进行评价和分析，特别考虑在独特历史语境中对未被关注或是评价失实的现象进行修正，将文学进程纳入明确的历史文化的复杂性中去，从而揭示文学发展与时代的文化精神、民族传统、生活洞见、启示话语（宗教）、道德伦理互动的文学生活进程。

施奈伯格（Шнейберг Л. Я.）与孔达科夫（Кондаков И. В.）两位文化学者在1994年和2003年主编了《从高尔基到索尔仁尼琴》①和《20世纪俄罗斯文学》②两本文学史教科书。他们基于与传统理念不同的历史文化视野和知识观，在相差近十年的历史语境中对20世纪俄罗斯文学做出了新的历史文化审视。前一本书重在对苏联时期文学的历史补遗，是一部反思性的文学史书。该书以高尔基（Горький М.）、古米廖夫（Гумилёв Л. Н.）、巴别尔（Бабель И. Э.）、左琴科（Зощенко М. М.）、普拉东诺夫（Платонов А. П.）、布尔加科夫（Булгаков М. А.）、曼德尔施坦姆（Мандельштам О. Э.）、帕斯捷尔纳克（Пастернак Б. Л.）、特瓦尔多夫斯基（Твардовский А. Т.）、索尔仁尼琴（Солженицын А. И.）为文学史言说的主要对

---

①　*Шнейберг Л. Я.，Кондаков И. В.* От Горького до Солженицына. М.：Высшая школа，1994
(1995，1997).

②　*Кондаков И. В.，Шнейберг Л. Я.* Русская литература XX века. М.：Изд. Новая волна，2003.

象，揭示在无产阶级革命观占主导地位的历史文化语境中一部分作家对于文化与
革命、知识分子的历史使命、政治对艺术的统帅地位、生命存在的思考。作者说，
"这是一本 20 世纪'隐性俄罗斯文学'的作品指南。所谓'隐性'不仅是指它们处于
被苏联官方文学遮蔽的'阴影'中，还因为这一文学长时期以来对于普通读者来说
是'看不见'的"，"编者意识到教材明显欠完整……它未能涉及所列作家在革命前
的创作，还有意回避了专门的诗学问题的研究：作者主要感兴趣的是作家的命运和
作品的社会意识形态方面"。① 两位编者在苏联解体后十余年的文学史研究中，逐
渐建立起了文学发展进程与不同审美观念的历史关联性。他们在后一本两卷集的
教科书中对 20 世纪俄罗斯文学进行了整体思考，确立了一种"文学史美学"的问题
视野并采取了历史文化分析加审美批评的方法，将文学创作实践的审美旨趣作为
问题，在将文学创作"语境化"的同时，进行了"陌生化"处理，继而奠定了兼具历史
意识和审美意识，具有包容性、反思性、对话性的学术基础。作者放弃了传统文学
史书中进行时代分期的理念，以上卷的《散文的诗》(《Поэзия прозы》)和下卷的《诗
的散文》(《Проза поэзии》)在审美的诗性理念框架中进行文学史的思考。上卷讲述
的是一种充满诗意抒情和乐观主义喜剧精神的文学，编者所选取的作家和作品多
将沉重、苦难的生活诗意化、唯美化，在苦难中展现光明、希望和未来，还将勃洛克
(Блок А. А.)、古米廖夫、马雅科夫斯基(Маяковский В. В.)、叶赛宁(Есенин С.
А.)、扎米亚京(Замятин Е. И.)、托尔斯泰(Толстой А. Н.)、法捷耶夫(Фадеев
А. А.)、奥斯特洛夫斯基(Островский Н. А.)、茨维塔耶娃(Цветаева М. И.)视
为这种文学的典型代表。下卷讲述的是表达对生活的质疑、失望，着眼于对现实的
揭露、批判的文学，作家对生活的"散文化"叙事中洋溢着一种悲剧精神。收入下卷
中的作家有左琴科、普拉东诺夫、布尔加科夫、曼德尔施坦姆、阿赫玛托娃(Ахматова
А. А.)、特瓦尔多夫斯基、肖洛霍夫(Шолохов М. А.)、帕斯捷尔纳克、索尔仁尼琴。
编者说，"本教材旨在教会读者从历史文化和这一时代的政治语境中来解读文学作
品"，而且他们认为，文学史研究从来就带有鲜明的个性和时代色彩，"20 世纪的文
学史如同这一千年来的文学史一样，是说不尽的对象。每一代人都可以从中读到
他自己的、前人所未能关注的东西……这不仅因为有新的文学事实出现……而且
随着时代的变化，对著名的和先前的文本、事实、事件的评价也在发生变化"。② 这
两本文学史教科书非常典型地体现了苏联解体后包括文学史写作在内的人文学科
"知识状况"所发生的内在变化，体现了文学史知识范型和叙述方式的转换。

福尔图纳托夫(Фортунатов Н. М.)、乌尔特敏采娃(Уртминцева М. Г.)，尤
赫诺娃(Юхнова И. С.)三人于 2008 年主编的《19 世纪文学史》在对 19 世纪的俄

---

① *Шнейберг Л. Я.*，*Кондаков И. В.* От Горького до Солженицына. М.：Высшая школа，1994. C. 7.
② *Кондаков И. В.*，*Шнейберг Л. Я.* Русская литература XX века. М.：Изд. Новая волна，2003. C. 3.

罗斯文学历史的研究中通过"历史化"的工作,促成了文学学科从批评向研究的学术型转变,推动文学史建史的深度机制由文学评论向文学历史文化研究深刻转移,这一点堪称俄罗斯文学史研究界学科意识深化的标志。该书与先前的文学史教科书一个很大的不同在于研究者的整体性历史视野。三位作者把一个个作家当作"文学的微历史"来看待,看作是文学发展进程中的一个个环节,探究他们的创作实践在整个文学历史发展进程中的地位、作用和价值。以对剧作家奥斯特洛夫斯基的评价为例,作者摈弃了长期以来把剧作家看作"地方风俗作家"的文学认知,而将他的剧作看作对俄罗斯民族性格、俄罗斯生活内在文化进程的深刻把握。他们还指出,在剧作家的创作中这一进程不仅是变动不居的,还是重复呈现的。又比如,编者认为,从诗歌开始的文学探索并没有给屠格涅夫(Тургенев И. С.)带来影响,其最杰出的文学成就和文学史价值也不是他的六部长篇小说,而是他的《猎人笔记》和中晚期的中小型体裁作品,恰恰是它们最精彩并最充分地体现了俄罗斯的生活和俄罗斯人民的心灵。屠格涅夫不仅具有对生活深刻的洞察力,对生命、情感、存在思考的广度和深度,还有着强大的道德关怀和伦理关切,在艺术上也是生气淋漓、饱满欲出的。屠格涅夫的思想与艺术成就是无法用"社会思想的编年史家"予以界定的。全书仅以三个文学年代划分(19 世纪第一个 30 年的文学、19 世纪第二个 30 年的文学、19 世纪末的文学),其中对时代、社会不做任何交代,仅仅介绍文学发生、发展的历史文化语境、文学思潮、风格的基本特色,重要代表作家具有共性的艺术特征。

需要指出的是,上述著作中的历史文化分析批评并不意味着诗学批评和文学内在艺术规律探讨的缺失,而审美形式不仅仅是指文学作品中的语词层面,还包括形象体系、题材和体裁的演变等多种语文学因素。

二、语文学研究

文学的语言学研究在 20 世纪俄罗斯文学研究中有着深厚的传统,在 20 世纪初,纯语言学分析的形式主义研究甚至盛极一时,研究者们一度试图与语文学分道扬镳,走向纯语言研究。发展并丰富了索绪尔语言学理论的苏联科学院院士谢尔巴(Щерба Л. В.)甚至认为,语言分析应该与作为表达意义手段的功能相脱离,但他创立纯粹的"词语美学"(эстетика слова)的尝试终因作为一个独立学科的边界及其方法论未能最终确立而告终结。苏联科学院院士维诺格拉多夫(Виноградов В. В.)反对 20 世纪 20 年代文学的阶级社会学研究,他曾在著作中倡导兼顾语言形式和思想意义的、将语言学分析与文艺学研究相结合的语文学研究方法。① 20 世纪 70 年代末,仍有不少学者做过各种新的尝试,然而语文学研究就其研究方法和研究对象而言,仍然停留在单一的语言层面,并没有进入语文学的思想深度,两者的结合并没有真正实现。

莫斯科人民友谊大学教授、历史语文系主任诺维科夫(Новиков Л. А.)曾经在 1979 年提出了作为独立研究方法的"文学文本的语言学分析"一说,把语言看作文学文本的第一审美要素,看作文学文本的第一结构组元。② 但 10 年后,他放弃了单一的、脱离文学文本审美意蕴的言语篇章的语用学、语义学研究,将语言功能与审美功能的研究相结合,真正将文学文本的语言学研究转向了语文学研究,确立了将语言学分析与文艺学分析结合起来的分析方法,在语言学分析的同时,关注文本的超语言阐释,即历史文化阐释与体裁、风格研究的共融,克服了单一语言学研究的不足。巴边科(Бабенко Л. Г.)和卡扎林(Казарин Ю. В.)主编的《文学文本的语言学分析》③虽然仍取"语言学分析"这一表述,但他们既汲取了语言学分析文学文本的既有成果,也从理论方法和实践运用两个层面全面介绍了俄罗斯语文学研究的整体状况,包括语言手段、文本、语义、结构、话语交际等。

值得我们高度重视的是,苏联解体后,俄罗斯高等院校的文科专业用教科书都已逐渐将"文学文本的语言学分析"改成了"文学文本的语文学分析"。经俄罗斯教育、科学部审定的新的高校文学教程——《文学文本的语文学分析》在 2009 年问世,作者是托姆斯克国立大学语文学博士、教授,功勋高校教育工作者博洛特诺娃(Болотнова Н. С.)。该书兼具教材的包容性和学术的前沿性,分别从理论与实践两个方面全面介绍了最新的文学文本语文学研究的方法④,已经成为俄罗斯高校文科本科生、研究生和教师的统一教材。全书分为四个部分,分别是:作为语文学研究对象的文学文本;文本理论要义;文本结构与文本构成的要素;文本研究方法。每个部分又分设四个章节。全书高度强调文本细读,特别是阅读经验在文学阅读、分析、研究中的基础作用,作者认为,"文本中心主义"已经成为当代人文科学研究的思想共识。该书在第四部分设有专章论述"内容""信息""语义""思想"几个基本概念的具体含义、相互关系,及其在文本分析中的重要作用。"文本理论要义"中不仅专门辟有"文本种类"的专章介绍文本的对话性、时空、事件,还介绍了跨学科研究方法(语言学、文艺学、心理学等)视域下的文本类型。该书高度强调作为文学

---

① *Виноградов В. В.* Поэтика русской литературы. М.: Наука, 1976; О языке художественной прозы. М.: Наука, 1980.

② *Новиков Л. А.* Лингвистическое толкование художественного текста. М.: Русский язык, 1979.

③ *Бабенко Л. Г.*, *Казарин Ю. В.* Лингвистический анализ художественного текста. М.: Флинта-Наука, 2003.

④ *Болотнова Н. С.* Филологический анализ художественного текста. М.: Флинта-Наука, 2009.

作品气质和格调的文学语言风格的重要性,强调文本分析兼顾思想内容和审美形式的必要性,强调多元、多样的研究方法在不同文学文本中的研究适用性和必要性。这充分体现在研究方法的多元、多样上,实现了传统方法与新实验方法、一般研究方法与专门的语文学研究方法、定性研究与定量考察、创作主体与接受主体研究等多个层面的结合。在具体的方法论上,既有传统的比较方法,又有计算机模拟的修辞定量分析;既有传统的语言学分析,又有文本的语用分析;既有传统的文本修辞语义分析,又有实验性的文本互文性、语境性、传体性等的分析。这部文学批评、研究的教科书是对近20年来俄罗斯文学约语文学研究的重要成果,不仅具有"历史补遗"性质,还是具有开拓性进展的重要成果。

另有一本更新的为中学教师编写的《文学文本的语文学分析》于2013年出版。① 这本普及性的教科书虽然在整体上显得通俗简要,但对看似繁杂的语文学研究理论与实践的基本规律及具体方法做了全面的介绍和梳理,可视作对当代俄罗斯文学语文学研究方法繁兴的一个最新的呼应。鉴于我国俄罗斯文学研究的语文学方法成果的贫弱,这种具有普及性的理论和实践教科书对于我们转变研究意识,改进分析方法不无裨益。

三、哲学思想研究

始于白银时代的文学的宗教哲学思想研究尽管受到形式主义语言学批评和苏联时期历史社会学批评的强大冲击,但是其作为一种跨学科的文学研究方法在20世纪始终没有断流。将文学的审美形式与文化哲学思想研究相结合并取得世界性成就的代表人物是巴赫金(Бахтин М. М.)。苏联解体后,文学的思想史研究更是成为作家、文学创作与文学史研究的一大热点。

学术背景为史学、哲学的莫斯科大学政治系教授佩列维津采夫(Перевезенцев С. В.)借助于俄罗斯文学研究俄罗斯的文明史和思想史,创立了俄罗斯文明研究的"政治—精神思想观念"说(концепция духовно-политической мысли)。他在其思想史专著《俄罗斯的选择》中引用了尼采的名言:"我情愿用俄罗斯式的哀伤来换取整个西方的幸福"(Я обменял бы счастье всего Запада на русский лад быть печальным)②,并指出,"俄罗斯式的哀伤"是俄罗斯文学思想和哲学思想的基本色调,一种深刻而贯穿民族历史文化始终的危机意识和悲剧意识——质疑现实、感时

---

① *Шанский Н. М.*, *Махмудов Ш. А.* Филологический анализ художественного текста. М.：Русское слово，2013. С. 256.

② 转引自 *Перевезенцев С. В.* Русский выбор: очерки национального самосознания. М.：Русский мир，2007. С. 288.

忧国、寄怀天下。这两种意识成为俄罗斯民族性格的重要构成部分和俄罗斯人思维方式的基本特点。他把以尼采为代表的西方哲学家对俄罗斯民族文化的这一接受与思考化作了哲学、宗教、文化和心理多领域的谱系性认知。佩列维津采夫从对 12 世纪俄罗斯作家扎托奇尼克（Заточник Д.）[①]的分析开始，对 13 世纪的传教士和作家弗拉基米尔斯基（Владимирский С.）[②]，15 世纪末一位无名诗人，19 世纪的莱蒙托夫（Лермонтов М. Ю.）、冈察洛夫（Гончаров И. А.）、列斯科夫（Лесков Н. С.）、陀思妥耶夫斯基（Достоевский Ф. М.）等，直至 20 世纪的罗赞诺夫（Розанов В. В）、布宁（Бунин И. А.）、叶赛宁（Есенин С. А.）、勃洛克（Блок А. А.）、舒克申（Шукшин В. М.）、拉斯普京（Распутин В. Г.）和别洛夫（Белов В. И.）的创作进行了宏观的分析，认为所有这些作家的创作中无不充满了对民族精神苦难的叹息：始终无法摆脱的物质贫穷，无休无止的争吵，缺乏爱的生活，对生命苦短、人世苍凉、生存危机、来世无望的危机意识。对苦难与死亡悲哀、对成就与精神永生的渴望——这是俄罗斯人民族心理、自我意识与世界观的核心话语，是俄罗斯哲学、精神思想中最重要的命题。

凯尔德什（Келдыш В. А.）在其主编的两卷集《世纪之交的俄罗斯文学 1890 年代—1920 年代》[③]中，为这一时期的文学史研究增添了强有力的哲学、艺术的参照性，这一话语立场对于白银时代文学研究的思想格局贡献颇巨，它强有力地推动了白银时代乃至整个 20 世纪俄罗斯文学的哲学思想研究。其中，语文学家、哲学家伊苏波夫（Исупов К. Г.）在"白银时代的哲学与文学：联姻与交叉"一节中将文学置于世纪之交的俄国和整个欧洲繁荣的哲学语境中审视。他认为，这一时期的文学史实际上是一种文学哲学史，其一大特点是"传统的哲学学科与文学创作之间的界限已经消遁……如果说，黄金时代的文学在进行哲学言说，那么白银时代的哲学家们在进行着哲学的文学阐释。舍斯托夫（Шестов Л.），或是罗赞诺夫所做的不是对不同命题的分析（比如死亡的命题），而是在表达对作为生命主题之一的死亡的感受，他们不是在撰写哲学论文，而是在书写带有叙事元素的哲学'小说'或者说是在复活浪漫主义作家们喜爱的随笔性体裁作品……在批评家的意识中，小说

---

① 生卒年月不详，著有《扎托奇尼克的论说》（«Слово Даниила Заточника»）和《扎托奇尼克的祈祷》（«Моление Даниила Заточника»）。

② 1274 年成为弗拉基米尔、苏兹达利、下城教区的大主教。主要著作是《论信念不坚》（«Слово о маловерии»），是一部兼具神学、政论和文学色彩的著作。

③ *Келдыш В. А.* Русская литература рубежа веков (1890-е — начало 1920-годов). ИМЛИ РАН. М. : Наследие, 2000.

家、诗人和哲学家已经融为一体"①。这位著名的白银时代文学的研究者所强调的不是文学的哲学意蕴,而是在谈文学形态的哲学思想,"联姻与交叉"的指称已经在很大程度上标出了研究者理论话语中鲜明的哲学立场。

青年学者布留汉诺娃(Брюханова Ю. М.)在 2010 年出版的学术专著《作为生命哲学艺术形式的帕斯捷尔纳克的创作》②是一部全面论述作家诗歌和小说创作中的生命哲学的论著。研究者认为,帕斯捷尔纳克尽管在不同时期创作体裁和言说方式不尽相同,但与托尔斯泰一样,其作品自始至终贯穿着对生命哲学的思考,而这一思考又是与 19 世纪末、20 世纪初欧洲的哲学思想的发展演进有着重要的关联。作者从帕斯捷尔纳克早期从事哲学研究到他诗歌和小说创作中所体现的生命哲学思想从四个方面进行了全面、深入、系统的分析:诗学本体论(世界观立场与生命哲学观的相互关系,叔本华的意志—尼采的权力意志—柏格森的生命激情,帕斯捷尔纳克的创造力)、认识论、历史哲学(价值观、伦理观)、《日瓦戈医生》中的生命哲学。研究涉及"生命存在、人与世界、认识论原则、历史时间与存在时间的关系、伦理与美学"五个重大的哲学、美学命题。

几代研究者都敏锐地意识到俄罗斯经典作家无不具有清醒而又深入的哲学意识,他们没有把文学仅仅理解为"历史的文学",还通过哲学化的方式建立起当代俄罗斯文学研究超越历史主义的"文学批评"的方法与范围,有效地呈现了文学研究丰富和复杂的"周边",在关注文学风景的同时,还关注了文学所呈现的"其他风景"。显然,由文学历史的研究而产生的"文学史哲学"的问题视野对于文学批评、研究的学科建设具有基础性、系统性、广博性的理论价值。

四、社会学研究

在后现代主义文化批评兴盛的今天,社会学批评已经成为 21 世纪俄罗斯文学研究重要的学科构成部分。社会学研究源于对文学创作历史研究观念的重大革新,也得益于欧美的文学批评观,特别是罗兰·巴特的文学观。这位文论家说:"文学历史只有在作为社会学学科存在时才是可能的,因为它关注的是文学的活动及其规则,而不是创作个性……作家只是作为规约下活动的参与者来审视的,这一活

---

① *Исупов К. Г.* Философия и литература «Серебряного века» (сближение и перекрестки) // *Келдыш В. А.* Русская литература рубежа веков (1890-е — начало 1920-годов). ИМЛИ РАН. М. : Наследие, 2000. С. 69-70.

② *Брюханова Ю. М.* Творчество Б. Пастернака как художественная версия философии жизни. Иркутск: Изд. ИГУ, 2010. С. 209.

动超越了每个创作个体……应该将文学从个体中解脱出来!"①早在 20 世纪 60 年代,苏联作家、批评家别林科夫(Белинков В. А.)②就说过,苏联的文学史研究弊端在于"对文学事实、历史的研究让位于对优秀作品的详尽的描述,文学史的书写却是架空的。大作家之间形成了诸多断层……让大作家得以成熟的文化却从文艺学批评中消失了。文艺学变成了'名人的生平传记'"③。文学批评对社会文化场的关注,作家与文学的社会建构及其社会影响成为 21 世纪俄罗斯文学批评的重要内容并具有了方法论的性质。

长期专门从事苏联文学研究的美国杜克大学俄裔教授多勃连科(Добренко Е. А.)④在 20 世纪末写了两部重要著作:《苏联读者的构型》⑤、《苏联作家的构型》⑥。他利用苏联时期,特别是 20 世纪 20 年代社会学、图书学、图书馆学等多个文化领域的大量史料和数据,详细分析了读者与作家是如何被社会制度、文艺政策、社会主义现实主义所建构的。这是全面分析苏联时期文学历史进程的一部有影响力的社会学研究著作。作者认为,苏联读者在按照社会主义现实主义的"期待视野"构建文学的"功能美学""实用美学"的同时,亲自缔造了苏维埃的文学规约,从而也将自己变成了苏联作家。社会主义现实主义是一场文化革命,这场革命不仅是自上而下的,也是自下而上的。领导这场革命的政权准确地领悟了大众的文化需求并教会了他们这一理论话语的文化立场、政治视野以及美学趣味,苏联文学也就成了拥有这一需求、立场、视野、趣味的读者的自然而然的应答。

在《苏联读者的构型》中,研究者详细介绍了苏联读者的审美趣味、意识形态被国家机器改造、建构的历史进程。全书分为"读者的隐退(接受美学)""后革命时代的苏联读者""社会主义现实主义""读者的培育""文化建设""艺术属于人民"等六章。他认为,"苏联读者"经历了一个长期被国家化,由经验读者到制度理想读者的

---

① 转引自 *Добренко Е.* Формовка советского писателя социальные и эстетические истоки советской литературной культуры. Академический проект,СПб. ,1999. С. 11.

② 1968 年逃往美国。所著长篇小说《情感手稿》(«Черновик чувств»)的主人公是作家本人,爱上了一个化名为 Мариана 的"文学姑娘",他与这个文学的化身一起遭受了种种迫害。作者因此被判死刑,后在阿·托尔斯泰和什克洛夫斯基的斡旋下,改判关押 8 年集中营、流放,1956 年大赦时得以释放,1963 年恢复名誉,1968 年利用去匈牙利的机会经由南斯拉夫到美国政治避难。

③ *Добренко Е.* Формовка советского писателя социальные и эстетические истоки советской литературной культуры. Академический проект,СПб. ,1999. С.11.

④ 1992 年侨居美国,先后在杜克大学、斯坦福大学、诺丁汉大学任教,从 2007 年开始在谢菲尔德大学任教。

⑤ *Добренко Е.* Формовка советского читателя. Социальные и эстетические предпосылки советской литературной культуры. Академический проект. СПб. ,1997.

⑥ *Добренко Е.* Формовка советского писателя. Социальныеи эстетические истоки советской литературной культуры. Академический проект. СПб. ,1999.

转型过程。苏联读者、听众、观众不仅是艺术的受众和需求者,而且还是被改造的对象,是由苏联时代的意识形态政治所建构的。这种角色遮蔽,甚至剥夺了读者本应有的独立思考、分析的能力,使读者成为整个苏联意识形态政治不可或缺的组成部分,苏联文学的最终功能落脚于"对人作为一种社会材料的重新锻造",斯大林关于"作家是人类灵魂的工程师"的说法高度强调了文学审美活动中的社会教育与改造功能。

《苏联作家的构型》分为"创作乌托邦(从先锋主义到社会主义现实主义)""无产阶级新文学""读者与作家""文学学习与作家的新面孔"等几章。著作的核心是分析社会主义现实主义及由它建构的文学进程中的新主体——苏联作家。作者指出,苏联作家不是一个独特时代作家的指称,而是一个"被炼成的"创作群体。他们经历了"社会呼唤突击队员进入文学"——作家创作劳动的非职业化、严格的制度化——帮派文学和新文学伦理形成的历史过程。这一过程只有在读者那里产生了共振、投射时才会产生具有"有效性"的回应。社会主义现实主义这一术语蕴含着时代最需要解决的一个核心问题——文学与政权的关系。"社会主义现实主义的独特性不在于它的法则,甚至不在于它的'艺术创作',因为社会主义现实主义真正的产品是人:'苏联读者'和'苏联作家'。"[①]作者认为,苏联文学的发展进程是政权指令不断强化的动态发展进程,是苏联文学家与作为美学现象的社会主义现实主义最终形成的真正动因。"苏联作家"不是一个静止的概念,而是一个随着时代的变化内涵不断丰富、演变、变异的概念:从人民群众中诞生,在无产阶级文化派的审美乌托邦中获取阶级意识,根据"拉普"的文学纲领获得文学的党性意识,成为统一的意识形态体系的积极传播者,个性意识逐渐被挤压与剔除,最终成为特定人群意识的代言者。文学被看作功能(社会生产、交际、需求、教育)的载体,而不是创作的个体。作者的结论是,"将作者变成苏联社会检察官的历史——这就是苏联文学真正的历史"[②]。显然,多勃连科的社会学研究中的话题、命名与相关论断是以文学与政治、政权与人的二元区分的叙述方式为基本价值标准与认知框架的,同样没有避免后苏联时期的意识形态性。

社会性别研究(гендерное исследование)作为社会学研究的一个重要分支,超出了单纯"性别研究"的有效性,使性别、身份、社会、政治、行为等这些具有同构性质的分析范畴彼此联手,形成了一个动态的社会学分析结构。在这样的结构中,女性小说及其女作家才会被重新纳入性别研究的分析视野,并得到价值的充分阐释。

---

① Добренко Е. Формовка советского писателя. Социальные и эстетические истоки советской литературной культуры. Академический проект. СПб., 1999. С. 12.

② Добренко Е. Формовка советского писателя. Социальные и эстетические истоки советской литературной культуры. Академический проект. СПб., 1999. С. 12.

　　在这一方法论视域中,波诺玛廖娃(Пономарёва Г. М.)①对俄罗斯当代著名的侦探小说家玛丽尼娜(Маринина А.)的创作中女性身份的研究颇具代表性。②玛丽尼娜从莫斯科大学法律系毕业后被分配到内务部科学院从事犯罪心理研究,担任内务部莫斯科法学院科研处副处长和学术出版部总编,有民警中校的军衔,辞职后专事文学创作。这位女作家不仅在其小说中表现了女性身份认同危机的现实语境,而且她本人就是女性身份认同危机的代表者。她的侦探小说具有很强的自传性。犯罪心理分析师、刑事侦查员、侦探小说家,都是彰显强大的男性法则和身份的社会职业。然而,正如在现实生活中的角色、身份一样,女作家在小说中所呈现的是一种独特的"女性书写范式":一个女人以她独有的深邃智慧、准确无误的逻辑思维、极强的分析能力而确立了在男性社会中的地位,但她却失去了历史文化传统对于一个女人的特征、品格的规范定义——娇美、柔情、温顺,从而被视为女性的另类;女人不但不是遭受屈辱、损害、牺牲的一方,反而与男人一样,成为积极进取、自我实现的主体,承担着社会语境、社会秩序组织者、建构者、维护者的角色,而不是遵从者、服从者、追随者的角色;她要远远多于、高于、强于男性形象,女性形象的内涵也远比男性形象丰富、复杂得多,她们强悍、智慧、干练、厌男,甚至偏激。与传统的男性作家的侦探小说相比,玛丽尼娜的侦探小说有着显而易见的落差和不言而喻的错位,而这落差、错位实实在在地破坏、悖逆了男性的叙事逻辑。这种书写范式不仅直接影响了小说女主人公的个性特征、行为动机、人生道路、价值追求,而且还左右着整个人物形象体系,使潜在的不同性别的读者受到极大的震撼,进行深思。研究者认为,对于玛丽尼娜来说,侦探小说不仅仅是一种文学体裁和书写方式,还是一个社会文化"实验室",女作家通过这一实验室来建构现代社会中一种具有新的"女性特征""女性气质"的形象和性别标准。新的女性类型表明了女作家所倡导的当代俄罗斯文化中新的社会性别取向,既表现了后苏联时期男性规范的衰颓,也说明了女人私人空间的极大拓展,其社会实践能力的极大提升,社会身份和性别身份的深刻转换,行为和生命存在规范的深刻变化。在现代社会中越来越强势、独立和自立,在职业领域中拥有独当一面的能力的女性,已经成为一种积极的、进取的,亦是非稳定性的因素,从而对男性世界发起了强有力的挑战。社会性别研究的要义在于,女性文学的研究不是"妇女"文学的研究,并不专属于女性,其最终目标是对人的、人类的生存状貌的深层表现与艺术构建。

　　社会学研究大大拓展并丰富了文学研究的视域和边界,其批判性能量的增值显示出这一跨学科研究的前景是广阔的。

---

　　①　哲学博士,俄罗斯自然科学院通讯院士,莫斯科大学教授,从事俄罗斯哲学与文化学研究。

　　②　Пол Гендер Культура. Под редакцией Элизабет Шоре и Каролин Хайдер, Фрайбургский университет и РГГУ, М., 1999. С. 181-191.

五、心理学研究

勃兰兑斯(Georg Brandes)曾言："文学史，就其最深刻的意义来说，是一种心理学，研究人的灵魂，是灵魂的历史。"①20 世纪俄罗斯的文艺心理学研究有着悠久的历史传统和有影响的成果。由 19 世纪俄罗斯皇家科学院通讯院士帕杰普尼亚(Потебня А. А.)建立的语言诗学与思维方式相结合的学科开创了俄罗斯的语言心理学研究，此后又有奥夫相尼克-库里科夫斯基(Овсянико-Куликовский Д. Н.)的文艺心理学传承，他的以 19 世纪经典文学为研究对象的学术专著《俄罗斯知识分子史》在学界产生过重要影响。20 世纪 20 年代以维果茨基(Выготский Л. С.)为代表的文学研究的"哈尔科夫心理学派"——心理学的"历史文化学派"曾产生过世界性影响，并在 60 年代的苏联出现了"维果茨基崇拜"的文学心理学研究热。他在俄罗斯心理学研究传统的基础上接受了弗洛伊德泛性论心理分析的成果，其代表作《思维与言语》成为俄罗斯文艺心理学的重要成果并在文学研究实践中得到了广泛的运用。② 文学的心理学研究包括作家的创作心理和读者的接受心理研究两部分，前者重在研究作家的创作心理与作品的关系，后者重在研究作品与读者的关系。心理学批评和研究又内含各种不同的研究方法和思想取向。

俄罗斯当代著名批评家、作家，形式主义文论代表人物埃亨鲍姆(Эхенбаум Б. М.)的学生——金兹堡(Гинзбург Л. Я.)的《论心理小说》③首版于 1971 年，1999 年又出版了第四版，这是俄罗斯文学心理学批评的理论和实践的经典著作。作者认为，艺术心理主义的发展促进了小说对人描写的动态进程的发展。她的研究在两个层面展开：一是托尔斯泰创作中的艺术心理主义，二是如何进行心理学批评。她在论著第三章中的"心理长篇小说问题"这一部分中指出，她关注的是"对人的心灵生活和行为的艺术认知"，与陀思妥耶夫斯基(Достоевский Ф. М.)所依据的艺术心理原则不同，托尔斯泰的小说创作是 19 世纪"释义性心理主义的顶峰"，"是论证艺术心理主义理论命题唯一的材料"。④ 作者认为，托尔斯泰的艺术心理主义经历了漫长的发展过程，在这一过程中，作家的现代性意识不断增强，自叙倾向越来越明显，他的 19 世纪 80 年代和 90 年代作品是其自传式的心理言说和表达的鲜明而又生动的体现。托尔斯泰的这些作品中不再有曲折、完整的故事情节的书写，也

---

① 勃兰兑斯：《十九世纪文学主流》，张道真译，人民文学出版社，1980 年，第 2 页。

② *Выготский Л. С.* Предисловие // Выготский Психология искусства. М. , 1987. С. 8；*Зинченко В. Г. , Кирнозе З. И.* Методы изучения литературы. Системный подход. М. ：Флинтк-Наука，2002. С. 124.

③ *Гинзбург Л. Я.* О психологической прозе. М. ：Интрада，1999. С. 414.

④ *Гинзбург Л. Я.* О психологической прозе. М. ：Интрада，1999. С. 243.

不着重描绘人物的行动和笑语音容,只是倾注全力去刻画人物心灵深处的微妙活动,这种注重内心情感和自由闲散的散文化倾向源于 19 世纪晚期这位心理描写大师对情感、心理、伦理的高度关注,是爱到深处、痛到极处的情感宣泄和思想总结。

当代俄罗斯语文学家、批评家埃特金德(Эткинд Е. Г.)的著作《人的内心与外在的言语:18—19 世纪俄罗斯文学的心理诗学》[①]是俄罗斯"语言符号文化"系列丛书中的一本。著作从心理诗学的角度详细分析了从《阿瓦库姆大主教的生平》到契诃夫(Чехов А. П.)的短篇小说这相差两个多世纪的文学经典作品中所呈现的人的心理变化。作者认为:"每一个俄罗斯经典作家的创作中都有一个主导性特征——对人的内心世界的探究:冈察洛夫表现的是人的自然心理与外在话语的矛盾、斗争;陀思妥耶夫斯基书写的是人所承受的思想和念头的压抑,它们难以遏止且不断增长,从而导致人的精神、思想、心理的分裂,一种充满病态的两重性;托尔斯泰书写的是人的灵与肉,罪恶的肉体欲望与精神之间的冲突斗争;契诃夫表现的是人的社会角色与自我个体的尖锐冲突导致的心理变化……"[②]埃特金德从高度紧张的小说情节冲突中探讨人物的对话、内心独白和各种场景,并将它们分解成若干个心理节点,从而揭示人物从一种心绪、思想状态向另一种心绪、思想状态转变的动态思维过程,并对相应的词汇、句法、节奏的语文学特点进行了细致的分析。他认定,各种小说文本所呈现的"思想—言语"的聚焦点总是与小说家个性的观念和创作演变相对应的,作家创作深层的内在心理并不仅仅体现在叙事者或人物的话语中,小说的音乐性、人物的手势、表情、隐喻、叙事的节奏是小说心理描写的另一些不可忽视的表征。埃特金德开辟了文学心理诗学研究的新的语言学路径。

六、结 语

21 世纪俄罗斯的跨学科文学研究的勃兴显示出苏联时期占主导地位的那种社会历史学批评方法的终结,文学批评和研究在视域、理念、方法、价值观等方面的多元、多样与多变。但就整体而言,21 世纪跨学科的俄罗斯文学批评和研究始终坚持了两条基本原则:历史人文批评和审美形式批评,"怎样说"总是在为"说什么"服务的。心理学批评的杰出代表金兹堡的看法代表了 20 世纪以及当代俄罗斯文学研究者的基本立场,她说:"文艺学中的历史主义不仅是研究文学进程的,还是研究作品动态发展结构的,研究诸结构元素的功能变化的。文学无疑可以在不同的

[①] *Эткинд Е. Г.* Внутренний человек и внешня речь: Очерки психопоэтики русской литературы 18—19 веков. М. : Изд. Языки славянской культуры, 1998.

[②] *Эткинд Е. Г.* Внутренний человек и внешня речь: Очерки психопоэтики русской литературы 18—19 веков. М. : Изд. Языки славянской культуры, 1998. С. 22.

层面上进行卓有成效的研究。但是其意义层面就是历史的层面。一部作品不可能被当作一个符号体系来阅读，如果不知道它们对于创作者艺术家的意义是什么，即不去揭示由历史所形成的一定的社会文化综合体，甚至在审视内在的审美结构的时候，研究者都会自觉或不自觉地考虑其历史本质。"①

张建华

北京外国语大学欧洲语言文化学院

---

① *Гинзбург Л. Я.* О психологической прозе. М.：Интрада，1999. С. 4-5.

目　录

1

俄罗斯文学与语言学
Русская литература: лингвистические подходы

俄罗斯文学与其他学科
Русская литература с точки зрения других гуманитарных наук

俄罗斯文学与诗学

Русская литература:
теоретиколитературные подходы

О различиях между эстетическим и внеэстетическим восприятием художественного текста
(На материале ранних произведений Владимира Сорокина)

Баршт К. А.

(Институт русской литературы Российской академии наук, Россия)

Аннотация: Статья анализирует раннее литературное творчество В. Сорокина, раскрывая внутренний смысл и сущность художественных приемов, с помощью которых эстетическое восприятие произведения, в котором работает триада нарратор—персонаж—читатель, заменяется на прямое этическое замыкание читателя на точку зрения персонажа. Выдвигается предположение, что обильное употребление в творчестве Сорокина сцен насилия не является причудой автора или признаком психического нездоровья, о чем много говорилось в отзывах о его творчестве, но сознательным употреблением художественного приема, придающего текстам особую функцию, реализующую «внеэстетическое восприятие художественной литературы» (М. М. Бахтин). В связи с этим в статье проводится аналитико-типологическое сопоставление двух полярных видов коммуникации: науки и искусства, с демонстрацией глубоких структурных отличий, существующих между бинарной этической и тернарной эстетической коммуникативными системами.

Ключевые слова: В. Сорокин; М. М. Бахтин; этическое и эстетическое восприятие; нарратив; сюжетное событие; религия; наука; искусство

Культура функционирует как процесс, порождающий в единстве общего для всех контекста бесконечное множество высказываний индивидуума об окружающем его мире, предполагая необходимость строительства знаковой системы, которая бы максимально точно обозначала найденные автором закономерности. Говоря о глобальных процессах в информационном пространстве современного общества, нельзя забывать о микромире общественной жизни, состоящем из отдельных актов этико-онтологического отношения индивидуума к «иному». Как в молекулярной физике свойства вещества описываются характером связей между составляющими его молекулами, свойства того, что мы называем «обществом», определяются параметрами притяжения и отталкивания между точками сознания, их личными «окружениями» и «другими» («чужими», «иными») сознаниями. Таким образом культура выступает как средство паспортизации личных точек зрения на мир, коллекционируя все наиболее релевантное и перспективное и оформляя это в виде знаковых систем. Этот фонд памяти состоит из зафиксированных обществом отдельных актов отношения человека к окружающему его миру, его основными разделами становятся религия, наука и искусство. Они различаются устройством коммуникационной структуры, связывающей их отдельные элементы. Принципиальные различия свойств коммуникативных взаимодействий в бытовом общении и искусстве определяют их функциональные отличия в системе культуры, и, соответственно, их роль в жизни человечества, включая образование на их основе общественных институтов.

Для аналитического рассмотрения структур информационных систем необходим опорный концепт, в котором могли бы быть интегрированы параметры их коммуникативных механизмов. Таким базовым концептом, оправдавшим эту функцию, может служить «точка видения» (или «точка зрения»). В этом термине учитываются: единство пространственно-временных инстанций внутреннего («кругозора») и внешнего («окружения»), познавательная активность в пределах определенной системы ценностей, а также нарративный потенциал человека как свидетельствующего о себе «голоса»—точки сознания, реализующей свою бытийную состоятельность с помощью внешней опорной точки «другого» сознания, находящегося с ней в диалогических отношениях. Изучение индивидуальной точки зрения на мир приводит к изучению пространства, в котором эта точка находится, и с позиции которой видима данная картина мира; в свою очередь, пространство, окружающее индивидуум, исполнено ценностной системой, персонализированной индивидуумом. В науке позиция возможной и желанной «объективной истины» имеет универсальный характер, на нее может (и должен) встать любой индивидуум, претендующий на свое место в парадигме. В предлагаемых искусством конструкциях любая бытийная позиция имеет сугубо персональный характер, ее восприятие возможно только в диалоге, но не в слиянии с ней. Бахтин замечает, что если в науке человек реализует оторванную от целого часть своей личности[①], в искусстве человек реализует свою персональную жизненную позицию как единое целое с окружающим эту позицию миром. С другой стороны, отношение к «иному» оказывается основанием бытия человека, стремящегося к безусловному онтологическому оправданию. Персональная картина мира заведомо неполна, многоугольник никогда не совпадет с кругом, и поэтому так важно отношение к зоне «слепого пятна», описывающей познавательную и телесную ограниченность человека.

Наука рассматривает эту зону как постоянно сокращающуюся, завоевываемую территорию; она постепенно заполняется системным пониманием. В искусстве «неведомое» и «запредельное» описывается в точке зрения «Другого», который выступает как персонификация тайны бытия или одного из ее аспектов. Во всех случаях речь идет о поиске объяснения смысла окружающего нас мира и роли человека во Вселенной. Наука предполагает, что реальность, недоступная нашему восприятию (и/или пониманию) в окружающей нас действительности принадлежит нам всем и является общим достоянием. Следовательно, наше совместное и совокупное непонимание должно быть преодолено общими усилиями. Религия описывает этот же гносеологический концепт как сакральную зону, «тайну», то есть нечто принципиально непознаваемое и одновременно хранящее в себе истину. В гносеологической модели, предлагаемой искусством, содержится предположение, что в видении мира «Другим» заключается смысл или часть смысла, который принципиально недоступен «моему» личному видению мира, связанному моим персональным «слепым пятном». Искусство формирует свою коммуникативную стратегию, исходя из того, что смысл бытия присущ всем уровням действительности, но с максимальной очевидностью он выступает в мировосприятии «другого». То же—с обратной стороны, «мое» личное видение мира оказывается моим оправданием постольку, поскольку оно ценно для «другого».

---

① О проблеме понимания см. : *Бахтин М. М.* Рабочие записи 60-х — начала 70-х гг. // *Бахтин М. М.* Собрание сочинений. Т. 6. М. , 2002. С. 402-405.

Таким образом, если в науке истина есть совокупный продукт нашего опыта в освоении окружающей субстанции, то в искусстве ответственность за истину лежит на плечах тех, кто эту проблему породил: на двух или больше индивидуальных сознаниях, представленных различными личными видениями мира. Для науки познание есть цель, а наш диалог—средство, в искусстве межперсональный диалог становится целью, так как именно в нем происходит установление личной бытийной позиции в мире как оправданной и необходимой и рождает смысл, преодолевающий мое непонимание и незнание. Таким образом, научный и художественный текст в равной степени релевантности свидетельствуют об обусловленной личным видением картине мира, однако, если в научном тексте точка видения мира лишена собственного личного окружения, ее окружением является сама реальная действительность, и потому она пластически не выражена, то в художественном тексте все точки, включая и повествователя, получают телесное воплощение в условном мире, отличном от реальности, они пластически выражены. «Я» как бытовой рассказчик в реальности не всегда обязан иметь внешний образ и условное пространство, но в художественном тексте это необходимо.

Свидетельства о мире, которые оставляют за собой точки сознания, оформлены в виде текстов. И наоборот—любой текст есть свидетельство о бытии, происходящее из одной точки сознания и обращенное к другой точке сознания. Если предметом описания является третье лицо—это искусство, если окружающее меня пространство, наполненное вещами—естественная наука, если группа текстов, систематизирующих окружающий мир как набор разных точек зрения на него—одна из гуманитарных наук. Наука и искусство руководствуются формулами: мысль о мире и мысль в мире. Во втором случае мир выступает не как «объект изучения», но как событие. [①] Событийность науки лежит в сфере «окружения» человека, а событийность искусства в сфере его «кругозора» и «окружения», в их неразрывной связи. Событийность науки и философии происходит в признании какого-то тезиса наиболее выдающимся, и, одновременно, релевантным в рамках определенной традиции или методологии. Событийность искусства расположена на границе, отделяющей одно сознание от другого, она диалогична, здесь всегда идет речь о, минимум, двух сознаниях,

---

① *Бахтин М. М.* К методологии гуманитарных наук // *Бахтин М. М.* Эстетика словесного творчества. М., 1979. С. 365.

вступающих в диалог о сущности видения мира и данных с третьей, относительно их, точки зрения. Определяя эту особенность персонального восприятия мира, связанную с наличием в пределах персонального видения мира информации, недоступной другим, Бахтин пользовался термином «избыток видения».

Бытийной реализацией человека становится «говорение», смысловое свидетельствование о себе и о мире. Значение этой категории в обращении безгласной персоны («социального животного») в точку сознания, в необходимый и незаменимый «голос»; отсюда авторство рождается как создание «образа, ‹...› проникающего в сущность действительности»[①]. Таким образом, нарратив из «речи» обращается в «состояние», свойственное точке сознания, реализующей свое право на онтологическое оправдание. Наука реализует его потребность быть окруженным вещами, осмысленными как необходимые или просто нужные, искусство реализует потребность быть окруженными иными точками зрения на мир, осмысленными как новые, продуктивные и онтологически бесспорные.

Повествовательный текст формирует картину мира как условие воплощения заключенной в нем определенной бытийной точки, онтологическое оправдание которой является стратегической целью автора. Для научного текста формирование реальной картины мира является основной целью, в то время как наличие определенной точки зрения на действительность—условие реализации этой цели. Это касается и гуманитарных наук, задачи которых принципиально не отличаются от задач наук естественнонаучного цикла: создание методологически оправданных аналитических описаний окружающей нас действительности. Любая точка зрения на мир потенциально содержит в себе перспективу повествования как свидетельства: индивидуальное сознание способно и обязано выражать себя в «голосе»; обладая очевидением, мы находим в себе ресурсы для рассказывания. Вторым условием возможности рассказывания является вторая («иная») личная точка сознания, обладающая зеркально отраженной онтологической природой: мир вокруг меня, и в нем еще как минимум одна точка зрения на этот мир, ценностно включенная в видимую «мной» картину мира.

Наука и искусство являют собой два основных вида персонификации, выработанных человечеством, однако коммуникативный вектор во всех трех

---

① *Бахтин М. М.* О спиритуалах (к проблеме Достоевского) // *Бахтин М. М.* Собрание сочинений. Т. 6. М., 2002. С. 370. «Творца мы видим только в его творении, но никак не вне его» (*Бахтин М. М.* Рабочие записи 60-х—начала 70-х годов) // *Бахтин М. М.* Собрание сочинений. Т. 6. М., 2002. С. 423.

случаях один: связать личные точки видения мира неким единым интегралом. Наука делает «своими» и общими для всех явления и вещи окружающего мира, искусство связывает индивидуальные точки видения мира, охватывая их общим для них условным пространством, вызывая эффект реальности общего для всех окружения для носителей самых разных кругозоров. Говоря о различиях между наукой и искусством, мы тем самым ставим вопрос о пределах, ограничивающих их предметное внимание. В первом случае этот предел ограничен вещью как объектом, лежащим за пределами моего личного «я», граница между наблюдателем и объектом наблюдения очевидна. Во втором случае предметом внимания является другой субъект, личное «я» которого несводимо к моему; мое окружение и его окружение не совпадают пространственно и ценностно, граница между ними оказывается широкой полосой, на которой формируется третья, относительно «меня» и «тебя» реальность.

Если наука делает объектом все, чего касается ее методология, то в искусстве в предмет описания обращается мое личное «я». Правда, самовыражение не является пределом откровенности в процессе поиска индивидуумом своей бытийной точки. Свидетельство о себе может перейти во вторую фазу: свидетельство с иной точки зрения на себе самом своими же собственными усилиями. Бахтин называл эту фазу объективации себя словосочетанием «вторая стадия объективации». В этом положении авторский голос оценивает себя с точки зрения «иного». Таким образом, если в науке и присутствуют диалогические отношения между объектом и субъектом, в искусстве же объектно-субъектные отношения предстают как объект—в глазах оценивающего внимания и понимания третьего. Отсутствие этого «третьего» в научном и философском тексте связано с тем, что в качестве объекта описания выступает не чужое сознание как таковое, но реальная действительность. В научном, бытовом и юридическом документе ответственность за слово принадлежит говорящему, в искусстве—обоим, повествователю и реципиенту. «Чужое» свидетельствование о мире не просто связывает два «я» между собой, но делает их релевантными миру в целом. В основе этого процесса лежит базовое предположение о смысловой легитимности, присущей действительности в целом. Это предположение роднит науку, философию и искусство, поскольку бытие, отказавшееся от своего бытия, есть логический парадокс, в рамках которого невозможно движение мысли ни по одному из этих маршрутов.

Индивидуальный разум в науке выступает как часть коллективного разума человечества, пытающегося освоить окружающий нас мир. В науке «я» повествую о мире, преодолевая особенности моего личного видения как помеху с помощью специальных методологий, инструментов и приборов. В религии истина признается найденной и существующей, возможно, частично в пределах возможностей моего сознания, а большей частью—за его пределами. В искусстве «я» повествую о мире, который представлен не как результат моего эмпирического восприятия, но как особенный способ видения мира с иной точки зрения. Основной предмет описания в науке—мир как таковой, сущность и явления реальной действительности. Основной предмет метафизики—человек в мире как мыслящее существо. Предмет изображения в искусстве—мыслящее сознание, взятое в диалоге с другим «я», равным ему в бытийной ценности и представляющим неотъемлемую часть его «окружения». Если в религии есть устремленность к тому, чтобы приспособить себя к истине, принятой априорно, то в науке, наоборот, наблюдаемые мной факты реальности приспосабливаются к общественному опыту (научным достижениям предшественников). Тем самым человек подтягивает бытие к себе, используя окружающую материю как исходный материал. Мое «я» делает лик мира не бытийной целью, но бытийным средством, используя его как материал для строительства прагматической истины. Позиция «Второго» («Ты») носит общественно-корпоративный характер и идеалом не является, она есть продукт социальной конвенции, в основании этой системы лежат взаимоотношения между «я» и «он» («они»).

Являясь двумя вариантами реализации человеком возможностей своего личного видения мира и своего «голоса», наука и искусство различаются в той мере, в какой доминирует в каждом отдельном случае один из двух взаимодополняющих и, по мере возможности, вытесняющих друг друга процесса: персонализации и овеществления предмета видения. С другой стороны, овеществление может коснуться и человека—например, анатомия и физиология человека в медицине. Напротив, в искусстве предмет внимания облекается в одежды персонификации, он становится личностью, обладающей своим неповторимым «лицом». Исходя из этого как принципа, делались предположения, что в искусстве каждый предмет обладает своим лицом.① В философии и науке человек может быть объектом или субъектом описания, в искусстве он выступает как объект и субъект одновременно, принципиально данный с точки зрения третьего лица. В этом заключается ценность и незаменимость искусства для общества, заинтересованного в своем развитии; коммуникативная устойчивость такой системы значительно выше.

В обоих случаях, и в научной, и эстетической коммуникации происходит порождение смысла в виде вопроса, требующего ответа, и в виде ответа, порождающего новый вопрос. Различие выражается в том, что идеалом научного диалога является постепенное выхолащивание из информации персональной ее окраски и следов личного видения. Эта задача решается, например, с помощью научных конференций, интегрирующих мое личное видение проблемы в общее системное знание о предмете. Начиная с оригинального и продуктивного личного видения ученого, наука формирует на его основе «объективное» знание о неких структурных особенностях бытия, отказываясь от персональной точки зрения породившей ее личности, деперсонифицируется, облекаясь в форму безличного системного знания. Искусство, напротив, начиная с персонального анализа каких-то общих представлений о мире (выработанных другими и порожденных личными наблюдениями) и опираясь на достигнутую той или иной культурой картину мира, сосредотачивается на жесткой персонификации репрезентируемых точек зрения на мир, различных и продуктивных именно своими отличиями от всех остальных. Эта персонифицированная точка зрения на мир образует смысловую форму литературного героя и его «внутреннее место, которое он занимает в едином и единственном событии бытия, его ценностная позиция в нем, — она изолируется из события и художественно завершается»②. Система границ, которая определяет целое героя (героев), есть главное основание художественной формы. Таким образом, наука идет по пути от личного к безличному, где точки зрения унифицированы и взаимозаменяемы, искусство—от безличного к личному, где точки зрения на мир принципиально незаменимы и

---

① «Мертвая вещь в пределе не существует, это—абстрактный элемент (условный); всякое целое (природа и все ее явления, отнесенные к целому) в какой-то мере личностно» (*Бахтин М. М.* К философским основам гуманитарных наук // *Бахтин М. М.* Собрание сочинений. Т. 5. М., 1997. С. 7).

② *Бахтин М. М.* Автор и герой в эстетической деятельности // *Бахтин М. М.* Собрание сочинений. Т. 1. М., 2003. С. 206.

незаместимы. Однако, это один и тот же маршрут, сохраняющий в себе возможность движения в обе стороны, предполагая в пределах общего для них культурного пространства своего рода принцип дополнительности. Примеров такого рода обратного движения в истории культуры немало. Отличие искусства от науки—в опосредованном формировании видения мира, не из чувственно воспринимаемого материала наличной действительности, как это происходит в естествознании, но с помощью формирования условного мира, данного глазами «третьего», описанного «вторым». Тренарная структура коренится в двойной событийности художественного текста, порожденной наррацией как персональным свидетельством о мире и себе в мире с принципиальной опорой на минимум две другие точки зрения на мир.

Онтологически легитимные высказывания о мире могут принадлежать «мне», «тебе» или «ему» («им»), границы между «своим» и «чужим» словом могут смещаться, на границах между ними идет борьба; одни и те же явления реальности по-разному воспринимаются как принадлежащие «мне» или «тебе», сама граница между «мной» и «тобой» пролегает по-разному для «меня» и «тебя». Формат контакта двух точек сознания в реальном пространстве может быть трояким: отчуждение, слияние и диалог. При отчуждении «я» от всего «другого» возникают субъектно-объектные отношения, в поле которых развивается наука. При уверенности, что именно в конкретном «ином» пребывает истина, возникает религия. При предположении в «другом» возможности истины в той же мере, в какой она находится во мне, возникает этический диалог как предпосылка эстетических отношений. Художественный текст предлагает нам онтологический язык «Третьего», который становится агентом конвергенции наших персональных мировоззренческих отличий и, тем самым, создает возможность диалога между нами на основе формируемого в этой зоне промежуточного креолизированного языка.

Таким образом этическое включает в себя эстетическое, подобно тому, как двухмерное пространство (плоскость) включается в трехмерное (объем): «для эстетической объективности ценностным центром является целое героя и относящегося к нему события, которому должны быть подчинены все этические и познавательные ценности; эстетическая объективность объемлет и включает в себя познавательно-этическую»①. Поэтому в науке слово описания тяготеет к точному общепринятому термину, а в искусстве оказывается наделенным особенным значением, влагаемым в него говорящим, образуя «поэтический язык» определенного «я». Если в науке предметом изучения становится «объект» который описывается мной как «субъектом научного действия», то в искусстве реальность оказывается лишь площадкой для взаимодействия «я» и «ты» в процессе нашего общего внимания к «нему». Бинарная структура процесса познания обращается в тернарную.

Эстетическое начинается с момента чужой оценки практического события, связывающего два персональных видения мира, находящихся в диалоге. Эстетическое есть не просто оценка чужой оценки, но оценка смысла и результата этического взаимодействия между «Вторым» и «Третьим». Художественная коммуникация имеет тринитарный и двухуровневый характер, в отличие от этической, обладающей одноуровневой и бинарной структурой. Видимо, именно об этом думал А. С. Пушкин, говоря о поэтическом «треножнике», который тщетно колеблет «толпа». Предметом внимания нарратора всегда являются минимум две точки зрения на мир, Бахтин указывал на художественный текст как на «двуголосое слово».② Взаимодействие между этими, минимум, тремя точками нельзя разделить на отдельные этические диалоги. Они выступают как единый полилог, базируясь на нарративе как бытийном свидетельствовании «первого» о «третьем» за счет внимания к ним обоим «второго». В переводе на язык грамматики, это отношение «я» к тому, как «ты», по-своему, видишь «его», при этом каждое из названных лиц может переместиться на любую из оставшихся двух других позиций.

Искусство в этом смысле есть способ сохранения памяти об индивидуальности; собственно, этим и определяется его культурное значение: только в искусстве возможно формулирование экзистенциального раскрытия человека, как телесно воплощенной и свидетельствующей о себе точки сознания

---

① *Бахтин М. М.* Автор и герой в эстетической деятельности // *Бахтин М. М.* Собрание сочинений. Т. 1. М., 2003. С. 96.

② *Бахтин М. М.* Из архивных записей к «Проблеме речевых жанров» // *Бахтин М. М.* Собрание сочинений. Т. 5. М., 1997. С. 225. «Всякий подлинно творческий голос всегда может быть только вторым голосом в слове. Только второй голос—чистое отношение—может быть до конца безобъектным, не бросать образной субстанциональной тени». (*Бахтин М. М.* Проблема текста // *Бахтин М. М.* Собрание сочинений. Т. 5. М., 1997. С. 314).

Мироздания. Точки сознания в искусстве лишь испытываются на истинность, но никогда не занимает позицию «истинной навсегда». Текст как персональное или коллективное свидетельство о бытии обладает тем, что Ю. М. Лотман называл «текстовым смыслом», а Бахтин — «свободным ядром» произведения.[①] В искусстве я оцениваю свое видение с помощью видения другого, который, с иной точки зрения, наблюдает тот же объект, что и я. Искусство, таким образом, это, — фактически, метанаука: оба процесса, описанные в предыдущих пунктах, становятся предметом сочувственного внимания и понимания третьего, описывающего усилия двух, связывающих свои видения мира в диалог. Точка зрения человека на мир, с чреватым авторством «избытком видения» есть его главное достояние и составляет опору его бытия как личности.[②] «Смерть автора» оказалась возможна в ситуации, когда текст оказался расположенным не между двумя ищущими смысл мироздания сознаниями, а между человеком и реальностью. Например, в лингвистике у текста нет автора, точнее, нет в нем необходимости как в категории. Тяга к лингвистике у некоторых литературоведов есть признак подмены эстетических отношений в структуре текста научными или религиозными; тяга к литературоведению у некоторых лингвистов есть признак методологической неудовлетворенности филолога изучением текста помимо той персональной онтологической позиции, которая в нем заключена на уровне «автора».

Давно замечено, что восприятие произведений массовой литературы отличается от чтения классики, подчиняясь своим собственным законам. Очевидно, что здесь каким-то образом стирается граница, разделяющая миф и реальность, вымысел и художественный мир литературного произведения, та граница, которая, согласно до сих пор не опровергнутой гипотезе О. М. Фрейденберг, сформировалась за счет возникновения независимой и автономной точки повествования. Согласно нашему мнению, с помощью набора специальных приемов, автор оказывает определенное психологическое давление на читателя, задавая специальный алгоритм восприятия, с помощью которого текст обретает

---

① *Бахтин М. М.* К вопросам самосознания и самооценки // *Бахтин М. М.* Собрание сочинений. Т. 5. М., 1997. С. 74.

② Из избытка видения разворачивается «эстетически законченная форма произведения. Созерцатель начинает тяготеть к авторству, субъект самоотчета-исповеди становится героем» (*Бахтин М. М.* Автор и герой в эстетической деятельности // *Бахтин М. М.* Собрание сочинений. Т. 1. М., 2003. С. 214).

особую привлекательность не собственно эстетическую. Этот алгоритм, согласно нашему мнению, порождается особенностями поэтического синтаксиса писателя, направление суггестивного воздействия на читателя можно описать как обращение художественного мира в миф. Некоторые наблюдения М. Бахтина за отличием между эстетическим и внеэстетическим восприятием художественного текста помогают понять, как именно это происходит.

Фактически, отличие художественного текста от мифа может быть сведено к выраженности репрезентированной текстом особой точки зрения на мир, воспринимаемой как иная относительно точки зрения реципиента, при равной аксиологической ценности обеих. Любой художественный текст может быть обращен в письменный миф в случае, если две точки зрения отсчета, текста и реципиента, смыкаются. При любом варианте такого смыкания-отождествления происходит переход точки зрения читателя на точку зрения повествователя. Эстетическое восприятие, по Бахтину, возможно тогда, когда автор или читатель формируют « активное, творчески-напряженное, принципиальное единство », возникающее в пределах «устойчивого, необходимого целого».[①] В соответствии с гипотезой Бахтина, эстетическая оценка и оценка этическая—категории не противостоящие друг другу, как в традиционной эстетике, но как матрешки, входят одна в другую. В основе эстетической оценки лежит представление о целом Мироздания, в котором возможна (и необходима) иная точка зрения на него, сопровождающаяся иной системой ценностей. Как пишет Бахтин, «тотальная реакция на героя имеет принципиальный характер, вообще всякое принципиальное отношение носит творческий, продуктивный характер».[②]

Отсюда ясно, что практически любой текст может быть воспринят на внеэстетическом уровне. Можно индийское кино воспринимать как эстетический объект и воспринимать « Воскресенье » Толстого как миф. Это проблема не поэтики, а психологии восприятия, свойств мировосприятия реципиента. Проблема эстетического-внеэстетического есть (1) вопрос о коде, точнее— сходстве и различии кодов текста и реципиента (сильное различие провоцирует внеэстетическое восприятие, равно как сильное сходство), (2) вопрос об

---

① *Бахтин М. М.* Автор и герой в эстетической деятельности // *Бахтин М. М.* Собрание сочинений. Т. 1. М., 2003. С. 96.

② *Бахтин М. М.* Автор и герой в эстетической деятельности // *Бахтин М. М.* Собрание сочинений. Т. 1. М., 2003. С. 90.

интенсивности контакта (интенсивный контакт провоцирует эстетическое восприятие, как гораздо более интенсивная и продвинутая (вторичная по отношению к этике форма восприятия текста), слабая интенсивность создает условия для подчинения моего кода—коду автора, возникает эффект проводника, которому читатель полностью доверяется. Для того, чтобы избавиться от эстетического восприятия, нужно, чтобы вместо трех точек мировосприятия оказалось две. И одна стала бы базовой для другой.

Способ первый, к которому прибегает мыльная опера или индийское кино: сведение художественного мира к демонстрации мифа, в котором нет фактора правдоподобия. Он реален потому, что невероятен. Сфера ожидания полностью подтверждается. Автор показывает только то, что хочет увидеть зритель. Точка повествования подлаживается к точке восприятия, таким образом, читатель становится на точку повествования, другими словами, художественный мир оказывается на месте реальности, точнее, обращается в миф, своего рода интеллектуальный наркотик. Способ второй, к которому прибегает Сорокин, обратный по смыслу. Точка зрения читателя на мир уничтожается с помощью выведения ее из привычного контекста. Эстетическое отношение, предполагающее отношение моей точки зрения к чужой точке зрения на мир, заменяется этическим—происходит эстетическое короткое замыкание, две точки зрения на мир сливаются, точнее, точка зрения читателя заменяет точку зрения героя, в результате читатель проваливается в художественную реальность как миф и вынужден играть там роль героя, имея дело с аффективной ситуацией (например, расчленением тела пожилой женщины и выдавливанием из нее всех видов жидкостей с целью образования «жидкой матери» в «Сердцах четырех»). Бахтин считает, что в основе эстетических отношений лежит «необратимость и конкретность» отношения «я—ты» («я—другой»), что является проявлением незаменимости и незаместимости моего места в мире. Это, в свою очередь, обозначает безусловную ценность моей точки зрения на мир как ценности общемировой, космической. Человек отсюда несводим к биолого-химическому конгломерату веществ. Напротив, если человек—лишь биологическое существо, набор определенных элементов, взятых в определенном порядке, то незаместимость и незаменимость исчезают, напротив, воцаряется возможность произвольной замены конкретного «лица» на его химический эквивалент—такого рода ход мы видим в «Сердцах четырех», где конкретная мать Реброва меняется на выжатые из ее тела жидкости, обращая имя собственное—в имя нарицательное—«жидкую мать». Разумеется, такого рода отношения оказываются обратимы, можно при утере данного эквивалента матери изготовить иной из тела другой пожилой женщины.

Введение читателя в процесс внеэстетического прочтения текста— максимально полное сближение с его культурным кодом, точное попадание в парадигму его внутреннего языка. Для такого типа восприятия нужно поставить свой груз данных—вагон на его рельсы. Затем читатель сам осуществляет познавательное движение, двигателем является химико—биологический процесс в мозгу, который нужно просто «запустить». В роли стартера у Сорокина работает жесткий рывок—например, запах кала на четвертой строчке «Тридцатой любви Марины», являющийся прелюдией к подробно описанному половому акту. Сорокин, который с помощью аффекта добивается, чтобы его читатель смотрел именно с его точки зрения, убивая свою с помощью аффекта. Приведение читателя в состояние шока нужно для того, что избавить его от эстетического восприятия, которое, как мы видим по Бахтину, есть выявление добра и истины в поступке человека. Формируемая эстетическая точка основана на принципе нахождения значимого места в системе ценностей, принятой (культуре, системе норм, устав) того или иного поступка или явления.

Основной путь, с помощью которого Сорокин выводит читателя из состояния душевного равновесия, заставляя его отказаться от эстетического восприятия текста,—это расчленение человеческого тела. Редуцированным способом этого расчленения можно считать убийства и пытки. Эти пытки и убийства нужны для того, чтобы лишить читателя самосознания и погрузить его в сферу подсознательных страхов, фактически, обратив реальность в миф, заставить его мыслить одним предсознанием, заменить мысль—чувством. Комментарием к этому могут стать слова Бахтина: «Как только я пытаюсь определить себя для себя самого…, я нахожу только разрозненную направленность, неосуществленное желание и стремление—membra disjesta (разъятые члены) моей ложной целостности… Быть для себя самого—значит, еще предстоять себе»[1]. Другими словами, эстетическое возникает в случае, если мы нечто ставим фон системы значений, обладающих определенной ценностью. Если же

_____

[1] *Бахтин М. М.* Автор и герой в эстетической деятельности // *Бахтин М. М.* Собрание сочинений. Т. 1. М., 2003. С. 95.

этот фон убит—с помощью шоковой терапии, показа немыслимых жестокостей и откровенных сексуальных сцен—то исчезает основание для постановки факта в контекст, следовательно, лишается всякой возможности эстетическое. Как убивает В. Сорокин культурно-этический фон? С помощью разрушения системности, своего рода деконструкции культуры как системы. То есть он показывает события, вывернутые из сферы логики (спасенный плюет с лицо спасителю, немыслимые жесткости совершаются безо всякого логического обоснования), создается атмосфера беспричинности и безосновательности. Другими словами, вместо автомобиля—набор деталей, произвольно перемешанных и густо политых машинным маслом. Невозможно понять, что к чему присоединяется. Этот принцип Сорокин выдерживает строго, на протяжении всего романа, это и есть главный элемент его поэтического синтаксиса. В результате он отучает читателя искать смысл в описываемых событиях, формирует логику хаоса; с потерей смысла отменяется пресловутый «логоцентризм», значит, и эстетическое. Дальше следуют—«смерть автора», «смерть читателя», «смерть героя» и пр. Другими словами, эстетическое восприятие, где точка зрения на мир оценивается с иной точки зрения на мир, заменяется на прямое этическое-мифологизированное, когда события оцениваются с одной точки зрения на мир, представляющей собой взгляд сумасшедшего на мир—«шизофренический дискурс». Бросается в глаза полное отсутствие юмора. Произведения Сорокина очень серьезны, и по своему пафосному напряжению напоминают производственный роман 1930-х гг. Юмор требует разделения точки отсчета на две—должную и реальную, их сопоставление порождает атмосферу диссонанса, неожиданного эстетического конфликта. Если эстетическое требует взаимодействия трех точек зрения на мир, то ситуация комического— метаэстетическая, требуя раздвоения точки восприятия читателя. Поскольку у Сорокина эта точка уничтожается, основания для формирования комического исчезают.

Таким образом, цель художественной фактографии заключается в использовании их в качестве строительного материала для «истинного и целого» бытия, формируемого в художественном мире; сосредоточенность на факте как на главным носителе смысла разрывает границу между художественным миром и миром реальности, мифологизируя оба, размещая читателя на позицию литературного героя.① Мифологизация реальности снимает сам акт повествования, уничтожает основание для диалога, поскольку невероятно и невозможной оказывается какая-либо иная ценностная точка зрения на Мироздания, помимо точки зрения мифа на самого себя. Становясь морально— психологически рабом мифа, человек теряет контакт с другим «я», перестает его воспринимать как другого человека, равного по бытийным основаниям себе, однако обладающего другим бытийным принципом устройства. Поэтому возникает ситуация, близкая в романтической: возникает тотальное одиночество героя, что касается других людей, то их можно «резать или стричь», что, собственно, мы и видим в романах Сорокина, повторяющего романтическую парадигму начала 19 века.

Писатель не формирует иной ракурс бытия, другую точку зрения на мир, но подставляет описываемые события под чужую точку зрения. Возникает принцип: я покажу тебе то, что тебе хочется увидеть, или то, что ты на словах отвергаешь, но втайне очень хотел бы увидеть. Например, как выжимают сок из трупа старухи. Аффективная проза В. Сорокина напоминает кричащих в голос ведущих ТВ: человек с тихим спокойным голосом не имеет шансов на выживание в зрительско-читательском пространстве, где ценится краткость и высокий уровень аффективности высказанного или показанного. Фатическая функция заслоняет здесь функцию коммуникативно-эстетическую. Способ победы над банальностью жизни, как и символистов конца 19 века, в поиске острых и сильных ощущений. При отсутствии области «свободы для» поиск идет только в области «свободы от», а здесь самое сильное—стесать электрическим рубанком часть черепа беременной женщины и совершить половой акт, используя дыру в ее черепной коробке, в то время как она, умирая, пытается родить ребенка («Сердца четырех»).

Но для того, чтобы создать аффект, Сорокин вынужден опираться на этико— эстетический опыт читателя, другими словами, чтобы создать этическое «короткое замыкание», вызывающий аффект, он должен актуализировать границу, отделяющую добро от зла. Эта граница становится ощутимой за счет того, что она присутствует в мироощущении читателя. Значит, Сорокин, фактически, опирается все на тот же культурный код, который работает, когда тот же

---

① В. Сорокин считает художественные тексты порождением реальности—« это все равно что благодарить мать за рождение красивого ребенка. Она здесь ни при чем, это не ее заслуга». URL: https:// www. litmir. me/br/? b=84407&p=2 (дата обращения 18. 03. 2019).

реципиент читает роман И. С. Тургенева. Только с другой целью—если во процессе эстетической коммуникации значения внутреннего кода реципиента подключаются системно, исходя из своего значимого положения в аксиологии и онтологии читателя, то во втором случае—они оказываются в роли инструмента для самоуничтожения. Если сравнить это, например, с пиломатериалами, то в первом случае они используются для строительства, а во втором—на дрова. Их размеры, форма, свойства поверхности, и пр. в первом случае имеют значение и используются, во втором—не имеют никакого значения, важно только то, что это—дерево.

Фактически, у Сорокина нет формирования того, что Бахтин называет «целым героя». Согласно логике концепции Бахтина, эстетическое создается за счет формирования «в основе реакции автора на отдельные проявления героя лежит единая реакция на целое героя, и все отдельные его проявления имеют значение для характеристики этого целого, как моменты его»[①]. Другими словами, знаки, с помощью которых создается целого героя, объединяются общей для всех них структурой, подобно тому, как кусочки смальты образуют некий осмысленный рисунок, узнаваемый читателем. Если же отдельные знаки обретают самостоятельную ценность, семантически вываливаясь из целого смысловой системы, то гибнет система, торжествует один факт или один знак. Кусочек смальты оказывается сияющим бриллиантом, приковывает к себе внимание зрителя, который видит только один этот фрагмент мозаики, не видя всего изображения. «Если же движущий смысл жизни героя увлекает нас как смысл... душа героя из категории *другого* переводится в категорию *я*, разлагается и теряет себя в духе» (АИГ, 116). Русский классический роман основан на предположении, что в точке зрения другого на мир скрыта истина, пусть не вся, но хотя бы часть ее. Отсюда диалоги и философские диспуты, которые мы видим на протяжении 150 лет—от «Евгения Онегина» до «Москвы—Петушки». Исходя их того, что истины нет (пресловутый «логоцентризм»). Мы теряем интерес к другому как части Мироздания, имеющей необходимость вглядываться в себя саму. Оказывается, некому и не на что смотреть.

Несходство с русским классическим романом в прозе Сорокина проявляется в том, что у него наблюдается фактический отказ от диалога и в целом

① *Бахтин М. М.* Автор и герой в эстетической деятельности // *Бахтин М. М.* Собрание сочинений. Т. 1. М., 2003. С. 89.

диалогического принципа, его тексты представляют собой наборы сплошных и прерываемых монологов разной длины, диалог если и появляется, то носит технический характер, сводясь к бытовому вопросу. Диалог и «логоцентризм»— вещи взаимосвязанные, поэтому, отказываясь от Логоса, Сорокин жертвует и диалогом. Потенциальный диалог оказывается пустым, в нем нет интереса к чужой индивидуальности как «иному», герои беседуют, но при этом не воспринимают друг друга, возникает эффект «разговора по телефону», то есть говорят друг с другом, находясь рядом, но как будто далеко друг от друга, на любом расстоянии. Причина разрушения диалога как самого крупного достижения русского классического романа 19 века—отказ от признания реальности существования истины, отсюда человек погружается в миф, ведущий к метафизическому одиночеству. Разрушение софийного идеала, ниспровержение В. Сорокиным его как ложной «логоцентрической» модели, очередного «злого идола». Происходит замена софийного идеала, «красоты—добра—истины», на характерный комплект «безобразие—зло—наслаждение». С другой стороны, многочисленные описания насилия, половых актов, всего запретного—создают атмосферу погружения на тайное, сокровенное (=истинное). Точка повествования обретает максимальную компетентность и невероятную интроспекцию. Лирический элемент силен у Сорокина—его произведения, фактически, это лирические произведения в прозе.

Повествователь Сорокина: в опоре на триединство времени, места и действия возникает пафос «документальной прозы», опирающейся на достоверность как фактор правдивости. Повествователь обладает минимальной интроспекцией и компетентностью—он ничего не понимает, однако одновременно, он имеет высокую степень мобильности, постоянно присутствуя на месте действия в виде точки сознания. Такая система свойственна писателям, которые хотели бы добиться эпичности звучания, например, Л. Н. Толстому в «Войне и мире». В «Очереди», «Тридцатой любви Марины» и др. текстах Сорокин создает не столько описания, сколько своего рода фонограммы действий. Очевидно влияние видео, фото, Интернета и др. современных средств связи. Повествователь здесь заменяется на безличное и принципиально этически безразличное записывающее устройство. Возникает документальная фонограмма убийства, полового акта, текст звучит как магнитофонная запись. Точка повествования в прозе Сорокина непосредственно жестко привязана, подобно видеокамере, находится рядом, и читатель всегда очень близко, на расстоянии вытянутой руки и двух шагов от происходящего, что создает эффект присутствия. Эффект «литерного ряда». Никаких панорам, общих картин—мизансцены очень камерные, локальные. Отсюда в произведениях Сорокина неявна «точка зрения», зато очень много просьб, ругани, мольбы, проклятий, заклятий, взываний и пр. Происходит откат от наррации в современном смысле слова—назад, по О. М. Фрейденберг[①], к мифу: вместо рассказа одного человека о другом—система личных обращений. Отсюда сорокинская диалектология—формы «епт», «неа» и все остальное богатство русского разговорного языка.

Граница, отделяющая этическое переживание от эстетического, пролегает там, где «твое» переживание становится «моим», другими словами, я пытаюсь встать на твою бытийную позицию и принять на себя тяжесть твоего бытия. У Сорокина мы видим прямо обратное: герои пытаются жить только своими переживаниями, переживания других их совершенно не интересуют. Их потрясающая моральная глухота и бесчувственность имеет принципиальный характер и прямо вытекает из общего правила—страдания каждого человека—его личное дело, никак не соприкасающееся с чьими-то еще. Единственный случай явного сочувствия, который можно обнаружить в произведениях Сорокина—это эпизод в «Сердцах четырех», когда враги пытают мальчика Сережу, забивая ему гвозди в ноги, а Ольга два раза крикнула: «Сережа!». Это все, но это исключение, которое подтверждает правило. Естественно, что если мы «начинаем реагировать на героя как на живого человека», «этические ценностные реакции ‹…› разрушают художественное завершение»[②]. На место конкретного, индивидуального человека, обладающего своим «избытком видения», точкой зрения на мир, у Сорокина становится неконкретный человек вообще, мыслимый как заменимый, обратимый (количество травм, которые получают герои Сорокина, несовместимы с жизнью, но они быстро восстанавливаются) и не имеющий никакой индивидуальной ценности.

Если в процессе понимания литературного героя в эстетическом отношении читатель преодолевает ложь «гримас, случайных личин, фальшивых жестов, неожиданных поступков», «через хаос которых ему приходится прорабатываться

---

① *Фрейденберг О. М.* Миф и литература древности. М., 1998. С. 262-286.

② *Бахтин М. М.* Автор и герой в эстетической деятельности // *Бахтин М. М.* Собрание сочинений. Т. 1. М., 2003. С. 240-241.

к истинной ценностной установке своей, пока, наконец, лик его не сложится в устойчивое, необходимое целое»[①], то в процессе внеэстетического восприятия именно с этим вышеперечисленным набором и имеет дело читатель, и этот набор созидается умышленно, причем задача автора, чтобы никакого «устойчивого целого» не сложилось, и не возникло никакой закономерности в презентации точки зрения на мир. Разрушение эстетического происходит у Сорокина, как мы видим, при жесткой эксплуатации этического, однако, в рамках провозглашенной им системы саморазрушения («мазохизма») происходит и разрушение этического. Обесценивание личности—индивидуальности доходит до своего края, тем самым, идеология Сорокина близка к метафизике коммунистической тоталитарной системы: человек—социальное животное, которое нужно и можно использовать в любых целях, больших и малых, и безо всяких ограничений. Кажется, Сорокин испытал некое, возможно, опосредованное влияние русских космистов, в частности, В. И. Вернадского, который описывал жизнь человека как процесс физического единения с материей, а историю человечества как круговорот кальция в геосфере Земле. [②] Если это так, то в парадигме Вернадского жизнь для Сорокина—это неуправляемое и бесцельное развитие биосферы, которая живет по собственным законам, и с ее точки зрения то, что для наших «идолов» ужасно и недопустимо—хорошо и очень даже допустимо. Этика «по ту сторону добра и зла» получает у Сорокина иные обоснования, чем у Ницше: речь идет об «общественной морали», которая загнала человека в тесную клетку условий и ограничений, не имеющих с точки зрения реальности никакого смысла. В целом это тоже не очень ново—что-то в этом роде развивали в своей философии русские анархисты. Отсюда легко вычленяются опорные точки мифологии Сорокина: миф об индивидуальном спасении, человек объединяется с другими людьми только своими личными интересами, понятыми как интересы материально-биологические, миф о биосфере для всех, которая может пропустить в некую извращенную будущую ноосферу лишь немногих (например, «четырех»).

При отсутствии представления о Мироздании как едином осмысленном целом, у Сорокина лишается почвы всякая смысловая перспектива—невозможно построить определенную точку зрения по отношению к тому, чего нет. Однако,

---

① *Бахтин М. М.* Автор и герой в эстетической деятельности // *Бахтин М. М.* Собрание сочинений. Т. 1. М. , 2003. С. 90.

② *Вернадский В. И.* Биосфера. 1-2. Л. , 1926. С. 133.

именно «наше отношение определяет предмет и его структуру, а не обратно», — замечает Бахтин, формирование этого отношения и является основой формирования эстетического целого. Если же «отношение становится случайным с нашей стороны..., когда мы отходим от своего принципиального отношения к вещам и миру..., мы сами подпадает господству случайного, теряем себя, теряем и устойчивую определенность мира»[①]. Невостребованные коммуникативные механизмы отмирают, если нет необходимости диалога, исчезает почва и для монолога. Литературный герой как носитель сюжета оказывается невозможен, его место занимает сам факт, которому придается аффективное звучание — условная ситуация, с помощью которой искусство строит свои эстетико-философские модели, оказывается самоцелью. Теряется смысл функции литературы как языка, на котором общаются человеческие индивидуальности, открывая друг другу познавательные ресурсы своей точки зрения на мир. Если Бытие в целом лишено всякого смысла, исчезает необходимость обмена информацией по этому поводу — а это не только приговор литературе, но и попытка поставить точку в истории человечества.

Постмодернизмом Сорокин называет необходимость языка, на котором две человеческие индивидуальности могут понять друг друга или зафиксировать неясность того, что с ними происходит. Здесь проявилось родовое свойство многих современных русских писателей — называть любое дерево словом «береза». Сознательное погружение в миф, которым сегодня занята «литература аффекта», может лишь напомнить в чем-то очень и очень давнем, но «окончательной формой искусства» никогда не станет, как человек, кто на словах воюет со свободой и личной индивидуальностью — вряд ли с ними по своей воле расстанется. Поэтому произведения Сорокина, вопреки всем его усилиям, могут быть прочитаны как художественные тексты и изучены как таковые.

（编校：袁森叙）

---

① *Бахтин М. М.* Автор и герой в эстетической деятельности // *Бахтин М. М.* Собрание сочинений. Т. 1. М., 2003. С. 89.

Парадоксальные схождения: М. Горький vs. А. И. Солженицын

Голубков М. М.

(Московский государственный университет им. М. В. Ломоносова, Россия)

Аннотация: Статья посвящена сопоставлению творческого опыта двух великих писателей XX века: Горького и Солженицына. Несмотря на противоположные политические и философские взгляды двух художников, принципиально различные писательские репутации, их объединяют и схожие черты: это масштаб творческого наследия, наличие эпических, драматургических, лирических и лиро-эпических произведений, реализм, общие аспекты проблематики, одни и те же эпохи русской жизни, к которым они обращаются. Их объединяет еще и то, что их подлинный облик заслонен многочисленными мифами. В статье сопоставляются гражданские позиции писателей, анализируются их отношения с политической властью. Большое внимание уделяется проблематике их творчества, анализу созданных ими типов национальной жизни, принадлежащих одному историческому периоду: последней трети XIX—первой трети XX веков. Однако наибольшее внимание уделяется трактовке обоими писателями такого важного аспекта исторического опыта XX века, как ГУЛАГ и тюрьма. Горький, вернувшись в СССР, испытывает интерес к «перековке», «переделке» человека в ГУЛАГЕ; Солженицын делает ГУЛАГ одним из главных предметов своего изображения. При этом оба писателя видят в тюрьме позитивные стороны. С точки зрения Горького, советская пенитенциарная система перевоспитывает уголовников и политических противников советской власти, делая из них убежденных строителей коммунизма. С точки зрения Солженицына, тюрьма может дать личности позитивный опыт противостояния режиму. Таким образом, Солженицын опровергает социальные иллюзии Горького. В статье показывается, что главным корнем разногласий становятся принципиально разные философские воззрения двух художников. Горький является убежденным гуманистом, Солженицын же—религиозным мыслителем и писателем.

Ключевые слова: Горький; Солженицын; религиозный писатель; гуманизм Горького; ГУЛАГ; мифологизация образа писателя; писательская репутация; творческое поведение

Максим Горький и Александр Исаевич Солженицын—два ближайших к нам по времени великих писателя. Один из них принадлежит первой половине века, творчество другого пришлось на вторую половину XX столетия. Солженицын видел в Горьком своего литературного антипода, *советского писателя*, творческое поведение которого для него неприемлемо. Восприятие их как непримиримых оппонентов в пространстве литературной истории XX века, сохранившееся и по сей день, вовсе не приближает нас к пониманию подлинной роли каждого из них. Напротив, необходимо несколько по-новому посмотреть на противоположные фигуры русской литературной истории и не создать новые мифы о них, но, напротив, попытаться, насколько это возможно, представить подлинное место каждого в литературной истории и выявить их неизбежную соотнесенность, обнаружить содержание диалога, в который они, вольно или невольно, вступают как классики русской литературы XX столетия.

Конечно же, реальный диалог между ними был невозможен, они просто не совпали во времени: когда Горький ушел из жизни, Солженицыну не исполнилось еще восемнадцати лет и о его писательских перспективах кроме него самого никто не знал. Естественно, никаких высказываний в адрес Солженицына Горький не сделал. Солженицын в адрес Горького высказывался, и всегда крайне резко, не принимая его общественную позицию и потому, вероятно, не видя тех художественных открытий, которые связаны с его именем. Горькому не нашлось места в «Литературной коллекции» Солженицына, судя по всему, он не воспринимал его как крупного художника, видя в нем основоположника не только социалистического реализма, но и нового типа творческой личности— «советского писателя», Солженицыну ненавистного. Образы советского писателя, талантливого, но лживого, ищущего компромисса с властью и стремящегося всячески ей угодить, даже в домашней застольной беседе, которая не слишком отличается от партсобрания, созданы и в романе «В круге первом» (Галахов), и в рассказе «Абрикосовое варенье» (безымянный Писатель).

Но самое важное, вероятно, в другом: для Солженицына как писателя, мыслителя, публициста, историка характерно тотальное неприятие революции и послереволюционной власти, которая созидалась в 20—30-е годы—часто при непосредственном участии Горького. В Горьком он видит виновника ее преступлений и прочно ассоциирует его с ленинской диктатурой и сталинским репрессивным режимом.

Очевидным подтверждением причастности Горького к репрессивному аппарату может стать фрагмент из «Архипелага ГУЛАГ», в котором повествуется о посещении « пролетарским писателем » Соловецкого лагеря. Солженицын подробно описывает ожидания заключенных, которые связывают с посещением писателя иллюзорные надежды на изменение своего положения. Они надеются через него открыть правду о Соловках, думают о том, как смогут высказать ему все: « Надо знать заключенных, чтобы представить их ожидание! В гнездо бесправия, произвола и молчания прорывается сокол и буревестник! Первый русский писатель! Вот он им пропишет! Вот он им покажет! Вот, батюшка, защитит! Ожидали Горького почти как всеобщую амнистию »[①]. Особенно трагичной выглядит судьба некого мальчика, который смог уединиться с Горьким и в течение полуторачасового разговора открыл ему глаза на подлинное положение узников УСЛОНа, в результате чего Горький сентиментально расплакался, обнял мальчика, сел на пароход и уплыл, не слыша, вероятно, винтовочных выстрелов—мальчика расстреляли. Из этого эпизода Солженицын делает вывод о том, что Сталин зря убил Горького в 1936 году—тот вполне принял бы и репрессии 1937 года.

Разумеется, этот эпизод и его трактовка могут быть оспорены: никто не знает, что это был за мальчик, действительно ли его расстреляли—и вопрос, ставший лейтмотивом книги « Жизнь Клима Самгина » « А был ли мальчик? Может, никакого мальчика—то и не было?» звучит в контексте этого эпизода без всякой иронии. Мы знаем лишь, что Горький действительно посещал Соловки в 1929 году, беседовал с осужденными, общался с Ягодой. Все остальное— фольклор обитателей ГУЛАГА, а не документально зафиксированные факты. А вот брошенная мимоходом фраза как содержащая совершенно достоверный факт об убийстве Сталиным Горького критики с современных научных позиций не

---

① *Солженицын А . И.* Архипелаг ГУЛАГ. Опыт художественного исследования. Т. 2. М. , 1990. С. 43.

выдерживает. Достаточно вспомнить исследования, проведенные в секторе М. Горького ИМЛИ РАН①, которые документально опровергают версию об убийстве Горького Сталиным, зато назван другой убийца—Ягода, чьим политическим интересам и далеко идущим планам как раз и отвечала смерть писателя.

Конечно, когда Солженицын писал «Архипелаг ГУЛАГ», современные научные труды о жизни и творчестве Горького еще не были созданы в ИМЛИ РАН, наиболее авторитетном центре современного горьковедения, и нелепо упрекать его в том, что он находился в близком ему контексте источников информации, которые легли в основу «опыта художественного исследования». Дело в другом: Солженицын отвергает не столько художественный опыт Горького, сколько его общественную роль в «России фараонов», как назвал в 1935 году СССР Р. Роллан, и, как следствие, те социальные маски, которые были на него надеты по возвращении из эмиграции. По сути дела, Солженицын воспроизводит мифологический образ некогда «буревестника революции», теперь же «бывшего главсокола, ныне центружа», которые формировались в 20-е годы рапповской и лефовской критикой. По крайне мере, вопрос о том, зачем приплыл Горький на Соловки, чего он искал в этой поездке, какие иллюзии питал и почему, в «Архипелаге...» не ставится. Мы вернемся к этому вопросу позже: в ответе на него во многом и кроется причина принципиального несовпадения двух великих писателей XX века. Но только ли несовпадений? Эпизод с Соловецким визитом Горького парадоксально открывает и точки схождения между ними...

2018 год, в пространстве которого встретились два юбиляра, дает возможность посмотреть на взаимоотношения этих писателей в несколько ином ракурсе и увидеть в них не только непримиримых оппонентов. Возможно, их сближает, помимо юбилейных дат, еще что-то не менее важное в контексте русской литературной (и не только литературной) истории.

В первую очередь, это писательские репутации. Перед нами два ближайших к нам по времени великих писателя: Горький—первой половины XX века; Солженицын—второй. Равновеликий масштаб их в контексте литературной истории XX века подтверждается объемом созданного.

Оба проявили себя как эпики, как создатели эпических полотен

---

① Вокруг смерти Горького. Документы, факты, версии. М.: ИМЛИ РАН, 2001; *Спиридонова Л. А.* М. Горький: новый взгляд. М.: ИМЛИ РАН, 2004; *Спиридонова Л. А.* Настоящий Горький: мифы и реальность. М.: ИМЛИ РАН, 2013.

национальной жизни в ее историческом измерении: это « Жизнь Матвея Кожемякина», «Дело Артамоновых», «Жизнь Клима Самгина»—у Горького; «Раковый корпус», «В круге первом», «Архипелаг ГУЛАГ» и, конечно же, «Красное Колесо»—у Солженицына.

Оба обращались к другим родам литературы: к лирике, к лиро-эпосу (поэма «Дороженька» у Солженицына) и, конечно же, к драматургии. Горьковская драматургия представляет собой более объемный массив литературы, но и драмы Солженицына, как, например, его трилогия « 1945 год», куда вошли « Пир победителей», «Пленники», «Республика труда», занимает важное место в литературной истории.

Во-вторых, сближает их и общественная позиция непримиримых критиков существующего политического режима: царского и ленинского—у Горького; советского—у Солженицына. В конечном итоге, оба они «бодались с дубом», и из этой борьбы вышли титанами—победителями. Горький участвовал в первой русской революции 1905—1907 годов, помогал революционерам деньгами, был вынужден скрываться в эмиграции после поражения революции; приветствовал свержение ненавистного ему царизма, т. е. в итоге победил «дуб», с которым «бодался». Правда, спустя всего несколько месяцев автор « Несвоевременных мыслей» вынужден был перед новым «дубом» отступить, его не преодолев, и в результате уехать во вторую эмиграцию в 1921 году. Солженицыну борьба с «дубом» стоила ареста и депортации, но «дуб» все же рухнул—в том числе, и из-за усилий «теленка». Правда, вернувшись из изгнания, писатель создает книгу «Россия в обвале» (1998), своего рода аналог « Несвоевременных мыслей», написанных на 80 лет раньше, которая ставит его, как и Горького, в оппозицию новой власти. Кульминацией этого противостояния оказывается отказ от ордена Святого апостола Андрея Первозванного—получать его из рук Ельцина писатель отказывается. Вернувшись на рубеже 20—30-х годов на родину, Горький пытается играть,—роль «умягчителя сердец и нравов» при Сталине, своеобразного просветителя, роль подобную той, что играл Державин при дворе Екатерины Второй. В какой-то степени это ему удается: примеры заступничества Горького, когда его обращения и ходатайства удовлетворялись, общеизвестны, и список их выглядит весьма внушительно. Эту роль ему удавалось играть крайней мере до декабря 1934 года, до убийства Кирова, которое усиливает недоверие и подозрительность Сталина, в том числе, и по отношению к Горькому.

Солженицын после ухода Ельцина видит в Путине политического лидера, способного вывести Россию из обвала, и его отношение к власти, как и у Горького в конце жизни, меняется. Оба уходят из жизни не оппонентами власти, но, скорее, ее сторонниками и даже сподвижниками. Оба получают своеобразную посмертную канонизацию в качестве великих художников современности, что, собственно, вполне справедливо.

В-третьих, парадоксально сближаются и их эстетические взгляды. Оба были убежденными реалистами, один категорически отвергал модернизм (для Горького он был синонимом декаданса, и созданный им комический образ Смертяшкина указывает на это со всей очевидностью), а неприятие Солженицыным постмодернизма известно каждому, кто обращался к его публицистике, где писатель говорит о постмодернизме как о «натужной игре на пустотах», размышляет о «безжизненности» его перспектив. Оба, однако, ощущая себя реалистами, были передовыми художниками своего времени и не могли обойти творческие открытия модернизма и постмодернизма, возможно, того не осознавая. Например, в цикле рассказов 1922—1924 годов Горький принципиально отказывается от реалистической мотивировки характеров, понимая ее явную недостаточность для современного уровня литературного развития, а Солженицын в «Красном Колесе» обнаруживает не только близость к модернистской эстетике, но и к творческим опытам постмодернизма.

Говорить о сближении двух художников в литературном пространстве их столетия возможно еще и потому, что оба, обращаясь к одной и той же эпохе русской жизни, началу XX столетия, создали удивительные национальные типы, в первую очередь, женские. Образы Вассы Железновой, Марины Зотовой («Жизнь Клима Самгина») соотносятся с образами Ирины и Ксении Томчак, Ольды Андозерской («Красное Колесо»)—обоим писателям удалось создать удивительные типажи русских женщин, поражающих своей силой, красотой и незаурядностью—будь то кормчая сектантского корабля (Марина Зотова у Горького) или профессор истории, специалист по европейскому средневековью (Ольда Андозерская у Солженицына). Пожалуй, в литературе XX века лишь Распутину удалось создать тип русской женщины, пусть и принадлежащий совершенно иной социально-исторической и культурной среде, но равный по силе, масштабности и незаурядности образам Горького и Солженицына.

И такого рода аналогий можно привести множество. Скорее всего, здесь не идет речи о влиянии Горького на Солженицына, скорее, о типологических схождениях двух художников равного масштаба при обращении к одной и той же исторической эпохе. Оба писателя создают ярчайшие типы русской жизни, созданные переломной эпохой. Это и образы русских предпринимателей (Артамоновы, Сава Морозов, миллионщик Бугров—у Горького; экономия Томчака—у Солженицына); образы революционеров (Кутузов, Рахиль—у Горького; Адалия и Агнесса Ленартовичи—у Солженицына); образ Ленина, конечно же, с диаметрально противоположных позиций—у обоих; образы провокаторов (Карамора—у Горького; Богров—у Солженицына).

И еще одна общая черта, касающаяся уже не столько творческого наследия двух великих писателей, сколько их писательской репутации, которая создавалась и при жизни, и после ухода каждого из них. Речь идет о мифологизации образа писателя, о том, что он со временем обрастает мифами, которые часто, не имея никакого основания ни в творчестве, ни в творческом поведении писателя, воспринимаются, тем не менее, как истина, и упрощают, примитивизируют, искажают подлинный облик творческой личности. При этом мифологизация касается не только широкой читательской аудитории; не в меньшей степени она захватывает и профессиональную литературоведческую среду.

Миф о Горьком как о буревестнике революции закрывает от читателя весь массив реалистического творчества писателя, как дореволюционного, так и пореволюционного. Кроме того, традиция школьного образования делает Горького автором двух романтических рассказов («Макар Чудра» и «Старуха Изергиль») и пьесы «На дне». Солженицын и по сей день тоже воспринимается многими как автор двух рассказов («Один день Ивана Денисовича» и «Матренин двор») и писатель лишь лагерной темы, что резко сужает проблематику его творчества.

Впрочем, миф о Солженицыне более многообразен и противоречив. С одной стороны, это миф о «теленке», поборовшем «дуб»; с другой—существует весьма устойчивая мифология, ставящая под сомнение историческую достоверность многих его произведений, в первую очередь, «Архипелага ГУЛАГ», когда сомнению подвергаются и факты этой книги, и ее статистические выкладки. Еще один миф, оправдывающий читательскую и исследовательскую лень, говорит о нечитабельности его произведений, особенно «Красного Колеса». Подробнее анализировать мифологию о Солженицыне просто не интересно.

В обоих случаях мифологизация приводит к редукции реальных представлений о масштабе и содержании творческого наследия обоих художников.

Однако дело даже не в их месте в литературной иерархии XX века, не в определенной общности литературных репутаций, не в отношениях с властью, эстетических взглядах и даже не в масштабе сделанного. Главное—в удивительном и отчасти парадоксальном совпадении тематики и проблематики их творчества.

Одной из главных (но отнюдь не единственной!) темой Солженицына стал ГУЛАГ. Судьба человека, поглощенного лагерем и тюрьмой, формирует проблематику его творчества и исследуется во множестве произведений: рассказах «Один день Ивана Денисовича», «Матренин двор», повести «Раковый корпус», романе «В круге первом», пьесах «Пленники» и «Знают истину танки» и, конечно же, в опыте художественного исследования «Архипелаг ГУЛАГ», своеобразной энциклопедии ГУЛАГа как явления советской истории.

Но ведь и Горький не обошел в своем творчестве тему ГУЛАГа! Вновь вспомним его визит на Соловки—что он там делал, чего искал? Солженицын не только не дает ответа на этот вопрос, но даже не ставит его, ограничиваясь суждениями о сугубо материальной заинтересованности, тогда как понять отношения Горького с Ягодой, с НКВД, его представления о СЛОНе (Соловецком лагере особого назначения) и о советской пенитенциарной системе в целом, а на самом деле системе массовых политических репрессий,—значит, найти одну из причин возвращения Горького из эмиграции, понять, на чем были основаны его политические и социальные иллюзии.

Конечно, у Горького мы не найдем ни одного произведения, в котором описывался бы не то что ГУЛАГ—вообще реальность советского времени. Вдохновение для своего творчества он черпал исключительно в дореволюционной жизни, и даже повествование в «Жизни Клима Самгина» не перевел (и не планировал переводить) через рубеж 1917 года. Исключение представляет, пожалуй, единственная его неудачная пьеса «Сомов и другие», в основу сюжета которой лег процесс по делу Промпартии. Драматургический конфликт этой пьесы завершается прямо-таки в соответствии с канонами античной драматургии: подобно deus ex machina появляются чекисты и арестовывают всех участников конфликта. Пьеса получилась очевидно слабой, Горький ее не ставил и не публиковал при жизни, но сохранилось множество воспоминаний о его дружбе с Ягодой, о его искреннем интересе к Соловкам, к строительству Беломорканала, на котором работали те же зеки и которым руководил НКВД.

Важнейшей идеей философии Горького была идея перековки людей, идея создания из человеческого шлака, доставшегося от прошлой эпохи, нового человека. В полном соответствии с этой идеей, преступники, уголовные элементы, политические противники новой власти проходили и в СЛОНе, и на строительстве Беломорканала «перековку», переживали преображение, в соответствии с утопическими философскими идеями А. Блока о революции как метаморфозе, выраженными в его послереволюционной публицистике, в частности, статье «Катилина» и поэме «Двенадцать».[1] Именно поэтому рассказ гипотетического мальчика привел Горького в отчаяние и заставил лить слезы: не зеков он жалел, но плакал о неудаче грандиозного социально-утопического проекта перековки старого человека в сознательного строителя нового мира. Впрочем, Ягода и другие высокопоставленные офицеры НКВД помогли восстановить Горькому оптику его розовых очков: «Черти драповые, вы сами не знаете, что сделали», — говорил он, умиляясь ударному труду строителей Беломорканала.

Именно эта идея переделки человека, а отнюдь не компромисс с властью и тем более примитивная сервильность, заставила Горького организовать книгу о строительстве Беломорканала. При его непосредственном участии формировались писательские бригады преимущественно из бывших рапповцев, которые создали своеобразную летопись быта заключенных на строительстве Беломорканала. Эта книга и выражает одну из основополагающих горьковских идей: созидание в ГУЛАГЕ нового человека, формирование строителей нового мира из уголовных преступников и социально чуждых элементов.

Конечно, социальные иллюзии, в плену у которых оказался Горький, никоим образом не оправдывают людоедскую практику ГУЛАГа. Но все же понять, чем руководствовался писатель, водя дружбу с Ягодой и высшими офицерами НКВД, значит объяснить очень важную грань его мировоззрения, которая, правда, не получила художественного воплощения, но определила некоторые черты его творческого поведения и писательской репутации,

---

[1] *Голубков М. М.* Революция как метаморфоза: к вопросу об одной литературной полемике 1920-х годов // Литература и революция. Век двадцатый. М.: Литфакт, 2018.

сложившейся в 30-е годы.

Что же объединяет Горького, питавшего несбыточные социальные иллюзии в отношении репрессивного аппарата НКВД, и Солженицына, последовательного критика и главного обвинителя перед всем мировым сообществом архипелага ГУЛАГ?

Способность увидеть их позитивные черты, как ни странно, парадоксально и даже кощунственно это бы ни прозвучало. Наивное восхищение Горького перед деяниями «чертей драповых» и знаменитое «Благословение тебе, тюрьма!»[①] из уст Солженицына. За что же шлет благословение тюрьме Солженицын? Уж явно не за перековку человеческого материала в соответствии с гулаговскими утопиями Горького.

Для ответа на этот вопрос можно обратиться к истории взаимоотношений А. И. Солженицына и В. Т. Шаламова, в частности, к тому эпизоду, когда Солженицын предложил Шаламову совместно работать над «Архипелагом». Шаламов отказался, т. к. исходная концепция Солженицына, стремящегося показать и позитивные примеры выстоявших духом и сохранивших человеческое в нечеловеческих условиях, казалась ему глубоко ложной: Шаламов не видел в лагере ничего позитивного, он утверждал невозможность положительного опыта лагерной жизни. Глубокий и выстраданный пессимизм Шаламова оказался в противоречии с оптимизмом Солженицына, способного и в тюремных условиях увидеть позитивное — в том числе, и в отношении к собственной судьбе. Завязалась довольно острая полемика, в том числе, и на станицах «Архипелага...»:

«Шаламов говорит: духовно обеднены все, кто сидел в лагерях. А я как вспомню или как встречу бывшего зека — так личность.

Шаламов и сам в другом месте пишет: ведь не стану же я доносить на других! Ведь не стану же я бригадиром, чтобы заставлять работать других.

А отчего это, Варлам Тихонович? Почему это вы не станете стукачом или бригадиром, раз никто в лагере не может избежать этой наклонной горки растления? Раз правда и ложь — родные сестры? Значит, за какой-то сук вы уцепились? В какой-то камень вы упнулись — и дальше не поползли? Может, злоба все-таки — не самое чувство? Своей личностью и своими стихами не

---

① *Солженицын А. И.* Архипелаг ГУЛАГ. Опыт художественного исследования. Т. 2. М., 1990. С. 412.

опровергаете ли вы собственные концепции?»①

Истоки этой полемики—в принципиально разном понимании лагерного опыта. Оптимизм Солженицына—в глубокой религиозности писателя. В своем лагерном опыте он видит проявление Божественной воли, уведшей его с ложного пути, открывшей ему истинный смысл его писательства, показавшей, каким писателем он должен стать, отвратившей его от пути «советского писателя», по которому он непременно пошел бы, вослед Горькому, когда бы не арест и тюрьма. Благословение тюрьме—это низкий поклон Божественной воле, которая уводит от неправедного пути: «как море сбивает с ног валами неопытного купальщика и выбрасывает на берег—так и меня ударами несчастий больно возвращало на твердь»②. Вот о какой перековке человеческого материала можно говорить, обращаясь к Солженицыну.

И все же здесь видится еще одно парадоксальное сближение Горького и Солженицына: несбыточные надежды Горького на «перековку» и представление о тюрьме как о ниспосланном свыше испытании дают возможность обоим находить в ГУЛАГе позитивный смысл—на принципиально разных, диаметрально противоположных основаниях.

Однако именно в этом пункте и проявляется подлинная причина антиномичности двух писателей, приведшая к их вековой распре. Она лежит в принципиальном различии их философии, той картины мира и концепции художественного творчества, которой придерживались оба художника. Суть в том, что Горький был убежденным гуманистом, а Солженицын—религиозным писателем.

Гуманизм Горького последователен и непреложен. Ницшеанский монолог Сатина («На дне») может стать своеобразным манифестом Горького: «Человек— вот правда! ‹...› Это—огромно! В этом—все начала и концы... Все—в человеке, все для человека! Существует только человек, все же остальное—дело его рук и его мозга! Че-ло-век! Это—великолепно! Это звучит... гордо! Че-ло-век!» Никакой высшей силы, стоящей над человеком, Горький не видел, полагая в идеальном, совершенном, прекрасном человеке смысл существования Вселенной

---

① *Солженицын А. И.* Архипелаг ГУЛАГ. Опыт художественного исследования. Т. 2. М., 1990. С. 416.

② *Солженицын А. И.* Архипелаг ГУЛАГ. Опыт художественного исследования. Т. 2. М., 1990. С. 411.

и уж по крайней мере—всей истории человечества. Здесь, однако, писатель приходил к противоречию, не заметить которого не мог и проигнорировать которое никак не получалось. Имея образ идеального человека, Горький никак не находил его воплощения в реальности, что вылилось в замечательной афористичной фразе: «В наши дни ужасно много людей, только нет человека». Поэтому его приятие революции, ГУЛАГа, идея «перековки» старого человека в нового была связана с гуманистической идеей искомого совершенного человека, созидание которого и было, по его мысли, целью всех революционных преобразований. Сентиментальность, о которой пишут все мемуаристы, органическая неспособность принять насилие, что показывают хотя бы «Несвоевременные мысли», парадоксальным образом сочетались в его мировоззрении с надеждой на появление нового, подлинного Человека, хотя бы на Соловках или на строительстве Беломорканала—в результате прямого социального воздействия, перевоспитания.

Солженицын как религиозный писатель прекрасно осознавал тупики гуманистического сознания, в которые попадал Горький. Он многократно говорил о присутствии в жизни людей и в своей собственной жизни силы высшей, себя воспринимая не как суверенного творца собственного художественного мира, но как «маленького подмастерья под небом Бога»[1]. Именно поэтому никаких иллюзий по исправлению человеческого материала в тюрьме и ГУЛАГе он не питал и питать не мог. Он не ищет совершенного человека, подобно Горькому, но в самой действительности обнаруживает такие типы, которые Горькому были недоступны, которых он просто не видел. Иными словами, Солженицын находит в самой действительности и предлагает художественное воплощение того самого Человека, какого взыскивал Горький. К ним относятся герои-рыцари, такие, как министр Столыпин, полковник Воротынцев, генералы Самсонов и Свечнин. Солженицыну не интересен герой, мыслящий себя центром мироздания и провозглашающий гимны абстрактному идеальному человеку. К такому типу героя приближаются, скорее революционеры, образы которых созданы в «Красном Колесе», в первую очередь, Ленин. Для Солженицына это человек, стремящийся перекроить мир по собственным лекалам, навязать Богом созданному миру свои представления о том, как он должен быть устроен. Ни о какой высшей

---

[1] *Солженицын А. И.* Публицистика: в 3 т. Т. 1. Ярославль, 1995. С. 8.

воли над собой, ни о каком представлении о мире как о Творении Божьем и об истории, несущей замысел Божий о судьбе народа и мира, Ленин и не задумывается, противопоставляя свою волю замыслу Божьему, навязывая истории свои законы.

Но Солженицын создал образы как реальных исторических деятелей, так и вымышленные, приближающиеся к идеалу человеческой личности, как он ее понимал: личности национально ориентированной, патриотически настроенной и связывающей свою жизнь с национально-исторической судьбой. Это герои, стремящиеся защитить Россию от революции и от внешнего врага.

Разумеется, для Горького, революционера и интернационалиста, убежденного противника царизма, ни Столыпин, ни генерал Свечин, ни полковник Воротынцев не могли быть близки. Здесь мы с очевидностью констатируем принципиальные идеологические расхождения писателей. Но все же не в политических взглядах двух художников кроется их принципиальная оппозиционность друг к другу. Дело в более глубоких причинах и касается глубинных философских расхождений. Сопоставление творческого опыта двух художников с очевидностью показывает, что гуманизм как философскую систему взглядов с одной стороны, и с другой—восприятие мира как Творения Божьего, а истории— как проявления Его замысла о русской национальной судьбе, примирить невозможно.

(编校：王　永)

Особенности «китайского» хронотопа в художественном мире М. А. Булгакова

Казьмина О. А.

(Юго-Западный университет, Китай)

Аннотация: Объектом изучения данной статьи является «китайский» хронотоп и персонажи—китайцы в произведениях М. А. Булгакова «Китайская история» и «Зойкина квартира». Особое внимание уделяется категориям пространства и времени, семантике имён собственных: хо́дя, Херувим, Сен—Зин—По (Сен—Дзин—По). В поле зрения попадает и поэтика художественно значимых образов: кукушки, часов, стены, опиума и др., а также мотивы бегства, двойственности, зеркальности и т. д.

Ключевые слова: М. А. Булгаков; хронотоп; китаец; зеркальность; эскейпизм; иностранец

Одной из смыслообразующих особенностей пространственно-временной системы произведений М. А. Булгакова является бегство героев, следовательно, эскейпический мотив становится центральным в художественном мире писателя. Булгаковские герои, стремясь к лучшей жизни, хотят убежать из советской России в Европу, лейтмотивом их мечты становятся строки из романса «покинем край, где мы так страдали»[①]. Вынуждено эвакуируются из страны белогвардейцы («Бег», «Белая гвардия»); также персонажи отправляются на машине времени в прошлое и в будущее («Иван Васильевич», «Блаженство»). Убегают герои, становясь иностранцами, чужими в других городах, странах, а также временах и пространствах. Наряду с векторами бегства, направленными вовне—эмиграцией,

---

① *Булгаков М. А.* Собрание сочинений в пяти томах. Т. 3. М. : Худож. лит. , 1990. С. 90.

в поэтике М. Булгакова существуют и интровекторы—иммиграция. В семантическом коде образов « иностранцев », « чужаков » прослеживается дихотомия Запад—Восток.

Запад—это, например, Воланд («Мастер и Маргарита»), немцы («Белая гвардия»), Вируэс («Адам и Ева»), Аврора («Блаженство») и др. Восток—китайцы из рассказа «Китайская история» и пьесы «Зойкина квартира». Образы героев данных произведений, написанных в 1923 и 1925 гг. соответственно, и будут рассмотрены в настоящей статье.

Китайцы в произведениях Булгакова, подобно другим его героям, стремящимся к счастливой жизни в Европе, бегут в Россию. Эта страна представляется им неким райским пространством, как, например, Париж для персонажей «Зойкиной квартиры». В итоге, ожидаемый рай или оказывается недосягаемым, или предстаёт искажённым в зеркале реальности отражением, имеющим черты сходства с адом. Отметим, что это один из примеров универсального для Булгакова лейтмотива *зеркальности*, который в творчестве писателя эксплицируется на различных уровнях художественной структуры: композиционном, образном, мотивном—и проявляется в значимых категориях пространства и времени.

Почему именно китайцы появляются на Булгаковских страницах? Являясь одной из древнейших цивилизаций, Китай для западных культур не случайно символизирует Азию в целом. В Москве, например, в 1534 году был построен торговый квартал Китай-город. Как прародина гуннов, скифов, сарматов Китай часто ассоциируется с угрозой и опасностью. В начале XX века в Европе и России господствовала идея панмонголизма, восточной экспансии на Запад, отразившаяся в философии и литературе. Поэтому обращение Булгакова к китайской (шире—к азиатской) теме не случайно.

В «Китайской истории» загадочный, «настоящий шафранный представитель Небесной империи» по никому не известной причине появился я «на берегу реки под изгрызенной зубчатой стеной»[①]. Представляется, что стена здесь—не просто ограждение или преграда, это аллюзия на самую известную и «свою» для хо′ди Великую китайскую стену. Противопоставление великая/изгрызенная подчёркивает уродливость, чуждость и опасность топоса, в котором находится хо′дя. Он

---

① *Булгаков М. А.* Собрание сочинений в пяти томах. Т. 1. М. : Худож. лит. , 1989. С. 449.

оказывается не просто «на берегу дьявольски холодной, *чужой* реки» [*Здесь и далее в тексте курсив наш. — О. К.*][1], но и по другую сторону стены, в зеркальном отражении привычной ему действительности. Не случайно, в видениях о детстве и доме перед глазами китайца всплывает поросль золотого гаоляна, которая также сравнивается со стеной.[2] Родные стены китайца возникают как противопоставление существующей сейчас действительности и более естественны и дороги для хо'ди, а сам хронотоп детства с образом дома (в тексте фанзы, от кит. 房子 — дом), золотого гаоляна, раскидистых дубов, жаркого солнца и матери, несущей в вёдрах студёную воду, являет собой хронотоп потерянного рая, куда герой мечтает вернуться. «Хо'дю, как бритвой резануло внутри и он решил, что опять он поедет через огромные пространства. Ехать — как? Есть — что? Как-нибудь ‹...›»[3]. Сильное желание вновь оказаться дома усиливается мотивом *жажды* героя.[4]

В пьесе «Зойкина квартира» китаец, которого все знают под именем Херувим, также мечтает любым способом вернуться назад в родной Шанхай.[5]

Заметим, что и в «Китайской истории», и в «Зойкиной квартире» китайцы имеют одинаковое (с небольшой поправкой) имя: Сен-Зин-По (в «Зойкиной квартире» Сен-Дзин-По). Возможно, имя связано с широко известной, в первую очередь производством швейных машин, корпорацией Зингер, названной по фамилии владельца. В «Зойкиной квартире» Херувим, работает в организованном предприятии по пошиву женской одежды, а в «Китайской истории» хо'дя виртуозно *строчит* из пулемёта. В то же время финал имени — По — аллюзия на фамилию американского писателя-романтика Э. А. По. Данное созвучие представляется неслучайным, поскольку первым поэтическим сборником Э. А. По является книга "Тамерлан" и другие стихотворения (1827). Таким образом, отсылка к образу великого полководца и завоевателя Тамерлана в контексте азиатской темы Булгаковского творчества наделяет Булгаковских Сен — Зин — По (Сен — Дзин — По) функциями воинственных захватчиков. В этой связи значимым представляется, что глава IV в рассказе «Китайская история» так и называется

---

[1] *Булгаков М. А.* Собрание сочинений в пяти томах. Т. 1. М. : Худож. лит., 1989. С. 449.
[2] *Булгаков М. А.* Собрание сочинений в пяти томах. Т. 1. М. : Худож. лит., 1989. С. 450.
[3] *Булгаков М. А.* Собрание сочинений в пяти томах. Т. 1. М. : Худож. лит., 1989. С. 450.
[4] *Булгаков М. А.* Собрание сочинений в пяти томах. Т. 1. М. : Худож. лит., 1989. С. 450.
[5] *Булгаков М. А.* Собрание сочинений в пяти томах. Т. 3. М. : Худож. лит., 1990. С. 124.

«Китайский камрад»①.

Сен－Зин－По (Сен－Дзин－По)—это, вероятно, настоящие, официальные имена, но их в текстах используют только в особых случаях. В «Китайской истории» имя Сен－Зин－По произносится только когда речь идёт о виртуозности хо′ди как стрелка из пулемёта.② Именно в этот момент китаец становился похожим на ангела.③ «Действительно, чёрт знает, что такое! В первый раз вижу,—говорил пушистоусый (важный военачальник [*Примечание наше.* —*О. К.*]), после того, как стих раскалённый Максим. И обратившись к хо′де добавил со смеющимися глазами: —виртуоз! / —Вирту-зи... —ответил хо′дя и стал похож на *китайского ангела*»④.

В «Зойкиной квартире» в списке действующих лиц молодой китаец назван именем Херувим, которое он получил из-за своей ангельской внешности. Его настоящее имя упоминается лишь однажды, когда сорокалетний китаец Газолин, рассказывая сотрудникам Уголовного Розыска о своём сопернике, произносит и его имя, и основную функцию в квартире Зои Пельц «Он тут, бандит Херувимка, *Сен－Дзин－По* ‹...› Он мерзавец, бандит. Сюда опиум таскает. Здесь опиум в квартире курят. Танцуют все, в квартире»⑤.

Ангельские черты во внешности также сближают китайцев из этих булгаковских произведений. Но заметим, никакой святости в их поведении нет. Наоборот, китайцы оказываются мошенниками и убийцами, полной противоположностью ангелам, их отражением в кривом зеркале, что позволяет говорить об их двойственности. Также зеркально следует понимать адресованное Херувиму «ну тебя к богу»⑥, вместо устойчивого речевого оборота «ну тебя к чёрту».

Исследователь Е. А. Иваньшина отмечает, что двуликость Херувима позволяет соотнести его с Янусом, а также с куклой Китайцем, правая сторона которой представлена стариком, а левая—юношей.⑦ Действительно, хо′дя из

---

① *Булгаков М. А.* Собрание сочинений в пяти томах. Т. 1. М. : Худож. лит. , 1989. С. 454-455.

② *Булгаков М. А.* Собрание сочинений в пяти томах. Т. 1. М. : Худож. лит. , 1989. С. 455.

③ *Булгаков М. А.* Собрание сочинений в пяти томах. Т. 1. М. : Худож. лит. , 1989. С. 456.

④ *Булгаков М. А.* Собрание сочинений в пяти томах. Т. 1. М. : Худож. лит. , 1989. С. 455-456.

⑤ *Булгаков М. А.* Собрание сочинений в пяти томах. Т. 3. М. : Худож. лит. , 1990. С. 128, 129.

⑥ *Булгаков М. А.* Собрание сочинений в пяти томах. Т. 3. М. : Худож. лит. , 1990. С. 112.

⑦ *Иваньшина Е. А.* Метаморфозы культурной памяти в творчестве Михаила Булгакова: монография. Воронеж: «Научная книга», 2010. С. 173.

«Китайской истории» имеет такое описание внешности: «... лет 25, а может быть, и сорока? Чёрт его знает! Кажется, ему было 23 года»[①]. Также в этом рассказе есть другой китаец, возраст которого описывается так: «... на корточках сидел очень пожилой китаец. Ему было 55 лет, а может быть, и восемьдесят»[②].

В продолжение об именах заметим, что наиболее часто, особенно в «Китайской истории» Булгаков называет своих героев-китайцев «хо́дя». Вообще «хо́дя» — вполне традиционное обращение к представителям этой страны. (Например, рассказ И. Бабеля «Хо́дя»).

Обратимся к слову «хо́дя» и попытаемся объяснить его семантику. В существительном «*хо́дя*» корень *ход*, значение которого, во-первых, движение, перемещение в пространстве, следовательно, оно родственно таким существительным как *путь* и *странник*, что подтверждается и самой логикой образа ино*стра*нца. Во-вторых, процесс работы какого-нибудь прибора или механизма. В рассказе «Китайская история» в роли данного механизма выступают круглые чёрные *часы* с золотыми стрелками, которые не просто измеряют время, но и являются своеобразными часами жизни хо́ди. Также, став пулемётчиком, хо́дя сам оказывается важнейшим механизмом, *ход*овой частью революционной машины — «гордость и виртуоз»[③]. В «Зойкиной квартире» китаец Херувим исполняет схожую роль: поставляя наркотики в квартиру Зои Пельц, он тем самым не только поддерживает работоспособность её обитателей, в частности Обольянинова и Аметистова, но и их жизнь. В-третьих, значение слова «ход» связано с игрой. Безусловно, мотив карточной игры присутствует в «Зойкиной квартире», связан он не только с образом профессионального игрока Аметистова, но и с Херувимом, которому принадлежит главный ход в решающей партии: убийство и ограбление Гуся — Ремонтного. [④]

На наш взгляд, слово «хо́дя» можно объяснить и с позиции «китайской» этимологии. Китайцев, проживающих за границей, на родине называют 华侨, что семантически наиболее точно объясняет версию происхождения от него слова «хо́дя». Интересны и другие, даже более созвучные с русским «хо́дя» варианты этимологии. Например, 货家 — «товары для дома». В то время, большинство

---

① *Булгаков М. А.* Собрание сочинений в пяти томах. Т. 1. М.: Худож. лит., 1989. С. 449.

② *Булгаков М. А.* Собрание сочинений в пяти томах. Т. 1. М.: Худож. лит., 1989. С. 451.

③ *Булгаков М. А.* Собрание сочинений в пяти томах. Т. 1. М.: Худож. лит., 1989. С. 456.

④ *Булгаков М. А.* Собрание сочинений в пяти томах. Т. 3. М.: Худож. лит., 1990. С. 144.

китайцев, приезжающих в Россию, не владея русским языком, занимались продажей различных вещей, возможно, привлекая потенциальных клиентов, выкрикивали на своём языке ставшую привычной для покупателей фразу «huòjiā». Тем самым, сочетание непонятных слов сначала стало ассоциироваться с китайцами, а потом превратилось в нарицательное имя хо́дя.

Также небезосновательной может являться версия происхождения слова от 回家—«возвращаться домой». Булгаковские китайцы, как мы отметили выше, любым способом мечтают покинуть чужую страну и вернуться на родину, в контексте их эскейпической мечты данный вариантэтимологии слова «хо́дя» приобретает глубокий смысл.

В «Китайской истории» хронотоп детства хо́ди появляется трижды. Мечта вернуться в беззаботное время в родительском доме, к маме связана с желанием повернуть вспять, заново прожить жизнь, воскресить то, что уже давно прошло и определённым образом умерло. Наличие мотива *смерти* и *воскресения* подчёркивается появлением второстепенного персонажа Настьки, красавицы неописанной, но мёртвой, убитой бандитом с финским ножом.[①] В то же время имя Анастасия, от которого произведено разговорное Настька, в переводе с греческого языка означает «возвращённая к жизни». Гибель Настьки символизирует несостоявшееся воскресение.

Кроме Херувима и хо́ди, в Булгаковских произведениях есть и другие китайцы. Например, Газолин (Ган—Дза—Лин)—соперник Херувима из шанхайской прачечной на Садовой улице в Москве. Отдельно следует сказать об амбивалентности образа прачечной в пьесе «Зойкина квартира». Резкий переход из локуса квартиры Зои Пельц в локус шанхайской прачечной и наоборот позволяет рассматривать прачечную как часть квартиры, одну из её хронотопических трансформаций.

Прачечная—некий «промежуточный» топос, пространство превращения, например, грязного белья в чистое, мятого в глаженое. Грязное бельё выступает метафорой тайны, скрываемого неблагополучия или греха. Культурным, мифологическим аналогом прачечной является расположенное между адом и раем чистилище—особая «территория», где, по представлениям католиков, души грешников проходят очищение.

---

① *Булгаков М. А.* Собрание сочинений в пяти томах. Т. 1. М.: Худож. лит., 1989. С. 451, 453.

Характерно, что в пьесе представлена именно китайская прачечная. Возникает противопоставление Восток/Запад: герои, стремящиеся убежать во Францию, «попадают» в пространство своей мечты посредством приёма «инородных» для западной культуры наркотических веществ, приносимых из шанхайской прачечной. Драматургом обыгрываются мотивы излечения (мнимого и приводящего к ещё большей зависимости от «лекарства») и очищения (в помещении прачечной грязь и мерзость, а ангельской внешности китаец Херувим на самом деле убийца и вор) и др. Прачечная здесь—своеобразное «чистилище», отражённое в «кривом зеркале».

В «Китайской истории» также присутствует старый китаец, которого как и Херувима можно отнести к типу характерных для Булгаковского творчества персонажей—«медиаторов». С последним их объединяет также и наличие на руке шрамов от пореза ножом. [1] Именно старый китаец и рассказывает хо'де про жизнь в чужом пространстве, где обязательно существование Ленина и Красной Армии, и курит вместе с хо'дей опиум. [2] Наутро после их общения, старика-китайца больше нет в комнате, зато появляется Ленин. Вероятно, что Ленин— наркотическое видение хо'ди, симбиоз трансформированного образа старого китайца и курительной трубки «с распластанным на ней драконом-ящерицей», при описании которых доминирует жёлтый цвет. [3] Примечательно, что Ленин одет именно в жёлтую рубаху, что помимо уже сказанного, роднит его с самим хо'дей, курящим жёлтую трубку и обутым в начале рассказа в шикарные жёлтые ботинки, которые через 5 дней жизни в хрустальном зале заменяются на рыжие опорки. [4] Преобладание в рассказе жёлтого цвета и его оттенков—золотого и рыжего—имеет двойственное значение и в китайской, и в русской культурах. С одной стороны, согласно китайской традиции жёлтый цвет символизировал одновременно и жизнь, и смерть. Жизнь—потому что это цвет соотносится с центром (а китайцы сами называют свою страну 中国—«срединное государство») и с землёй. А также это цвет Императора и императорской власти. Почитание жёлтого появилось во время правления прародителя всех ханьцев (современных

---

[1] *Булгаков М. А.* Собрание сочинений в пяти томах. Т. 3. М. : Худож. лит. , 1990. С. 85; *Булгаков М. А.* Собрание сочинений в пяти томах. Т. 1. М. : Худож. лит. , 1989. С. 451.

[2] *Булгаков М. А.* Собрание сочинений в пяти томах. Т. 1. М. : Худож. лит. , 1989. С. 452.

[3] *Булгаков М. А.* Собрание сочинений в пяти томах. Т. 1. М. : Худож. лит. , 1989. С. 451, 452.

[4] *Булгаков М. А.* Собрание сочинений в пяти томах. Т. 1. М. : Худож. лит. , 1989. С. 449, 453.

китайцев, относящихся к народности хань) Хуан Ди (黄帝)(с. 2697 — 2598 гг. до н. э.), имя которого переводится как «Жёлтый император». Долгое время в Китае под угрозой наказания смертной казнью никто кроме императора или императорской династии не мог носить жёлтые одежды. Но, помимо благоприятных коннотаций (как, например, в случае с красным цветом, который символизирует только удачу, радость и счастье и даже считается свадебным цветом), жёлтый имеет и противоположную символику смерти. Например, царство мёртвых китайцы традиционно называют «Жёлтые ключи». Также в буддизме жёлтый, оранжевый, золотой—это траурные цвета, которые используют и в похоронных обрядах, когда провожают в мир иной; и это цвет одежды монахов, символизирующий уход от мирских забот.

В русской культуре жёлтый и его оттенки не имеют однозначного значения. В представлении славян золотая окраска указывает на мир мёртвых, это констатируют В. Я. Пропп, А. Н. Афанасьев, Б. Успенский и др. [1] В то же время, в Православной традиции жёлтый и золотой цвета—символ тепла, любви, а также Бога и Божественного сияния. То есть, это и цвет и свет одновременно. Обязательно используется в иконах и в одеждах Святителей.

Можно сделать вывод, что хронотоп хрустального зала—это взаимопересечение разных хронотопов: жизни, смерти и воскресения. Проводником туда служит старый китаец (персонаж-демиург) и опиум, который курит хо′дя (также характерный образ-медиатор). Отметим, что в хронотопе детства хо′ди также часто присутствие этих оттенков: «... *очень* жаркое круглое солнце, *очень жёлтая* пыльная дорога, в стороне, как *золотая стена,*— гаолян»[2].

Опиумная галлюцинация хо′ди может иметь не только мифопоэтическое, но и историко-биграфическое объяснение. Известно, что бабушка Ленина по отцовской линии происходила из калмыцкого рода, т. е. в Ленине течёт монгольская кровь. Следовательно, в рассказе также подчёркнут азиатский, стихийный характер революции. И в этой связи стоит вновь упомянуть противопоставление Восток/Запад и идею панмонголизма.

---

[1] *Успенский Б. А.* Филологические разыскания в области славянских древностей (Реликты язычества в восточнославянском культе Николая Мирликийского). М. : Изд-во МГУ, 1982. С. 245; *Фоли Д.* Энциклопедия знаков и символов. М. : Вече, 1997. С. 60.

[2] *Булгаков М. А.* Собрание сочинений в пяти томах. Т. 1. М. : Худож. лит. , 1989. С. 450.

Как уже неоднократно отмечалось исследователями, появление Ленина в жёлтой кофте — прямая отсылка к образу поэта-футуриста В. В. Маяковского, носившего этот вид одежды, являющейся символом его эпатажности. «Я сошью себе чёрные штаны / из бархата голоса моего. / *Жёлтую кофту* из трех аршин заката. / По Невскому мира, по лощеным полосам его, / профланирую шагом Дон-Жуана и фата»[①]. «Я — нахал, для которого высшее удовольствие ввалиться, напялив *желтую кофту*, в сборище людей, благородно берегущих под чинными сюртуками, фраками и пиджаками скромность и приличие»[②].

Также в рассказе «Китайская история» именно Ленин распоряжается историческим временем и собственноручно запускает его: «Хо'дя же жил в хрустальном зале под огромными часами, которые звенели каждую минуту, лишь только золотые стрелки обегали круг. Звон пробуждал смех в хрустале и выходил очень радостный Ленин в жёлтой кофте, с огромной блестящей и тугой косой, в шапочке с пуговкой на темени. Он схватывал за хвост стрелу — маятник и гнал её вправо — тогда часы звенели налево, а когда гнал влево — колокола звенели направо»[③]. Вместе с тем, Ленин — временщик — аллегория смерти, на что указывает и его появление с косой — атрибутом персонифицированной смерти (Ср. смерть — старуха с косой).[④]

После встречи с Лениным начинается обратный отсчёт жизни хо'ди, что подтверждает также и его скорая гибель. Ежеминутный карнавальный выход из часов смеющегося вождя подчёркивает скоротечность времени («Неизвестно, что было в двухэтажном домике в следующие четыре дня. Известно, что на пятый день, постаревший лет на пять, хо'дя вышел на грязную улицу»[⑤]). Очевидно, Ленин здесь не только заменяет традиционную для часов кукушку, исполняя её функции, но и также наделяется её свойствами. Как известно, кукушка в представлении славян — символ грусти и печали, а также образ кукушки имеет ярко выраженную символику смерти, что проявляется не только в гаданиях: по её кукованию о сроке наступления смерти, но и во многих приметах и поверьях. Кроме того, кукушке, которой свойственно зимовать в земле, присущи и

---

①　*Маяковский В. В.* Собрание сочинений в трёх томах. М., 1993. Т. 1. С. 188.

②　*Маяковский В. В.* Собрание сочинений в трёх томах. М., 1993. Т. 1. С. 311.

③　*Булгаков М. А.* Собрание сочинений в пяти томах. Т. 1. М.: Худож. лит., 1989. С. 453.

④　Славянские древности. Этнолингвистический словарь в 5-ти томах / Под общей ред. Н. И. Толстого. Т. 2. М.: Международные отношения, 2009. С. 619.

⑤　*Булгаков М. А.* Собрание сочинений в пяти томах. Т. 1. М.: Худож. лит., 1989. С. 453.

хтонические черты.① Хтонические существа—гады—традиционно имеют отношение к загробному миру, что ещё раз доказывает: попадание хо′ди в хрустальный зал связано со смертью и переходом в потусторонний мир. Пять дней жизни в двухэтажном домике—инициализация китайца. Булгаковым неоднократно подчёркивается, что хо′дя именно *жил* (а не был или прибывал, например) там, поскольку, если «Красная Армия— везде *жить*»②.

Кроме того, что в Хрустальном зале Ленин с косой выводит хо′дю на балкон показывать Красную Армию, тем самым демонстрируя ад и рай; также здесь хо′дя впервые обнаруживает свой талант: взмахнувши широким мечом, отрубает голову Настькиному убийце; при этом хо′дя мстит не только за Настьку, но и за старого китайца, поведавшего историю, как этот сволочь и бандит порезал его своим финским ножом за пакет с кокаином. За это убийство—месть хо′дя получает награду от Ленина. Следовательно, происходит «боевое крещение» героя, но вместо креста он получает бриллиантовую звезду на грудь, имя и вскоре клеймо «цейх № 4712»③. Таким образом, мы видим превращение китайца хо′ди в виртуозного пулемётчика Сен—Зин—По.

Жизнь, смерть, воскресение, перерождение: эти хронотопы взаимопересекаются в хрустальном зале, являя диффузию. Равно как и персонажи обнаруживают различные маргинальные качества и свойства.

В финале рассказа хо′дя умирает, заколотый штыками юнкеров, но его смерть—это переход в другой хронотоп, новое творение; он вновь видит поросль золотого гаоляна, хрустальный зал.④ Таким образом, хо′дя возвращается в материнское лоно и тем самым перерождается. В Булгаковской художественной концепции мира смерть понимается не как небытие, а как переход в другой хронотоп.

(编校:袁淼叙)

---

① Славянские древности. Этнолингвистический словарь в 5-ти томах / Под общей ред. Н. И. Толстого. Т. 2. М.: Международные отношения, 2009. С. 36-38.
② *Булгаков М. А.* Собрание сочинений в пяти томах. Т. 1. М.: Худож. лит., 1989. С. 452.
③ *Булгаков М. А.* Собрание сочинений в пяти томах. Т. 1. М.: Худож. лит., 1989. С. 453.
④ *Булгаков М. А.* Собрание сочинений в пяти томах. Т. 1. М.: Худож. лит., 1989. С. 458.

Постсоветское творчество А. И. Солженицына

Кондаков И. В.

(Российский государственный гуманитарный университет;
Государственный институт искусствознания, Россия)

Аннотация: В настоящей статье осмысляется роль Солженицына как переходной фигуры в завершении советской литературы и создании постсоветской литературы. Уже большинство произведений писателя, рожденные в советское время, фактически выходили за рамки «советского» и не могли быть опубликованы в СССР. Критика советского политического строя, образа жизни, советской истории, идеологии, психологии и т. п. делала творчество и личность Солженицына вненаходимыми (относительно СССР и советской культуры). Заглавия его произведений содержали яркие метафоры «советского» как отступления от общечеловеческого и национального. Последовательно отвергая основные идеи, принципы, образы, традиции советской литературы, Солженицын осуществил тем самым завершение и преодоление советской литературы и заложил основы постсоветской литературы, объединившей литературу досоветскую и внесоветскую на основании традиций русской литературы как нераздельного целого.

Ключевые слова: советская; несоветская и постсоветская литература; каноны соцреализма; Самиздат; метафоры «советского»; критика; переоценка; деконструкция и преодоление «советизма»

Александр Исаевич Солженицын—великий русский писатель XX в., сыгравший историческую роль в развитии российской литературы, общественной мысли и культуры и повлиявший на многие социальные, политические и культурные процессы в России, а отчасти и в мире. В декабре 2018 г. ему исполнилось 100 лет, из которых он прожил без малого 90 лет. А эти 90 лет включали участие в Великой Отечественной войне в качестве боевого офицера, отбывание заключения и ссылки в течение более 10 лет, онкологическое заболевание, которое он сумел преодолеть, 10-летнюю борьбу за свое признание как писателя, 20-летнее пребывание в эмиграции. Однако эта дата имела не только биографическое значение. А. Солженицын—почти ровесник Октябрьской революции и Гражданской войны в России; его рождение совпало и с возникновением ГУЛАГа—советской репрессивной системы, осмыслению которой писатель посвятил ряд своих произведений, в том числе и знаменитое художественное исследование—«Архипелаг ГУЛАГ». Начало его активной писательской деятельности совпало со смертью Сталина и началом «оттепели», активным участником которой стал Солженицын; конец пришелся на первое десятилетие XXI века.

1

Каждый великий деятель культуры—художник или мыслитель (а писатель Солженицын был, несомненно, и художником, и мыслителем) является либо начинателем, либо завершителем. Например, М. Горький был зачинателем советской литературы—еще задолго до возникновения советской власти и ее социокультурных институтов. Не только пресловутые «Мать» и «Враги» (по традиции считавшиеся первыми произведениями соцреализма), но и более ранние горьковские сочинения, вроде «Песни о Соколе» и «Песни о Буревестнике», несомненно являются начальными текстами советской литературы. Другое дело, что сам Горький не мог представить, началом какого литературного процесса могут быть эти тексты и к какому финалу они сто лет спустя приведут то целое, которое впоследствии получило имя «советской литературы». А в конце истории советской литературы выпало быть Солженицыну. Советская литература, таким образом, в течение века прошла трудный и драматический путь—от Горького до Солженицына. [1]

Солженицын был великим *завершителем* советской эпохи. Стоило только ему опубликовать в СССР в 1990 г. полную версию своего шокирующего исследования советской истории—«Архипелаг ГУЛАГ»,—и Советский Союз

---

[1] См.: *Кондаков И. В.* (в соавт. с *Шнейберг Л. Я.*) От Горького до Солженицына. 2-е изд. М.: Высш. шк., 1995.

перестал существовать. Этой правды о себе советский режим выдержать не смог. Впрочем, это была уже не советская литература.

Солженицын—переходная фигура в истории русской и российской литературы. Его творчество знаменует сразу три перехода: из советской литературы в мировую; из советской литературы—в эмигрантскую русскую литературу; из литературы Русского Зарубежья—в постсоветскую. При этом все три перехода осуществлялись Солженицыным практически одновременно. В лице Солженицына мы видим «первопроходца» постсоветской литературы в рамках литературы еще советской, а потом—русско-зарубежной. Сочинения Солженицына—лучшее доказательство того, что постсоветская литература зарождалась в предшествовавшие исторические периоды, когда постсоветские реалии в истории и политике невозможно было даже помыслить.

Последними произведениями советской литературы, к которым оказался причастен Солженицын, были 5 его рассказов, опубликованных в журнале «Новый мир» с 1962 по 1966 гг. Среди них первым был «Один день Ивана Денисовича», напечатанный в «Новом мире» по личному указанию тогдашнего «вождя Советского Союза» Никиты Хрущева, поскольку этот рассказ соответствовал его планам, связанным с разоблачением «культа личности» Сталина. Вторым был рассказ «Матренин двор» (первоначальное авторское название «Не стоит село без праведника» было отклонено редакцией по цензурным соображениям). Эти два наиболее советских рассказа Солженицына остались самыми известными, самыми читаемыми его произведениями до сих пор.

Первый из этих рассказов возглавил ряд произведений на «лагерную» тему, посвященных переосмыслению сталинской эпохи; второй—обозначил круг произведений, в которых анализировалось состояние современной русской деревни, переживавшей кризис,—будущей «деревенской прозы». В первых же своих напечатанных сочинениях Солженицын продемонстрировал отказ от канонов соцреализма, возвращение к принципам критического реализма XIX в., критический пафос по отношению к советскому строю и советской истории. Публикация первых рассказов Солженицына вызвала противоречивые отклики— восторг и критику, полемику и отрицание, выдвижение на Ленинскую премию и отказ присудить ее писателю.

Первоначально рассказы Солженицына были благоприятно встречены критикой и читателями как новое слово в советской литературе, но вскоре стали сталкиваться со все большим неприятием и цензурными препятствиями. Все попытки Солженицына опубликовать свои новые произведения—рассказы, повести, романы, добиться постановки своей пьесы, экранизации сценария— оказались безуспешными. Началось противостояние государства и писателя: кто кого победит? Впоследствии Солженицын подробно описал это небывалое противостояние в мемуарной книге «Бодался теленок с дубом», причем из этого произведения было не вполне ясно, кто здесь «теленок»? —писатель или государство, с которым «воевал» писатель. Вероятно, Солженицын все же считал, что из этой неравной схватки именно он вышел несломленным победителем, хотя советское государство, несмотря на присуждение писателю Нобелевской премии по литературе, выслало его за границу и считало эту акцию своей победой.

Большая часть произведений Солженицына, написанных еще в Советском Союзе, была впервые опубликована лишь за рубежом и не вошла в состав официальной советской литературы. Частично эти произведения распространились в Самиздате и стали представлять советский андеграунд: роман «В круге первом», повесть «Раковый корпус», микрорассказы «Крохотки», публицистические статьи («Жить не по лжи» и др.), открытые письма по разным вопросам. Сопротивление публикациям произведений Солженицына на всех уровнях—от Политбюро ЦК до Правления Союза писателей—под разными предлогами, преследование писателя за его активную общественную и правозащитную деятельность, развернутая кампания по дискредитации писателя, против присуждения ему Нобелевской премии, против издания «Архипелага ГУЛАГ» привели к тому, что большинство произведений Солженицына советского периода стали одновременно эмигрантскими и постсоветскими и в этом качестве вошли в мировую художественную культуру.

Неслучайно советская власть всячески препятствовала публикации произведений Солженицына и даже на пике «перестройки» отказывалась его печатать, специально оговаривая невозможность издания «Архипелага»[1]. Названия всех (за малым исключением) произведений писателя содержали в себе емкий символический смысл, причем смысл—в большинстве случаев—

---

[1] См.: Кремлевский самосуд: Секретные документы Политбюро о писателе А. Солженицыне (Сборник документов) // Сост. А. В. Коротков, С. А. Мельчин, А. С. Степанов. М.: «Родина»-edition, 1994.

несоветский, даже антисоветский: «В круге первом», «Раковый корпус», «Бодался теленок с дубом», «Красное колесо» и его отдельные части (в том числе «Ленин в Цюрихе») и даже небольшие рассказы (из ранних: «Правая кисть», «Как жаль», «Пасхальный крестный ход» и др.) несли в себе мощный заряд новой интерпретации недавнего прошлого России и СССР.

Первое опубликованное произведение Солженицына—рассказ «Один день Ивана Денисовича», —еще несло на себе внешние черты советской литературы. В нем не было резких выпадов против социализма, советской власти, революции, марксизма, Ленина... Это дало основание критикам, даже таким проницательным, как М. Лифшиц и Д. Лукач, считать его новым этапом в развитии соцреализма. [1] Однако, по своей сути, он представлял собой антипод советской литературы и тем более—социалистического реализма. В рассказе ненавязчиво описывается действительность, далекая от традиционно советской жизни: лагерная унылая повседневность, дегероизация изображенных людей, негативизм в изложении советской истории, антикультовый характер диалогов и т. п. Само непритязательное название («Один день») относило читателя к концу рассказа: день Ивана Денисовича вышел «почти счастливым», но таких дней в сроке Шухова оказалось 3653—десятилетие каторги, целая история, искалеченная жизнь. В этом ряду «трудов и дней» «один день» выглядит не утешительно, а мрачно, зловеще.

Роман «В круге первом» в этом отношении гораздо более прямолинеен. Недаром этот роман, написанный раньше «Одного дня», так и не удалось автору, даже частично, опубликовать в СССР. Название его недвусмысленно отсылает к Дантовым кругам Ада. Уже в 3-й главке («Шарашка») в разговоре новичков и старожилов шарашки возникают эти интеллигентские ассоциации. Новичок, прибывший из особлага, удивляется условиям шараги: «Может быть, мне это снится? Мне чудится, я—в раю!!» И в ответ слышит: «Нет, уважаемый, вы по-прежнему в аду, но поднялись в его лучший, высший круг—в первый. Вы спрашиваете, что такое *шарашка*? Шарашку придумал, если хотите, Данте» [ВКП, 22][2].

---

[1] См.: *Лукач Д.* Социалистический реализм сегодня. А. И. Солженицын в зеркале марксистской критики // Скепсис: [сайт]. URL: http://scepsis.net/library/d_693.html (датаобращения 09.01.2019).

[2] Цит. по: *Солженицын А*. В круге первом. Роман. СПб.: Азбука, 2014. Здесь и далее страницы издания указываются в тексте, после краткого обозначения названия—ВКП.

Различными способами автор изображает первый круг Ада, вход в адскую бездну испытаний, страданий, извращений человеческого и воплощений бесчеловечного. Можно войти в адскую бездну через шарашку, изобретающую «секретную телефонию» для Сталина; можно—через сталинский ночной кабинет, где роятся мечты вождя о мировом господстве; а можно—позвонив с московского телефона-автомата в американское посольство и сообщив в звонкую пустоту информацию о краже секрета атомной бомбы советским шпионом... Этими путями и ведет Солженицын своего читателя, погружая его в пропасть безысходности.

«Раковый корпус»—еще более зловещая метафора. Через всю повесть проходит параллель: больничный корпус, переполненный больными со смертельным диагнозом, и страна, наполненная тюрьмами и лагерями; человек, разъедаемый неоперабельной опухолью, и страшная болезнь государства, пускающая метастазы в жизнь советских людей. К концу повествования автор задается вопросом: «Человек умирает от опухоли—как же может жить страна, проращенная лагерями и ссылками?» [РК, 465]①

Страшный, фантасмагорический образ ГУЛАГа—чудовищного собрания островов—концлагерей, населенных зэками, людьми, лишенными имен и значащихся, как в романе Е. Замятина «Мы», под безликими номерами, охраняемого бесчисленными конвоирами, и их добровольными пособниками, направляемого целой пирамидой военных и чиновников—во главе с великим Зодчим. Словно живой организм, ГУЛАГ в книге Солженицына живет по собственной логике саморазвития, проявляя при этом исключительную живучесть, цепкость и едва ли не бессмертие.

В год 100-летия автора «Архипелага» мы отметили и столетие самого ГУЛАГа! Главный борец с системой и самое «ядро» сталинского режима—лагеря (главный объект его борьбы)—ровесники и современники. И борьба их еще не завершена до сих пор.

Наконец—«Красное колесо»—первое собственно постсоветское произведение. Тоже зловещая метафора, охватывающая лишь часть авторского замысла, не реализованного автором до конца. Прежде всего «Красное колесо» —это символ Русской революции, преимущественно Февральской (4 «узла» и 10 томов романа-эпопеи—именно об этом; до Октябрьского переворота Солженицын свое

---

① Цит. по изданию: *Солженицын А.* Раковый корпус. СПб.: Азбука, 2012 (В дальнейшем: РК—страницы указываются в тексте).

«повествование в отмеренных сроках» так и не довел (всего предполагалось охватить 20 узлов и завершить 1945 годом). Но, поскольку в повествование о революции вовлекались также и события мировых войн (Первая мировая в значительной мере уже была включена в написанные 4 «узла»), Большой Террор и множество страшных эпизодов советской истории, то «Красное колесо», катящееся по миру в XX веке, означает нечто большее, нежели русская революция—это не «призрак», а самая что ни на есть *реальность* внесудебных расправ с населением страны, угрожающая человечеству в глобальном масштабе.

Красный цвет символизирует не только угрозу массового кровопролития, шире—вообще левую опасность (в том числе демократической и либеральной политики), но и безостановочное насилие, поддержанное революциями, войнами и репрессиями. А *Колесо*—воплощает непрерывность и неуправляемость, непредсказуемость стихийного движения, чреватого разрушениями, человеческими смертями, духовным подавлением и террором, охватывающими всё бо́льшие пространства и человеческие общности. Неслучайно в последней главе второго тома «Апреля Семнадцатого» в размышлениях Воротынцева выделяется значимое слово «бесповоротность»[1]. Это еще одна характеристика *Красного колеса* и пролагаемого им исторического пути—не только для России, но и для всего мира. Инерция раската *Красного колеса истории* ощущается в России и мире до сих пор.

Все эти грандиозные символические образы российской и советской истории, запечатлевшиеся в творчестве Солженицына—*закономерны* и *неизбежны*. Но столь же закономерно *невозможны* они в рамках советской литературы—ни тематически, ни символически, ни стилистически. Литературное творчество Солженицына и советская литература в принципе несовместимы. И несовместимы они именно потому, что вся советская литература (в той мере, в какой она действительно является «советской») основана на *приятии* (и даже на *апологии*) всего «советского»: власти, истории, образа жизни, человека, мировоззрения, психологии и т. п., а все литературное творчество Солженицына исходит из последовательной и резкой *переоценки всего советского* и столь же последовательного и жесткого утверждения исторической *альтернативы советизму*—религиозной, национальной, общечеловеческой. Солженицын весь в

---

[1] *Солженицын А.* Собр. соч.: В 30 т. Т. 16. Москва: Время, 2009. С. 559.

поиске *иного*. Но это *иное* порождено ... самим «советским».

Глубокую и проницательную характеристику Солженицына как писателя и мыслителя дал его первый (по времени и по смыслу) критик, выразитель мнений «новомировской» команды А. Твардовского Владимир Лакшин. «... Солженицын—великое дитя ужасного века и в себя вобрал все его подъемы и падения, муки и тяготы. В его психологии, помимо высоких и добрых человеческих достоинств, свою печать положили лагерь и война, тоталитарность и атомная бомба—эти главные атрибуты современности»[1].

2

Впервые вопрос о статусе советской литературы Солженицын поднял в знаменитом письме IV Всесоюзному съезду Союза советских писателей (16 мая 1967 г.), распространившемся позднее в Самиздате. В письме были подняты три проблемы советской литературы: угнетение литературы со стороны цензуры; понижение художественного уровня отечественной литературы и утрата ею мирового значения; преследование писателей по идеологическим мотивам и необходимость защиты их самих и их авторских прав. Своим богатым опытом общения с преследователями и ухода от провокаций и давления автор поделился в своем письме. В этом письме Солженицын еще не отделяет себя от советской литературы: ведь он пишет как член Союза писателей, обращаясь к коллегам по писательскому цеху.

Но обратим внимание, какие имена в своем письме называет Солженицын, апеллируя к исторической памяти и культурной справедливости. Сначала упоминаются поэтические имена, заклейменные политическими ярлыками: Есенин—как «контрреволюционный» поэт, Маяковский—как «анархиствующий политический хулиган», Ахматова—как «антисоветский» поэт, публикация «ослепительной Цветаевой» была признана «грубой политической ошибкой». Далее перечисляются писатели, которые вернулись к читателю: Бунин, Булгаков, Платонов, Мандельштам, Волошин, Пастернак, или которым еще предстоит возвращение: Гумилев, Клюев, Замятин, Ремизов. Затем названы писатели, указавшие на зарождение «культа личности»—Пильняк, Платонов,

---

[1] *Лакшин Владимир.* Солженицын и колесо истории. М.: Алгоритм, 2008. С. 209.

Мандельштам. Еще дальше—перечисление тех писателей, которые подвергались оскорблениям, клевете, преследованиям: Булгаков, Ахматова, Цветаева, Пастернак, Зощенко, Платонов, А. Грин, Вас. Гроссман. И наконец,— писатели, принявшие ссылку, лагерь и смерть: П. Васильев, Мандельштам, Артем Веселый, Пильняк, Бабель, Табидзе, Заболоцкий и др. Солженицын иногда повторяется, но лишь для того, чтобы упомянуть одни и те же имена в разных контекстах. Все упомянутые здесь писательские имена—если и представляют «советскую литературу», то—как литературу гонимую и караемую властью, как литературу, лишенную звания «советской»①.

Разговор о назначении литературы был продолжен Солженицыным в Нобелевской лекции. В этом идейном манифесте поднимаются еще более масштабные проблемы, связанные с советской литературой: прерывание литературы вмешательством внешних сил; «совиновность» писателя во всем зле, совершающемся «у него на родине или его народом»; литературное сопротивление— лжи и насилию.② В Нобелевской речи Солженицын называет из отечественных писателей XX в. только двоих—А. Ахматову и Е. Замятина—несоветских.

Все это было сказано нобелевским лауреатом как бы по отношению ко всей мировой литературе, но более всего—о советской. Ведь в Советском Союзе политическая власть и «компетентные органы» более всего вмешивались в литературную жизнь: репрессировали писателей, изымали литературные произведения, уродовали их при помощи цензуры или произвола невежественных чиновников; именно советская литература отказывалась изображать и комментировать социальное зло; именно она, как никакая другая, способствовала распространению политической лжи и оправдывала государственное насилие; она поддерживала культ «вождей Советского Союза» и славословила советский политический строй.

Конечно, Солженицын делал и исключение из общего контекста советской литературы. Так, в «Интервью агентству "Ассошиэйтед пресс" и газете "Монд"» (Москва, 23 августа 1973 г.) Солженицын, уже исключенный из Союза

---

① *Солженицын А.* Письмо IV Всесоюзному съезду Союза Советских писателей (Вместо выступления) // *Он же.* Публицистика: В 3-х т. Ярославль: Верх.-Волж. изд-во, 1996. Т. 2: Общественные заявления, письма, интервью. С. 30-31.

② *Солженицын А.* Нобелевская лекция // *Он же.* Публицистика: В 3-х т. Ярославль: Верх.-Волж. кн. изд-во, 1995. Т. 1: Статьи и речи. С. 16-17, 21, 24-25.

писателей, называет имена тех авторов, которых он считает художниками, выделяющимися на общем фоне советской литературы: «...Вот ядро современной русской прозы, как я его вижу: Абрамов, Астафьев, Белов, Быков, Владимов, Войнович, Максимов, Можаев, Носов, Окуджава, Солоухин, Тендряков, Трифонов, Шукшин»[①]. Здесь же, хотя и не в этом ряду, он упоминает еще Ю. Казакова и С. Залыгина. Таков выбор Солженицына—до его изгнания из Советского Союза.

Своим творчеством Солженицын последовательно *деконструировал* советскую литературу. Сначала трансформировались типы героев, проблемные ситуации, сюжетные мотивы, жанровые формы, язык. Затем пересматривались концепции жизни, ключевые идеи, философские споры героев. Наконец, советская литература сама переосмыслялась изнутри («Бодался теленок...»). И в результате демонстрировалась полная ее несостоятельность, ущербность, порочность, а на ее фоне—вырисовывается смутный абрис принципиально новой, *не*советской литературы, ни в чем не похожей на прежнюю. Достаточно вспомнить, насколько отличными от традиционной советской ленинианы, сталинианы предстают у Солженицына портреты и внутренние монологи Сталина («В круге первом»), Ленина («Ленин в Цюрихе», «Ленин в Петрограде»—из «Красного колеса»).

Своеобразным символом всей советской литературы, всего худшего, позорного, бездарного, лживого в ней стал для Солженицына Шолохов, его предшественник по Нобелевской премии среди русских писателей. Поддержав книгу И. Медведевой-Томашевской «Стремя "Тихого Дона"», где убедительно отрицается авторство Шолохова[②], Солженицын в статье «По донскому разбору» (1984)[③] разбирает «Поднятую целину» (I и II тт.), в которой видит «выполнение агитационной задачи» и «партийный заказ», «отсутствие вкуса, чувства меры», «слабоумие социалистического реализма», «оправдание большевицкой жестокости раскулачивания», «художественную неумелость» и «шаблон литературного ученичества».

---

① *Солженицын А*. Публицистика. Т. 2. С. 47.

② *Солженицын А*. Невырванная тайна. Предисловие к книге Д* «Стремя "Тихого Дона"» (январь 1974) // *Он же*. Публицистика: В 3-х т. Ярославль, Верх.-Волж. кн. изд-во, 1997. Т. 3: Статьи, письма, интервью, предисловия. С. 489-494.

③ *Солженицын А*. По донскому разбору // Там же. С. 210-224. Далее указываются страницы этого издания.

Касаясь деятельности основателя советской литературы Горького, Солженицын видит в ней не только «заблуждения и неум», но и боязнь правды, конформизм и корысть. Приговор Горькому: «И Сталин убивал его зря, из перестраховки: он воспел бы и 37-й год»[1]. В позднем (1994) двухчастном рассказе «Абрикосовое варенье» дан обобщающий образ Писателя (в котором без труда угадывается А. Н. Толстой)—воплощение профессионального советского демагога, конъюнктурщика и сибарита, воплощение литературной номенклатуры СССР, который, «по восхитительной широте своей натуры, уже и не помнил зла», а потому оправдывал репрессии и клялся в любви к Октябрьской революции, большевизму и лично к самому товарищу Сталину.[2]

Даже лучший из советских писателей—«Трифоныч»—А. Твардовский— был, по мнению Солженицына, испорчен «совечиной», т. е. верностью советским принципам, идеям, традициям. Сама причастность советской литературе—уже клеймо разложения и позора, а сопротивление эй—заслуга и слава. И неслучайно среди упоминаемых отечественных писателей в последнем, незаконченном солженицынском произведении—«Литературной коллекции»—нет почти ни одного имени, который бы можно было безусловно ассоциировать с советской литературой. Исключение составили «перевалец» А. Малышкин (автор «Падения Даира») и Л. Леонов (как автор раннего романа «Вор»), явно стоявшие особняком в литературном процессе 1920-х гг. Остальные герои Солженицына—прозаики: Б. Пильняк, Ю. Тынянов, А. Белый, Е. Замятин, М. Алданов, В. Гроссман (дважды), И. Шмелев, Ф. Светов, В. Шаламов, П. Романов, Е. Носов, Ю. Нагибин, В. Белов, Г. Владимов, Л. Бородин, М. Булгаков, В. Астафьев; поэты: С. Липкин, И. Лиснянская, Н. Коржавин, Л. Владимирова, И. Бродский, Д. Самойлов. Черты советской литературы в «коллекции» Солженицына не прослеживаются. Скорее—противостояние ей, исключение ее.

Всем своим творчеством Солженицын подвел черту под советской литературой. Если советская культура в той или иной степени еще сохранилась в России до сих пор (как один из «слоев» постсоветской культуры), то советская литература после Солженицына стала невозможной в принципе. Она стала

---

[1] *Солженицын А.* Архипелаг ГУЛАГ. Кн. 2. СПб.: Азбука, 2011. С. 62-63.
[2] *Солженицын А.* Рассказы 1993—1999. М.: АСТ, 2006. С. 134-137.

восприниматься как ложь, фальшь, лицемерие, политическая демагогия и нехудожественное пустословие. Великая миссия Солженицына перед русской и мировой культурой—*завершение* и *преодоление* советской литературы, ее нравственная, политическая и эстетическая *переоценка*—были выполнены. Новой страницей истории русской литературы стала постсоветская литература, начало которой положил Солженицын.

（编校：王　永）

"索尼娅"形象的精神文化内涵

常景玉

（首都师范大学外国语学院）

[摘　要]　乌利茨卡娅的《索尼奇卡》和托尔斯泰娅的《索尼娅》的女主人公都叫索尼娅，二者在个性品质、生存方式和精神追求等方面有一定的相似之处。现代女性生存的艰难，女性现实生活与理想生活的落差，女性在爱情、婚姻、家庭中的抉择，女性的心灵世界和对精神存在的捍卫是两位女作家竭力要表达的内容。二者对俄罗斯经典文学中的优秀女性形象既有继承又有开拓，对待爱情、家庭、朋友和敌人，她们都善良宽容，坚定沉默地经历生活的磨炼和苦难。但是她们并非麻木和软弱，而是在心中不自觉地建立了一座繁茂美丽的心灵花园供自己休息，在第二个世界中体会生命的真诚和美好。

[关键词]　索尼娅；第二个世界；女性形象

20 世纪八九十年代，俄罗斯文坛出现了众多特色鲜明的女性作家，如乌利茨卡娅、托尔斯泰娅、彼得鲁舍夫斯卡娅、托卡列娃、波利亚斯卡娅等，她们的文学创作证明了女作家有区别于男性看待世界的独特视角和独特的女性创作心理，也是俄罗斯 20 世纪末女性文化运动的重要组成部分。在创作主题方面，女性作家有两个特点值得我们注意：一是她们热衷表达对人类传统价值观念和道德品质的珍视和向往；二是她们高度关注日常生活，从庸俗、琐碎的平凡生活中得到关于生存和生活本质的认识。因此，我们时常会看到一些饱含作家情感的女性人物，她们富有传统的自我牺牲精神，有强烈的自我人格和独立个性，有超乎寻常的精神特质。在破碎多元的现代信息社会中，这些美好的道德品质是值得被坚守和赞美的。我们可以将两部主人公都名为索尼娅的小说放在一起比较阅读，即乌利茨卡娅的《索尼奇卡》和托尔斯泰娅的《索尼娅》。下文将对两位同名女主人公的形象进行比较分析。

为什么两位作家为主人公选取了同一个名字呢？因为这个名字有深刻的精神文化内涵。索菲亚（该名的指小形式是索尼娅，指小表爱形式是索尼奇卡）不仅是个名字，也是一个极富俄罗斯民族特色的精神文化代表形象。"索菲亚"这个词本身有智慧的意思,在俄罗斯的经典文学作品中,几乎所有被赋予这个名字的主人公都与"善良、同情、温顺、奉献、无私"这些美好品质相关联,如喜剧《纨绔子弟》和《聪明误》中的索菲亚、《罪与罚》中的索尼娅·马尔美拉多娃、《战争与和平》中的索尼娅、《万尼亚舅舅》中的索菲亚·亚历山大罗夫娜等。19 世纪末 20 世纪初的俄罗斯宗教哲学还明确提出了索菲亚学说。索洛维约夫对"索菲亚"的内涵进行了进一步阐释,说它既象征着"上帝的至圣智慧",还象征着"永恒女性"。那么,本文要讨论的这两位女性究竟具有什么样的性格? 她们的形象又有什么差异呢?

乌利茨卡娅的《索尼奇卡》塑造了一个这样的人物:她"细高个子,宽肩膀,干瘦的双腿,坐平的扁屁股","从小就戴眼镜"①,"与耐劳、温顺的小骆驼有奇妙的相似之处"②,她的外貌并不吸引人。托尔斯泰娅的索尼娅,"她的脸活像一匹来自普热瓦利斯克的马……胸部凹陷,腿很粗。……还有那双笨鞋,总歪歪扭扭,破破烂烂的"③。从外貌上看,这两个主人公都不太有女性魅力,甚至有些丑。两位作家分别选择骆驼和马这两种动物作为主人公的对照,从一方面来说,骆驼和马都很难说是长得美的动物,这与二人的外貌特征相一致;但从另一方面来说,它们的实用性很强,自古以来就是人类劳作的好伙伴,通常是勤劳、踏实和忠诚的象征。在日常生活的点点滴滴当中,她们确实非常值得人依赖和依靠。乌利茨卡娅的主人公索尼奇卡在结婚后把所有的心思都放在了家庭上面,按照丈夫的说法,父女"二人自信是知识分子精华中的精华,把油盐酱醋之类的琐事留给索尼奇卡去料理"④,而她也默认了这样的使命,并且料理得相当不错。她对待所有人的态度表明,她善良、宽厚、坚强、富有自我牺牲精神。而索尼娅呢,她虽然没有自己的家庭和孩子,但"她的针线活儿干得很好"⑤,"很会做饭,她做的蛋糕很好吃"⑥,"她喜欢孩子……你可以把孩子和家全留给她照顾"⑦。甚至大家都不能自私地独占她,只能轮流请索尼娅帮忙。虽然表面上看索尼娅有些简单和木讷,但是"随着时间的推移,笨拙的索尼娅像一块水晶一样,出人意料地展示出另外一些熠熠生辉的侧面,深得大家的欢心"⑧。因此,在品质上她们是相似的——这是两位勤劳善良、宽容淳朴、热爱生活、值得依靠的女性。

除了个人品性,两位主人公的另一个共同点是,她们都同时存在于两个生存空

---

① 乌利茨卡娅:《美狄娅和她的孩子们》,李英男、尹城译,昆仑出版社,2015 年,第 2 页。
② 乌利茨卡娅:《美狄娅和她的孩子们》,李英男、尹城译,昆仑出版社,2015 年,第 6 页。
③ 舒宾娜:《当代俄罗斯中短篇小说选》,路雪莹等译,人民文学出版社,2006 年,第 262 页。
④ 乌利茨卡娅:《美狄娅和她的孩子们》,李英男、尹城译,昆仑出版社,2015 年,第 37 页。
⑤ 舒宾娜:《当代俄罗斯中短篇小说选》,路雪莹等译,人民文学出版社,2006 年,第 262 页。
⑥ 舒宾娜:《当代俄罗斯中短篇小说选》,路雪莹等译,人民文学出版社,2006 年,第 261 页。
⑦ 舒宾娜:《当代俄罗斯中短篇小说选》,路雪莹等译,人民文学出版社,2006 年,第 263 页。
⑧ 舒宾娜:《当代俄罗斯中短篇小说选》,路雪莹等译,人民文学出版社,2006 年,第 261 页。

间之中。

《索尼奇卡》的主要内容是索尼奇卡从童年到婚后直到老年的具体生活,但索尼奇卡并非一个只知道柴米油盐的普通主妇,她"同时生存在两个时空当中,一个是同现实相关的外在世界,另一个是自己心灵感受到的内在世界"①。按照巴赫金的说法,"感受到的世界完全是另外一个世界,在那里才实施并完成真正的行为……它整个地透着获得承认的价值意义的各种情感意志的色调"②。索尼奇卡生活在 20 世纪 20 年代至 70 年代,整个国家战乱不断,混乱不堪。许多重大历史事件给她的生活带来了不幸,但幸运的是她却有另外一个富有理想和热情的内在精神世界。正是这个独特、充盈的精神世界才能解释她对待女儿和丈夫、对待丈夫的情人以及整个现实生活的态度,才能让她摆脱困苦的现实,完成自我救赎。这个世界就是她阅读经典文学所形成的世界,一个语言优美、思想深刻、行为高尚的乌托邦世界。索尼奇卡从少女时代就痴迷于阅读,阅读甚至成了她的一种生存方式③,以至于她都无法分辨真实世界与阅读世界这两个世界哪个是真,哪个是假。"她对文字极为敏感,以至于把杜撰出来的人物和现实生活中的亲人同等看待",有时甚至"混淆了虚构与真实之间的界限","忘我地进入了幻想世界,使除此以外的一切都推动了意义和内容"。④ 书籍创造出来的世界似乎成了索尼奇卡的"高尚而又异常纯正的现实"⑤。在丰盛的文学养料的滋养下,索尼奇卡在无形中形成了生活的内在准则,她平静积极地面对生活,耐心智慧地安排日常,以一种欣赏式、艺术式的眼光去体味细节。可以说,她是为自己而沽的,任何事都无法阻止她遵循个人感受,最终获得心灵的平静和幸福。

索尼娅也同时存在于两个世界之中。一个是常常被人忽略的现实世界,另一个是她做女主角的书信世界。现实生活中,她不美、笨拙,与周围世界格格不入,没有朋友和恋人,常常被人讽刺和戏弄。可是在书信的世界里,她受到尊重和爱戴,她可以毫无顾忌地大胆表达对生活的激情和感受,让最浪漫的幻想和最深沉的感情倾泻而出。书信世界让她从无趣、孤单、苦难的现实世界中抽离,可以说,这个虚幻的爱情世界是主人公安放心灵的乌托邦。她无比真挚热烈的情感打动了想捉弄她的那群人,以至于后来厌倦了欺骗的阿达想结束这场游戏的时候都不忍向她坦白。很难说她仅仅因为爱情就深深地陷入了这个书信世界。正如张建华教授所说

① 孙超:《当代俄罗斯文学视野下的乌利茨卡娅小说创作:主题与诗学》,北京大学出版社,2012 年,第 45 页。

② Бахтин М. М. Литературно-критические статьи // Художественная литература. Москва,1986. C. 511.

③ Мела Э. «Сонечка» Людмилы Улицкой с гендерной точки зрения: новое под солнцем? // Преображение. 1998. No 6. C. 101.

④ 乌利茨卡娅:《美狄娅和她的孩子们》,李英男、尹城译,昆仑出版社,2015 年,第 2—3 页。

⑤ Гуреев В. Н. Проза 1980—2000-х годов: Справочное пособие для филолога // Родная речь. Воронеж,2003. C. 255.

的,"索尼娅与其说是无知于这桩虚幻的爱情,莫说甘愿把这一莫须有的爱情看成战胜孤独、苦难的独特方式"①。索尼娅明明是个热爱生活、浪漫敏感的姑娘,但在现实中却找不到理解和珍惜她的人,无望的她只能将一腔热情全部都寄托在与一位素未谋面的仰慕者的通信之中。

对于两位索尼娅来说,现实世界无论怎样都不会打扰她们平静美好的内心。尽管现实并不尽如人意,但她们却始终用新鲜浪漫的心灵对待生活,用宽容善良的心灵对待他人。她们个人的宝贵品质像宝石一样熠熠生辉。从某种程度上看,她们都是特立独行的"怪人"。"怪人"们与世界有点格格不入,经常说傻话办傻事,却能真正地感受生活,显得无比真诚可爱,只有他们才能在纷乱的尘世中坚守自己的心灵家园。

但是,她们的第二个生存空间又各有特点,与现实的关系也不尽相同。

对于索尼奇卡来说中,阅读空间是她独特又坚固的领地,无论现实中出现什么磨难,她都可以在这个安稳的避风港里停留休息,保持自己的幸福感:意外得知丈夫出轨后,"她精神恍惚,浑身轻飘飘的,耳朵里嗡嗡地鸣响着,回到了自己的房间,走到书柜前,随意拿出一本书来,翻开中间一页躺了下来。……读着这些段落,索尼娅为完美无缺的语言和高尚文雅的精神所感染,顿时心中生辉,沉浸在静静的幸福之中……"②阅读经典文学作品对索尼奇卡的价值观念和道德感受也产生了巨大影响,"她隐约意识到了个性存在的意义和价值"③。"索尼娅作为女性,她的依赖是没有边际的。一旦相信丈夫的天才,丈夫的一切作品都会使她钦佩得五体投地。……这些古怪的玩意儿反映出他的个性,反映出那些不可名状的精神动向。"④因此,索尼奇卡经常满怀幸福和温暖地重复:"上帝呀上帝,我不配有这种福气。"⑤索尼奇卡真心佩服丈夫的天才和阅历,因此心甘情愿地远离曾经沉迷的阅读世界,把照顾丈夫和女儿、供养整个家庭当成是她存在的意义和价值。她似乎把生活和小说弄混了,把自己和丈夫都代入了小说的角色当中。在她读的一部作品里,主角是一位不得志的天才画家,而她则是在天才身边默默付出、尽职尽责地履行个人使命的配角。每当她静静地从高处审视生活的时候,就会获得如阅读文学作品般的快感。因此,在罗伯特的生日宴上,其他客人都同情索尼奇卡,而"索尼娅对罗伯特把她带来感到很高兴,而且认为他能够对她这样丑陋、衰老的妻子表现得如此忠诚,是值得骄傲的,对亚霞的美貌她也很欣赏"⑥。她似乎是以一个局外人

①　张建华:《新时期俄罗斯小说研究(1985—2015)》,高等教育出版社,2016年,第299页。
②　乌利茨卡娅:《美狄娅和她的孩子们》,李英男、尹城译,昆仑出版社,2015年,第51页。
③　孙超:《当代俄罗斯文学视野下的乌利茨卡娅小说创作:主题与诗学》,北京大学出版社,2012年,第52页。
④　乌利茨卡娅:《美狄娅和她的孩子们》,李英男、尹城译,昆仑出版社,2015年,第22页。
⑤　乌利茨卡娅:《美狄娅和她的孩子们》,李英男、尹城译,昆仑出版社,2015年,第23页。
⑥　乌利茨卡娅:《美狄娅和她的孩子们》,李英男、尹城译,昆仑出版社,2015年,第55页。

的角度宽容客观地看待这件事,因此在第二个空间里获得的心灵满足让她对第一个世界的要求变低了。

而索尼娅的非现实空间,即与尼古拉通信的世界则是虚幻易逝的,因为它建立在一群不怀好意的人的玩笑之上,建立在一个善良正直的女性受侮辱、受损害的基础之上,它可以随时被真相打破。这个世界与现实世界的关联并不大,只是索尼娅表达内心感受和个人激情的一个空间。大家想通过这个骗局来看索尼娅的笑话,可是她"总是一副无精打采的样子,把秘密守得很紧,滴水不漏。她和谁都不交心,永远装作什么事都没有的样子,这真令人吃惊"①。两个空间唯一的一次交织就是索尼娅和尼古拉第一次,同时也是最后一次见面。当索尼娅奋不顾身地想去挽救深陷炮火中的恋人时,才发现这次恋爱全都是虚假的,恋人并不存在,她付出所有热情的世界至此完全崩塌。相较于阅读,与阿达等人伪装成的尼古拉的交流并不能让索尼娅看到多姿多彩的世界和多元化的生活方式,也不能让她领悟到哲学家们深刻的思想,进而反思自我,因此,这个空间只能供索尼娅释放激情、排解孤单,她并没有像索尼奇卡那样意识到个人的价值和意义,更没有有意识地选择一种单纯高尚的生活方式。

两部小说对于现实世界的两个层面,即个人生活和社会生活这两个层面的处理也极为类似。两位女作家不约而同地没有让小说涉及的社会历史事件占据叙述的主要层面,而是把更多的笔墨放在了主人公身上。"时代的动荡与历史的变迁几乎与女性的生命遭际没有关联,她将女主人公生存的时代语境有意淡化为单纯的叙事背景,私人化的生存空间占据着绝对的小说空间。"②列宁格勒大围困这个重大事件没有使索尼娅个人的命运淹没其中,社会历史事件对索尼奇卡的个人生活也影响甚微,更别说对她内在精神世界的影响了。"这样的女性叙事整体上都失去了与启蒙、政治、社会等意识形态问题的纠缠,更加日常化、生活化、私人化。"③

两位索尼娅在面对混乱、艰难的现实生活时,自主或不自主地为自己创造了另一片心灵栖息地,因而也保持了个人的精神独立性。20世纪末开始,女性作家开始关注女性在现实中的生存困境,但更加强调女性的情感需求和个性价值。女性如何摆脱生活苦难,坚守心灵家园,捍卫个人生活空间?同时生活在两个空间的索尼娅们对此做出了答案。

（编校：薛冉冉）

---

① 舒宾娜:《当代俄罗斯中短篇小说选》,路雪莹等译,人民文学出版社,2006年,第266页。
② 张建华:《新时期俄罗斯小说研究(1985—2015)》,高等教育出版社,2016年,第296页。
③ 张建华:《新时期俄罗斯小说研究(1985—2015)》,高等教育出版社,2016年,第294页。

蒲宁的情感篇章与叙事经纬

——以小说集《林荫幽径》为例

冯玉芝

（国防科技大学国际关系学院）

[摘　要]　蒲宁的小说集《林荫幽径》以极其出色的艺术心理学描写探讨了时代深渊中边缘人的"堪虞人性的致命瞬间"，尤其重要的是蒲宁对于边缘女性描绘中的人性之光打通了连接 19 世纪与 20 世纪人性传统的隧道，在时间和空间的现代转换中，精神的失落成为作家关注的焦点。当托尔斯泰的安娜·卡列尼娜试图自救的时候，陀思妥耶夫斯基的索菲亚要依靠上帝的时候，蒲宁的女主人公寒秋那"轻轻的呼吸"完成了俄罗斯现代小说形式的演进过程，其题材、体裁、主题、模式等小说形态学内容在小说史上画出了清晰的轨迹，是俄罗斯文学史上书写女性的教科书级作品，是"艺术小说的典范"，充分展现了连接两个时代的经典艺术家的"风骨"。

[关键词]　蒲宁；《林荫幽径》；叙事艺术

一、引　言

蒲宁（Бунин И. А.，亦译作布宁）的小说集《林荫幽径》（«Тёмные аллеи»）写于其侨居法国时，从 1938 年结集以来经历了多个版本，有的小说是 1946 年以后才收进合集的。大致的篇目有：《林荫幽径》《高加索》《传奇诗》《斯捷潘》《缪斯》《夜晚》《鲁霞》《美人》《小傻瓜》《安提戈涅》《祖母绿》《狼》《名片》《佐伊卡与瓦列里》《塔妮娅》《在巴黎》《加利娅·甘斯卡娅》《海因里希》《纳塔丽》《在一条熟悉的街道上》《河边小酒馆》《干亲家》《开始》《"鞑革"》《"马德里"》《第二壶咖啡》《寒秋》《萨拉托夫号轮船》《乌鸦》《100 个卢比》《报复》《秋千》《纯粹的星期一》《小教堂》《犹地亚的春光》《投宿》等。最多的时候，有 41 篇。在蒲宁的评论史上，有三种点评角度，即题材分类之"爱情小说"、体裁分类之"心理小说"和主题分类之"平淡无奇的故事"——据说这个主题来源于托尔斯泰的思想"生活中没有幸福，有的只是幸福闪光的瞬间，要珍视它们，感受它们而已"（что счастье в жизни недосягаемо, а

64

человек улавливает лишь его «зарницы», которые нужно ценить）。由于"林荫幽径"充满了意象的张力，在讨论蒲宁小说的技巧和小说观念演变历史的时候，写作者与这一系列小说的独特修辞关系以及小说的框架、故事层次和结构分类模式就值得进行更为深入的探讨。"在《暗径集》(指《林荫幽径》)中，蒲宁回归了他在1915 年的小说《爱情学》(«Грамматика любви»)中已经出现过的理念。蒲宁创造俄罗斯爱情小说的基本规则时，便已超越了'叙事基本规则'的理论概念，它的规则是要凝聚蒲宁在形式上所达到的最高成就，并以玉缩的形式展现出他整个的题材范围。而文艺学家们——尤其是叙事学学者茨维坦·托多罗夫(Tzvetan Todorov)——开始着手研究叙事基本规则的问题已经是 20 世纪 60 年代了。"①这个评价特别适用于说明蒲宁在庄严的文学史殿堂中的地位，并且是从叙事的角度来说的。

二、洞幽烛微:"我"的世界

无论是卷帙浩繁的文学长卷还是短小精悍的艺术珍品，叙述者的地位决定了它们的成败。20 世纪初期的文学叙述扩充了古典文学的一切形式与内容，长篇如《追忆似水年华》也毫不例外地对《奥德赛》进行了"重述"；短篇小说的叙述"移位"在虚实之间的转换最为令人瞩目，新闻、自传、法庭证词、历史片断都在蒲宁笔下得到了虚构性的"重述"，虚幻与"真实"的界限是叙述者在文本中的"饱和点"，亦即作者—叙述者—人物之间的关系的平衡。

蒲宁做过多年的媒体人，深谙社会问题给人的痛苦和困境。他的早期小说中的《浪迹天涯》《故乡来信》和《隘口》反映了他那惊人的洞察力，现实中的矛盾和生活的不合理以一种横断面的形式在他的作品中展现出来；但关于俄国历史命运，他的思考没有停留在"社会层面"，对于阶级冲突、暴力行为、战争的残忍，他不仅仅作为亲历者表示谴责和不认同，更为重要的是，蒲宁超越了对一般的社会弊病的认识水准，以哲理的态度来回望人类的精神堕落和人性缺陷所带来的悲观与失望。这是写作历史上对"谁之罪"寻根溯源的努力。人们在 20 世纪初期的社会风暴中重视如何根除人间不可容忍的不平等与邪恶，忽略的正是隐然不可见的人性的幽暗。蒲宁作为早期的托尔斯泰的信徒，潜心研究了东西方哲学的原则与主张，对于人、人生和人世有了截然不同于高尔基的"政见"和世界观。但是高尔基也承认，蒲宁偏爱"永恒的东西"。因此，蒲宁文风的转变不仅仅是侨居的结果，同时更是合乎其艺术探索的趋势。

小说集《林荫幽径》中作者的地位十分复杂。与作者的早期小说相比，这本小说集中的故事情节更加戏剧化，但叙事的方法却不再确定了，修辞学技巧成为实实

---

① 施拉耶尔:《蒲宁与纳博科夫:一生的较量》,王方译,黑龙江教育出版社,2016 年,第 137 页。

在在的叙事手段,叙事的引人入胜程度大幅度地提高了。但是,作者与作品的距离有了疏离感,小说的客观性和作者的"冷漠性"或者说是"中立"色彩极端突出。有的篇目像极了报端社会新闻的"文学改写"——如《海因里希》《高加索》等。作者的退隐成为小说艺术性提升的手段,写作主体更多地选择的叙述方式是"示述",这样一来,叙述的主体就走上了前台——我们必须区分蒲宁小说中的写作主体与叙述主体的关系,唯其如此,才能够将"个人呓语"和艺术杰作区分开来。蒲宁和托尔斯泰等大作家一样,一生都在反对将自己与作品主人公等同起来的说辞。由于很多小说是以第一人称或者第一人称叙述主体出现的,作者想为自己辩护的难度再次增加。对作者和小说故事、人物的不科学的无端关联严重损害了文艺批评对小说艺术的认同与分析。一系列女性的生活史、精神史和心灵史的呈现不仅仅凝聚了蒲宁独特的艺术眼光和人性视野,更是对他所秉持的艺术理念(蒲宁命运模式)的确认。"在蒲宁的世界里,对于人类的智慧来说,命运是不可思议的。和爱情一样,命运也是非理性的,会将我们导向明确未来的、习惯性的和本能的倾向倒转过来。在《林荫幽径》中,蒲宁坚持认为,正是命运在主人公生命中造成的高深莫测的毁灭性打击形成了故事的结构。在蒲宁的无韵文中悲剧紧跟着理想的幸福与和谐而来。"①

按照蒲宁的叙述场来进行小说分类是必要的。从叙述情境和人物视点来看,小说《高加索》《传奇诗》《纳塔丽》《寒秋》《乌鸦》《报复》《三个卢布》《犹地亚的春光》都是第一人称叙述者同时为人物之一,假借第一人称叙述者的《加利娅·甘斯卡娅》也属于这一类,出现了"我即主人公"的纯粹叙述。第一人称叙事与角色叙事合二为一的情形比较普遍。上述小说的叙述学研究应该包括以下几点。

(1)谁向读者讲述故事。"我"的世界的建筑术在主观的叙述中如何找到客观的聚焦点,这显然是一个万难的任务。《寒秋》用历经 35 年沧桑的女主人公来复写这个故事的时候,"我和那如梦的心迹"是"寒秋"的底色。这个叙述者的叙述产生了一个完全多层次叠加的效果:首先,"我"对话的对象包含一个完全不可能有任何话语的已经死亡的"他",这是生死之间的对话;其次,一个告别的清晨与其后不堪的 30 年的强烈对比,这是生活与生存的对话;最后,一个上了年纪的女人与被收养的女孩寥寥数语的精神差距,这是现实与梦境的叙事。"我"的生活传达的时空范围之广,恰好说明战争这一类的罪恶对生活的破坏之甚。生者的叙述说明死亡的阴影从未离去。

(2)《林荫幽径》中讲述故事的角度基本都在回忆一端。这反映出叙述者的多元性和各种经验均可以通过讲述来呈现。《纳塔丽》里大学生讲的故事、《乌鸦》里官少爷讲的"家丑"、《报复》里画家的回忆、《三个卢布》里无聊寻欢的旅人……由于第一人称的使用,这些小说简直可以被称为"半纪实的回忆录"。但是,必须注意到

---

① 施拉耶尔:《蒲宁与纳博科夫:一生的较量》,王方译,黑龙江教育出版社,2016 年,第 159 页。

的一点是,叙述者完全可以脱离读者的判断与准则。蒲宁利用这些形形色色的回忆者(忆旧者)所讲的故事,成功地"操控"了过去的故事对读者的"心理震撼"效果。

(3)通过情感透视这一修辞手段"寻求"读者。情感透视功能在第一人称的叙述中以严密的内心观察浮现在语言中。《海因里希》这一类男主人公自述女主人公故事的时候,有一个特别的角度,即女主人公的情绪在叙述者的控制之下,而这种控制是为了向读者一步步厘清女主人公失控的生活轨迹。若不是"我"这个洞若观火的亲历者,这个叙事距离不好掌握。因而"我"是不可取代的叙述者。

(4)故事与读者的距离。当所有主人公都是故事内的叙述者的时候,故事就总是以动态的形式发展,正是这种叙述趋势造成了蒲宁短篇小说最为充分的戏剧性和可读性。第一人称叙事对故事的过滤去除了社会新闻中人们司空见惯的花边部分,而把文学性的考量亦即故事的引人入胜度放在首位。

大量使用受限的叙述者对于蒲宁来说并不奇怪。其作品多为通过第一人称的讲述者所透露的主观感受来反映复杂的思想意识,一切都通过讲述人的眼光和世界观来传递。庞杂的叙述者挖掘的与"我"联系的广阔世界中有蒲宁竭力想要破解的高深莫测的命运的影子。特别好的一个例子是托尔斯泰的《克莱采奏鸣曲》,这是其精神探索的巅峰之作。火车上的男人波兹内舍夫讲了自己的婚姻悲剧,所有的有关婚姻家庭的伦理观都是由这个杀掉了妻子却又只被判刑11个月的丈夫讲述的。这个叙述者对社会、婚姻制度、夫妻关系都有特别的想法,但是他又说:"那场悲剧擦亮了我的眼睛,我用完全不同的眼光来看待这个问题了。"一个杀妻案件因为讲述者的选择而产生了改变,从刑事案件层面转换为对人生意义的探讨。在这里,小说收获的是第一人称"我"从读者一方得到的最大同情和情感传递。

三、斧凿无痕:"他"的爱情

《林荫幽径》需要精细的阐释学。若是由不连贯的情节构成,则需要一个第三人称的叙述者。在偶遇、相见、上路思索这三个情节中,《林荫幽径》的"作者叙述"与一个第三人称的"他"重合,因为这里需要的乃是故事内的人物叙述者。俗套的爱情故事如何获得悬念、神秘、无常甚至是可以与读者进行关于人性与命运的交流呢?既全知又有限的"他"就成为有意义的叙事者。小说中的人物之间存在一条交流线,而小说之外的"他"与读者之间存在一条交流线。与叙述者"我"的交流语境的不同之处在于——"蓄意混淆读者对基本真实的认识",这其实也是一种作者和读者之间的秘密交流,即真实不是外在的现实的真实,真正的真实是内心的真实。当尼古拉·阿列克谢耶维奇的名字被客栈女主人,也就是35年前被其抛弃的女子叫出的时候,两个主人公的内心可谓风起云涌。当第二天主人公再次上路的时候,他的思考又重回 35 年前的假设,往日不再——可是不仅如此,35 年的个人生活在内心的风暴评估下已经完全崩塌。有意思的是饶舌的车夫对娜杰日塔"放债"的描述,如果读到小说末尾,我们再回过头来参照作者对车夫和尼古拉·阿列克谢耶奇外貌的描写,就会立即大吃一惊:他们的外在与内心有多么大的反差!

> 驾车的是个强壮的庄稼汉,这人穿一件厚呢上衣,腰带束得很紧,黑不溜秋的脸,黑不溜秋而稀疏的络腮胡子,一副杀气腾腾的样子,活像古代的绿林好汉。而坐在车厢里的是个上了年纪的军官。他头戴制帽,身穿尼古拉式的海狸皮翻领军大衣,不但身体还未发胖,连眉毛也还是乌黑的,但是两撇唇髭却已经花白,同唇髭连在一起的颊须也已经花白了;他的下颌剃得精光。这人的整个仪表一望而知是在效仿亚历山大二世,这样的修饰当亚历山大二世在位时,在军人中间是十分流行的;连这人的目光也同亚历山大二世一样,疑惑、森严,同时又疲惫。①

这个"一副杀气腾腾的样子,活像古代的绿林好汉"的车夫"害怕"放债的客栈女老板,"目光也同亚历山大二世一样"的上了年纪的军官痛悔失落的爱情与人生。"一切都会过去,但并不是一切都会被忘记。"这是情感的轨迹。"一条小径掩映在椴树幽暗的林荫之中,四周盛开着红色的蔷薇……"(奥加辽夫诗句)这是隐喻青春的诗句。蒲宁在浓缩一个肉眼不可见的时空,这个"冷漠"的作者摹写没有答案的人生。"他"的爱情、道德、认知是对读者心理性的感染过程,从而引导读者对内在真实亦即艺术的真实的客观性认同。"他"就是这篇小说戏剧化的代言人。是的,"生活中没有幸福,有的只是幸福闪光的瞬间,要珍视它们,感受它们"。这些幸福闪光的瞬间、美好的时刻可以装饰人的一生。在蒲宁看来,这就是爱情,就是生活。"幸福的时刻会消逝,但是应该,也必须设法把某些东西保留下来,以同死亡、同蔷薇花的凋谢相抗争。""他"连接的是爱恨两端的人性世界。这也是传统,契诃夫就爱写内在的事实。很多研究者认为契诃夫的小说具有现代特征,他的小说充满了对心理事实的形象复写。短篇小说《某人经商的故事》是一个精神堕落的故事,但契诃夫只写开书店的人经营商品种类的变化;《有意结婚者须知》隐匿掉"人称",但是这个第三人称的泛指无限地扩大起来,复杂微妙的心理感受毫无文本的痕迹,读者才是最重要的一端。

蒲宁在写《鲁霞》的时候,将一段旅程切分为不同的心理时空来实现"他"与读者的秘密交流,书中的另一人物即"他"的妻子只有外在的意义,不是作为叙述信息的交流者,尽管"她"引出了话题。《鲁霞》的结构线索层次为:作者→叙述者→人物→受述者→读者。在整个交流过程中,读者的知情权最高。和《林荫幽径》一样,这仍然是一个"棒打鸳鸯"的老套故事,只不过反对者从父亲变成了母亲。故事的过

---

① 戴骢:《蒲宁文集》(第三卷),安徽文艺出版社,2005 年,第 201 页。

程是回忆穿插,甚至可以说是心理活动和旅程互为映衬的过程,这个时间上的统一取决于"他"在叙述中的地位,他的太太一直是旅途上的一个提问者,不是他的内心风暴的感知者,旅途上的夜未眠只属于"他"。这样一来,回忆中的"她"和同床异梦的"她"构成了叙事框架中"他"的理智与情感——叙述者与第三人称合流,形成四层交流语境:作者与人物之间的交流内容是"车站"这个地点与"爱情发生地"的巧合,人物与人物之间交流时夫妻对话引发的回忆片段,人物与读者之间的交流是对难以泯灭的爱情的记忆犹新,以及作者与读者之间的交流。最后一个最有意思,以妻子对丈夫的否定结束,"看你多么粗鲁!"但是读者已然了解这个沉溺在青春回忆中肝肠寸断的"他"并非如此![①] 但在小说的结尾处,一切都几乎隐匿不见……五杯掺杂了白兰地的咖啡就结束了"伤感"的故事。

蒲宁的真实性和戏剧性都是通过叙述者来设计的,它的内在性和心理性表明,故事不是生活,而是存在。所有的传统故事需要的巧合、冲突、性格矛盾都以一种肉眼不可见的形式存在于一个人的记忆中,是如此隐秘,以至于"坐在对面而毫无察觉"。对话绵延的是无关痛痒的调侃。这种"他"的爱情只存在于回忆中的"交流语境"是蒲宁写作涉及的最深层的结构——对生命的永不枯竭之泉的抒情。

四、千古绝唱:我们的眷恋

从叙事的角度来说,《林荫幽径》中的小说很多都体现了一种未经破译的形象的警世恒言。不少研究者探讨过蒲宁的创作学,这可以分为对蒲宁本人的写作风格和笔下人物的归类。蒲宁尽管熟悉大部分的哲学与伦理思想流派,与文坛上的人物交往颇丰,但却不属于任何文学流派,对于"冷漠大师""帕尔那索斯派"和"颓废派"的绰号他也不领认。"现在研究蒲宁的专著不仅需要调整研究的重心,而且需要改变对其艺术作品的态度。"[②]至于蒲宁的人物,尤其是其对自己笔下主人公的判断则有必要从叙述者——作者一端来考察,这样更方便阐述蒲宁艺术文本中的"超叙述"形态。最好的例子是"异常"的小说《安提戈涅》。

《安提戈涅》是古希腊悲剧作家索福克勒斯公元前 442 年的一部作品,被公认为戏剧史上最伟大的作品之一。安提戈涅是索福克勒斯塑造的一个女英雄的文学形象。在前一部分,这个戏剧形象表现为:安提戈涅是忒拜国王俄狄浦斯之女,俄狄浦斯得知自己无意中杀死了亲生父亲,悲痛欲绝,自毁双目。他因杀父而触犯天怒,致使全国疫病肆虐,忒拜人民将其驱逐出国门。安提戈涅自愿随父流放,四处漂泊,

---

① 本段引文均出自:戴骢:《蒲宁文集》(第三卷),安徽文艺出版社,2005 年,第 231 页。

② 俄罗斯科学院高尔基世界文学研究所:《俄罗斯白银时代文学史》,谷羽、王亚民编译,敦煌文艺出版社,2006 年,第 74 页。

赤足疾走,忍饥挨饿,不顾日晒雨淋,侍奉左右。而在后一部分,其戏剧形象表现为:安提戈涅的哥哥波吕涅克斯为争夺大位,背叛城邦,勾结外邦进攻忒拜而战死,被暴尸田野。克瑞翁下令,谁埋葬波吕涅克斯谁就将被处以死刑。安提戈涅毅然以遵循"天条"为由埋葬了哥哥,于是她被克瑞翁下令处死。与此同时,克瑞翁遇到了一个占卜者,说他冒犯了诸神。克瑞翁后悔了,去救安提戈涅时,她已自缢而死了。克瑞翁的儿子即安提戈涅的未婚夫,站出来攻击克瑞翁后自杀。克瑞翁的妻子听说儿子已死,也在责备克瑞翁后自杀。克瑞翁这才认识到是自己一手酿成了悲剧。安提戈涅既是侍亲和自我牺牲的形象化身,也是西方文学中第一个说"不"的叛逆女性形象。

《安提戈涅》与其说是一部具体的作品,不如说已经成为西方文化的一个母题性的文本了。安提戈涅这个戏剧形象作为哲学、政治学、法学历史思辨的符号引来了黑格尔、克尔凯郭尔、荷尔德林、尼采、德里达等大家的不断解读与深度阐释。任何一个历史大事件和人类历史转折时期,都有人"像罗马教皇那样,给每一种异端邪说留一份底档",来重新搬出《安提戈涅》以重构文化意义。安提戈涅的果决与哈姆雷特的犹豫成为西方文学"互文"的底版。

蒲宁是处理小说结构的大师。他的《安提戈涅》无论是理智还是情感的掌控力量都在叙述者——作者一方,而文本冲突却是在两个主人公——坐轮椅的伯父的陪护者卡捷琳娜(安提戈涅)和到伯父家度假的大学生巴甫利克之间展开的。作者将安提戈涅这个形象"复活"到自己笔下的女主人公身上显然为小说的主旨找了话语权,这个话语权是不可置换的,因而具有了争辩的意味。它的对立面或者说辩论赛的"辩方"是所有的人物与作者一方。该小说的基本故事结构是:

(1)作者叙述:大学生离开母亲的庄园去探望富有的伯父伯母,见到给伯父推轮椅的美丽看护安提戈涅;

(2)作者叙述:大学生对做一桩"风流公案"想入非非的心理过程;

(3)作者叙述:第二天上午至第三天早晨,从书房到安提戈涅卧室的颠鸾倒凤;

(4)作者叙述:早上,事发,所有人参与说谎,安提戈涅出走,分离。

为什么说是作者叙述呢?因为有关安提戈涅形象的经验、心理、隔膜,蒲宁都找了"对位"的人物来表现。伯父说:"这是我的安提戈涅,是我好心肠的引路人。不过我可不像俄狄浦斯王那样眼瞎,我眼睛可明亮着呢,尤其是看漂亮女人。"[①]大学生想:"何不在这待上一个月,不,两个月,避开众人偷偷跟她接近,交好,挑起她的爱火然后对她说:做我的妻子吧,我的整个身心永远都是属于你的。为了娶到你,什么妈妈、伯母、伯父我都不顾了,我向他们宣布我俩相亲相爱,决定结为连理,他们的惊诧、愤怒、规劝、怒斥、眼泪、诅咒、剥夺我的继承权,我都不在乎……"[②]安

---

① 戴骢:《蒲宁文集》(第三卷),安徽文艺出版社,2005 年,第 238 页。

② 戴骢:《蒲宁文集》(第三卷),安徽文艺出版社,2005 年,第 239 页。

提戈涅来书房换书,她读的是莫泊桑和密尔波;管家玛丽娅的眼睛,伯母同意安提戈涅辞工……六个人物的理智显然都败给了情感,或者说,都符合蒲宁式的精神和肉体之间感官的辩证统一。直觉在行动,意识流涌动不已,伯父说得不对,他的眼睛还不够明亮,安提戈涅不是他的;大学生为了遗产,不会说一句挽留安提戈涅的话;安提戈涅看起来浪漫,但坠入的现实深渊比任何时候都深;管家不用眼睛而是用嘴完成自己的职责;伯母明明自己撺人却利月别人撒谎。安提戈涅的诉求(自身的存在以及她争取权力的言语搅乱了象征秩序,揭示了一种不被承认的、不符合既定规范的诉求的合理性)在蒲宁笔下以现象学方法,通过直接、细微的内省时的心理过程分析,澄清含混的经验,从而产生各种不同的具体经验间的不变部分,即对"现象"或"现象本质"的叙述。在用这种本质还原法写一个非古典主义故事的时候,只有作者叙述能够把握每一个"全出场"人物的意识本身,让读者把他自己所明白的东西依其明白的方式显示出来,在描写对象的行动和心理的悖反中寻找不变的"先天"因素。作者—叙述者在描写对象中寻找不变的"先天"因素——将军"无能"、侄子"不敢违"、安提戈涅的肉体"敢违"与精神回避。作者—叙述者通过对人物的意向结构进行先验还原分析,分别研究不同层次的自我(心理)和先验自我(行为)的构成作用和六个人物间的关系以及自我心理与"现实世界"的悖逆等。这个叙述方法是反向分析叙述,在心理过程中存在着"意向对象和与其相应的'诸自我'之间盘结交错的反思层次"。比如他们的谈话只有零星两句,语言和行动完全不对称。书房作为寻欢地点,使肉体完全具有了相对于精神的"挑衅"意味。

《安提戈涅》中形象的变形和僭越是一种"异常"。在现代小说中,个体欲望表述带来的情感张力改变的是作者的认知——对无法在伦理关系秩序中获得认同的情感在文学上确立诉求的正当性。请看《安提戈涅》的结局:

> 下午三点,一辆三驾马车把安提戈涅送往火车站。他站在台阶前同她告别,眼睛也不敢抬,装得像是跑出来吩咐给她套马,碰巧遇上她的。他原以为她会绝望地大喊大叫,可她却只是从马车上向他挥着戴手套的手,她头上戴的已不是护士的三角头巾,而是一顶考究的女帽。[①]

很多评论说,作者用戏谑的手法来塑造安提戈涅的形象。但是显然小说《安提戈涅》是探讨人的孤立和无法沟通的艺术文本,在这里,现实世界与经验世界是疏离与对立的。

五、 余音袅袅:你和他们的评说

在技术革命与"昨日不再"的世纪过渡时代,如何处理寻常题材的写作,这是蒲

[①] 戴骢:《蒲宁文集》(第三卷),安徽文艺出版社,2005年,第246页。

宁、纳博科夫和别雷等白银时代作家的基本任务。即使是在当下的互联网时代,思想与艺术特色突出的作家并不是层出不穷的,而在人人可写的环境中,文学表达的困境反倒更为突出,读图及表情包的"快餐性质"掩盖了语言的深刻洞察力和延伸能力。

小说集《林荫幽径》是处理情感叙事的"百科全书"。情感表现中的"疯"(《爱情学》)、"傻"(《小傻瓜》)、"痴"(《在巴黎》)、"狂"(《加利娅·甘斯卡娅》)皆以一种时间已死、死亡将近、历史失忆的纯粹方式展现出来。蒲宁处理"本事"和"情节"的能力获得了艺术心理学家维戈茨基的赞叹,"简言之,本事是'实际有过的东西',情节则是'读者如何得知它的'东西"①。20世纪20年代的欧洲写作特色是小说的全体裁尝试,书信的文学与文学的书信应运而生,作为第二人称叙事的书信体和插入文本从不缺席,尽管书信体小说从历史溯源上来说,在中国古已有之,欧洲古代亦有之。书信体小说的体裁包括了纯书信体、半书信体、混合书信体等,但显然,书信体小说的体裁特点是两种体裁的"速溶"——小说与书信体的合体。这类体裁中的叙述者——人物会体现出双重讲述者的身份,甚至在书信体小说与插入文本的叙事机制中比作者的隐身来得更具有隐含的价值。书信体小说对应于其他体裁的突出特点在于其以一种陌生化方法有意挑战传统的已被接受的观念和思想,从不同角度进行描述,使习以为常的事物变得反常。这是一种"示述"。作者的第二自我在传统小说中总会有"假托的作者",蒲宁则用第二人称视角将本事与情节的辩证尺度提到最高。书信体小说《素昧平生的友人》(1923)以14封短信为内容,做到了书信体裁的极端:没有旁观者,没有对谈者,也没有假托的作者或者作者的"朋友"(приятель),是的,完全与读者"赤诚相见"的,只有书信里的倾诉者。这是蒲宁小说为情感定位的一种尝试——两种体裁的"速溶"——小说与书信体作者隐身在书信阅读者之后。你——读者的审视才是小说的情感剪裁焦点。

首先是小说的独白性。《素昧平生的友人》是一部无主人公小说。蒲宁在现代主义哲学氛围而不是陀思妥耶夫斯基的东正教神学影响下,摒弃了对道德规范的现实困境的叙述,而是把叔本华的悲观主义的形而上学移植进小说构思,从现象和本质角度来看待表象世界之意志,他的艺术解决方案是把主观的生命与情感同外在世界的"终极解决"分开,个人的独一无二、个人的自由会因与外界的接触而丧失,人的本质和异化本质是对文化及其历史的严厉批判与谴责。现代文明的物化压抑人性,吞噬人性,而重建人性文化,呼唤个性解放,关注道德天平的倾斜问题,成了蒲宁小说的主题。然而,蒲宁的现代主义写作哲学的"节制性"是伟大的,物欲的、肉欲的叙事从未滑向自然主义的泥沼,而是郑重地与人的意志欲求、人的本真的丧失连接在一起,形成了存在与死亡的非理性的艺术表达。《素昧平生的友人》

---

① 维戈茨基:《艺术心理学》,周新译,上海文艺出版社,1985年,第64页。

中写给"素昧平生的友人"的信仿佛就是《等待戈多》的女性版,除了具有书信体的仿真性,与外界的关系近似于无——契诃夫的《万卡》还要写一个不可到达的地址"乡下爷爷收",蒲宁的信则留存在写信人的日记中。一个家境富裕,子女已长大,在社会上颇有地位的女性读书、写作、心灵的需求,与人倾诉的愿望,对自然风光的体验,对个人现实世俗生活的不屑,等待生活的痛苦,世俗生活表象之下的哀愁的魅力,自我对谈成为灵魂病症,把给想象中的人的信当成吁请,把信视为梦和寄往来生的永别之书……这样感性的文本注定没有对谈者。"既然如此,我是在给谁写信呢?给自己吗?反正一样,因为我就是——您。"独白的单向话语的类型将读者信任放在作者一方,只是读者的察觉比较晚而已。

其次,《素昧平生的友人》在时间节点上有着特殊的处理。这是一部无情节小说。信件从 7 月 10 日到 11 月 10 日。这部小说把日常不可见的思想、情感和感觉(心事)以隐身作者及第二人称的形式写出。尽管信件按照时间顺序排列,但实际上,信件已经写出,就是将"以前"列为即时。时间与意识流同步则完全弱化了小说的外在时间,而只留下了支撑意识形态的"有无回信",彻底扩大了心理意识空间,世界的客观存在和与他人的必然社会联系成为细枝末节。人生的痛苦与欲求是一种无法面对永恒的生存困境,死亡与分离都近在咫尺,这是蒲宁异于其他作家的地方。而这个即时性,也就是第二人称的广阔性,正是依托了空间性扩大的体裁来探讨情感沟通的交互意义。"我"的内心世界的真实性和感染力都来源于体裁性的"偷窥"——作者、读者都进入与"您"之对话的话语范畴。这是第三人称所无法比拟的"情感空间",对旁观者的震撼力和感召力不啻"我"在深渊而毫无救赎降临的可能。因此,研究者认为,蒲宁创作的头等秘密是其具有"独特的隐性现代主义"[①]。

六、结　语

作者与读者的关系重建与作者的"自反"(автоперсонажность)相关。《素昧平生的友人》及其所属的《林荫幽径》中的主人公的理想主义和无助正是蒲宁站在世纪之交回望过去、回望故园、回望古典主义的象征。使用双重叙述者是一种陌生化手法,蒲宁正是有意挑战传统的已被接受的观念和思想,从不同角度进行描述,使习以为常的事物变得反常,"让观众对所描绘的事件有一个分析和批判该事件的立场",以炙热的情感提出了冷静的理性思考的要求。

(编校:薛舟舟)

---

①　施拉耶尔:《蒲宁与纳博科夫:一生的较量》,王方译,黑龙江教育出版社,2016 年,第 147 页。

成长小说中的"出走少年"形象

——以《带星星的火车票》与《寂寞的十七岁》为例

公冶健哲

（浙江大学外国语言文化与国际交流学院）

[摘　要]　阿克肖诺夫与白先勇都是以书写"成长"主题见长的 20 世纪著名作家，"少年""青春"等主题也一直贯穿于两位作家的创作历程之中。《带星星的火车票》与《寂寞的十七岁》分别为两人早期"成长小说"的代表作，在创作时间、创作理念和人物形象书写等方面具有诸多共通之处。本文通过对两部小说中的主人公吉姆卡和杨云峰两位"出走少年"的形象进行分析，通过比较两位主人公离家出走的动机、成长道路上的"引路人"、进行自我探索时的困惑以及两部作品的"开放式"结局，对两部作品中共同蕴含的"成长"主题进行深入分析和全面解读。

[关键词]　成长小说；认同危机；"引路人"；精神成长；开放式结局

　　"成长"不仅是一个人类学领域的重要概念，同时也是世界文学中的经典主题，而"成长小说"正是"成长"这一永恒主题在文学世界中的集中呈现。从 18 世纪末德国"古典成长小说"的兴起，到 20 世纪"幻灭式成长"小说的勃兴，再到当代青年作家对"成长"的另类书写，古往今来，作家们都在以各自不同的表现手法，书写着对于"成长"主题的永恒探索。20 世纪 60 年代作为"反正统文化"（counter-culture）[①]盛行的时期，也是世界各国"成长小说"创作的高峰期，这一时期的成长小说"以青少年的身心成长及其与周遭剧烈变化的世界的互动为描述对象"[②]，或书写人物的精神成长，或表现主人公的个性追求，抑或描写成长中不可避免的悲剧性，进而对人生的意义和价值进行深入的探讨。在当时的世界各国涌现出了许多优秀的成长小说，其中，俄罗斯作家阿克肖诺夫（Аксёнов В. П. ，1932—2009）发

---

① 朱晔祺：《"出走少年"的中国境遇——〈带星星的火车票〉和〈麦田里的守望者〉作为"反成长小说"的中国接受》，载《俄罗斯文艺》2013 年第 1 期，第 129 页。

② 许道军：《"不知痛苦的人，无法抵达本质"——成长小说类型概述》，选自林兕姬《我是谁的阿凡达》，安徽文艺出版社，2011 年，总序第 9 页。

表在《少年》(《ЮНОСТЬ》)杂志 1961 年 6、7 月号的长篇小说《带星星的火车票》(《Звездный билет》)被视为苏联 60 年代"青年小说"的肇端,在当时的苏联文坛引起了巨大的反响,而阿克肖诺夫本人也因之一跃成为"60 年代的代言人"①。几乎是与此同时,初涉文坛的中国作家白先勇(1937—)在 1961 年 11 月发表于《现代文学》杂志的短篇小说《寂寞的十七岁》也在华文文学创作领域产生了巨大的影响,"十七岁"也被视为白先勇创作中的一个重要的文学意象。《带星星的火车票》与《寂寞的十七岁》作为两位出生于 20 世纪 30 年代的青年作家初登文坛的代表作,在作品所处的文化语境、人物形象的设定和主人公成长的悲剧性书写上有着诸多相通之处,并对国内乃至世界文学中"成长小说"的发展产生了重要的推动作用。

两部小说的主人公吉姆卡和杨云峰都是处在"成长"这一人生十字路口的十七岁少年,出于对守旧的父辈、古板的社会法则和虚伪的"成人世界"的逃避,两人都不约而同地选择"出走"的方式来逃离原有的成长环境,在对世界的独自探索中寻找自我的位置和成长的真谛。值得一提的是,两位作家的早期成长小说创作都在一定程度上受到了西方文艺思潮的影响,《带星星的火车票》被称为"最接近西方文学的成长小说"②和"俄罗斯版的《麦田里的守望者》"③,而《寂寞的十七岁》的创作则被认为是作家在西方现代主义文学和存在主义哲学影响下对个体生存的艺术化诠释④。可以说,两位作家都在根植于本民族文学创作的基础上,通过对世界文学的借鉴,探索"成长"这一永恒的文学命题。笔者希望通过对吉姆卡和杨云峰两位成长小说中典型的"出走少年"的形象分析,对两位主人公的"边缘人"身份、"出走"途中的"引路人"、两位少年的自我认知和心灵探索进行比较研究,在把握两部作品相似性的基础上,对两位作家早期的成长小说创作风格进行研究,以期实现这两部典型的"成长小说"跨越国别空间的对话,进而对"成长小说"这一独特的文学体裁有更加深入和全面的认识。

一、"认同危机"与主人公的出走动机

吉姆卡和杨云峰这两位少年正处于"十七岁"这一通往成人世界的预备期,出于对父辈思维定式和旧有生活方式的不满,他们选择通过"出走"的方式证明自己的身份,并企图在生活中寻找自己的位置。因此,如何解读两位少年的"出走"动机

---

① *Черняк М. А.* "Роман самовыражения", или новейшая история по Аксенову // Universum: Вестник Герценовского университета. 2007. No 7. С. 69.

② *Шумакова Т. В.* Повести Василия Аксенова «Коллеги» и «Звездный билет» в контексте зарубежной литературы // Вестник Челябинского государственного университета. 2001. No 1. Т. 2. С. 84.

③ 刘文飞:《"黄皮书"〈带星星的火车票〉的再版》,载《中华读书报》2006 年 9 月 6 日,第 10 版。

④ 王亚丽:《论白先勇小说中的少年意向》,载《华文文学》2009 年第 2 期,第 58 页。

是把握两部小说思想内涵的关键性问题。笔者认为,两位主人公的出走动机可以用新弗洛伊德学派的主要代表人物之一、美国心理学家埃里克森(Erik Erikson)提出的"认同危机"(identity crisis)概念加以阐释。埃里克森构建了个性发展心理学领域独特的"认同理论",将人的个性发展过程分为八个周期,并特别强调了作为"第五周期"的青少年时期对于个性形成的决定性作用。埃里克森在论述"认同危机"概念时指出,"青春期的自我认同是个性发展纲领中的核心……由于先前体验的中断和与外界联系的广泛,个体必须进行新的自我确认和角色选择"①,而青少年的认同危机"主要表现为自我同一性和角色混乱的冲突。在这一阶段,青少年面临着许多新的选择机会和社会要求。如果能顺利完成角色转换,则能建立新的身份认同,相反则会造成角色混乱"②。由此看来,造成青少年认同危机的原因,往往与主人公的个性、家庭环境及其所处的社会文化语境存在着密切的联系。而吉姆卡与杨云峰这两位少年的"出走"与这种"我是谁"的心理认同危机的产生是分不开的。通过研读文本,笔者认为两位主人公认同危机的主要来源存在着一定的共性,主要可以归纳为以下三个方面。

其一,两人在原生家庭和学校生活中无法得到应有的认同。尽管两位主人公生活条件优渥,但处于青春期的他们在家庭生活中却处于一种"边缘化"的状态。进入青春期的吉姆卡渐渐感到,"生活有一半是他(哥哥)生活的反光"③。无论是小说开头对哥哥善意的挖苦,还是在第四部中吉姆卡重遇兄长后的内心独白,我们不难窥见,主人公对自己在家庭中没有得到应有的重视而感到委屈和不满。而杨云峰在自己多兄弟的大家庭中也如吉姆卡一样,尝到了不被父母重视与接纳的酸楚。尽管他很想和父母亲近,但父母总是拿他与优秀的兄弟们比较,认为他"丢尽了杨家的脸""只当没生过他就是了"④。与此同时,两人在学校生活中也无法找到自己的位置。在《带星星的火车票》中,吉姆卡不止一次公开表露了对学校"灌注式"教育方法的不满,而杨云峰也对南光中学的老师们一味强调考试成绩、压抑学生个性和情感的做法感到无法接受,一度产生了弃学出家的念头。显然,吉姆卡和杨云峰在本应得到温暖的家庭和学习知识、发展个性的校园生活中因父母和教师所固有的父权意识和精英意识而"被边缘化"。两位少年渴望得到父辈的接纳与认同,但当这样的想法似乎永远无法实现时,他们便产生了"一种清算父辈的愿

---

① 叶俊杰:《埃里克森的认同概念与心理历史学》,载《丽水师专学报(社会科学版)》1995 年第 3 期,第 20 页。

② 转引自史国丽:《霍尔顿·考菲尔德的认同危机——从埃里克森的认同危机理论分析〈麦田里的守望者〉》,曲阜师范大学硕士学位论文,2011 年,摘要第 2 页。

③ 阿克肖诺夫:《带星星的火车票》,王士燮译,人民文学出版社,2006 年,第 186 页。

④ 白先勇:《寂寞的十七岁》,选自刘俊编注《白先勇集》,花城出版社,2009 年,第 110 页。

望"①，进而采取"出走"的方式与之对抗，试图以一种略带极端的形式表达自我的心灵诉求。

其二，两位主人公独立的自我意识使他们无法在同龄人的群体中获得认同。尽管"父与子"式的代际冲突广泛存在于人类发展的各个社会阶段，似乎"代沟"（generation gap）已经成为青年一代遇到的共同问题，但吉姆卡和杨云峰并没有因为这种"共性"而真正融入同龄人的世界。相反，两人独立的个性使他们与同龄人产生了心理上的隔阂，引发了他们愈加强烈的孤独感。吉姆卡无所畏惧的天性、对"权威人物"的不屑和对成长真谛的追求使他在同龄人中显得鹤立鸡群，因而也受到了同伴们的嘲弄和孤立；而杨云峰情感细腻、热爱文学、渴望获得真挚的情感，这种不同于同班同学或追求学业上的所谓"上进"，或自私自利、玩世不恭，或热衷恋爱、玩弄他人的性格特质使他成了同龄人眼中"孤怪"的存在，他也因之常常受到同龄人的嘲笑与欺侮。显然，两位少年因自己独立的思想与个性而无法融入最有可能接纳他们、理解他们的同龄人圈子，在同龄人中的认同危机使得他们愈加孤独迷茫，但正是这种寂寞无助的感受促使他们走出了同龄人的圈子，在更广阔的天地中实现个性的张扬。为了寻找自己在生活中的位置，探索真正属于自己的生活之路，两位少年都选择了"出走"作为摆脱桎梏、认知自我的方式。因此，同龄人世界中的认同危机是促使两位主人公认识自我的开端，也是他们成长之路的起点。

其三，吉姆卡和杨云峰的思想与行为不被当时的社会文化语境所接受。吉姆卡因闯红灯、打台球、和许多同龄人"混迹"在一起跳舞游荡的行为被视为苏联"阿飞青年"（стиляги）的代表，故而为当时的主流社会所不容；同样，身体孱弱、性格良懦、沉溺于文学世界的杨云峰既无法被崇尚"追求上进"的精英阶层所接受，又因不愿沦为追求享乐、放浪形骸的青年"小台胞"之流，成了一个被社会大环境所排挤的"边缘人"②。白先勇在论及其20世纪60年代早期小说中人物的认同危机时指出，"我们跟那个早已消失只存在记忆与传说中的旧世界已经无法认同，我们一方面在父兄的庇荫下得以成长，但另一方面我们又必得挣脱父兄加在我们身上的那一套旧世界带过来的价值观以求人格与思想的独立"③，故而与传统意义上"融入社会"的成长概念相比，他们"'与社会相容'的终点已提前被抽空"④。20世纪60年代相似的文化语境是造成两位主人公认同危机的根本来源，两位主人公渴望在走向成熟的过程中坚守自己的内心世界，但他们的所作所为无法被当时的社会环境所接

① 李莉：《苏联"第四代"作家小说简论》，载《北京师范大学学报（社会科学版）》1999年第2期，第108页。
② 林盈：《"边缘人"的书写——白先勇小说论》，华东师范大学博士学位论文，2008年，第9页。
③ 白先勇：《〈现代文学〉创立的时代背景及其精神风貌》，选自白先勇《白先勇文集·第四卷：第六只手指》，花城出版社，2000年，第97页。
④ 李学武：《海峡两岸：成长的三个关键词——论苏童、白先勇小说中的成长主题》，载《名作欣赏》2004年第7期，第101页。

纳,而他们也不愿因接受父辈制定的既定社会规则而消弭自己的个性。因此,他们选择"逃离"由父辈建立的安适生活和稳定的社会秩序,寻找一个独立于家庭、学校和社会之外的"第三空间",在新的环境中寻找自我的位置与生命的意义。

"新旧时代间不可调和的冲突,对于成长小说中的少年主人公来说,往往意义非凡。"①作为生于 20 世纪 30 年代,并在 60 年代凭借成长小说初登文坛的青年作家,阿克肖诺夫和白先勇对于当时所处的时代背景有着准确的把握和敏锐的感知。两部作品不仅蕴含着两位作家在创作早期对"成长"这一概念的阐释,同时也反映出作家试图通过书写吉姆卡和杨云峰的成长经历,对 20 世纪 60 年代的社会思想与文化语境进行思考的过程。当代俄罗斯文学研究界普遍认为,阿克肖诺夫不仅是"'60 年代人'生活历史的书写者,同时也是这代人当中的代表,是'60 年代作家'创作传统的开创者和研究者"②,而《带星星的火车票》作为阿克肖诺夫"青春自白小说"("молодежно-исповедальная" проза)③的典型作品,被视为"使用'非官方话语'、俚语和自白性取代权威体裁,并以充分自由的创作风格和对苏联乌托邦式的社会话语的根本性反思为主要特点"④的苏联青年一代的"自我表达小说"(роман самовыражения)⑤。同样,《寂寞的十七岁》也因其对青少年成长和"边缘人"的情感观照而被视为 60 年代华文文坛的经典成长小说。两位作家在对主人公认同危机进行书写的过程中,有意识地使当时的文化语境参与其中,从而充分反映了社会环境对于青少年成长的影响。小说中吉姆卡和杨云峰的成长经历,更像是作家借主人公之口述说的 20 世纪 60 年代青年一代的"成长自白",使读者在主人公的一系列讲述中窥见两位少年丰富的内心世界与他们在特定时代环境中的成长探索。

二、成长中的"引路人"与主人公的自我身份探索

成长不仅是青少年在走向成熟的过程中自动自发的一步,同时也与周围人的引导和生活环境的影响密切相关。许道军在论及古今中外的成长小说时指出,"年

---

① *Агапова Е. С.* Атрибутивно-предикативная характеристика лексемы "Время" в "Молодежной прозе" В. Аксенова // Вестник Красноярского государственного педагогического университета им. В. П. Астафьева. 2012. № 1. С. 237.

② *Куприяновна А. И.* Архаическая мифология в прозе В. Аксенова (1960—1970-е гг.) // Вестник Тюменского государского университета. 2006. № 7. С. 226.

③ *Большев А. О.* Сергей Довлатов в Зоне эклектики // Вестник Санкт-Петербургского университета. 2014. № 4. С. 31.

④ *Барруэло Гонзалез Е. Ю.* К вопросу о жанрово-стилевых исканиях В. Аксенова // Известия Российского государственного педагогического университета им. А. И. Герцена. 2007. № 44. Т. 18. С. 59.

⑤ *Черняк М. А.* "Роман самовыражения", или новейшая история по Аксенову // Universum: Вестник Герценовского университета. 2007. № 7. С. 69.

轻主人公""引路人"和"考验事件"是成长小说普遍具备的三个基本要素,其中,"引路人"就是引导主人公成长的力量,"这种力量可以是具体的引路人,也可以是某种思想、观念或者道德律令"①。在主人公的成长过程中,"引路人"对于他们成长道路的选择和自我身份的确定起着至关重要的引领作用,甚至直接决定着主人公未来生活的走向。在《带星星的火车票》和《寂寞的十七岁》两部作品中,看似独立叛逆的吉姆卡和杨云峰在"出走"的过程中也潜移默化地受到"引路人"的影响,并在与他人的关系和情感的交互中重新定位自我身份,进一步明确自身的成长目标。

对于吉姆卡和杨云峰来说,"兄长"在他们的成长中扮演着重要的引导性角色,是在成长道路上给予他们启发的"引路人"。吉姆卡自幼与哥哥维克多关系亲密,他"一向可怜那些没有哥哥的孩子"②,并"感到世界上没有比他(维克多)再亲近的人了"③。虽然兄弟俩在进入青春期后选择了不同的成长道路,但吉姆卡在出走的过程中,依然把哥哥当成倾诉和维系情感的对象。对于杨云峰来说,在他的生活中扮演"哥哥维克多"这一角色的人则是班长魏伯飏。在杨云峰看来,魏伯飏是唯一一个关心他、理解他的人。对于一向缺乏理解与关爱的杨云峰来说,魏伯飏不啻为一个守护神一般的兄长,"我喜欢跟他在一起,在他面前,我不必扯谎,我知道他没有看不起我,我真希望他是我哥哥"④。魏伯飏是杨云峰成长过程中一个重要的情感依托,也是后者在遭遇精神和情感危机时唯一的精神支柱。可以说,"兄长"是在吉姆卡和杨云峰的生活中出现的一种特殊的角色,"兄长"既不像父辈那样武断独裁,又不像吉姆卡和杨云峰的同龄人那般天真幼稚,"兄长"在某种程度上已经完成了"成长"的过程,成功地跨入了成年人的行列,并已经在父辈主导的成人世界中获得了承认。因此,他们自然就成了引导主人公初步认识成人世界的引路人。可以说,维克多和魏伯飏两位"兄长"在思想、精神和情感上给予两位主人公的支持和引导构成了促使他们走向成熟的关键因素。但两位主人公在接受引导的同时,也不可避免地经历了"引路人"的离去:维克多因空难殉职,魏伯飏迫于压力与杨云峰断绝了朋友关系。"引路人"的离去使两位少年再度落入了彷徨无助的境地,他们不得不只身一人,再度踏上孤寂的成长之旅。然而,"引路人"对两位少年的心灵成长所产生的影响依然留存,并在潜移默化地引导着他们的成长,返回家中的吉姆卡发现了哥哥"带星星的火车票",杨云峰在遭受同学欺侮后想起的第一件事,就是魏伯飏曾经挺身而出保护了受伤的他。尽管"引路人"的离去令人遗憾,但"成长"注定

---

① 许道军:《"不知痛苦的人,无法抵达本质"——成长小说类型概述》,选自林兑姬《我是谁的阿凡达》,安徽文艺出版社,2011年,总序第2页。

② 阿克肖诺夫:《带星星的火车票》,王士燮译,人民文学出版社,2006年,第186页。

③ 阿克肖诺夫:《带星星的火车票》,王士燮译,人民文学出版社,2006年,第187页。

④ 白先勇:《寂寞的十七岁》,选自刘俊编注《白先勇集》,花域出版社,2009年,第118页。

是一个人拥有独立的自我意识、独自走向成熟的过程。两位作家在作品中所展现的"引路人"的"得而复失"恰恰表明,只有当主人公离开他人的荫庇,在走向世界的过程中逐渐获得独立的自我意识,才能成为真正意义上的"成人"。

"青少年时期不仅是人的个性形成阶段的重要转折时期,同时也是对异性产生朦胧情感的时期"①,在成长小说中,异性伙伴与主人公的成长往往有着密切的关系。然而,出现在吉姆卡和杨云峰生活中的两位异性嘉丽亚和唐爱丽,则更像是一种起到"反作用"的"引路人"形象。她们容貌美丽、举止轻浮,追求"时尚"的生活,凭借自己的美貌玩弄他人的感情,也对两位主人公造成了一定程度的伤害。嘉丽亚在遇到演员道尔果夫之后,马上就抛弃了吉姆卡,而吉姆卡为了挽回自己的初恋,一直追着她乘坐的汽车,在石子路上磕得头破血流;杨云峰在拒绝了唐爱丽富有挑逗性的暗示后,担心自己伤害了她的感情,于是在寄给唐爱丽的信中表明了自己真挚的友情,但唐爱丽却将他的信贴在学校的宣传栏里,使杨云峰沦为他人的笑柄并再次遭受心灵的重创。吉姆卡和杨云峰与同龄女孩交往的动机是纯洁的,他们渴望与异性建立真诚的情感维系,但两位异性的做法却是对这种纯真友谊与爱情的伤害,也使两位主人公遭受了成长中的痛苦。"成长小说的主人公只有在经受创伤和痛苦之后,才能明白真诚、友谊与爱情的真正含义"②,从这个角度来说,两位异性似乎以一种反面的形式促进了主人公的成长。可是,两位少年并没有因为自己受到的伤害而以牙还牙,对两位女孩实施报复,相反,吉姆卡真诚地接纳了遭遇欺骗的嘉丽亚,杨云峰也发自内心地宽恕了唐爱丽。正是这种鲜明的对比衬托出了两位少年主人公美好的品质,他们真挚善良的品格正是在经历欺骗与考验之后才变得愈加坚实的。成长之路绝非一帆风顺,阴暗与痛苦本身就是成长中不可避免的,诚如韩国作家林兑姬所言,"痛苦,是彻悟的契机。不知道痛苦的人,无法抵达本质"③。吉姆卡与杨云峰两位主人公的成长经历充分说明,只有在经历生活的考验、情感的挫折与思想的迷惘之后,青少年才能脱离童年时代的顽劣与幼稚,在经受痛苦的洗礼之后实现心灵的成长。

除了上述两类"引路人"之外,小说中其他的"扁平人物"也对两人的成长起到了一定的作用。无论是吉姆卡的同伴阿利克和尤尔卡、火车上偶遇的伊戈尔、渔业社的小姑娘乌尔维,还是杨云峰喜爱的吴老师、捉弄他的杜志新和在新公园偶遇的

① *Фаттахова Н. Н.*, *Бормусова Л. Ф.* Идентификации типологических черт экстравертнрго типа личности на основе ключевых слов в повести В. П. Аксенова «Звездный билет» // Филология и культура. 2017. No 1. С. 106.

② *Куприяновна А. И.* Архаическая мифология в прозе В. Аксенова (1960—1970-е гг.) // Вестник Тюменского государственного университета. 2006. No 7. С. 229.

③ 转引自许道军:《"不知痛苦的人,无法抵达本质"——成长小说类型概述》,选自林兑姬《我是谁的阿凡达》,安徽文艺出版社,2011 年,总序第 9 页。

中年人,都在两位主人公的成长过程中产生了不同程度的影响。然而,对两位主人公来说,引领他们成长的最重要的"引路人",就是他们对于纯洁和真理的向往。正是在这种思想的引领下,他们在"出走"中经历了重重考验,却依然保留着纯真的心灵和对美好的追求。尽管不少成长小说中的主人公都选择"离家出走"作为宣扬个性、实现成长的方式,但有些人只是为了脱离父母的庇护,以求得某种成长中的"新体验",而另一些人则是在探索社会的过程中经受道德上的痛苦与考验,真正实现精神的升华。① 显然,两位主人公的成长更加接近于后者。阿克肖诺夫和白先勇在写作的过程中有意识地描写了"引路人"对于少年主人公心灵成长的影响,并赋予两位主人公敏感的内心和丰富的精神追求,从而充分说明了两位"出走少年"在成长中"不仅跨越了地理的界限,还冲破了思想的藩篱"②,使两部小说具有深刻的思想内涵与独特的人文价值。

三、"开放式"结局与成长的真谛

对于成长小说中"什么是成长"的问题,文学研究者们提出了许多不同的观点。美国学者马科斯(Mordecai Marcus)在《什么是成长小说?》("What Is an Initiation Story?")一文中将"成长"定义为"年轻主人公在经历过某种切肤之痛的关键性事件之后,或改变了对世界和自我的认知,或在性格上发生变化,抑或两者皆有。这样的转变使他摆脱了童年的天真,并最终把他引向一个真实而复杂的成人世界"③;艾布拉姆斯(M. H. Abrams)强调,"成长小说"的主人公"通常要经历一场精神上的危机,然后长大成人并认识到自己在人世间的位置和作用"④;霍尔曼(C. Hugh Holman)则指出,"成长小说"是"以一个敏感的年轻人为主人公,叙述他试图了解世界本质、发掘现实意义、得到生命哲学和生存艺术启示过程的小说"⑤。因此,成长的本质是青少年在走向成人世界的过程中进行心灵和精神世界的探索,从而实现心理的成熟,并在社会生活中找到属于自己的位置。故而"成长"在一定

---

① *Ли Чжаося*. Образ "дорога, путь, движение" как мотив повести В. Аксенова «Звездный билет» // Вестник Калмыцкого университета. 2014. № 3. C. 73.

② *Ли Чжаося*. Образ "дорога, путь, движение" как мотив повести В. Аксенова «Звездный билет» // Вестник Калмыцкого университета. 2014. № 3. C. 74.

③ Marcus, M. What Is an Initiation Story? *The Journal of Aesthetics and Art Criticism*, Vol. 19, No. 2 (Winter, 1960), p. 222.

④ 转引自徐秀明:《成长小说:概念厘定与类型辨析》,载《新疆大学学报(哲学·人文社会科学版)》2010年第3期,第124页。

⑤ 转引自李暖:《时空循环与忏悔式成长——试论〈带星星的火车票〉的时空结构》,载《俄语学习》2017年第6期,第33页。

程度上就是青少年自我发现(self-discovery)和自我认知(self-understanding)的过程。① 笔者希望通过对吉姆卡和杨云峰在"出走"过程中的心智变化进行比较,探究两部小说在"成长"主题表达上的共通之处。

吉姆卡和杨云峰这两个已经站在"成人世界"门槛前的少年渴望蜕变为真正意义上的成年人,在"出走"之前,他们已经有意识地采取了一些举动,借以向周围人证明,自己已经长大成人。吉姆卡完全把自己归入成年人的行列,经常通过抽烟、喝酒、玩台球和成人式的打扮证明自己的"成人气质";杨云峰除了常常谎称自己是十九岁的高三学生之外,也经常偷妈妈的香烟来"打发时间",甚至偷拿爸爸的相机去当铺,在国际饭店喝得"昏陶陶"地回到家。不难看出,两位主人公在成长初期迫切地希望获得周围人对于他们"成人"角色的认同,因而"有意地采取一些举动,表明自己对于父辈所制定的生活规则的漠视,希望借此能够被成人世界所接纳"②,但这也恰好表明了他们对于自己的"成人"气质缺乏自信。在"出走"的过程中,两人逐渐由逃离原有生活的地理空间,开始转向了心灵的成长之旅。两位少年踏上精神成长之路的一个关键的推动力,就是他们对于自由的向往。吉姆卡和杨云峰都对家庭中古板守旧的风气和学校里不厌其烦的说教感到不满,希望冲破父辈的桎梏,按照自己的心愿自由地生活。当上社员的吉姆卡发现,"在社里干活,要比在学校里上劳动课高兴一百倍。或许这是因为这儿没有人整天地往你脑子硬灌什么'你应当培养劳动习惯'等等"③;杨云峰因惧怕父母和老师对自己功课不好的嘲笑而不爱上学,但他对阅读文学充满了喜爱,"什么小说,我都爱看,武侠小说、侦探小说……《茶花女》《少年维特之烦恼》,我喜欢里面那股痴劲"④。显然,吉姆卡和杨云峰并不像父辈们所认为的那样懒惰、颓废,他们热爱劳动,对世界充满了旺盛的求知欲,但他们并不愿按照被指定的道路发展,因而成了众人眼中的"叛逆少年"。对于他们来说,成长就是要"自由地呼吸和独立地思考"⑤,在自由的天地中尽情挥洒自己的个性,而"自由"也构成了两位主人公共同的精神气质。评论家利波韦茨基(Липовецкий М. Н.)认为,"阿克肖诺夫所营造的文学世界中最主要的内涵,就是对自由之义的探索:自由源自何处,有何种形式? 自由的目的与价值又是什么?

---

① Marcus, M. What Is an Initiation Story? *The Journal of Aesthetics and Art Criticism*, Vol. 19, No. 2 (Winter, 1960), p. 222.

② *Фаттахова Н. Н., Бормусова. Л. Ф.* Идентификации типологических черт экстравертнрго типа личности на основе ключевых слов в повести В. П. Аксенова «Звездный билет» // Филология и культура. 2017. No 1. C. 106.

③ 阿克肖诺夫:《带星星的火车票》,王士燮译,人民文学出版社,2006 年,第 167 页。

④ 白先勇:《寂寞的十七岁》,选自刘俊编注《白先勇集》,花城出版社,2009 年,第 112 页。

⑤ 李莉:《苏联"第四代"作家小说简论》,载《北京师范大学学报(社会科学版)》1999 年第 2 期,第 108 页。

这些问题广泛存在于他的所有作品之中"①。在《寂寞的十七岁》中,"虽然杨云峰的叙述语气平静甚至冷漠,但我们依然能够感觉到这种平静冷漠背后的强烈激情"②,而这种激情就是少年在家庭、学校和社会中的小心谨慎的生活之下对自由的热切渴望。正如阿克肖诺夫所一直坚称的,"处于社会环境规约之下的人不可能有'完全做自己'的自由"③,两位少年企图通过"逃离"原有的生活和原生家庭的方式,在不受当时的社会环境和制度规约的"第三空间"中确立自己的身份,在奔向世界的旅程中寻找自我的本真。

如果说追求自由是两位少年心灵成长的核心,那么"勇气"和"爱"则是他们成长中最为重要的精神支柱。"勇气"(смелость)被视为《带星星的火车票》主人公吉姆卡性格中的关键词,是一种在生活中"坚持个性、不人云亦云、勇于冒险和挑战新事物、敢于自我证明"④的精神气质。与吉姆卡"用尽全力去砸倒旧墙"和在风暴中努力求生的无畏相比,杨云峰的勇气则更多地表现为一种相对消极的"防御",但这种防御恰恰是他对自己内心世界的坚守。杨云峰的内心一直与压抑他的外部环境进行着艰难的斗争,无论遇到怎样的误解、轻蔑和责难,他始终坚守着善良的本心和对他人的真挚情感。尽管两位主人公身上的勇气是以不同形式表现出来的,但这种勇气都是两位少年克服内心胆怯之后的产物,也是他们在"出走"过程中的主要动力。在勇气的驱使下,吉姆卡和杨云峰都冲破了"旧墙"的阻隔,开始在未知的世界中探险。然而,两位主人公的"出走"绝不能被简单视为一种叛逆的幼稚举动,正如易卜生所说,"叛逆不可能是一种生活方式"⑤,这种"出走"与"叛逆"的根本目的在于建立一种更加合理的新秩序,而主人公对"爱"与"美"的追求恰恰为这种可能的新秩序的产生提供了先决条件。无论吉姆卡与杨云峰的行为看似多么叛逆和任性,但"爱"一直伴随着他们的成长:尽管对父母刻板守旧的教育方式感到不满,但他们即使是在离家的过程中也一直挂念着父母等家人;对于在生活中对他们表达过关爱的人,他们稚拙却真诚地表达着心中的感激;面对曾经给予自己伤害的同伴,两位少年都无一例外地选择了宽容。值得注意的是,在两位主人公的成长中,作为精神食粮的文学都扮演着重要的角色,吉姆卡熟读俄罗斯文学经典,而杨云峰

---

① Черняк М. А. "Роман самовыражения", или новейшая история по Аксенову // Вестник Герценовского университета. 2007. No 7. С. 71.

② 曾长娇:《执着于人类心灵痛楚的书写——白先勇短篇小说创作探微》,华中师范大学硕士学位论文,2001年,第11页。

③ Ватолина Ю. В. Аксенов: власть и ее модели // Вестник Омского университета. 2001. No 4. С. 42.

④ Фаттахова Н. Н., Бормусова. Л. Ф. Идентификация типологических черт экстравертнрго типа личности на основе ключевых слов в повести В. П. Аксенова «Звездный билет» // Филология и культура. 2017. No 1. С. 108.

⑤ 转引自罗森塔尔:《梅列日科夫斯基与白银时代:一种革命思想的发展过程》,杨德友译,华东师范大学出版社,2014年,第100页。

更是爱书成痴。文学作品本身就带有教诲的基本功能,文学的根本目的就在于"为人类的物质生活和精神生活提供警示,为人类的自我完善提供道德经验"①,而在吉姆卡和杨云峰身上,我们得以充分地发现文学对于青少年精神成长的引领作用,这样的设定也体现出两位作家对文学的价值的充分肯定。尽管作品中对于主人公阅读文学的具体描写着墨不多,但不难看出,文学作品已经成为两位少年成长中的精神原乡,引领着他们走向理性的成熟与个性的完善。从这个角度来说,《带星星的火车票》和《寂寞的十七岁》已经超越了"叛逆""逃离""疼痛""迷惘"等成长小说的一般范式,同时也远避了现代成长小说中"幻灭""放逐"与"颓废"的泛滥,从而使两部作品弥漫着一种深沉的悲剧感,充满着强烈的人文主义关怀。两位作家将目光着眼于主人公的心灵诉求,通过描写两位少年对自我心灵世界的勇敢坚守以及他们对爱和美的永恒追求,使作品具有了一定的道德意义与伦理价值。

尽管吉姆卡和杨云峰在"出走"和心灵探索的过程中拥有了丰富的经历,也获得了精神的成长,但在两部小说的结尾,经历了"出走"的探索、疲惫与重重考验之后,两位少年却都选择重返家中。面对哥哥留下的"带星星的火车票",吉姆卡产生了"票有了,但是往哪儿去呢?"②的疑问;深夜归家的杨云峰在艰难地熬到天亮后,听见妈妈的脚步声,便"把被窝蒙住头,搂紧了枕头"③。似乎两位主人公在初次经历成长的洗礼之后,对自己的前途依然迷惘,不知何去何从。从小说结尾来看,他们的"成长"似乎是不成功的,因此,两人的"出走"也被一些研究者解读为"反成长"④和"'迷途'式的漫游"⑤。然而,尽管两位主人公又回到了曾经渴望逃离的生活空间,但他们的思想观念与精神气质同"出走"前相比已经产生了很大的变化。应当指出的是,成长本身就具有反复性,"行动、思索,再行动、再思索"⑥也是成长小说的主人公必然要经历的过程,两位少年主人公的"回归"在某种意义上正是他们再次出发的前奏,只有通过不断探索与反复思考,青少年的自我意识才能真正觉醒,在对心灵世界的探索中发现自我的本质,找到属于自己的人生之路。因此,两部小说的开放式结局正是这两部作品的精髓所在。

---

① 聂珍钊:《文学伦理学批评导论》,北京大学出版社,2014 年,第 14 页。

② 阿克肖诺夫:《带星星的火车票》,王士燮译,人民文学出版社,2006 年,第 222 页。

③ 白先勇:《寂寞的十七岁》,选自刘俊编注《白先勇集》,花城出版社,2009 年,第 130 页。

④ 朱晔祺:《"出走少年"的中国境遇——〈带星星的火车票〉和《麦田里的守望者》作为"反成长小说"的中国接受》,载《俄罗斯文艺》2013 年第 1 期,第 131 页。

⑤ 李学武:《海峡两岸:成长的三个关键词——论苏童、白先勇小说中的成长主题》,载《名作欣赏》2004 年第 7 期,第 104 页。

⑥ 李莉:《苏联"第四代"作家小说简论》,载《北京师范大学学报(社会科学版)》1999 年第 2 期,第 109 页。

四、结　论

　　《带星星的火车票》和《寂寞的十七岁》作为阿克肖诺夫和白先勇早期创作的"成长小说",为他们之后的文学创作观奠定了基调,同时也为俄中两国乃至世界文学领域对"成长"主题的书写提供了成功的范例。在两部小说中,阿克肖诺夫和白先勇都充分展现了少年主人公敏感细腻的精神世界,强调了青少年在成长中对自由、真诚、爱和美的追求。显然,两部小说中的主人公设置与作家写作的时代背景和其个人经历有着密切的联系。两位作家都"带着自己对社会人生的亲身感受投入到文学创作中去"①,将青少年的个人成长融入宏大的时代背景,赋予作品以强烈的时代感。因此,《带星星的火车票》和《寂寞的十七岁》不仅体现了两位作家对"成长"主题的深刻理解,同时也在对青少年的成长经历进行文学化表达的过程中丰富了"成长"的内涵,对于当下青少年的心灵成长具有重要的启发作用。

　　　　　　　　　　　　　　　　　　　　　　　（编校：薛冉冉）

----

　　① 余扬:《携"带星星的火车票"远行》,载《文学报》2009 年 7 月 23 日,第 04 版。

用碎布头拼接而成的花被罩

——评索罗金的新作《碲钉国》*

王宗琥

（首都师范大学外国语学院）

[摘　要] 《碲钉国》是当代著名作家弗拉基米尔·索罗金的一部集大成的新作。全书由 50 个互不相关的故事组成，唯一的联系是每章必会出现的"碲钉"。各个故事题材、体裁、语言风格、叙事风格各异，展现了作家多元乌托邦的美学理想和狂欢化的艺术思维。这一超越文学创作常规的先锋实验作品被评论界称为"用碎布头拼接而成的花被罩"，不过在我们看来，这不是一般的拼凑，而是深谙艺术技巧的大师之作。

[关键词] 《碲钉国》；索罗金；先锋实验；多元乌托邦

一

弗拉基尔米·索罗金是当代俄罗斯作家中最具争议性的一位，他的几乎每一部作品都会引起巨大的社会反响。喜欢他的人把他的创作捧上天，认为他是真正的语言大师，是最后一位伟大的俄罗斯作家。不喜欢他的人则把他骂得一文不值，说他是俄罗斯文学的恶性肿瘤，是摧毁俄罗斯文化的卑鄙恶魔。索罗金的争议性在于他创作的先锋性或者说创作的非传统性，而这种非传统性在文学上是一种创新，能够欣赏的只有专业人士，至于大多数普通读者，则很难接受他作品中随处可见的脏话、色情和令人作呕的情节，因为这个他还遭到了专门的抵制，甚至被告上法庭。

2002 年 6 月 27 日，一个叫"同行者"的激进组织发起了针对索罗金的抗议活动，他们在俄罗斯大剧院门口放置了一个巨大的塑料泡沫制作的马桶，将索罗金的作品投入其中。之后索罗金被该组织的一名成员告上法庭，罪名是"传播淫秽内容"，而且还被莫斯科检察院立案调查。四年之后，冲突再起，2006 年 3 月，"同行

---
* 本文是国家社科基金重点项目"20 世纪俄罗斯先锋主义文学研究"（项目号 15AWW003）的阶段性成果。

者"组织包围了大剧院,阻止人们观看由索罗金担任编剧的歌剧《罗森塔尔的孩子们》在大剧院的首演。尽管这些活动最终未能撼动他的作家地位,但是也从一个侧面说明了索罗金的创作在当今俄罗斯社会的巨大争议性。

不过从"冰三部曲"开始,索罗金的形象发生了变化。他的作品中低俗下流的东西似乎明显减少,已经不再让主人公吃大粪和脓疮,也没有更多令人作呕的场景描写了。而且,让人惊讶的是,索罗金开始通过作品预言俄罗斯的未来。

《特辖军的一天》(2006)是作家创作的一个转折点。这是一部优秀的讽刺作品,用荒诞的手法呈现了现代社会的发展趋势。尽管索罗金描写的未来世界充满了荒诞——长着狗头的禁卫军士兵或骑在奔驰车的前保险杠上或拿着扫帚坐在车后备厢上,在首都的大街小巷穿行,一切现代机构变回封建时代的衙门,重新修建的长城将俄罗斯与世界隔离,人们"自愿"按照皇帝的诏令去红场烧毁自己的出国护照和反动宣传册,然而事实上,俄罗斯正在急速地向索罗金隐喻的方向发展,建造一种象征意义上的长城,退回封建社会时代:专制独裁的政权,阳奉阴违的官员,禁卫军为虎作伥,肆意践踏法律和教会的尊严。《特辖军的一天》被翻译为几十种语言,自此索罗金摘掉了"丑闻作家"的帽子,跃升为世界知名作家,进而被封为"在世经典作家"。

如果说在《特辖军的一天》里,索罗金描绘的是 2027 年的俄罗斯,那么在《甜糖城堡》(2008)里,他描写的则是 10—15 年之后的类似于中世纪的新俄罗斯。作家用技术进步和社会倒退之间的鲜明对比直指这个所谓"美丽新世界"的社会问题,同样地充满辛辣的讽刺。

中篇小说《暴风雪》(2010)被视为《特辖军的一天》和《甜糖城堡》的续篇。作家因此获得两个奖项。这三部作品日益巩固了索罗金"不祥预言家"的地位。所以当《碎钉国》出版以后,大家都认为这又是一部预言小说。比如玛雅·库切尔斯卡娅就认为,"索罗金的《碎钉国》描绘了人类不远的未来,尽管新世界技术发达,但看起来就像考古挖掘地或者巨型垃圾场"[1]。

二

的确,就预言的广度和深度而言,《碎钉国》超越了索罗金此前的所有作品。这部作品可以说集索罗金前期创作的大成,无论在艺术手法,还是在思想内容层面都吸纳了前面几部作品的精粹。作品描写的未来大概在 21 世纪的中叶,俄罗斯并没有因为重建长城而得以维持国家的稳定统一,相反,它分裂成 10 个不同体制的国

---

① *Кучерская М.* «Теллурия»: Владимир Сорокин описал постапокалиптический мир // «Ведомости», 21 октября 2013 года.

家,其中有公社王国制的莫斯科国、开明君主制的梁赞国、白海共和国和远东共和国。还有巴什基尔共和国、鞑靼共和国、巴拉宾共和国,甚至斯大林苏维埃社会主义共和国。从巴拉宾共和国分离出去的阿尔泰碲钉共和国,其政权被法国冒险主义分子让·弗朗索瓦·特罗卡尔攫取,他在那里大肆生产最新式毒品——碲钉,然后将其输送到世界各地。欧洲他地的情况比俄罗斯更糟糕,正在遭受伊斯兰极端主义教派萨拉菲圣战组织的围攻。巴黎和慕尼黑发生了瓦哈比(伊斯兰复古主义教派)革命,瑞典被塔利班轰炸,德国又一次分崩离析。圣殿骑士团在法国的废墟上建立起一个新的国家——朗格多克共和国,希望维护岌岌可危的基督教文明。

该书的核心意象"碲钉",来自化学元素周期表第五周期第 16 族的准金属化学元素"碲",原子序数为 52。它是银白色脆金属,是稀土金属的一种。天然碲矿非常罕见,世界上只有四个地方有这种金属。关于碲钉的故事作者并没有在开篇交代,而是让读者抱着好奇心在一个又一个匪夷所思的故事中不断地感受它的神奇:它可以治疗各种疾病,让人具有超能力,最重要的是,它可以让人穿越到过去,完成自己的夙愿。这种神秘的魔力直到第 27 章时才揭开谜底:2022 年中国考古学家在阿尔泰山区靠近图罗恰克村的地方发现了一个古代拜火教徒的寺庙,它建于公元前 4 世纪,位置正好在一个天然碲矿的上方。考古学家们在寺庙的洞窟中找到 48 具骨架,所有的头骨上同一位置都钉着一颗不大的(42 毫米)天然碲钉。北京大脑学院与斯坦福大学的学者们联手进行了一系列实验,得出了一些惊人的结果:拜火教徒们在脑袋某个位置钉入的碲钉会引起人持久的欣悦和失去时间的感觉,但是致人死亡的概率比较大。所以联合国通过法律禁止做相关实验、生产和售卖这种有严重危害的毒品。但是碲钉国却不顾禁令,大肆生产并向全世界兜售。①

从艺术形式来说,这绝不是一部传统意义上的小说。传统的小说是由丝丝入扣的情节和精巧编排的结构组成的浑然一体的作品,我们读完至少可以讲出一个完整的故事梗概,好的读者还可以看出作者的叙事结构和技巧。但是看完《碲钉国》,我们无法告诉别人小说讲了一个什么故事。因为小说根本就不是在讲一个故事,而是在讲一堆毫不相干的故事。全书 50 章,几乎每一章都是一个独立的故事,章与章之间基本没有关联,唯一的纽带就是每章都会提到的"碲钉",而且它也并不总是串联情节的核心意象,在某些章节里它不过充当着一个一闪而过的小细节。

作品中故事的题材可谓五花八门:东正教共产党员们意图推翻暴政的秘密集会;小姑娘瓦利卡独自找回"小精灵"的历险;老男人恋少年、中年男人恋少女的不伦之爱;拥有高级智能的机器人围抢运粮火车;碲钉国总统的一天;俄罗斯三个救世主的故事;一个爱隔墙偷听别人做爱的酒店女服务员的口述;一个未成年少年四

---

① 索罗金:《碲钉国》,王宗琥译,十月文艺出版社,2018 年,第 210—212 页。

处求钉碎钉的遭遇;两个村子赛舞的趣事;两个朋友因为政见不合的争执;毒品贩子内部火拼的惊险场景;几个钉碎钉木匠职业生涯中的各种奇遇;两个狗头人身的行路者夜宿白桦林时的哲学思辨;一个半马人爱上姑娘"魔吻"的故事……

这些故事虽然主题各异,却是基于作者对俄罗斯乃至世界现实及未来发展的思考,有些预言非常深刻而准确,比如俄罗斯在技术上的进步和在意识形态上的复古。有的章节对俄罗斯的论述非常精彩,我在这里援引两段。

第7章梁赞国第一任领导人伊万·弗拉基米洛维奇借助台球对俄罗斯历史做了精彩的比喻:

> 这个球桌,就是世界历史,而这只球则是俄罗斯。从一九一七年起它就无法遏制地滚向球袋,就是说滚向世界历史的消亡。如果六年前它没有裂成碎片,那么就可能永远消失。它从桌子上落下不是地缘政治的分裂,而是内部的衰败和居民无法遏制地蜕变为毫无个性的、丧失精神的生物群,只会偷鸡摸狗和奴颜婢膝,完全忘记自己的历史,只凭贫乏的现在活着,操着退化的语言。俄罗斯人作为一个民族可能已经彻底消失了……后苏联时代的领导者们,觉得大限将近,于是呼吁全民:"大家一起找寻俄罗斯的民族理想!"举办大赛,把学者、政治家、作家召集到一起,说:"亲爱的们,请为我们创造一个民族理想吧!"就差没用显微镜把思想库翻遍:我们的民族理想在哪里,在哪里?! 这些傻瓜们,他们不明白,民族理想并不是秘籍,不是公式,不是能让生病的人民短时接种的疫苗! 民族理想,如果说有的话,那么它存在于国家的每一个人身上,从扫院子的人到银行家。如果没有,但是还想找寻的话,那说明这个国家已经末路穷途了! 民族理想! 什么时候它才能出现在每个俄罗斯人的心中? 当后苏联的俄罗斯分崩离析的时候! 只有那个时候每个俄罗斯人才会记起他是俄罗斯人! 只有那时我们才能记起我们的信仰、历史、沙皇、贵族、公爵和伯爵,祖辈传下来的习俗,记起文化,还有语言! 我们正确的、高贵的、伟大的俄罗斯语言![1]

还有第39章对俄罗斯历史上三位领导人(列宁、戈尔巴乔夫、普京)的评价:

> 姥姥详细给我解说,后来好像做总结地说,俄罗斯一直都是一个反人类的可怕国家,尤其是20世纪,残暴专横,那时候这条恶龙弄得整个国家血流成河,尸横遍野。为了摧毁这只怪兽,上帝派了三个秃顶骑士。他们每个人都在自己的时代建立了功勋。大胡子摧毁了恶龙的第一个脑袋,戴眼镜的摧毁了龙的第二个脑袋,第三个,尖下巴的那个砍掉了龙的第三个脑袋。据说,大胡

---

[1] 索罗金:《碎钉国》,王宗琥译,十月文艺出版社,2018年,第55—56页。

子成功是因为勇敢,眼镜是因为软弱,第三个人是因为手腕。而这三个人中姥姥应该是最喜欢第三个。她一直在他面前轻声细语地说着什么,抚摸他,在他肩上放了很多糖果。不时地摇着头说:这第三个伟人如何不容易,比前两个人都艰难。因为他是暗自在做这件大事,很智慧,不惜牺牲自己的名誉和声望,招致人们的愤怒。姥姥说,你忍受了多少屈辱,蠢人的仇恨和愤怒,以及恶语中伤!她抚慰他,亲吻并拥抱,亲切地称他为小鹤,然后泪流满面。我和索尼娅都愣在原地,她对我们说:孩子们,他受了很多苦,才完成这件大事。①

三

那么如何解释这部作品题材和思想内容的多样性呢?我想这正是后现代主义作家索罗金解构艺术作品内容中心化的又一次积极的尝试。如果说作家在写一部有关未来的乌托邦式的作品,那么首先这个乌托邦不是传统意义上所有人共同幸福的乌托邦,而是各美其美的多元乌托邦。这不是一个理想的社会,因为这是一个人的社会;这不是一个最好的社会,但这是一个允许各美其美的社会。在《碲钉国》里,每个人都能找到自己的位置:不管是公爵还是仆人,革命者还是斯大林主义者,小矮人还是巨人,半马人还是半狗人,圣殿骑士还是瓦哈比分子,先锋派画家还是粮贩子,儿童还是猎妖者,同性恋者还是变态狂……这里面没有道德警察、党派政治,没有帝国野心、书刊检查,也没有国家和教会的恐怖。每一个人都有权利选择自己想要的生活,至于是否要实现它,取决于个人的情况,关键是这样的可能性永远存在。

20 世纪之前的乌托邦总是要塑造一个共同幸福的社会,因为一元论的时代不可能产生多元的理想。21 世纪的乌托邦否定了思想和理想的独裁性,50 个故事,上百个主人公,每个人都在追求自己的乌托邦、自己的世界、自己的幸福。索罗金似乎找到了乌托邦的真谛,那就是理想国必须是复数的。单数的乌托邦无异于反乌托邦,世界处于同一尺度之下,个体成为思想、大众或别人的牺牲品。而好的乌托邦绝对不是单数的,不是什么共同的幸福,它应该是由众多独特的乌托邦、个体的梦想和非常个性化的幸福观构成的。这是一个由每个人的想象编织起来的复数的世界。没文化的半马人在一个女人的诱惑下感受到了莫大的幸福,它偷跑去圣彼得堡找寻自己的乌托邦;驴头人身的女饲养员酷爱挤牛奶,一路不畏艰险寻找自己的牧场乌托邦;外号叫"斑鸠"的巨人的梦想是能够喝一整桶自酿酒,为此和大索洛乌赫村的人达成了交易;这些平凡人的梦想和为了伟大理想而投身革命的铁木

---

① 索罗金:《碲钉国》,王宗琥译,十月文艺出版社,2018 年,第 316—317 页。

尔同志的梦想,以及成为耶稣门徒的卢科姆斯基的梦想是被作者等量齐观的,因为每一种梦想都代表了其主人自由选择的道路,不管它崎岖还是顺畅,它始终是个性化的道路,是人类命运的多样化发展轨迹,不是一条道路替代另一条道路,不是所谓的人间正道抹杀其他的"歪门邪道"。这种思想让《碲钉国》的乌托邦成为真正富有生命力的理想之境,它包含了通往幸福的所有阶梯:从最高级的神性形式到最低级的世俗快乐。这是一个崇尚多样化幸福的乌托邦,只有这样的幸福才能够被称为真正的幸福。

在这样一种思想的狂欢下,小说的艺术风格也是狂欢化式的。索罗金仿佛将作品当成现有体裁的试验场,每一个故事都换一种不同的叙事风格和语言。所以读者阅读这部作品时仿佛徜徉在文学体裁和语言的大花园里:壮士歌、民间童话故事、骑士小说、社会主义现实主义生产小说、东正教祷告词、共产主义宣传稿、爱情咒语、现场报道、赞美诗、广告词;语言风格随体裁风格而变,有民间故事的语言,有抒情诗歌的语言,有当代知识分子的语言,有乡村野夫的语言,有英语、法语、德语、西班牙语、瑞典语、塞尔维亚语、拉丁语、土耳其语、日语、哈萨克语、阿尔泰语和汉语。其中汉语的句子多达 10 处。另外有的章节创造了一些具有喜剧效果的变异语言,有的章节用的完全是发明的新语言,比如讲驴头人身的动物饲养员的那一章。

与多样化语言一致的是多样的人物和多变的叙事风格。每一章的主人公都不相同,几乎每一章的情节都可以扩展为一部长篇小说,但每当读者兴味盎然地期待情节的发展时,作者却无情地中断了叙事,开启了新的一章。这种手法显然违背了所有的文学范式:行动、情节、戏剧性全部缺失。可是作者却神奇地运用想象、人物走马灯式的变换、叙事体裁和风格的更替让阅读充满张力。整部作品里还可以看到后现代主义常见的对经典文学的仿拟:比如第 33 章维克多·奥列格维奇早上起来,戴上墨镜,往脑袋里钉入碲钉,然后穿上飞行服,飞翔在莫斯科的上空。他在"沼泽广场"悬停了一会儿,看着下面抗议的人群从四面八方汇集过来。然后飞到"北京饭店",要了一个盘子,吃起自己的尾巴来。边吃边想着不久前被窝里出现的一只吸血的虫子。这里面分明隐含着佩列文的《昆虫的生活》和布尔加科夫《大师与玛格丽特》的情节。第 24 章起首两句"孔科沃的马市实在是太棒了!来自世界各地的马贩子带着自己的马云集此地"①完全是果戈理《狄康卡近乡夜话》的风格!第 37 章里女主人公一路上看到的意象都出自叶赛宁、帕斯捷尔纳克、茨维塔耶娃的原诗或者对诗句的改编。如果不是深刻了解俄罗斯文学的人,一般是看不出这些意象的来源的。而且,作品风格的实验及狂欢化性质还表现在第 3 章、第 29 章

---

① 索罗金:《碲钉国》,王宗琥译,十月文艺出版社,2018 年,第 202 页。

和第 35 章。第 3 章整章 3 页多的篇幅是由一个句子构成的,完全展示了俄语作为分析语在句子结构方面的特点和表义潜力,第 29 章和第 35 章没有任何标点符号。索罗金就是这么任性,大肆地将各种文学和文化符码挥洒在自己的作品里,做出一道前所未有、无所不包的文学大餐。

四

在这个意义上,索罗金成功地建立了一个乌托邦,那就是他创作了一部按照文学创作规则来说不可能的小说。从体裁的角度来说,索罗金的小说像半马人或半狗人一样是创意工程的一个杂交产品。替代传统小说情节的是碛钉,替代行动的是穿越之旅,小说人物和章节的数量超出了合理的范围,小说中根本没有主人公。它不是乌托邦小说,因为有着太多的讽刺,也不是反乌托邦小说,因为可怕的场景太少,更不是讽刺小说,因为充斥着太多的同情。从文学创作原则的角度来看,这样一部臆想出来的"产品"根本不应该存在。

自然有人会说,索罗金的长篇小说一无是处,俄罗斯评论家罗曼·阿尔比特曼称这部小说为"用政治学家的预测、发黄的报刊社论、后现代的文字游戏和黄色笑话等碎布头拼接而成的花被罩"①。

实际上,每一部文艺作品都是这样的用碎布头拼接而成的花被罩,只不过有的拼接粗糙,缺乏品位,有的精工细作,卓然不群。只有真正的大师才敢于抛开所有的规则,用想象、直觉和品位来"胡拼乱凑",不按照任何规则缝制。这是在人们对中规中矩缝制出来的被子产生审美疲劳后的创新之作,它超越了技艺的范畴而升格为艺术。如果将索罗金的小说比作碎布头拼接而成的花被罩的话,那么这的确是一件由各种风格的艺术形式拼凑成的被罩。但这件被罩是大师之作,它的制作工艺无人知晓,并且不可能被复制。

(编校:薛舟舟)

---

① *Арбитман Р.* И никаких гвоздей // Профиль, № 42(836), 11 ноября 2013 года. URL:https://ru-sorokin.livejournal.com/284725.html (дата обращения:28.03.2018).

高尔基的文学思想与苏联文学初建

——纪念高尔基诞辰 150 周年

吴晓都

（中国社会科学院外国文学研究所）

[摘　要]　高尔基注重教谕的文学观,他的文学观具有高度的实践性,对文学思想性的要求与强调是他的文学观念的重要意涵。高尔基提出"文学是人学",既是反对当时极左的文艺思想,又是为了强调苏联新文学需要注意突破俄罗斯贵族作家忽视国内少数民族生活的描写局限。"文学是人学"这个著名的文学观念对中国现当代的文学思想界产生过很大的影响。俄国文学长于苏联文学,经历了一个极其复杂和艰辛的过程。在文学新路的开端,苏俄文坛的色彩是五颜六色的,风格是多种多样的。在列宁开明的文艺政策的指引下,经由高尔基等进步作家丰富的专业经验主导,苏俄初建的文坛呈现出了勃勃生机。

[关键词]　高尔基;文学教谕;人学;苏俄初建

　　2004 年,在由普希金参与创建的历史悠久的《文学报》复刊 75 周年之际,高尔基(1868—1936)的头像标识被重新使用在报纸首页上,使得被誉为"无产阶级的海燕"(沃罗夫斯基语)的高尔基在后苏联时代的主流文坛上重新获得了较为广泛的尊重。2016 年,莫斯科的白俄罗斯火车站(即 1928 年高尔基从西欧回到苏联受到万人空巷迎接的那个火车站)的广场上重新竖立起了高尔基的伟岸雕像。

　　2018 年,伟大的无产阶级革命作家、苏联社会主义文学的奠基人高尔基诞辰150 周年,俄罗斯和世界文学界都没有忘记这位连文豪列夫·托尔斯泰和契诃夫都高度称赞的文学家,一位"可以同托尔斯泰相比"的世界大作家(卢那察尔斯基语)。尽管苏联解体前后,高尔基的人与文都遭受了前所未有的冲击,但尊重历史事实和高尔基文学成就的俄罗斯学者都依然赞赏这位 20 世纪初期杰出的文学创新者和探索者。正如俄罗斯《文学报》主编、著名作家尤里·波利亚科夫所说的,"我们终于醒悟,俄罗斯不可能在谩骂前辈的虚无主义的废墟上复兴"。在经历苏联解体一度思想混乱后,对于高尔基的文学地位,俄罗斯学界终于回归于一种较为清晰的认识:"首先要强调他作品的高级的艺术水准,这个水准是由他的天才、他对人们的了解、对词汇的敏感、善于倾听他人、理解意识的其他类型等因素决定的。高尔基的文学主人公画廊增进了我们关于俄罗斯民族特点的了解。"①的确,高尔基不仅是杰出的作家,而且作为一个思想深邃的哲人,他对文学本质、功用和价值意义进行了深度的人文思考,其作为一个大国的文学引领者的珍贵实践仍然值得今人的重视与研究。

一、注重教谕的文学观

高尔基的文学观念具有高度的实践性,它来自作家丰硕、生动的创作。高尔基在继承俄罗斯革命民主主义美学的基础上阐发自己的文学观,特别是结合苏俄新兴的社会主义文学的进程,其文学观充满历史唯物主义的真理性。在写于 1907 年的《俄国文学史》中,高尔基认定"文学是社会诸阶级和集团的意识形态——感情、意见、企图和希望——之形象化表现"②。这个文学定义是比较接近马克思主义的文艺观念的,他清楚地认识到文学属于上层建筑的意识形态范畴,且具有强烈的情感特征,需要形象的思维加工过程,带有作家的主体倾向性。俄罗斯文学观念在高尔基成长的那个年代深受法兰西启蒙主义文学的影响,所以,高尔基的文学观念就特别强调文学的思想教谕功能。"文学——长篇小说、中篇小说等等——是这些或那些思想的最普遍而有效的宣传手段。18 世纪的法国人,反对封建主义的战斗的资产阶级的代表们,尤其是像伏尔泰之类的巨子,特别精湛地了解这一点。"③而在19 世纪崛起的俄罗斯文学在文学教谕功能的发挥上又后来居上,成为自己民族文化的优势特征——逐渐形成了"文学是生活的教科书"(车尔尼雪夫斯基语)的著名理念,这就是高尔基引以为豪的"俄国文学特别富有教育意义,以其广度论是特别可贵的"。由此可见,注重对读者的思想教育在高尔基的文学观里占有十分重要的位置。

文学经典深刻的思想性是俄罗斯文学最突出的特点之一,对文学思想性的要求与强调是高尔基文学观念的重要意涵。"文学凭什么而有力量呢? 文学使思想充满肉和血,它比哲学或科学更能给予思想以巨大的明确性和巨大的说服力。"④

---

① *Гордович К. Д.* История отечественной литературы XX века : Пособие для гуманит. Вузов. СПб. : Спец. лит. , 2000. С. 187.

② 高尔基:《俄国文学史》,缪玲珠译,新文艺出版社,1956 年,第 1 页。

③ 高尔基:《俄国文学史》,缪玲珠译,新文艺出版社,1956 年,第 1 页。

④ 高尔基:《俄国文学史》,缪玲珠译,新文艺出版社,1956 年,第 1 页。

20世纪的俄罗斯文化史研究家、俄罗斯古典文学大学者利哈乔夫院士在论及俄罗斯文学的特点时也特别突出了这一点：俄罗斯文学从来不是娱乐的,虽然它具有相当大的趣味性。① 在强调文学的教谕意义上,高尔基的文学观为俄罗斯文学中心主义注入了新意,对后来的苏俄文艺学影响深远。

别林斯基的"形象思维说"在苏俄文学创作与批评界具有深刻而广泛的影响力,高尔基就是这个文学理论学说坚定的捍卫者。他对形象思维论断的阐释本身就具有生动的、实践的说服力。"经验的宝藏——所谓心灵这东西——充满着生活印象,就使得一个人相信他的观察和感觉越丰富,那他就越能够用更经济的方法去组织它们,而组织思想最经济的方法就是形象。"②高尔基不仅捍卫了世界进步文学思想性的传统,而且以自己多年丰富的创作经验给出了形象思维说之所以应该成立的实践依据。

高尔基的文学观念不仅仅侧重文学理念的俄罗斯传统,而且更加注重文学创作与俄罗斯解放斗争和革命运动的紧密联系。当然,作为一个语言艺术家,他自然也重视文学的审美特点,但他是辩证地看待文学的思想性与艺术性的。20世纪20—30年代,苏维埃文学界开展了与文艺的形式主义的斗争。高尔基作为文学界的主将,对形式主义文学观念的偏颇也进行了批判,值得注意的是,在这些批判中,他同时也从文化史的角度强调文学工作者要重视对"文学的'流派'、风尚、癖好和其他巧妙手法"的了解与掌握,批评某些文学工作者"对自己事业的知识是多么贫乏",指出一些作家"在历史和文化方面以及技巧方面的知识不足"。③ 这些都表明,高尔基并没有把追求艺术形式的权利简单化地拱手转让给俄国形式主义者,而是高度关注新兴的苏联文学工作者要注意学习、掌握文学的专业知识和提高语言艺术的技巧,要求年轻的苏联作家了解古希腊罗马时代以来的"丰富的历史知识和熟练的技巧"。这与列宁关于苏维埃俄国的无产阶级的文化,即社会主义的文化只能是在全人类文化成就的基础上才能建成的光辉思想是高度一致的。

十月革命的胜利是马克思、恩格斯关于社会主义理想在俄罗斯第一次成功的实践,而他们在《共产党宣言》中关于世界文学的理念也第一次在苏联这个世界上第一个社会主义国家中被积极地践行。虽然高尔基认为还没有统一的世界语写成的世界文学文本,但在他内心里存在着对统一的思想情感的愿望。高尔基在十月革命后立刻主持成立了世界文学出版社,与在人民教育委员会世界文学出版局工作的诗人勃洛克一道出版世界文学经典系列,俄罗斯当代文学研究界把这项工作看作具有伟大意义的文学组织活动。高尔基践行世界文学理念的工作是积极落实

---

① 参见利哈乔夫:《解读俄罗斯》,吴晓都等译,北京大学出版社,2003年。
② 高尔基:《俄国文学史》,缪玲珠译,新文艺出版社,1956年,第5页。
③ 高尔基:《论文学》,冰夷等译,人民文学出版社,1983年,第592页。

列宁关于无产阶级文化只能是在全人类文化成就的基础上才能建成的思想的具体行动,也与革命成功后俄罗斯无产阶级作家对世界新文化建设具有使命感有着密切的联系。

二、文学如何是"人学"

我国文艺理论界从 20 世纪中叶起就熟悉高尔基"文学是人学"的著名的文艺观念了。高尔基把自己毕生的文学事业视为对人学的研究。高尔基的创作正是他"文学人学观"的精彩艺术实践。陀思妥耶夫斯基曾经发誓要终身致力于研究人的奥秘。高尔基同样也关注文学的中心——人,但他没有抽象地谈论人,而是把人道主义情怀聚焦于苦难的人们并努力发现他们的人性之光。卢那察尔斯基对高尔基的文学创作有这样的概括:"高尔基不想单纯地摹写生活方式,他要把生活解释为对大多数人的一种深深的屈辱,要向受屈者发出最伟大的号召——依靠受屈者本身的努力,消灭一切丑行劣迹。他所写的被压迫者是这样一个形象,它表现了同剥削制度相对抗的力量,表现了生活可以变成什么样子,人身上有着怎样的潜力。马克思认为,有一项标准可以检验何种制度比较优越,那就是看这个制度能在多大程度内帮助发挥人身上蕴藏的全部潜力;高尔基很可以将这句话作为他的全部创作的卷首语。"①其实,卢那察尔斯基的这个点评也可以作为高尔基的文学人学观的最佳注解。

尽管,苏俄文学研究界和文论界大多知晓高尔基的文学人学观,不过,关于高尔基为什么提出这样一种富于俄罗斯人文传统的文学定义,我们过去熟悉的苏俄文学史或文论史上却着墨不多。因此,我们有必要对其进行深度的追溯和探究。

高尔基当时提出"文学是人学",大体是出于下面这样几个原因。

第一,高尔基之所以提出"文学是人学",是为了反对当时极左的文艺思想。他强调"文学是人学",是针对苏俄一些文学团体与流派对新兴的苏联文学主题的错误理解,这些人背离了俄罗斯文学关注人的人道主义文学传统。苏维埃俄国建国之初,包括从俄国未来派文学团体变种而来的所谓"无产阶级文化派"当时提出了极端的艺术主张,这些团体以所谓 20 世纪新的工业化强大潮流到来为由,反对人物的个性化描写,反对细腻的千差万别的人物心理描写,而把描绘现代机器、书写现代生产、只能写集体的群像作为新文学的发展方向。他们天真而激情地把对机器、对现代工业时代的群体的描写视为苏维埃新文学主要的或唯一的艺术特征。比如,苏联无产阶级文化派的著名代表人物、诗人和理论家阿列克谢·加斯捷夫住

---

① 　卢那察尔斯基:《卢那察尔斯基论文学》,蒋路译,人民文学出版社,1978 年,第 304 页。

在"作家合作之家"里，怀着形而上学的热情期望放纵了他关于"新"文学的臆想，他声称，"这里我们将接近某种真正新的复合艺术，其中纯人性的展示、可怜的现代表演和室内音乐将退居次要地位。我们将向着表现前所未有的物的客观存在、机械化的人群和没有任何内心的抒情的东西、令人震惊的、开放宏伟的境界前进"①。加斯捷夫试图把苏维埃时代的集体主义定义为"机械化的集体主义"，他要求所谓的新的艺术只能去关注"工业本身"，关注"厂房、烟囱、圆柱、桥梁、起重机以及一切新建筑和企业的复杂结构灾难性和确定不移的进程——这就是贯穿在无产阶级日常意识中的东西"②，这位新兴诗人"充满了对于人的各种不同感觉的不信任，而只相信仪器、机器工具"③。显然，加斯捷夫机械地割裂了集体与个性的有机联系，一厢情愿地忽视了在工农执政的新国度里苏维埃新人丰富的个性特征，从而陷入了文学创作理念上的"'左'倾幼稚病"。

作家兼文艺学家、"社会订货论"④的创立者奥西普·布里克甚至呼吁：苏维埃的新艺术"应该回避人，艺术应该提供的不是人而是事业，描写的不是人，而是人的事业"⑤。这些极左的文艺观念完全违背了俄罗斯文学关注人生和写小人物命运的优秀传统，也曲解了社会主义的文艺观念。俄罗斯文学具有深厚的人道主义传统，高尔基是沿着普希金和托尔斯泰的方向前进的，而作为一个"与普希金、屠格涅夫和列夫·托尔斯泰的文学有关系的人，就不可能不是一个人道主义者"⑥，而关注人、描写人，特别是倾注对小人物的同情并展示这些生动而独特的个人的遭遇，正是俄罗斯文学的人道主义的优秀传统。按照沃罗夫斯基的说法，高尔基是从浪漫主义进入俄罗斯文学的⑦，所以，即使他后来转向了现实主义，也始终带有浪漫主义的浓厚痕迹与烙印，而浪漫主义的一个显著的艺术特征就是放飞人的个性。这就不难解释，为什么高尔基从来不把现实主义与浪漫主义决然割裂，始终主张现实主义与浪漫主义相结合，高尔基的人学观是他浪漫的现实主义创作理念的重要构成元素。

第二，高尔基之所以提出文学是人学，还是为了强调苏联新文学需要注意改变俄罗斯贵族作家忽视国内少数民族生活的描写这种局限状况，主张要更加广阔地反映与描写多民族的苏联各个地方人民的历史与现实的生活现状。同时，我们也必须注意到，他的关于"文学是人学"的表述有一个借用方志学的过渡。"不要以为

---

① 翟厚龙：《十月革命前后的苏联文学流派》（上编），上海译文出版社，1998年，第361页。
② 翟厚龙：《十月革命前后的苏联文学流派》（上编），上海译文出版社，1998年，第359页。
③ 翟厚龙：《十月革命前后的苏联文学流派》（上编），上海译文出版社，1998年，第359页。
④ 即文学作品是社会订单，应该符合社会需求，根据社会要求定制的主张。
⑤ 吴元迈：《苏联文学思潮》，浙江文艺出版社，1985年，第63页。
⑥ 沃罗夫斯基：《沃罗夫斯基论文学》，程代熙等译，人民文学出版社，1981年，第4页。
⑦ 沃罗夫斯基：《沃罗夫斯基论文学》，程代熙等译，人民文学出版社，1981年，第272页。

我把文学贬低成了'方志学'(顺便说一句,'方志学'也是非常重要的事情),不,我认为这种文学是'民学',是人学的最好的源泉。"①高尔基在《论文学》中指出:"乌拉尔、西伯利亚、伏尔加河其他州始终落在旧文学的视野之外。乌克兰也是这样,专制制度塞住它的口,困住它的双手,造成了乌克兰人对'莫斯卡里人'的仇视。单单是这种压迫的事实,就应该唤起文学家们的注意,并激起他们人道主义情感了。然而它并没有被激发起来。没有一个大文学家尝试描写乌克兰和白俄罗斯的生活。我并不是要强迫文学担负起'地方志'好人种学的任务,然而文学到底是要为认识生活这个事业服务的,它是时代的生活和情绪的历史,因此,关于它所包括的现实究竟广阔到什么程度的问题,是可以提出来的。上面所讲的一切,可以用简单的话来说:旧时代的伟大语言巨匠们的观察范围非常有限,这个富有各种各样的人的素材的广大国家的生活,并没有尽可能充分地反映在古典作家的作品里。"②高尔基指出,随着十月革命的胜利,苏联各族劳动人民当家做主,苏俄文学的这个视野局限的历史缺陷正在被克服。"我们拥有优秀的作品,它们甚至很巧妙地描写了那些默默无闻、不声不响、刚刚被革命的有力的手从'几个世纪的汗水'中摇醒过来的民族生活。我要指出米利叶泽尔斯基写萨摩耶德人的日常生活的长篇小说,符谢沃洛特列别捷夫写拉伯人的生活的优秀中篇小说《北极的太阳》,巴森科夫熟练地描写高加索一个民族的生活的长篇小说《泰巴》。……在这类作品中,除了无可争议的艺术价值外,细心的读者还会满意地看出我们在旧文学中找不到的特征:旧文学只在很少有的场合才'顺便地'、偶然地接触到'其他民族'和'异教徒',它以一种俯就的态度对待他们,'居高临下'地看他们。我不必说鞑靼人、伏尔加流域的芬兰族、里海附近草原的突厥—芬兰人,以及所有和我们相处了许多世纪的其他族的人们,始终完全落在旧文学的视野之外,就是对具有古老文化的人——犹太人、格鲁吉亚人、亚美尼亚人,文学界一般地也差不多抱着愚昧无知的态度,正如欧洲文学家过去和现在也差不多对待我们俄罗斯人一样。"③

俄罗斯是一个多民族的国家,1922年成立的苏联更是多民族的世界大国。作为苏联文学的引领者,高尔基自然会要求苏俄文学反映新国家新现实的广度,包括多种多样民族与族群的生活形态。实际上,高尔基的"文学是人学"强调的是苏维埃多民族的文学!

第三,高尔基在苏俄初期提出"文学是人学",也是对俄国当时喧嚣一时的形式文论的回应。正如卢那察尔斯基精准地点评的那样,"他不去理会自然主义本身或印象主义本身的任务。他也不理会形式上的任务——选取某个生活片段,用它制

---

① 高尔基:《论文学》,冰夷等译,人民文学出版社,1983年,第284页。

② 高尔基:《论文学》,冰夷等译,人民文学出版社,1983年,第15页。

③ 高尔基:《论文学》,冰夷等译,人民文学出版社,1983年,第15页。

作一篇杰作，——把它磨得溜光，使之成为艺术品。他要用现有的生活，可能有和应当有的生活的信息，去震动自己的听众和读者，——用呻吟、哀号、嗟怨和噩梦中的生活，用蜕化和败绩中的生活，用追求美好事物和取得胜利的生活的复制品去震动他们"①。呼吁真实地描写俄罗斯和苏联的现实生活，写出人的困境和人的解放、人的美好生活的追求及奋斗，而不是单纯追求文学形式的完美或新奇，这正是高尔基的文学人学观的重要精神诉求。

高尔基关于"文学是人学"这个著名的文学观念对中国现当代文学思想界产生过很大的影响，从20世纪五六十年代一直到21世纪，甚至引起过文艺理论界和批评界激烈的思想交锋。其中，钱谷融先生是当时赞同并演绎高尔基文学思想的主要文论研究者之一，不过，他对高尔基这个文学思想的阐释在理论界引起过较大争论。钱谷融先生在1957年《文艺月报》5月号发表了《论"文学是人学"》，不赞同苏联文艺学家季莫菲耶夫的一个文学观点，即季莫菲耶夫在《文学原理》中所说的"人的描写是艺术家反映整体现实所使用的工具"的表述，"尤其反对把描写人仅仅当作是反映现实的一种工具"。这是钱谷融先生阐发"文学是人学"的第一个要点。其实，对照季莫菲耶夫《文学原理》原文看，把"средство"一词直接译为"工具"，本身就存在着一个不准确的问题。这个俄语词具有"办法""手段""资料"和"工具"等多种含义，但"工具"并不是其首要的含义，而汉语中我们常用的"工具"一词在对应的俄语中是"инструмент"，而不是"средство"，所以，季莫菲耶夫那句话的正确译文应该是"人的描写是艺术家反映整体现实的一种方式"，他丝毫没有把人或人的描写降低或贬低为"工具"的意思。联系到苏联文学"解冻时代"，一个具有俄罗斯人道主义思想传统的文论家是绝不会忽视这一点的。如此看来，钱谷融先生的批评仿佛是在与错误的"翻译风车"作战。钱谷融先生阐发"文学是人学"的第二个要点是"人道主义精神则是我们评价文学作品的最低标准""人民性是我们评价文学作品的最高标准"。他关于"文学是人学"的第三个要点是文学典型的概括问题。"阶级性是从具体的人身上概括出来的，而不是具体的人按照阶级性来制造的"，其实就是反对公式化和概念化。笔者以为，钱先生反对公式化或功能化的观点是正确的。这一点与高尔基所说的不要把阶级的特征像贴标签、画黑痣一样给人物画上去的说法比较一致。高尔基是希望作家写出内在特征，而不是像俄罗斯无袖长衣那样只写外部特征，而钱谷融先生强调的则是不要用已经定性的特征生硬地弄出脸谱化的文学典型。

而文学评论家张炯先生对高尔基的"文学是人学"的思想也有自己的理解与阐释。张炯先生说："人们曾经引用高尔基关于民间文学、民俗学可以称为人学的见

---

① 卢那察尔斯基：《卢那察尔斯基论文学》，蒋路译，人民文学出版社，1978年，第204页。

解,引申开来,说文学是人学。"①张炯先生认为:"文学具有自己独特的表现对象和独特的表现角度,在这个意义上,可以说它是人学,但它又区别于一般的人学。可以说它是美的人学。"②即文学是审美的人学,因为文学追求真善美,特别是人的精神之美。张炯先生进一步发挥了高尔基的思想,认为文学的人学需要神人到人的本体性,"文学的人学本体性需要回答文学所描写的人,其客观本体应如何认识,即作家如何认识人和人性的客观本体","文学作为人学,尽管是从审美的视角去描写人,把握人,对于人和人性的本体却不能没有了解"。③

张炯先生主张从马克思主义的历史唯物主义的人性论来把握人的本体。"马克思主义则认为人性总是具体地历史地形成和发展的,人的个性受他的一切社会关系的制约。人的共性寓于人的个性之中,并通过个性而体现。人性是在社会长期的历史实践中形成和发展,不存在抽象的永恒不变的人性。"④因而,在张炯先生看来,理想的人学的标准应该是"不但表现人",还要"优化人"。在谈及文学作为人学的评价标准时,张炯先生认为,"即使人道主义在文学批评中是很重要的标准,却难以概括文学的全部思想价值,也难以作为评价文学作品的唯一的思想标准"⑤。"在文学的思想性中,人道主义占有很高的位置,但爱国主义、英雄主义⑥,舍己为人和舍身为国的自我牺牲的精神也占有崇高的位置。在它们面前,个人主义的人道主义和唯利是图、只是享乐的欲望主义,却往往显得卑琐,乃至卑鄙!"⑦的确,就高尔基从丹柯献身形象到《母亲》中的母亲勇敢形象的塑造的一贯英雄推崇来看,在高尔基的文学人学观中,尽管他特别重视对人性的守护,但他反对个人主义,赞美为劳动大众、为人类的奉献精神。其实,在苏联第一次作家代表大会上,著名的文论家什克洛夫斯基在发言中就注意到"高尔基谈到了无产阶级人道主义"⑧。由此可见,张炯先生对"文学是人学"的阐释与发挥,更加接近高尔基的文学人学观。

人文学科不同于自然科学,并不是绝对的越新越好,人文学科的知识属于一种积累式的知识类型。钱锺书在《粉碎"四人帮"以后的中国文学情况》中说:"有了杜甫,并不意味着屈原过时;有了巴尔扎克,并不意味着塞万提斯的丧失价值","甚至有了反小说,并不表示过去的小说已经掉","易卜生不是莎士比亚的替人,只是他

---

① 张炯:《论文学的人学本体性》,载《甘肃社会科学》2015 年第 5 期,第 1 页。

② 张炯:《论文学的人学本体性》,载《甘肃社会科学》2015 年第 5 期,第 1 页。

③ 张炯:《论文学的人学本体性》,载《甘肃社会科学》2015 年第 5 期,第 1 页。

④ 张炯:《论文学的人学本体性》,载《甘肃社会科学》2015 年第 5 期,第 2—3 页。

⑤ 张炯:《论文学的人学本体性》,载《甘肃社会科学》2015 年第 5 期,第 4 页。

⑥ 还要补充一个"集体主义"。

⑦ 张炯:《论文学的人学本体性》,载《甘肃社会科学》2015 年第 5 期,第 4 页。

⑧ 什克洛夫斯基:《什克洛夫斯基的发言》,选自《苏联作家第一次代表大会文献辑要》,刘逢祺译,首都师范大学出版社,2004 年,第 280 页。

的新伴侣","在文学研究方法上也是这样,法国的'新批评派'并不能淘汰美国的'新批评派',有了什克洛夫斯基并不意味着亚里士多德的消灭。正好像家里新生了一个可爱的小娃娃,小娃娃的诞生并不同时就等于老爷爷老奶奶的寿终。有价值有用的流派完全可以同时共存,和平竞赛"。① 正是从这个意义上讲,包括"文学是人学"在内的高尔基的文学观念仍然是世界文学思想中的珍贵遗产,它对于我们完整地理解苏俄文学进程具有学科的建构价值。我们应该以历史唯物主义的态度、唯物辩证的方法深入了解和辨析这份精神遗产。

三、苏俄文学的初建与高尔基的功勋

俄罗斯文学在 20 世纪初期实现了自己的艰难而光辉的转型。十月革命后,俄罗斯、乌克兰、白俄罗斯及高加索诸国组成了一个崭新的国家,即苏维埃俄国。新旧制度的转换、社会积极变革的触动、生活剧烈变化的刺激,给苏俄作家提供了大量新的素材,给他们以极大的创作灵感,为文学的发展乃至蓬勃提供了绝佳的契机,诗歌和小说都出现过一定的繁荣。诚如苏联作家列昂诺夫亲身感受到的那样,当时苏维埃俄国早期的作家"生活在世界历史上一个英雄的时期"②,而高尔基正是在这个"英雄的时期"引领苏俄文学砥砺前行的文学大英雄。

必须看到,俄罗斯文学在时间跨度上长于苏联文学,这是一个极其复杂和艰辛的过程。俄罗斯众多新旧时期的文学家带着俄国文学已有的各种传统和流派的痕迹进入苏维埃文学的新时空。在文学新路的开端,苏俄文坛是五颜六色的,风格是多种多样的。高尔基的文学叙事带有浪漫色彩、革命现实主义、勃留索夫和勃洛克的新诗歌创作依然具有象征主义的某些旧痕,马雅可夫斯基创新诗作与戏剧带有未来派的先锋实验性质,这些作品在这一时期各放异彩。当然,这些文学流派在新的文学语境中也努力与时代同行。年轻的苏俄文学作为文坛的成长新苗,它的发展绝不是一帆风顺的。高尔基对这种年轻的文学给予了全身心的扶持,是它热诚的引领者,且准确地预言了有才华、有潜力的青年作家的未来,如法捷耶夫和肖洛霍夫。苏联文学初期的繁荣和后来的成就都凝聚着高尔基曾经奉献的心血。

在高尔基的影响下,原来的一些文学精英努力向着新文学靠近并获得了成就。勃留索夫在 1922 年所做的题为"俄罗斯诗歌的过去、现在和未来"的报告中就赞美"马雅可夫斯基的诗歌是属于苏联成立的第一个五年间最优美的现象。它的健爽

---

① 参见孔芳卿:《钱锺书京都座谈记》,选自《钱锺书研究〈第二辑〉》,文化艺术出版社,1990 年,第329 页。

② 列昂诺夫:《列昂诺夫的发言》,选自《苏联作家代表大会文献辑要》,刘逢祺译,首都师范大学出版社,2004 年,第 227 页。

风格和大胆的语言是我国诗歌的新鲜酵母"①。左琴科和费定的"谢拉皮翁兄弟"在竭力创新的文学创作中，也努力把欧洲的文学经验与当时的现实题材尽可能结合起来，写出与时代主题相同步的新意。后来成为苏联作家协会书记的著名作家费定在《高尔基在我们中间》的回忆中写道："高尔基让我参加的青年文学小组，称作'谢拉皮翁兄弟'，或简称为'谢拉皮翁'而为人们熟知。……无意培植学派的高尔基，容易把我们当作是富有生命力的现象。"②"谢拉皮翁兄弟"这个文学团体身份杂乱，"八个人身上集中了卫生员、排字工人、军官、鞋匠、医生、魔术师、办事员、士兵、演员、教师、骑兵、歌手等人物，他们曾经担任过几十种五花八门的职位，他们曾在世界大战的各条战线上打过仗，参加过国内战争，无论是饥饿还是疾病，对他们说来毫不足奇，他们亲眼目睹死亡的时间太长、次数太多了"③。他们喜欢狄更斯的《尼古拉斯·尼克贝尔》，然而却也能写出反映苏俄现实的《在战火中》。"在谢拉皮翁兄弟中，首先把战争和革命的新材料的短篇叙事写进文学作品的是伊万诺夫及其《游击队员》、吉洪诺夫关于战争的短篇叙事诗……值得注意的是，正是他们把新材料引进文学，描绘了新的文学形式轮廓。"④苦难的历程、复杂的身世、对文学革新的追求，这不正是高尔基身体力行的风格和探索路向吗？诚如高尔基所言，"文学家的社会经验愈丰富，他的观点愈崇高，他的智力和视野也愈广阔"⑤。而以劳动者为主力的布尔什维克的文学大军更是促进苏维埃新文学繁荣创新的主力。法捷耶夫、肖洛霍夫、富尔曼诺夫等也都在这个时期以人生体验和文学创新为苏俄初建的文坛增添思想与艺术活力。当代文学史家戈尔多维奇在《20世纪祖国文学史》中对1917—1927年的文学进程进行评价时也充分肯定了这一时期文学的风格多样化，像法捷耶夫、富尔曼诺夫、伊万诺夫、布尔加科夫、左琴科、巴别尔和费定等作家都塑造了富有个性的、多样的艺术新形象，既有苏俄新人的个性形象，也有带有俄罗斯传统小人物特征的怪人（费定语）。戈尔多维奇对苏俄社会的初期文学团体蜂起和文学普及运动给予了高度评价："众多的文学的、戏剧的小组在俄罗斯的各个城市创办。直到1921年仅仅在莫斯科一处就存在49所文学学校及近2000个诗人，而在无产阶级文化派的文艺学校里参加者高达80000多人。"⑥这些文学创造活动像普希金崛起的时代一样，不仅繁荣了文学，而且激活了语言，"在1923

---

① 伊万诺夫：《苏联文学思想斗争史1917—1932》，曹葆华译，新文艺出版社，1956年，第107页。

② 张捷：《十月革命前后的苏联文学流派》（下编），上海译文出版社，1998年，第348页。

③ 张捷：《十月革命前后的苏联文学流派》（下编），上海译文出版社，1998年，第352页。

④ 张捷：《十月革命前后的苏联文学流派》（下编），上海译文出版社，1998年，第352页。

⑤ 伊万诺夫：《苏联文学思想斗争史1917—1932》，曹葆华译，新文艺出版社，1956年，第236页。

⑥ *Гордович К. Д.* История отечественной литературы XX века : Пособие для гуманит. Вузов. СПб. : Спец. лит., 2000. С. 32.

年至 1929 年的短短数年中,新文学一个最典型的特点就是语言生动传神"①。这不仅凸显出俄罗斯文学中心主义的传统在苏俄的延续,更是列宁和高尔基主张"艺术属于人民"的文艺思想在苏俄初建时代广泛践行后,社会上文学生活高度繁荣的惊人实像。那时的苏俄文学的确宛如世界文坛的一束耀眼的新晨光。

在列宁开明的文艺政策的指引下,经由高尔基等进步作家丰富的专业经验主导,苏俄初建的文坛呈现出了勃勃生机。值得注意的是,这些文学实绩对纠正俄罗斯文学研究界学术偏颇也起到了积极的作用。一个突出的事实就是,即便是一度走向思想迷途的"诗语研究会"的学者们也开始反思自己的错误和改进学术思路。与高尔基并肩战斗的诗人马雅可夫斯基对纠正诗语研究会的错误也倾注了心力,这个文学史实在国内的苏俄文学批评史中几乎没有被提及过。马雅可夫斯基以布尔什维克的思想影响诗语研究会的年轻学者,支持他们的学术研究和探索,"付出了不少努力,为的是让这个研究会的代表们接近马克思列宁主义"②,并在其主导的《列夫》文学期刊上专门出版了一期研究列宁语言的专刊。蒂尼亚诺夫、埃亨鲍姆、什克洛夫斯基、日尔蒙斯基等诗语研究学派的学者,也开始站在发展中的马克思主义美学的立场上进行自我批判,自我反思,最终与苏俄学者一起汇入了苏联文艺学和文学批评的主流。③

20 世纪五六十年代我们国内关于苏联文学创作及思想史的评介在完成当时的任务的同时,也留下了某些遗憾,比如对同时代某些有影响的流派、作家和创作的介绍评价不足,或者有意识地忽略。70 年代以后,国内对原来忽视的苏俄作家作品重新重视起来,比如出现了一个所谓"白银时代"的文学挖掘和研究热潮。但对于那些传统文学史上重要的文学家及文学现象的研究和挖掘着力不够。具体来说,对苏联文学初期的成就客观评估不够,本应在更广泛的领域里对高尔基的深度研究都让位于当时非主流的白银时代的文学现象研究了。这样又陷入了另外一个盲区,出现了另一种偏颇。六七十年代,甚至 80 年代的苏联文学史写作,通常把苏联文学与俄罗斯文学截然分开。对俄罗斯文学的发展书写仅仅停留在托尔斯泰晚年和契诃夫的时代,以十月革命为界限,似乎在俄罗斯突然就出现了纯粹的崭新的苏联文学,对苏联文学形成的渐进过程研究不够。特别值得一提的是,国内的苏俄文学史对苏联第一次作家代表大会的书写,也是过于简单化,未能全面完整地展现

---

① 斯洛宁:《现代俄国文学史》,汤新楣译,人民文学出版社,2001 年,第 311 页

② История русской советской литературы（1917－1940）〔Учеб. для пед. ин－тов по спец. N2101 "Рус. яз. и лит."／А. И. Метченко, В. В. Гура, Л. И. Тимофеев и др.〕；Под ред. В. И. Метченко, С. М. Петрова. 2-е изд. М. : Просвещение, 1983. С. 149.

③ История русской советской литературы（1917－1940）〔Учеб. для пед. ин-тов по спец. N2101 "Рус. яз. и лит."／А. И. Метченко, В. В. Гура, Л. И. Тимофеев и др.〕；Под ред. В. И. Метченко, С. М. Петрова. 2-е изд. М. : Просвещение, 1983.

苏联文学渐进形成的复杂和充满生机的过程。这都需要我们今天以更加实事求是的态度还原苏联文学初建的实像。

其实,1934 年在高尔基主导下召开的苏联第一次作家代表大会体现着苏俄文学初建的艰辛以及充满生机的面貌,既彰显了社会主义文学思想在艰难环境中的探索,也有社会主义"同路人"文学思想的智慧闪现。那是一次苏联文学初建成就与问题的总结大会,是对初建时期文学弊病揭发和批判的大会,是各族作家创作经验深度交流与相互融合的大会,是文学思想碰撞对话的大会,是富有文学心得的大会,是文学诗意盎然的大会,是一次真正充满文学性的大会。大会在马克思列宁主义的思想光辉照耀下,由高尔基总结苏俄初期的文学经验,深情展望苏联整体文学的发展未来。特别难能可贵的是,作为一个真正的现实主义大作家,高尔基在大会上所做的思想性和学术性极强的主报告中,在谈及新的现实和文学现状时,首先对苏维埃社会和文学界的缺点做了毫不讳言的严肃批评。他强调:"同志们,自我批评是很有必要的。我们面对无产阶级的工作,他们变得越来越有学识,并且对我们的艺术以及我们的社会行为不断在提高要求。"①他尖锐地批判仍然存在的市侩习气。他指出:在苏联社会的相互关系中,"市侩习气起着非常重要的作用,这表现为嫉妒、贪婪、卑劣的诽谤和相互非难",虽然它也被不断地清除,"但是它像微生物一样依然存在并且还起着作用",所以,苏联文学"决不能否认批判现实主义广泛而有效的工作,并且高度评价它在语言描绘艺术中所取得的形式上的成就。我们应当了解,我们所以需要这种现实主义,只是为了指出过去的残余,为了同哲学残余作斗争并消灭他们"。② 但同时,高尔基也明确地意识到,原有形态的批判现实主义文学无法培养社会主义的个性。所以,在苏维埃的新时期需要新型的现实主义文学心态,这就是社会主义现实主义。高尔基也充分肯定了苏俄初期的文学成就,苏维埃革命文学用了大致 15 年就产生了俄国资产阶级文学用了 100 年时间才产生的影响。他在这个报告中指出了苏联文学应该担负的重要使命,"无产者的国家应当培养成千上万的优秀的'文化大师'和'灵魂工程师'"③。高尔基的主题报告得到了与会代表的积极回应,这可以从被高尔基夸奖过的作家列昂诺夫的发言中看出:"高尔基在这里对我们提出的批评是正确的、及时的。事实上,在人民生活各个领域都具有世界意义成就的国家,在一个为时代进步所鼓舞的国家,其文学应当是世界上最优秀的文学。我们可以认真地看一看,我们参加这次代表大会所带来的

---

① 高尔基:《关于苏联文学的报告》,选自《苏联作家第一次代表大会文献辑要》,刘逢祺译,首都师范大学出版社,2004 年,第 17 页。

② 高尔基:《关于苏联文学的报告》,选自《苏联作家第一次代表大会文献辑要》,刘逢祺译,首都师范大学出版社,2004 年,第 18 页。

③ 高尔基:《关于苏联文学的报告》,选自《苏联作家第一次代表大会文献辑要》,刘逢祺译,首都师范大学出版社,2004 年,第 17 页。

东西,在我们的行李里还有多少详细提纲和草稿,这些东西常常是纯理性主义的,而有的在形式和内容上完全是粗糙的。难道这不是我们应当与之斗争的主要的和致命的缺点吗?"①而从作协领导者之一的尤金的《关于苏联作家协会章程的报告》中可以看出,苏联文学界当时以马克思主义为指导,对苏维埃国家文学的现状与发展愿景表现出了实事求是的理性态度:"苏联作家赞成无产阶级的阶级艺术,赞成社会主义文学。在现代条件下,只有那种同社会发展的革命力量联系起来的艺术才是历史的、进步的艺术。资本主义作为历史的、进步的力量已经过去了。但是,这还不能说,资本主义社会根本不能创造某些重要的艺术作品。苏联作家现在面临的任务是,批判地掌握以前整个人类发展所留给我们的文学遗产。他们还应当掌握资产阶级利益的代表人物在文化领域仍在创造的一切好东西。列宁曾经写道,我们应当掌握资本主义所创造的一切文化、一切知识、一切艺术。我们不能同意这样的观点,即资产阶级已经不能进行文化创作。这与马克思主义起码的原理、与人类发展的整个历史进程是对立的。对文化的马克思主义的理解包括知识的全部总和,即包括人们掌握现代技术、科学、艺术(其中也包括文学)的熟练技巧。"②应该看到,尤金的这个报告体现着辩证唯物论的基本精神,体现着列宁文艺思想的光辉,也体现着以高尔基为代表的文学经验丰富的、坚定地从俄国旧文学迈向苏维埃新文学的作家的心声。苏维埃第一份作家章程既突出了无产阶级的文学地位,同时也实事求是地、"现实主义"地照顾到参与社会主义文化建设的非无产阶级作家的创作特点和权益,以社会主义文学团结、引领他们一起向未来前进,这是苏联历史上的一份克服了"'左'倾幼稚病"的珍贵的文学文献。由此可见,苏联第一次作家代表大会首先是在主导的文艺思想上继承俄罗斯批判现实主义进步传统的大会。

在创建苏联统一的文学组织——苏联作协的过程中,高尔基以高昂的热情和务实的态度评价苏联新生的文学并规划其未来,呵护着青年一代作家,肯定他们的创作。在高尔基的影响下,许多作家都能以文学发展的规律看待当时的文学现状。比如,大作家爱伦堡关心新文学时代最棘手的问题,即文学精品如何创作的问题。"我现在转入一个最棘手的问题——到底应当如何写作?我们常常听到,为什么我们没有苏联的经典小说——1934年的《战争与和平》。"③爱伦堡认为,这种指责是建立在误解的基础上的。一切都在新形势的探索过程中:"如何写长篇小说,我没

---

① 尤金:《关于苏联作家协会章程的报告》,选自《苏联作家第一次代表大会文献辑要》,刘逢祺译,首都师范大学出版社,2004年,第278页。

② 尤金:《关于苏联作家协会章程的报告》,选自《苏联作家第一次代表大会文献辑要》,刘逢祺译,首都师范大学出版社,2004年,第334页。

③ 爱伦堡:《伊利亚·爱伦堡的发言》,选自《苏联作家第一次代表大会文献辑要》,刘逢祺译,首都师范大学出版社,2004年,第285页。

有文学专门学校的写作提纲或方法。我认为自己是那些正在没有把握地寻找符合新内容的新形式的苏联作家之一。我们既不打算描摹《战争与和平》，也不打算描摹巴尔扎克，不管这些作品多么好，也不管我们自己多么入迷地喜爱这些作品。许多古典作家常常描写已经过去的生活和已经成型的主人公。而我们所描写的是动态中的生活，我们作品里的主人公还没有成型。……我们遭受过许多挫折，但是，以我看，这是诚实的道路。我们不要试图把新的内容放到现成的但已经过时的形式中。"①小说家巴别尔也积极回应劳动群众对文学家的诉求，理解苏维埃时代的崇高革命精神，呼吁作家参与报纸的工作，做"社会主义大厦"建设"朴素、自然、欢乐的强烈感情的见证人"，但他建议这种喜悦的表达要自然，要向高尔基那样锤炼语言。巴别尔特别感激布尔什维克政府给苏联作家提供的优厚生活待遇与良好创作条件，因此倍感责任重大："我想接着高尔基的话说，在我们的旗帜上应当写上索波列夫的话：党和政府给了我们一切，而夺走的只有一点——粗制滥造的权利。"巴别尔认为，新的文学需要"高尚的思想"，要求有思想的深度，"没有哲学，就没有文学"。②

　　初创的苏维埃文学表现了创作和接受上极大的宽容度，那时著名的无产阶级诗人代表杰米扬·别德内就展现了新文学对老作家的宽厚的态度："对于帕斯捷尔纳克，我们没有什么可怕的，也不应当持怀疑的态度。苏维埃诗歌的花园非常大，可以有几个像帕斯捷尔纳克这样的诗人在这里有一席之地。"③而作为从旧时代过来的文学精英，帕斯捷尔纳克也做出了积极的回应，他在苏维埃时代新文学形成的时候也与时俱进地追问过诗歌新的定义："同志们，究竟什么叫诗？……诗是固有事实的语言，也就是具有真正结果的事实的语言。"④虽然，他不是现实主义方法的追求者，但作为受苏俄文坛主流文学思潮影响的诗人，他对"事实的语言"的定位显然也是接受了要客观地尊崇现实事实的审美原则，只是委婉地做了表达。由此可见，苏维埃文学新的统一的大家庭里，由于有高尔基这样德高望重、凝聚各方力量的文学领袖，有他热诚友爱的理解宽容，各路作家们达成社会主义的新的文学共识是顺理成章的。高尔基对世界社会主义文学发展功不可没。

（编校：薛冉冉）

---

　　①　爱伦堡：《伊利亚·爱伦堡的发言》，选自《苏联作家第一次代表大会文献辑要》，刘逢祺译，首都师范大学出版社，2004 年，第 286 页。
　　②　巴别尔：《巴别尔的发言》，选自《苏联作家第一次代表大会文献辑要》，刘逢祺译，首都师范大学出版社，2004 年，第 305 页。
　　③　别德内：《杰米扬·别德内的发言》，选自《苏联作家第一次代表大会文献辑要》，刘逢祺译，首都师范大学出版社，2004 年，第 330 页。
　　④　帕斯捷尔纳克：《帕斯捷尔纳克的发言》，选自《苏联作家第一次代表大会文献辑要》，刘逢祺译，首都师范大学出版社，2004 年，第 322 页。

贵族庄园的今生与前世

——《果园》对《樱桃园》的继承与革新

杨丽娜

（哈尔滨师范大学斯拉夫语学院）

[摘　要]　苏联著名作家费定的成名小说《果园》和俄国著名戏剧家契诃夫的《樱桃园》，无论在创作背景还是艺术手法上都极为相似。两部作品都以新旧社会交替为创作背景，反映了转型时期俄国社会的现实生活题材。值得注意的是，《果园》在象征结构上充分体现出对于《樱桃园》的继承关系，而在人物、体裁及时空等方面则又明显具有革新性。

[关键词]　费定；《果园》；《樱桃园》；继承与革新

　　康斯坦丁·亚历山德罗维奇·费定是苏联著名作家之一，其一生创作了许多在苏联文坛占据重要地位的作品，如《果园》(《Сад》，1921)、《城与年》(《Города и годы》，1924)、《不平凡的夏天》(《Необыкновенное лето》，1948)等。其中于1921年发表的小说《果园》收录于他的第一本小说集《荒地》，其故事情节围绕着花树匠希兰契展开。希兰契在果园日渐衰败的过程中，依然坚持守护果园，但最终因一己之力的薄弱无法灌溉果园而将其烧毁。小说采用的是十月革命之后的社会现实题材，是对处于新旧交替之社会的认识与思考。《果园》在其发表之初就在彼得格勒艺术之家的文学竞赛斩获一等奖；该小说也曾被鲁迅称赞为"脍炙人口"的优秀之作[①]；康·帕乌斯托夫斯基在读完《果园》后大赞道，"我明白了，在和我们不久以前的伟大文学生活的联系中，出现了苏维埃文学的开端"[②]；扎米亚京如此评价该小说，"这是一部出乎意料的成熟之作，好像作品的署名应该是布宁"[③]。由此可见，这部小说在费定的整个创作生涯，甚至在整个俄罗斯文学中所占的地位都不容小

---

①　鲁迅：《竖琴》，中国国际广播出版社，2013年，第190页。

②　帕乌斯托夫斯基：《作家肖像》，陈方译，人民文学出版社，2002年，第265页。

③　*Замятин Е. И. Я* боюсь. М.：Новая русская проза, 1999. С. 86.

觑。而小说中极为突出的文学性就是象征结构。费定在该小说中巧妙地将局部性象征和整体性象征相结合,在读者面前展现出一幅新旧制度交替的社会现实图景。而在故事情节同样展于贵族庄园的契诃夫戏剧《樱桃园》中,也有着类似的象征结构。值得注意的是,费定曾就国内外作家以及有关其劳动与艺术之相关问题发表过一系列文章,其中就有一篇专门为契诃夫而写的文章《契诃夫:白天的星星》,该文中写道:"透过反映在环境、日常生活、无聊的人们身上的契诃夫剧本的小世界,我们应该看到契诃夫的大世界。我们应该更为专注地细察偏僻地区那些很小的主人公,我们将会在他们身后见到一个大主人公。"①契诃夫戏剧《樱桃园》创作于 1903 年,而费定小说《果园》创作于 1921 年,尽管两部作品的体裁不同,但均以社会转型时期为创作背景,且所反映的主题相似,因此,我们或许可以认为,《果园》的创作在一定程度上对《樱桃园》有所继承。而费定作为"谢拉皮翁兄弟"的成员之一,肩上自然也担负着该文学团体对时下文学的一份责任,即革新文学。因此《果园》在继承《樱桃园》艺术手法的同时,又对其有一定的革新,其革新分别体现在作品的人物、体裁及时空等艺术方面。正如高尔基所说的,"苏联的年轻作家之中,创作探寻之路走得最正确、最富有成效的便是费定"②,而小说《果园》正是费定在这条路上卓有成效的一部作品。

所谓象征,是指用一个具体的事物来暗喻或映射另一个抽象的事物。作家们常常运用象征的手法来隐蔽地表达其因社会环境而无法直接抒发的思想情感,正如高尔基所说的,"在象征下面,可以巧妙地把讽刺和大胆的言语掩蔽起来,在象征中可以注入很大的思想"③。而所谓结构,即组成整体之各部分的分配和安排,因此作品中所出现的所有象征体及本体间的相互关系构成了其象征结构。换言之,象征结构由不同的象征体构成,可以包括人物形象、情景、主题等。本文分别从两部作品的局部性象征、整体性象征及《果园》对《樱桃园》的革新三方面进行研究,以便更深层次地了解其思想主旨。

一、局部性象征——小世界与大世界

所谓局部性象征,即那些仅表现于"立意与题材内容""主题思想与艺术结构""意境创造与语言韵律""风格色彩"④等局部的象征结构。换言之,在局部性象征结构中,不同的象征体具有其各自不同的象征意义,且彼此间的象征意义相互独

---

① 费定:《契诃夫:白天的星星》,寒青译,中国社会科学出版社,1993 年,第 156 页。

② *Баранова Н. Д.* Горький и советский писатель. М.:Высшая школа, 1975. C. 138.

③ 谭得伶:《谭得伶自选集》,上海人民出版社,2007 年,第 37 页。

④ 张敏:《白银时代俄罗斯现代主义作家群论》,黑龙江大学出版社,2007 年,第 17 页。

立,这种不同象征体指向各自不同象征意义的特点即为局部性象征。在小说《果园》和戏剧《樱桃园》中都充满了这种局部性象征。

(1)意　象

无论是《果园》还是《樱桃园》,其局部性象征均体现于作品的意象中。意即意念,象即物象,所谓意象,即寓"意"于"象",将作家的主观意念寄托于客观物象并赋予其某种象征含义。《果园》的开篇,一句"融雪的涨水,总是和果树园的繁花一起的"①就已经展现了新旧社会交替的自然规律,同时也引出了小说的主旨。"融雪"象征旧社会的消逝,而果树园的"繁花"则象征新世界的繁荣昌盛。根据自然规律,冬天的积雪必定会随着春天的到来而消融,植被也必定会随着春天的到来而枝繁叶茂,这是人类无法改变的事实。当然,这里还有一个隐含的象征体,即使雪消融、使植被繁茂的因素——春天,这个隐含的象征体则象征革命力量。小说开篇即出现的两个象征体"雪"和"繁花"分别象征旧世界的消亡和新世界的繁荣。这两个象征体即为局部性象征,因为从小说的立意与主题来看,作家在小说的开端就暗示性地点明了主旨:旧世界消亡和新世界到来的必然性(该方面的主题正是通过"雪"和"繁花"这两个象征体来表现的),以及革命力量势不可挡(该方面的主题则只能通过"春天"来显现);而从小说的结构来看,"雪""繁花"和隐藏的"春天"这三个象征体只是出现在小说的开篇,在后文中则再未出现,它们仅仅是该小说整个象征体系中的个体存在。

而无论从立意与主题还是结构的角度来看,《樱桃园》中也存在类似的局部性象征,如第一幕的开场以一句"已经五月了,樱桃树都开了花,可是天气依然寒冷,满园子还罩着一层晨霜"②揭露出了封建制度下贵族阶级的生活现状。"开花的樱桃树"象征着表面上看起来风光无限、衣轻乘肥的贵族生活,而"晨霜"则象征着贵族阶级已走向没落的现实。契诃夫通过"开花的樱桃树"和"晨霜"这两个象征体暗示了当时看似辉煌、实则没落的贵族阶级,从而也从侧面点明了封建贵族阶级必然没落、消亡的母题。

这种象征的局部性几乎在小说中所有象征体上都有所表现,如《果园》中的象征体"市镇"象征革命队伍。希兰契虽两度来到市镇,但最后并没有选择留下,而是回到自己守护的果园,意味着他最终也没有选择走向革命的道路,这也反映了作家当时思想上的惆怅与迷茫。而《樱桃园》第二幕"天边依稀现出一座大城镇的轮廓,只有在特别晴朗的天气里,城影才能看得清楚"③中的大城镇在这里则象征着与"樱桃园"对立的新世界,大城镇隐约现着轮廓则更是意味着新兴资产阶级所代表

①　鲁迅:《竖琴》,中国国际广播出版社,2013年,第32页。
②　契诃夫:《樱桃园》,焦菊隐译,上海译文出版社,2014年,第184页。
③　契诃夫:《樱桃园》,焦菊隐译,上海译文出版社,2014年,第210页。

的新世界正在逐渐兴起,且其取代贵族阶级也是必然的现实。

(2)母　题

旧世界必然消亡的母题始终贯穿于《果园》和《樱桃园》。所谓母题,即文学作品中反复出现的意象所构成的主题。被希兰契守护着的果园象征着革命前的旧世界。在革命来临之前,果园宛如世外桃源,在这里,"杨柳艳艳地闪着膏油般的新绿,因为水分太多了,站着显出腴润的情形。篱上处处开着花;剥了树皮,精光的树墩子上,小枝条生得蓬蓬勃勃。黄色的水波,发着恰如猫打呼卢一般的声音,偎倚在土坡的斜面上"①。这时的果园一切都那样美好、和谐、宁静、生机蓬勃,可是突然有一天,从市里来了一群人后,果园就完全变了个模样,变得萧条,似乎被人们遗忘了。作家通过对革命前后果园不同状态的鲜明对比,表现了革命给人类家园带来的破坏,也表现出作家本人对革命所持有的怀疑态度。这里的"果园"看似是被用作小说的题目,借而"构建一个大的象征性框架",成为整体性象征结构,实则不然。"果园"虽然作为一个象征体在题目中就被体现出来,但它只是该小说整个象征体系中的一个小象征,并没有在其中起到统领的作用,与其并列的象征体还有上述提到的"市镇""繁花"等,因此,象征体"果园"属于该小说的局部性象征结构。

"果园"的象征意义对于同样作为题目的"樱桃园"的继承性则十分明显。契诃夫在创作这部戏剧时有意将"вишневый"改为旧词"вишнёвый",其意图就在于表现樱桃园已破败到不能再用的含义,这样一来,就赋予了"樱桃园"极为深刻的象征意义,即旧世界的象征。这个在安德烈耶夫的《百科全书》(剧中人物加耶夫所提)中都有所提及的全省唯一"出色的东西",最终也经不起新兴资本主义的入侵,而落了一个被砍的结局,因此戏剧的结尾处樱桃园易主,"远处,仿佛从天边传来了一种琴弦绷断似的声音,忧郁而飘渺地消逝了。又是一片寂静。打破这个寂静的,只有园子的远处,斧子在砍伐树木的声音"②。这种声音象征也就自然而然地象征了旧世界终结的母题。"果园"与这一象征意义有着异曲同工之处。"果园"同样也是旧世界的象征,它虽然不能像樱桃园一样被评为物质文化遗产,但它对于希兰契来说却是生活的全部,而小说以希兰契在几番挣扎后放火烧了果园作为结局,也同样象征了旧世界必然被抛弃的母题。"简直像黑色的花纱一般,装饰的雕镂都飒飒颤动,从无数的空隙里,钻出淡红的火来。煤一样的浓烟,画着螺旋,仿佛要冲天直上了,但忽而好像聚集了所有的力量似的,通红的猛烈的大火,脱弃了烟的帽子。房屋像蜡烛一般烧起来了。"③这里有两个颜色象征,即"黑"和"红",在俄语中,黑色通常象征着生活在社会底层的小人物,而红色则象征着革命,这样一来,《果园》结尾处

---

① 鲁迅:《竖琴》,中国国际广播出版社,2013年,第33页。
② 契诃夫:《樱桃园》,焦菊隐译,上海译文出版社,2014年,第266页。
③ 鲁迅:《竖琴》,中国国际广播出版社,2013年,第47页。

的象征意义便不言而喻了,即只有通过革命来结束旧社会,才能更好地发展新社会,更好地给黎民百姓带来幸福光明的未来。

《樱桃园》表现的是贵族即将退出历史舞台,而新兴资产阶级正逐渐兴起的时代;《果园》展现在读者面前的是十月革命后刚刚开始建设新国家的时代。虽然两部作品创作的时代不同,但都描写了旧世界的消亡及新世界的发展,以及主人公在这种新旧社会交替时期的内心矛盾,且都以主人公面对这一时期而不得不做出的最终决定表达旧社会必然消亡的母题。

二、整体性象征——小主人公与大主人公

"整体象征则是把象征作为整部作品构思的基础"①,即作品本身就是一个完整的象征体。作家"必须把他要表现的社会生活内容或者说是主观心理认知上升到一种观念上的认识,然后用带有质感的形象(意象),即美国象征主义大家艾略特所说的'客观对应物'昭示出来"②。

主人公希兰契是整部小说中具有最重要象征意义的人物形象。作为象征体的"希兰契"处在该小说整个象征体系的中心地带,所有情节都围绕其展开。希兰契象征着旧世界的守护者,在主人没有留下任何口信就离开自己的果园后,希兰契仍然选择守护果园,这是旧社会典型的没有觉悟的顽固守旧派形象。希兰契从市镇回来后发现革命并没有给这个世界带来任何美好新鲜的事物,他眼前的市镇"既不像工厂,也不是仓库的建筑物,见得黑黝黝。是同造砖厂一样,细长的讨厌的建筑"③,一切都像从前一样,甚至比从前还要糟,于是他回到果园打算继续靠自己的力量灌溉果园,即守护旧世界。而象征着革命力量的孩子们从学校跑来果园后,对果园造成了一定程度上的破坏,"喧嚷的闯入者的一群,便在先曾闲静的露台上,作样样的游戏。撒豆似的散在岗坡上,在树上,暖床的窗后,别墅的地板下,屋顶房里,板房角里,干掉了的木莓的田地里,都隐现起来。无论从怎样的隐僻处,怎样的丛树的茂密里,都发出青春的叫喊"④,"每天一向晚,便从露台上发出粗鲁的断续的歌声,沿着树梢流去"⑤。尽管孩子们给果园带来的破坏是极其微小的,但希兰契仍然无法忍受,"希兰契便两手抱头,恰如嫌恶钟声的狗一样,左左右右摇着身

① 张敏:《象征:从局部走向整体——象征主义诗艺与传统诗艺纵论》,载《学习与探索》2005年第4期,第109页。
② 张敏:《白银时代俄罗斯现代主义作家群论》,黑龙江大学出版社,2007年,第15页。
③ 鲁迅:《竖琴》,中国国际广播出版社,2013年,第37页。
④ 鲁迅:《竖琴》,中国国际广播出版社,2013年,第42页。
⑤ 鲁迅:《竖琴》,中国国际广播出版社,2013年,第43页。

体"①,最后甚至扬言要像对待耗子一般将这些孩子熏出屋子去。

回顾历史,我们不难发现,革命总是先苦后甜,给社会带来一定的破坏后,再还给千百万人民一个更加美好、更加充满希望的未来。所以,孩子们给果园带来的"破坏",便象征着革命给这个社会带来的暂时性破坏,而希兰契并未认识到革命的这种规律,只一味将孩子们驱赶出果园,这也表现出希兰契属于一个没有觉悟的小市民阶级。希兰契对于市镇的认识和对待孩子们的态度,实际上也是作家当时对于革命的看法,在那个时候,年轻的费定已经感受过欧洲的资本主义制度,深知自己对这种腐败的资本主义制度的厌恶,因此非常渴望能够看到俄国无产阶级革命的胜利。然而,费定一方面深知抛弃旧社会的一切是必然的,另一方面对于革命又持有一种怀疑的态度。费定对于革命的这种态度在小说中,尤其是在塑造希兰契这个人物的形象上被很好地展现了出来。希兰契去到市镇里,发现市镇并没有变得比以前更好,便又回到自己守护的果园,这正是对革命犹豫的表现。而在小说的结尾处,希兰契一把火烧毁了主人留下来的果园后,对妻子说了一句:"你是蠢货呀!你!还以为老爷总要回来的么?……"②这表现出其深知旧世界的一切一去不复返。作家塑造出希兰契这一人物形象,似乎是在向读者们暗示:"甚至希兰契这个不无恐惧和反感地迎来了苏维埃政权的胜利而又对过去的主人们一向逆来顺受的仆人面前也突然展现出这样一条确定不移、无情的真理:旧日子一去不复返了,革命在俄国牢固而永久地胜利了。"③

希兰契两次去市镇的犹豫以及最后烧毁果园的行为被上升到了思想观念层面,即"明知旧的已经无法挽回,可又不相信新的会比旧的变得更好,对旧的无限留恋,甚至对革命所带来的暂时的破坏也怀有一种仇恨的情绪,以致最后把果园的别墅烧掉"④。这里的"客观对应物"即希兰契,通过对其犹豫以及对孩子态度的描写,展示了一个典型的顽固守旧派的形象,作家抒发的是此物的内容与情感,即对未来的怀疑,但小说中呈现的却是彼物的内容,即希兰契无力灌溉果园。

综观整部小说,我们也不难发现,若将所有的象征体杂糅在一起,那么整部作品又会成为一个新的象征体,且这个全新象征体所具有的象征意义是任何一个独立象征体所无法具备的。小说表面上看来是描写希兰契坚持守护主人留下的果园,然而其最终认识到一己之力的薄弱而一把火将果园烧毁,实际上是以象征体"希兰契"作为故事情节的主要线索,串联起小说中出现的各个其余的象征体,在读者面前呈现出一幅由不同象征体构成的完整画面。我们不妨将"希兰契""果园"

---

① 鲁迅:《竖琴》,中国国际广播出版社,2013 年,第 43 页。
② 鲁迅:《竖琴》,中国国际广播出版社,2013 年,第 47 页。
③ 连铗:《费定及有关〈果园〉的论争》,载《苏联文学》1982 年第 2 期,第 91 页。
④ 中共中央编译局:《列宁选集》(第三卷),人民出版社,2012 年,第 323 页。

"市镇""孩子们"这几个象征体结合在一起,那么呈现在我们面前的就是另外一个崭新的象征体,即整部作品,而这个看似全新的象征体就象征着旧世界消亡和新世界崛起的过程,象征着旧世界必然被抛弃,革命力量势不可挡。倘若把这个象征体看作一个整体,那么我们就会发现,这个作为整体的象征体所具有的象征意义超过了各个独立象征体意义的叠加,而将任何一个独立象征体单独拿出来,其象征意义都无法完全体现整部作品所带来的象征意义。读者虽然能够很轻松地读懂小说中的故事情节,但当读者了解了小说创作的年代以及当时的社会背景后,这一故事情节则会让人联想到守旧派在新旧社会交替时期内心所产生的矛盾以及其对待革命的态度,这一象征指向正是通过象征的整体性结构得以实现的。在小说《果园》中,象征几乎无处不在,通过分析我们可以看出,小说中的各个局部象征都由象征体"希兰契"串起,进而构成了整体象征。从局部中构筑整体就是该小说独特的艺术个性。

《樱桃园》中也有与希兰契同样在象征体系中起着统领作用的象征体,即分别代表着三个不同阶级的主人公朗涅夫斯卡娅太太、老仆费尔斯及罗巴辛。朗涅夫斯卡娅是一个典型的浪漫主义者,在她眼里,樱桃园是过去美好生活的象征,她认为天使仍降福于樱桃园,而看不到其已没落的本质(一开始打算靠一己之力灌溉果园的希兰契也是如此),在商人罗巴辛的引导下,她才深知自己的生活必须靠卖掉樱桃园才能得以继续维持,但出于对樱桃园的眷恋,她始终没有接受罗巴辛的建议,认为总有更好的办法能够使樱桃园完整地保存下来。朗涅夫斯卡娅就象征着"紧抱住封建社会的阶层"①。

但笔者认为,希兰契对老仆费尔斯的继承性更加明显。首先从身份上看,二者都属忠心于主人的农奴阶层;其次从象征意义上看,老仆费尔斯在解放农奴后依然选择侍候老主人们,甚至将解放农奴称为"大灾难",由此可见费尔斯象征着"旧世界的守护者",希兰契也是如此。但二者之间的不同就在于希兰契比费尔斯多了一份进步,主人们在樱桃园易主后纷纷离开,却唯独落下了费尔斯,但此时的费尔斯关心的仍然是加耶夫这个"不成器的东西"。或许希兰契身上的这一份进步来自于象征着新兴资产阶级的罗巴辛,他是整部戏剧中把现实看得最清楚的人,他深知樱桃园所代表的旧俄社会必定会被入侵的资产阶级所取代,因此他多次劝说朗涅夫斯卡娅对樱桃园进行拍卖,而樱桃园最终也是在罗巴辛的手里被砍掉的。

契诃夫笔下的小人物丰富了俄罗斯文学中经典的小人物形象,他们不再是果戈理或陀思妥耶夫斯基笔下受不公正制度所压迫的底层人,作家"关注的焦点已从不公正的社会制度对'小人物'的压迫和欺凌转向人性中固有的丑陋品质"②,费尔斯和希兰契都是属于这种被赋予新含义的小人物形象。导致费尔斯不幸结局的原

① 契诃夫:《樱桃园》,焦菊隐译,上海译文出版社,2014年,第275页。
② 马卫红:《现代主义语境下的契诃夫研究》,中国社会科学出版社,2009年,第106页。

因不仅是樱桃园的易主,更多的是其自身早已根深蒂固的奴性意识,而希兰契的不幸也正是因为其在新旧变更之际内心的犹豫与矛盾。然而希兰契与费尔斯的不同之处就在于希兰契逐渐看清了旧世界一去不复返的必然,而一把火烧了果园。

三、《果园》对《樱桃园》的革新

"年轻的苏联作家们——'谢拉皮翁兄弟们'——没有丢弃经典作家作为遗产留下来的技巧,而是有机地、天才地把它运用于新时代的内容"①,费定在创作《果园》时不仅对契诃夫的《樱桃园》有一定的继承,同时也敢于创新,这既符合谢拉皮翁兄弟革新者之角色,也是费定创作的一大特色。

(1)人物聚合化:由多元到集成

通过上述对两部作品主要人物形象的象征意义分析,我们可以看出《樱桃园》中的三个人物形象分别代表着不同的阶级,即贵族阶级、新兴资产阶级及农奴阶级,而将这三个不同阶级的人物在面对新旧社会交替时所做出的不同决定进行比较,则可以反映他们各自内心的矛盾,从而使得该戏剧中的人物建构呈现出多元并存的模式。这样一来,一幅色彩斑斓的人物形象图便跃然纸上。而《果园》中人物建构的革新之处就在于希兰契正是这种多元形象的集成,因为希兰契不是单纯对《樱桃园》中三个人物形象的模仿,而是其结合体,他有着和费尔斯一样的身份,有着和朗涅夫斯卡娅一样对旧世界美好生活的执念,但同时又有罗巴辛对现实生活的清醒认识。费尔斯、朗涅夫斯卡娅和罗巴辛分别代表着三个不同的阶级,他们各自有着其具有代表性的阶级特点,而这些阶级特点又都集中体现在希兰契这一个人物形象上。

正如高尔基所说的,"假如一个作家能从二十个到五十个,以至于几百个小商人、官吏、工人的每个人身上,抽出他们最具特征的阶级特点、性癖、趣味、动作、信仰和谈风等等,把这些东西抽取出来,再把它们综合在一个小商人、官吏、工人的身上——那么,这个作家靠了这种手法创造出'典型'来——而这才是艺术"②。因此,在这个新旧社会交替的复杂社会背景下,希兰契这一人物形象便显得更加饱满,其象征意义也更加深刻。希兰契这一人物形象正是高尔基口中的"艺术"所在。

(2)小说戏剧化:"新我"与"旧我"

我们知道,冲突是戏剧的第一要素。传统戏剧中的冲突常常是通过一些离奇而又夸张的事件得以表现的,但致力于追求戏剧生活化的契诃夫则竭力淡化戏剧冲突,而是通过挖掘日常生活中的隐含冲突来表现其作品的戏剧性。戏剧《樱桃

---

① 帕乌斯托夫斯基:《作家肖像》,陈方译,人民文学出版社,2002 年,第 265 页。
② 林焕平:《高尔基论文学》,广西人民出版社,1980 年,第 38 页。

园》中的冲突就不是以新旧社会交替为背景的作品中常有的阶级冲突,相反,不同阶级的代表在该戏剧中和平且友好地相处,朗涅夫斯卡娅常安慰小时候的罗巴辛,而罗巴辛在樱桃园没落之际仍想方设法给朗涅夫斯卡娅太太出谋划策。也就是说,《樱桃园》中的冲突恰恰是通过日常生活的时间线来实现的,即樱桃园在时间流逝的过程中一步步被拍卖。对冲突的淡化正是契诃夫戏剧创作的革新之处。

与《樱桃园》不同,《果园》作为一部日常生活小说,却较多地表现出了人物的戏剧性冲突,小说中既有人物之间的冲突,也有人物自身的内心冲突。人物之间的冲突表现为守旧派希兰契与孩子们之间的冲突,而人物自身的内心冲突则表现为希兰契"新我"与"旧我"之间的冲突,这也是小说中最主要的冲突。希兰契在小说的前半部分都在竭力地去灌溉似乎被人遗忘了的果园,而当市镇派来的帮手询问其果园的地址时,他却说"连自己该去的地方都不知道……但是,我这里,是什么都妥当了。第二回的浇灌,也在三天以前做过了……怎么能一直等到现在呢!"①两名帮手离开后,希兰契转身便支走了自己的女人,随后烧毁了果园。先前始终坚信这一切终将会恢复原样的希兰契(旧我)在明知自己已无法继续守护旧世界后,选择拒绝他人的帮助而亲手将奄奄一息的旧世界埋葬(新我),这一象征意义正是通过"新我"与"旧我"之间的冲突而得以更加形象且震撼人心地展现的。如果说《樱桃园》试图将冲突淡化以求戏剧生活化是契诃夫的创新之处,那么《果园》中的革新之处就在于费定将戏剧性冲突融入小说创作中,使人物之间的冲突与人物自身的内心冲突共同建构起小说的戏剧冲突,以此更好地塑造人物形象,进而表现小说母题。别林斯基指出:"当戏剧因素渗入到叙事作品里的时候,叙事的作品不但丝毫也不丧失其优点,并且还因此而大受裨益。戏剧因素理所应当地应该渗透到叙事因素中去,并且会提高艺术作品的价值。"②因此,但凡是具有革新精神的创作者,都会将其他领域的美学特点吸收到自己所在的领域中去。

(3)田园诗时空体:破灭与升华

无论是《果园》还是《樱桃园》,其情节都在固定的贵族庄园中展开,且这个封闭的空间世界似乎同其他地方没有任何有机联系。同时,在这样的封闭空间内,时间界限被淡化,仅仅通过"花朵刚谢""第二天""过几天"等词来表示时间的流逝。这种人物生活与事件对空间及时间有着一定的附着性和黏合性,在情节发生的空间高度浓缩的同时,时间界限也随之淡化的特点即为小说史上非常重要的一种时空体类型——田园诗时空体。

贵族庄园在俄罗斯乃至世界文学中出现的频率都相当之高,它们大多出现于以旧贵族为主要描写对象的文本中,且通常因社会转型而受到强烈冲击,这样一

① 鲁迅:《竖琴》,中国国际广播出版社,2013年,第46页。
② 别林斯基:《别林斯基选集》(第三卷),满涛译,上海译文出版社,1980年,第177页。

来,贵族庄园就被赋予了象征意义。《果园》和《樱桃园》都是以有着欢快和谐之盛景的庄园为开篇,而以落寞衰败之荒芜的庄园为结局的,这也是田园诗中最常见的破灭主题。这样,作品就在庄园这一高度浓缩的空间里连接了注定灭亡的小世界和陌生又抽象的大世界。但在《果园》中,破灭主题反映出的田园诗世界不仅只是作家所描写的注定灭亡的小世界,还有哲理上的升华。"在别墅里点了火,希兰契便静静地退向旁边,坐在地面上。于是一心来看那明亮的烟,旋成圆圈,在支着遮阳和露台的木圆柱周围环绕。"①此时的希兰契在经历一番波折与挣扎后已然认清社会现实,为了能够生活在与小世界相对立的大世界中,他深知必须要进行改造,即亲手毁灭旧世界,这一改造过程"是同人的脱离故土联系着的。人的自我改造过程,在这里溶进了整个社会瓦解和改造的过程,亦即溶进了历史进程"②。而在《樱桃园》中,朗涅夫斯卡娅太太在自己的生活得不到保障的情况下,明知自己囊中羞涩,却仍然将一枚金卢布施舍给了前来乞讨的乞丐,最后虽然无奈地接受了樱桃园被拍卖的现实,但在搬离樱桃园之时仍一心想着过去,"我得在这儿再坐一分钟。这座房子里的墙和天花板,我觉得都好像从来没有注意过似的,现在我却这么依依不舍地、如饥似渴地要多看看它们啊……"③费尔斯则在众人都离去后仍然只关心他那个"不成器的东西"是否忘了穿皮大衣,甚至想要守在原地等候大家归来。他们都没有做到真正的脱离故土。所以,相对于《樱桃园》而言,《果园》更具有升华意义,即革新性。

四、结　语

通过上述对《果园》及《樱桃园》两部作品的分析,我们可以看出,无论是在《果园》还是《樱桃园》的象征结构中,都既包含整体性象征,同时又有局部性象征,且均通过这两者的巧妙结合,为读者展现出一幅具有立体感的社会现实图景。而《果园》在继承《樱桃园》艺术手法的同时,又对其有一定的革新。在人物方面,费定将不同阶级的人物特点浓缩于希兰契一人身上,使其形象更加立体且饱满;在体裁方面,费定巧妙地将戏剧冲突融入小说创作之中以提高其作品价值;在时空体方面,费定又赋予小说结局以升华意义。研究小说《果园》对戏剧《樱桃园》的继承与革新,将会有助于读者更加深入地了解作家当时的创作思想及其对于当时社会的思考与认识。

(编校:薛冉冉)

① 鲁迅:《竖琴》,中国国际广播出版社,2013 年,第 46—47 页。
② 巴赫金:《巴赫金全集》(第三卷),白春仁、晓河译,河北教育出版社,1998 年,第 434 页。
③ 契诃夫:《樱桃园》,焦菊隐译,上海译文出版社,2014 年,第 264 页。

"普希金之家"的谢甫琴科研究

于立得

（四川大学文学与新闻学院、乐山师范学院）

[摘　要]　"普希金之家"的谢甫琴科研究始于 20 世纪 30 年代中期。在近 90 年的时间里,这一研究从未中断,至少在以下几个方面为谢甫琴科研究做出了贡献:其一,有了蜚声谢甫琴科学界的研究专家的有力推动,如别利奇科夫及普里马等;其二,在文学所刊物《俄罗斯文学》上刊载大量有关谢甫琴科研究的文章;其三,举办谢甫琴科纪念活动。

[关键词]　谢甫琴科;普希金之家;《俄罗斯文学》

一、"普希金之家"的谢甫琴科研究专家

　　"普希金之家"成立于 1905 年,但是谢甫琴科（Шевченко Т. Г.）①研究却在 20 世纪 30 年代中期才在"普希金之家"开始,并逐渐发展开来。在近 90 年的时间里,"普希金之家"的谢甫琴科研究取得了很大的成就,是整个谢甫琴科研究最重要的阵地之一,引领着自苏联时期到现在的谢甫琴科研究的大方向,包括谢甫琴科个人形象研究及其与俄罗斯作家的关系研究;其在苏联时期对谢甫琴科个人形象的界定直到现在影响依然巨大。"普希金之家"的谢甫琴科研究之所以产生如此大的成就和影响,与以下几个关键性的因素分不开,一是其研究所内重量级人物的推动,代表人物有别利奇科夫（Бельчиков. Н. Ф.）、普里马（Прийма Ф. Я.）、梅里古诺夫（Мельгунов Б. В.）、斯捷宾娜（Степина М. Ю.）等。

　　别利奇科夫是"普希金之家"谢甫琴科研究的奠基者,他在 1949 年至 1955 年任文学研究所所长,但其谢甫琴科研究却早在 1939 年就已开始。别利奇科夫本人十分关注乌克兰文学及俄乌文学关系研究,尤其倾心于谢甫琴科研究,他在不同时

---

①　1814—1861,乌克兰著名诗人、思想家、艺术家和民主革命者。

期撰写、出版了大量有关谢甫琴科的俄文和乌克兰文文章和专著,甚至在苏联卫国战争期间依然笔耕不辍,坚持不懈地进行谢甫琴科研究。其有关谢甫琴科的学术成果还被译成多国语言,如波兰语、匈牙利语、捷克语以及意大利语等。① 正是别利奇科夫的研究开启了"普希金之家"谢甫琴科研究的时代。1939 年,作为苏联作家协会谢甫琴科纪念委员会成员之一,别利奇科夫为"诗人书库"丛书之一的《科不扎歌手》撰写了引言。1956 年,别利奇科夫还出版了一本普及性质的小册子《塔拉斯·谢甫琴科(生平与创作)》(«Тарас Шевченко (Жизнь и творчество)»)。别利奇科夫最有代表性的谢甫琴研究贡献是 1939 年出版的研究谢甫琴科生平与创作的学术著作《塔拉斯·谢甫琴科:评论与生平概要》(«Тарас Шевченко: критико-биографический очерк»)。该书在几个方面都开了谢甫琴科研究的先河,如将谢甫琴科置于俄乌文学关系的框架之中,在此框架内讨论谢甫琴科与乌克兰人民的深层联系,与此同时,分析谢甫琴科的创作主旨、风格、思想追求。作者认为,谢甫琴科是乌克兰人民苦难生活的揭示者,是为乌克兰文化正名的斗士,其美学、社会哲学及政治思想是在俄乌文化及文学的共同影响下、在生活的不断磨炼过程中逐渐成熟和完善的,是俄乌两个民族解放斗争的重要参与者和推动者。别利奇科夫的这个观点具有开创意义,其之后的"普希金之家"谢甫琴科研究基本沿着这思路和框架进行。该著作在 1961 年再版,作者对原有的资料进行了扩充和完善,该版受到了俄罗斯、乌克兰乃至其他国家谢甫琴科研究者的高度赞扬。②

　　一直到 20 世纪 60 年代,别利奇科夫都持续不断地撰写有关谢甫琴科生平与创作的文章,这一时期最重要的谢甫琴科研究成果是长篇论文《谢甫琴科的小说》(«Проза Шевченко»)及与欣库洛夫(Хинкулов Л. Ф.)一起编辑出版的论文集《同时代人回忆谢甫琴科》(«Т. Г. Шевченко в воспоминаниях современников»)。

　　在《谢甫琴科的小说》中,别利奇科夫以当时对谢甫琴科各作品的写作年代及出版时间的讨论为切入点,指出该问题的重要性,进而提出谢甫琴科俄语小说的特点问题。他认为,谢甫琴科 19 世纪 40 年代的俄语小说与 50 年代的小说反映出了作者世界观的变化轨迹:40 年代的小说情感基调较为平和,显示出作者对农奴主这一形象的矛盾的情感;50 年代的小说在情感基调上则激烈得多,反衬出作者想要展现愤怒的情绪。③

　　可以说,别利奇科夫是"普希金之家"谢甫琴科研究的第一人,正是他将谢甫琴

---

① *Малинковский В. П.* Николай Федорович Бельчиков (К 80-летия со дня рождения) // Вопросы русской литературы. 1970. No 3. С. 115.

② *Бегунов Ю. К.*, *Мельгунов Б. В.* Памяти Федора Яковлевича Приймы // Русская литература. 1993. No 3. С. 55.

③ *Бельчиков Н. Ф.* Проза Шевченко // Тарас Шевченко/Под ред. Н. Ф. Бельчиков, С. И. Козлов, Ф. Я. Прийма. Акад. М., 1962. С. 50-65.

科研究引入了该研究所,同时开创了该研究所独特的研究范畴,即谢甫琴科与其他作家的关系研究。而将这个研究推向更高水平的人却不是他,而是普里马。

普里马是继别利奇科夫之后"普希金之家"第二位谢甫琴科学的杰出研究者,在某种程度上,"普希金之家"谢甫琴科学能够发出自己独特的声音大多源于此人。同别利奇科夫一样,普里马对俄乌文学关系有着独特的兴趣,尤其对乌克兰文学的代表谢甫琴科更是倾注了大量心血。1954 年,普里马参与编撰十三卷本的《别林斯基全集》,负责第四卷中有关谢甫琴科词条的编写工作。该项工作为普里马积累了大量有关谢甫琴科研究的素材,这个工作也是他开始从事谢甫琴科生平与创作研究的重要起点。普里马的谢甫琴科研究延续了别利奇科夫开创的谢甫琴科与其他作家的关系研究,并将之扩大加深,无论是学术专著还是学术文章,他的研究几乎都是为这一主题而服务的。最重要的体现就是其直到现在都熠熠生辉的学术专著《谢甫琴科与 19 世纪俄国文学》(《Шевченко и русская литература XIX века》)及《谢甫琴科与俄罗斯解放运动》(《Шевченко i росiйський визвальний рук》)。通过这两本专著,普里马首次系统地梳理了谢甫琴科与 19 世纪俄国作家和革命家的关系,确立了谢甫琴科在 19 世纪俄国文学史及革命运动历史当中的特殊地位,并通过撰写相关学术文章、参加编纂谢甫琴科选集及相关学术会议等方式,进一步扩大谢甫琴科学的普及范围。

在《谢甫琴科与 19 世纪俄国文学》一书中,普里马搜集了大量的正面评论,分析了谢甫琴科的创作与其同时代的俄罗斯文学的相互关系,爬梳了谢甫琴科与全俄革命解放运动的联系,确定了谢甫琴科在 19 世纪下半叶俄罗斯文学中的地位和意义。在该专著中,普里马在支持前人观点的基础上,扩大了谢甫琴科同 19 世纪俄国文学关系的研究范围。该书以时间为线,以广博的内容和缜密的结构成为苏联时期谢甫琴科研究的标杆性著作。普里马不但凭借该书取得了博士学位,还在该书出版三年后获得了列宁奖金。直到现在,该书依然在谢甫琴科研究领域起着举足轻重的作用,成为谢甫琴科研究的必读书目。普里马的另外一本著作《谢甫琴科与俄罗斯解放运动》(该书以乌克兰语出版),则是他全面论述谢甫琴科与俄国革命运动关系的专著。相对于上一本书,该专著将论述的重点转向了谢甫琴科与革命运动的关系问题,但其面向的人群较上部书更广。该书简介中写道:"列宁奖金获得者费·雅·普里马在本书中深入研究了谢甫琴科与全俄革命解放运动革命家不间断的联系……包括作家、文学评论家、大中小学教师和学生及其他大众读者在内的任何一位读者都会对本书产生兴趣。"[①]

这两本专著是开启苏联谢甫琴科生平与创作研究新地平线的纲领性著作,书

---

① *Прийма Ф. Я.* Шевченко i росiйський визвальний рук. Київ, 1966. C. 2.

中提到的诸多观点影响了整个苏联时期谢甫琴科个人形象研究的方向,即将谢甫琴科界定为民族诗人、革命家、革命作家等。除了出版专著外,普里马还撰写了许多有关谢甫琴科生平与创作的文章,这些文章涉及了众多问题,但依然主要集中在谢甫琴科个人形象问题、谢甫琴科与俄国革命的问题、俄罗斯作家对谢甫琴科文学遗产的评价,以及谢甫琴科与斯拉夫派代表人物的关系问题等等。这些文章如同其专著《谢甫琴科与 19 世纪俄国文学》的"卫星"一般,扩充了谢甫琴科与俄国作家及俄罗斯问题的讨论范围,加深了这一研究的深度。通过这一研究,普里马开启了谢甫琴科生平与创作研究的新地平线,这也是普里马数十年谢甫琴科研究的最重要的特色。可以毫不夸张地说,在"谢甫琴科与俄罗斯""谢甫琴科与俄罗斯文学"的领域,时至今日都没有能出普里马之右者。他的较为具有代表性的文章有《莫尔多芙采娃对谢甫琴科的评论》[1]、《被遗忘的谢甫琴科评论》[2]、《谢甫琴科与俄国斯拉夫主义者》[3]等。在这些文章中,普里马以客观而丰富的材料,一方面为读者挖掘出那些鲜为人知却极为重要的俄国作家对谢甫琴科创作的接受情况,《被遗忘的谢甫琴科评论》一文就是旨在引起研究者的注意和关注。普里马指出,谢甫琴科研究中有很多问题尚悬而未决,更重要的是有很多有关谢甫琴科的评论被搁置在一旁,未得到重视甚至被完全忽略。而这些评论和相关材料对正确评价谢甫琴科的生平与创作是极为重要和有意义的。另一方面,普里马也勾勒出了谢甫琴科与斯拉夫派代表人物相互关系的研究历史,根据普里马的研究,这段历史对于阐释谢甫琴科创作的关键问题及 1840—1860 年间乌俄文学运动特征有着弥足珍贵的史料价值。由此可以看出,普里马的这篇文章具有多重价值。

普里马的谢甫琴科研究中还有一项十分有必要特别提,那就是他参与编辑出版的 4 卷本《谢甫琴科选集》。该选集于 1977 年由星火出版社出版,发行量极大,初版就有 37.5 万册。此选集以谢甫琴科自己的绘画作品做插图,由当时著名的谢甫琴科版本学家艾森施托克(Айзеншток И. Я.)[4]做详注。该选集成为之后苏联研究谢甫琴科的权威版本,影响极大。

普里马还接受了当时很多杂志的约稿,分享自己的谢甫琴科研究成果,如发表

---

① *Прийма Ф. Я.* Шевченко в отзывах Д. Л. Мордовцева // Страницы истории русской литературы:К 80-летию чл.-корр. АН СССР Н. Ф. Бельчикова / Под ред. Д. Ф. Марков. М., 1971. С. 339-347.

② *Прийма Ф. Я.* Из забытых отзывов русских писателей о Т. Г. Шевченко // Русская литература. 1958. No 1. С. 223-230.

③ *Прийма Ф. Я.* Шевченко и русские славянофилы // Русская литература. 1958. No 3. С. 153-172.

④ 曾参与编撰最权威的《谢甫琴科选集》,是该选集的注释整理者,也是 1925 年问世的谢甫琴科《日记》的编辑(该书曾寄给在意大利的高尔基)。

于《人民友谊》上的《诗人的炽烈话语》①、《涅瓦》上的《谢甫琴科与车尔尼雪夫斯基》②、《莫斯科》上的《谢甫琴科与革命青年》③，以及《中学文学》上的《谢甫琴科与俄罗斯文学》④，等等。

　　除了上面提到的别利奇科夫与普里马之外，"普希金之家"还有不少从事谢甫琴科研究的学者，这里有必要提及两个人，分别是梅里古诺夫、斯捷宾娜。之所以要专门介绍一下这两位学者，是因为他们与普里马的关系十分密切，梅里古诺夫是普里马的学生，斯捷宾娜则是梅里古诺夫的学生。正是在普里马的影响下，"普希金之家"才出现了这种独特的具有师承关系的谢甫琴科研究现象。梅里古诺夫的谢甫琴科研究的重要贡献是对长期以来有关别林斯基对谢甫琴科评论的真实性问题给予了独特而又有信服力的阐释，在肯定别林斯基对谢甫琴科作品有负面评论的前提下，给出了相应的原因。这方面的代表性文章是《1840—1844 年〈文学报〉的谢甫琴科作品评论（评论归因问题）》。在文章中，梅里古诺夫对一直以来人们认为别林斯基否定谢甫琴科作品的观点进行了驳斥，认为这并不是别林斯基在否定谢甫琴科、否定其作品，这种情况是有其历史原因的。在原因阐释上，梅里古诺夫支持普里马的观点，即认为别林斯基对谢甫琴科的《海达马克》一诗及其他作品采取否定态度是以 1840 年前期的文学社会状况和杂志斗争为前提的。他同时特别指出，19 世纪 40 年代《文学报》对谢甫琴科的评论是以涅克拉索夫和别林斯基的口吻进行的，这些评论所站的立场是当时的文学社会的立场，这便难免与那些支持和赞扬谢甫琴科以乌克兰语写作的观点产生分歧，而分歧的实质则是俄罗斯文学与刚出现的民族文学关系、中心文学与外省文学的关系。⑤ 斯捷宾娜则在谢甫琴科与其他作家作品的对比⑥及圣彼得堡与谢甫琴科的关系研究上贡献了自己的智慧。⑦

　　通过以上分析我们可以感受到，普里马不但是谢甫琴科研究界的泰斗级人物，而且还教育和影响了自己的学生以及学生的学生，形成了独具特色的谢甫琴科研究传统。其实非但如此，他还充分利用自己的影响力，在"普希金之家"的官方杂志《俄罗斯文学》上大量刊登有关谢甫琴科研究的文章。

---

① *Прийма Ф. Я.* Пламенное слово поэта // Дружба народа. 1961. No 3. C. 231-238.

② *Прийма Ф. Я.* Шевченко и Чернышевский // Нева. 1964. No 3. C. 170-174.

③ *Прийма Ф. Я.* Шевченко и революционная молодежь // Москва. 1964. No 3. C. 190-194.

④ *Прийма Ф. Я.* Шевченко и русская литература // Литература в школе. 1974. No 1. C. 84-88.

⑤ *Мельгунов Б. В.* Литературная газета в 1840—1844 годы о произведениях Т. Г. Шевченко (К проблеме атрибуции рецензий) // Некрасовский сборник / Под ред. Н. Н. Мостовская. СПб., 1998. C. 44-51.

⑥ *Степина М. Ю.* Т. Г. Шевченко в сюжете повести Д. В. Григоровича // Ф. Я. Прийма и вопросы филология XX века: Исследования. Воспоминания. Материалы / Сост. И предисл. И. Ф. Приймы; Под общей ред. В. Е. Ветловской и Н. Н. Шумских. СПб., 2009. C. 96-118.

⑦ *Степина М. Ю.* Шевченко Тарас Григорьевич // Три зека Санкт-Петербурга / Т. 2. Девятнадцатый век. Кн. 8: Ш-Я. СПб., 2011. C. 53-58.

二、在《俄罗斯文学》杂志上刊登谢甫琴科研究的文章

　　谢甫琴科研究文章首次在《俄罗斯文学》杂志上亮相是在该杂志的创刊号上，即 1958 年第 1 期，自那时起到 2018 年年底，《俄罗斯文学》杂志共发表了谢甫琴科研究文章 21 篇。这 21 篇文章涵盖面较广，从谢甫琴科的生平资料补遗到对其具体作品的阐释，从诗人个人形象的整体评价到与其他作家的互动关系。如关于谢甫琴科诗歌翻译的文章，包括《什利谢利堡囚徒翻译的谢甫琴科诗歌》[①]、《塔·格·谢甫琴科诗歌的翻译者——阿·特·特瓦尔托夫斯基》[②]，有关于谢甫琴科与其他作家关系及他人阅读中的谢甫琴科等方面的文章，包括《果力措夫与谢甫琴科》[③]、《塔·格·谢甫琴科作品在雅斯纳亚·波良纳的图书馆》[④]、《鲜为人知的阿·费·皮谢姆斯基给科·拜尔的信中的塔·格·谢甫琴科》[⑤]等等。

　　发表在创刊号的作家研究文章共有 8 篇，除了研究谢甫琴科外，其他被研究的作家分别是普希金、车尔尼雪夫斯基、屠格涅夫、萨尔蒂科夫·谢德林、高尔基、拉季舍夫。这 8 篇研究文章除关于普希金有 2 篇外，其他人各 1 篇。我们知道，创刊号上的文章一般具有非凡的意义，《俄罗斯文学》的创刊词说：从创刊号的作家评论文章上可以看出，除了谢甫琴科外，其他都是俄罗斯族作家。由此可以看出谢甫琴科的地位已经超过了众多非俄罗斯族的作家。

　　虽然从文章总体数量上来说，21 篇文章似乎并不多，但对于一份每年只有 4 期、每期仅 20 多篇文章的杂志来说，发表如此多数量的非俄罗斯族作家的研究文章已经很可观了，尤其与发表在此杂志的俄罗斯以外的其他加盟共和国（苏联时期及解体之后）作家的研究文章数量相比，如此数量的谢甫琴科研究文章更是不可小觑了。更加值得一提的是，1961 年，即谢甫琴科逝世 100 周年纪念之时，《俄罗斯文学》有 3 期都刊登了有关他的文章，还出版了谢甫琴科研究专号。这也是其他非俄罗斯族作家研究领域所没有的现象。

　　谢甫琴科研究文章能够被刊发在《俄罗斯文学》杂志的创刊号上，一方面是因

---

　　① *Павлюк Н. Н.* Стихотворение Шевченко в переводе шлиссельбургского узника // Русская литература. 1964. No 1. С. 145-153.

　　② *Узункалев Ф. А.* А. Т. Твардовской-переводчик Т. Г. Шевченко // Русская литература. 1985. No 1. С. 177-187.

　　③ *Чалый Д. В.* Кольцов и Шевченко // Русская литература. 1982. No. 2. С. 110-111.

　　④ *Сахалтуев А. А.* Произведения Т. Г. Шевченко в яснополянской библиотеке // Русская литература. 1961. No 2. С. 183-184.

　　⑤ *Вдовин А. В.* Неизвестное письмо А. Ф. Писемского К. Бэру о Т. Г. Шевченко // Русская литература. 2015. No 1. С. 93-94.

为创刊号的文章和材料要符合创刊词的宗旨——杂志应起到促进苏联各民族经典作家艺术遗产的研究工作的作用,有关谢甫琴科研究文章的发表正是应和了这一宗旨;另一方面也要归功于时任杂志副总编的普里马。前文提到过,普里马对乌克兰文学尤其是谢甫琴科有着极深的兴趣,曾撰写了大量的研究文章,这些文章大多数也都发表在《俄罗斯文学》杂志上。普里马发表在创刊号上的《被遗忘的谢甫琴科评论》一文,既符合杂志办刊宗旨,又以实际行动起到了宣传谢甫琴科的目的。

三、举行纪念活动

除了在《俄罗斯文学》杂志上发表谢甫琴科研究文章外,"普希金之家"还在重要的时间节点举办谢甫琴科的纪念活动和学术讨论会,如谢甫琴科诞辰150周年纪念、谢甫琴科逝世100周年纪念、谢甫琴科诞辰200周年等纪念活动,每次纪念活动都有众多谢甫琴科研究界的知名学者到场。而后,"普希金之家"都会将纪念文章集成文集公开出版,向对谢甫琴科研究感兴趣的读者介绍最新成果。如在2014年纪念谢甫琴科诞辰200周年之时,"普希金之家"举行了隆重的学术讨论会,来自乌克兰和俄罗斯两国科学院及其他科研机构的该领域著名学者,在"谢甫琴科与其时代"的大会主题下展开了热烈讨论,研究者的视野更加开阔,角度更加新颖,方法更加多样,将谢甫琴科研究的水平推向了新的高度。

从以上的梳理可以看出,在近90年的时间里,谢甫琴科研究一直没有走出"普希金之家"的围墙,老一辈学者们开创出的谢甫琴科研究领域正不断地被以斯捷宾娜为代表的后继者们拓宽,并在新时代焕发出新的生机。

(编校:姜 磊)

象征主义、现代主义和颓废主义

郑体武

（上海外国语大学文学研究院）

[摘　要]　象征主义是个复杂且有过争议的概念，经常与同样复杂的现代主义、颓废主义等概念纠缠在一起，同样也与现实主义存在复杂的相互关系。历史地梳理和把握这几个概念范畴及其相互关系，是研究象征主义文学的前提条件。从古代的认知、一般的修辞到一种文学思潮和流派的标志性诗学手段和特征，对这几个概念的认识经历了一个复杂的过程；随着时间的推移，象征主义、现代主义和颓废主义的差异与界限也逐渐变得清晰，并达成了学界的基本共识。

[关键词]　象征；象征主义；现代主义；颓废主义

象征主义是个复杂且有过争议的概念（马拉美就曾拒绝接受这个概念），经常与同样复杂的现代主义、颓废主义等概念纠缠在一起，同样也与现实主义存在复杂的相互关系。正如霍达谢维奇在《关于象征主义》(1928)一文中所说的："象征主义不仅还没有被研究透彻，而且好像还没有被'通读过'。实际上，象征主义到底是什么甚至都没有被确定，无论是它与颓废主义和现代主义的差别，还是它与后两者的关联，都没有被阐明——而这恰恰是一个最重要、最本质的问题。"①尽管霍达谢维奇写下这段话时的情况与今天的情况已不可同日而语，但在某种程度上他的观点还是具有现实意义的。因此，要准确把握象征主义，就必须对这些相关概念做一些必要的辨析和说明。

一、从象征到象征主义

象征是文艺学和美学理论中的一个重要而复杂的问题，涉及心理学、逻辑学、

---

①　霍达谢维奇：《摇晃的三脚架》，隋然、赵华译，东方出版社，2000 年，第 356 页。

语言学、符号学等诸多学科,对象征的理解、定义也五花八门,歧见颇多。因此,与其在象征的定义上纠缠不清,不如从梳理关于象征的认识的演变入手,并通过对象征与隐喻、象征与寓意等容易混淆的相近范畴的辨析,来把握象征的特性。

什么是象征(символ)?象征在古希腊有"护凑、类比"的意思。"象征原先被希腊人用来指'一块书板的两个半块,他们互相各取半块,作为好客的信物'。后来它被用来指那些参与神秘活动的人借以互相秘密认识的一种标志、秘语或仪式。"①

严云受、刘锋杰在《文学象征论》一书中指出,古希腊的象征与中国古代使用的"虎符"类同,并归纳了象征的三个层次。(1)象征就是指甲事物与乙事物有着重要的密切的关系,甲事物代表、暗示着乙事物。(2)象征是用小事物来暗示、代表一个远远超出其自身含义的大事物(如:十字架——基督),用具体的人的感觉可以感知的物象来暗指某种抽象的不能感知的人类情感或观念(如:狼——贪婪,白——纯洁)。象征是小事物与大事物的统一,是具体物象与抽象情思的统一,是可以感知之物与不可感知之意的统一。(3)象征是用甲事物代表、暗示乙事物,具体物象代表、暗示抽象的情感和观念,但甲事物或具体物象作为表现乙事物或抽象情感和观念的必要手段,是象征创造中最主要的部分,是象征创造的艺术技巧的所欲解决、驾驭的主要对象;它决定了象征的成败。②

尽管对待世界的象征态度跟人类文化一样古老,尽管古希腊和中世纪的诗歌在相当大的程度上就是"象征"的诗歌,尽管象征概念的雏形在新柏拉图主义者的笔下就出现过了,但总体上来说,这一概念的形成以及对其深入的理论阐述还是在浪漫主义时代,在黑格尔、康德,尤其是歌德和谢林的著作中。

概括对象征的经典性认识时,应该注意到象征的几个重要特点。

"象征首先是一种符号。不过在单纯的符号里,意义和它的表现的联系是一种完全任意构成的拼凑……作为象征来用的符号是另一种……象征所要诗人意识到的却不应是它本身那样一个具体的个别事物,而是它所暗示的普遍性的意义。"③也就是说,象征这种符号不同于语言符号。"曾有人用象征一词来指语言符号,或者更确切地说,来指我们叫做能指的东西。我们不便接受这个词……象征的特点是:它永远不是完全任意的;它不是空洞的;它在能指和所指之间有一种自然联系的根基。象征法律的天平就不能随便用什么东西,例如一辆车来代替。"④象征要求象征物与被象征物之间的关系是有理据的,要建立在二者之间的"相似"和"类比"上(例如波德莱尔的《人与海》一诗中,两个不同层次的现象——深不可测的大

---

① 黄晋凯、张秉真、杨恒达:《象征主义、意象派》,中国人民大学出版社,1989年,第97页。
② 严云受、刘锋杰:《文学象征论》,安徽教育出版社,1995年,第2—4页。
③ 黑格尔:《美学》(第二卷),朱光潜译,商务印书馆,1996年,第10—11页。
④ 索绪尔:《普通语言学教程》,高名凯译,商务印书馆,1980年,第104页。

海与深邃的人的灵魂之间的象征性对应),而且这必须是属于两个不同范畴的、从纯理性角度看大多是没有可比性的事物之间的类比:生与死之间、物质与精神之间、具体与抽象之间、声与色之间、色与味之间等等。就拆除事物之间的障碍,为二者建立一座桥梁这个意义讲,象征初看上去与谜语有很多相似之处。

任何一种事物实际上都拥有无限的象征潜力,从而能够成为另一事物的象征。因此,象征与其说是反映现象间已有的相似性,不如说是用象征化行为本身,通过把这些现象联系起来的方式创造相似性(比如在黑色或污点与罪恶的观念之间不存在任何自然联系,但"罪恶的污点"仍然是贯穿欧洲文化始终的象征概念)。

象征要求具有现实的"水平"维度、纯具体维度,同时,还要求具有现实的"垂直"维度。在具体的现象存在的平面上,单独的事物之间仅凭隐喻所反映出的它们在特征上的相似,彼此之间就完全可以自发地发生关联。而在本体存在的"垂直"平面上,则可以展示两个物象的象征前景,世界的内涵统一为它们的类比性提供了保障。象征要求世界有内涵,也有统一,要求澄清相互关联的现象之间的共同之处,某种无所不在和无时不在的、本质的东西。理解世界的象征属性,意味着超越具体的物质世界,上升到柏拉图式的理念世界,或曰理想世界。

以象征的观点来看待宇宙,任何事物都是某种理念或意义的物质(个别)体现,而这种个别对普遍、现象对其本体(理念)、物体对其意义的关系,恰好就构成了象征学的全部核心问题,而这些核心问题首先与象征中的现象和意义可分还是不可分(对等还是不对等)有联系。

一方面,意义—理念(本体)与事物—现象绝对不是对等的,意义先于物象,不决定于物象,它只是需要物象来作为它的物质载体,以使意义得到外在表达,在具体世界得到体现。另一方面,这具体世界本身也在时刻准备接纳某种象征意义,但它自身不是这一意义,因为脱离意义也可以作为"纯粹的事物"被想象。例如,不熟悉古希腊、古罗马文化的人见到朱庇特的雕像时,最多只将他看成一个身形健美的中年男子,未必会将他同"智慧与力量"的宇宙本体联系起来。要让朱庇特成为"智慧与力量不可分割"的象征化身,就必须了解古希腊、古罗马神话,就需要将本体理念植入具体事物,再将具体事物纳入本体理念。

从象征的角度看,意义不是隐藏在事物中的"彼岸",而是直接显现,乃至最大限度地浓缩于事物中的。脱离具体事物的意义还不是象征意义,充其量不过是事物的完整但又抽象的"理念";同样,脱离意义的事物还不是象征,而只是自身特征的简单总和。象征是具体体现出来的本体,是直接显现的本质,是意义具体而感性的、有着具体形态和细节的"雕刻物"。①如此看来,从纯物理学的角度看,充当象征

---

① *Лосев А. Ф.* Философия имени // Из ранних произведений. М., 1990. С. 80.

的事物与自身的本体意义并不吻合,但从形而上学的角度看则不然,象征事物与本体意义是完全可以达到契合的程度的。

如此看来,从纯"技术"的角度,即从内在结构的角度看,象征接近隐喻(метафора),但二者间的区别更重要。

叶芝在《诗歌的象征主义》一文中,分析彭斯的诗句"白色的月亮正在白浪后沉落,而时光正和我一起沉落,啊!"时,也感觉到区分隐喻和象征的困难:"这些诗句完全是象征的。你那太敏感的心智领会了月亮、浪涛的白色和时光沉落的关系,你便领会了其中的美。月亮、浪涛、沉落的时光与最后那一声令人心碎的呼唤汇合,将唤起由任何其他色彩、声音和形状的组合所不能唤起的情感。我们可以称之为隐喻手法,但称之为象征手法更为恰当。因为当它们不是象征时,隐喻不能感人至深;而当它们是象征时,它们最为精巧、最为完美,在纯粹的声音之外,人们缘此将最充分地发现象征着什么。"①叶芝认为,任何象征在本质上都是隐喻,但却不是任何隐喻都能成为象征,只有"完美的""深邃的"、能够揭示现象本质的隐喻才能成为象征。

日尔蒙斯基这样定义隐喻:"我们把在相似性基础上词语意义的改变叫作隐喻。例如,星星像珍珠:'珍珠(般)的星星',或者'星星的珍珠',或者星星——'天空的珍珠',就是诗歌隐喻的不同例子。天空像圆顶或穹顶——'天空的穹顶',或者'天穹',或者'天空的圆顶'都属于隐喻性表达之列。"②托马舍夫斯基指出:"隐喻应该是新鲜和出人意料的。"③他举了象征派诗人的两个例子来说明隐喻的两个特点。(1)用可以表达有生命现象的词语指称无生命的物体和现象,如:"哑默的夜晚降临大地……一条长蛇在楼房上方蜿蜒……"(勃洛克)。(2)用具体的代替抽象的,用物理现象代替道德和心理现象,如:"世纪飞流的瀑布,/垂挂着忧伤的波涛,/永久地透露出古老,/不会把向着过往的回归冲掉。"(别雷)④

在隐喻中,本体和喻体不是平等的,对前者而言,后者起的是辅助作用。以"索巴凯维支简直是头熊"为例,这里本体是"索巴凯维支",喻体是"熊"。由于隐喻是通过赋予一个事物以另一个事物的特性来形容一个事物的手法,我们的全部注意力都集中在前者身上了,而将自己的一些特征赋予前者的喻体似乎在前者中消解了,就是说,在"熊"的形象身上,隐喻强迫我们看见的只是笨手笨脚的索巴凯维支,而绝对不是索巴凯维支加上什么熊。

至于象征,两个处于象征性联系中的事物是以平等地位出现的:波德莱尔的大

① 叶芝:《叶芝文集》(第三卷),东方出版社,1996年,第150页。
② Жирмунский В. В. Метафора в поэтике русских символистов. НЛО. 1999, № 35.
③ Томашевский Б. В. Теория литературы. Поэтика. М., 2002. С. 61.
④ Томашевский Б. В. Теория литературы. Поэтика. М., 2002. С. 53-54.

海形象在将自己的特征给予人的形象之后,非但自身没有消失,反倒由于人也将自己的特征赋予了它而被激活。这样,在象征中两个互相关联的物象都同样既是本体也是喻体,既是象征物也是被象征物:"大海"是"人"的能指,"人"同样也是"大海"的能指;"太阳"是"金子"的象征,但"金子"也是"太阳"的象征。象征关系可以说就是互相转变的关系,因此,与隐喻不同,象征的功能不是表现在借他物的特征为己所用,而是相反,表现在打破物象的自我封闭圈,超越事物的内在局限(针对另一事物而言),同时又保持乃至扩大自身存在的完整性。象征是向外敞开的,它仿佛一个指示牌,指向具体世界的另外一些对象。这是象征与隐喻的第一个区别。

象征与隐喻的第二个区别是,尽管隐喻具有"自主的直观价值",同时拥有值得观察和思考的足够深度,但有一点也是显而易见的,即隐喻的深度绝对不是深不见底的,一个物象从另一个物象那里借来的特征可以不止一个,但不能是无穷无尽的。

象征与隐喻的第三个区别是,二者存在于不同的维度中。隐喻的生活环境是完全令它满意的此在世界,周围的事物可以孤立存在,互不关联。正因如此,它们出人意料的隐喻对接才更加富于表现力。这是"水平的"世界,此岸世界的"水平"维度,因此,隐喻无法提高到象征的高度。

象征也有别于讽喻或寓言(аллегория)。洪堡指出:"我们并不是总能正确地把握象征的概念的,而且经常会把它同寓言的概念混起来。"[1]

象征中物体与意义的融合特性造就了象征与讽喻的原则性差别。跟隐喻相仿,在讽喻中,任何个体的事物(或其形象)起到的都是辅助作用——对某种"普遍理念"的配合作用,不管讽喻形象有多大的表现力,只要我们开始揣摩(比如寓言)其背后的抽象思想(道德、生活哲理之类)——这也是讽喻形象的创造目的——我们的注意力便会全部集中在这思想上,而形象本身则被逐渐淡化或淡忘——理性因素战胜了具体感性接受。因此可以说,讽喻形象是功利性的、传递性的,它的目的是将我们的注意力从它自身转移到它所指涉的"理念",而象征形象是在自己的整个具体性中饱含了自身充盈的本体意义。

歌德这样辨析象征以及象征与讽喻的区别:"物体将由一种深刻的感情来决定,当这种感情纯粹而自然时,就同最好最高尚的物体吻合,并使它们极可能地具有象征性。这样表现出来的物体似乎就是为自身而存在,然而它们在自己内部的最深处也具有意义,原因就在于理想,而理想又总是带有某种概括性。如果说象征现象在复现之外还表示别的东西,那总是采取间接的形式……现在也有些艺术作品以理性、俏皮话、献殷勤来引人注目,我们把所有的寓意作品也归入这一类;大家

---

[1] 托多罗夫:《象征理论》,王国卿译,商务印书馆,2005 年,第 272 页。

不必期待这类作品会产生出什么好的东西。因为它们同时也破坏了人们对表象本身的兴趣,也可以说把才智赶了回去,并使它无法看出真正复现的东西。寓意与象征的区别就在于后者以间接的方式,而前者却以直接的方式来指称。"①"寓意把现象转换成概念,把概念转换成意象,并使概念仍然包含在意象之中,而我们可以在意象中完全掌握、拥有和表达它。象征体系则把现象变成理念,再把理念变成意象,以至于理念在意象中总是十分活跃并难以企及,尽管用所有的语言来表达,它仍是无法传达的。"②歌德进而认为,"从根本上看,诗,所有的诗都是或都应该是象征的"③。

谢林认为象征是特殊与一般这两个对立物的融合:"这种一般意指特殊或者特殊必须通过一般才能把握的表象就是图示。然而那种特殊意指一般,或者一般必须通过特殊才能把握的表象就是寓意。两者综合起来,这时一般并不意指特殊,特殊也不意指一般,而是两者完全合成为一体,这就是象征。"④

讽喻形象在某种程度上是一个抽象概念,可以把这个概念注入到形象中,或把这个概念从形象中提取出来。相反,溶解在事物中的象征含义在概念上是不能穷尽的,这是"不确定的普遍性",是深不见底的、理智所无法理解的含义层。"真正的象征在那里,在个别不是作为梦或影,而是作为对不可知的事物的生动地瞬间彻悟被呈现的地方。"⑤讽喻概念的理解要求的首先是理性,而象征含义要求的首先是想象和直觉活动。⑥因此,即使象征含义被捕捉和感觉到了,它仍然是没有得到最终的表达和解释。

"象征与其说是多义的,不如说是能产生多义的。"⑦这是象征与讽喻的又一个区别。如果说讽喻概念是从存在整体性中撷取一个特定意义,并因而追求完结、静止的话,那么象征含义则相反,未完结性、动态性和无穷性是它的固有特性。讽喻更像是"谜语",要求当场予以破解,而象征是真正的"秘密",在秘而不宣的同时又要求参悟。这种参悟就是对象征的不倦和无尽的阐释。

关于象征,这里再补充一下韦勒克、沃伦在著名的《文学理论》一书中的定义:"这一术语较为确切的含义应该是,甲事物暗示了乙事物,但甲事物本身作为一种表达手段,也要求给予充分的注意。"⑧象征的"特征是在个性中半透明式地反映着

---

① 托多罗夫:《象征理论》,王国卿译,商务印书馆,2005 年,第 254 页。
② 托多罗夫:《象征理论》,王国卿译,商务印书馆,2005 年,第 261 页。
③ 托多罗夫:《象征理论》,王国卿译,商务印书馆,2005 年,第 260 页。
④ 托多罗夫:《象征理论》,王国卿译,商务印书馆,2005 年,第 265 页。
⑤ *Косиков Г. К.* Поэзия французского символизма. М., 1993. С. 10.
⑥ *Косиков Г. К.* Поэзия французского символизма. М., 1993. С. 10.
⑦ *Косиков Г. К.* Поэзия французского символизма. М., 1993. С. 10-11.
⑧ 韦勒克、沃伦:《文学理论》,刘象愚等译,生活·读书·新知三联书店,1984 年,第 204 页。

特殊种类的特性,或者在特殊种类的特性中反映着一般种类的特性……最后,通过短暂,并在短暂中半透明式地反映着永恒"①。

而关于象征、隐喻和意象三者之间的联系和区别,韦勒克这样写道:"象征不同于意象……象征具有重复和持续的意义。一个意象可以被转换成一个隐喻一次,但如果它作为呈现或再现不断重复,那就变成了一个象征,甚至是一个象征(或者神话)系统的一部分。"②

综上所述,从认知方式的早期象征到作为创作理念与方法的象征主义,前后经历了一个渐趋复杂的象征化过程。俄罗斯学者扎维尔斯基和扎维尔斯卡娅将这个象征化过程分为三个阶段。

第一个阶段是人类文化发展的早期阶段,那是出现和形成了用各种各样手段来标识对象(客体)的原则,其中最通行的手段便是后来的语言。

第二个阶段已经在很大程度上符合现代人的象征观念。这是抽象化和"重新命名"的阶段,在一定程度上可以说是此前阶段的反题,因为具体概念的约定俗成导致了字面意义的丧失。这个阶段出现了暗示性的象征,这种象征成为一些自在自为的象征体系的要素,其特征是通过一个事物指示另一个事物,即言在此而意在彼,以及代码—钥匙的二元原则。

第三个阶段成为可能是凭借广泛的、多层次的跨文化交流,正是在这种交流过程中,个别象征也好,象征体系也罢,才发生了形式转化和意义重构。与此同时,不同门类艺术创作的形象—联想方面也得到了发展和扩大。这样,用象征,即一个关键的特定符号来指示整个系统,而不是某个特定概念,便成为可能。由于这个原因,可以说,第三阶段既是建立在前两个阶段基础之上,又是与前两个阶段背道而驰的,是一些模糊概念和单纯概念的相互作用。这个阶段的特点是多层次性、联想性、动态性以及概念边界的模糊性。

19 世纪与 20 世纪之交的象征主义,具备第三个阶段的所有特性,且在象征派诗人的创作中有着相当突出的表现。③

二、象征主义与现代主义

象征主义起源于法国。1886 年,法国籍的希腊裔诗人兼批评家莫雷亚斯在《费加罗》报上发表《象征主义宣言》,建议用"象征主义"一词来指称当时活跃在诗坛上的一些前卫诗人,由此他成为一个新的文学运动的命名者。莫雷亚斯将波德

---

① 韦勒克、沃伦:《文学理论》,刘象愚等译,生活·读书·新知三联书店,1984 年,第 204 页。
② 韦勒克、沃伦:《文学理论》,刘象愚等译,生活·读书·新知三联书店,1984 年,第 204 页。
③ В. Я. Брюсов и русский модернизм. Редактор-составитель: О. А. Лекманов, М., 2004. С. 39-40.

莱尔推为这场运动当之无愧的先驱,将魏尔伦和马拉美视为象征主义的代表诗人。关于象征主义的特点,莫雷亚斯是这样说的:"象征主义诗歌作为'教诲、朗读技巧、不真实的感受力和客观的描述'的敌人,它所探索的是:赋予思想一种敏感的形式,但这形式又并非是探索的目的,它既有助于表达思想,又从属于思想。同时,就思想而言,绝不能将它和与其外表雷同的华丽长袍剥离开来。因为象征艺术的基本特征就在于它从来不深入到思想观念的本质。因此,在这种艺术中,自然景色、人类的行为,所有具体的表象都不表现它们自身,这些富于感受力的表象是要体现它们与初发的思想之间的秘密的亲缘关系。"①

象征主义作为文学思潮和创作方法,早在浪漫主义时期已萌芽,且与浪漫主义有着深刻的渊源关系(至今欧美学界仍有人将象征主义称为"新浪漫主义")。也就是说,早在象征主义获得正式称谓之前,就已经存在象征主义创作了,是先有"实",后有"名"。

关于象征主义的特点及其与浪漫主义的区别,著名法国文学专家罗大冈指出:"象征主义重新回到以抒写个人情感为重点的老路上。可是它抒写个人情怀和浪漫主义的抒情是大异其趣的。它抒写的不是日常生活中的肤浅的喜怒哀乐,而是不可捉摸的内心隐秘;或者如马拉美所说,表现隐藏在普通事物背后的'唯一的真理'。为了达到上述目的,象征主义对于诗的语言进行了很大的改造。对于日常用的字和词加以特殊的、出人意料的安排和组合,使之发生新的含义。象征主义不满足于描绘事物的明确的线条和固定的轮廓,它的诗人所追求的艺术效果,并不是要使读者理解诗人究竟要说什么,而是要使读者似懂非懂,恍惚若有所悟;使读者体会到此中有深意。象征主义不追求单纯的明朗,也不故意追求晦涩;它所追求的是半明半暗,明暗配合,扑朔迷离。"②深受法国象征派影响的梁宗岱是这样概括象征主义的:"借有形寓无形,借有限表无限,借刹那抓住永恒……正如一个蓓蕾蓄着炫熳芳菲的春信,一张落叶预奏那弥天漫地的秋声一样。所以它赋形的,蕴藏的,不是兴味索然的抽象概念,而是丰富、复杂、深邃、真实的灵境。"③

象征主义在法国虽然在被正式命名五年后即走向解体,但其影响却迅速超越了国界,并成为一种风靡欧洲乃至世界的强大文学潮流,拉美、中国、日本的诗坛都掀起过象征主义诗风。象征主义的成就不限于文学,其影响波及几乎所有的艺术领域。

从整个欧洲的情况来看,象征主义的诞生,正值19世纪末20世纪初文学风格与形式的普遍转型期,可以说是文化危机的产物,是对实证主义、科学和理智的失

---

① 黄晋凯、张秉真、杨恒达:《象征主义、意象派》,中国人民大学出版社,1989年,第45页。
② 《中国大百科全书·外国文学》,中国大百科全书出版社,1982年,第1125页。
③ 郑克鲁:《法国诗歌史》,上海外语教育出版社,1996年,第254页。

望以及基督教信仰危机导致的结果,同时也是文学发展内在规律的一个表现。所谓文学发展的内在规律,就是通过革新和转型,克服危机和"衰落",走向新的复兴和高涨。

象征主义起初也被称为现代主义(модернизм),但随着现代主义文学的不断发展,将现代主义只简单地定义为象征主义显然早已经不合时宜了。回顾 20 世纪的欧洲文学,包括俄罗斯文学的发展进程,可以更加明确无误地证明学界的这样一个共识:象征主义是现代主义的先声,是现代主义的重要组成部分,也是 20 世纪欧洲文学规模最大、影响最为深远的文学流派。

给现代主义下一个精确和全面的定义是困难的。"显而易见,许多标准的名称——自然主义、印象主义、象征主义、意象主义、未来主义、表现主义等等——都令人生畏地纠缠重叠在一起,形成了一个在性质和程度上由许多根本不同的运动组成的难以确定的综合体。显然,无论现代主义是这一系列运动内部使用的词语,还是用来描述这一系列运动的词语,它都毫无例外地容易引起极端的语义混乱。"①扎东斯基指出:"现代主义一词只是指出了现象的新颖之处,但在历史层面上是空洞无物的。"②同一个概念,其含义在欧洲和美国就不尽相同,即便是在欧洲,在俄罗斯、东欧和西欧也有差异,而中国在这一概念的理解和使用上,又与欧洲和美国不可同日而语。

俄罗斯的现代主义一般是指 19 世纪末 20 世纪初活跃于俄国诗坛的象征主义、阿克梅主义(акмеизм)和未来主义(футуризм),虽然偶尔在个别学者的著述中也有将现代主义只框定在阿克梅主义和未来主义,而把象征主义予以单列的③,但这毕竟不是主流观点。西方的现代主义除象征主义和未来主义,以及它没有的阿克梅主义之外,还包括了继之而起的意象主义(имажинизм)、表现主义(экспрессионизм)、达达主义(дадаизм)、"新小说"(новый роман)、荒诞派戏剧(театр абсурда)等诸多流派。也就是说,俄国现代主义是个封闭的概念,而西方现代主义的概念则具有较强的开放性。在这里,十月革命这一重大历史事件在文学史上的分水岭意义是一个无法回避的因素,因为即便如有些学者主张摒弃单纯以重大社会政治事件来划定文学史分期的方法,也应该更多考虑文学发展的内在进程和规律。俄国现代主义在组织上的解体确实跟十月革命的发生有密切关系,而且两者在事件上的契合并非偶然,可能也正因为如此,绝大多数学者还是坚持俄国

---

① 参见:布拉德伯里、麦克法兰:《现代主义》,上海外语教育出版社,1992 年,第 30—31 页。

② *Затонский Д. Что такое модернизм?* —В книге: Контекст—1974. Литературно-теоритические исследования. М., 1975. С. 135.

③ 参见:(1) Русская поэзия конца XIX начала XX века (дооктбрьский период). Общая редакция А. Г. Соколова. Вступительная статья А. Г. Соколова и В. И. Фатющенко. М., 1979. (2) *В. А. Бердинских.* История русской поэзии. Модернизм и авангард. М., 2013.

现代主义的起讫年代为 19 世纪末 20 世纪初,而且其下限不管是采取模糊表述还是明确限定,其实都大体框定在 1917 年。否则,在讨论与文学史分期有着重要意义的"白银时代的统一性""现代主义的统一性"等问题时,势必会造成一系列的混乱和麻烦。

我在多年前出版的《俄国现代主义诗歌》一书中说过这样的话:"应该说,在十月革命以前,俄国文学的发展跟西方文学的发展虽不是完全同步,但确是基本同流的。然而,由于十月革命从根本上改变了俄国历史和俄国文学的发展进程,这就使得俄国现代主义没能像西方现代主义那样继续发展和演变下去。俄国文学进入苏维埃文学时代之际,即是俄国文学同西方文学开始分流之时。"①这话虽然大体不错,但现在看来,还是需要做出一定的解释和限定。从近年来陆续公开的档案材料和文献资料以及研究成果来看,十月革命后的俄罗斯文学进程并非我们过去想的那样简单:以有组织形态存在的现代主义在十月革命后确实分崩离析了,但并没有完全彻底地断流,与西方"分流",而是以一种零散的状态变成了苏维埃文学主流下面的一股"潜流",由显性存在变成了隐性存在。俄罗斯也有意象主义(过去由于缺乏第一手资料,学界对俄罗斯是否存在真正意义上的意象主义一直将信将疑),也有表现主义、荒诞派戏剧等,有的还与西方是同步的,甚至略早,如以丹尼尔·哈尔姆斯(Хармс Д. И.)等为代表的作家的荒诞派戏剧。②戈鲁勃科夫(Голубков М. М.)写道:"苏维埃时期的俄罗斯文学尽管在发展过程中受到人为的隔离,但依然是世界文学进程的自然组成部分,因此现代主义美学,其中包括这一时期两个极其强大的分支——印象主义和表现主义美学,曾是文学进程的自然而又不可分割的组成部分。虽然它们在俄罗斯苏维埃文学进程中的存在从来不是以宣言形式公开的,虽然它们在文学批评观念中尚未得到理论思考,但它们毕竟是存在的,并且它们对苏维埃文学进程的影响是相当之大的。根据与现实主义美学体系乃至正统文学规范既相互吸引又相互排斥的原则,它们对后两者产生了影响,同时也受到后两者的影响……"③尽管如此,我认为,这并不影响我们对文学史分期的看法。对于十月革命后俄苏文学中长期受到学术界忽视、淡化或回避的诸多现代主义余脉也好,变体也罢,予以充分的承认和客观的评价,无疑是一种与时俱进和实事求是的历史主义态度,但必须承认,其对当时文学生活的参与、其对当时文学进程的影响,与前辈相比,都是不可同日而语的。

从表面上看,现代主义内部成分复杂,派系林立,思想不同,口号各异,彼此之

① 郑体武:《俄国现代主义诗歌》,上海外语教育出版社,1999 年,第 1 页。

② Русский имажинизм, М., 2005;Русский экспрессионизм, М., 2005;Абсурд как категория текста Хармса и Беккета, М., 2002.

③ М. М. Голубков. Русская литература XX века: после раскола, М., 2002. С. 175-176.

间有分有合,激烈的论战时有发生。但就实质而言,现代主义诸流派仍是一个统一的文学现象,因为它们都以创造超越传统框架的新艺术、新风格为己任,都主张进行自觉的艺术实验,都坚持艺术的自主权,也都有吸引读者或观众共同参与创作的倾向。

关于现代主义的特征,有的学者(如德国学者克鲁格)指出,现代主义是反模仿的,这一点没错,但还不够。我们可以从现代主义活动家们自身的理论自觉入手。例如,象征派诗人别雷(Белый А. Н.)给形象下的定义就具有头等重要的意义。别雷认为,形象就是"意识的模型"(модель сознания),确切地说,是"被体验的意识的内容模型"(модель содержания переживаемого сознания)。还有,根据别雷的说法,新艺术的指向就是"虚构的形象"(образ вымысла)。[①]

我认为,这种观点适用于整个现代主义。现代主义运用的是作为意识(或体验)模型的形象,而不是客观世界的形象。更确切地说,这是脱离眼前现实、与社会隔绝、与世界隔绝的离群索居者的意识模型。随着欧洲现代主义包括俄罗斯现代主义的发展,这种情况变得日益明显。

受弗洛伊德影响,"意识"这一术语在20世纪的含义极其广泛,既包括理智,也包括无意识,如果注意到这一点,我们就会明白现代派作家的形象——"意识"与"虚构"模型——何以会对无意识领域,对直觉、记忆和无拘无束的想象这么感兴趣。根据20世纪心理学家的发现,无意识自身潜藏着"超前"认识现实的可能性。由此我们可以大致明白为什么幻想因素在现代主义(乃至整个艺术领域)中开始起到这么特殊的全新的作用。幻想因素与现实因素的混合,作为不可或缺的和空前重要的组成部分进入到20世纪文学的形象构造中,比如神话、传说、梦境等。

舍斯托夫说过:"幻想比现实更自然。"[②]换言之,试图参破世界和未来隐秘本质的幻想和想象在价值层面上可能高于可见的现实。

而在世纪之交,通过艺术手段预见不为人知的未来,已成为一种空前强烈的、甚或决定性的创作动机。幻想由此成为象征形象的结构要素。有的当代学者把象征理解为新情境的代名词。[③]可以说,20世纪正是以其此起彼伏、纷至沓来、闻所未闻的种种新情境激发了象征主义,激活了象征形象,假定形象在艺术中的巨大作用。

不过在预测未知事物时,艺术中的幻想也可以成为有血有肉、令人信服的东西,只要它与现实形成对应关系并在现实中为自己找到某种可靠的依托。现代主义艺术中的象征与幻想要在最大的时间和空间中,在人类数千年的艺术经验中寻

---

① *Белый А. Н.* Критика. Эстетика. Теория символизма (в 2 томах). М., 1994, Т. 2. С. 236, 237.

② *Шестов Л.* На весах Иова. Париж, 1975. С. 77.

③ *Смирнов И. П.* Художественный смысл и эволюция поэтических систем. М., 1975. С. 90.

找支持并非偶然。对"语词的魔力"的探索,对影响人的灵魂的那些古代魔法手段的开掘,那些不可思议、出人意料的词语组合,现代词语形式与古语形式的混合等等,就是基于这样的目的产生的。

在俄罗斯现代主义诗歌中,无论是象征主义诗歌,还是阿克梅主义和未来主义诗歌,我们不但可以发现属于不同时代的词形互相交融,也能看到不同时间的艺术形式本身彼此混合,例如,在勃留索夫(Брюсов В. Я.)、安年斯基(Анненский И. Ф.)、伊万诺夫(Иванов В. И.)、勃洛克(Блок А. А.)、曼德尔施塔姆(Мандельштам О. Э.)和赫列勃尼科夫(Хлебников В. В.)的诗中,过去会同将来出现在一起。

这是 20 世纪俄罗斯文学的新品质、艺术风格的新品质,而其源头是象征主义。象征主义"是文学史的一个拐弯处。20 世纪文学的开放性系统,就是从这里开始辐射的。被统称为现代主义的各种流派,都可以或多或少地在这个时期的理论和创作中找到自己的'遗传基因'"①。

总之,现代主义并不是一个无懈可击的术语,而是有其明显的相对性和不够严谨之处的。但有意思的是,这个常为人诟病的术语最终还是站住了脚,为学术界普遍采用。

三、象征主义与颓废主义

"任何对象征主义做出分析的尝试,对象征主义的成因和条件、产生象征主义的精神氛围的特点的思考,显然都回避不了这样一些与之有着不可分割联系的现象,如颓废主义和现代主义。"②国内外的学术文献中对这三个概念的定义至今仍存在模糊不清之处,其内涵一直没有得到明确界定。这三个概念时常被当作同义词使用,或者当作同一运动的不同阶段。

在俄国文学史上,即便是同时代的当事者本人,对象征主义与颓废主义的理解也不尽相同,甚至大相径庭。这种认识上的差异是完全可以理解的,毕竟它们同属于一个文化时代,而且都跟同一社会精神环境密切相关。

俄语中的"颓废"(декаданс)、"颓废主义"(декадентство),跟象征主义一样,也来源于法国。法语中的"颓废"(décadence),意为"衰落""衰退""衰竭""没落"。早在 1869 年,戈底叶就在为波德莱尔《恶之花》写的序中用过"颓废"一词,而颓废主义的始作俑者,应该说是魏尔伦。1883 年,魏尔伦在《黑猫》杂志上发表十四行诗《衰竭》,这首诗堪称随后出现的颓废主义运动(以 1886 年创刊的《颓废主义者》杂

---

① 黄晋凯、张秉真、杨恒达:《象征主义、意象派》,中国人民大学出版社,1989 年,第 1 页。

② *Воскресенская М. А. Символизм как миропонимание серебряного века.* М.,2005. С. 58.

志为标志)的宣言:

> 我是颓废终结时的帝国
> 看着巨大的白色野蛮人走过
> 一边编写着懒洋洋的藏头诗
> 以太阳的疲惫正在跳舞之时的风格……①

到 20 世纪 80 年代中期,颓废主义已经成为一种时髦的处世态度。

颓废派比象征派早些登上文坛,开始时的影响也更大些。在俄罗斯文学中,"'颓废派'与'现代主义'两个术语早在世纪之交就使用了,但指的是两个不同的现象"②。而颓废派情绪则是随着 19 世纪 90 年代的民粹派危机而加剧的。在部分知识分子中间,对孤独的讴歌、对自我的欣赏排斥了对社会理想的追求。早期象征派诗人,如明斯基(Минский Н. М.)、梅列日科夫斯基(Мережковский Д. С.)、索洛古勃(Сологуб Ф. К.)、吉皮乌斯(Гиппиус З. Н.)就有这样的特点。

曾在文坛上发起颓废派团体的索洛古勃,在《做个颓废派是否难于启齿》(«Не постыдно ли быть декадентом»,1896)一文的草稿中,开诚布公地将自己的创作与颓废主义联系起来,并辩称颓废主义是自然主义的自然延续:"颓废主义在自然主义小说的极端之后产生并非偶然,这也不是对自然主义的一种反动,而只是这一流派的自然结果。"③勃留索夫在发起象征主义运动之初即认为,颓废主义之于象征主义,好比内容之于形式,他所努力追求的"新艺术",乃是颓废主义与象征主义这两者的结合。④

对颓废主义和象征主义持否定态度的罗扎诺夫在《论颓废派》(«Декаденты»,1904)一文中,显然将两者等同为一个现象:"在象征主义和颓废主义的名字下面,与其说是诗的一个新的种类,毋宁说是作诗艺术的一个新的种类,其形式和内容与此前出现的所有文学创作类别相去甚远。"⑤象征主义理论家和评论家沃伦斯基(Волынский А. Л.)在《颓废主义与象征主义》(«Декадентство и символизм»,1900)一文中,借用一位青年作家来信的名义,在颓废主义与象征主义之间画了一条界线,反对前者而同情后者:"颓废主义和象征主义是完全对立的,尽管在当代欧洲文学中,两种现象出现于同一个历史时期,但前者是对哲学观点的抗议,后者是对新世界艺术印象的加工。"沃伦斯基将前者视为后者的初级阶段:"颓废主义是对

---

① 卡林内斯库:《现代性的五副面孔》,顾爱彬、李瑞华译,商务印书馆,2003 年,第 171 页。

② Смирнова Л. А. Русская литература конца XIX—начала XX века. М.,2001. С. 229.

③ Пути искусства. Символизм и европейская культура XX века. Материалы конференции. М.,2008. С. 227.

④ Брюсов В. Я. Дневники. М.,1927. С. 10.

⑤ Розанов В. В. Сочинения. М.,1990. С. 430.

唯物主义的一个艺术反动。坦率地自称颓废主义者的那些人,致力于探索新的模式、前所未有的词语组合,用以表达自己尚不明晰的情绪。作为对唯物主义和实证主义教条的抗议,颓废主义自身作为一种现象仅仅标志着社会上世界观的转变,这种转变目前至少在俄罗斯土壤上还没有推出一位才华出众的人。"沃伦斯基继续写道:"颓废主义很快凋谢了。还没有为细腻的感受创造出新的文学表达,就很快融化在象征主义里面了。……什么是象征主义? 象征主义是在艺术反映中现象世界与神性世界的结合。"①

我国象征派诗人穆木天在《什么是象征主义》一文中就曾将象征主义归为颓废主义:"象征主义是印象主义的潮流的一个支派,换言之,就是在抒情诗领域中的印象主义。那是世纪末的一种濒死的世界的回光返照,也就是在抒情的文学上的点金术的最后的复活。虽然在各国里有多少不同的背景,可是主要的都是资本主义的烂熟作成了这种象征主义的产生的动力的。""象征主义,就是现实主义的反动,是高蹈派的否定而同时是高蹈派的延长……所有的那些人——或者有的人在某一生活阶段中——都是对于丑恶的现实的社会生活感到憎恶,感到一切是幻灭是绝望,而成为颓废和发狂的。象征主义,同时是恶魔主义,是颓废主义,是唯美主义,是对于一美丽的安那奇境地的病的印象主义。"②

别雷是这样理解颓废主义的:"象征主义者就是那些与整个文化一起消解于旧文化条件中的人,他们意识到了自身的颓废,便极力要克服这种颓废,摆脱这种颓废,求得自新;在颓废主义者身上,他的颓废乃是最终的消解,在象征主义者身上,颓废只是一个阶段;因此我们认为:是颓废派,就是颓废派兼象征派……是象征派,却未必就是颓废派……波德莱尔对我来说是颓废派,勃留索夫是颓废派兼象征派……在勃洛克的诗中我看到了象征主义但不是颓废主义诗歌的最初尝试。"③

其实,在文学领域,颓废主义和象征主义作为反对实证主义潮流的两种基本形式,二者之间的关系是极其复杂的,既相互吸引又彼此排斥。象征主义和颓废主义的取向有着本质的区别,但这并不排除它们有交叉点,二者之间的界限时常被淡化。这一点,在象征主义诗人,主要是老一辈象征派诗人的理论表述和创作实践中可以找到有力的例证。

颓废派的"灵魂"("世纪末"诗歌的一个关键词)乃是感伤主义和浪漫主义"优美灵魂"的另一个"版本",早在200年前已为人熟知。根据黑格尔的概括,"优美灵魂"的基本特点是自我欣赏,自我陶醉,而对外部世界则持蔑视态度,因为外部世界

---

① Русская литературная критика конца XIX начала XX века. Сост. А. Г. Соколов и М. В. Михайлова. М., 1982. С. 262-263.

② 转引自贺昌盛:《象征:符号与隐喻》,南京大学出版社,2007年,第94页。

③ *Белый А. Н.* Начало века. М., 1990. С. 130.

无法满足它的崇高要求。此外，"优美灵魂"有一个致命弱点：在行动上犹豫不决，不敢与生活正面遭遇，因而时常处于恐惧状态，害怕自己的行为和现有存在玷污了自己"内在的"美好；它希望保持自己内心的纯洁，因而极力回避与现实接触并对弃绝自我力不从心；它能做的唯一事情就是"狂热地苦恼"，然而这苦恼却到达不了本体的高度，只能在自身内自生自灭。①

这种力不从心、不敢直面生活、"自我"与外界的隔绝感，在颓废派笔下达到了极端状态：他们确信眼前的整个现实是不真实的（从日常生活到科学和哲学），坚信他们"来到这个太老的世界太晚"，任何行动都是徒劳的，因为注定是要失败的，因此，颓废派无可挽回地丧失了 18 世纪"优美灵魂"的主要优点——支撑它的信仰——"上帝直接存在于它的精神和心中"。孤芳自赏，甚至对自身缺点的病态迷恋，在颓废派那里让位于激起强烈的纳西索斯情结和"不幸的意识"的自我说教，这种意识已经开始怀疑它是世界上理想的代言者，因而处于厌恶自我的边缘。

诗歌中存在过形形色色的颓废主义主题——病态的灵魂、脆弱的情感、无力的抱怨、苦闷、忧郁、死亡、魔鬼等等。

颓废派是"歌唱和哭泣的一代"②。哭泣是因为试图报复从四面八方蜂拥而来的"生活的散文"或逃避它的残酷，在"内心"的本能生活中寻找避难所，但他们什么也没找到，除了"内心的墓地"。由此便自然而然地产生了颓废派诗歌的一贯主题——对生活的厌倦感、孤独感和绝望感。

从文学史的角度看，颓废可以理解为对人的灵魂的一种重复发现（后感伤主义和后浪漫主义），当然也是一种变形的发现，这种发现在 19 世纪下半期的文化情境下将颓废派置于现实主义和自然主义的对立面，也置于巴那斯派的对立面。

至于象征派，这样的发现让他们感觉非常亲切，因为他们毕竟与颓废派同出一源。此外，跟颓废派一样，象征派也深切地体会到了对世界的不满足感，面对堕落的现实，他们感到苦恼，认为真实的现实是另外一种现实，尽管它没有显现出来，但符合"灵魂"的隐秘追求。颓废派与象征派还有一个交集点，这就是他们都重视直觉，排斥理智，认为直觉是诗歌的真正源泉，认为存在一种特殊的、能够激发情绪的（象征派说是暗示性的）诗歌语言，既不同于科学的理性——逻辑语言，也不同于日常交际语言。

两个文学流派的区别最鲜明地表现在颓废派的"灵魂"极力追求的是脱离它所厌恶的现实，自我封闭，甚至与他人的"灵魂"相隔绝（即便是想与别人接触，也首先要求别人应该理解你，而非你理解别人）；而象征主义的灵魂相反，它渴望的不是否定世界，而是要战胜世界，它追求的是具体的实现，是个体的"我"之间的融合，以及

---

① 参见黑格尔：《精神现象学》（下卷），贺麟、王玖兴译，商务印书馆，1996 年，第 174—175 页。

② *Косиков Г. К.* Поэзия французского символизма，М.，1993. С. 30.

个体的"我"与"宇宙灵魂"的融合,因此与颓废派的反道德的、有时甚至带有破坏性的和虚无主义的情绪背道而驰。

所有这一切带来了象征派与颓废派既相互斗争又彼此影响的土壤。确实,一方面,许多作为颓废派起步的诗人很容易转向象征派阵营(或是暂时的,或是永久的),或者置身于他们的影响之下。这是可以理解的,因为颓废派实际上追求的与象征派是同一个理想,尽管一般说来,他们要上升到绝对的内省之路上寻找理想,获得理想有相当大的难度,而象征主义似乎是在暗示走出死胡同的出路。

另一方面,象征派自己绝非始终能够坚守他们为自己提出的那些任务的高度:在追求现世的同时,他们实际上又始终在冒险脱离现世,蒸发到对以往时代和异国情调的幼稚梦想和愉快幻想领域——主观愿望的领域,这与其说是通过创造与现实平行的虚构世界来充实眼前的现实,还不如说是弥补现实的缺憾。由此看,象征派距离颓废派美学只有一步之遥。

苏联时期主流教科书对颓废主义这一现象基本上采取两种做法:一是将颓废主义当作一个包罗更广的概念,象征主义、阿克梅主义、未来主义都涵盖其中[①];另一种是在文学史建构时放弃使用这一极具争议且"含有贬义"[②]的术语,在指称上述三大流派时要么用现代主义一词将之统括起来[③],要么索性连现代主义也不用,直接进入象征主义、阿克梅主义、未来主义的叙述[④],从这样一些表述中即可看出端倪:"颓废主义;象征主义、新一代象征主义";"颓废主义诗歌中的新流派:阿克梅主义、未来主义";"现代主义——象征主义、阿克梅主义、未来主义"。苏联解体以后的文学史著述基本上不再将颓废主义作为与象征主义或现代主义等量齐观的术语使用。[⑤] 这种变化一方面是文学史观念更新的结果,另一方面也反映了学术界对颓废主义及其与象征主义关系的看法逐渐趋于一致,也就是不把颓废主义当作独立的文学流派,更多的是把它看作与象征主义有着复杂联系且有时互为表里的一种情绪、情调和主题。例如,专门从事西欧文学研究的苏联学者席勒,对颓废主义与象征主义的关系做过这样的界定:"团体和流派的名称也在发生变化:从于斯曼的长篇小说《逆天》开始,其中较为流行的一个名称是'颓废主义者'(有过这样一本同名刊物),晚些时候又使用了一个更为流行的名称'象征主义者'。这里的区别不仅仅在于名称。例如,假如说所有的象征主义者都是颓废主义者,那么,却不能

① 参见:Соколов А. Г. История русской литературы конца XIX начала XX века. М., 1988.

② Смирнова Л. А. История русской литературы конца XIX начала XX века. М., 1993. С. 291.

③ Русская литература XX века. Дооктябрьский период. Под редакцией И. Т. Крука и Н. Е. Крутиковой. М., 1985.

④ 参见:История русской литературы в 4 томах. Под редакцией Пруцкова Н. Л.:Издательство Наука. 1980—1983.

⑤ 参见:История русской литературы XX века в 2 частях. под редакцией В. В. Агеносова. М., 2007.

说世纪末所有的颓废主义者都是狭义上的象征主义者。颓废主义是一个比象征主义更为宽泛的概念。"①以色列学者奥姆利·罗南赞成这种观点:"确实,颓废主义在各种不同的风格中得到了艺术体现:在象征主义中,在巴纳斯派诗学中,在晚期浪漫主义——英国维多利亚文学中,在欧洲的彼得迈耶风格中,在晚期现实主义——自然主义中。如此看来,颓废主义不是风格,甚至不是文学流派,而是赋予特定时代的艺术、科学、哲学、宗教和社会思想同样色彩的情绪和主题。"②

(编校:王　永)

---

① *Шиллер Ф. П.* История западно-европейской литературы нового времени. В 3 томах. Т. 3. М.，1938. С. 15-16.

② Пути искусства. Символизм и европейская культура XX века. М.，2008. С. 7.

马雅可夫斯基的浪漫与呐喊

郑晓婷

（首都师范大学俄语系）

[摘　要]　俄国诗歌中,马雅可夫斯基是第一个把爱情从玫瑰温室投掷到城市大街的人,他把爱情置于混乱、火光和众目睽睽之下。"天赋爱情"的马雅可夫斯基把爱视为"生命""最主要的东西""一切的心脏"。从 1912 年到 1930 年,他一直这样生活和创作,直至"爱的小舟在生活的暗礁上撞碎"。马雅可夫斯基的灵魂从未被革命和电力代替,也未被未来主义和社会主义分割,他生于爱情,死于爱情。爱情是马雅可夫斯基预言的载体,是实现全人类的爱的工具,是终极理想的彼岸,马雅可夫斯基的爱情诗歌具有鲜明的倾向性。如何将正确的爱情信仰传播给大众是时代给马雅可夫斯基提出的难题,他放开喉咙歌唱,向诗歌语言、艺术、人性发出呐喊,而呐喊的回声便是浪漫的未来主义世界观。

[关键词]　马雅可夫斯基;爱情诗歌;浪漫;变革

　　不寻常的命运和早慧的天性将马雅可夫斯基卷入时代的浪潮——革命和诗歌。1908—1909 年,年仅 15 岁的马雅可夫斯基在布特尔基监狱开始尝试写诗,1912 年与未来派创始人大卫·布尔柳克接触,正式走上诗歌创作道路。马雅可夫斯基一生共创作了 1300 多首诗歌,主要包括抒情诗和政论诗,其中爱情主题诗歌仅有 30 余首,分量较小,这也是其爱情主题诗歌易被忽视的原因。但回顾诗人的整个创作生涯,在每一个时期均能找到爱情主题诗歌的杰出代表,如:1912—1917 年,十月革命前创作时期、描写爱情悲剧的四部乐章、被马雅可夫斯基称为"纲领性"作品的《穿裤子的云》(1914—1915),以及长诗《脊柱横笛》(1915)、《人》(1916—1917),抒情诗《莉丽契卡(代邮)》(1916)等;1917—1924 年,十月革命后创作时期,爱情主题长诗《我爱》(1922)和《关于这个》(1923);1924—1930 年,成熟时期,抒情诗《关于爱情的本质:从巴黎写给柯斯特罗夫同志》(1929)和《致塔吉雅娜·雅科夫列娃的信》(1928)。而且,每一次当政论诗歌的讽刺和宣传功能达到顶峰时,马雅可夫斯基总会主动地回归到个人主义的爱情,爱情主题贯穿始终。

一、浪漫的未来主义者

尽管马雅可夫斯基在各个时期对未来主义的理解有所不同,但他自始至终都是一个未来主义诗人,而且他的未来主义带有浪漫主义的性质。[1] 在反传统、追求先锋意识的潮流之外,马雅可夫斯基还注重对终极理想的追求,例如,在长诗《穿裤子的云》中他质问全能的上帝:"为什么不创造出没有痛苦的亲吻啊?"显然,诗人是在要求自然界不可能存在的崇高、理想的爱情,这样的爱情是浪漫未来主义者的毕生追求。

马雅可夫斯基的个性是浪漫的。关于诗歌创作的最初动机,马雅可夫斯基曾说:"我为了一个人成为诗人,为了他写诗,讲不出什么规则。"[2]这"一个人"也许是指引他走向诗歌殿堂的大卫·布尔柳克,也许是诗人终生热爱的女友莉丽娅·勃里克,无论如何,强烈的个人情感驱使是他诗歌创作的原动力。在《怎样作诗?》一文中,马雅可夫斯基甚至透露了这样的秘密:"为了写爱情诗,最好坐 7 路公共汽车从鲁比扬广场到挪庚广场。这段不舒服的颠簸最能使你的另一种生活的美妙加上一些阴影。"[3]

马雅可夫斯基的主人公是浪漫的。在一系列的爱情长诗中,抒情主人公的悲剧形象、诗人身份以及话语是统一的,他们仿佛拥有同一个姓氏——马雅可夫斯基。这不仅有同名悲剧《弗拉基米尔·马雅可夫斯基》(1913)加以佐证,从长诗《穿裤子的云》《脊柱横笛》再到长诗《我爱》《关于这个》,马雅可夫斯基自始至终都在着力塑造一个非凡、孤独的叛逆形象。他有时是失恋的痛苦青年,有时是预言诗人,有时是第十三个使徒,有时是查拉图斯特拉,他有时存在,有时死去。主人公的"心中起了大火","已经无处逃避",就连"吐出的每一个字,甚至每一句笑谈"都"如同一丝不挂的娼妓逃出大火焚烧的妓院"。[4] 失去爱情的主人公已经看清周围的世界,变成被人遗弃的预言家,"我,被今天的人们讥笑着,当做一个冗长的/猥亵的笑柄,但我却看到谁也看不到的——那翻过时间的重山而走来的人"。即"最通行的福音书中的第十三个使徒","在人们短视眼望不到的地方,带领着饥饿的人群,一九一六年/戴着革命的荆冠正在行进"。"我在你们这里——就是它的先驱者;哪里

---

① 张建华、王宗琥:《20 世纪俄罗斯文学:思潮与流派(理论篇)》,外语教学与研究出版社,2009 年,第88 页。

② 马雅可夫斯基:《马雅可夫斯基选集》(第四卷),余振等译,人民文学出版社,1984 年,第 140 页。

③ 马雅可夫斯基:《马雅可夫斯基选集》(第四卷),余振等译,人民文学出版社,1984 年,第 166 页。

④ 马雅可夫斯基:《马雅可夫斯基选集》(第二卷),余振等译,人民文学出版社,1984 年,第 11—13 页。

有痛苦——我便在哪里停下;我在每一滴泪水上/都把自己钉上十字架。"①帕斯捷尔纳克对悲剧《弗拉基米尔·马雅可夫斯基》的标题的解读同样适用于对这一系列抒情主人公的分析,即主人公不仅是作者的自觉塑造,更是以第一人称向世界讲话的抒情主体,是悲剧的别名。

马雅可夫斯基诗歌的爱情主题充满了浪漫的联想——革命、生活和崇高。早在他还是一个中学生的时候,姐姐从莫斯科带来的秘密传单给了他最初的启蒙,"这就是革命,这就是诗。诗和革命不知怎的在我的脑子里结合起来了"②。1914年年初,马雅可夫斯基开始构思他的第一首长诗《穿裤子的云》:"我感觉我有了技巧。能够掌握主题了。认真地工作。提出了关于主题的问题。关于革命的主题。"③这首长诗是以诗人自己热烈但无果的爱情悲剧为原型的,指出了资本主义金钱社会中爱情无以为生。如果说在个人悲剧中掺入对资产阶级爱情、艺术、制度和宗教的否定,还不能够完全折射出马雅可夫斯基的革命精神,那么,"我给你们/掏出灵魂,踏扁它/使它变得更大! ——把这血淋淋的灵魂交给你们,作为旗帜"④。可作为诗人献身革命的自白。

十月革命后,马雅可夫斯基继续创作了以爱情为主题的《我爱》,与革命前的悲剧氛围有所不同,这首长诗更具力量性,更像是马雅可夫斯基个人的生活史。诗人回忆了少年时代的被捕经历:"我呀/是在布特尔基监狱里/学会了/爱。"他也回忆了过去艰难的生活:"我/为了混一碗饭,永远出卖劳力,因此厌恶大腹便便的家伙,是我从小养成的脾气。"对于生活,他既有"巨大的爱",也有"巨大的恨",诗人爱一切新生力量和美好事物,憎恨现存的不合理、腐朽、丑恶和不人道,特别鞭挞了小市民式的庸俗生活。原本"任何人都天赋爱情,只是官场的应付,利禄的钻营,世事变幻无定,使心田的土壤/一天天变得贫瘠僵硬"。在长诗结尾处,诗人以诗明志,"庄严地高举手指般一行行的诗,我宣誓——我爱,郑重而真诚"⑤。

1922年12月下旬至1923年2月11日,马雅可夫斯基完成长诗《关于这个》。"这个"就是爱情,既有对自己在十月革命后爱情生活的总结,也有对社会整体面貌的描画。他在自传《我自己》中记录道:"写了《关于这个》。根据个人的题材来写一般的生活。"⑥诗中常出现的一个俄文单词"быт"不仅有"日常生活"的意思,在这里还特指"庸俗的生活",它是旧时代的传统观念,是新兴的市侩主义、官僚主义以及"拉普"领导人严重的宗派主义的产物。1923年4月3日,在一次辩论会上朗诵这

① 马雅可夫斯基:《马雅可夫斯基选集》(第二卷),余振等译,人民文学出版社,1984年,第22—23页。
② 马雅可夫斯基:《马雅可夫斯基选集》(第一卷),余振等译,人民文学出版社,1984年,第8页。
③ 马雅可夫斯基:《马雅可夫斯基选集》(第一卷),余振等译,人民文学出版社,1984年,第24页。
④ 马雅可夫斯基:《马雅可夫斯基选集》(第二卷),余振等译,人民文学出版社,1984年,第23页。
⑤ 马雅可夫斯基:《马雅可夫斯基选集》(第二卷),余振等译,人民文学出版社,1984年,第259—275页。
⑥ 马雅可夫斯基:《马雅可夫斯基选集》(第二卷),余振等译,人民文学出版社,1984年,第316页。

首诗的片段时,马雅可夫斯基说:"我想先只读上几段,但是就在这几段里也还是有这样一个基本点:生活。这是一种无论在哪儿也不会改变的生活,这是一种由我们——小市民形成起来,现在又变成我们最凶恶的敌人的生活。"① 在马雅可夫斯基看来,爱情和庸俗生活是绝对对立的:"怎么! 你们要用茶点来顶替爱情? 要用袜子上的补丁来顶替爱情?"②

长诗《关于这个》仿佛又回到《穿裤子的云》这一时期的主题风格,即悲剧爱情结局,只不过前者的背景已移到十月革命以后的时期了,其目标不再是"打倒你们的爱情、艺术、制度和宗教",而是反对当前庸俗的生活。"巨大的爱"和"巨大的恨"仍然是压在抒情主人公身上的巨石,使得他再一次在诗中窒息、死亡。但诗歌是马雅可夫斯基最顽强的武器,也是抒情主人公走向复活的唯一道路,"我用诗行轰击可怕的庸俗生活"③,"让我复活吧,我想要过完自己的生活!"④ 虽然有一个"复活"的光明结尾,但这已经是未来时代了。

抒情诗《关于爱情的本质:从巴黎写给柯斯特罗夫同志》,从标题上看,是马雅可夫斯基同《共青团真理报》编辑柯斯特罗夫关于爱情本质的讨论,而诗的指向却是诗人在巴黎爱上的俄侨姑娘塔吉雅娜·雅科夫列娃,诗歌具有强烈的抒情性和独白性。马雅可夫斯基在这首诗中给爱情做了这样的定义:"爱情/是发动机的轰鸣,它让/心已经灭火的马达/又重新/开动";"爱情在轰鸣——这是人类的、纯朴的爱情。这是飓风、烈火、洪水一齐在怨诉中出现。"爱情淳朴自然,却又不同于"鸡毛蒜皮"的"过眼烟云",爱情让人"对哥白尼心怀嫉妒"而不是把某个情敌当成对手。爱情在马雅可夫斯基那里是超越庸俗的、有益的自然力,是"唤醒、引导、鼓舞视力衰退的人继续向前走"⑤的力量。

在另一首同样献给雅科夫列娃的《致塔吉雅娜·雅科夫列娃的信》中,诗人的伟大可见一斑。因为在这样的私人献诗中,我们竟找不到丝毫耽于缠绵和逸乐的元素,马雅可夫斯基再一次将爱情和崇高联系,将个人的情感升华到关于"千百万大众"幸福的话题。在诗的开头,诗人通过颜色联想将恋人的红唇和苏维埃的红旗拉近。爱情中"排山倒海的嫉妒"也"不是自己嫉妒,而是为了苏维埃俄罗斯"。诗人呼吁"我们莫斯科/也需要你们,那儿缺少/长腿的人"。最后一句结尾气势恢宏,"反正/有一天/我要带走你——把你一人,或同巴黎一起"。跨越时间和空间,重新实现统一与聚合,这是诗人的爱情理想,亦可看作其革命理想。

---

① 马雅可夫斯基:《马雅可夫斯基选集》(第二卷),余振等译,人民文学出版社,1984 年,第 278 页。
② 马雅可夫斯基:《马雅可夫斯基选集》(第二卷),余振等译,人民文学出版社,1984 年,第 316 页。
③ 马雅可夫斯基:《马雅可夫斯基选集》(第二卷),余振等译,人民文学出版社,1984 年,第 337 页。
④ 马雅可夫斯基:《马雅可夫斯基选集》(第二卷),余振等译,人民文学出版社,1984 年,第 362 页。
⑤ 马雅可夫斯基:《马雅可夫斯基选集》(第一卷),余振等译,人民文学出版社,1984 年,第 613—617 页。

两首爱情抒情诗均带有崇高色彩。爱情源于平凡和琐碎，却脱离、超越了平庸，成为能够创造人、可以与自然力相媲美的力量。

马雅可夫斯基的诗歌语言是浪漫的。隐喻、夸张和想象是马雅可夫斯基钟爱的语言表达手段，诗人把自己革命性的年轻心态比作"我的灵魂里没有一茎白发"；把燃烧着爱的心喻为充斥着许多消防员的火灾现场；把对爱人的怜爱和柔情喻为残兵"珍惜自己唯一的那条腿"；把大街比喻成活生生的人，"没有舌头的大街在痛苦地痉挛——它没法子讲话，也没法子叫喊"。这些大胆奇特的隐喻为诗歌阅读带来了陌生化的效果，对于马雅可夫斯基来说，新颖的材料和手法是每一篇诗歌必定要有的，语言就是促成这一目的的工具。在阅读马雅可夫斯基的诗句时，我们首先会关注新词的游戏，即词与词之间的"魔力"，但是在鲜艳夺目的表现力和戏谑的语调下传达的是明晰的痛苦和伤悲，更多的时候是无法留住爱情的痛苦和伤悲。

二、变革中的呐喊

爱情作为马雅可夫斯基的理想旗帜，就应当起到感召和引领的作用。在将个性化的爱情转变为群众性的目标时，马雅可夫斯基借助诗歌在生产、传播、应用中的变革手段发出了自己的最强音。

"社会订货"和"艺术生产"的理论是马雅可夫斯基在特定历史时期的首创，基于此，后人批评马雅可夫斯基将政治和诗歌混淆、忽视了灵感在艺术中的作用。但是，我们也只有站在马雅可夫斯基的角度才能正确解读他的诗。在《怎样作诗？》一文中，马雅可夫斯基提出了开始诗歌工作所必需的几个条件。

第一，摆在面前的社会任务，只有用诗歌创作来解决它才是好的（社会订货）。

第二，在这个问题上对你的阶级（或你所代表的集团）有确切的知识，更正确些说，有阶级愿望的感觉，就是目标。

第三，材料，词（话语）。经常用各种需要的、有表现力的、罕见的、独创的、新鲜的、发明的和各种各样的词汇，来补充你的脑袋、仓库、储藏室。

第四，钢笔、铅笔、打字机、电话、去编辑部的自行车、摆好的桌子等生产设备……

第五，推敲字眼的习惯和方法：韵脚、韵律、头韵、形象、风格、热情、结尾、标题、草稿等等。①

马雅可夫斯基还提到，开动整个诗歌工厂只为生产一只打火机是不值得的，因此，应该只有在感觉到明显的社会订货的时候才制造已准备的东西。诗人的爱情

---

① 马雅可夫斯基：《马雅可夫斯基选集》（第四卷），余振等译，人民文学出版社，1984年，第147—148页。

主题诗歌不仅是个人主观情感的表达,也是"社会订货"的需要。马雅可夫斯基经常收到年轻人的来信,或在诗歌朗诵会后被提问。爱情是生活中的主旋律,加上诗人本身就在不断经历爱情,所以,对于爱情主题的"订货量"显然是足够的。这与他所强调的"为了正确地了解社会的订货,诗人应当处在事物和事变的中心"①也是相符的。马雅可夫斯基把诗歌当作一种生产,把诗歌教学问题当作生产经验的分享,他主张对艺术持生产的态度,即把艺术的每一个形式和内容当作平等的产品,这样才能消灭欣赏力的偶然性、无原则性和评价的个人主义,才能把各种各样的文学劳动——《叶甫盖尼·奥涅金》和工人通讯员的短讯摆在一列。

"如同往昔的使徒,我要把我的爱情/拿到千千万万条道路上去宣讲。"②生产出来的诗歌需要传播,传统的阅读方式不再适应批量化的艺术生产。于是诗歌在集会、广场、舞台上被朗诵,在无线电广播中穿梭。曾经只有一部分人才能有幸阅读到普希金,现在所有人都能享受诗歌,它不再是只能用眼睛看的东西了,革命带了来听得见的语言、听得见的诗。马雅可夫斯基独特的"阶梯诗行"也是为更好地实现诗歌在诗人与大众之间的交流的结果。

诗在有倾向的地方开始③,革命的倾向就反映在诗歌中。革命把千百万人的一些粗犷的话语丢到街上来了,工人区的行话,通过各中央大街流溢出来了。而萎靡的知识分子的话语、阉割了的字眼都被揉皱、压倒了。这是语言自我更新的过程,但是如何把新语言(口语)转化为诗的语言,把旧规则连同"幻梦、玫瑰"等字眼以及抑扬的诗体引出去呢?马雅可夫斯基给出了答案——立即给新的语言以一切合法的权力:用叫喊代替吟咏,用战鼓的轰鸣代替催眠曲。④ 在革命语言和诗歌语言的相互转化中,仅仅拿出新诗的范例和规则还不够,必须使得文字在群众中的这种影响对自己阶级有最大的帮助,在爱情诗歌的具体语境中,最大的帮助就是引领无产阶级大众完成革命任务,摆脱庸俗生活,最终走向诗人的终极理想。

三、结　语

马雅可夫斯基的创作有时难以被人理解,原因可能有这样几点。第一,风云变幻的时代加深了诗人个性的复杂性;第二,20 世纪初期俄国未来主义在多重因素的影响下产生和发展;第三,天才却多舛的身世为马雅可夫斯基蒙上了神秘色彩;第四,对马雅可夫斯基文学成就的评价尚未稳定。由于时空的限制,后人对马雅可

---

① 马雅可夫斯基:《马雅可夫斯基选集》(第四卷),余振等译,人民文学出版社,1984 年,第 192 页。
② 马雅可夫斯基:《马雅可夫斯基选集》(第二卷),余振等译,人民文学出版社,1984 年,第 59 页。
③ 马雅可夫斯基:《马雅可夫斯基选集》(第四卷),余振等译,人民文学出版社,1984 年,第 146 页。
④ 马雅可夫斯基:《马雅可夫斯基选集》(第四卷),余振等译,人民文学出版社,1984 年,第 145 页。

夫斯基感到越来越陌生,我们只知道马雅可夫斯基是一位勇敢的未来主义者,他自始至终都保持着先锋姿态。形象表达、音响效果、阶梯诗行使诗的表现力达到最大程度,他深深懂得并大声疾呼:文学是对语言文字的加工,作为阶级喉舌的诗人采用相应的加工方式。在这一层面,马雅可夫斯垦无疑是一位成果丰硕的生产者,他变革的呐喊纷纷落实到诗行。然而,诗人自己早就承认,这一切不过是诗歌的技巧层面,不是诗歌的目的。

我们是否还能记得浪漫的马雅可夫斯基?那个把 18 本书献给与之保持了 15 年感情的莉丽契卡的诗人。身处残酷的时代,马雅可夫斯基却能看到爱情可以改造人、达到崇高的本质。爱情理想存在于光辉的未来,诗歌的任务就是加速通往未来的步伐,战胜庸俗的日常生活,即"沿着诗行跑进美好的生活"[①]。马雅可夫斯基的爱情主题诗歌以其悲剧特性鲜明地体现了对终极理想的执着追求。因此,当我们再次谈论马雅可夫斯基时,除了黄色短衫和响亮的呐喊,更要看到底下被掩藏着的只属于爱情的灵魂。

(编校:姜　磊)

---

① 　马雅可夫斯基:《马雅可夫斯基选集》(第二卷),余振等译,人民文学出版社,1984 年,第 357 页。

俄罗斯文学与文化学

Русская литература:
культурологические подходы

Интертекстуальные отсылки в романе
В. О. Пелевина «Омон Ра»

Алейникова Ю. А.

(Чжэцзянский университет, Китай)

Аннотация: «Омон Ра»—первый роман В. О. Пелевина, написанный в 1991 году. В 1993 году данное произведение было удостоено сразу двух литературных премий—«Интерпресскон» и «Бронзовая улитка». Обе премии были присуждены в номинации «Средняя форма». Роман считается классикой русского постмодернизма конца XX века, обладая всеми характерными чертами данного направления, такими как интертекстуальность, игровое начало, черный юмор, пастиш, метапроза, фабуляция, пойоменон, временное искажение, магический реализм, технокультура и гиперреальность, паранойя, максимализм, минимализм, фрагментация. Доклад посвящен художественным особенностям романа В. О. Пелевина «Омон Ра». Рассматриваются культурные отсылки и реминисценции, скрытые в тексте романа, написанного в рамках литературного направления «постмодернизм». В центре внимания находятся культурологические аспекты постмодернизма и фоновые реалии романа.

Ключевые слова: интертекст; интертекстуальность; «Омон Ра»; культурная отсылка; реминисценция; постмодернизм; В. О. Пелевин

Особый интерес для исследования представляет интертекстуальность романа. В узком смысле «... данное понятие означает связь того или иного произведения с другими литературными произведениями, обусловливающую его включенность в контекст мировой литературы». ① В широком смысле «... под интертекстуальностью

---

① *Тростников М. В.* Поэтология. М., 1997, С. 560; *Гюббенет И. В.* Основы филологической интерпретации литературно-художественных текстов. М., 1991.

можно понимать любые культурные отсылки и реминисценции».①

Именно интертекстуальность прежде всего попадает в фокус внимания всех исследований постмодернистских произведений. «Нахождение культурных отсылок и реминисценций в этих произведениях имеет не только теоретическую цель，—анализ идейно-художественного своеобразия，но и вполне практическую— помочь читателю лучше увидеть и охватить культурный фон произведения， раскрыв его многомерные связи с другими текстами».②

Даже искушенный и достаточно образованный носитель языка едва ли способен самостоятельно обнаружить все，так называемые，«пасхальные яйца»， искусно замаскированные в произведениях постмодернистов. Если говорить об иностранном читателе，то комментарии и интерпретации культурных отсылок и ременисценций，часто основанных на фоновых знаниях，понятных только носителям языка，являются единственной возможностью понять текст в его истинном смысле. Особенно это важно в рамках преподавания литературы студентам-инофонам.

Таким образом，целью данного доклада является познакомить Вас с интертекстуальными и культурными отсылками в романе Пелевина «Омон Ра».

Название романа и имя героя

Согласно мнению И. Р. Гальперина，заголовок—«это компрессированное， нераскрытое содержание текста... Название можно метафорически изобразить в виде закрученной пружины，раскрывающей свои возможности в процессе развертывания».③ Кроме того，как отмечают исследователи，заголовок—это не только начало，но и парафраз，переформулировка всего текста.

Роман назван по имени главного героя—«Омон Ра». Фонетически ［Амон］ относит читателя к египетскому богу，Амону-Ра，культ которого сформировался при слиянии двух составляющих: культа Ра и культа Амона. Первый изображался с головой сокола，а второй—с головой овна или агнца. Кроме того， Амон-Ра—центральная фигура космогонических мифов Древнего Египта，бог— демиург，создатель космоса，человечества и всех богов. Образ овна (агнца)—это образ жертвы，благодаря которой будет создан новый мир，а атрибут Ра—голова

① *Смирнов И. П.* Порождение интертекста. Элементы интертекстуального анализа с примерами из творчества Б. Пастернака // Wiener Slawistischer Almanach. S. Bd，1985. С. 17.

② *Фатеева Н. А.* Интертекстуальность и её функции в художественном дискурсе，1997. С. 12.

③ *Гальперин И. Р.* Текст как объект лингвистического исследования. М.，1981.

сокола, возможная отсылка автора к фоновым знаниям, типичным для человека советской эпохи первой половины XX века. В частности, в июле 1936 года впервые в «Правде» появляется эпитет «сталинский сокол» по отношению к Чкалову, который в то время совершал свой героический полет.

Таким образом, выстраивается семантическая связь, неразрывное единство двух имён: главного героя романа и египетского бога. Данное предположение подтверждают слова одного из персонажей романа, полковника Урчагина, обращенные к Омону: «... Каждая душа—это вселенная. В этом диалектика. И пока есть хоть одна душа, где наше дело живёт и побеждает, это дело не погибнет. Ибо будет существовать целая вселенная, центром которой станет вот это...».

Можно говорить об авторском приёме Пелевина—«миф в мифе», который был использован для создания гротеска. Главный герой романа, Омон, должен был полететь на Луну. Он стремился к ней для обретения внутренней целостности. А египетский бог Амон-Ра сам порождает Луну, по одним мифам— от своей жены, богини Нут, а по другим—из своих слёз, или из своей души. Амон-Ра ценой жертвы порождает новый мир, а герой романа, Омон, вместо Луны попадает в подземный тоннель.

Орфографически «ОМОН»—это сокращенная аббревиатура названия одного из подразделений внутренних войск России того времени: «**О**тряд **М**илиции **О**собого **Н**азначения». Поэтому здесь просматривается еще одна характерная постмодернистская черта—**временное искажение.** Имя «Омон»—намёк на 90-е годы XX столетия. Однако первые 19 отрядов ОМОНа были созданы 3 октября 1988 года, в период так называемой «перестройки», а герой, как становится ясно при чтении романа, родился значительно раньше.

Кроме того, умерший брат Омона носил не менее экзотическое имя—Овир, что также имеет соответствующий аналог среди названий государственных инстанций того времени: ОВиР («Отдел Виз и Регистраций»). Фамилия братьев (Кривомазовы)—также «говорящая» фамилия, образованная из слов «криво» и «мазать» (то есть «делать/бить/стрелять неточно, мимо цели»)—интертекстуальная отсылка к «Братьям Карамазовым» Ф. М. Достоевского.

Омон и Овир в детстве заболели менингитом; Овир умер, а Омон выжил. Эта история относит читателя к русской шутке о том, что от менингита только два выхода: либо помрешь, либо дураком останешься. Омон выжил. Стал ли он дураком? —Вопрос. Ведь «дурак» в русских сказках и православной традиции—это отмеченный Богом, человек, которому определена необычная судьба.

«Название романа также можно прочитать по принципу анаграммы. При этом получаются слова, значимые для понимания идейного содержания произведения».[1] (Рисунок 1)

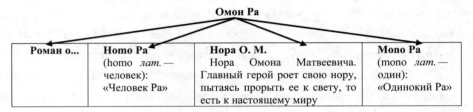

Роман о...	Homo Ra (homo *лат.*— человек): «Человек Ра»	Нора О. М. Нора Омона Матвеевича. Главный герой роет свою нору, пытаясь прорыть ее к свету, то есть к настоящему миру	Mono Ra (mono *лат.*— один): «Одинокий Ра»

Рисунок 1   Варианты анаграмм

Интертекстуальные отсылки, которые можно увидеть в романе

«... Песню, в которой были слова: «Мой "Фантом", как пуля быстрый, в небе голубом и чистом с ревом набирает высоту...» Какие еще я помню слова? «Вижу в небе дымную черту... Где-то вдалеке родной Техас». И еще были отец, и мать, и какая-то Мэри, очень реальная из-за того, что в песне упоминалась ее фамилия...»

Это отрывок из романа, где описывается, как подросток Омон несётся на стареньком велосипеде, представляя себя выходящим на цель истребителем.

«Фантом»—русская народная песня на тему Вьетнамской войны, где «Фантом»—название самолёта, сбитого в небе над Вьетнамом. Причём лётчик попадает в плен, становясь заложником великой идеи господства над миром. Значение слова «фантом» (по словарю)—образ чего-либо, душа, существо, как правило, из прошлого, в тексте обретает дополнительные смысловые приращения, погружаясь в культурный контекст, порождая читательские ожидания относительно дальнейшей судьбы героя.

«Обед был довольно невкусный—суп с макаронными звездочками, курица с рисом и компот». Эти строки рефреном проходят через все произведение. Они—не реминисценция из книги, речь идет о некоем «стандартизированном» общепитовском обеде времен конца Советского Союза. Такими обедами кормили в детских садах,

---

[1] *Конькова Я. О.* Современная литература на примере романа В. О. Пелевина «Омон Ра». Курс. раб. Кем. : Кем. ГУ, 2008.

школах, пионерских лагерях, студенческих и рабочих столовых. Это символ истощающей душу рутины, регламентированной жизни и уравниловки.

«Единственным пространством, где летали звездолеты коммунистического будущего... в фантастических книгах...» Здесь речь идет о книгах братьев Стругацких, И. А. Ефремова, К. Булычева и др. Советская фантастика конца XX века создала плеяду значительных по своей художественной ценности произведений, в которых, в отличие от тенденций западной фантастики, показывающей мир будущего преимущественно в антиутопическом ключе, рисовался мир светлого (как правило, коммунистического) будущего человечества.

> «Прекрасное далеко, не будь ко мне жестоко,
>
> Не будь ко мне жестоко, жестоко не будь...
>
> От чистого истока в прекрасное далеко,
>
> В прекрасное далеко я начинаю путь».

Слова этой песни раздаются из репродуктора пионерского лагеря, где наказанный подросток Омон ползёт в противогазе по коридору жилого корпуса. «Прекрасное далеко»—песня композитора Евгения Крылатова на стихи поэта Юрия Энтина. Впервые исполнена в культовом детском фильме «Гостья из будущего», снятом в 1984 году режиссёром Павлом Арсеновым по мотивам фантастической повести Кира Булычёва «Сто лет тому вперёд» (1977). Мир будущего в этом фильме также прекрасен, светел и добр. Возможно, не случайно песня доносится словно бы из-за моря.

Согласно русским мифологическим представлениям, море—это граница между миром реальным, человеческим, и миром сказочным, где находится рай, и происходят разнообразные чудеса. Сам же автор, Е. Крылатов, так говорит о словах своей песни: «Это философское понятие. Будущее не должно быть жестоким, мы всегда надеемся на лучшее... Вот эти повторения в ней: «Не будь ко мне жестоко»—это же как заклинание, что-то в этом есть...»[1] В данном случае можно наблюдать как отсылку к тексту песни, так и заимствование на уровне жанра. Это призыв, молитва. И вот уже главный герой попадает в городок с говорящим названием ЗаРАЙск.

«... Жизнь Лунного городка при Зарайском Краснознаменном летном

---

[1] Интервью с Е. Крылатовым. [Электронный ресурс] // Не покидай: [сайт]. URL: http://nepokiny.narod.ru/Krylint1.htm (датаобращения 09.01.2019).

училище имени Маресьева».

«...И когда вы получите дипломы и воинские звания, будьте уверены, что к этому времени вы станете настоящими человеками с самой большой буквы...»

«...Испытал ужас: там, где должны были быть Славины ступни, одеяло ступенькой ныряло вниз, и на свеженакрахмаленном пододеяльнике проступали размытые красноватые пятна...»

«...А вскоре он сам, первый из полусотни таких же лейтенантов, волнуясь и бледнея, но с неподражаемым мастерством, танцевал перед приемной комиссией "Калинку" под скупую на лишний перебор гармонь летного замполита...»

«Повесть о настоящем человеке»—произведение Б. Н. Полевого, написанное им в 1946 году. Сюжет основан на событиях, произошедших в жизни советского летчика Алексея Маресьева. Прототипом героя повести стал реально существовавший человек—советский летчик—ас, Алексей Маресьев, Герой Советского Союза. Его самолёт, Як—1, был сбит в воздушном бою в Великой Отечественной войне, во время операции по прикрытию бомбардировщиков. Пилот получил тяжелые ранения. В госпитале ему ампутировали обе ноги, но он, проявив упорство и недюжинную силу воли, возвратился в ряды действующих летчиков.

Подвиг Маресьева в романе Пелевина оборачивается государственно—бюрократической конкретикой соцреалистической метафоры. Герой просыпается и видит привязанных к кроватям курсантов, у которых на простынях кровавые пятна: ночью им ампутировали ноги. Так воспитывают мужество и силу воли, ведь на выпускном экзамене «настоящие люди» должны уметь лихо танцевать на протезах (отсылка к эпизоду из книги Полевого), а главное—быть готовыми в любой момент отдать жизнь за Родину.

«Что вы говорите... И как только сохранился... А это, над глазом, —от ледоруба?» Это отрывок из беседы друга Омона, Митька, с полковником, проводящим особое, «реинкарнационное», обследование курсантов лётного училища. Здесь очевидна отсылка к смерти Л. Д. Троцкого, революционного деятеля начала XX века, идеолога троцкизма—одного из течений марксизма. Агент НКВД Рамон Меркадер убил его, нанеся удар по голове ледорубом.

Однако интертекстуальность романа не исчерпывается отрывками, представленными выше. Влияние общемирового литературного наследия, философских и научных трудов, буддизма и других восточных духовных практик нитью Ариадны проходит через весь текст романа Пелевина.

Ниже перечислены произведения и авторы, чье влияние на Пелевина при написании им своего романа «Омон Ра» не выражено в тексте явно, но, безусловно, значительно:

1. А. П. Платонов «Котлован».
2. А. Н. Толстой «Аэлита», «Гиперболоид инженера Гарина».
3. Е. И. Замятин «Мы».
4. Ф. М. Достоевский «Преступление и наказание», «Братья Карамазовы».
5. О. Л. Хаксли «О дивный новый мир!».
6. Русские народные сказки.
7. Русские народные песни.
8. Алигьери Данте «Божественная комедия».
9. Карлос Кастанеда «Учение дона Хуана: Путь знания индейцев яки».
10. Герман Гессе «Степной волк».
11. Дж. Оруэлл «Скотный двор», «1984».
12. Труды З. Фрейда и К. Юнга.

（编校：袁淼叙）

Ситуация возвращения в прозе А. Варламова

Бадуева Г. Ц.

(Шанхайский университет иностранных языков, Китай;

Бурятский государственный университет, Россия)

Аннотация: Ситуация возвращения относится к одному из устойчивых сюжетов мировой культуры. Она активно используется в произведениях А. Варламова («Лох», «Здравствуй, князь!», «Ева и Мясоед», «Дом в деревне», «Падчевары», «Мысленный волк», «Душа моя Павел» и др.). Ситуации духовного и физического возвращения сопутствуют такие мировоззренческие понятия, как дорога, путь, приближение к истине, воскрешение, судьба, жизнь, смерть.

Ключевые слова: современная русская проза; А. Варламов; сюжет; возвращение; истина; вера

В творческом методе известного современного писателя А. Варламова исследователями отмечается «склонность к повторениям, возвращениям к одним и тем же образам и ситуациям»[①]. Так, частотной в творчестве писателя является ситуация возвращения, относящаяся к одному из устойчивых сюжетов мировой культуры. Данная ситуация связана с образом героя пути, героя—искателя. Ей сопутствуют такие мировоззренческие понятия, как дорога, путь, приближение к истине, воскрешение, судьба, жизнь, смерть.

Обращение к герою—искателю актуализирует в произведениях А. Варламова, в том числе повести «Здравствуй, князь!» (1992), романах «Лох» (1995), «Душа моя Павел» (2018) и др., мотив «блудного сына», сопровождающийся

---

① *Федорова Т. А.* Поэтика прозы Алексея Варламова: автореф. дисс. ... канд. филол. наук/ Астраханский государственный университет [Электронный ресурс] // Человек и наука: [сайт]. URL: http://cheloveknauka.com/poetika-prozy-alekseya-varlamova (дата обращения: 05. 11. 2018).

«пограничным» состоянием человека в мире. Герою сопутствует мотив дороги как важная составляющая ситуации духовного и физического возвращения. По мнению Ю. А. Счастливцевой, появление подобного героя в литературе «связано с кризисными, рубежными моментами российской истории»[1]. У Варламова чаще всего это последние десятилетия XX века, время распада государственной системы СССР.

Рассмотрим выделенную ситуацию возвращения в нескольких текстах—от ранних к зрелым, остановившись более подробно на романе «Лох».

В повести «Здравствуй, князь!», написанной в 1992 году, основные персонажи—герои пути Савватий и граф Барятин, противостоящий им «статичный, нравственно ограниченный»[2] Артем Михайлович Смородин— проходят свои круги жизни. Перед каждым из них неизбежно встает проблема выбора истинного пути. Саввушка, поступив в Московский университет, проживает сложные этапы: студенческая жизнь с ее погружением в неизведанное, открытие новых писателей и книг, бесконечные разговоры о вечном и сиюминутном, предательство друзей, отрицание всего и вся, встреча с Учителем (Барятиным), приобретение истинных знаний, искус ложными ценностями научной карьеры и благополучной (в понимании общества) жизни (то, от чего не смог уйти в свое время его отец Смородин), отказ от них во имя настоящей науки и честного имени. В финале произведения главный герой, не приняв предложение властных структур содействовать формированию политически лояльной научной элиты и в связи с этим не получив место в аспирантуре, приезжает по распределению в Белозерск, где познакомились его отец и мать. Несмотря на то, что никогда прежде герой здесь не был, он возвращается в отчий мир к изначальным ценностям. Саввушка будет учить детей, что дает надежду на распространение идей его Учителя. Присоединимся к справедливому выводу, сделанному Т. Л. Рыбальченко: «признание божественной упорядоченности мира актуализирует традиционную семантику возвращения как подтверждение

---

[1] *Счастливцева Ю. А.* Проза А. Варламова 1980—1990-х гг.: жанрово-стилевое своеобразие: автореф. дисс. ... канд. филол. наук/Магниторский государственный университет [Электронный ресурс] // Человек и наука: [сайт]. URL: http://cheloveknauka. com/proza-alekseya-varlamova-1980—1990-h-gg-zhanrovo-stilevoe-svoeobrazie (дата обращения: 05. 11. 2018).

[2] *Федорова Т. А.* Поэтика прозы Алексея Варламова: автореф. дисс. ... канд. филол. наук/ Астраханский государственный университет [Электронный ресурс] // Человек и наука: [сайт]. URL: http://cheloveknauka. com/poetika-prozy-alekseya-varlamova (дата обращения: 05. 11. 2018).

торжества нормы над соблазнами противоестественной жизни людей: праведник, пройдя искус современных ложных ценностей, возвращается к праценностям, становится центром истинного мира (князем)»①.

Через два года Варламов выпускает роман «Лох» (1995), действие которого охватывает 30 лет (1963—1993) и захватывает исторически важные события 1980—1990-х годов, когда государство переживает, по мнению главного героя, «последние времена перед концом света». В центре произведения—мыслящий и тонко чувствующий человек, странник, бредущий по миру в поисках высших идеалов. Блуждания героя позволяют автору охватить огромное пространство не только СССР/России, но и других стран.

Сюжет произведения образуют мотивы одиночества, скитальчества, судьбы, «блудного сына»②. Жизнь Александра Тезкина, человека, на первый взгляд неустроенного, непрактичного, отличающегося от других, в финале нравственно возвышающегося над остальными персонажами, состоит из череды уходов и возвращений.

Т. Л. Рыбальченко делает интересное наблюдение: «Русское слово «возвращение» этимологически связано с корнем «vert» (лат. vertere—вертеть) и сохраняет пространственную (круговое движение, завершённость, связь: ср. «вращать», «вериги», «ворота») и временную (повторение, преодоление разрыва во времени, исчезновения: ср. «время», «превращение») семантику»③. Варламовский герой идет по некоему кругу, повторяя на своем тернистом пути в поисках истины ситуацию ухода и возвращения, преодолевая разрыв во времени и пространстве. Сюжетная схема повторяется: уход—испытания (искушения)—возвращение, покаяние. Т. А. Федорова приходит к выводу, что она «совпадает с традиционной сюжетной схемой евангельской притчи (о блудном сыне—Г. Б.) и по композиции, и по содержащемуся в ней нравственному идеалу»④.

① *Рыбальченко Т. Л.* Ситуация возвращения в сюжетах русской реалистической прозы 1950—1990-х гг. // Вестник Томского государственного университета. Филология. 2012. № 1. C. 61.

② См.: *Федорова Т. А.* Поэтика прозы Алексея Варламова: автореф. дисс. ... канд. филол. наук/ Астраханский государственный университет [Электронный ресурс] // Человек и наука: [сайт]. URL: http://cheloveknauka.com/poetika-prozy-alekseya-varlamova (дата обращения: 05.11.2018).

③ *Рыбальченко Т. Л.* Ситуация возвращения в сюжетах русской реалистической прозы 1950—1990-х гг. // Вестник Томского государственного университета. Филология. 2012. № 1. C. 58.

④ *Федорова Т. А.* Поэтика прозы Алексея Варламова: автореф. дисс. ... канд. филол. наук/ Астраханский государственный университет [Электронный ресурс] // Человек и наука: [сайт]. URL: http://cheloveknauka.com/poetika-prozy-alekseya-varlamova (дата обращения: 05.11.2018).

Первый уход Тезкина связан со службой в армии, которую можно интерпретировать как обряд инициации. В заброшенных забайкальских степях, далеких от какой—либо цивилизации, молодой солдат тяжело заболевает. Спасает от верной смерти любимая девушка Козетта—Катерина, пожертвовавшая своей честью и любовью. Возвращение после инициации не свидетельствует «о приращении знания и об утверждении ценности «центра», родного пространства после получения знаний об ином, высшем или аномальном, мире»[①]. Хотя Саня и хранит память о потустороннем мире, с которым мистически связан с детства, куда должен был попасть после начавшегося туберкулеза, но был спасен, физическое возвращение оборачивается для него душевным и сердечным невозвращением.

Возвратившись домой после незавершенного лечения в госпитале, где узнал о замужестве Кати, Тезкин не находит себе места в прежде родном мире, равнодушном к его чувствам и идеалам, и снова отправляется в дорогу. Он скитается по стране, не находя спасения, не может успокоить тоскующую душу, потерявшую ценность жизни. Здесь возвращение героя в прежний мир можно трактовать как ситуацию отказа от воззращения, что вызвано знанием невозможности сделать этот мир гармоничным.

Вновь вернувшись домой, Александр работает санитаром. После случайной встречи с Козеттой под ее влиянием поступает в университет, где изучает астрономию. Выбор специальности не случаен. Еще в армии новобранец Тезкин полюбил смотреть на небо и звезды, и можно трактовать увлечение звездным небом как стремление приблизиться к истине на пути к вере.

Разочаровавшись в друзьях—физиках, мечтающих остаться в Москве и забывших о прежних идеалах бескорыстного служения науке, герой забирает документы из вуза и в поисках своего места в жизни уезжает на метеостанцию, расположенную на одном из островов Онежского озера. Тезкину казалось, что он наконец-то «нашел тот кусок земли, где можно было прожить всю жизнь, не жалея ни об одном дне, не изводя себя пустыми сожалениями и страстями, ибо дни были непохожи один на другой, разрушая тем самым скуку, которая томит

---

① *Рыбальченко Т. Л.* Ситуация возвращения в сюжетах русской реалистической прозы 1950—1990-х гг. // Вестник Томского государственного университета. Филология. 2012. № 1. С. 58.

горожан и заставляет их выдумывать суетные заботы о деньгах，почестях и наградах»①. Но и здесь Санька потерян，не находит опоры и смысла жизни，несмотря на чтение книг и написание философских трудов о тайнах и символах бытия.

Через два года «стихийный философ»，тщетно стремящийся постичь смысл жизни，возвращается в Москву，где уже нет Кати，уехавшей с мужем в Германию，и друга Левы Голдовского，отправившегося покорять Америку. Он появляется в тот момент，когда страна находится на пороге больших перемен. Варламовский герой выпал из своего времени. Он осознает не только неосуществленность идеалов，но и разрушение общенациональных ценностей. Новое возвращение открывает безрезультатность，даже невозможность что-либо изменить. Автором снимается семантика возвращения как свидетельства обретенных ценностей и восстановления нормы.

Не найдя приюта в родном доме，где появились две невестки（« Дом，казавшийся ему непоколебимым，... канул в прошлое，да теперь это был никакой и не дом，а снова коммунальная квартира»②），Тезкин совершает новый побег，но уже не в дальние области страны，а в близлежащее пространство，тоже родное ему：уезжает жить на дачу в Купавну. Здесь устраивается на работу в НИИ，где расшифровывает космические снимки разрушаемого человеком мира：« На них была видна истерзанная земля，залитая искусственными морями，с вырубленными лесами и наступавшими оврагами，словно вопрошавшая：о род людской，камо грядеши? Но даже думать об этом было страшно. Хотелось закрыть глаза и не видеть ничего вокруг，разве что достать звездной ночью телескоп и снова разглядывать небо»③. Возвращаясь из института，герой заходит в запущенную церковь：«Здесь острее，чем где бы то ни было，он чувствовал，что жизнь его，такая же вольная и независимая，как всегда，жизнь，в которой он был сам себе

---

① *Варламов А. Н.* Лох：Роман. ［Электронный ресурс］ // Электронная библиотека ModernLib. Net：［сайт］. URL：http://modernlib. net/books/varlamov _ aleksey _ nikolaevich/loh/read （дата обращения：05. 11. 2018）.

② *Варламов А. Н.* Лох：Роман. ［Электронный ресурс］ // Электронная библиотека ModernLib. Net：［сайт］. URL：http://modernlib. net/books/varlamov _ aleksey _ nikolaevich/loh/read （дата обращения：05. 11. 2018）.

③ *Варламов А. Н.* Лох：Роман. ［Электронный ресурс］ // Электронная библиотека ModernLib. Net：［сайт］. URL：http://modernlib. net/books/varlamov _ aleksey _ nikolaevich/loh/read （дата обращения：05. 11. 2018）.

предоставлен, все же ущербна. Ей чего-то недоставало, и душевный разлад его все больше усугублялся, точно кто-то выбил из-под его ног опору и все закачалось, зашаталось и пошло вразброд. А где было эту опору искать, он не знал»[1]. Приезжая из Купавны в Москву, Саня видит, как происходящее в государстве меняет его бывших друзей по университету, стремящихся не оказаться «лохами», стать богатыми любой ценой, так как быть бедным стыдно. Он не принимает моральные нормы современного ему мира и в то же время не видит нравственных ориентиров. Он несет вину не только за себя и свои дела, но и за состояние мира, за его несовершенство. Герой обречен «на бесконечные поиски своего места в жизни»[2].

После смерти отца Тезкин, не желающий становиться в угоду времени бизнесменом, вновь отправляется в странствия по России, проповедуя второе пришествие Христа. Он «призывал пока не поздно покаяться, отказаться от стремления к наживе и обратиться к Богу»[3]. Но после беседы с монахом в Почаевской лавре Александр «прекратил всю свою самозваную пастырскую деятельность», купил дом с баней и гектаром земли на краю деревеньки Хорошей—«медвежьем углу Тверской губернии», в которой живут дед Вася Малахов да три старухи, мечтающие о том, чтобы их кто-нибудь похоронил по всем правилам. Здесь он чинит свой ветхий дом, стоящий на самом берегу речки Березайки, и снова пишет философские сочинения, остро чувствуя, что мир находится на пороге своей гибели. Эсхатологические мысли не оставляют героя.

Почувствовав, что Катя в опасности, в разгар путча 1991 года Тезкин отправляется в Германию в поисках любимой. Он живет и работает в Мюнхене, после долгих поисков находит Катерину и возвращается с ней в деревню Хорошую. Это возвращение героя окончательное. Он наконец-то рядом с любимой

[1] *Варламов А. Н.* Лох: Роман. [Электронный ресурс] // Электронная библиотека ModernLib. Net: [сайт]. URL: http://modernlib. net/books/varlamov _ aleksey _ nikolaevich/loh/read (дата обращения: 05. 11. 2018).

[2] *Личманова Т. О.* Художественная концепция личности в прозе А. Н. Варламова, М. П. Шишкина, О. О. Павлова: автореф. дисс. ... канд. филол. наук/Армавирский государственный педагогический университет [Электронный ресурс] // Библиотека диссертаций dslib. net: [сайт]. URL: http://www. dslib. net/russkaja-literatura/hudozhestvennaja-koncepcija-lichnosti-v-proze-a-n-varlamova-m-p-shishkina. html (дата обращения: 05. 11. 2018).

[3] *Варламов А. Н.* Лох: Роман. [Электронный ресурс] // Электронная библиотека ModernLib. Net: [сайт]. URL: http://modernlib. net/books/varlamov _ aleksey _ nikolaevich/loh/read (дата обращения: 05. 11. 2018).

женщиной，его поиск пути к праведной жизни завершается приходом к вере. Здесь ситуация возвращения свидетельствует о восстановлении нормы（хотя и неполном），обретении ценностей. Думается，не случайно в финале романа Лева Голдовский видит то ли сон，то ли грезу о наступившем конце света и исчезновении материков и стран，остается и светится только «маленькая точка между Питером и Москвою，где по-прежнему жили три одинокие старухи，три ветхие мойры，которых не взяли на небо и не сказали，что история закончилась，оставив охранять сокровища потухшей земли и память о ее смешных обитателях »①. Здесь，согласно завещанию героя，прошедшего сложный тернистый путь，он находит последний приют. Разомкнутое художественное пространство романа，охватившее Москву，забайкальские степи，южные части，Черное море，среднюю полосу России и др.，смыкается в светящейся точке между двумя главными городами страны.

Ситуация возвращения связана с еще одной важной для писателя темой—патриотизмом，раскрывающейся в эпизодах отъезда своеобразного антипода Тезкина，его друга Левы Голдовского，который，как многие россияне в те смутные годы и в современное время，в поисках лучшей доли уехал в Америку，но накануне свадьбы и получения долгожданного гражданства，повинуясь неожиданно охватившему чувству，вернулся на Родину，чтобы здесь родились его дети от любимой женщины и здесь они воспитывались. Он понимает бессмысленность своей жизни вне России. Душевный импульс подтолкнул героя к внезапному и необъяснимому на первый взгляд возвращению в родную страну. Оно продиктовано чувством любви：«Голдовский любил Россию. Он проклинал ее нищету，разбитые дороги，пьяные рожи опустившихся мужиков，но представить себя вне ее не мог»；«...думал，что не испытывает к своей земле ни капли ненависти и обиды. Скорее，его чувство было чувством сына по отношению к обанкротившемуся и спившемуся отцу—хочешь не хочешь，а если ты порядочный человек и уважаешь себя，то надо принимать наследство，из одних долгов состоящее，и эти долги платить»②. Тезкин тоже неоднократно сталкивается с ситуацией отъезда за границу—его зовет с собой Лева；Маша-Машина，не

---

① *Варламов А. Н*. Лох. ［Электронный ресурс］// Электронная библиотека ModernLib. Net：［сайт］. URL：http：//modernlib. net/books/varlamov_aleksey_nikolaevich/loh/read（дата обращения：05. 11. 2018）.

② *Варламов А. Н*. Лох. ［Электронный ресурс］// Электронная библиотека ModernLib. Net：［сайт］. URL：http：//modernlib. net/books/varlamov_aleksey_nikolaevich/loh/read（дата обращения：05. 11. 2018）.

решившаяся родить от него ребенка, при новой встрече через много лет почти заклинает его уехать из страны. Александр отправляется в Германию только в поисках Козетты, но не планирует остаться там, несмотря на уговоры Фолькера. В разговоре с профессором он говорит: «Моя жизнь была не самой удачной, но все равно я с ужасом думаю, что было бы, если б моя жизнь прошла не в России, а в вашей чудесной, милой стране». Герой связан кровными узами со всеми людьми, природой, с родной землей, с происходящими событиями: «Тезкин подумал, что его отец, эта девушка (любимая женщина Левы—Г. Б.), старухи в церкви, священник—эти люди образуют единое целое, они связаны между собою, и больше всего на свете он боялся бы выпасть и эту связь с ними разорвать»[①]. Потеря связи с ними—одна из причин возвращения героя.

Ситуация возвращения—повторяющийся элемент сюжета романа—позволяет запечатлеть знаки духовного становления главного героя, скитальца, ищущего смысл жизни, в наиболее ответственные периоды жизни. За каждым его уходом/ побегом следует возвращение, свидетельствующее то о крушении ценностей, их необнаруженности в мире, где бродил Саня, то о невозможности их утверждения, то о несовершенстве мира, то о принятии трагического несовершенства бытия. В финале душа Тезкина, блуждающая в сомнениях, приходит к Богу. Праведник, как и в повести «Здравствуй, князь!», «становится центром истинного мира».

В романе «Душа моя Павел», созданном через двадцать с лишним лет после рассмотренных выше произведений, в 2018 году, главный герой Паша Непомилуев, как и Саввушка из ранней повести «Здравствуй, князь!», приезжает в Москву поступать в главный университет страны. Сюжетные ситуации двух книг сходны: также по счастливой случайности наивному провинциалу удается стать студентом, пройти ряд нравственных испытаний, выдержать их, сделать личностный выбор и личностно самоопределиться. Его инициация проходит на картофельном поле в подмосковном Анастасьино, где восемнадцатилетний юноша— маргинал, искренне любящий свою советскую Родину, занимает место среди старшекурсников филологического факультета, заслужив их уважение. Несмотря на незаслуженное обвинение в стукачестве, он отправляется к Семибратскому, чтобы попытаться защитить товарищей, которым грозит отчисление. Возвращение к ним после этого разговора потребовало от героя неимоверного напряжения сил и

① *Варламов А. Н.* Лох. [Электронный ресурс] // Электронная библиотека ModernLib. Net: [сайт]. URL: http://modernlib.net/books/varlamov_aleksey_nikolaevich/loh/read (дата обращения: 05.11.2018).

смелости. Крещение, произошедшее не по его воле, приобщение к Богу помогают Павлуше не просто физически выжить после смертельной болезни, но и сделать индивидуальный выбор в сложной ситуации. В финале, возвратившись в Москву, отстояв свое право учиться в университете (с помощью своего крестного отца и по совместительству секретаря парткома), на пороге новой жизни, полной чудесных открытий и приобщения к истинным знаниям, он приближается к истине. Здесь возвращение героя, прошедшего инициацию, помнящего о мире смерти, где он побывал, свидетельствует об изменении внутреннего мира Павла, не просто физически повзрослевшего, но ставшего мудрее, понявшего незыблемость нравственных законов, приобретшего новые знания, в том числе христианские. Герой находится на пороге нового витка жизни, на пути к самому себе в поисках собственного жизненного развития.

В повести «Здравствуй, князь!» Савватий находит опору в знаниях (в учении, барятинской вере, свободе выбора), что дает ему возможность вернуться к праценностям. В романе «Лох» Тезкин, потерянный, выпавший из времени, с мятущейся душой, живет в более сложные времена—разрушения некогда могущественной империи, смены эпох, утраты нравственных ценностей, безверия. Он проходит более тернистый путь к истине, постоянно несет в себе вину за то, что происходит в мире. В романе «Душа моя Павел» герой возвращается к жизни, побывав на краю смерти, и, как Савватий, устремляется к знаниям. Оставляя его в начале процесса учебы, читатель верит, что впереди у Павла открытие истинной ценности бытия, что, благодаря пройденным испытаниям, его персональное самоопределение состоялось. Его возвращение в мир, к жизни не случайно, имеет цель спасения. Ситуация возвращения во всех произведениях связана с ищущими, мятущимися героями, героями пути, которые проходят через множество испытаний, в том числе испытание безверием, любовью, искусами благополучия в обмен на отказ от чести, несут вину «за несовершенство мира и за собственные отступления от абсолюта»[1], овладевают миром, находят (или не находят) спасительные для души ценности, воскрешая ее. Их дорога «приобретает метафорический смысл, ассоциируясь с

① *Рыбальченко Т. Л.* Ситуация возвращения в сюжетах русской реалистической прозы 1950—1990-х гг. // Вестник Томского государственного университета. Филология. Томск, 2012. № 1. С. 66.

представлениями о нравственных и духовных поисках смысла жизни»①.

Ситуация возвращения активно используется и другими современными писателями, например, В. Личутиным («Беглец из рая»), О. Павловым («Казённая сказка»), З. Прилепиным («Пацанские рассказы», «Санькя», «Патологии», «Обитель»), Р. Сенчиным («Афинские ночи», «Минус», «Зона затопления»), А. Ивановым («Географ глобус пропил»), А. Дмитриевым («Крестьянин и тинейджер»), Е. Водолазкиным («Лавр», «Авиатор»), А. Волосом («Возвращение в Панджруд»), В. Шаровым («Возвращение в Египет»), Г. Баклановым («Нездешний»), К. Балковым («Дед Пронька», «А поезда идут куда-то», «Байкал—море священное», «Берег времени», «Золотая коновязь») и др. Актуализация сюжета возвращения в их произведениях связана с жизненным и духовным поиском героев в «некалендарном» XX веке с его катастрофами, в том числе революциями и войнами, и на рубеже веков. Но это уже тема отдельного исследования.

（编校：袁淼叙）

① *Федорова Т. А.* Поэтика прозы Алексея Варламова: автореф. дисс. ... канд. филол. наук/ Астраханский государственный университет［Электронный ресурс］// Человек и наука:［сайт］. URL: http://cheloveknauka.com/poetika-prozy-alekseya-varlamova (дата обращения: 05.11.2018).

«Уральский текст»
в современной русской литературе

Болдырева Е. М.

(Юго-Западный университет, Китай)

Аннотация: В статье анализируется проблема «уральского текста» в современной русской литературе на примере романа О. Славниковой «2017», который рассматривается в аспекте культурологической концепции «сверхтекста», моделирующего и воплощающего философские, историко-культурные, эстетические установки автора. Анализ структуры и семантики «уральского текста» позволяет выявить особенности хронотопа (разделение мира на реальный и потусторонний, размывание границы между мирами и способность героя пересекать эту границу), особый тип персонажа (мастер по камню, органически чувствующий связь с землей и воспринимающий минералы как стихию), фольклорную образность, связанную с традицией П. Бажова.

Ключевые слова: «сверхтекст»; «уральский текст»; минералогический дискурс; уральский топос; хтонический персонаж

В настоящее время произведения, испытывающие влияние того или иного топоса или антропонима, рассматриваются литературоведами как сверхтекстовые единства. Термин «сверхтекст» ввел в научный обиход В. Н. Топоров. Он подразумевал под ним «текст — модель, слагающийся из констант, входящих во вневременное множество текстов, то есть идеальный, абстрактный текст, надстраивающийся над отдельными текстами и представляющий их свойства в обобщенном виде»[①]. Отметим, что изучение сверхтекстовых образований, складывающихся вокруг топонимов или антропонимов высокой культурной

[①] *Топоров В. М.* Петербург и «Петербургский текст русской литературы» (введение в тему) // Миф. Ритуал. Символ. Образ. Исследования в области мифопоэтического. М., 1995. С. 75.

значимости (петербургский, московский, лондонский, парижский, шекспировский, стендалевский и др. тексты) в настоящее время представляет большой интерес для гуманитарных наук и, в частности, для литературоведения.

Н. Е. Меднис предлагает следующее определение этого явления: «сверхтекст представляет собой сложную систему интегрированных текстов, имеющих общую внетекстовую ориентацию, образующих незамкнутое единство, отмеченное языковой и смысловой целостностью»[①]. Говоря именно о топосах, она отмечает, что «города всегда обладали некой ослабевающей или усиливающейся со временем метафизической аурой. Степенью выраженности этой ауры ‹...› во многом определяется способность или неспособность городов порождать связанные с ними сверхтексты. Именно наличие метафизического обеспечивает возможность перевода материальной данности в сферу семиотическую, в сферу символического означивания, и, следовательно, формирование особого языка описания, без чего немыслимо рождение текста»[②]. При всем типологическом разнообразии сверхтексты отмечены рядом общих признаков, выделенных Н. Е. Меднис, которые, на наш взгляд, являются важными для дальнейшего исследования:

1. Каждый сверхтекст имеет свой образно и тематически обозначенный центр, фокусирующий объект, который в системе внетекстовые реалии—текст представлен как единый концепт сверхтекста. Рождение сверхтекста и его восприятие представляют собой род объектной фокализации с последовательным уточнением локальных координат, систематизированных и подвергающихся преобразованию на пути от реальности фактической к реальности художественной.

2. Сверхтекст, как всякое ядерное по своей структуре образование, предполагает наличие и знание читателем некоего не вовсе статичного, но относительно стабильного круга текстов. Структура центр—периферия позволяет соответствующим образом выстраивать его метаописание с опорой на ядерные субъекты.

3. Синхроничность, симультанность является необходимым условием восприятия сверхтекста в его текстовом качестве и столь же необходимым требованием при аналитическом описании.

4. Важным признаком сверхтекста является его смысловая цельность, рождающаяся в месте встречи текста и внеположенной реальности и выступающая

---

① *Меднис Н. Е.* Сверхтексты в русской литературе. Новосибирск, 2003. С. 25.

② *Меднис Н. Е.* Сверхтексты в русской литературе. Новосибирск, 2003. С. 26.

в качестве цементирующего сверхтекст начала.

5. Необходимым условием возникновения сверхтекста становится обретение им языковой общности, иначе говоря, необходима общность художественного кода.

6. Помимо городских текстов к сверхтекстовым единствам относятся именные или персональные тексты, текстообразующими на сверхтекстовом уровне могут стать мотивы, предметы и т. д.

7. Границы сверхтекста и устойчивы и динамичны одновременно. У большинства из них более или менее ясно обнаруживается начало и порой совершенно не просматривается конец.

В современном литературоведении более распространена концепция изучения сверхтекстов, восходящая к трудам Ю. М. Лотмана («Структура художественного текста», «Символика Петербурга и проблемы семиотики города»[①] и В. Н. Топорова («Петербургский текст русской литературы»[②]). Ю. М. Лотман выделяет две конститутивные сферы городской семиотики: город как пространство и город как имя. Термин «городской текст» возникает на стыке таких взаимосвязанных понятий, как текст и пространство. Таким образом, вычленение локального городского текста, имеющего определенную семантическую маркированность в сознании нации, позволяет выявить через анализ особенностей рецепции этого текста своеобразие национального менталитета, определить сущность ментального концепта, порожденного локусом. В. Н. Топоров в своей работе о «петербургском тексте» выделяет составляющие «городского текста»: ориентация на миф и символическое, наличие особого языка (связанного с особенностями конкретного топоса), взаимодействие с географическими реалиями, сходство в описании города у разных авторов, наличие общей идеи в сочинениях ряда писателей, общие лейтмотивы и сходная эмоциональная наполненность.

К настоящему времени можно говорить о научной проработке ряда «городских текстов», сформированных в русской литературе. Санкт-Петербург и Москва как города, особо значимые для представителей русской нации, породили «петербургский текст» и «московский текст» русской литературы. Обращение

---

① *Лотман Ю. М.* Символика Петербурга и проблемы семиотики города // Труды по знаковым системам. Тарту, 1984. Вып. 18.

② *Топоров В. Н.* Петербургский текст русской литературы: Избранные труды. СПБ, 2003.

исследователей к данной теме стало своего рода литературоведческой модой. Наряду с такими « городскими текстами », как архангельский, пермский, ярославский, вологодский, ташкентский и т. д. , одной из устойчивых моделей периферийного городского текста является складывающийся на протяжении многих столетий «уральский текст». Конечно, использование данного термина весьма условно. В своем исследовании под категорией « уральский текст » мы будем понимать один из вариантов проявления « сверхтекста », связанного с топосом Урала, одну из локальных структурно-семантических категорий русской культуры. « Уральский текст » является важной инстанцией в формировании территориальной идентичности, поскольку «Урал»—это структурно-семантическое образование, одна из категорий русской культуры, осмысливающая и город, и землю. Когда человек осваивает новое место своего проживания, он преобразует его не только утилитарно, но и символически, исходя из своего языка и культуры. Осмысляя и перестраивая пространство, человек выстраивает его структуру и сообщает ей смысл. В 1908 году В. Хлебников в эссе « Курган Святогора » сформулировал идею о влиянии географического пространства на духовную жизнь нации, о необходимости осмыслить ландшафт в поэтических образах. В современном литературоведении данное видение литературы стали называть геопоэтикой. Когда бытие ландшафта становится объектом эстетической и философской рефлексии поэта, территория концептуализируется и приобретает символическое значение. Американский культуролог С. Шама писал в своем исследовании « Ландшафт и память »: « ландшафты—это скорее явления культуры, чем природы. Модели нашего воображения проецируются на лес, и воду, и камень ... [и] как только какая-либо идея ландшафта, миф или образ воплотится в месте сем, они сразу становятся способом конструирования новых категорий, создания метафор более реальных, чем их референты, и превращающихся в часть пейзажа »[①]. Творческая личность силой своего воображения может вносить в пространство новые символические значения, тем самым преобразуя его. Так Урал соединяет в себе две полярные мысли: идею об избранности уральской земли и идею об отверженности и проклятости этого места. «Уральский текст» является литературным феноменом, представляющим собой совокупность произведений различных жанров, связанных отношениями

---

① *Шама С.* Ландшафт и память. Нью-Йорк, 1996. С. 61.

проблемно-тематического единства. Художественное пространство «уральского текста» не ограничивается одноимённым топонимом, включая в себя все имплицитные «географические» и «культурные» сигнатуры горного рубежа Европы и Азии. Феномен «уральского текста» представлен следующими уровнями: рецептивным (создание образа Урала в русской литературе); интертекстуальным (присутствие в «уральских» произведениях маркированных отголосков «чужого слова» в форме цитат, аллюзий и реминисценций); архетипическим (наличие в «уральской» литературе мифологических образов, сюжетов и мотивов). «Уральский текст» последовательно формируется в фольклоре и в русской литературе в творчестве таких писателей, как Д. Н. Мамин-Сибиряк, П. П. Бажов, Б. Пастернак, Б. Ручьёв, Л. Татьяничева, А. Куницын, В. Богданов, М. Гроссман, А. Иванов, С. Алексеев и т. д. Ключевыми его особенностями становятся особая структура хронотопа (двоемирие, противопоставление гармоничной природы и разрушающей цивилизации) интерес к глубинам земли, взаимовлияние христианских и языческих мотивов, влияние мифов, особый тип героя (суровый, сильный мастер, добровольно подчиняющийся внешним силам), использование сказовой манеры уральских говоров. В нашей статье мы рассмотрим роман О. Славниковой «2017» сквозь призму «уральского текста», моделирующего и воплощающего философские, историко-культурные, эстетические установки автора.

Действие романа О. Славниковой «2017» разворачивается в крупном уральском городе и на территории самого Уральского хребта, обозначенного писательницей как Рифейский край: «Рифейские горы на рельефном глобусе похожи на старый растянутый шрам»[1]. Рифейские горы—легендарные горы, являющиеся центром мира. Их образ был характерен для античной, скифской и древнеиндийской мифологий. Филологи и историки XX века в своих исследованиях выдвинули несколько предположений о том, какие же горы по праву следует называть Рифейскими. Одной из самых достоверных является версия отождествления Рифеев с Уральскими горами. Согласно уральской мифологии, в этих горах находится вход в подземный мир, это граница между двумя мирами.[2]

В тексте явно или имплицитно оказываются представлены реалии Уральского

---

① *Славникова О. А.* 2017: роман. М., 2011. С. 42.

② Бажовская энциклопедия. Екатеринбург «Сократ», 2007. С. 430.

края: «грязное стекло, испещренное... следами челябинского либо пермского дождя»[1], часто маркером присутствия Урала в тексте становятся образы гор, подземных туннелей, ущелий, Урал всегда связан с мотивом земных глубин: «... городской реке с глубоким, как желудок, парковым прудом, где скапливалось и переваривалось все попавшее в реку добро, включая утопленников»[2]. Однако реальный уральский топос в романе О. Славниковой мифологизируется, аккумулируя в себе все мифопоэтические черты Урала фольклорного и литературного.

Мир горных духов, рифейских камней у Славниковой—это воплощение настоящего, подлинного, пускай и губительного, и опасного. «Он противопоставлен городскому миру симулякров, миру копий реальности, где все серо и предсказуемо»[3]. Этот мир отвратителен: «город—чудовище», «кариесные особняки», дешевые гостиницы и кафе, в которых встречаются герои. Мир природы—естественный, органический, мир человеческий—искусственный, «синтетический», «резиновый» и «пластилиновый»: синтетические скатерти, пластмассовые столики, резиновые сосиски, плоские заготовки пиццы[4], кислые салаты, приторная кола[5], пруд похож на резиновую грелку[6], рот Тамары напоминает «перемятый пластилин»[7], а Анфилогов с напарником Коляном, оказавшиеся в завораживающе—страшном мире корундовых месторождений, испытывают приступы отвращения к интенсивным цветам человеческих вещей (сыр оказывается слишком желтым, а ветчина слишком розовой). В мире камней герои слышат хрустальные звуки тишины в корундовом ущелье, в мире людей— «хриплое сипение аккордеона». В мире людей минералы становятся мертвыми («тупой кристалл хрусталя на полке»[8]), в мире камней и минералов мертвыми становятся люди, посмевшие вторгнуться в недра земли.

Самым распространенным знаком присутствия Урала в произведении является

---

[1] *Славникова О. А.* 2017: роман. М., 2011. С. 49.

[2] *Славникова О. А.* 2017: роман. М., 2011. С. 56.

[3] *Ляшенко О. И.* Уральские мотивы в романе Ольги Славниковой «2017» // Актуальные вопросы филологических наук: материалы IV Междунар. науч. конф. (г. Казань, октябрь 2016 г.). Казань, 2016. С. 19.

[4] *Славникова О. А.* 2017: роман. М., 2011. С. 8.

[5] *Славникова О. А.* 2017: роман. М., 2011. С. 32.

[6] *Славникова О. А.* 2017: роман. М., 2011. С. 20.

[7] *Славникова О. А.* 2017: роман. М., 2011. С. 132.

[8] *Славникова О. А.* 2017: роман. М., 2011. С. 12.

описание камней, минералов и руд как части обыденной жизни персонажей: «ожиданию их триумфального возвращения—чем более триумфального, тем более будничного, с грузом каких-нибудь аметистовых щеток для отвода завистливых глаз»; «немногие украшения, темные и мелкие, напоминающие сорные колючки с тусклыми семенами: в них Крылов безошибочным глазом специалиста определял имитации бриллиантов из фианита и хрусталя»; «Оправы у вещиц были недорогие, напоминавшие изогнутые и переплетенные канцелярские скрепки, но уж камни Крылов подбирал со вкусом. Здесь были моховые агаты, являющие глазу мягкий, с отсырелым снегом, мартовский лес; агаты с жеодами, где голубоватую миндалину обрамляли похожие на крупную соль кристаллики кварца; пейзажные яшмы с картинами извержений древних вулканов и яшмы парчовые, напоминающие таинственную жизнь под микроскопом. Здесь были кабошоны тигрового глаза, в которых на свету словно бы сужались кошачьи вертикальные зрачки; корочки уваровита химически-зеленого насыщенного цвета; персиковые, с мякотью, сердолики; немного настоящего шелкового малахита, отличного даже на взгляд профана от скучных, как линолеум, заирских камней. Все это, добываемое прямо из окружающей бетонный город старой земли, стоило сущие копейки и закупалось Крыловым еще на стадии сырья—после чего он сам распиливал и шлифовал отобранные камни»[1].

Именно отношение к камням становится у Славниковой своего рода критерием ценности личности: есть герои, органично чувствующие подлинную завораживающую красоту минерала («кристалл гематита—единственный соприродный Анфилогову каменный цветок»[2]), а есть те, для которых камень не воспринимается как нечто исключительное и ценное: «Тамара любила сниматься в изумрудном ожерелье, где Крылов совсем недавно ремонтировал сколотые камни, пострадавшие в результате одного из ее бессмысленных, ни к чему не относившихся праздников, когда с танцующих уже лилось и сыпалось и на упавшую под ноги грузную нитку наступил, виляя носом, крокодиловый башмак»; «заказчики, желавшие выяснить, когда же будут изготовлены агатовые вставки для их дурацкой штампованной продукции»[3]. Крылов, наоборот, испытывает непреодолимую тягу к камням, напоминая в этой магнетической

① *Славникова О. А.* 2017: роман. М., 2011. С. 141.
② *Славникова О. А.* 2017: роман. М., 2011. С. 228.
③ *Славникова О. А.* 2017: роман. М., 2011. С. 129.

завороженности Данилу-мастера, героя сказов П. Бажова: «Его воображение притягивали кристаллы»; «По существу, он видел в них предметы магические»[1]. Крылов, как и другие персонажи «уральского текста», обладает хтоническими способностями, энергией, которая связана с производительными силами земли, с миром глубин и земных разломов. Главный герой произведения выделяется из окружающего его реального мира тем, что он чувствует камни: «Она давала мужу полную возможность быть самим собой—то есть в понимании общества простым мастеровым; она догадывалась, что присущее Крылову чувство камня делает его представителем сил, подспудно управляющих самоцветной Рифейской землей,—то есть представителем власти в каком-то смысле более законной, нежели губернаторская». Камни наделяются особой характеристикой в восприятии Крылова—прозрачностью: «Конические хрустали, обрубленные под корень и перенесенные на постаменты бурого музейного сукна, в полной мере обладали качеством, которое завораживало юного Крылова с самых первых проблесков его сознания. Качество это было прозрачность»[2]. Прозрачность рассматривается в произведении как особая стихия, подобная стихиям водной и небесной. Она как бы является составляющей потустороннего мира: «Прозрачность воспринималась юным Крыловым как высшее, просветленное состояние вещества. Прозрачное было волшебством»; «Прозрачное относилось к миру иного порядка, вскрыть его, попасть вовнутрь было невозможно»[3]. Стремясь проникнуть в потусторонний мир, Крылов однажды в детстве разбил тётину вазу, в надежде добыть прозрачность, скрытую в камнях: «Однако осколки, какие не улетели в фыркнувшую чинару и под старые тазы, были так же замкнуты в себе, как и целая вещь. Выбрав самый лучший, донный, с наибольшей густотою цвета, юный Крылов продолжал его мозжить на лохмотьях засеребрившейся и зашершавевшей газеты, пока не получился абсолютно белый жесткий порошок. Цветной в порошке была только его, Крылова, нечаянная кровь, похожая на разжеванный изюм. Прозрачности, ради которой затевался опыт, в порошке не осталось ни капли»[4]. Именно минералы для Крылова несут в себе подлинное знание, абсолютную истину. Главный герой романа даже в своей

[1] *Славникова О. А.* 2017: роман. М., 2011. С. 40.

[2] *Славникова О. А.* 2017: роман. М., 2011. С. 43.

[3] *Славникова О. А.* 2017: роман. М., 2011. С. 44.

[4] *Славникова О. А.* 2017: роман. М., 2011. С. 44.

профессиональной деятельности связан с камнями: «где он работал, камнерезки». Камнерезка наделяется человеческими чертами: «усталой камнерезки». Камни, являясь частью иного, подземного, мира, обладают волшебными свойствами, поэтому они оживляют камнерезку.

Урал в произведениях, составляющих корпус «уральского текста», всегда является пространством активным, способным влиять на персонажей: «Должно быть, тяга к прозрачному, к тайне самоцвета, впоследствии вписавшая Крылова в коренную рифейскую ментальность, изначально была порождением сухого и плотного азиатского мира»[①]. Главный герой Крылов в полной мере испытывает на себе влияние Урала. Даже его поведение обусловлено пространством: «Как всякий рифейский человек, он принципиально не доверял никому и ничему»; «чтобы сделаться истинным рифейцем, надо рисковать—много и бессмысленно»; «душа исконного рифейца обладает свойством прозрачности: все в ней как будто видно насквозь, а внутрь проникнуть нельзя»[②]. Пространство может влиять на душевное состояние персонажа даже с помощью цветового воздействия: «холодное пространство с железным озером, засыпанными рыжей хвоей горбатыми валунами, синими горами до горизонта ‹...› на лице Анфилогова... проступил такой же синеватый холод»[③].

Земля и мир минералов становятся в романе О. Славниковой интегральной основой мира, некой метаконструкцией, лежащей в основе многих событий смыслопорождающей моделью, по аналогии с которой выстраиваются многие описания. Крылов чувствует, что «рудные самоцветные жилы есть каменные корни его сознания»[④]. Описание его жизни порой превращается в своего рода минералогическую биографию, эволюция отношения к камням оказывается духовной эволюцией героя. Деятельность персонажей может наделяться особенностями стихии земли: «сейсмические сдвиги анфилоговского бизнеса». Многие второстепенные персонажи вводятся в текст романа только в качестве части пространства. Они буквально сливаются с землей, по которой ходят: «их желтоватые стесанные подошвы совпадали по цвету с характерной для окраин глинистой землей». Портретные черты некоторых персонажей сближаются с

① *Славникова О. А.* 2017: роман. М., 2011. С. 65.

② *Славникова О. А.* 2017: роман. М., 2011. С. 71.

③ *Славникова О. А.* 2017: роман. М., 2011. С. 243.

④ *Славникова О. А.* 2017: роман. М., 2011. С. 68.

характеристикой камней: «цельнокроенный череп». Именно камни становятся для Крылова проводниками в иное измерение, когда он дарит Тане драгоценные камни, а она вручает ему ключи от своей квартиры, которая, как впоследствии выясняется, является волшебным миром профессора Анфилогова, где тот создает своего двойника. Одним из ключевых в минералогическом дискурсе романа становится мотив магнита: камни примагничиваются к Тане, сердце человека намагничивается при виде Каменной Девы, невероятное магнетическое притяжение места с корундами ощущает Анфилогов. Камни становятся в романе способом преодоления смерти: человек не умирает, он превращается в камень, его уста окаменевают, а рот становится тем каменным цветком, влечение к которому оказалось губительным для героев уральских мифов Бажова. Камни не просто притягивают человека, они требуют смерти, чтобы старатель остался с ними в их мире и «мертвым зрением видел страшную красоту»[1]. Камни обладают свойствами маячков: «Крылову представлялось, будто камни указывают ему местоположение Татьяны, испускают тонкие радиоволны, которые пеленгует его до крайности напряженный мозг. Иногда Иван буквально слышал их прерывистый писк—и словно бы видел показанный скрытой телекамерой угол прихожей, маслянистую темноту большого зеркала, панораму спальни с обширной, на рояльных ножках, супружеской кроватью и частью окна, по которому дождь, как бы наскоро отчеркивая по линейке водяным карандашом, проводит косые следы»[2]. Еще одна составляющая минералогического дискурса— мотив скелета, остова, костной структуры, являющейся и основой тела человека (Танин скелет напоминает Крылову окаменелость) и «каркасом земли», интегральной первоосновой мира. Не случайно мир камней постоянно уподобляется человеческому телу: корундовая жила сравнивается Анфилоговым с веной, лужа в корундовой яме «затянута тонкой катарактой»[3], Крылов воспринимает горнозаводские подземелья как «аппендиксы пространства»[4], его внимание привлекают «четыре поразительных рубина, похожих на грубые пробирки с жирной каменной кровью», а в коллекции камней в квартире

---

[1] *Славникова О. А.* 2017: роман. М., 2011. С. 123.

[2] *Славникова О. А.* 2017: роман. М., 2011. С. 34.

[3] *Славникова О. А.* 2017: роман. М., 2011. С. 244.

[4] *Славникова О. А.* 2017: роман. М., 2011. С. 68.

Анфилогова его завораживают «распухшие суставы»[①] минералов, и он ощущает это как «геммологический вариант садизма». Постоянная эстетизация и сакрализация камней есть своего рода основа метафорики Славниковой: «звезды каменной крошки»[②]. Герои, чувствующие камни, счастливы «в собрании минералов» и несчастны в собрании людей. Они, подобно Анфилогову, воспринимают окружающих как «кучу булыжников и крошечных стекляшек»[③]. Они находят себе подобных не рационально, а на каком-то телесно—органическом уровне: когда Анфилогов, пожимая Крылову руку, нащупывает «болезненную жилку»[④], он сразу же отводит его в свою камнерезную мастерскую. Кристаллы являются полноценными персонажами, способными действовать наравне с людьми: «Великий Могол», «Эксельсиор», «Флорентиец», «Шах»—имена мировых алмазов звучали для него такой же музыкой, какой для романтиков иного склада звучат названия мировых столиц. Знаменитые камни были героями приключений наравне с д´Артаньяном, капитаном Немо и Кожаным Чулком; «Само присутствие этих каменьев возводило мать и тетушку из обыкновенных тружениц с плохо пахнувшими кухонными руками в ранг титулованных дам. Некоторое счастливое время юный Крылов прожил в уверенности, что если вдруг стрясется беда, то камни, проданные каким-нибудь сказочным купцам в пышных, как белые розы, тюрбанах, выручат и спасут»[⑤].

Но роль мира минералов в человеческой судьбе амбивалентна: камни притягивают человека и завораживают его своей первозданной красотой, но они и жестоко мстят тем, кто вырывает из природы живые камни и несет в мир людей, где они становятся мертвыми. Эту месть камней особенно остро ощущают Анфилогов и Колян, набивающие мешки драгоценными корундами: время для хитников остановилось, воля их была парализована, «корундовая местность неизвестным способом присоединила их к себе, превратила в свой биологический, природный элемент»[⑥], а умерший Колян превращается в минерал: «скоро под усами образовался колоколец сон - травы из волокнистого чароита, сквозь который

---

① *Славникова О. А.* 2017: роман. М., 2011. C. 69.

② *Славникова О. А.* 2017: роман. М., 2011. C. 67.

③ *Славникова О. А.* 2017: роман. М., 2011. C. 128.

④ *Славникова О. А.* 2017: роман. М., 2011. C. 81.

⑤ *Славникова О. А.* 2017: роман. М., 2011. C. 68.

⑥ *Славникова О. А.* 2017: роман. М., 2011. C. 248.

железные зубы поблескивали, будто спайные трещины материнского кристалла»[1]. В романе О. Славниковой присутствует своего рода минералогический детерминизм: именно отношение к камням определяет судьбу человека, поэтому Анфилогов, похищающий камни из их естественной среды и делающий их мертвыми, умирает сам, а Крылов, работающий с мертвыми камнями, чтобы вернуть им живую душу, в конце романа отправляется в то же злополучное корундовое ущелье, но его судьба остается неизвестной (во всяком случае в пределах текста жизнь герою сохраняется): «Если нельзя находить артефакты, путешествуя налегке по экзотическому миру, их следует подделать и запустить в будущее. Самому выточить тело Кохинора, Рубина Эдуарда»[2].

В романе О. Славниковой, как во многих произведениях «уральского текста», одно из ключевых мест занимают мифологические и фольклорные образы. Привычные явления природы трансформируются в персонажей легенд и мифов: «на шее у женщины солнечное пятно, трепеща, присосалось к жилке, будто мультипликационный сказочный вампир»[3]. Большинство мифологических аллюзий связаны с камнями и минералами: «Женщина — экскурсовод, от которой Крылову запомнились черная юбка и грузные ноги, вбитые в тупые туфли, рассказывала школьникам, что горщик, умерев под землей, иногда каменеет и превращается в собственную статую. После Крылов не поленился выяснить, так ли это. Оказалось, что при определенных условиях органические останки действительно замещаются минеральной серноколчеданной массой. Между миром минералов и живой природой не существовало непроницаемой границы»[4].

Художественный мир романа отчетливо детерминирован бажовской мифологией. В героях просвечивают мифологические и сказовые персонажи: Великий Полоз, Огневушка, Серебряное копытце, Хозяйка Медной Горы, она же — Каменная Девка. У Славниковой даже встречается традиционное, почти цитирующее соответствующий фрагмент сказа описание Огневушки: «...ему, как и многим, приходилось видеть слабые феномены в кострах, когда огонь, раскрошив, как вафли, пышущие хрупкие уголья, вдруг словно привставал на

---

[1] *Славникова О. А.* 2017: роман. М., 2011. С. 250.
[2] *Славникова О. А.* 2017: роман. М., 2011. С. 388.
[3] *Славникова О. А.* 2017: роман. М., 2011. С. 73.
[4] *Славникова О. А.* 2017: роман. М., 2011. С. 87.

цыпочки и принимался танцевать, превращая лица артельщиков в дрожащее кино»①. Особенно важен в структуре романа образ Хозяйки Медной Горы: «это узколокальный образ, атрибутивными свойствами которого являются владение подземными богатствами, в поведении—установка на связь с неженатыми мужчинами»②. У Бажова Каменная Девка—сказочная царевна, знающая секрет красоты. Она ищет себе женихов, устраивает для них испытания, заставляет страдать мужчин («Худому с ней встретиться—горе, и доброму—радости мало»③), но и обречена страдать сама. В романе Славниковой Каменная Девка является герою-мастеру, одаренному видением души камня, в лице Татьяны-Екатерины—Славникова объединяет имена бажовских героинь из сказов «Малахитовая шкатулка», «Каменный цветок» и «Горный мастер». Эта женщина с ее «жгучими пятнами» на теле, моментально заживающими ранками и царапинами напоминает ящерицу или змею. «Ее маленькие ручки с перепонками, очень похожие на лапки коронованной рифейской ящерки»④. Внешне она ничем не примечательна. Таня совершенно отличается от всех остальных персонажей своим отношением к камням: она «спокойно и с достоинством принимала украшения»; «Что же касается Татьяны, то камни словно примагничивались к ней и смотрелись уместно, теплея и тяжелея на ее холодноватой коже. Татьяна явно не скрывала украшений и носила их постоянно, являясь на свидание разубранная, будто Хозяйка Горы»⑤. Татьяна близка миру мастеров—камнерезов, когда она занимается рукоделием: «подбирала с земли какую-нибудь яркую бумажку, пробку, мастерила плиссированную куколку»⑥. При этом материалы для поделки она берет именно с земли. Крылов наделяет Таню потенциальным бессмертием, тем самым еще раз подчеркивая ее приверженность потустороннему миру: «Сколько лет Татьяне? Этого он не знал. Она была как будто молода—но при этом совершенно без возраста, блеклость ее создавала дымку, седина, если и пробивалась уже в ее грубоватых, как бы заледенелых волосах, совершенно терялась в их естественном седом отливе. Тане могло быть и тридцать, и пятьдесят, и страшно подумать сколько. Минутами Крылову

① *Славникова О. А.* 2017: роман. М., 2011. С. 90.
② Бажовская энциклопедия. Екатеринбург, 2007. С. 251.
③ *Бажов П.* Малахитовая шкатулка. М., 2007. С. 65.
④ *Славникова О. А.* 2017: роман. М., 2011. С. 512.
⑤ *Славникова О. А.* 2017: роман. М., 2011. С. 39.
⑥ *Славникова О. А.* 2017: роман. М., 2011. С. 36.

казалось, что Таня в каком-то — вовсе не в христианском — смысле бессмертна. Этим могло объясняться ее бесстрашие в городе»[1]. Главный герой также спроецирован на Данилу — мастера. Данила — мастер из сказов Бажова ищет каменный цветок. В романе Славниковой камнерез Крылов пытается обрести прозрачность, которая есть в камнях, в небе, в душах хитников. «Душа исконного рифейца обладает свойством прозрачности: все в ней как будто видно насквозь, а внутрь проникнуть нельзя». Крылов «охотится» за камнями не для обогащения, а чтобы познать тайну прозрачности, то есть обрести для себя истину. Ваня-Крылов после встречи с Таней, подобно Данило-мастеру, познакомившемуся с Хозяйкой Медной горы, теряет здоровье и покой: «глаза его ‹...› теперь кровавились живчиками лопнувших сосудов, а рыжеватая щетина, сколько Иван ее ни брил, вылезала, как занозы из полена, через несколько часов»[2]. Таня обладает полной властью над Крыловым, очаровывает его: «Крылов глядит на нее и не может очнуться»; чего нельзя сказать о нем: «Он не был способен, по ее примеру, присвоить какую-то часть ее существа». Кроме того, Крылов, как и Данила, обладает обостренным чувством восприятия окружающего мира, встреча с Хозяйкой Медной Горы сказывается роковой для обоих, неизвестна их дальнейшая судьба.

В романе Урал в традициях «уральского текста» выступает как пограничное состояние. Порой привычные стороны повседневной жизни могут быть средством перехода персонажа из мира реального в потусторонний: «большие деньги ‹...› помещая обладателя в своего рода обеспеченную вечность»[3]. Порой вообще становится непонятно, где заканчивается реальный мир и начинается потусторонний: «мерзлый кристаллище хрусталя на письменном столе, размером с поллитровую банку, словно читал под лупой придавленную им газету. Декоративные рыбки не видели больше в стеклянной стене аквариума твердого препятствия и свободно плавали по комнате, их крошечные пасти теребили требуху разбросанной одежды, их внутренности темнели клубочками, выделяя время от времени зависавшую в воздухе жирную нитку»[4].

Некоторых персонажей Урал может вообще исключать из своих границ,

[1] *Славникова О. А.* 2017: роман. М., 2011. С. 36.
[2] *Славникова О. А.* 2017: роман. М., 2011. С. 48.
[3] *Славникова О. А.* 2017: роман. М., 2011. С. 113.
[4] *Славникова О. А.* 2017: роман. М., 2011. С. 241.

проявляя тем самым свою замкнутость: «Тамара ловит на него, как на живца, проявления жизни——собственно жизнь, которая ускользает от этой радикально омоложенной женщины, имеющей в с е, но соединенной с этим «всем» единственно правом собственности. Где-то тут лежала причина того, что Тамара не заводила ни кошек, ни собак, ни лошадей——не владела живым, понимая, должно быть, что по-настоящему овладеть не получится. Между Тамарой и реальностью образовался тонкий слой пустоты, одевавший ее, будто прекрасное платье»[①]. Таким образом, Тамара вынуждена существовать в своем собственном пространстве: «Тамарин финансовый успех создавал абсурдный мирок»[②].

Двоемирие, свойственное уральскому хронотопу, проявляется и в двойственном статусе ключевых персонажей: Крылов——это одновременно реальный мастер по камню и сказочный Данила-мастер, завороженный Хозяйкой Медной Горы, Таня тоже представлена в двух ипостасях: Каменная Девка и приземленно-бытовая Екатерина Анфилогова, жена профессора, которая радуется полученному после смерти мужа наследству. Многие события романа также имеют «две версии»: реалистическую и мифологическую. Так, смерть профессора Анфилогова в корундовом ущелье объясняется отравлением неправильно захороненными цианидами——и одновременно она представлена как результат мести природы за насильственное вторжение в ее недра, за стремление превратить органичную живую стихию минералов в мертвые камни, приносящие огромные деньги в человеческом мире. Главный герой Крылов одновременно существует в двух мирах, не пересекающихся друг с другом: « Таня в этом мире по определению отсутствовала. Поэтому мир, которому Тамара была законным центром, с появлением Тани ничуть не изменился: оставался все тем же вызовом Крылову и одновременно наглядным свидетельством, что в жизни, помимо повседневности, куда большинство населения погружено с головой, существует и что-то еще»[③]. Таня тоже может переходить из своего мира в мир реальный к Крылову. Для этого ей необходимо изменить свое физическое состояние, например, проснуться: «Обычно Ивану не удавалось таиться до конца: длинный Татьянин глаз его обнаруживал, и лицо у нее становилось точно такое, как в момент пробуждения от недолгой гостиничной дремы. Потянувшись, она

---

① *Славникова О. А.* 2017: роман. М., 2011. С. 167.
② *Славникова О. А.* 2017: роман. М., 2011. С. 168.
③ *Славникова О. А.* 2017: роман. М., 2011. С. 71.

вылезала к нему в тесноту»[①].

Таким образом, для «уральского текста» О. Славниковой характерно сосуществование двух диаметрально противоположных миров (реального и фанастического), способность главного герся ощущать присутствие второго, скрытого мира, чувствовать свою связь с землей, воспринимать минералы как стихию. «Уральский текст» О. Славниковой воспроизводит бажовский тип персонажа—мастера по камню как исключительного человека, способного видеть в окружающем мире скрытое от глаз обычного человека, а мир, в котором находится Крылов, населяется фольклорными образами. Но О. Славникова творит свой миф, она актуализирует глубинную семантику горной мифологии Бажова, обнажая хтоническую первооснову бажовских горных духов. У Бажова фантастические персонажи благосклонны к добрым, честным и смелым труженикам, у Славниковой горные духи чудовищны и стихийны, они существуют вне человеческих измерений добра и зла. Они по-прежнему находятся в общении с человеческим миром, но потребность горных духов в людях имеет, в сущности, вампирическую природу. Мир горных недр по каким-то непостижимым причинам нуждается в дополнительной энергии, в особенной степени свойственной тем из рифейцев, кто испытывает внутреннее сродство с энергиями минерального мира. В романе Славниковой земля не является самой могущественной силой, она тоже может испытывать урон, за который затем жестоко мстит. Роман Славниковой оказывается горько-иронической инверсией уральского мифа. Житейская, бытовая, приземленная ипостась—Екатерина— одерживает верх над ипостасью мифологической (Таней): в фарсовом пространстве антиутопии Хозяйка Медной Горы превращается в вульгарную меркантильную вдову, которая испытывает восторженный экстаз не от первозданной красоты камня, а от суммы денег, доставшихся ей в наследство от Анфилогова, прежний Танин запах—запах аптечной горечи вытесняется «густой и тяжкой сладостью» ее новых духов, а «маленькое северное сияние бриллиантов», которые профессор хранил в прозрачной воде аквариума, превращается в «горку мокрой сверкающей крупы»[②] на «опухшем от воды» расквашенном бумажном листе.

(编校：袁淼叙)

---

① *Славникова О. А.* 2017: роман. М., 2011. С. 73.

② *Славникова О. А.* 2017: роман. М., 2011. С. 446.

«Советское в постсоветском»: творчество В. Войновича (1990—2010-е гг.)

Брусиловская Л. Б.

(Российский государственный гуманитарный университет, Россия)

Аннотация: Статья посвящена анализу постсоветского периода творчества В. Войновича. Роман—анекдот «Жизнь и необычайные приключения солдата Ивана Чонкина»—ироническое исследование русского национального характера в советских и постсоветских условиях. В романе «Монументальная пропаганда» главный герой—человек из советского прошлого, не расставшийся со своими убеждениями. Еще одно произведение автора—«Портрет на фоне мифа»—полемический текст с элементами мемуаристики, где писатель размышляет о личности и творчестве А. Солженицына. Последнее законченное произведение В. Войновича—роман-памфлет «Малиновый пеликан». Этот роман можно назвать сатирической энциклопедией современной русской жизни.

Ключевые слова: постсоветская действительность; «советский след»; пропаганда; просвещенный авторитаризм; «карнаваловщина»

В. Войнович—один из самых ярких представителей поколения «шестидесятников». Его творческая биография представляет собой уникальное явление в отечественной литературе. Весьма успешно начав свою деятельность еще в советское время, он до сих пор остается одним из самых любимых авторов у читающей публики. Его творчество многогранно и многожанрово: это и реалистические повести и рассказы «Мы здесь живем», «Два товарища», «Хочу быть честным», «Расстояние в полкилометра», и стихи, некоторые строчки которых стали песенным хитом для целой эпохи («На пыльных тропинках далеких планет останутся наши следы...»), и блестящая сатирическая публицистика («Иванькиада», «Антисоветский Советский Союз»)—с ней в первую очередь познакомились слушатели радио «Свобода» и только потом советские читатели.

После крушения СССР Войнович в своих произведениях пытается осмыслить своего рода феномен «советского следа» в постсоветской действительности.

В 2007 году писатель выпускает третий том своего самого знаменитого романа «Жизнь и необычайные приключения солдата Ивана Чонкина»—«Перемещенное лицо», где Войнович довел повествование о своем советском герое до самого конца советского времени.

Роман «Жизнь и необычайные приключения солдата Ивана Чонкина» ознаменовал собой не только переход писателя от своего рода романов «критического реализма» к сатирическому осмыслению советских военно-исторических мифов, но и первую в советской культуре попытку рассмотреть Великую Отечественную войну в русле «альтернативной истории». Обычный советский колхоз, его работники, внезапное нападение нацистской Германии—все это привычные компоненты произведения в духе соцреализма, которые Войнович безжалостно препарирует, освещая их своим сатирическим взором, разводя по сторонам подлинное и мнимое. Деревня Красное, в которой и начинаются разворачиваться события повествования, безусловно, представляет собой прообраз советской страны в уменьшенном масштабе.

Вот кладовщик Кузьма Гладышев, селекционер—самоучка, вынашивающий амбициозные планы осчастливить страну своим «изобретением» ПУКС («Путь к социализму»), результатом которого стала бы сельскохозяйственная культура, одновременно приносящая и картофель, и помидоры. Казалось бы, безобидный творец, хоть его «изобретение» и имеет такое издевательски-неприличное название, деревенский чудак, комический двойник знаменитого советского селекционера И. В. Мичурина. Однако именно он пишет в НКВД донос на главного героя, и за образом мирного крестьянина-псевдосамородка маячит зловещая фигура академика Т. Д. Лысенко, использующего для устранения научных разногласий со своими оппонентами методы, лежащие отнюдь не в научной плоскости.

А вот только что вышедший из лагеря Леша Жаров, получивший 8 (!) лет за украденный на мельнице мешок муки, правда, отсидевший «всего лишь» 3 года. Степень абсурда, возведенного в норму, как это свойственно всем текстам, с элементами антиутопии, впервые в романе продемонстрирован в диалоге этого сквозного персонажа с председателем колхоза Голубевым: «Вообще народу грамотного сидит... —Леша понизил голос... —бессчетно. Был у нас один академик. Десятку дали. Хотел испортить кремлевские куранты, чтоб они на всю страну неправильно время показывали.

—Да ну? —председатель недоверчиво посмотрел на Лешу.

—Вотте и ну. Вредительства, скажу тебе, Иван Тимофеевич, у нас полно. Вот, к примеру, ты куришь папироски, вот эти «Дели», а в них тоже вредительство.

—Да брось ты, —сказал председатель, но папироску изо рта вынул и посмотрел на нее с подозрением. —Какое же здесь может быть вредительство? Отравлены, что ль?

—Хуже, —убежденно сказал Леша, вот можешь ты мне расшифровать слово «Дели»?

—Чего его расшифровывать? «Дели» значит Дели. Город есть такой в Индии.

—Эх, —вздохнул Леша, а еще грамотный. Да если хочешь по буквам «Дели» это значит—Долой Единый Ленинский Интернационал»①.

Все эти вполне рядовые для довоенного времени события, описываемые в произведении, так и оставались бы сатирическими элементами романа—анекдота, как охарактеризовал его сам автор, если бы не начавшаяся Великая Отечественная война.

Сюжет мгновенно набирает обороты, увеличивая число абсурдных ситуаций, начиная от пленения Чонкиным нескольких сотрудников НКВД, пришедших его арестовать и заканчивая неравным сражением главного героя и его любимой женщины Нюры с целым полком Красной Армии под командованием генерала Дрынова, присланным на ликвидацию так называемой «банды Чонкина».

Здесь образ простого солдата Ивана Чонкина, маленького, кривоногого, лопоухого, вырастает до размеров исполина, приобретает масштабы русского богатыря, который воюет «не числом, а умением», демонстрируя смекалку, храбрость и по-настоящему русскую выносливость. Но сталинский Советский Союз—поистине страна Антиутопия, где орден за отвагу в бою ничего не значит по

---

① *Войнович В. Н.* Жизнь и необычайные приключения солдата Ивана Чонкина. Роман-анекдот. М., 1995. С. 60.

сравнению с ордером на арест изменника родины, хоть и отвага очевидна для всех, а измена не доказана. Генерал армии Дрынов пугается, словно школьник лейтенанта НКВД Филиппова, хоть у последнего ордер без печати, которая, по словам Филиппова, «прострелена в бою». Более того, именно генерал придумывает совершенно абсурдное, с точки зрения любого здравомыслящего человека, объяснение, почему он забирает у Чонкина орден, только что торжественно врученный: «Помня о роли командира как воспитателя, генерал Дрынов повернулся к личному составу и объявил:

—Товарищи бойцы, мой приказ о награждении рядового Чонкина отменяется. Рядовой Чонкин оказался изменником Родины. Героем он притворялся, чтобы втереться в доверие. Ясно?

—Ясно! —прокричали бойцы не очень уверенно»[1].

Войнович в этом романе не может отказать себе еще в одном излюбленном приеме—продемонстрировать почти зеркальное сходство двух явлений, которые на первый взгляд, являются полными противоположностями друг другу. В данном случае речь идет о сталинизме и нацизме во всех его проявлениях. Одним из самых ярких эпизодов романа—допрос капитана НКВД Миляги младшим лейтенантом Красной Армии Букашевым. Ночь, грязная гимнастерка Миляги, по которой невозможно было определить его ведомственную принадлежность, слишком сильный удар прикладом по голове, полученный им от разведчиков, принявших его за немца и плохое знание немецкого языка лейтенантом, сделали вполне правдоподобной эту абсурдную ситуацию. Капитан, придя в сознание и услышав немецкую речь, решил представить себя в самом выгодном, как ему казалось, свете перед противником. «Их бин истарбайтен… арбайтен, ферштейн? —капитан изобразил руками некую работу, не то копание огорода, не то пиление напильником. —Их бин истарбайтен… Он задумался, как обозначить свое Учреждение и вдруг нашел неожиданный эквивалент: —Их бин арбайтен ин руссиш гестапо.

—Гестапо? —нахмурился белобрысый, поняв слова допрашиваемого по-своему. —Дукоммунистенстрелирт, паф-паф?

—Я, я, —охотно подтвердил капитан. —Ундкоммунистен,

---

① *Войнович В. Н.* Жизнь и необычайные приключения солдата Ивана Чонкина. Роман-анекдот. М., 1995. С. 224.

ундбеспартийнен всех расстрелирт, паф-паф, — изображая пистолетную стрельбу, капитан размахивал правой рукой.

Затем он хотел сообщить допрашиваемому, что у него большой опыт борьбы с коммунистами и он, капитан Миляга, мог принести известную пользу немецкому Учреждению, но не знал, как выразить столь сложную мысль» [①].

Однако не только представители карательных структур схожи между собой, вся государственная идеология двух стран имеет в своей основе схожие образцы и это подтверждает младший лейтенант Букашев. После выкриков Миляги «Хайль Гитлер! Сталин капут!», юный лейтенант начинает невольно проникаться уважением к фашисту и представлять себя на его месте, размышляя, как бы ему вести себя подобным образом: «Однако нельзя отказать ему в храбрости. Идя на верную смерть, он славит своего вождя. Букашев хотел бы, попав в плен, держаться так же. Сколько раз представлял он себе картину, как его будут пытать, загонять иголки под ногти, жечь огнем, вырезать на спине пятиконечную звезду, а он ничего не скажет, он только будет выкрикивать: «Да здравствует Сталин!» [②]

А тем временем, личность Ивана Чонкина продолжает обрастать все новыми фантастическими подробностями — кто-то из жителей его родной деревни вспоминает местную шутку о том, что когда-то мимо них проезжал князь Голицын и после рождения Ивана кое-кто высказал ироничное предположение о причастности князя к этому ребенку, отчего и закрепилась в деревне за Чонкиным кличка «князь». Но в донесениях НКВД этот местный анекдот приобретает значение подлинной информации и далее несчастный Иван именуется как Чонкин — Голицын. Цепочка недоразумений, вызванная отсутствием слаженности действий армейских и гражданских структур, приобретает в условиях военного времени масштаб гигантского заговора против советской страны. Этот заговор, как снежный ком, вбирает в себя все новые и новые жертвы, среди которых постепенно появляются и сами сотрудники НКВД из числа плененных когда-то Чонкиным, и, хоть и косвенным образом, секретарь местного райкома Ревкин,

---

① *Войнович В. Н.* Жизнь и необычайные приключения солдата Ивана Чонкина. Роман-анекдот. М., 1995. С. 204.

② *Войнович В. Н.* Жизнь и необычайные приключения солдата Ивана Чонкина. Роман-анекдот. М., 1995. С. 205.

который незадолго до описываемых событий признается жене, пламенной коммунистке Аглае в наличии у себя «нездоровых настроений» и она призывает его немедленно «разоружиться перед партией», обещая вырастить их сына настоящим большевиком, который забудет даже имя своего отца.

Далее эта полностью рожденная в недрах НКВД история начинает существовать сама по себе и ее отголоски, по сатирической воле автора романа, преодолевают географические границы СССР и доходят до ставки самого Гитлера. Разумеется, здесь она предстает в выгодном для фюрера свете: как русский князь, представитель старинного дворянского рода, изнутри Советского Союза борется с властью коммунистов, приближая победу войск Третьего Рейха. Но Войнович не ограничивается только комическим эффектом от допустимой им возможности обсуждения всерьез Гитлером и его генералами заговора мифического князя Голицына против Советской власти, а вступает на достаточно опасную территорию военно-исторических мифов Великой Отечественной войны. Представляя своего рода вариант сатирической альтернативной истории, писатель объясняет такое значительное, прежде всего в идеологическом смысле, событие советской военной стратегии, как битва под Москвой и ее исход самодурством фюрера, который приказал повернуть танки, стоящие в нескольких десятках километрах от Москвы, к городу Долгову, чтобы освободить легендарного князя. Подобная демифологизация советской истории буквально переполняет роман-анекдот Войновича.

Роман В. Войновича «Монументальная пропаганда», вышедший в 2000 году, можно рассматривать как логическое продолжение событий, описанных в ряде его предыдущих произведений. Действие в нем разворачивается с середины 1950-х гг. до конца 1990-х, таким образом, охватывая не только советскую, послесталинскую эпоху, но и постсоветскую.

В центре повествования Войновича—город Долгов, самим названием напоминающий читателю известное выражение, что «в России надо жить долго». Этот районный центр представляет собой модель Советского Союза, продолжающего свою жизнь и в постсоветской России, и вызывает стойкие ассоциации с другим вымышленным городом—щедринским Глуповым.

В романе «Монументальная пропаганда» автор продолжает линию побочного персонажа своей знаменитой трилогии «Жизнь и необычайные приключения солдата Ивана Чонкина» Аглаи Ревкиной, которая становится здесь главным героем.

Войнович напоминает читателю предыдущую часть ее биографии на первых же страницах романа:

«подправила документы, прибавила себе лет пять или больше и с головой окунулась в классовую борьбу. Верхом, в кожанке и с наганом носилась по здешней округе, богатых раскулачивала, бедных загоняла в колхозы. Потом заведовала детским домом, вышла замуж за секретаря райкома Андрея Ревкина, которым впоследствии пришлось пожертвовать ради высокой цели. Осенью 41-го года при входе в город Долгов немецких войск Аглая взорвала местную электростанцию, откуда ее муж, закладывавший заряды, не успел выйти. «Родина тебя не забудет!»—крикнула она ему по телефону и сомкнула концы проводов.

Во время войны Аглая Степановна командовала партизанским отрядом, что было отмечено двумя боевыми орденами. После войны сама была секретарем райкома, пока ее не «съели» более хищные товарищи. Она вернулась на место довоенной деятельности и опять заведовала детским домом имени Ф. Э. Дзержинского» [1].

Будучи искренней сталинсткой, Ревкина не приняла как изменения в политике Коммунистической партии после разоблачения «культа личности» в 1956 г., так и постсоветскую реальность. Жесткая, принципиальная, по-настоящему убежденная в своей правоте, она остается верной своим взглядам до конца, и символом этого становится чугунная статуя Сталина, которую она хранит у себя дома. Таким образом, Войнович вносит в повествование тот необходимый элемент абсурда, который является одной из отличительных характеристик его творчества.

Верность убеждениям, которые ничто не может поколебать, стойкая приверженность идеалам—эти качества в представлении как советской идеологии, так и советской интеллигенции должны вызывать безусловное уважение как раз установкой на постоянство и неизменность. Однако Войнович—как на примере Аглаи, так и на примере ее вечного оппонента Марка Семеновича Шубкина—безжалостно разоблачает подобное утверждение, которое в его представлении оборачивается косностью, догматизмом, ограниченностью ума и неспособностью к

---

[1] *Войнович В. Н.* Монументальная пропаганда. Роман. М., 2000. С. 6.

свободному и самостоятельному мышлению. На протяжении всего повествования у читателя ни разу не возникает и тени сочувствия к Аглае: она законченный продукт сталинской эпохи (и в этом ее сила и слабость), выглядящий в 1990-х гг. абсолютным реликтом.

Аглая совершенно одинока, но вовсе этим не тяготится, так как ей чуждо все человеческое: она полностью разрывает отношения с единственным сыном, когда ей кажется, что он непочтительно отозвался о сталинской статуе, она равнодушна к внуку, у нее нет никаких духовных потребностей: «Ей еще в школе учитель сказал как-то в досаде, что у нее нет фантазии, чувства юмора и чувства прекрасного... Впрочем, это все ее мало беспокоило, потому, что помимо других чувств у нее не было чувства отсутствия чего бы то ни было. Она не всегда понимала шутки и не знала, для чего существуют стихи, балет или опера. Ведь в жизни люди не говорят стихами, не танцуют, когда в них попадает стрела, и не поют на смертном одре. Существование этих искусств Аглая допускала только в порядке исключения, когда они воспевают героев революции или войны, поддерживают боевой дух советских воинов или способствуют выполнению трудящимися производственных планов»[①].

Главный противник Аглаи Ревкиной—Марк Семенович Шубкин, чей образ является центральным в галерее интеллигентов, изображенных Войновичем в своем романе. Биография Шубкина, его увлечения и разочарования воплощают собой почти традиционный путь советского интеллигента, сформировавшегося в сталинское время, но считающего себя противником «сталинских методов руководства». В отличие от Аглаи, Шубкин все же вызывает симпатию—не только тем, что был репрессирован в сталинские годы и, выйдя из лагеря, не утратил вкуса к жизни и интереса к окружающему миру, не ожесточился и даже вступил в противоборство с власть предержащими, но и тем, что он искренне любит своих учеников и дети платят ему ответной любовью, его дом всегда гостеприимно открыт для многочисленных друзей и единомышленников, у него нежные и трогательные отношения с женой.

Казалось бы, налицо положительный герой. Но все достоинства Шубкина, главным образом интеллектуальные, столь же гипертрофированы, сколь бессмысленны и абсурдны. Заведующий районным отделом народного образования

---

① *Войнович В. Н.* Жизнь и необычайные приключения солдата Ивана Чонкина. Роман-анекдот. М., 1995. С. 234-235.

с говорящей фамилией Нечитайло искренне восхищается умственными способностями Шубкина: «Это же ж человек, можно сказать, уникального интэллекта. Он же ж имеет два высших образования, на двенадцати языках говорит свободно, остальными владеет со словарем. А память у него ну просто скаженная. Помнит, можно сказать, наизусть «Одиссею», —Нечитайло загнул мизинец, —«Илиаду»—загнул безымянный палец и дальше с загибом остальных пальцев перечислил: —«Евгения Онегина», таблицу Менделеева, «вечнозеленую» шахматную партию, «Песню о Буревестнике», четвертую главу «Истории ВКП (б) и работу Ленина «Шо такое «друзья народа»... Во! Прямо не голова, а Совет Министров»[①].

«Вершина» шубкинской литературной деятельности—роман «Лесоповал»— примитивное в художественном отношении, носящее откровенно конъюнктурный характер произведение, окончательно придает Шубкину—писателю облик графомана.

Еще одна характерная черта Шубкина—потребность в идеалах. Его поклонение Ленину и ленинизму (или Епэнэмэ—Единственно Правильному Научному Мировоззрению, согласно ироничному определению другого персонажа романа) носит совершенно религиозный характер. Такая убежденность помогла Шубкину стойко вынести изматывающие тюремные допросы, пережить лагерные годы, где его использовали на общих работах и выйти из заключения, не изменив своих взглядов. «... Марк Семенович Шубкин, верный исповедник Епэнэмэ, ученик сначала Ленина-Сталина, а потом только Ленина. Но зато уже за Ленина он держался долго, крепко и безоглядно. Верность Епэнэмэ и Ленину Шубкин хранил до и после ареста, во время ночных допросов, даже в годы, проведенные на общих работах. Несмотря на голод и холод, никогда, ни разу, ни на одну минуту (до определенного времени) не усомнился. Крупные и мелкие дьяволы часто искушали его, пытаясь посеять сомнения, но он терпел как Иисус Христос, в которого он не верил»[②].

Однако Войнович, как и в случае с Аглаей, не считает подобное постоянство персонажа его доблестью. «Пломбированный дурак», —говорит о Шубкине еще

---

① *Войнович В. Н.* Жизнь и необычайные приключения солдата Ивана Чонкина. Роман-анекдот. М., 1995. С. 46.

② *Войнович В. Н.* Жизнь и необычайные приключения солдата Ивана Чонкина. Роман-анекдот. М., 1995. С. 64.

один герой романа, Адмирал, убежденный, что ум и образование—не одно и то же, и обвиняющий Шубкина в полном отсутствии собственных мыслей, которое тот маскирует знанием многочисленных цитат.

Дальнейшее духовное развитие Марка Семеновича приводит его к полному отказу от коммунистической доктрины, принятию православия и отъезду в Израиль (что в целом, несмотря на утрированный характер сюжетной канвы романа, было характерно для многих интеллигентов, жизнь которых мог наблюдать Войнович как в СССР, так и в эмиграции). В Израиле Шубкин перерабатывает свой «Лесоповал» в соответствии с новыми убеждениями, в результате чего главный герой романа большевик-ленинец Алексей Наваров превращается в отца Алексия, пострадавшего за веру священника.

Все эти метаморфозы окончательно превращают Шубкина в комическую фигуру. Особенно ярко этот процесс иллюстрирует своеобразная фотовыставка шубкинских кумиров, которая постоянно меняется в соответствии с очередным увлечением ее хозяина: «... Но самой интересной частью этой постоянной фотовыставки были кумиры, состав которых за время моего знакомства с Шубкиным радикально переменился. Раньше тоже менялся, но постепенно. Я помню среди шубкинских портретов были Ленин, Маркс, Дзержинский, Пушкин, Лев Толстой, Горький, Маяковский. Потом Горького заменил Хемингуэй, а Маяковского—Пастернак. Одно время выставку украшали дедушка Хо, Фидель Кастро и Че Гевара. Теперь все перечисленные исчезли, на полках их сменили дешевые иконы и портреты Сахарова, Солженицына, отца Павла Флоренского и отца Иоанна Кронштадского»[①].

Менять одни убеждения на другие, прямо противоположные, Шубкин продолжает до конца жизни. Но его судьбе уготована участь трагикомедии: в очередной раз придя к «истинной вере», он получает при обрезании заражение крови и умирает, так и не успев еще раз переработать «Лесоповал».

Шубкин—олицетворение той части фрондирующей советской интеллигенции, к которой, несомненно, в той или иной мере причисляет себя и сам Войнович. Но это обстоятельство не помешало автору выйти за рамки интересов «своего круга», показав все нелицеприятные моменты жизни «своих», их заблуждения и разочарования. При этом Войнович не отделяет себя от «шубкинского

---

① *Войнович В. Н.* Жизнь и необычайные приключения солдата Ивана Чонкина. Роман-анекдот. М., 1995. С. 246-247.

окружения»: недаром в романе многие главы написаны от первого лица. Авторское «я» представлено человеком, если и не разделяющем во многом взгляды Шубкина, то в полной мере подверженного всем веяниям идеологической моды, распространенной тогда среди интеллигентов—безмерное обожание Солженицына, неоправданно высокая оценка таких произведений, как пресловутый «Лесоповал», и резкое разделение мира на «своих» и «чужих».

Вывод Войновича саркастичен и беспощаден: за красивым фасадом безмерной эрудиции, неуемной энергии и верности в разное время разным идеалам скрывается непрофессионализм, дилетантство, отсутствие индивидуальности, и, в конечном итоге, творческая пустота. Но все же автор отдает должное своему герою: вволю поиронизировав над его «идейными метаниями», Войнович отмечает: «... Но при этом было в нем и что-то трогательное, в его действиях имели место благородные порывы и элементы почитаемого в нашем обществе безрассудства»①.

Но, при всей комичности образов Аглаи и Шубкина, потребность людей в идолопоклонстве не исчезла вместе с советской идеологией, и постамент, который остался на месте убранной статуи, красноречиво об этом свидетельствует. По мнению писателя, общество ждет новой фигуры, которую желает водрузить на оставшееся пустым место. И еще один герой романа, Адмирал, сравнивая советских людей с обитателями зоопарка, которых внезапно выпустили на волю, небезосновательно утверждает, что многие из них, дабы спастись от хищников, запросятся обратно в клетки. Более того, добровольно захотят иметь директора зоопарка, «который наведет порядок и всех рассадит по своим клеткам, хищников подкармливать будет, но и нам выделит сена, капусты, а иногда за хорошее поведение и морковкой побалует»②.

С этой идеей впрямую связано другое произведение Войновича—«Портрет на фоне мифа»—полемический текст с элементами мемуаристики, где автор размышляет о личности и творчестве А. Солженицына и отношении к нему советской интеллигенции.

Войнович признается, что повесть «Один день Ивана Денисовича» произвела

---

① *Войнович В. Н.* Жизнь и необычайные приключения солдата Ивана Чонкина. Роман-анекдот. М., 1995. С. 282.

② *Войнович В. Н.* Жизнь и необычайные приключения солдата Ивана Чонкина. Роман-анекдот. М., 1995. С. 380.

на него ошеломляющее впечатление, и он так же, как и большинство советской читающей публики, стал горячим поклонником ее автора. В дальнейшем судьбы Войновича и Солженицына шли параллельно: с окончанием «оттепели» последующие книги каждого из них уже не имели шансов пройти советскую цензуру.

Но в 1986 г. Войнович выпускает свой знаменитый роман «Москва 2042», который многие читатели восприняли как злую и несправедливую пародию на Солженицына, не замечая больше ничего выдающегося в этом произведении. Автор в «Портрете на фоне мифа» в очередной раз тщетно пытался объяснить, что не ставил целью своего романа свести счеты с коллегой: «Я говорил много раз (некоторые недоверчивые критики этой книги воспринимали мои утверждения как попытку увильнуть от их сурового суда), что не стал бы писать пародию на Солженицына, если бы не увидел в нем типический образ русской истории. Если бы не было в ней движимых похожими страстями бунтарей и разрушителей устоев... Но смиренно признаю, что и черты Солженицына в искаженном виде (все-таки пародия) образ Сим Симыча Карнавалова в себе несет»[①].

Однако Войнович борется не только с таким явлением, как «карнаваловщина», он предъявляет и самому Солженицыну претензии в самолюбовании, отсутствии элементарной самокритики и самоиронии и сознательного создания и поддержания культа собственной личности, хотя и не отвергает былых его литературных и политических заслуг, помня о его личном мужестве в борьбе с советской властью.

Писатель приходит к выводу, что идеализация Солженицына некоторой частью советского и постсоветского общества, а также его собственное ощущение своей избранности, уходит своими корнями в советский культ вождя и связанное с ним авторитарное мышление, оставшееся неизменным даже у тех людей, которые ощущали себя оппонентами советской власти, но при этом не были по-настоящему свободными личностями.

В своей книге «Портрет на фоне мифа» он излагает свое отношение к Солженицыну: «Как явление Солженицын произвел на меня, как и на всех, очень сильное впечатление. Я восхищался им, как и вы. Он сделал очень много и навсегда вписал свое имя в историю, откуда его уже никто не вычеркнет. Но вот

---

① *Войнович В. Н.* Портрет на фоне мифа. Роман-памфлет. М., 2002. С. 14.

будет ли положительным его влияние на дальнейшее развитие событий, я не уверен. Он не только разоблачил систему, создавшую ГУЛАГ, но и пытается заменить ее идеологию другой, которая мне кажется достаточно мерзкой. И грозящей России новыми бедами. Эта идеология отрицает единственно нормальный демократический путь развития, предпочитая ему какой-то просвещенный авторитаризм...»[1].

Создавая портрет Солженицына, Войнович пытается бороться с тоталитарным мышлением, призывая читателя смотреть на мир свободно, не позволяя дать себя увлечь какой-либо всепоглощающей идеей, как бы соблазнительна она ни была.

Внутренняя несвобода, которую сам человек не ощущает, готовность принять любую точку зрения, спущенную свыше, и обожествлять всякое начальство—тема последнего законченного произведения В. Войновича, романа—памфлета «Малиновый пеликан». В нем писатель остается верен себе—этот роман можно назвать сатирической энциклопедией русской жизни. Перед читателем открывается полная картина всех российских заблуждений и пороков, и, хотя действие его происходит в наши дни, персонажи этого произведения могут быть органичными и для любого другого периода отечественной истории.

Вот писатель—деревенщик Тимофей Семигудилов, до сих пор пишущий свои тексты шариковой ручкой, не желая овладевать компьютером, и гордящийся своей дремучестью, которого Войнович изображает следующим образом: «У него жена алкоголичка, сын дебил, старшая дочь недавно получила срок за содержание борделя и торговлю наркотиками, а младшая, более или менее нормальная, живет в Париже, но он о семейных проблемах думает мало, поскольку страдает от существования на свете Америки, гомосексуалистов, масонов, евреев и либералов. Нескончаемые и яростные споры он ведет по радио и по всем каналам нашего, как говорят, зомбоящика»[2].

Вот домработница Шура, которая держит в своей комнате в красном углу икону Божьей матери и рядом с ней портрет «первого лица государства» (Перлигоса, по выражению Войновича), объясняя это тем, что «он хороший, он за Россию болеет». Или медсестра Зинуля, никогда не посещавшая никаких европейских стран, но пребывающая в полной уверенности, что всюду живется хуже, чем в России, и рассказывающая своим пациентам дикие истории о том,

---

[1] *Войнович В. Н.* Портрет на фоне мифа. Роман-памфлет. М., 2002. С. 16.

[2] *Войнович В. Н.* Малиновый пеликан. Роман. М., 2016. С. 49.

что американцам якобы продают русских детей из детдомов на расчленение, как комплект запчастей.

Кроме этого, Войнович размышляет здесь о феномене российской власти и приходит к пессимистическому выводу: власть представляется в романе сродни некой бездне, засасывающей любого человека, вне зависимости от его благих намерений, осуществить которые он не в силах. Хотя любой глава государства сразу же возносится на уровень почти гения, все его начинания тонут в бесконечном пустословии, подхалимстве и единственном желании подчиненных— обеспечить себе роскошную жизнь, пока у них есть такая возможность. Вот типичный портрет министра, как представляет его себе автор: «Он уже представил себе, как выставит государству счет. Поскольку в рублях он считать не привык, он мысленно оценил черенки по двадцать долларов за штуку. Если получить двадцать долларов за штуку, а потратить два и умножить разницу в восемнадцать долларов на сто сорок шесть миллионов... —и он представил себе виллу в Майами с бассейном, с «Кадиллаком» в гараже, вертолетом на крыше и яхтой...»①. Эта характеристика уже свойственна исключительно постсоветскому времени, у министров советской эпохи таких возможностей быть не могло.

В. Войнович до конца своих дней сохранял живость ума, трезвость взгляда и творческие силы. Распад СССР, по его мнению, не означал конец советского проекта, и его произведения, в которых персонажи, естественные и узнаваемые, сохранили в себе все привычки и пороки советской системы в постсоветское время, являются убедительным доказательством этого исторического процесса.

（编校：袁淼叙）

---

① *Войнович В. Н.* Малиновый пеликан. Роман. М., 2016. С. 339.

Социальные ритуалы и проблема ассимиляции в романе В. Набокова «Пнин»

Виноградова О. В.

(Нанкайский университет, Китай; Российский Новый университет, Россия)

Аннотация: Статья посвящена некоторым проблемам творчества Владимира Набокова. В связи с ярко выраженной в нескольких его романах проблематикой социальной адаптации (ассимиляции) эмигрантов, они могут быть поняты и изучены и с применением некоторых методов социальной антропологии. В качестве примера нами кратко проанализирован американский роман 1957 года «Пнин», в котором также представлены многочисленные социальные ритуалы (перехода, коммеморативные, интенсификации, семейные, календарные, светского и корпоративного общения и т. п.) и культурные символы. Если в широком социуме герой произведения профессор Тимофей Пнин показывает свою приобщенность к американским общественным ритуалам, то в маленьком социуме, в кругу друзей или соседей предпочитает оставаться русским, демонстрировать свою русскую идентичность.

Ключевые слова: Набоков; перевод; модернизм; социальная адаптация; ритуалы перехода; коммеморативные ритуалы; идентичность

Произведения классика русской и американской литератур XX века Владимира Набокова, в юном возрасте покинувшего Россию после революции 1917 года, подобно миллионам других русских эмигрантов, и получившего опыт проживания и более или менее успешной адаптации в различных странах, вплоть до натурализации и осуществления блестящей писательской карьеры в США, — рассматриваются исследователями в различных литературных, философских и историко—культурных измерениях. Одна из новейших тенденций—относить их к феномену «новой», «экзистенциальной прозы»[1] или литературы так называемого «цивилизационного "промежутка"»[2].

В связи с ярко выраженной в них проблематикой социальной адаптации, они могут быть поняты и изучены и с применением некоторых методов социальной антропологии. Нам такие исследования неизвестны. Тогда как в этих произведениях представлены многочисленные социальные (коммеморативные, интенсификации, семейные, календарные, светского и корпоративного общения и т. п.) ритуалы. Мы используем классификацию Э. Дюркгейма и её современные разработки.

Адаптации русского эмигранта к жизни в Америке—с преодолением переходного этапа в виде жизни во Франции—посвящен и роман Набокова «Пнин». Это его третий американский роман, который был написан в 1953—1955 годах по-английски, опубликован в 1957 году, и впервые переведен на русский язык после смерти автора, при участии его вдовы Веры Набоковой. Широко известны три перевода романа. Множество исследований посвящено их сравнению во всевозможных аспектах. Нам оказалась полезной работа А. Рыжковой[3], в которой сравниваются переводы Г. Барбатарло 1983 г. и С. Ильина 1991 г. с точки зрения активности/пассивности главного героя в отношении собственной судьбы.

Мы должны, конечно, учитывать особенности жанра произведения, который, как и всегда у Набокова и других писателей модернизма, неоднозначен.

Воспринятый многими американскими критиками как реалистическое или как сатирическое произведение (сатира на Anglo-American campus novel—«англо-американский университетский роман»), роман «Пнин» не является только лишь таковым. Модернисткий текст не равен самому себе. Набоковский роман в высокой степени условен, трагичен, героичен, его можно назвать лирической комедией или лирической трагедией, у него множество ипостасей, он многослоен.

---

① *Красавченко Т.* Под покровом изгнания // Варшавский В. С. Ожидание: проза, эссе, литературная критика. М. : Дом русского зарубежья имени Александра Солженицына: Книжница, 2016. С. 14.

② *Земсков В.* Писатели цивилизационного промежутка: Газданов, Набоков и другие // Земсков В. Образ России в современном мире и другие сюжеты/Сост. и отв. ред. Т. Н. Красавченко. Москва; СПб. : Центр гуманитарных инициатив, Гнозис, 2015. (Российские Пропилеи). С. 21.

③ *Рыжкова А. А.* Оформление семантических ролей персонажей и их интерпретация в оригинале и переводах романа В. Набокова «Пнин» // Текст в зеркалах интерпретаций, сб. статей, МГУ. М. , 2017. С. 48-64.

Это не только произведение о повседневности, хотя сюжет его довольно прост: русский профессор на новом месте работы, он снимает домик, хочет его купить, ожидания его не оправдываются, он теряет должность и уезжает. Перед нами скорее произведение-размышление о жизни и смерти, о скитаниях, о вызовах современности, об одиночестве мыслящего человека, о смирении и гордыне, о слепоте любви.

Следуя сказанному выше, мы не можем считать роман «Пнин» реалистическим произведением, однако современные автору жизненные реалии отражены в нем достаточно ярко, в более или менее выраженном конфликте показан переход героя романа из его прежней культуры в новую, в том числе через смену общественных и личных ритуалов. Причем европейский период для Пнина (показанный ретроспективно)—учёба в Праге, преподавание во Франции—судя по всему, не был отмечен таким резким культурным шоком, как американский. Сохраняя свои привычки в одежде в европейское время (кальсоны, подвязки, сдержанных цветов носки, обязательные жилеты и накладные воротнички фигурируют ещё в парижский период), он резко меняется в Америке. «Ныне, в пятьдесят два года, он был помешан на солнечных ваннах, носил спортивные рубашки и просторные брюки, укладывая же ногу на ногу, намеренно и бесстыдно обнаруживал огромный кусок оголенной голени». (в оригинале—Nowadays, at fifty-two, he was crazy about sunbathing, wore sport shirts and slacks, and when crossing his legs would carefully, deliberately, brazenly display a tremendous stretch of bare skin.)

О том же серьезном культурном шоке именно в «американский период» косвенно свидетельствует и разговор Пнина с Шато в пятой главе романа. Друзья говорят об особенностях американских студентов, сравнивая их с европейскими, для них более понятными. Сравнение Лизы, бывшей жены Пнина, рассыпающей повсюду стихотворения с пасхальным кроликом, также говорит о близком знакомстве персонажа (именно его, как нам кажется) с европейскими (немецкими) праздничными ритуалами и мифологическими представлениями.

Если нам позволительно будет использовать термины социальной антропологии, то можно сказать, что настоящие ритуалы инициации Пнин проходит тоже здесь, в Америке. Во второй части первой главы в результате того, что он перепутал поезд и не в срок высадился автобуса, оказывается в уитчерском парке, походящем на кладбище, где претерпевает не то сердечный приступ, не то паническую атаку, не то острый приступ ностальгии (характерно, что Набоков здесь использует слово overpowering—«невыносимый»).

Мы можем усмотреть в этом эпизоде известный мифологическому сознанию архетип, осознанно или неосознанно используемый Набоковым: посещение царства мёртвых (недаром Пнин чуть позже, уже во время чтения лекции видит среди публики своих мертвецов: прибалтийскую тётю, родителей, возлюбленную, приятеля, расстрелянного красными и др. То, что автор, объясняя нам «феномен удушья» у Пнина, иронично упоминает психотерапевтов, ссылающихся в таких случаях на обряд крещения (феномен удушья—«подсознательное возрождение шока крещения, вызывающее как бы взрыв воспоминананий, промежуточных между первым погружением и последним»)—именно православного, погружением, более травматичного—ослабляет серьезность нашего вывода, но не снимает правомерности его.

С антропологической точки зрения, здесь можно было бы говорить о ритуале перехода и в оценке эпизодов осмеяния (пародирования) Пнина американскими коллегами: чем это не ритуальное избиение нового члена общества? Лейтмотив осмеяния проходит красной нитью через весь роман Набокова.

Что касается желания/умения Пнина ассимилировать, адаптироваться к жизни в США, то в отношении к общественным ритуалам и общепринятым в культуре символам (как повседневным, так и более торжественным) наблюдается смешанный (переходный) характер. Наиболее ярким символом приобщения к ценностям новой культуры является «смена зубов» Пниным в самом начале романа. Это выражено Набоковым предельно прямо: «Это было откровение, восход солнца, крепкий привкус деловитой, алебастрово-белой, человечной Америки» (глава 2/4). И лейтмотив то новых прекрасных зубов, то беззубости в зависимости от семантической функции (достижение/провал) проходит через все произведение.

Пнин прекрасно осведомлен по части общекультурных, государственных ритуалов (в частности, национальных праздников) Америки—к сотой годовщине отмены рабства, например, он надеется получить постоянную должность, о чем он и поведал Гагену на вечеринке в честь новоселья (глава 6). При этом в светских ритуалах маленького социума он может делать ошибки (с точки зрения носителей культуры). Так, посещая хозяйскую вечеринку, Пнин жалуется на сквозняки или просит стаканчик для полоскания в ванную комнату, что устойчиво вызывает насмешки и непонимание окружающих.

В этом маленьком социуме, в дружеском кругу, он может себе позволить сохранить старомодные европейские привычки—например, целовать ручки дамам. Лишь жена Клеменса на вечеринке поднимает руку на необходимую для этого ритуала высоту (что говорит о том, что американские женщины к этому непривычны).

В своем же кругу Пнин безусловно остается человеком не только европейской, но именно русской культуры. Самый яркий пример—это, конечно, его времяпрепровождение в усадьбе у Александра Кукольникова и его жены Сьюзан, где горничная Прасковья не только хозяина называет по имени—отчеству, но и хозяйку—американку называет Сусанной Карловной. Вот Пнин отправляется купаться и предстает перед нами в шортах, солнечных очках и православном кресте; вот участвует в эмигрантском «вечернем чаепитии», с самоваром, вареньями и кренделями, вспоминая чаепитие из своего детства с отцом своей подруги юности Мирры Белочкиной (здесь присутствуют как бы сразу два русских чаепития: и настоящее, и ретроспекция).

От начала к концу романа усиливается, если можно так выразиться, давление новой реальности на Пнина, его искушают (прекрасным новым домом, иллюзией дружеских отношений), его испытывают на прочность—и он обращается к прошлому за поддержкой, он подсознательно вспоминает это прошедшее. Пятая глава в этом сюжете адаптации, в этом конфликте играет роль подготовительной сцены (русское прошлое, русские друзья и их традиции— золотой запас Пнина, его жизненная сила), шестая глава—кульминация, наивысшие надежды, иллюзорное счастье—и сразу крушение надежд, низвержение.

В последней, седьмой, главе, уже рассказчик вновь актуализирует все русское: он упоминает реалии Петербурга времен своего детства и детства Тимофея, кулебяку с капустой, повседневные обычаи дворянской семьи, гувернера, дачные спектакли. Затем вспоминается следующий пласт прошлого— вторым ярусом идут русские эмигрантские собрания в Европе, лекции и читки, юбилеи русских писателей и деятелей культуры (те самые коммеморативные ритуалы и групповые ритуалы поддержки, о которых говорил Дюркгейм). Сообщество «поддерживает у людей ощущение солидарности и общей идентичности при помощи периодически повторяющихся специальных ритуалов, воссоздающих совместное сакральное прошлое, или же—групповое мифическое прошлое...»[①].

Как известно из истории создания произведения, Набоков первоначально планировал смерть своего героя в финале, а затем, по совету одного издателя, заменил концовку. Несостоявшаяся смерть осталась имплицитно заложенной в романе, пронизывающей его и усиливающей эффект «счастливых» сцен и воспоминаний. Маленький старый светло-голубой седан катится в неизвестность. Пнин навсегда покидает Вайнделлский университет—в шапке-ушанке, защищающей его от враждебного мира. Характерно, что в более позднем романе Набокова «Бледное пламя» наш профессор встретится читателю продвинувшимся дальше по пути адаптации, вознесется до заведующего кафедрой славистики.

Итак, данная тема представляется нам очень плодотворной и требующей более глубокой разработки. Она тем более интересна, что проблемы адаптации, виды ассимиляции, проблемы изучения коллективной памяти социальных групп сейчас становятся всё актуальнее и активно изучаются в рамках различных дисциплин и междисциплинарными методами.

Заметим также, что в рамках статьи мы не упоминаем ни о языковых (важнейших для аккультурации), ни о технологических аспектах и реалиях, также служащих индикаторами погруженности профессора Тимофея Пнина в приспособление к новой среде. Этапы изучения им английского языка, его влюбленность в технологические новинки и беспомощность перед ними—все это остается за рамками нашего рассмотрения.

（编校：袁淼叙）

① Misztal, B. A. Durkheim on collective memory. *Journal of Classical Sociology*, 2003, 3(2), pp. 123-143.

Постсоветская литература в России: основные тенденции развития

Кондаков И. В.

(Российский государственный гуманитарный университет;
Государственный институт искусствознания, Россия)

Аннотация: Настоящая статья посвящена феномену постсоветской литературы, его генезису и современным тенденциям его развития. История русской литературы, как и культуры в целом, характеризуется дискретностью и в то же время непрерывностью. Для представления столь двойственного историко—литературного процесса применима модель архитектоники культуры, в которой каждый исторический этап в движении культуры одновременно является и ступенью в культурно-историческом развитии. Каждая последующая ступень развития литературы отличается уровнем культурной рефлексии и формами культурной памяти в отношении предшествующих этапов/ступеней истории литературы. В ходе историко—культурного развития литература на каждом историческом этапе несет в себе своеобразное обобщение прошлого литературного опыта. В этом отношении постсоветская литература является продолжением и развитием всех предшествующих этапов/ступеней советской литературы и всех произведений внесоветской литературы, в том числе литературы досоветской, несоветской, антисоветской, «околосоветской» и т. п. Возникающий в соответствующем культурно-историческом контексте синтез разных литературных традиций, проблем, стилей, образов сопровождается деидеологизацией, «снимающей» идейно-политические и стилистические различия различных эпох в русской и советской истории. Тем самым постсоветская литература, не порывая с советской литературой, впитывала в себя достижения литературы Серебряного века, эмигрантской литературы и советского андеграунда и получала статус культурной «вненаходимости» и метаисторической универсальности.

Ключевые слова: дискретность; непрерывность; архитектоника; советская, внесоветская, (досоветская, околосоветская, антисоветская, постсоветская) литература; культурная рефлексия; вненаходимость; деидеологизация

Своеобразие постсоветской литературы в России заключается в том, что этот феномен явился своеобразным итогом и обобщением всей истории русской литературы XX в., которая сама по себе многомерна, противоречива и содержит в себе взаимоисключающие тенденции.

1

Н. А. Бердяев писал в 1937 г. в работе «Истоки и смысл русского коммунизма», что история российской цивилизации прерывистая и включает в себя 5 разных цивилизаций: Киевскую Русь, Русь под монгольским игом, Московское царство, Петровскую (императорскую) Россию и Россию Советскую. ① Конечно, со времени издания книги Бердяева в истории русской культуры и российской цивилизации были выявлены и новые основания периодизации. Так, кроме постсоветского периода, определившегося лишь совсем недавно, определился период русского зарубежья (которому принадлежал сам Бердяев), выделился краткий период Серебряного века... Но основная схема периодизации истории русской культуры и цивилизации России остается до сих пор соответствующей бердяевской модели.

Другое дело, что сам по себе исторический процесс можно представить линейно—как последовательность исторических этапов, вытекающих один из другого и следующих друг за другом, но историю культуры (в том числе— историю литературы и искусства, историю общественной мысли и философии) таким образом представить невозможно. Одна культурная эпоха не полностью сменяется последующей, но продолжает развиваться параллельно с ней, то дополняя ее, то конфликтуя с ней. Культурно—исторический процесс развивается нелинейно: каждый новый культурно-исторический этап вбирает в себя предшествующий—как свой фундамент, смысловую предпосылку, и в то же время сам является фундаментом и предпосылкой для последующего этапа. Таким

---

① *Бердяев Н. А.* Истоки и смысл русского коммунизма. М.: Наука, 1990. С. 7.

образом исторически складывается ступенчатая архитектоника культуры. ①

История России в XX в. также является дискретной и включает в себя несколько культурных парадигм: Серебряный век, советский период, Русское Зарубежье и постсоветский период; а советский период, сам по себе, состоит из нескольких, очень отличающихся друг от друга исторических этапов: (1) революционного (1920-е гг.), (2) сталинской эпохи (1929 — 1953), (3) Оттепели (1953 — 1968), (4) позднесоветского этапа (конец 60-х — начало 80-х гг.) и (5) т. н. «перестройки», представлявшей собой конец всей советской эпохи и зарождение постсоветской культуры. Таким образом, XX век в истории России в сжатом виде как бы повторил бердяевскую 5-членную схему цивилизационного развития, согласно которой каждый новый этап исторического развития отрицает предыдущий, но в то же время основывается на его фундаменте, как бы «надстраивая» последующую ступень над предшествующей. ②

Складывающаяся архитектоника советской культуры (своего рода многоступенчатая пирамида цивилизации) сочетает в себе преемственность развития (горизонталь) и разрыв этой преемственности (вертикаль), составляющие в совокупности движущее противоречие цивилизационного развития, приобретающего в России нередко непредсказуемый характер. Можно говорить об общей архитектонике культуры России (от ее истоков до настоящего времени); но правомерно рассматривать и частные архитектоники культуры отдельных периодов. Такой, например, архитектоникой, принципиально важной для понимания современности, является и архитектоника русской культуры XX века, важнейшей составной частью которой является архитектоника советской культуры.

С позиций анализа архитектоники культуры можно и должно рассматривать разные культуры—большие и малые. Стоит подчеркнуть, что в этом плане особенно продуктивным и содержательным является сравнительный анализ архитектоник культур—как современная версия компаративистики. При этом

---

① См. , например: *Кондаков И. В.* Архитектоника русской культуры // Общественные науки и современность. 1999. № 1; *Он же.* Архитектоника российской цивилизации // *Кондаков И. В.* Культурология: история культуры России: Курс лекций. М. , 2003; *Он же.* Архитектоника русской культуры // *Кондаков И. В.* Культура России. 4 изд. М. , 2008.

② *Кондаков И. В.* Архитектоника культуры как метод исторической культурологии (на примере России) // Мир культуры культурология. Альманах Научно-образовательного культурологического общества России. Вып. II. СПб. : Издательство Русской христианской гуманитарной академии, 2012. С. 156-157.

исследователь обращает внимание не только на последовательность исторических этапов, выстраивающихся в архитектоническую вертикаль, и их культурную семантику (отличающую одну культуру от другой), но и на количество ступеней исторического развития в каждом таком построении. Самоочевидно, что культуры, история которых охватывает сравнительно небольшой, краткий отрезок времени, имеют в своем развитии немного качественно отличных друг от друга этапов и, следовательно, архитектонических ступеней, т. е. характеризуются «низкой» архитектоникой (в одну—две ступени). Таковы в большинстве своем младописьменные культуры, недалеко отошедшие от своего первобытного состояния.

Напротив, культуры, прошедшие в своем историческом развитии более длинный и длительный путь (как, например, Россия, Франция, Англия, Италия и т. п., а тем более Китай), как правило, несут в себе много противоречий и разворачивающейся борьбы между различными смысловыми началами и различными историческими этапами, что и ведет, в конечном счете, к дискретности культурно-исторического процесса, а, значит, и к архитектонической многоступенчатости. Такие исторически развитые культуры обладают «высокой» (многоуровневой) архитектоникой и, как правило, значительным творческим потенциалом, накопленным за счет противоречивого фундамента всей многоступенчатой культурно—исторической конструкции. «Высокой» архитектоникой обладает не только вся русская культура—в масштабе всей ее более чем 11-вековой истории,—но и русско-советская культура в XX в., шире— русская культура XX в., в которую русско-советская культура входит как ее органическая составная часть—наряду с Серебряным веком, Русским Зарубежьем и постсоветской культурой.

«Высокая» архитектоника русско—советской культуры определяется контрастным чередованием следующих друг за другом этапов/ступеней ее истории. Бурный «революционный» период советской культуры после 1917 г. и до «Великого перелома» 1929 г. сменился «сталинской эпохой»—монументальной и помпезной с одной стороны, и жестокой—с другой. Период (и ступень) советской культуры, получивший имя «оттепели», в основных своих чертах отрицал и пересматривал «сталинскую эпоху»· был ее антиподом, демонстрируя подъем и оживление во всех сферах. «Позднесоветская» культура почти столь же последовательно отрицала и пересматривала «сттепель», во многом ориентируясь на критерии «сталинской эпохи». Наконец, «перестройка», в свою очередь, радикально пересматривала и отрицала «позднесоветскую» эпоху, но еще более жестко и последовательно выступала с критикой «сталинской эпохи», нежели следовавшая за ней «оттепель», а затем—и советской культуры в целом. [1]

Однако последовательность этапов/ступеней определяется не только отрицанием и переоценкой предыдущего—последующим. Каждый последующий этап—по сравнению с предыдущим—оказывается обобщением и своеобразным синтезом предшествующего, включая критику и переосмысление его содержания в новом культурно—историческом контексте. Потому этапы исторического движения культуры по горизонтали одновременно выступают ступенями культурно—исторического развития по вертикали. От первой ступени архитектоники к последней нарастает концентрация противоречивого смысла архитектонического целого. Достигая своего предела, этот смысл целого, будучи «парализован» противоречиями взаимоисключающих составляющих (представляющих содержание разных этапов/ступеней архитектоники), перестает расти и развиваться, исчерпав свой изначальный потенциал развития. Дальнейшее развитие культуры становится возможным при условии смены парадигмы. Так, советская культура, прошедшая в своем развитии пять противоречивых этапов, не смогла возродиться на собственной основе и продолжила свое развитие—уже в качестве культуры постсоветской—за пределами «советского». [2]

Суммируя пять этапов/ступеней советской культуры в целом, мы не можем не получить крайне противоречивой картины «советскости», в которой все пять «срезов» советской истории взаимно противоречат друг другу, но связаны в тугой узел. Тот же противоречивый итог ожидает нас, если мы рассмотрим—с позиций архитектоники—историю русско—советской художественной культуры и отдельных ее составляющих—советской литературы, советского изобразительного искусства, советского театра, музыки, кино, советской эстетики, советского литературоведения и искусствознания. Суммарное видение всех пяти ступеней архитектоники «советского», надстраивающихся друг над другом и накладывающихся друг на друга; представление о советской культуре как о многомерной и многослойной (как минимум 5-уровневой) структуре, все элементы

---

[1] См. подробнее: *Лейдерман Н. Л. , Липовецкий М. Н.* Современная русская литература: 1950—1990-е годы: В 2 т. М. : Издательский центр «Академия», 2003.

[2] См. подробнее: *Лейдерман Н. Л. , Липовецкий М. Н.* Современная русская литература: 1950—1990-е годы: В 2 т. М. : Издательский центр «Академия», 2003. Т. 2. С. 668-669.

которой взаимосвязаны тем или иным образом между собой,—оказываются возможными и неизбежными лишь при условии размещения метаисторической точки зрения на «советское»—вне «советского», за рамками советской культуры как целого, за пределами советской истории, т. е. во внесоветском ценностно-смысловом пространстве, в контексте принципиальной вненаходимости по отношению к истории русско-советской культуры. ①

2

Все особенности культурно—цивилизационного развития России в XX в. отразились и в истории русской литературы XX в. ② Принципы архитектоники культуры применимы и к истории русской (и в целом российской) литературы прошлого столетия. Русская литература XX в. включает в себя: советскую литературу (это ее культурно—цивилизационное «ядро», определяющее ее специфику), а также—по принципу дополнительности—различные версии русской внесоветской литературы—литературу досоветскую, несоветскую, антисоветскую, околосоветскую (советский андеграунд) и постсоветскую. ③

Досоветская литература—это русская литературная классика XIX и начала XX вв. и литература Серебряного века, т. е. дореволюционная литература. Несоветская и антисоветская литература—это, прежде всего, литература Русского зарубежья, т. е. эмигрантская русская литература, в внутри которой зрели разные настроения, построенные либо на симпатиях и интересе к Советской России (и ее литературе), либо на антипатии ко всему советскому (включая советскую литературу). Но обе эти разновидности несоветской литературы могли существовать (только в более скрытой форме) и внутри Советской России (в качестве «внутренней эмиграции»). Например, творчество А. Ахматовой и М. Булгакова 1920-х и 1930-х гг. было явно не советским, а поэзия и проза Д. Хармса (и других обэриутов)—во многих случаях (завуалированно) и

---

① *Дубин Б. В.* «Русский ремонт»: Проекты истории литературы в советском и постсоветском литературоведении // *Дубин Б. В.* Очерки по социологии культуры: Избранное. С. 625-627.

② См.: *Шнейберг Л. Я.*, *Кондаков И. В.* От Горького до Солженицына. М.: Высшая школа, 1995; 1997.

③ См.: подробнее: *Кукулин И.*, *Липовецкий М.* Постсоветская критика и новый статус литературы в России // История русской литературной критики: советская и постсоветская эпохи/Под ред. Е. Добренко и Г. Тиханова. М.: Новое литературное обозрение, 2011. С. 635-722.

антисоветским.

В более позднее время（«оттепельное» и «послеоттепельное»）можно было—с известной долей условности—считать стихи и песни Б. Окуджавы— несоветскими, а поэтические тексты А. Галича и многие—Ю. Кима— антисоветскими. В то же время многие тексты авторской песни 1960-х и 1970-х гг. были «околосоветскими»: с одной стороны, они отражали советские реалии и настроения, с другой—отражали их с неофициальной и критической точки зрения （песни Ю. Визбора и особенно В. Высоцкого）. В 1920-е годы таких текстов было тоже много: рассказы М. Зощенко и И. Бабеля; произведения А. Платонова и П. Романова были, по большей части, именно «околосоветскими», что позволяло их, в случае необходимости, интерпретировать, с официальной точки зрения, как несоветские и даже как антисоветские. Сюда же примыкают и поэтические тексты позднесоветского андеграунда（например, русского рока）. Впрочем, некоторые из позднесоветских текстов русской литературы, входившие в размытую категорию «околосоветских», вскоре плавно перетекли в русло постсоветской литературы 1990-х.

Все эти составляющие русской литературы XX в. могут быть представлены не только как линейно и нелинейно（например, разветвленно）построенный литературный процесс[①], но и как архитектоника, в составе которой исторические этапы надстраиваются друг над другом в виде ступенчатой пирамиды и вступают друг с другом в различные отношения. При таком（«вертикальном»）видении истории русской литературы как архитектоники становится очевидно, что различные историко-культурные этапы（ступени）литературного развития «врастают» друг в друга, то предвосхищая и «высвечивая» ближайшее будущее, то отбрасывая «тень» на недавнее прошлое. С этой точки зрения несомненными представляются не только дискретность советского литературного процесса （выраженная в этапах/ступенях культурно-исторического развития литературы）, но и его непрерывность（проявляющаяся в росте культурной рефлексии литературы, накапливаемой и обобщаемой от одной ступени смыслового развития к другой, от второй—к третьей и т. д. ）.

Постсоветская литература не отделена пропастью от литературы советской. [②]

————————————

① См. , например: *Тимина С. И. , Левченко М. А. , Смирнова М. В.* Русская литература XX— начала XXI века: Практикум. М. : ИЦ «Академия», 2011.

② См. , например: Современная русская литература（1990-е гг. — начало XXI в. ）./Под ред. С. И. Тиминой. 3-е изд. —СПб. : Филологический факультет СПбГУ; М. : ИЦ «Академия», 2013.

Как и в случае со ступенями советской литературной архитектоники, в отношениях между советской литературой и постсоветской можно усмотреть и дискретность (советская и постсоветская литературы принадлежат разным культурно-историческим парадигмам), и своего рода непрерывность («постсоветское» вырастает из «советского» и ощущается как его продолжение и развитие, а не только как явление, пришедшее после «советского» или вместо «советского»). Продолжая и развивая советскую литературу, постсоветская литература деидеологизирует последнюю и тем самым осваивает ее как свою составную часть. То же происходит и с литературой Русского зарубежья, с которой «снимается» ее идеологическое звучание—как литературы несоветской или антисоветской—и в результате эмигрантская литература осваивается как постсоветская и, действительно, становится одной из составных частей постсоветской литературы в целом.

Как новая (очередная) ступень культурно—исторической архитектоники постсоветская литература непосредственно опирается прежде всего на предшествующую ей советскую литературу—в единстве трех ее модусов— оттепельно-перестроечного (1953 — 1991), монументально-сталинского (1932— 1953) и переходно-революционного (1917 — 1932); а также на параллельную им русско-зарубежную (эмигрантскую) литературу, в которой можно различить пласты антисоветской, несоветской и просоветской литературы. Кроме того, постсоветская литература опосредованно, так сказать, «через голову» советской литературы, обращается к развивающейся подспудно, в лоне советской литературы, «околосоветской» литературе и к литературе досоветской, включая русскую литературную классику XIX в. и литературу Серебряного века. Таким образом, постсоветская литература синтезирует в себе советскую литературу и всю внесоветскую литературу, «снимая» в себе их политико-идеологические разногласия.

«Ядром» всей архитектонической модели постсоветской литературы является советская литература, представляющая собой уникальный и неповторимый литературно—культурологический проект XX в., вокруг которого формируются различные версии противостояния ему (в том числе и задним числом, как, например, литература Серебряного века). Постсоветская литература в этом отношении является одновременно и продолжением советской литературы, и ее отрицанием, «снятием», и полемическим сопровождением, «спором» с ней, и карнавализацией, и деконструкцией советского проекта литературы. [①]

Предпосылки и первые «ростки» постсоветской литературы начали складываться еще в недрах советской литературы—как внесоветский, несоветский и антисоветский литературно—идеологические проекты, постепенно сблизившиеся между собой и слившиеся воедино. Таковы произведения позднего В. Катаева, Д. Гранина, Вен. Ерофеева. В. Астафьева, В. Быкова, А. Битова, А. Солженицына, В. Шаламова, А. и Б. Стругацких, В. Гроссмана, Б. Ахмадулиной, Б. Окуджавы, В. Высоцкого, А Галича, М. Жванецкого, Л. Улицкой и др., воспринимавшихся уже в советского время как разрушители соцреалистического канона советской культуры. [②]

В то же время постсоветская литература вбирала и вобрала в себя все феномены литературного «возвращения», не укладывавшиеся в советские каноны и ставшие доступными читателю во многом лишь в процессе «перестройки» и первых послесоветских лет. В этом ряду находятся произведения Е. Замятина, И. Бабеля, Б. Пильняка, М. Булгакова, А. Платонова, М. Зощенко, О. Мандельштама, А. Ахматовой, М. Цветаевой, Д. Хармса, Н. Заболоцкого, Н. Олейникова, А. Введенского, В. Гроссмана, В. Шаламова и др., в свое время отринутые советской культурой и постепенно вписавшиеся в «оттепельный», «перестроечный» и постсоветский контекст. Своеобразие феноменов «литературного возвращения» заключается в том, что эти тексты живут и функционируют одновременно в двух культурно—исторических контекстах—контексте своего создания авторами и в контексте их фактического восприятия, после позднейшей публикации. Смысл таких произведений двоякий—восстановленный из контекста создания и модернизируемый, исходя из современного прочтения. [③]

Еще один важный ряд постсоветской литературы составили произведения русских эмигрантов—первой, второй и особенно третьей волн. Из первой волны— прежде всего И. Бунин, Д. Мережковский, З. Гиппиус, М. Цветаева, Г. Иванов, Г. Адамович, А. Аверченко, В. Набоков, Г. Газданов и др.; из третьей волны—В. Аксенов, В. Войнович, В. Максимов, А. Синявский, В.

[①] См. подробнее: Русская литература XX века в зеркале критики: Хрестоматия/Сост. С. И. Тимина, М. А. Черняк, Н. Н. Кякшто. СПб.: Филологический факультет СПбГУ; М.: ИЦ «Академия», 2003.

[②] См. подробнее: *Лейдерман Н. Л.*, *Липовецкий М. Н.* Современная русская литература: 1950 — 1990-е годы.

[③] См.: *Липовецкий М. Н.* Паралогии: Трансформации (пост)модернистского дискурса в русской культуре 1920—2000-х годов. — М.: Новое литературное обозрение, 2008.

Некрасов, А. Галич, А. Солженицын, Г. Владимов, А. Кузнецов, А. Гладилин, С. Довлатов, И. Бродский, Э. Лимонов и др. Их присутствие в постсоветской литературе воспринималось как своего рода «возвращение» Русского Зарубежья на родину. И в этом качестве («литературы возвращения») мы наблюдаем включенность этих текстов в два смысловых контекста—контекст создания («зарубежный», «эмигрантский») и в контекст «возвращения» (позднесоветский или постсоветский). Соответственно и смысл этих произведений оказывается двойственным—реконструируемый в прошлом и «вчитываемый» сегодня.

Наконец, особая роль в постсоветской литературе принадлежит поколению писателей, которые сознательно формировали себя в позднесоветский период именно как представители постсоветской литературы и постмодернизма: Д. Пригов, Г. Сапгир, В. Сорокин, В. Пелевин, Вик. Ерофеев, Т. Толстая, Л. Улицкая, Б. Акунин, В. Шаров, А. Королев, Л. Юзефович, Д. Быков, Т. Кибиров, С. Гандлевский, С. Алексиевич, Л. Рубинштейн и др. В их творчестве советская литература выступает как предмет отталкивания, переосмысления, травестирования, пародирования, деконструкции, а само их творчество утверждает себя—как конец советского и начало нового. [1]

Таким образом, постсоветская литература формируется из разных пластов советской и внесоветской культур, вольно или невольно характеризуется пестротой и мозаичностью, бессистемностью, что поззоляет нейтрализовать политико—идеологическую напряженность межтекстовых связей и культурно—исторически унифицировать различные по происхождению, идейно—эстетической направленности, методу и стилю литературные произведения в общем постсоветском контексте. В то же время постсоветская литература осуществляет функции синтеза и обобщения всей предшествующей русской литературы XX в. — от Серебряного века до наших дней. [2]

（编校：王　永）

---

[1] См.: *Шром Н. И.* Новейшая русская литература. 1987 — 1999. Рига: Retorika A, 2000; *Богданова О. В.* Современный литературный процесс (К вопросу о постмодернизме в русской литературе 70—90-х годов XX века). СПб.: Филологический факультет СПбГУ, 2001; *Липовецкий М. Н.* Паралогии. М.: НЛО, 2008; *Черняк М. А.* Современная русская литература. 2 изд. М.: ФОРУМ—САГА, 2008; *Бабенко Н. Г.* Язык и поэтика русской прозы в эпоху постмодернизма. 3 изд. М.: Книжный дом «Либроком», 2013.

[2] См. подробнее: *Кондаков И. В.*, *Шнейберг Л. Я.* Русская литература XX века: В 2-х кн. М.: Новая волна, 2003. Кн. 2: Проза поэзии. С. 475-487.

文学哈哈镜中的"俄国熊"自画像

姜 磊

（浙江大学外国语言文化与国际交流学院）

[摘 要] "国家中心主义"是统辖俄罗斯文化与文学的隐性力量。然而苏联解体之后勃发的当代俄罗斯小说呈现出鲜明的反叛"国家中心主义"品格，通过对经典文化符号、文化事件的再阐释来降解"俄罗斯——神圣帝国"的文学肖像，推翻"俄罗斯——神圣罗斯"政治宗教圣地的言说，颠覆"俄罗斯人——神圣选民"之命题，呈现出文学哈哈镜中的另类"俄国熊"自画像。

[关键词] 解构；神圣帝国；《野猫精》；托尔斯泰娅

　　《野猫精》描绘了生活于"大爆炸"200 年后莫斯科（名为库兹米奇斯克）的"异变"知识分子贝内迪克特眼中的社会生活全景图。该作品的奇特之处在于，其体裁是"童话—小说"（сказка-роман），即童话元素与小说元素和谐相融；作品中童话世界与"未来的原始文明"奇妙融合，既彰显出"反乌托邦的神话诗学世界图景"（Антиутопическая мифопоэтическая картина мира）①，又蕴含着对处于改革洪流中的现实文化生态的影射。国内外学界对《野猫精》的论述主要集中在：(1)文本呈现出的骇人末世图景，也即反面乌托邦表现；(2)文本的后现代书写策略；(3)人物形象——知识分子式人物和女性形象的异变。然而，对于一部酝酿构思、创作时间（1986—2000）涵盖了俄罗斯社会剧烈变化时期的作品，其蕴含的社会生活图景演变、国家形象异变、民族身份认同等社会现实意义却被忽略了。本文认为，长篇小说《野猫精》所隐含的当代现实意义是叛离俄罗斯文学中的"国家中心主义"传统，降解"俄罗斯——神圣帝国"的文学肖像，推翻"俄罗斯人——神圣选民"的言说。

　　俄罗斯人对待祖国就像对待至亲一般，怀有一种非理性的热爱。对于他们而

---

① *Крыжановская О. Е. Антиутопическая мифопоэтическая картина мира в романе Татьяны Толстой "Кысь"*: диссертации на соискание ученой степени кандидата филологических наук/Томбовский государственный технический университет. Томбов. 2005. С. 1.

言,国家具有特别的意义,理应享受至高的礼遇,因为"俄罗斯——也就是神圣罗斯。或许俄罗斯有罪,但有罪的俄罗斯仍是神圣之国,是为神圣理想而献身的国家"①。神圣帝国与神圣选民的思想来源于俄罗斯文化传统中的"大地母亲崇拜"和"永恒女性崇拜",继而转化为对国家的"集体无意识"崇拜。对国家的挚爱与崇拜不仅使文学不得不肩负起传道教化的使命,也使文学中形成了浓厚的民族主义思想和"国家中心主义"范式。"莫斯科=第三罗马""俄罗斯=神圣罗斯"的言说成了一种文化无意识和民族的集体无意识。"神圣罗斯"理念要求民众恪守善与公平的处世之道,淡化物欲,净化心灵,追求圣洁和完美,以此来获得作为新神圣选民的资格。这是"神圣罗斯"之神圣选民。国家则被置于个体之上,对国家之爱高于一切,被视为践行信仰的表征。这体现为一种无法抗拒、不可推翻的"国家中心主义"思维。

俄罗斯文学始终怀有浓厚的"国家中心主义"思维,即国家的利益高于一些,以国家为中心的视角观照人物、社会、思潮。"国家积极地干预社会经济和生活的各个领域的一种方针。"②国家至上的思想统辖俄罗斯社会的方方面面,成了个体难以抹去的文化记忆。不仅是生活在俄罗斯国内的作家,还有被迫背井离乡的侨民作家的作品中总是回旋着对祖国的惦念和忧思,布宁的作品如此,索尔仁尼琴的作品同样如此。他们"把远方的祖国神圣化,认为它头上环绕着神圣的、伟大苦难的光环,那是未来强大的征兆,往日光辉的回光"③。"国家中心主义"的本质正是一种乌托邦激情。乌托邦是对未来理想世界的构想,是人得到彻底解放后的完美栖居地,它本身就是一种着眼于整个社会政治的宏大叙事。或者说,它与"国家中心主义"凸显的国家话语先于个体生命话语的叙事如出一辙。

文学中的"国家中心主义"由于其先天的政治基因而极易转化为一种帝国意识。帝国的渴望是俄罗斯文明的重要特征,而这种渴望同样充盈于俄罗斯文学之中。"帝国关系的建立需要依靠武力、狡诈和传播疾病等手段,而帝国关系的维持,需要大力仰仗文学文本。"④《古史纪年》将俄罗斯人视为上帝选中的义人之后,俄罗斯人就此获得了"神圣选民"的荣耀。《伊戈尔远征记》则进一步将武力征讨视为合理合情的宗教讨伐。《战争与和平》《静静的顿河》《告别马焦拉》《一日长于百年》等作品虽然题材各异,主题相去甚远,然而却都怀有对祖国,对俄罗斯大地的深沉之爱,而在这深沉之爱背后,野性的伏尔加流域、广袤的西伯利亚原野,乃至富饶的

---

① 别尔嘉耶夫:《自我认知》,汪剑钊译,上海人民出版社,2007年,第279页。

② *Кузнецов С. А.* Большой толковый словарь русского языка. С.-Петербург: Норинт. 2000. С. 1526.

③ 郭小丽:《俄罗斯的弥赛亚意识》,人民出版社,2009年,第137页。

④ 陶家俊:《后殖民》,选自赵一凡主编《西方文论关键词》,外语教学与研究出版社,2006年,第207页。

中亚都被自然而然地视作"俄罗斯帝国"不可分割的有机组成部分。这种帝国意识成了俄罗斯文学褪去五彩斑斓外衣后留下的相似本体。俄罗斯文学中的"国家中心主义"具体表现在："俄罗斯帝国形象"的建构，"俄罗斯——神圣罗斯"宗教中心和"俄罗斯人——神圣选民"的论证。

文学难以承受之重："俄罗斯——神圣帝国"文学肖像破碎

"在俄罗斯，文学代替了很多东西。例如：在 70 余年的苏联历史中，宗教被压迫禁止，文学代替了信仰……那些年，文学有着极其巨大的意义，肩负了沉重的责任。"[1]弗拉基米尔·马卡宁曾如是说。苏联解体后的俄罗斯文学受后现代思潮和西方大众文化的巨大冲击，逐渐失去了文艺阵地中心的地位，即社会文化中的"文学中心主义"（литературоцентризм）被消解。失去中心地位的新俄罗斯文学的确不再是宣传和建构"俄罗斯国家形象"的首要途径，其被赋予的社会—政治功能明显削弱。这种转向本身孕育着对经典文学中"国家中心主义"的"反叛"和拨正。事实上，新时期俄罗斯文学本身并未曾放弃反思过去和展望、忧思未来的话语。

在人们的思想意识中，历史乐观主义往往是一种自明性的经验，即一种现在优于过去、未来好于现在的惯性思维。人总是将解决现在面临的困境的希望寄托于未来，历史被天真地视为线性的和机械的进化发展的进程，一如登山跋涉，历时越长，攀登得越高。一般的反乌托邦小说总是将时间设置在遥远的未来，未来本身意味着更高阶的发展状态，因而社会达到了看似"完美的"状况。《我们》（《Мы》）、《一九八四》（1984）、《美丽新世界》（Brave New World）等都是如此。然而《野猫精》中的库兹米奇斯克虽出现在"大爆炸"后 200 年的莫斯科，其文明却是"未来的史前文明"。与一般反乌托邦小说的共同之处在于，它警示历史并非机械的乐观主义，认为未来可能是灾难和厄运，不同之处在于，它否定了历史的乐观主义线性进化，表明科学技术这一"雅努斯"（Janus）可能导致历史的倒退和"复辟"。如果说在经典反乌托邦小说中因理性达到极致而导致种种荒谬的现象，那么在《野猫精》中理性则完全消失了。或者说，理性启蒙在更遥远的未来，当下是重新启蒙的时代。这种理性的缺失与理性的极致在扼杀人之个性方面是殊途同归的。

俄罗斯评论家帕拉莫诺夫（Парамонов Б.）认为托尔斯泰娅是"俄罗斯文学经典作家"，小说《野猫精》是"俄罗斯生活的百科全书"[2]，作品展现了俄罗斯历史发

---

[1]　详见：Нефть-это кровь войны. Интервью с Владимиром Маканиным. 30-го. Октября. 2011. URL：http://inosmi. ru/history/20111101/176906479. html（датаобращения 09.01.2019）.

[2]　*Лейдерман Н. Л.，Липовецкий М. Н.* Современная русская литература：1950—1990-е годы В 2 т. М.：Издательский центр "Академия". 2003. С. 472.

展的面貌,"品味《野猫精》之时,您会觉得十分满足,只有经历过这样的历史,才能创作出这样的文本。正如预料的那样,俄罗斯历史在文学中得到了证明"①。但这"俄罗斯生活的百科全书"与别林斯基称《叶甫盖尼·奥涅金》(《Евгений Онегин》)为"俄国生活的百科全书"的含义已然不同。普希金的叙事具有宏大的磅礴气势,《叶甫盖尼·奥涅金》勾勒出的是广阔的俄国社会城乡生活画面,不仅有贵族阶级,而且地主与农民阶级的日常生活、俄国广袤国土的城乡四季景色、国家的政治经济形态,艺术文化状况都在作品中得以清晰展现。首都剧院的歌舞升平,待嫁贵族少女集市的熙攘纷扰,地主家欢声笑语的生日宴会,乡村教堂中悲情无奈的女奴婚礼,关于哲学、文学、经济的激烈论辩,以及贵族子弟、马车夫、送奶女工、决斗、占卜等共同映射出时代生活的鲜明图景。《野猫精》的叙事空间为"大爆炸"后的库兹米奇斯克城,描绘的是新生代知识分子代表贝内迪克特眼中由抓老鼠、抽铁锈、抄书、读书、寻书、领工资、嬉闹过节、结婚生子、阴谋篡权等构成的色彩斑斓的"新石器时代社会生活画面"。《野猫精》同样涉及"大爆炸"后社会的政治、经济、文化的状况,以及统治阶级、知识分子群体、"往昔的人"和"乖孩子们"的生存现状。诚然,"生活的百科全书"的修饰语由"俄国"变为了"俄罗斯",随之而变的是其具体内涵,也与现实社会转型期光怪陆离的生活图景暗合。俄罗斯评论家拉特宁娜(Латынина А. Н.)认为,爆炸后的库兹米奇斯克只是披上原始童话外衣的苏联—后苏联社会。"科学巨擘、人民天才父亲大穆尔扎库兹米奇是一个相当有弹性的形象(образ достаточно эластичный),在他身上除了可以看见斯大林的影子之外,还可以读出勃列日涅夫、赫鲁晓夫的形象,总卫生员库德亚尔·库德亚雷奇酷似克格勃头目,'医治''乖孩子们'的卫生员与契卡工作人员之间存在极大的相似性。"②"乖孩子们"日复一日的辛勤工作最终只能换得一堆牌子,而领取牌子——工资的过程则是一场磨难。"就算一切正常,拿到了工资,将牌子捏在手里,但这些钱,如同其他人说的那样,是'烂钱''血腥的钱',或者是'破钱',什么也买不到。再多也没有用。你尽管去买吧,就是买不到东西,顶多只够吃一顿饭。"③"穆尔扎们的工作态度和职业风范使人联想起当代和苏联时期各个部委、各种执行委员会和地方行政机关

① *Крыжановская О. Е.* Антиутопическая мифопоэтическая картина мира в романе Татьяны Толстой "Кысь": диссертации на соискание ученой степени кандидата филологических наук/Томбовский государственный технический университет. Томбов. 2005. С. 7.

② *Крыжановская О. Е.* Антиутопическая мифопоэтическая картина мира в романе Татьяны Толстой "Кысь": диссертации на соискание ученой степени кандидата филологических наук/Томбовский государственный технический университет. Томбов. 2005. С. 104.

③ 托尔斯泰娅:《野猫精》,陈训明译,上海译文出版社,2005年,第86页。本文相关引文均出自该版本,以下仅标出页码,不再一一说明。

的权力滥用现象。"①托尔斯泰娅在作品末尾交代的写作时间为 1986—2000 年,这并非画蛇添足之举。1986—2000 年是苏联向俄罗斯转变的历史时期,政权也完成了从戈尔巴乔夫到叶利钦的过渡。文本中库兹米奇政权被推翻,总卫生员库德亚尔·库德亚雷奇上台执政的事件与史实也存在显性的重合。从这个意义上说,《野猫精》的确是生活的百科全书,只是百科全书所阐述的生活和呈现的家邦绝不是那个"神圣罗斯"。如果说基捷日城(град Китеж)来自俄罗斯文化中源远流长的传说,是不可见的全民族的信仰寄托和朝圣之城,是"神圣选民"的图腾,那么库兹米奇斯克则是褪去神圣光环,布满丑陋、肮脏和罪孽的倒置基捷日城。

普希金、托尔斯泰、索尔仁尼琴、拉斯普京等作家的文本中孕育着向外拓展的冲动。俄罗斯文学充盈着强烈的民族主义思想,渴望普及俄式思想价值观,而在民族思想表象下蕴含着隐性的"帝国意识"传承脉络。俄罗斯民族思想的核心是"神圣罗斯"理念,而其世俗实践是"帝国意识"。"神圣罗斯"和"帝国意识"是俄罗斯文学中"国家中心主义"的圣俗两面,而圣俗之界限却并不绝对,甚至难以划清。在特定的时代文化语境中,民族主义思想常常转化为"帝国意识",帝国意识是普适价值观的逻辑必然结果。俄罗斯文学始终充盈着对帝国的渴望。自《伊戈尔远征记》以降,"帝国意识"始终是俄罗斯文学的传承主题。文学中的"国家中心主义"在苏联时期达到了顶峰,"回顾苏维埃文学的发展历程,必须看到它与国家政权意志之间的紧密联系。苏联政权作为 20 世纪人类历史上的一个新的政体,一开始便体现出了一种强烈的乌托邦精神"②。乌托邦不再是知识分子的"私人性的"话语,而获得了公开的实践性。"苏维埃文学"的独立性受到限制,其依附于社会政治是一种客观的事实。乌托邦精神与反乌托邦精神在"苏维埃文学"中虽共存同生,却呈现出乌托邦精神占据绝对强势地位的态势。而新俄罗斯文学摆脱了政治的强烈影响,获得了前所未有的自由和独立性,其本身也充满反思历史、审视当下、展望未来的渴望。

以马卡宁、索罗金、托尔斯泰娅等为代表的新俄罗斯文学存在解构"帝国意识"的显性反乌托邦倾向。这种解构始于叙事策略的转变,作品不再以历史事件、国家道路、民族未来等宏大的命题为叙事中心,而着意叙述个体在复杂多变的世界中的生存体验。世界是人眼中的世界,是其人生历程的一部分。以《野猫精》为例,其空间叙事与传统文学的叙事策略存在明显的差异。文本中有叙事者话语和人物话语,两者是相互独立的"声部",又相互高度重合,"我"这一称谓在大部分情况下属

---

① *Крыжановская О. Е.* Антиутопическая мифопоэтическая картина мира в романе Татьяны Толстой "Кысь": диссертации на соискание ученой степени кандидата филологических наук/Томбовский государственный технический университет. Томбов. 2005. С. 103.

② 董晓:《乌托邦与反乌托邦:苏联文学中的两种精神》,载《粤海风》2004 年第 5 期,第 12 页。

于贝内迪克特。这就造成了人物话语与叙事者话语的重合,而真实作者(托尔斯泰娅)的话语是完全缺席的。文学文本的"话语是一种描绘手段(形象的物质载体),是对词语之外的现实进行评价性观照透视的一种方式;作为被描述的对象,话语总是属于某个人的或者用来刻画某人性格的话语表述。也就是说,文学能够再现人们的言语活动,而这是它同其他艺术门类最显著的区别。只有在文学中,人才能够以言说来展现自己"①。换言之,在"作者已死"的情况下,文本彰显的思想就是与叙事者高度重合的人物的思想,也就是知识分子的思想。作品的空间叙事具有封闭性、内向性的特征,局限于库兹米奇斯克城内。库兹米奇斯克城坐落于七个小山丘之上,周围是一望无际的原始森林、神秘莫测的草原。独立王国的居民不仅对城外的车臣人没有征讨意愿,且极其惶恐惧怕,他们时时防备着车臣人和野猫精的袭击。库兹米奇斯克已经不似曾经的"神圣罗斯",褪去了神圣的光环,也丧失了"文化优越性"。在不同文化语境中形成、发展、嬗变而成的"神圣罗斯"的理念被"大爆炸"击碎,"帝国意识"也一同被降解、消散。"大爆炸"使人发生身体和精神的双重突变,失去文化之根和历史记忆。个体精神世界的格式化和清零是其被奴役的前提,是极权社会得以运转的基础。贝内迪克特生活在一个充盈着童话元素的世界里,那是一个封闭的独立空间,也是一个回归原始的极权社会。

"大爆炸"后的库兹米奇斯克倒退回前启蒙的原始时期,卸去了所有历史负担,成为一个新生的国度。虽然库兹米奇斯克是一个蛮荒未开化的远古世界,身在其中的个体的外貌也并非像《我们》《美丽新世界》中的那般高度相似的"机器",然而库兹米奇斯克无疑是一个极权社会,拥有极权社会的典型要素,只不过这个极权社会所呈现的是"复古"的形态。透过奇幻的社会表象,《野猫精》所彰显的是与《我们》《一九八四》《美丽新世界》同样的一幅人性泯灭、丧失思考与创造能力的可怖极权世界图景。在经典反乌托邦小说中,人被降格为流水线上产出的商品和干瘪的号码,被剥夺了一切人性化的体验和精神生活。在《野猫精》中的"乖孩子们"则是自愿地沉浸在安逸美满的社会中,心甘情愿地接受奴役。因为他们意欲离开之时,当"小城已经从视野中消失,原野里微风拂面,一切都美妙无比,一切都赏心悦目,可是突然之间,就像人们所说的那样,停下脚步,站在那儿,开始寻思:我这是到哪儿去啊?我干嘛要去那儿啊?我在那儿没见过什么?那儿有什么好处?于是你会可怜起自己来。你会想:身后可是我的家,女主人或许在哭泣,透过手指缝向远方眺望;鸡在院子里跑,屋子里炉火烧得正旺,老鼠窜来窜去,火炕多柔软……心里像被虫子咬了一样,真是难受极了。于是,你吐一口唾沫,转身回去了。你甚至会跑起来"(4)。事实上,"乖孩子们"是完全自由的,只是他们像宗教大法官口中的"信

---

① 哈利泽夫:《文学学导论》,周启超等译,北京大学出版社,2006年,第127页。

徒"一样驯顺地交出了这自由,他们甚至还没来得及明白这自由意味着什么。按部就班地"过日子"是"乖孩子们"唯一的,也是最满足的存在状态,思考"为什么活着""怎么活"这些问题只会徒增烦恼。对于他们而言,改变没有任何意义。"乖孩子们"对自己的生活并无不满,对穆尔扎们要毕恭毕敬,要接受他们的管辖和统治,这是天经地义的真理,正如"老鼠是生活的支柱"一样。他们自愿画地为牢,放弃思考的权利和意愿,思考、提问、质疑往往被视为"异常"之人的所为。当贝内迪克特问车臣老头是否见过野猫精时,得到的是众人的嘲笑、白眼和死寂的沉默。

"大爆炸"后的社会并非由单一阶层构成,小穆尔扎、大穆尔扎、"乖孩子们"和卫生员各司其职,大穆尔扎库兹米奇是王国的最高统治者。这个社会与其他文本中极权社会的共同特征是,统治者想尽办法企图操控"乖孩子们"的思想。作为知识载体、精神宝库、文化之根的书本则成了一种违禁物,时代发展的前进失却了推动力和依靠。人与人之间不以名字和父称称呼,相互之间互称"乖孩子"。"乖孩子"与《我们》中的 D503、I330、R13 等"号码",及《一九八四》中实验室生产出的孪生胚胎发育而成的"产品"并无不同。人失去了个性和自由,沦为行尸走肉。在这个极权社会中,"所有的乖孩子,无论是健康的还是有残疾的,都要离开家门到建有监视塔的中心广场上去,每六个人排成一排,唱着歌儿游行,而穆尔扎们会从监视塔上观看乖孩子们,清点他们的人数"(109)。"交换只能是国家行为,个人是不敢随意抄书的,一经发现,这些冒失鬼便要受到处罚"(35)。个体的社会活动只能在有限的自由阈度之内进行。个体的生命、生存权利随时会被剥夺。"他对于传染病的恐惧,还不如对那些不该在深夜出现的卫生员。因为他们会抓你去医治,而人们经过医治之后再也回不了家。没有谁回来过。"(43)这是一种"医治的传统,以前书里有放射性物质,谁有书,就医治谁。现在尽管已经过去两百年了,同样如此,就是这种传统,我听说过"(43)。托尔斯泰娅笔下的库兹米奇斯克又恰似一座控制人思想的精神病医院,卫生员是这个"王国"中超越其他社会阶级的独特存在,他们的义务正是"医治"人,扫除任何个体的独立自主的主体意识。

在《野猫精》中,托尔斯泰娅将世界分为三个独立的空间,也即现实的费多尔·库兹米奇斯克城世界,一种原始的新石器时代,历史与文化处于史前未开化状态;往昔人的"回忆世界",也即回忆"大爆炸"之前的世界,其与文本外文明高度发达的当代世界具有相似性;贝内迪克特的书中世界——艺术化的世界,也是他渴望的乌托邦理想世界。"乖孩子们"的现实世界和往昔人的"回忆世界"形成了客观上的"文明冲突"。贝内迪克特是文明冲突的聚焦点,现实生活和往昔人的世界在他的内心互相角力。这促使主人公对现实产生疑窦,激发起他探索真相的冲动,最终促使他思考关于现实和未来,关于世界和思想、自由等问题的愿景。贝内迪克特从惬意地享受当下生活,逐渐变为对其产生难以名状的厌烦,从不识普希金为何人到为其刻像立碑。人物从看似"美好"的乌托邦中觉醒,意识到反乌托邦的可怖需要一个特殊的触发点,这正是反乌托邦小说的书写范式。《我们》中的I-330,《美丽新世界》中的"野人"约翰,《一九八四》中的茱莉娅是核心主人公意识独立觉醒、乌托邦幻象破灭的关键。贝内迪克特对当下世界的怀疑来自于对"古版书"的迷恋,他在阅读"古版书"的过程中构筑起属于自己的"美丽新世界":"书里有道路、马匹、岛屿、谈话,坐在小雪橇上的小孩,装有彩色玻璃的凉台,头发洁净的美人儿,长着明亮眼睛的鸟儿……"(314)当他阅读时,"可以忘却一切,钻进书里去……比如我们现在是冬天,那儿却是夏天。我们是白天,那儿却是晚上"(181)。从叙事学角度看,这是一种"元乌托邦"。"元乌托邦"的出现表明本内迪克特对其生活现状感到不满,想要寻求内心渴望的美好世界,是一种"反乌托邦的乌托邦精神"。

贝内迪克特对现实的清醒认知源于周围人的共同影响。他的亲近朋友"瓦尔瓦拉·卢基尼什娜能背许多诗,并且总想弄明白某个问题……别人不当一回事的,她却很认真"(39)。正是在瓦尔瓦拉·卢基尼什娜家中,本内迪克特第一次接触到了违禁品"古版书",且证实了"古版书"不仅不会传染病毒,还是保存闻所未闻世界的宝库。在瓦尔瓦拉·卢基尼什娜的帮助下,大穆尔扎库兹米奇的谎言被首次揭穿,也起到了引导贝内迪克特产生独立思想的作用。阴谋家岳父利用贝内迪克特嗜书如命的特点,怂恿其杀人,培育其兽性,但得到书的贝内迪克特在阅读时体悟到了"心在剧烈地跳动、生活在飞跃的奇迹:有多少书,你就会体验多少五彩缤纷的生活"(182)。这种异样的体验使他已不可能满足于原来的生活,并促使他萌发找到记载"该怎样生活"的书,也即开始思考"生活是什么"和"何为人"。

改革潮流的冲击:"俄罗斯人——神圣选民"言说的破产

乌托邦是现代性的"衍生物",其滋长以现代性为基础。现代性的核心要旨是人之解放,而科学、技术、理性为解放之动力。在关于现代性的各种论述中,人之生存视角的阐释似乎被轻易忽视。或者说,现代性往往以追求人之绝对自由而始,却极易以严酷的极权桎梏而终。作为对这种现象的有意反拨,反乌托邦与乌托邦相伴而生。反乌托邦小说勾勒的是未来可能的世界图景,指涉人即将遭遇之命运。文学中的乌托邦激情和"国家中心主义"思想往往漠视现实生活和个体生存,人失却了文学主体的地位。"在国家政治意识(即国家中心主义)的统摄下,天才作家对历史的审视也会丧失深远的洞察力"①,人之为人的标准、人之价值等衡量标准都偏离了应有的轨道,带有浓重的政治色彩。反乌托邦小说则对其进行了拨正,强调

---

① 董晓:《乌托邦与反乌托邦:苏联文学中的两种精神》,载《粤海风》2004年第5期,第14页。

"文学是人学"的本性和原则。《野猫精》中的异质书写突破,乃至颠覆了俄罗斯文学中"国家中心主义"思想,完成了对"神圣罗斯"理念的彻底解构,因为事实上整个文明都被彻底颠覆了。这种颠覆的一个重要维度是重新思考人的存在意义,重新构建人的概念,界定人的边界。具体地说,是对俄罗斯人"神圣选民"资格的废除,而其策略则是对人本身"异化"的阐释。

反乌托邦小说偏爱"异化"主题,其展示的未来是一种极端异化的世界图景。"异化"(отчуждение)是一个哲学范畴,也是社会学、心理学、法学领域的概念。异化现象古已有之,是伴随人类进化、发展的常见形态。"异化"作为一种体系化的理论是由黑格尔、费尔巴哈、马克思、弗洛姆等思想家逐步完善成形的。异化现象的泛滥与社会的现代化有着密切关系。或者说,显在的异化是现代性的可怕后果之一。简而言之,异化是"在异己力量的作用下,人类整体或个体丧失了自我和本质,丧失了主体性,丧失了精神自由,丧失了个性,人变成了非人,人格趋于分裂"①。从本质上说,异化与非本质性、易变性和他性密切相关。异化是世界的普遍、本真的存在状态,物种进化、文明演进都是异化的量变而引起的质的飞跃。鉴于异化现象的普遍性和无尽性,它蕴含特殊的审美价值,终成为文学的基本主题。以人之异化为例,从某种意义上说,世界文学史是由一部部描写"怪物"的杰作构成的。西方文学中充斥着大量野兽、幽灵和超人的变异形象。奥维德的《变形记》、阿普列乌斯的《金驴记》、艾略特的《弗洛斯河上的磨坊》和《丹尼尔·德龙达》、斯威夫特的《格列佛游记》、罗斯的《人性污点》等作品中详尽描写了人之劣性、野蛮、愚昧。文学的聚焦点始终是人,文学是人学。变异的主人公在一定程度上成了文学经典作品当仁不让的主角。人性的异变、缺失往往潜藏着对人性珍视的意图和渴望人性回归的诉求。"文学在塑造人类的特征和边界的过程中发挥着至关重要的作用。"②如何建构人,使人之所以为人,而不是怪物、异形的原因始终是文学试图探讨的论题。米歇尔·福柯认为"人是一个晚近的创造物";但他又指出,随之人也是一种"变异",并且该变异已经"接近它的终点"。③

尤其应当指出的是,当代欧美文学非常关注"异化"的各种变化形态。美国作家丹娜·哈拉维的《赛博格宣言》,杰佛利·尤金奈斯的《中性》,以及"异形"系列和"黑客帝国"系列等科幻作品等都以异化主题为中心。苏联解体后,社会主义现实主义作为主流强势话语坍塌,新俄罗斯文学寻求不同的发展路径。在自省反思、主

---

① 蒋承勇:《自由·异化·文学——论异化主题在西方文学中的历史嬗变》,载《外国文学研究》1994 年第 2 期,第 36 页。

② 本内特:《关键词:文学、批评与理论导论》,汪正龙、李永新译,广西师范大学出版社,2007 年,第 218 页。

③ 本内特:《关键词:文学、批评与理论导论》,汪正龙、李永新译,广西师范大学出版社,2007 年,第 218 页。

动抑或被动接受世界文学新成果的艰难转型中,俄罗斯文学打破了原有的壁垒和隔阂,以积极的姿态汇入世界文学之中。"异化"也是解体后新俄罗斯文学的重要主题。佩列文的《昆虫的生活》(《Жизнь насексмых》)、彼得鲁舍芙斯卡娅的《海里泔脚的故事》(《Морские помойные рассказы》)和托尔斯泰娅的《野猫精》一道构成了新俄罗斯文学"异化"主题的代表性文本。托尔斯泰娅在《野猫精》中建构起变异的文化语境,人、物、世界、文化价值观都发生了"基因突变"。传统文化中"神圣选民"的概念被解构了,并重新建构与当前文化柜适应的新的"人"。

反乌托邦小说往往采用一种"合成表现主义"的叙事手法,把生活的各个侧面合为一个有机的整体。《我们》等经典反乌托邦小说"把自然科学,特别是数学和艺术'综合'在一起,从而赋予作品以更大的概括性和广泛的哲理性"①。《野猫精》中则体现出遗传生物学、历史学和文学艺术的融合。"大爆炸"后的世界里,物种发生了不可逆转的基因突变。这种突变借助于讽刺性书写策略,与梅尼普体存在某种相似性,梅尼普体被认为是反乌托邦文学的重要哲学基础之一。② 梅尼普讽刺是苏格拉底对话解体的产物,与民间文学有着深厚的渊源,其核心是一种粗俗但不失有力的笑谑。"对世界和世界观里崇高的因素,随心所欲地粗鲁地实行低俗化,使他们里外颠倒过来,一反常态——这些有时在这里令人觉得有伤体面,然而这种特殊的笑谑亲昵,却是与尖锐的问题性、乌托邦的幻想结合在一起的。"③梅尼普讽刺中体现出"尚有犹豫,尚不深刻的乌托邦因素",而其笑谑中也孕育着反乌托邦的因子。托尔斯泰娅的《野猫精》被认为是与俄罗斯民间文学有着千丝万缕联系的一部作品。其中重要人物的刻画就显现出梅尼普讽刺的意蕴。最高统治者——荣耀的费多尔·库兹米奇是万寿无疆的大穆尔扎,他的头衔是书记、院士、英雄、航海家、木工、诗人、发明家。他自视为一切技术和日常生活的革新者,自居为科学发现之先驱和文艺杰作的缔造者,拙劣地模仿从天上盗取火种带到人间的文化英雄普罗米修斯。在贝内迪克特心里,库兹米奇是最伟大、最完美的人,甚至就是"创世主"和"上帝"。终于,在办公小木屋,贝内迪克特见到了费多尔·库兹米奇,他的"个头并不比猫咪大,顶多只是齐贝内迪克特的膝盖。只是猫咪的小手纤细,小脚粉红;而费多尔·库兹米奇的小手则像炉门一样,并且在颤抖,不住地颤抖"(61)。这是一个从"加冕"到"脱冕"的过程,它不仅使贝内迪克特感到"恐惧与欢乐交织,头脑发热……有一只手在胸中抓挠堵塞,让他喘不过气来,周围的一切变得极其异常",且初次体验到了这个美妙王国虚假的一面。因为大穆尔扎看起来更像"低端的文

① 扎米亚金:《我们》,顾亚玲等译,作家出版社,1998 年,第 10 页。
② 郑永旺:《反乌托邦小说的根、人和魂——兼论俄罗斯反乌托邦小说》,载《俄罗斯文艺》2010 年第 1 期,第 7 页。
③ 巴赫金:《巴赫金全集》(第三卷),白春仁、晓河译,河北教育出版社,1998 年,第 529 页。

化英雄"("низкий" вариант культурного героя)①,是原始民族民间故事、神话中以各种伪装出现的恶作剧精灵(трикстер 或 trickster)。此外,库兹米奇更是有一个与其身份地位完全相反的可笑姓氏:卡布卢科夫(Каблуков),意为"鞋后跟"。

"爆炸后"出生的"乖孩子"则成为一种介于人和动物之间的特殊种群,被降格为自然和兽性的存在。这种兽性(зооморфоность)的显性表现是其姓名的改变。《野猫精》中人物互称"乖孩子",他们的姓名都是类似伊万·牛肉(Иван Говядин)、豺狼·杰米杨内奇(Шакал Демьяныч)、臭虫·叶菲梅奇(Клоп Ефимыч)等的人兽组合。"文学是人学"(高尔基语)是一个已经被认证且接受的公共命题。文学的核心论题是"何为人",而这个论题在文本中的显现往往却是"何为非人"。文学试图限定人之边界,其手段是呈现一幅幅"非人"的画卷,即通过人之异变来反衬人性、人文、人道。在《野猫精》中,各类人一出场就已发生了异变,文本中充斥着非人的语言、失去人性者的话语、偏离人性的语言,这些话语彰显的是人性的沦落。"人为何物?"和"为何他们会沦落?"自然成了文本需要交代和解决的问题。

根据权威词典的界定,"人(человек),是能够思考,能用语言交流,能在社会劳动过程中制造并使用工具的生命存在"②。生活在库兹米奇斯克的"乖孩子们"只会听从统治者大穆尔扎的命令,放弃了思考的权利,没有思考的意识和愿望。"乖孩子们"的语言发生了异变,他们无法和往昔的人正常交流,谁也不明白谁。即"往昔的人听不懂我们的话,我们也听不懂他们的话"(23)。"乖孩子们"凭借本能存活,捕捉老鼠与蛆。遗传学和生物进化理论认为,直立行走是人类物种进化过程中的标志性特征,是区别于其他灵长类动物性的里程碑式节点。托尔斯泰娅笔下的人则部分地失去了直立行走这一外显性的特征,而沦落为四脚着地的动物,也即"蜕化变质者"(перерожденец)。在贝内迪克特看来,"人"应当是有明显身体变异,摒弃思考、快乐无忧地生活,区别于"往昔人"的种群。

"大爆炸"这一湮灭、颠覆的事件是人之身体变异的直接缘由,而人之内涵重新构建的另一个维度——精神异变则是极权奴隶统治的结果。"大爆炸"和社会重组使人完成了从身体的异化到精神的异化的过程。人已经嬗变为丑陋的存在物,而相对于其外表的丑陋、内心的腐败,其精神的堕落更为彻底。贝内迪克特是新文化生态中的知识分子,酷爱读书,珍惜书本,却始终不得其解,对于"关切、同情、慷慨、自由、互帮互助、尊重他人、牺牲自我"等核心文化概念依然不懂。这些"文化概念是文化主体经验感悟和现实印象的知性转化与意识结晶,渗透着人的生命态度、观

---

① *Шафранская Э. Ф.* Роман Т. Толстой "Кысь" глазами учителя и ученика: Мифологическая концепция романа // Русская словесность. 2002. No 1. C. 36.

② *Кузнецов С. А.* Большой толковый словарь русского языка. С.-Петербург: Норинт. 2000. C. 1470.

念取向、利害趋避等丰富的价值内容"①。以贝内迪克特为代表的"现代知识分子"对于普适性文化概念认知空白、对其价值漠视表明整个民族价值观念的沦陷和世界观的崩塌。"文化概念背后隐含人的社会化与意识化进程,即文化概念'人化'的演变过程,该过程包含深刻而多维的概念价值性。"②然而,这一过程在贝内迪克特们的世界里已然消失,或者说,已经变为一种强制性的单向灌输,即以大穆尔扎的命令形式发布。这种极权统治的结果是,贝内迪克特"这一类人,实际上乃至整个人类"都成为"缺乏理智、头脑空空、成天幻想、误入歧途"的存在(99)。尼基塔称贝内迪克特为"精神上的尼安德特人,意志消沉的克罗马农人"(140)。尼安德特人是和人类共同进化的"智人"种群之一,在他们与人类共同存在的十几万年时间里,人类在不断进化,而尼安德特人却退化了,并最终灭绝。"精神上的尼安德特人"这一名称不仅证实了"大爆炸"后人之精神退化,也是"疾病不是在书里,而是在脑袋里"(185)这一言说的完美注脚。

最终,以贝内迪克特为代表的当代知识分子们漂浮在无尽艰难汇集而成的苦海,在没有出路的"生活迷宫"中匍匐前行。祖国——俄罗斯已不再是"神圣罗斯",所谓的"神圣选民"则蜕变为"精神上的尼安德特人"。他们不仅不是拯救世界的弥赛亚——神选之族,还消散了心中的"道",忘却了"神"。《野猫精》这部小说正如一面哈哈镜,不仅解构了传统的家国和人之文学肖像,且呈现出一幅不无奇特的"自画像"。

(编校:王　永)

---

① 彭玉海:《论文化概念的价值性》,载《外语学刊》2015年第6期,第6页。
② 彭玉海:《论文化概念的价值性》,载《外语学刊》2015年第6期,第6页。

俄罗斯侨民作家什梅廖夫小说的宗教意蕴

赵　颖

（东北农业大学俄语系）

[摘　要]　什梅廖夫是俄罗斯侨民作家的杰出代表,其小说的重要特征之一就是以俄罗斯为描写对象,对普通人心理、日常生活的写照充满了鲜活的俄罗斯文化气息,并且将这一特征进行了宗教意义的阐释,赋予其一种崇高意义。什梅廖夫既具有俄罗斯第一代侨民作家创作的思想指向和美学追求,同时其独特的个人经历和思想流变又使其作品充满了宗教美学意蕴。作家对社会的变动、个人与民族的未来命运进行深刻的宗教文化思考,将东正教精神与日常生活紧密结合,并将宗教精神赋予在作品中,构成其创作的精神内涵。什梅廖夫的创作历程及主要作品为我们揭示出作家试图以宗教的途径解决现实中的问题,也体现了作家一生对信仰的探寻。

[关键词]　什梅廖夫;侨民作家;宗教

一、引　言

伊万·谢尔盖耶维奇·什梅廖夫（Иван Сергеевич Шмелёв，1873—1950）是20世纪俄罗斯侨民作家的杰出代表之一,30年代曾与布宁、梅列日科夫斯基一起获得诺贝尔文学奖提名。他的小说以俄罗斯普通民众的情感、命运及日常生活为视角,将宗教精神贯穿其中,反映普通人心理自我成长和俄罗斯精神形成的主题。他的早期创作中就体现了扎根于社会生活的现实主义传统,"小人物"主题的小说《从饭店里来的人》使他蜚声文坛。当时的评论界甚至将它与陀思妥耶夫斯基的作品相比拟。该作品展示父与子的关系,反映小人物的命运,使作家跻身于21世纪初的现实主义作家之列。什梅廖夫注重和习惯于从文化的、人道的视角看待社会历史现象。他重视传统道德,对历史的变动、个人命运与民族的未来进行深刻的宗教文化思考,亦被称为"东正教思想家"。如以小说《死者的太阳》为代表的作品,从文化的视角，以人道主义为尺度，反映评判革命带给俄罗斯社会的种种现象。特别是经历了丧子之痛，流离于故土之外的磨难之后，作家的视线逐渐转向了俄罗斯民族传统文化。幼年烙下的宗教印记逐渐清晰，基督教成了他的心灵精神之源，福音书宣扬的受难、忍耐、恭顺、仁爱的精神，使他找到了生存的意义。什梅廖夫具有一种宗教自觉精神，并且将它赋予在作品中，将宗教精神与日常生活紧密结合，"把'神圣'生活化，把'生活'崇高化"[1]。在《朝圣》《天路》等作品中，作家展现了遵循东正教教规的俄罗斯传统生活，宣扬了宗教拯救的主旨。如同俄罗斯哲学家伊里因（Ильин И. А.）所说的，"构成其创作精神内涵的思想是：引导人从黑暗历经苦难和不幸走向光明"[2]。本文以《饮不尽的酒杯》《死者的太阳》《朝圣》《禧年》几部作品为例，试分析作家的创作主旨及宗教视域下的精神探求。

二、宗教隐喻性的作品主题

20世纪俄罗斯侨民作家作品的突出特点是具有鲜明的宗教性。俄罗斯文学史家阿格诺索夫（Агеносов В. В.）指出："对于苏维埃文学来说，俄罗斯民族性格中那些静思默想、对生与死和上帝进行思考这样一些层面却几乎是完全未被触动。……而这些问题，却成了俄罗斯侨民作家大部分作品的中心。"[3]关于什梅廖夫对宗教主题创作的开始时间，许多研究者论证过，柳鲍穆德罗夫（Любомудров А. М.）认为在革命前的早期创作中作家对于宗教的主题并没有涉及。他认为，精神的严重伤害导致作家于1920年在思想上发生了巨大的转变，并且这种转变完全体现在他后期的作品中。这种转变让他创作出了许多展现宗教生活方式的优秀作品，同时使他本人也成了无人能够比及的、能够深刻全面塑造东正教世界观的优秀作家。而杜纳耶夫（Дунаев М. М.）则认为，什梅廖夫整个的创作都体现着基督教思想，他的创作道路证明了他的宗教主题的创作思想是逐渐形成的。无论哪种说法都不能否认在他的创作中宗教主题占有非常重要的位置。

什梅廖夫于1918年创作的中篇小说《饮不尽的酒杯》无论在题目还是在内容上都体现出鲜明的宗教隐喻色彩。故事描写青年农奴画家伊利亚·沙拉诺夫爱上了女主人，在经历了这种无望之爱后，画家竭尽全力以深爱的女主人为原型创作了一幅圣母画像，之后病死在小屋中，结束了自己短暂的一生。小说的题目与俄罗斯教会一幅真实的圣像画同名。圣像画是俄罗斯东正教文化的重要组成部分，圣像多以基督、圣母、天使和圣徒为主要形象，以与其相关的重大事件为题材。在俄罗

① 阿格诺索夫：《20世纪俄罗斯文学》，凌建侯等译，中国人民大学出版社，2001年，第346页。
② 阿格诺索夫：《20世纪俄罗斯文学》，凌建侯等译，中国人民大学出版社，2001年，第346页。
③ 阿格诺索夫：《俄罗斯侨民文学史》，刘文飞、陈方译，人民文学出版社，2004年，第100页。

斯作家的文学作品中不乏对圣像的描写，而在圣像画艺术史上俄罗斯也有安德烈·鲁勃廖夫（Рублев А.）这样伟大的圣像画家。圣像艺术是俄罗斯东正教文化的重要组成部分，对圣像进行祈祷，就是对神的崇拜。圣像是尘世与天国的媒介。圣像画师这个身份本身就使伊利亚·沙拉诺夫仿佛具有了连接尘世与天国的敏锐沟通力。伊利亚的尘世生活充满了苦涩，这种苦涩源源不断，饮不尽，品不完。尘世生活中他的身份是卑微的，他的快乐体现在对天国、对圣母的崇拜之中，他通过画笔走上信仰之路。在他所塑造的圣像画中，神的面容都是以周围现实生活中他所熟悉的人的面容为原型的。他以生活中女主人为原型塑造圣母的形象，极力地寻找她们的共同点，试图将对尘世女性的爱升华为对圣母的爱。

什梅廖夫关注人的心灵、精神的神圣性，认为在现实残酷的映射下，只有通过对神圣性的追求才能够得到精神的喜悦、达到灵魂的升华。因此，作家突出圣像与肖像之间的联系，表现出他内心对尘世中普通人所具有的美好品质的肯定。虽然酒杯的形象意味着啜饮不尽尘世生活的苦涩，但在小说中又不止一次地出现了"радость"（喜悦）这个词语。在东正教中"радость"具有多层含义，教堂的神父们描述的"радость"是"心灵的愉悦""内心与上帝的和谐一致"，或是对于自己所犯罪过进行忏悔之后的感觉，或者是当人认识到自己心中有神、对神有信仰时，就会获得这种喜悦。在进行创作之前，什梅廖夫就已经是虔诚的教徒了，所以在他的作品中经常出现"радость"一词就不是一般意义上的解释，而是精神层面的阐释了。他在思考现实生活中普通人身上的神圣性，因此，在小说中"喜悦"实际上就是神圣性。从某种意义上而言，什梅廖夫的小说中充满了太多的人物内心感受，这种感受对他而言，成了神的启示。他在思考《新约》的主题——拯救人类。这种拯救是当耶稣基督降临之后人类的自救，是基督赐予的救赎。

从二月革命到十月革命，俄罗斯一部分知识界人士对革命所引起的一系列现象和出现的问题产生了困惑和忧虑。知识阶层地位的下降以及言论、出版自由受到限制都加剧了这种情绪，什梅廖夫同样无法理解革命真正的意义。在唯一的儿子被处决之后，他和妻子离开了俄罗斯。侨居国外之后，他于 1923 年出版了小说《死者的太阳》。他根据自己对革命、战争的理解，从人道主义立场出发，指责了相互杀戮的残忍。俄罗斯所发生的一切给什梅廖夫内心带来了强大的冲击，出于对祖国未来的担忧、对人民苦难的同情，他拿起笔来记叙满目疮痍的俄罗斯。这部小说以象征与宗教隐喻的形式展现了"社会变革和个人命运的关系"的主题。作家在书中描述了上帝创造的世界正在死去，在克里米亚美丽的风景映衬下，一切生命——动物、人类无一幸免地即将死去，死亡永远不会结束，而生命的结束和开始，一切都已混淆……在主人公的周围，人类按照动物的准则生存，克里米亚正在成为"欢腾的坟墓"。这是作者对俄罗斯悲剧的隐喻性描写。太阳本应是在自然界光芒万丈、给人温暖的形象,而在作品中却变成了"死者的太阳","它烧毁了一切",尘世就像《启示录》中的世界末日的景象。死去的人,不仅仅指那些失去生命的人,还指那些虽然活着,但是却不爱自己的同胞、在别人的痛苦中感到快乐的人。作者认为这些人的生命已经消亡了。"死者的太阳"与作家早期作品中太阳的形象截然不同。在这里太阳失去了生机,末日来临,世界即将覆灭。然而尽管如此,作者还是表达出了信仰的力量,那些笃信教义、遵守教规生活的人也许就是救赎的力量。《死者的太阳》是具有悲剧性色彩的一部作品,作家对道德、心灵和人本身的自省进行了探究。

三、宗教语境下的日常生活所蕴含的寻根意识与精神归宿

侨民作家由于文化身份和环境的不同,他们的文学创作也常处于"边缘化"的境地。内心的孤独、异乡文化的隔阂,他们心中的祖国被陌生化成一个美好的符号。因此,在侨民文学"第一浪潮"中,"对历史变动的思考,对个人命运、侨民的出路乃至民族前途的探测,还使得一些作家把视线转向本民族历史和宗教文化传统"①。布宁、扎伊采夫、库普林等侨民作家都创作过追忆祖国、再现俄罗斯美好生活的作品。但什梅廖夫"更善于将鲜明生动的生活描写与宗教象征结合起来,这在《朝圣》《禧年》及短篇小说《马尔腾与金》《前所未有的午宴》中都有所体现。作家从革命时期阴郁的生活画面,转向了基督的罗斯、童年的莫斯科,为的是从中找到继续生存的支柱"②。

《朝圣》和《禧年》成了作家创作的高峰,两部作品都具有自传性质,是作者对昔日俄罗斯宗法制日常生活的描写。小说《朝圣》以 7 岁小男孩瓦尼亚的视角,记叙了在朝圣路途中,人们历经苦难、在精神上不断净化自我,最终获得灵魂拯救的过程。如果说朝圣是俄罗斯人沿着通向上帝之路进行自我完善与精神追求的手段的话,那么《禧年》则是"一部描绘俄罗斯基督灵魂的新的史诗"③。《禧年》无论从题目、结构形式,还是作品的内容都表现出东正教的鲜明特色,甚至被称作"东正教的百科全书"。小说分为"节日""欢乐""悲伤"三部分。第一部分"节日"中的"年"这部分不是人们一般意义上的以时间为序,而是按照记录的宗教节日的大事件为顺序。从大斋节开始,到谢肉节结束,紧接着又是一个从大斋节开始的新年。于是世界就在这样一个永久循环的"年"中循环反复。第二部分"欢乐"描写在这种东正教节日交替的年里俄罗斯古老的宗法制生活,它不仅包括诸如命名日、斋戒等宗教仪

---

① 汪介之:《俄罗斯侨民文学与本土文学关系初探》,载《外国文学评论》2004 年第 4 期,第 112 页。

② 阿格诺索夫:《20 世纪俄罗斯文学》,凌建侯等译,中国人民大学出版社,2001 年,第 348 页。

③ 阿格诺索夫:《20 世纪俄罗斯文学》,凌建侯等译,中国人民大学出版社,2001 年,第 349 页。

式,还包括取冰,腌制酸黄瓜、白菜等家务劳动,在节日里划船、滑雪等娱乐,甚至包括父亲的生意等被赋予了神圣意义的平常生活。什梅廖夫谈到《禧年》时认为,这部作品展现了他心中神圣罗斯的样子,就是他童年记忆中的样子。这部作品让读者结识了居住在莫斯科河南岸一个笃信宗教的、恪守严肃生活方式的普通家庭。然而生活中总是欢乐与悲伤交替着的,在"悲伤"篇中,父亲的离世使男孩逐渐变得成熟,他的内心世界得到了完整的建构。生活还在继续,瓦尼亚明白了在人的生命中不仅有欢乐,还有悲伤。在这个过程中,要经历各种痛苦的磨难与考验,但心中要有爱,因为人拥有的爱要远远地多于恐惧和黑暗,要相信上帝与我们同在。这种信念让男孩战胜了对死亡的恐惧,完成了对死亡的思考。小说借助小男孩的成长经历,揭示了俄罗斯人民精神的形成过程。

什梅廖夫的宗教美学思想体现在小说中虔诚的教徒戈尔金这个人物身上,他认为主存在于教堂里,也存在于大自然中,存在于人们的劳动中,认为宗教信仰与日常生活是结合在一起的。正是他使小男孩瓦尼亚认识到生活中到处充满着信仰的神圣性,最普通的人只要心中有上帝,就可以成为圣徒。在侨民时期作品显示出的"寻根"意识中,他增加了鲜活的宗教因素,这就是首先要在精神上皈依上帝,信仰上帝,而且还要在信仰中不断修行、磨炼自己,完善自我,达到与上帝合一的境地。

四、结　语

俄罗斯民族独特的文化传统、内在的道德精神力量是什梅廖夫的创作和思想之源。什梅廖夫在第一次侨民浪潮中就离开了他所热爱的祖国,这种离别是由当时的历史环境和作家个人的命运经历所造成的。然而无论处于何种境地,他都是俄罗斯的歌者,俄罗斯道德传统、精神财富的保护者。什梅廖夫小说关注俄罗斯普通民众的心灵诉求、命运变化,试图以宗教的途径解决现实生活中的问题,也体现了作家一生对信仰的找寻。

(编校:姜　磊)

俄罗斯文学与艺术学

Русская литература: искусствоведческие подходы

Анализ художественного приема кинематографа в прозе В. С. Маканина

Гун Цинцин

(Московский государственный университет им.
М. В. Ломоносова, Россия)

Аннотация: Проза В. С. Маканина носит культурологический характер. Будучи тонким психологом в литературе, Маканин обращается в своем творчестве к синтезу искусств. По мере развития кинематографа тенденция синтеза литературы и кино становится всё очевиднее. Как важный способ мышления в литературной и кинематографической поэтике, прием монтажа, с одной стороны, служит композиционным принципом произведения, с другой стороны, способствует выражению авторского мироощущения. Ярким примером тому может служить творчество В. С. Маканина в целом и его повести «Голоса» и «Утрата» в частности.

Ключевые слова: Маканин; «Голоса»; «Утрата» монтаж; лейтмотив; авторское сознание

Взаимовлияние литературы и кинематографа ярче всего проявляется на уровне поэтики конкретных произведений. Как кинематограф обогащает свой художественный язык с помощью литературных тропов, так и литература, заимствуя и адаптируя эффектные визуальные приемы, осваивает новые способы изобразительности.

Одним из тех писателей, в прозе которых отражаются разные формы взаимодействия литературы и киноискусства, является В. С. Маканин. Кинематографическую природу маканинского повествования исследователи рассматривали в разных контекстах. Например, авторы статьи «Всё прочее—литература»①, характеризуя последнюю часть повести «Утрата», отмечают, что писатель использует приём стоп-кадра для описания момента духовной встречи «человека лет за сорок» с предками. Об использовании Маканиным приемов кинематографической поэтики пишет и В. Бондаренко: «"Киношность" видна уже в повести "На первом дыхании". ‹...› Конечно, можно цикл таких "кинематографических" повестей связать с плутовским романом, с городским анекдотом»②. «Кинематографичность» произведений Маканина критик связывает профессиональным образованием, полученным писателем (Маканин закончил Высшие курсы сценаристов и режиссеров).

Однако интерес писателя к художественным возможностям кино был обусловлен не только фактами его биографии, но и спецификой его эстетических исканий. Не случайно в его прозе связь отдельных эпизодов произведения с темой кино актуализируется на событийном уровне (например, посещения героями кинотеатра или же отсылки к эпизодам известных фильмов («Один и одна», «Погоня» и «Антилидер»). Кино привлекает внимание писателя как визуальная форма существования текста, как способ материализации слова. Но использование художником возможностей киноискусства диктует ему и особые законы организации текста. Написание сценариев становилось для Маканина своего рода художественным экспериментом.

С одной стороны, монтаж служит композиционным принципом структурирования произведения, с другой стороны, способствует выражению авторского мироощущения, обеспечивает диалог между автором и читателем. В России системное теоретическое учение о монтаже было предложено советским режиссером С. Эйзенштейном. Он полагал, что, создавая определенную последовательность кадров и комбинируя различные ракурсы и планы, режиссер создает определенную идеологию, передавая, таким образом, свое отношение к происходящим на экране событиям. Также Эйзенштейн отмечал, что идея монтажа пришла в кинематограф из литературы, что особенно четко видно на примере американского романа и фильмов Гриффита, основоположника художественного кино: «Близость Диккенса к чертам кинематографа—по методу,

---

① *Пискунова С.*, *Пискунов В.* Все прочее—литература // Вопросы литературы. 1988. № 2. С. 38-77.
② *Бондаренко В. Г.* Время надежд. О творчестве писателя В. Маканина // Звезда. 1986. № 8. С. 184-185.

манере, особенностям видения и изложения—поистине удивительна»①.

Опираясь на приведенные выше идеи, можно говорить о «киногенности» прозы Маканина, который, формируя свой художественный метод, опирался как на традицию русской литературной классики, так и на собственный опыт в сфере кинопроизводства. Маканин прибегает к приемам монтажа для более сложной организации хронотопа произведений и усиления художественного эффекта повествования. Ярким примером могут служить повести Маканина «Голоса» и «Утрата», где писатель использует монтажно—лейтмотивную структуру, объединяет разные сюжеты, создает яркие визуальные образы. В. Ждан определяет кинематографический монтаж как «искусство контекста и соотношения единства, последовательности и одновременности»②, что ярко проявляется в маканинском монтаже. В беседе с Н. Александровым Маканин говорил об особом, «синтетическом», типе читательского мышления, базирующемся на визуализации прочитанного текста: «Читатель стал видеть то, что он читает, стал видеть сцены. Сцены были всегда, но роман стал супер—сценой. Это мышление сценами, переход от сцены к сцене»③. Поэтому писатель выстраивает свое произведение так, чтобы читатель смог его буквально увидеть: этому способствуют яркие визуальные описания, живые диалоги, фрагментарность текста, напоминающая о принципах организации киноальманахов.

Кроме того, Маканин наглядно показывает, как взаимодействие многих точек зрения способно создать уникальное художественное единство, богатое и многогранное. В прозе Маканина монтаж отчетливо проявляется в соединении микросюжетов и смене стратегий повествования, а также в организации хронотопа, в основе которого лежит оппозиция вечности и мгновения, отражающая своеобразие философских взглядов и художественного мышления писателя.

Повести «Голоса» и «Утрата» состоят из нескольких историй, соединительным элементом которых являются лейтмотивы одиночества и потери. Конфронтация сознаний различных персонажей представляет собой диалог

---

① *Эйзенштейн С. М.* Диккенс, Гриффит и мы // Эйзенштейн С. М. Избр. Произвед. В шести томах. М. : Искусство. 1964—1971 гг., Т. 5. С. 129.

② *Ждан В. Н.* Эстетика фильма. М. : Искусство, 1982. С. 39.

③ *Александров Н. Д.* С глазу на глаз. Беседы с российскими писателями // Николай Александров. М. : Б. С. Г. — Пресс. С. 233.

различных сюжетов, порождающий новые смыслы. Так, мы видим литературный вариант знаменитого «эффекта Кулешова», который возникает при сопоставлении двух не связанных друг с другом кадров. Писатель выстраивает свое произведение с максимальным упором на визуальную составляющую.

Монтаж в повестях «Голоса» и «Утрата» применяется автором при построении композиций, причем и в том, и в другом тексте это—полисобытийный монтаж, позволяющий автору свободно выстраивать фабулу произведения. В результате этого у читателя может создаться впечатление бессистемности и фрагментарности сюжета (эпизоды сменяют друг друга будто бы в случайном порядке), тем не менее, единство повести сохраняется благодаря использованию полифонного монтажа, в котором, как полагал Эйзенштейн, «кусок за куском соединяются не просто по какому-нибудь одному признаку—движению, свету, этапам сюжета и т. д., но где через серию кусков идёт одновременное движение целого ряда линий, из которых каждая имеет свой собственный композиционный ход, вместе с тем, неотрывный от общего композиционного хода целого»[①]. При этом создается ощущение художественной целостности произведения. Представив текст повестей «Голосов» и «Утраты» как сценарий, мы обнажаем двойную роль их имманентных связей: каждая отдельная часть является составляющей общей развернутой картины внутреннего состояния человека, который переживает одиночество и утрату, а это целое, в свою очередь, представляет собой результат «монтажного» соединения отдельных частей текста.

Сложное художественное сочетание внешней повествовательной раздробленности и смысловой целостности осуществляется на всех уровнях организации текста Маканина. Как пишет Н. Б. Иванова в статье «Точка зрения: О прозе последних лет», Маканин «... взял да ударил топором по конструкции. Получились "Голоса" и "Утрата" с разбитой композицией, с отсутствием ‹...› "железной логики"»[②]. Именно полифонный монтаж помогает писателю при отсутствии сквозного сюжета органично ввести в канву повествования истории разных героев, мемуары, анекдоты, притчи, легенды и т. д. Две повести носят феноменологический характер—сцены представляют собой разрозненные события, объединенные разве что общими лейтмотивами. Структура повести «Голоса» характеризуется раздробленностью эпизодов,

---

① *Эйзенштейн С. М.* Избранные произведения в 6 т., Т. 2. М.: «Искусство», 1964. С. 192.
② *Иванова Н. Б.* Точка зрения. О прозе последних лет. М.: Сов. писатель, 1988. С. 216.

сюжетных линий, событий. В ней отражается как хаотичность жизни, так и поток авторского сознания, пытающегося осмыслить этот хаос. Внутреннее единство «Голосов» при кажущейся композиционной бессистемности обусловлено принципом лейтмотивного симфонизма, лежащего в основе её построения. Так, мотив одиночества проходит через всю повесть, и Маканин описывает разные аспекты этого состояния в различных частях произведения: чувство одиночества испытывают все персонажи, от детей до стариков. Так, никем не любимый «маленький старичок» Колька одиноко встречает смерть, но так же одиноки и разобщены все члены его семьи: сестра-отличница мечтает уехать в университет, отец переживает, что «очень мало узнал и очень мало увидел» в жизни, а мать, как и жар—птица из притчи, представленной во второй части повести, одинока даже в окружении любящих людей. Одиночество типичного горожанина Шустикова становится темой пересудов окружающих, пока они не теряют к нему интереса. Представленный в форме анекдота диалог между мужчиной и женщиной в четвёртой части отражает универсальность проблемы одиночества современного человека: «—Разве дело в том, кто тебе закроет глаза в старости? В конце концов, если нет ни жены, ни детей—закроют глаза соседи. —В конце концов, можно полежать и с открытыми, —говорит муж»[1].

Поскольку в своих текстах Маканин затрагивает темы, которые близки и важны ему, творчески переосмысляет события собственной жизни—особенно в повести «Утрата»—повествование характеризуется лирико—философской интонацией. В повести ткань художественного вымысла скрывает сюжет из жизни самого писателя—его пребывание в больнице после дорожно—транспортной аварии. Феномен утраты связан не только с потерей человеком чего-то дорогого для него, но и с комплексом переживаний, обусловленных утратой. В повести с помощью приёма монтажа автор передает широкий спектр поведенческих и физических реакций человека на утрату, которые отражают экзистенциальную сложность и эмоциональную напряженность этого периода человеческой жизни. Именно к условности повествования и стремится писатель: фрагментарность композиции, наличие легендарных сюжетов и лирические отступления— размышления позволяют ему абстрагироваться от собственной трагедии и дают возможность объективно показать, что такое утрата для человека, как она

---

[1] *Маканин. В. С.* Голоса. М. : Современник. 1980 С. 247.

сказывается на его состоянии.

В «Голосах» воплощается концепция времени, предложенной Ж. Делёзом, который считал, что « монтаж—это композиция, схема действия образов— движений, составляющая косвенный образ времени»[①]. С одной стороны, время предстает как цепь мгновений, ускоряющих свое течение, с другой стороны, оно является некой спиралью, открытой в безмерное прошлое и безграничное будущее. Монтаж позволяет соотнести эти две противоположные тенденции и привести их к общему знаменателю, которым становятся « голоса », одновременно мимолетные (являющиеся из ниоткуда и пропадающие в никуда) и вечные. Маканин считает, что «голос требует импровизации, притом мгновенной»[②], потому что «в каждом человеке в этом смысле есть свое и особое кладбище голосов». [③] В то же время, в представлении автора, « петляя по родовым цепочкам—прапрадед—прабабка— дед—мать—сын»[④], голоса являются продолжением жизни. В этом контексте особенно значимы « голоса » стариков, которые находятся на границе двух временных пластов. Так, в четырнадцатой части автор рисует галерею портретов пожилых мужчин, моющихся в бане, прибегая к использованию среднего плана для изображения процесса их мытья и крупного плана—для внешнего описания физиологических деталей (детородных органов, спины и т. д.). Взаимодействие искусства и действительности помогает раскрыть загадку человеческого бытия.

В «Утрате» универсум сознания автора отчетливо проявляется во временной организации произведения, особенно в указаниях на события прошлого и настоящего с помощью монтажа. Тарковский в дневнике говорит, что « В монтаже, в принципе соединения кадров не может быть другого основания, кроме времени. ⟨...⟩ нить времени натянется в соответствии с напряжением остальных»[⑤]. Однако граница между иллюзорным и достоверным является достаточно зыбкой, что осложняет структуру хронотопа повести. Маканин активно прибегает к приему параллельного монтажа, соотнося, например, реку Урал и подкоп под ней в легенде и в реальности, слепцов в легенде и в воспоминаниях повествователя о детстве и т. д. Также подобный параллелизм

---

① *Делёз Ж.* Кино. М: Ад Маргинем. 2004. С. 75.

② *Маканин. В. С.* Голоса. М. : Современник. 1980. С. 258.

③ *Маканин. В. С.* Голоса. М. : Современник. 1980. С. 265.

④ *Маканин. В. С.* Голоса. М. : Современник. 1980. С. 254.

⑤ *Тарковский А. А.* Лекции по кинорежиссуре. Монтаж // Искусство кино. 1990. № 9. С. 128.

можно воспринять как обнажение приема, поскольку Маканин объясняет читателям происхождение образов и сюжетов в повести. Как видим, художественный мир повести состоит из некоего лабиринта из сюжетов, сменяющихся точек зрения и пространственно-временных отношений с помощью приёма кинематографа. Для изображения внутреннего мира персонажей Маканин использует таких психологических состояний, как воспоминание, сон, бред, галлюцинация, видения и т. п., описание которых с помощью приёма полифонического монтажа выражает авторское сознание и воплощения одноименных мотивов. Этот организованный единой идейно—философской концепцией хаос позволяет читателю погрузиться в шокированное, хаотичное, потерявшее ориентиры сознание человека, переживающего утрату чего-либо. Здесь следует подчеркнуть стремление Маканина выразить свои сокровенные размышления о месте индивида в мироздании- о зыбкости его связей с прошлым, о необратимости экзистенциальных утрат. Внутренний мир—мысли, эмоции, переживания, волевые импульсы—представляет собой пространство психологического описания.

Итак, использование монтажно-лейтмотивного принципа построения текста в «Голосах» и «Утрате» является важной чертой поэтики Маканина. Эти приемы помогают автору сохранить единство произведения, имеющего «мозаичную» структуру. При этом автор сопоставляет бытовое и бытийное, мгновение и вечность. Кроме того, прием монтажа становится в прозе писателя одной из форм выражения его представлений о сложности и многоголосии мира, о процессе экзистенциальных поисков человека.

（编校：袁森叙）

Бардовская поэзия 1990—2000-х гг.

Шмурак Р. И.

(Чжэцзянский университет, Китай)

Аннотация: Доклад посвящен художественным особенностям бардовской поэзии новейшего времени. Рассматриваются закономерности, присущие творчеству наиболее значимых представителей жанра рубежа XX—XXI веков. В фокусе внимания находятся культурологические и философские черты современной бардовской поэзии.

Ключевые слова: барды; современная поэзия; бардовская песня; авторская песня; самодеятельная песня; КСП

Феномен бардовской поэзии в контексте мировой литературы по-прежнему остается недостаточно изученным. Препятствием этому, в первую очередь, является крайняя размытость жанра. Основной вопрос «Что именно считать бардовской поэзией, является ли бардовская поэзия поэзией и, если нет, то чем именно бардовская поэзия отличается от "чистой" поэзии?» в настоящее время так и не получил ответа. С этим связано и значительное количество терминов, используемое для этого феномена. «Бардовская песня», «авторская песня», «самодеятельная песня», «менестрельская песня», «поэзия бардов—песенников» и другие. В традиционном понимании бардовская поэзия—это стихотворные произведения, изначально предназначенные для исполнения перед аудиторией слушателей под гитару (что, кстати, совсем необязательно,—спектр музыкальных инструментов, используемых поэтами очень широк). Это определение крайне формально и не дает возможности разграничить бардовскую поэзию и другие поэтические жанры—поэзию рока, поэзию популярной музыки, поэзию эстрады, блатную поэзию, народную поэзию и т. д.

В широком смысле под бардовской поэзией может пониматься любой стихотворный текст, представляющий собой произведение искусства в плане формы и содержания, способный вызывать катарсис, текст, воспринимающийся слушателем или читателем как «сильная» поэзия и исполняемый поэтом или его почитателями в сопровождении музыкального аккомпанемента.

Если рассматривать бардовскую поэзию, опираясь на данное определение, то парадоксальным образом к ней придется отнести не только творчество классических бардов, таких, как В. С. Высоцкий, Б. Ш. Окуджава, А. А. Галич или М. К. Щербаков, но и поэтов, никогда бардами не считавшимися. Творчество древнегреческих аэдов и рапсодов (Гомер как канонический пример), средневековых вагантов в Западной Европе, авторов народных песен, представителей англоязычного рока (The Doors, The Beatles, Queen, Pink Floyd), родоначальников русской рок—музыки (И. В. Кормильцев, А. С. Григорян, Е. И. Летов, Б. Б. Гребенщиков, А. Г. Васильев) и многих других поэтов всех времен и народов, также может быть отнесено к понятию бардовская поэзия, если считать, что бард—это поэт, читающий свои произведения под музыкальный аккомпанемент. Такое понимание позволяет увидеть в бардовской поэзии самое главное: творчество бардов—это именно поэзия, и очень часто поэзия «высокая», а не какой-то побочный продукт, не имеющий значения для мировой литературы. Золотые имена бардовской поэзии стоят на полках библиотек рядом с сочинениями классиков, и это не случайно.

Однако, такое широкое понимание бардовской поэзии препятствует классификации этого феномена как жанра. Слишком разнородные произведения оказываются в одной группе. Становится невозможным выделить формальные характеристики жанра: время зарождения, рассвета и угасания, исторический и социальный фон, принципы стихосложения, музыкальные инструменты, национальную принадлежность и т. д. Поэтому скорее традиционно, нежели чем в результате системного изучения, в русском литературоведении сложилось представлении о бардовской поэзии, как о поэзии «человека с гитарой».

Ключевыми спецификациями жанра в этом узком понимании являются:
— Временные рамки в России: XX век. Расцвет (1950—1980-е гг.)
— Музыкальный инструмент: акустическая гитара
— Социальная среда: интеллигенция. Поэты—барды очень разнородны по социальному происхождению, это далеко не всегда люди, получившие высшее

241

образование, но всегда имеющие комплекс духовных ценностей и связь с культурой.

— Темы творчества: крайне неоднородны. Традиционно выделяют романтическое направление, социально—сатирическое направление, поэзию протеста, юмористическую авторскую песню, туристическую песню, городской романс, блатной шансон и другие.

— Обязательный приоритет значимости текста перед музыкой: многие поэты— барды не имели даже начального музыкального образования. Аккомпанемент всегда вторичен и служит усилению поэтического текста.

— « Три в одном »: как правило, « классический » бард сам пишет стихотворение, сам является автором своего музыкального аккомпанемента и сам исполняет его перед аудиторией. Исключения также не редки. Поэт пишет текст, композитор под него создает музыку, профессиональный исполнитель поет песню.

— «Поэт в России—больше, чем поэт»[1]: значительная часть бардов 1950— 1980-х гг. ощутила на себе тяжесть репрессивной машины государства, их творчество не было признано властью, они в той или иной мере подвергались гонениям и травле, им не давали выступать, издаваться, вынуждали к эмиграции.

Основными представителями бардовской поэзии в России в соответствии с этими жанровыми спецификациями можно назвать:

Ю. Визбор, Булат Окуджава, Александр Дулов, Новелла Матвеева, Владимир Высоцкий, Александр Галич, Юрий Кукин, Александр Городницкий, Вилли Токарев, Александр Новиков, Вероника Долина, Олег Митяев, Виктор Берковский, Сергей Никитин, Александр Дольский, Евгений Клячкин, Вадим Егоров, Владимир Туриянский, Арон Крупп, Александр Мирзаян, Владимир Бережков, Вера Матвеева, Виктор Луферов, Александр Ткачёв, Пётр Старчик, Александр Суханов, Владимир Ланцберг. [2]

Творчество вышеперечисленных поэтов пришлось на время расцвета жанра. Сам жанр сложился как обобщенный результат их творчества. Они внесли различный вклад в историю литературы. Одни—лишь часть литературного контекста своего времени, вторые заняли свое место в русской литературе, творчество третьих—таких, как В. С. Высоцкий и А. А. Галич,—является

---

[1] *Евтушенко Е. А.* Молитва перед поэмой [Электронный ресурс] // Русская поэзия: [сайт]. URL: https://rupoem.ru/evtushenko/poet-v-rossii.aspx (дата обращения: 03. 11. 2018).

[2] Авторская песня [Электронный ресурс] // Википедия: [сайт]. URL: https://ru.wikipedia.org/wiki/Авторская_песня (дата обращения: 03. 11. 2018).

частью наследия мировой литературы и оказало влияние на мировую культуру.

1980—2000-е гг. время расцвета русского постмодернизма, оказавшего огромное влияние на современную русскую литературу. В поэзии царствуют тексты русского рока. Но бардовская поэзия не исчезла и после 1980 гг. На фоне активно развивающегося рока, появляются новые представители бардовской поэзии. Впитав в себя традиции бардовской поэзии «золотого века» (1950—1980-е гг.), творчество поэтов 1990—2000-х гг. приобретает свои уникальные черты, позволяющие говорить о «серебряном веке» бардовской поэзии.

Жанровыми спецификациями бардовской поэзии 1990—2000-х гг. оставшимися неизменными или незначительно изменившимися по сравнению с 1950—1980 гг. можно назвать следующие:

— Музыкальный инструмент: по-прежнему акустическая гитара, но теперь гораздо чаще в сопровождении группы или оркестра, что сближает новейшую бардовскую поэзию с роком. Также активно используются современные компьютерные технологии обработки звука, что сближает новейшую бардовскую поэзию с популярной эстрадной музыкой.

— Социальная среда: по-прежнему интеллигенция. Но количество истинных разночинцев, по-настоящему вышедших из малообразованных социальных групп, резко упало. Современный бард—человек с высшим образованием, очень часто из «хорошей» семьи ученых, актеров, музыкантов и т. д, где родители сами являются видными представителями в своей области.

— Темы творчества: по-прежнему крайне неоднородны. Но можно говорить о том, что акцент сместился с поэзии протеста на постмодернистское игровое начало.

— По-прежнему обязательный приоритет значимости текста перед музыкой: современные барды очень часто имеют музыкальное образование, хотя бы в объеме музыкальной школы, однако аккомпанемент остается вторичным по отношению к тексту. Возможно, это связано с традицией, но скорее говорит в пользу поэтической природы бардовской песни. Перевес в сторону музыки немедленно превращает бардовскую поэзию в рок или эстрадную песню.

— «Три в одном»: эта формула бардовского творчества осталась неизменной, хотя теперь за плечами успешного барда может стоять целая команда профессиональных музыкантов, продюсеров, имиджмейкеров и т. д.

Уникальные черты бардовской поэзии 1990 — 2000-х гг. еще ждут своих исследователей, но о некоторых закономерностях можно говорить уже сейчас:

— Сильнейшее влияние постмодернизма. Интертекстуальность, игровое начало, рефлексия, культурные отсылки, реминисценции—характерные черты поэзии рубежа веков. (см. Рисунок 1)[1]

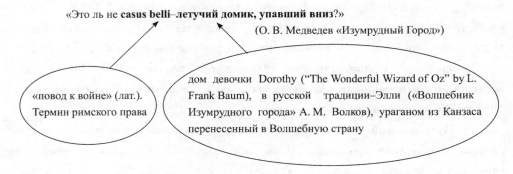

«Это ль не **casus belli**–летучий домик, упавший вниз?»

(О. В. Медведев «Изумрудный Город»)

«повод к войне» (лат.). Термин римского права

дом девочки Dorothy ("The Wonderful Wizard of Oz" by L. Frank Baum), в русской традиции–Элли («Волшебник Изумрудного города» А. М. Волков), ураганом из Канзаса перенесенный в Волшебную страну

Рисунок 1

— Мотив «эпохи безвременья» пронизывающий творчество бардов рубежа веков. Все они люди, чья юность и зрелость пришлись на катастрофичные для России 1980—1990-е годы. Родившиеся в СССР и однажды проснувшиеся гражданами другой страны, пережившие гиперинфляцию 1992—1994 годов, павловские реформы, дефолты и деноминации, помнящие тотальный дефицит, продовольственные талоны и огромные очереди в магазины, видевшие своим глазами бандитский беспредел 90-хх, многократно обманутые дети многократно обманутых родителей, поэты рубежа веков сформировались как личности в неверии, насмешливом презрении и оппозиции к государству и любым его действиям. [1]

«Как варяг, наблюдающий нравы славян,

Я вхожу в перепутье своей стороны,

Будто в омут, смущаясь отсутствием дна

И дивясь: отчего до сих пор не тону?

Разрушенья встречают меня тут и там,

И ненастье ложится на сердце мое...

Помрачнев, я исследую местных князей;

---

[1] *Медведев О. В.* Изумрудный город [Электронный ресурс] // Bards. ru: [сайт]. URL: http://www. bards. ru/archives/part. php? id=32957 (дата обращения: 03.11.2018).

Столь курьезны, нелепы и странны они,

Что какой-нибудь звероподобный тиран

Рядом с ними, наверное, был бы красив

(Если б нечисть могла обладать красотой)...

Коли так, точего ожидать от рабов?

Всякий проблеск у них обращается в дым,

Словно тайна, поведанная дураку,

Или сказка, рассказанная невпопад...

Бедный сказочник! Лучше бы ты онемел.

Здесь недолго творенье твое проживет.

Этим людям присущ разрушительный зуд—

От природы, из млада до самых седин;

Как доныне они расчленяли и жгли,

Так и завтра пойдут расчленять и сжигать...

Досмотрю, как уходит из мрака во мрак

Девяностый с начала столетия год;

Осознаю, что не был он легче ничуть

Предыдущих восьмидесяти девяти,—

И печали умножатся в сердце моем.

Хоть немало печально оно и теперь...

  ... Тихо.

Передо мной золотая дорога.

  Блещут

По сторонам—справа лазурь, слева пурпур.

  Сзади

Кто-то глядит мне вослед не отрываясь.

  Боже!

Не осуди меня строже, чем должно...»

         (М. Щербаков «1990»)[1]

— Порожденный глобальными потрясениями в обществе неоромантизм и двоемирие. Стремление в творчестве убежать от пугающего настоящего и

---

[1] *Щербаков М. К.* Как варяг, наблюдающий нравы славян... [Электронный ресурс] // Bards. ru: [сайт]. URL: http://www. bards. ru/archives/part. php? id=12193(дата обращения: 03. 11. 2018).

тревожного，неясного будущего в мир художественных образов. Тезис романтизма
«Побег немыслим，но побег необходим»，вновь становится актуальным.

> «Я подарил тебе прескверную страну，о мой герой！
>
> Она—как контурная карта，и по ней—горизонталь
>
> Наискосок. . .
>
> Другой державы не имел я под рукой.
>
> Здесь нет дорог，и потому—побег немыслим. Очень жаль，
>
> Но это так.
>
> Черты ландшафта，словно псы，куда ни правь，
>
> Одни и те же，что навстречу，что вослед. . .
>
> И пренебречь не уповай：забвенья нет»

（М. Щербаков «Обращение к герою»）[①]

— Тенденция к элитизму. Если бардовская поэзия 1950—1980-е гг. бессознательно скорее стремилась к упрощению формы，хотела быть близкой всем людям независимо от образования и социального происхождения，отчасти выполняя функции народной песни，то поэзия рубежа веков позиционирует себя искусством образованных людей. Вновь появляются приемы характерные для классической поэзии XIX века：внимание к теории стихосложения，изощренные стихотворные размеры и жанры，использование древнегреческих мифологических сюжетов，ввод современной иностранной лексики，а также латинизмов в стихотворения. （см. Рисунок 2）[②]

«Чужеземец бронзу трет бархоткой， щупает **шандалы，жирандоли**， он не здесь уже，он по соседству где-то， ближе к детству，к школе，что ли， ближе к **манускрипту**，к **палимпсесту**， к бронзовому ангелу с трубою» （М. Щербаков «Chinatown»）	**шандал**（устар. ）—подсвечник **жирандоль**（устар.，франц. girandole）—большой фигурный подсвечник длянескольких свечей **манускрипт**（устар.，лат. Manuscriptum）—древняя рукопись **палимпсест**（греч. pálio—назад，обратно и psáo—тру，стираю，лингв ）—древняя рукопись на пергаменте，написанная по смытому или соскоблённому тексту

Рисунок 2

---

① *Щербаков М. К*. Обращение к герою [Электронный ресурс] // Bards. ru：[сайт]. URL：http：// www. bards. ru/archives/part. php？ id=12192 （дата обращения：03. 11. 2018）.

② *Щербаков М. К*. Chinatown [Электронный ресурс] // Bards. ru：[сайт]. URL：http：//www. bards. ru/ archives/part. php？ id=41758 （дата обращения：03. 11. 2018）.

246

Основными представителями современной бардовской поэзии могут быть названы: М. К. Щербаков, О. В. Медведев, Т. С. Шаов, Н. С. Болтянская, С. С. Слепаков.

Рисунок 3 представляет собой фотографии перечисленных поэтов, сделанные во время концертов.

М. К. Щербаков

О. В. Медведев

Т. С. Шаов

Н. С. Болтянская

С. С. Слепаков

Рисунок 3

—**М. К. Щербаков** (27 марта 1963, Обнинск, Калужская область, РСФСР, СССР)

Пожалуй, самое значительное явление современной русской поэзии. Близок день, когда памятники поэту появятся на улицах городов России. Его влияние на современную русскую словесность уже сейчас, при жизни поэта, вполне очевидно. Защищаются диссертации, пишутся научные статьи по поэтике Щербакова. А ведь он еще жив! Его выступления можно посетить в Москве и других крупных городах России. К поэзии М. К. Щербакова трудно прикладывается определение «бардовская». Элитарность формы, блестящее владение всеми известными на данный момент приемами стихосложения сочетается с глубочайшей философской наполненностью текстов. Именно М. К. Щербаков стоит у истоков новой «элитарной», «не для всех» бардовской поэзии. Его тексты требуют не только естественной любви к поэзии, но и приличного образования. В то же время своим магическим притяжением, эмоциональной насыщенностью они зовут читателя и слушателя в мир культуры. Его стихи не столько сложны, сколько наполнены огромным количеством интертекстуальных культурных отсылок，понять которые возможно только，будучи начитанным так же，как автор. Феномен поэзии Щербакова можно охарактеризовать как «зовущая поэзия». Это поэзия，которая зовет читателя к совершенству и красоте，поднимает его до своего уровня. Поэзия раннего Щербакова，уже неся в себе все очевидные признаки совершенства формы，еще не имеет такой великолепной отточенности，какую приобретет в последствии. В ней пылает юное сердце поэта，которое еще не научилось，да и не хочет учиться охлаждать свои порывы. Поэзия позднего Щербакова—это уход в гармонию формы，стремление красотой осветить тьму，которую уже не может озарять медленно остывающее взрослое сердце. Это ответ на вопрос «Что же делать гениальному русскому поэту，который дожил до 40 лет и не умер от преследования государства，самоубийства，дуэли，войны，алкоголя，наркотиков и прочих причин，от которых обычно гибнут гениальные русские поэты?» Ответ поэта—всем своим мастерством служить литературе дальше. Пусть больше не пылает повзрослевшее сердце，но способно по-прежнему чувствовать и видеть красоту，а значит show must go on.

Здесь возникает мистическая параллель « А. С. Пушкин—М. Ю. Лермонтов»/«В. С. Высоцкий—М. К. Щербаков». И Лермонтов и Щербаков всю юность живут под сенью памяти гениального кумира，еще при их жизни посетившего мир. Живут，боготворя своих кумиров，считая их своими духовными учителями в поэзии и в то же время，ревнуя к их славе и таланту. Живут в «эпоху безвременья»：Лермонтов—в постдекабристскую эпоху глухой реакции，Щербаков—в годы катастрофических потрясений，постигших страну. Но если один гениальный поэт выбирает путь саморазрушения，который неотвратимо приводит его к гибели на дуэли，то второй находит в себе силы идти по пути поэзии до конца. И в этом，быть может，тоже есть свой высокий смысл：не только гениальными строками，но и путем поэта，оставшегося поэтом за чертой юности，запомнится М. К. Щербаков новым поколениям русских поэтов.

— **О. В. Медведев** (31 января 1966，Иркутск，РСФСР，СССР)

Творчество О. В. Медведева также развивается в рамках бардовской поэзии. Ему также присуща определенная тенденция к элитизации. Но в его стихах нельзя увидеть столь совершенную форму，как в стихах М. К. Щербакова. Напротив，характерными чертами его поэзии можно назвать « разорванность» и несвязанность образов внутри текста，небрежные рифмы и ритмические нарушения размера, что часто ставится поэту в вину критиками. Хотя все это скорее можно отнести к особенностям поэтики, чем к неспособности написать «гладкое» стихотворение. Поэзия Медведева производит двойственное впечатление: с одной стороны, довольно небрежная форма, с другой—невероятное богатство средств художественной выразительности в текстах. Основой самобытности поэзии Медведева является использование развернутых метафор, наполненных яркими и неожиданными образами и культурными отсылками. Поэтические находки Медведева подчас являются подлинными драгоценностями, несмотря на шероховатости формы. Сама суть его художественных образов и символов порой столь нова, что не имеет аналогов в поэзии до него. Не просто еще одна старая метафора, поэтически осмысленная еще раз, а нечто абсолютно новое, что-то, чего еще не было. Эта самобытная черта его поэтики по праву ставит О. В. Медведева в один ряд с яркими представителями современной бардовской поэзии.

— **Т. С. Шаов** (14 июля 1964, Черкесск, СССР)

Бард, работающий в основном в юмористическом и сатирическом направлении. Есть у Т. С. Шаова и серьезные песни, наполненные глубоким философским содержанием. Для поэтики Шаова характерно стремление к смешению «низкого» и «высокого», использование в сюжетах песен отсылок к повседневному, сиюминутному. Шаов не «брезгует» в своем творчестве использовать язык телевизора, рекламы, крайне любит просторечье, от которого часто создает собственные авторские неологизмы. Шаова нельзя упрекнуть в стремлении навязать свои политические взгляды или излишней политизированности, однако политические темы часто оказываются в фокусе сюжетов его песен. Как и у всех бардов рубежа веков его отношение к государству может быть выражено формулой «насмешливое презрение—ощущение гражданского бессилия—недоверие». Одна из узнаваемых черт его раннего творчества позитивная трактовка темы «алкоголь и алкоголики». Поэтика Шаова продолжает традиции «классической» бардовской школы и не стремится к элитарности, напротив в песнях поэт скорее старается предстать перед читателем/ слушателем «маленьким человеком», человеком из народа. Однако, о простоте текстов говорить не приходится—интертекстуальность, пронизывающая новейшую бардовскую поэзию, в полной мере проявляется и здесь в виде огромного количества литературных и культурных отсылок.

— **Н. С. Болтянская** (20 мая 1972, Москва, РСФСР, СССР)

Творчество поэтессы представляет собой еще одну грань бардовской поэзии, в современном мире встречающуюся не так уж и часто. Крайне политизированная поэзия протеста. Все творчество Н. С. Болтянской пронизано гражданским пафосом, неприятием ограничения свободы во всех видах, ненавистью к тоталитаризму. Обычно такая поэзия не оставляет читателю/слушателю место для интерпретаций, но постмодернистское лицо новейшей бардовской поэзии в полной мере проявляется и в поэтике Н. С. Болтянской: ее политизированные образы, порожденные гражданским пафосом, приобретают совсем иное общефилософское звучание, стоит присмотреться к ним и открыть им свое сердце.

Центральная тема творчества Н. С. Болтянской—евреи, трагическая судьба евреев в России. Сам по себе факт, что поэтесса по национальности еврейка, не имеет большого значения: очень многие русские барды по происхождению евреи. Но лишь в творчестве Н. С. Болтянской тема «полукровки»—человека, еврея по происхождению и русского по культуре,—получила такое последовательное и системное развитие. Из-за своих оппозиционных взглядов и национальных убеждений, Болтянская часто упрекается в отсутствии патриотизма критиками правого толка. Эти упреки не имеют оснований—большое количество ее стихов посвящено России, ее пути и духовному потенциалу.

— **С. С. Слепаков** (23 августа 1979 года, Пятигорск, СССР)

Звезда Слепакова взошла совсем недавно. Первый альбом был записан в 2005 году. Поэт называет себя «бардом-десятником». Пишет в основном в жанре сатиры. Слепаков активно работает на российском телевидении, является видной фигурой в российском шоу-бизнесе. Его творчество окружено аурой коммерции и публичности. Слепаков—образованный человек, кандидат экономических наук[①], тем не менее его поэтика не стремится к элитарности, по своей сути она близка к поэтике «классической» бардовской поэзии. Слепаков в значительной мере отходит от традиции сложных постмодернистских стихотворных текстов, перегруженных культурными реминисценциями. Формула его творчества «простая форма—юмористическое или сатирическое наполнение—интересный сюжет». Возможно, определенное влияние на творчество барда оказывает концепт «востребованности», отношение к творчеству, как к виду товара, который может

---

① *Слепаков С. С.* Рыночная адаптация воспроизводственного комплекса рекреационного региона: дис. ... канд. экон. наук/Пятигорский Государственный Лингвистический Университет. Пятигорск. 2003.

быть продан.

Современная русская бардовская традиция насчитаывает множество блистательных имен помимо перечисленных. К сожалению, в рамках доклада невозможно рассказать обо всех талантливых бардах, создающих стихи в настоящее время. Например, при подготовке материала пришлось отложить рассказ об Инге Коложвари, чье творчество также безусловно заслуживает упоминания.

Поэзия—«дело молодых»[1]. И бардовская поэзия—не исключение. Помимо выше перечисленных уже состоявшихся и хорошо известных представителей новейшей бардовской поэзии, существует ряд имен современных бардов—поколение тех, кому сейчас от 18 до 30 лет, кто только еще начинает свой поэтический путь, еще не известных широкой публике, те, от чьих «будущих сокровищ покуда—ни строки»[2], чье творчество еще только ждет своих исследователей.

(编校：袁淼叙)

[1] *Цой В. Р.* Звезда по имени солнце [Электронный ресурс] // Tekst-pesen. ru：[сайт]. URL：http://tekst-pesen. ru/tekstpesen/997-kino-zvezda-po-imeri-solnce. html (дата обращения：03. 11. 2018).

[2] *Щербаков М. К.* Новый гений [Электронный ресурс] // Bards. ru：[сайт]. URL：http://www. bards. ru/archives/part. php? id＝12051 (дата обращения：03. 11. 2018).

激进与纯粹：论梅耶荷德对斯坦尼斯拉夫斯基戏剧观的反叛

董 晓

（南京大学文学院）

[摘　要]　梅耶荷德的戏剧观体现了其对斯坦尼斯拉夫斯基戏剧体系激进的反叛，这种激进的反叛与斯坦尼斯拉夫斯基的基本戏剧观从根本上讲并不呈对立关系，而是进一步强化了戏剧舞台艺术规律中舞台动作、背景音乐、舞台布景、道具等诸多基本因素，使之达致纯粹化的程度，以期体现出戏剧舞台艺术的本质特征。这种反叛体现了具有先锋性质的现代主义文艺观与传统的现实主义文艺观之区别。准确到位地理解梅耶荷德对斯坦尼斯拉夫斯基戏剧理念的反叛，不仅有益于加深对戏剧舞台之本质艺术规律的认识，亦有益于拓宽和深化对斯坦尼斯拉夫斯基戏剧体系之认识。

[关键词]　梅耶荷德；斯坦尼斯拉夫斯基；反叛；纯粹化

在 20 世纪俄苏戏剧史中，作为一个艺术特质异常鲜明的导演，梅耶荷德（Мейерхольд В. Э.）留下了难以磨灭的印迹。虽然他针对斯坦尼斯拉夫斯基（Станиславский К. С.）戏剧体系而提出的一系列激进的艺术理念常常遭到学界和艺术界的攻击，但他仍然凭借这些戏剧理念独特的启发性，为俄苏戏剧舞台注入了一股新鲜的活力。对斯坦尼斯拉夫斯基抑或梅耶荷德那种非此即彼的"站队式"褒贬，如今早已失去了意义；对梅耶荷德简单化的批评也已基本被克服，因此，客观地认识梅耶荷德对斯坦尼斯拉夫斯基体系的反叛，是呈现这两位杰出戏剧家独特艺术理念的有效途径。

一

梅耶荷德戏剧艺术之路，是在斯坦尼斯拉夫斯基的影响下开始的，诚如《梅耶荷德传》的作者鲁德尼茨基（Рудницкий К. С.）所言，"梅耶荷德的创作个性在艺术剧院初次形成并对于今后完全出人意料的发展也获得了巨大的动力"①。当年,梅耶荷德曾异常震惊于斯坦尼斯拉夫斯基在排练契诃夫的《海鸥》时大胆的艺术设想,梅耶荷德"第一次全身心地感到,对于一个戏剧工作者来说,获得突然完全摆脱多年养成的舞台陋习的能力,有着何等重大的、决定性的意义"②。梅耶荷德在其最初的戏剧艺术探索中对斯坦尼斯拉夫斯基抱有真诚的敬重,可以说,斯坦尼斯拉夫斯基的艺术经验为后来梅耶荷德愈加激进的艺术创作提供了一个基础。这应是不争的事实。而梅耶荷德日后对斯坦尼斯拉夫斯基戏剧观激烈的反叛,亦是不争的事实。可以说,梅耶荷德赖以彰显其艺术个性的戏剧观念,无一不是对斯坦尼斯拉夫斯基艺术理念的反拨。

"有机造型术"可谓梅耶荷德最核心的舞台艺术观。在这一观念中,"演员的艺术乃是善于正确地运用自己身体的表现手段。走向形象和感情的道路不是应该从体验、从'内部'开始,而是从外部——从动作开始……通往心理的道路,只有借助于一定的形体状态('刺激点')才能找到"③。梅耶荷德的这一戏剧理念显然是针对斯坦尼斯拉夫斯基的"体验说"的,在梅耶荷德看来,与斯坦尼斯拉夫斯基的"体验派"那有气无力的呻吟不同,"有机造型术"要求演员的台词和形体具有高度的表现力,而这一表现力就来自于演员的身体。因此,在戏剧舞台上,演员的形体和动作在这个意义上说是第一性的。

"有机造型术"的提出,与其对假定性的充分的、无条件的追求是密切相关的。假定性观念是"有机造型术"最坚实的理论基石。苏联著名演员伊里因斯基(Ильинский И. В.)指出,"梅耶荷德是第一个运用假定性来解放舞台和创立十月革命后的新的戏剧艺术的戏剧导演"④。他将假定性提升至一个从未有过的高度。"戏剧艺术无论是过去、现在或将来,都是假定性的。"⑤因此,在梅耶荷德看来,"论证假定性是艺术的属性,难道不是和捍卫营养价值是食物的属性这一论点一样吗?"⑥对假定性的执着,在梅耶荷德身上转化为对斯坦尼斯拉夫斯基戏剧观的反叛,即反对"舞台体验",反对戏剧舞台的真实性呈现,尤其是斯坦尼斯拉夫斯基所强调的"心理状态的真实呈现",而这又势必导致对动作、形体的纯粹化的追求。

基于以假定性为理论出发点的"有机造型术",梅耶荷德的舞台艺术实践呈现出了迥异于斯坦尼斯拉夫斯基的艺术旨趣,在20世纪初的俄国戏剧舞台上展现出

---

① 鲁德尼茨基:《梅耶荷德传》,童道明、郝一星译,中国戏剧出版社,1987年,第64页。
② 鲁德尼茨基:《梅耶荷德传》,童道明、郝一星译,中国戏剧出版社,1987年,第58页。
③ 鲁德尼茨基:《梅耶荷德传》,童道明、郝一星译,中国戏剧出版社,1987年,第428页。
④ 伊里因斯基:《我所了解的梅耶荷德》,选自童道明编选《梅耶荷德论集》,华东师范大学出版社,1994年,第52页。
⑤ 格拉特柯夫:《梅耶荷德谈话录》,童道明译编,中国戏剧出版社,1986年,第138页。
⑥ 格拉特柯夫:《梅耶荷德谈话录》,童道明译编,中国戏剧出版社,1986年,第13页。

了种种大胆新奇的艺术探索,对习惯了斯坦尼斯拉夫斯基体系的戏剧观众造成了视觉和审美情感的巨大冲击。这些颇为大胆的艺术反叛在当时的历史语境中也给梅耶荷德带来了不小的麻烦,直至其最后悲剧式的人生终结。在梅耶荷德的戏剧舞台上,演员的形体动作、灯光、背景音乐,以及极其简单的舞台道具、布景,都具有了显著的独立性,梅耶荷德赋予这些因素前所未有的艺术功能,以此来对抗斯坦尼斯拉夫斯基强调的舞台真实的戏剧理念。为了达到意想不到的舞台艺术效果,他甚至积极借鉴了另一艺术门类——电影的蒙太奇手法。戏剧舞台呈现的所有这些艺术形式冲击着业已习惯于斯坦尼斯拉夫斯基式的"逼真"的戏剧舞台的观众的视觉,在给当时的戏剧观众带来巨大的艺术震撼力的同时,也让不少观众和戏剧评论家感到怪异与突兀,以至于恪守狭隘的现实主义美学范式的 20 世纪 30 年代苏联官方评论家将梅耶荷德的艺术反叛定性为"挖空心思的台词变动、莫名其妙的场景设计、五花八门的技巧表演和形形色色的空洞做作"①。

二

梅耶荷德是个天然具有叛逆精神的好冲动的戏剧艺术家。他始终觉得,"艺术的火药时代还没有过去,而眼泪会把火药浸湿"②。因此,他认为,"宁可大刀阔斧地犯个错误,也不要缩手缩脚地找到个真理"③,"对于一个艺术家来说,最高的荣耀难道不就是'运用前所未有的手法'进行创作?"④因此,对于这样一位渴望艺术创新、崇尚先锋性的戏剧导演,在莫斯科艺术剧院里感受斯坦尼斯拉夫斯基深邃的戏剧理念浸染的同时,渴望艺术上的突破,对斯坦尼斯拉夫斯基体系产生激烈的叛逆心理,是再正常不过的事了。

对于梅耶荷德激进的艺术创新,简单化地认同或否定都已经失去了意义,而探讨这些艺术反叛的内在特质,显然是更有价值的。笔者认为,梅耶荷德对斯坦尼斯拉夫斯基戏剧理念的种种激进的反叛,从根本上讲具有鲜明的纯粹性,是对斯坦尼斯拉夫斯基戏剧观所包含的戏剧艺术基本规律的一种带有激进色彩的纯粹化,将舞台艺术的一些根本性问题提升至更为纯粹的高度加以呈现,渴求以此达致舞台艺术效果的更为集中的突显。在对这些根本艺术问题的激进的纯粹化的过程中,梅耶荷德提供了一种更为集中地考量这些艺术问题之本质的平台,将对这些舞台

---

① 凯尔仁采夫:《异己的剧院》,选自童道明编选《梅耶荷德论集》,华东师范大学出版社,1994 年,第 203 页。
② 格拉特柯夫:《梅耶荷德谈话录》,童道明译编,中国戏剧出版社,1986 年,第 8 页。
③ 格拉特柯夫:《梅耶荷德谈话录》,童道明译编,中国戏剧出版社,1986 年,第 14 页。
④ 格拉特柯夫:《梅耶荷德谈话录》,童道明译编,中国戏剧出版社,1986 年,第 34 页。

艺术问题的思考推向极致化,以期"找出戏剧表现的本质"①。这应当是梅耶荷德艺术反叛的根本特质。

由此而观梅耶荷德对斯坦尼斯拉夫斯基戏剧观的反叛,笔者以为,这种基于天然艺术气质之不同而形成的艺术上的反叛背后彰显的并不是根本价值取向的对立,而是实现这种价值取向之路径的不同。梅耶荷德于 1900 年曾这样表述过自己的艺术目标:"艺术应该在人们面前描绘出真实的生活画面。让每一个人无须经过指示和偏见的说明,就能自己在画面上找到他所需要的东西。"②从表面上看,这段文字所含的艺术观,与早期莫斯科艺术剧院的创作原则并无二致,在梅耶荷德和斯坦尼斯拉夫斯基的艺术目标中,"真实"都成了关键词。然则问题在于,何谓"真实"? 戏剧舞台的"真实"又如何得以实现? 梅耶荷德却与斯坦尼斯拉夫斯基有着不同的理解。梅耶荷德正是以其激进的先锋态度,将戏剧艺术中的某些基本因素充分纯粹化,以期达致他所理解的戏剧舞台的真实。

在斯坦尼斯拉夫斯基眼里,戏剧舞台的艺术真实是通过演员的心理体验来实现的,是演员创造角色的"人的精神生活"的本现。戏剧舞台上的一切艺术表现因素和手段,包括演员的形体动作、台词、道具、布景、灯光、音乐等,均必须服务于创造角色的"人的精神生活"。因此,斯坦尼斯拉夫斯基对动作、台词、道具、布景、灯光、背景音乐等因素的考量,均是从表现戏剧人物内心情感的立场出发的,这些戏剧舞台上不可或缺的因素因而具有了从属性特质。梅耶荷德出于个人天然的艺术气质,并不信奉斯坦尼斯拉夫斯基的"体验说",他的反叛直接体现在了对这些戏剧舞台表演因素的高度纯粹化的追求中。他要求演员必须要有舞台创作的激情。他说:"为了在舞台上哭出真正的眼泪来,演员需要感受到创作的欢乐、内心的振奋。"③显然,梅耶荷德是从另一个角度来要求演员的。不同于斯坦尼斯拉夫斯基的"体验说",梅耶荷德要求演员的不是感受角色的情感,而是对演出本身的冲动。这是对舞台艺术本体化的追求,其中体现了梅耶荷德对戏剧舞台艺术本身的纯粹化的崇尚。正是出于这一纯粹化的观念·他要求"越是逗乐的喜剧,越要演得严肃"④,甚至认为,"当一个演员在创造角色时和自己的特长处于某种冲突状态,他的表演就会出乎意外的别开生面"⑤。这番与斯坦尼斯拉夫斯基完全不同的表演理念,充分体现了梅耶荷德对演员的舞台表演本身之艺术成色的苛求,是对表演本身纯粹化的理念。这种理念旨在释放演员的舞台动作的全部潜力,包括舞台表演

---

① 苏联科学院、苏联文化部艺术史研究所:《苏联话剧史》,白嗣宏译,中国戏剧出版社,1986 年,第 206 页。

② 鲁德尼茨基:《梅耶荷德传》,童道明、郝一星译,中国戏剧出版社,1987 年,第 69 页。

③ 格拉特柯夫:《梅耶荷德谈话录》,童道明译编,中国戏剧出版社,1986 年,第 20 页。

④ 格拉特柯夫:《梅耶荷德谈话录》,童道明译编,中国戏剧出版社,1986 年,第 30 页。

⑤ 格拉特柯夫:《梅耶荷德谈话录》,童道明译编,中国戏剧出版社,1986 年,第 42 页。

的动态性,即所谓"看到桥梁想到飞跃"。

在梅耶荷德的戏剧艺术观念中,舞台动作具有举足轻重的意义。事实上,戏剧理论家们历来都是高度重视演员的舞台动作的。例如,狄德罗就曾说过,"在整整一场戏里,人物如果只有动作,那要比说话不知自然多少"①。演员的形体动作被梅耶荷德视为舞台呈现之关键,是戏剧艺术的生命。梅耶荷德之所以把演员的形体动作抬升至如此的高度,是因为在他看来,唯有通过舞台的动作方能达致对舞台真实的表现,这是对斯坦尼斯拉夫斯基的心理体验表现舞台真实这一戏剧观的反拨。梅耶荷德不相信莫斯科艺术剧院所推崇的心理的真实,不相信通过斯坦尼斯拉夫斯基的"心理体验说"能够达致对戏剧舞台的真实的表现。由此,梅耶荷德赋予了动作以高度精神化的作用。斯坦尼斯拉夫斯基当然不会轻视演员形体动作的作用。他在《我的艺术生活》里说:"演员最应该注意的就是去创造艺术性的动作。"②他甚至还特意要求演员"在创作的时候,不要沿着情感欲求的内在的线走(这些欲求本身比你们更清楚地知道它们该如何动作);而要沿着角色的人的身体生活的线走"③。从表面上看,斯坦尼斯拉夫斯基似乎与梅耶荷德一样,对演员的动作高度重视。但是,演员的动作在斯坦尼斯拉夫斯基的戏剧体系中是创造角色的"人的精神生活"的有效手段,是通过体验,真实地表达生活的真实的艺术方式的有机组成部分,它必须服从于演员真实的内心体验,是对演员内心情感体验的有效表达,纵然他对演员的形体动作也有颇高的要求,但终究动作是服从于内心体验的。通过动作表达内心的情感,方是斯坦尼斯拉夫斯基的目的。因此,动作终究是第二性的,动作在这里更具有"行动"的含义。可是,在梅耶荷德的理念里,演员的形体动作本身便是第一性的,它是梅耶荷德眼中戏剧舞台艺术生命的直接呈现。梅耶荷德不再把形体动作与心理体验联系在一起,而将形体动作从体验派所赋予的任务中解放了出来,它不再是通往心理体验的桥梁,不再居于从属地位,而是戏剧内涵本身,是戏剧舞台整体艺术性之生成的直接体现。可见,梅耶荷德追求的不仅仅是演员形体动作的艺术感染力,他追求的更是形体动作的高度的主体性和纯粹性。形体动作本身被赋予了艺术的生命力,更具有"运动"之含义。由此便不难理解,为什么梅耶荷德会比斯坦尼斯拉夫斯基更青睐日本和中国的传统戏剧的舞台表演方式了,因为在梅耶荷德看来,"中国的戏剧艺术是赋予动作以巨大意义的戏剧艺术之一"④。同时也不难理解,为什么梅耶荷德会在他自己的导演实践中如此地看中马戏团和杂技艺术的表演技巧了。

① 狄德罗:《狄德罗美学论文选》,张冠尧等译,人民文学出版社,1984 年,第 215 页。
② 斯坦尼斯拉夫斯基:《我的艺术生活》,瞿白音译,上海译文出版社,1984 年,第 363 页。
③ 斯坦尼斯拉夫斯基:《演员创造角色》,郑雪莱译,中国电影出版社,2001 年,第 402 页。
④ 格拉特柯夫:《梅耶荷德谈话录》,童道明译编,中国戏剧出版社,1986 年,第 251 页。

同样,在梅耶荷德的舞台实践中,台词、音乐、道具、布景、灯光等舞台艺术诸因素均获得了前所未有的独立性,它们摆脱了"心理体验"的要求,具有了鲜明的纯粹性。在将这些舞台艺术诸因素充分纯粹化的过程中,梅耶荷德极大地释放了它们的艺术表现潜能。譬如,对于道具,他发明了所谓"物件的游戏"①,意在使舞台道具回归到其最纯粹的状态中,最大限度地释放其自身的艺术功能;他还发明了用灯光强调台词的手法,即所谓"光的乐谱",不仅凸显了戏剧导演的能动性,更是将灯光的作用发挥到了极致。这些舞台实验所具有的艺术创新功能是显著的,如苏联演员扎哈瓦所言,"梅耶荷德把整个舞台扒了个精光,然后重新让它穿上更为朴实,更为轻便,也更为宽大的衣服"②。

斯坦尼斯拉夫斯基并不否认戏剧舞台的假定性,他认为这是戏剧艺术不言而喻的前提。但是梅耶荷德则将假定性提升为衡量戏剧艺术水平之高低的标尺,使之纯粹化了。他指出,"每一种戏剧艺术都是假定性的,但对戏剧假定性不能等量齐观。我认为,梅兰芳或者卡洛尔·哥茨的假定性,较之奥泽洛夫的悲剧或衰落时期的小剧场的假定性,更接近我们这个时代"③。正是在将假定性作为戏剧艺术之本质而将它纯粹化的理念的驱动下,梅耶荷德赋予了形体动作、灯光、音乐、道具、布景等舞台艺术形式以纯粹化的自为性,使其自身特有的艺术潜力在纯粹化的过程中得到充分的释放,使这些艺术形式本身的艺术特质得到了最纯粹的体现。梅耶荷德自身的导演实践证明了这一点。譬如·在排练《大雷雨》时,刻意追求舞台的诗意化呈现而置人们业已熟悉的剧作的内容于第二位,有意地淡化批评家杜勃罗留波夫所论述的"黑暗的王国",将该剧的舞台呈现纯粹诗意化作为演出的第一目标。在将奥斯特洛夫斯基的另一部剧作《森林》搬上舞台的过程中,梅耶荷德同样将舞台的色彩、音响、动作的艺术感染力发挥到了极致,"舞台场面的色彩斑斓,尖利的声响进入音乐性伴奏,广泛运用杂技丑角的和杂技表演的表现手法"④,使《森林》的整个舞台呈现具有了民间杂耍艺术的精神。这充分体现了梅耶荷德对斯坦尼斯拉夫斯基戏剧观的反叛。

三

斯坦尼斯拉夫斯基与梅耶荷德的艺术实践所处的年代,是现实主义艺术观与

---

① *Захава Б. Е.* Современники Вахтангов Мейерхольд. Санкт-Петербург, М.: Планета музыки, 2017. С. 335.

② *Захава Б. Е.* Современники Вахтангов Мейерхольд. Санкт-Петербург, М.: Планета музыки, 2017. С. 379.

③ 斯坦尼斯拉夫斯基:《演员创造角色》,郑雪莱译,中国电影出版社,2001年,第101页。

④ 鲁德尼茨基:《梅耶荷德传》,童道明、郝一星译,中国戏剧出版社,1987年,第479页。

具有先锋实验性的现代主义艺术观并存、交汇、碰撞的年代。现实主义文艺观不断地巩固,而现代主义文艺观迅速得到强化,并与现实主义文艺观产生激烈的交锋,是 20 世纪初包括戏剧在内的文艺界的总体背景。在这一背景下,观照梅耶荷德与斯坦尼斯拉夫斯基的戏剧观念,不难看出,梅耶荷德对斯坦尼斯拉夫斯基戏剧观的反叛,从根本上体现了现代主义先锋意识与传统现实主义艺术理念的对抗。

斯坦尼斯拉夫斯基崇尚的是传统现实主义的文艺观,现实主义文艺观要求戏剧舞台的逼真,因此,他追求"舞台的真实"的戏剧理念典型地体现了经典现实主义的美学范式。现实主义文学注重人物性格的刻画。人物复杂的性格、丰富的内心世界,往往是现实主义作家在塑造人物形象时追求的目标。这也体现在斯坦尼斯拉夫斯基对舞台人物形象的塑造上。他把对人物内心世界的体验视为戏剧表演艺术的生命,即现实主义文艺观的根本体现。同时,他对如何更好地塑造戏剧人物形象的认识,也是与现实主义美学原则休戚相关的:"当你演一个患忧郁症的人时,应该去寻找这个人物的快乐的地方、生气勃勃和充满希望的地方⋯⋯当你表演老人时,寻找他年轻的地方。当你演青年人时,寻找他老成的地方,以此类推。"①他推崇的"创造角色的'人的精神生活'",正是现实主义文艺观在戏剧舞台上的体现。

反观梅耶荷德,他秉持现代主义先锋理念,反对那种有滑向自然主义危险境地的"舞台的逼真"。他曾借画家谢洛夫肖像画的失真之处所产生的绝妙艺术效果来表达他的戏剧观:富有喻义的失真恰恰是为了更好的艺术表达,以期达致本质之真。同时,他在现代主义先锋意识影响下,根本反对将人物性格类型的塑造作为戏剧舞台的核心任务。诚如著名演员 M. 契诃夫所指出的那样,"对于梅耶荷德来说,根本不存在什么一般的角色或性格!任何时候也是不会存在的!对他来说,仅仅存在类型,甚至是超出类型品质的某种荒诞性的体现"②。显然,崇尚现代主义先锋派的梅耶荷德更看中艺术的高度概括性,强调对生活的整体性把握,如 M. 契诃夫所言,"梅耶荷德在人和事件中发现了最残酷、最黑暗、最令人恐怖的东西,并将这一切表现为超类型,把它们搬上了舞台"③。这就意味着,梅耶荷德试图反叛和超越戏剧舞台的现实主义范畴,"冲出对个别具体事实的框架,走向巨大的社会的和艺术的概括"④。他向往着戏剧舞台的恢宏的概括性,以充满激情的诗人气质,在其导演实践中实现了戏剧舞台假定性理念的纯粹化体现。例如,在把果戈理

---

① 斯坦尼斯拉夫斯基:《我的艺术生活》,瞿白音译,上海译文出版社,1984 年,第 165—166 页。

② 契诃夫:《关于五位俄国著名导演》,选自童道明编选《梅耶荷德论集》,华东师范大学出版社,1994 年,第 41 页。

③ 契诃夫:《关于五位俄国著名导演》,选自童道明编选《梅耶荷德论集》,华东师范大学出版社,1994 年,第 41 页。

④ 马尔科夫:《一封谈论梅耶荷德的书信》,选自童道明编选《梅耶荷德论集》,华东师范大学出版社,1994 年,第 13 页。

的名剧《钦差大臣》搬上舞台时,他独具匠心地一反以往对人物的现实主义式的舞台呈现,把主人公赫列斯塔科夫夸张地塑造成恐怖乖戾而多变的舞台形象,将果戈理其他作品中的内容融进这个人物形象上,并通过独特的舞台布景的设计,使之具有高度的概括性特质而超越了对人物的现实主义的塑造方式。梅耶荷德摒弃了现实主义式的对戏剧情节线索的完整性的追求,崇尚对主题的不同形式的艺术表现,意在突出一种整体的诗意氛围。梅耶荷德认为,这种具有高度艺术概括性的整体氛围能够揭示出较之剧本的题材、情势、人物性格更加广阔、更加普遍,也更加具有内在本质性的内涵。苏联著名导演托甫斯托诺戈夫指出:"梅耶荷德的戏,哪怕是最精致文雅和轻若浮云的戏,也深蕴着对于生活的悲剧性的惶恐和不安的感受,深蕴着对于行将来临的社会性悲剧的预感。"①这种对生活的高度概括性的把握方式,会在整体概括性上给人以洞见。譬如,梅耶荷德认为,"任何一个真正的戏剧不可能不是格罗泰斯克式的,不论它是正剧,还是喜剧、悲喜剧、轻松喜剧或闹剧"②。这个看似怪异的结论,实则包含了梅耶荷德深刻的艺术感受:强调戏剧表演的荒诞性本质。这是试图超越现实主义写实模式,试图超越现实主义戏剧表现生活真实场面的模式,力求在戏剧舞台上达致对生活之内在本质的表现。而这一艺术目标的实现方式便是梅耶荷德一贯坚持的对戏剧舞台表现形式的纯粹化的追求。梅耶荷德从事戏剧艺术实践的时代,正是象征主义思潮兴盛的时代,象征主义艺术理念作为一个重要的现代主义思潮,对梅耶荷德影响颇深。他非常自觉地在自己的艺术实践中运用象征主义的表现手法,借此实现对斯坦尼斯拉夫斯基艺术观念的反叛。鲁德尼茨基指出:"梅耶荷德第一个在俄罗斯创立了象征主义戏剧。也是他第一个穷尽了象征主义的潜力。"③斯坦尼斯拉夫斯基并不一般地排斥象征主义,但他作为现实主义大师,仅仅是把象征主义作为一种有效的艺术表现手法,在总体理念上并不认同象征主义,诚如鲁德尼茨基所指出的,"斯坦尼斯拉夫斯基总是在追求象征主义主题的心理的、生活的依据。在斯坦尼斯拉夫斯基的美学体系中,象征应产生于现实,产生于现实的源流,产生于人们相互关系的真实之中。象征被想象为对生活的真实及其顶点的高度体现。而梅耶荷德转向另一个方向"④。这就是说,斯坦尼斯拉夫斯基是在现实主义理论框架下理解象征主义的,而梅耶荷德则是崇尚一个"纯粹化"的象征主义,是将象征主义视为打开世界之谜的一把钥匙。这种观念上的差异不仅使得舞台上相同的艺术手段具有了不同的艺术功能,更是导

---

① 托甫斯托诺戈夫:《谈谈梅耶荷德》,选自童道明编选《梅耶荷德论集》,华东师范大学出版社,1994年,第114页。
② 格拉特柯夫:《梅耶荷德谈话录》,童道明译编,中国戏剧出版社,1986年,第127页。
③ 鲁德尼茨基:《梅耶荷德传》,童道明、郝一星泽,中国戏剧出版社,1987年,第216页。
④ 鲁德尼茨基:《梅耶荷德传》,童道明、郝一星译,中国戏剧出版社,1987年,第143页。

致了对相同的戏剧作品的理解上的差异。比如,梅耶荷德在执导奥斯特洛夫斯基
的剧作《森林》时,刻意在舞台上使用了自然化的狗吠声。这种做法从表面上看颇
似斯坦尼斯拉夫斯基在莫斯科艺术剧院执导契诃夫的剧本时将蟋蟀的叫声搬上舞
台,但其实并非同一类手法。梅耶荷德那看似自然主义逼真的手法,实则是为了烘
托整体的舞台氛围,其本质是象征主义的手法,与斯坦尼斯拉夫斯基所追求的"舞
台的真实"具有不一样的艺术功能。此外,虽然斯坦尼斯拉夫斯基执导的契诃夫的
绝笔《樱桃园》在首演中获得成功,但梅耶荷德从自己的象征主义艺术理念出发,对
那场演出并不满意。他曾对契诃夫说:"您的剧本是抽象的,有如柴可夫斯基的交
响乐。所以导演首先就得凭着听觉来琢磨它……当你读着剧本的时候,第三幕往
往给人那样一种印象,就像在您的小说《伤寒》中病人耳朵里出现的那种叮叮声一
样,有点儿痒痒,听到死亡之声的快意。在这一幕中有一种梅特林克式的、骇人的
东西。"①在这里,梅耶荷德对《樱桃园》的感觉是敏锐独到的。他感受到了剧本第
三幕那场庄园拍卖之际举办的舞会中所弥漫的死亡之味和滑稽荒诞性。梅耶荷德
坚持认为,"《樱桃园》是一部神秘主义戏剧,像音乐般抽象"②。由此,他不认同斯
坦尼斯拉夫斯基在执导该剧时在舞台上对日常生活呈现的偏好,认为这会妨碍整
部作品象征性内涵的表达。应该说,虽然契诃夫并非典型的象征主义剧作家,但就
该剧所包含的丰富的象征性内涵而言,梅耶荷德的舞台阐释与契诃夫本人更接近。
契诃夫也的确多次表达出对莫斯科艺术剧院那场首演的不满。从这里可以看出梅
耶荷德现代主义艺术观念所具有的独特的艺术眼光。他不仅仅力求突破戏剧舞台
的现实主义呈现之维度,他的激进先锋性同样体现在对忠实于剧本这一原则的突
破,这大大地提升了导演的主体性和能动性。譬如,他别出心裁地将忧郁的哈姆雷
特和喜剧化的哈姆雷特同场呈现,以这种激进的独到手法凸显了舞台呈现的独立
性,这同样是梅耶荷德追求舞台表演的纯粹化理念的体现。

梅耶荷德对斯坦尼斯拉夫斯基戏剧观念的反叛,体现了具有先锋意识的现代
主义艺术理念对传统现实主义艺术观的反叛。然则,正如真正的现实主义与现代
主义文学杰作不存在艺术价值的高下之分一样,斯坦尼斯拉夫斯基与梅耶荷德的
戏剧观念不存在艺术价值的高下之分,他们最终的艺术目标是一致的,只是实现这
一目标的路径不同罢了。因此,不应当将梅耶荷德在艺术上的反叛视为与斯坦尼
斯拉夫斯基戏剧体系的尖锐对立。正是由于抱有共同的艺术目标,斯坦尼斯拉夫
斯基与梅耶荷德最终能够彼此形成"理解的同情":梅耶荷德自己承认,"'有机造型
术'只是帮助演员登台演戏而掌握住自己。'有机造型术'无论如何不会妨碍表现

---

① 鲁德尼茨基:《梅耶荷德传》,童道明、郝一星译,中国戏剧出版社,1987 年,第 111 页。

② *Полоцкая Э. А. Вишнёвый сад: Жизнь во времени.* М.：Наука，2004. С. 164.

人的内心体验的内容"①。而斯坦尼斯拉夫斯基也承认，"梅耶荷德在《证书》这部戏里达到了我幻想着要达到的境界"②。这就是说，梅耶荷德的"有机造型术"与斯坦尼斯拉夫斯基的"体验说"其实根本不是对立矛盾的关系。梅耶荷德对舞台艺术表现形式的纯粹化追求，即把有节奏的造型、音调的转换、富有活力的舞台布景、独特大胆的音乐伴奏的艺术表现力发挥至极致，使它们各自独立的、纯粹化的艺术功能充分地服务于舞台整体的艺术氛围的营造，这与斯坦尼斯拉夫斯基所向往的"创造角色的'人的精神生活'"这一艺术目标本身不是对立的关系。即便是梅耶荷德刻意针对斯坦尼斯拉夫斯基而发的某些言论，在针锋相对的表述背后，其实根本不是一种本质上的对立。譬如，梅耶荷德在谈到与斯坦尼斯拉夫斯基的差别时说："我们的手法是假定性的。它们有别于自然主义流派的表现手法。……但在假定性戏剧的范围内我们是深刻的现实主义者。我们力图把人物形象创造成现实主义的形象。……我们提出假定性的现实主义，因为它优于自然主义戏剧。我们站在坚实的现实主义立场上。我们和自然主义作斗争，因为戏剧不应照相式地反映现实生活。……在舞台上只有三堵墙，而没有第四堵墙，只此一端就排除了完全和真的一样的可能性。"③从这段文字中不难看出，梅耶荷德多多少少流露出对斯坦尼斯拉夫斯基戏剧观的某种误解：他所反对的其实从根本上讲也是斯坦尼斯拉夫斯基所反对的，尽管斯坦尼斯拉夫斯基并不一味地强调"假定性"，因为在斯坦尼斯拉夫斯基看来，"假定性"是一个前提。况且，斯坦尼斯拉夫斯基所言的"和真的一样"，并非是梅耶荷德所说的含义。梅耶荷德与斯坦尼斯拉夫斯基都曾援引过普希金关于"艺术的真"与生活中一般的真之间的差别的表述，这说明，两人都信奉普希金所讲的艺术的假定性特质。梅耶荷德艺术上的反叛，更多地是以更鲜明、更纯粹的方式凸显戏剧舞台艺术的诸多表现形式，而非对斯坦尼斯拉夫斯基体系根本上的颠覆。因此，我们可以将梅耶荷德戏剧观念上的反叛视为艺术的创新，但诚如帕斯捷尔纳克所言，"新并不是如人们通常所想的那样产生于对旧的取代中，恰恰相反，新产生于对传统形式的令人赞叹的再创造中"④。帕斯捷尔纳克指出的是创新与传统之关系，他意在指明，梅耶荷德对斯坦尼斯拉夫斯基体系的背叛，并不是要取代它，而是在它的基础上实现再创造，按梅耶荷德自己的话讲，就是要"把已经被遗忘了的艺术因素吸引到戏剧中来"⑤，即斯坦尼斯拉夫斯基提供了一个跑道，而梅耶荷德通过这条跑道实现了飞行。⑥ 譬如，梅耶荷德之强调舞台上演员的动作

① 鲁德尼茨基：《梅耶荷德传》，童道明、郝一星译，中国戏剧出版社，1987年，第429页。
② 鲁德尼茨基：《梅耶荷德传》，童道明、郝一星译，中国戏剧出版社，1987年，第515页。
③ 格拉特柯夫：《梅耶荷德谈话录》，童道明译编，中国戏剧出版社，1986年，第216—217页。
④ 鲁德尼茨基：《梅耶荷德传》，童道明、郝一星译，中国戏剧出版社，1987年，第363页。
⑤ 鲁德尼茨基：《梅耶荷德传》，童道明、郝一星译，中国戏剧出版社，1987年，第282页。
⑥ 参见胡静：《评斯坦尼斯拉夫斯基体系及其反叛者》，载《艺术百家》2004年第4期，第14页。

的重要性，是为了让舞台动作成为戏剧艺术的一个最强有力的表现手段而重放异彩。

我们自然不应当忽略梅耶荷德激进的先锋主义中的偏颇之处。笔者以为，他的偏颇并不在于艺术手段的花样翻新，并不在于迥异于斯坦尼斯拉夫斯基的那些激进的艺术观，而在于他在"倾向性"问题上对斯坦尼斯拉夫斯基的批评。斯坦尼斯拉夫斯基从传统现实主义文艺观出发，自然坚决反对戏剧舞台上直接露骨的"倾向性"。他说："倾向和艺术是不相容的，互相排斥的。只要你带着具有倾向性的、功利主义的和其他非艺术性的思想去接近艺术，艺术就会像基贝尔手里的花一样枯萎了。在艺术中，别人的倾向必须变成自己的思想，转化为情感，变成演员的真挚的意向和第二天性。这时，倾向才能进入演员、角色和全剧的人的精神生活中去，不再成其为倾向，而成为个人的信念了。"① 而梅耶荷德却认为，"莫斯科艺术剧院还没有决定创造出一个洋溢着 1917 年后出现的新的感情色彩的戏，还没有决定创造出一个描写社会主义建设的戏，还没有决定创造出一个歌颂革命纲领的戏"②。其实，梅耶荷德对莫斯科艺术剧院的这个指责正是体现了斯坦尼斯拉夫斯基艺术眼光的睿智和梅耶荷德在这个问题上的偏颇。不过，对于梅耶荷德对舞台倾向性的追求，也不可做简单化的理解。与其说他是为了宣扬某种政治倾向，莫如说是通过对倾向性的激进的渲染，来凸显其反自然主义的观念，凸显出他的激进性和叛逆性。他绝非是在政治上献媚，在他眼里，"美的最可怕的敌人是媚"③。

梅耶荷德从未逃脱过被艺术界批评甚至围攻的境地。然则，这仿佛是他的激进叛逆的艺术天性的另一种呈现：他甚至认为，"剧场就是战场，如果导演没有对立面，这就意味着事情有点不妙。一个演出要是没有任何东西使任何人感到窘困，感到愤怒，感到惊异，这个演出就离艺匠近了，而离艺术远了"④。梅耶荷德激进的叛逆，为戏剧舞台艺术生命力的勃发，贡献卓著。托马斯·艾略特说过，"任何诗人，任何艺术家，都不能单独有他自己的完全的意义。他的意义，他的评价，就是对他与已故的诗人和艺术家的关系的评价"⑤。如果我们把艾略特所说的"已故的"更宽泛地看成"前辈的"，那么，梅耶荷德作为戏剧革新家的意义，就在于他对斯坦尼斯拉夫斯基戏剧理念的反叛。准确、到位地理解梅耶荷德艺术上的反叛，不仅可以清晰地呈现梅耶荷德的艺术理念，同样也能够反过来帮助我们更好地认识斯坦尼

---

① 斯坦尼斯拉夫斯基：《斯坦尼斯拉夫斯基全集》（第一卷），史敏徒译，中央编译出版社，2012 年，第 263—264 页。

② 格拉特柯夫：《梅耶荷德谈话录》，童道明译编，中国戏剧出版社，1986 年，第 277 页。

③ 格拉特柯夫：《梅耶荷德谈话录》，童道明译编，中国戏剧出版社，1986 年，第 97 页。

④ 鲁德尼茨基：《梅耶荷德传》，童道明、郝一星译，中国戏剧出版社，1987 年，第 488 页。

⑤ 艾略特：《传统与个人才能》，选自伍蠡甫、胡经之主编《西方文艺理论选》（下册），北京大学出版社，1987 年，第 40 页。

斯拉夫斯基体系。苏联时代著名的演员塔伊罗元说过,"斯坦尼斯拉夫斯基的天才在于:没有人能够绕过他而谈论戏剧舞台艺术。可以与他争论,甚至可以试图战胜他,超越他,但却无法绕开他,绕开他的艺术理念"①。这就是说,理解梅耶荷德对斯坦尼斯拉夫斯基艺术观的反叛,不会因此而贬低斯坦尼斯拉夫斯基体系的价值,恰恰相反,这能够让斯坦尼斯拉夫斯基戏剧理念之价值在对抗和质疑声中获得更好的呈现。

（编校：王　永）

---

① *Таиров А . Я*. Театральная жизнь. М. : Академический проект, 2017. C. 184.

《战争的非女性面孔》中的色彩叙事*

李春雨

（厦门大学欧语系）

[摘　要]　色彩叙事是一种基于色彩心理学和叙事学理论,将色彩作为叙事元素和叙事手段进行批评和研究的理论范式。当前,色彩叙事广泛用于对电影、广告设计等体裁作品的批评,用于文学批评的尚不多见。笔者认为,色彩叙事在文学批评中同样大有可为。本文以阿列克谢耶维奇的《战争的非女性面孔》为例,从色彩基调、色彩象征、色彩叙事手法等方面对该作品进行分析,探讨色彩叙事在女性战争讲述中的特点和作用。

[关键词]　色彩叙事;斯·亚·阿列克谢耶维奇;《战争的非女性面孔》

　　《战争的非女性面孔》(«У войны не женское лицо»,最新译本又名《我是女兵,也是女人》)是 2015 年诺贝尔文学奖得主斯·亚·阿列克谢耶维奇(Алексиевич С. А.)的成名之作,也是其"乌托邦之声"系列纪实文学作品中最受国内学界关注的一部。在中国知网"中国优秀硕士学位论文全文数据库"所收录的 11 篇以阿列克谢耶维奇创作为题的硕士学位论文中,专论或主论《战争的非女性面孔》的就有 4 篇之多①;从论文题目可知,论者对该作品的分析主要围绕女性主义理论展开,论及女性立场、女性书写、女性形象、女性悖论等。可以说,女性主义正是国内学界看取该作品的主要视角。这是理所应当的,因为这部作品确实最为鲜明地体现着女

---

　　*　本文系福建省哲学社会科学规划青年项目"2015 年度诺贝尔文学奖得主斯维特兰娜·阿列克谢耶维奇创作研究"(FJ2016C099)的阶段性成果。

　　①　分别为龚莉:《文艺文献文学作品中"小人物"的历史责任感——以斯·阿列克谢耶维奇〈战争的非女性面孔〉为例》,上海外国语大学硕士学位论文,2017 年;唐婕:《不该湮没的战地私语——论〈我是女兵,也是女人〉的女性书写》,深圳大学硕士学位论文,2017 年;陈蔚青:《阿列克谢耶维奇〈我是女兵,也是女人〉的女性主义解读》,北京外国语大学硕士学位论文,2018 年;郭思文:《斯·阿列克谢耶维奇战争题材作品中的女性形象》,黑龙江大学硕士学位论文,2018 年。

性特质。苏联参战女兵对于战争的讲述与传统英雄主义的男性叙述截然不同:"女人的战争有自己的色彩,有自己的气味,有自己的解读,有自己的感情空间。"①这里的关键词之一——色彩,作家曾反复提及,在女性战争讲述中有着不容忽视的重要意义。由此出发,本文尝试用一种新鲜视角看取该作品——色彩叙事。所谓色彩叙事,是基于色彩心理学和叙事学理论,对叙事类视觉艺术作品进行批评和研究的一种理论范式,主要涉及色彩对叙事时空的营造,对叙事节奏的把控,对接受者心理影响等内容。当前,该术语广泛用于对电影、广告设计等体裁作品的批评,用于文学批评的还比较少。在笔者看来,色彩叙事在文学作品批评中同样大有可为。本文从色彩基调、色彩象征、色彩叙事手法等方面对《战争的非女性面孔》进行分析,探讨色彩叙事在女性战争讲述中的特点和作用。

一、作为文学批评范式的色彩叙事

在人类的物质和精神生活中,色彩亘古有之、无处不在,焕发着永恒的神奇魅力。"当我们的祖先还在用兽皮裹体之时,视觉上对于色彩的满足就已隐约出现。"②从旧石器时代的洞穴壁画开始,色彩在绘画艺术中的作用和地位是不言而喻的。著名画家梵·高说:"色彩是无所不能的。"③保罗·塞尚同样认为:"对于画家来说,只有色彩是真实的",画家应该遵循"色彩的逻辑",而非"头脑的逻辑"④。自然,色彩的功用绝不仅仅局限于绘画艺术,而是通用于一切视觉艺术门类,包括影视作品、广告设计、舞台表演等等。鲁道夫·阿恩海姆在其著作《艺术与视知觉》中指出,作为视觉审美的一个重要组成部分,色彩一直是视觉艺术创作审美的中心。⑤

自牛顿发现光的色散现象以来,色彩成了物理学、生理学、化学、心理学、艺术学等各类学科的研究客体,进而构成了丰富立体的色彩理论。其中,色彩心理学主要关注"色彩辐射对人类头脑和精神的影响"、"色彩象征力、主观感知力和色彩辨别力",以及"富于表现力的色彩效果,即歌德所谓的色彩的伦理美学价值"⑥,等等。色彩心理学家发现,色彩不仅能够左右人的情绪,引发相应联想,而且能够调动听觉和味觉,产生见色闻声、见色知味的通感效果。瑞士色彩学家约翰内斯·伊

---

① 阿列克谢耶维奇:《我是女兵,也是女人》,吕宁思译,九州出版社,2015年,第406页。下文中所有来自该作品集的引文直接在引文后标注页码。

② 白芸:《色彩视觉艺术》,清华大学出版社,2011年,第1页。

③ 转引自马凤林:《世纪末艺术》,天津人民美术出版社,1991年,第194页。

④ 转引自赫斯:《欧洲现代画派画论选》,宗白华译,人民美术出版社,1980年,第17页。

⑤ 阿恩海姆:《艺术与视知觉》,朱疆源译,中国社会科学出版社,1993年。

⑥ 伊顿:《色彩艺术》,杜定宇译,上海人民美术出版社,1993年,第9页。

顿在《色彩艺术》一书中指出:"色彩就是力量,就是对我们起正面或反面影响的辐射能量,无论我们对它察觉与否。"①

借鉴色彩心理学和叙事学理论,将色彩作为叙事类视觉艺术作品中的叙事因素和叙事手段进行批评和研究的理论范式即色彩叙事。文学艺术虽然不完全属于视觉艺术,却与视觉艺术息息相通。比如,优秀的文学作品经常被翻拍成影视剧,诗歌与书法、绘画艺术同气连根,等等。文学艺术同样高度重视对色彩的运用,作家笔下的色彩意象一直为研究者所关注。因此,色彩叙事在理论上完全适用于文学批评,当前中俄学界对此也均有尝试。有中国学者将色彩叙事用于分析科马克·麦卡锡的小说《骏马》②、中国新时期乡土小说③;在俄罗斯,有学者从色彩心理学出发分析白银时代诗人沃罗申诗歌中的色彩运用④,或《罪与罚》中的色彩象征⑤,等等。

本文尝试将该批评范式用于阿列克谢耶维奇的《战争的非女性面孔》。该作品属于纪实文学,以亲历二战的苏联女兵的回忆和讲述为主体,穿插作家的议论和解读。在该书中,作家反复强调女性战争讲述迥异于传统男性战争叙事的特质:虽然已经过去了40多年,但是在这些参战女兵的记忆中"还是令人惊讶地保存着大量战时生活的琐事、细节、口吻、颜色和声音"(217);"女人的战争有自己的色彩,有自己的气味,有自己的解读,有自己的感情空间"(406);"女人的战争,是伴随气味、伴随色彩、伴随微观生活世界的战争"(415)。那么,这究竟是些怎样镂心刻骨的声音和气味呢? 是一个被扔到井里的小孩子的惨叫,是"头骨爆裂……咯吱咯吱的响声"(157),是"肉搏时发出的骨头折裂声"(74),是人肉烧焦的气味——"一种叫人毛骨悚然的甜丝丝的味道"(304)……这些纯粹自然主义的感官描写全部源自于真实讲述,"没有遭遇任何加工处理,十足地原汁原味"(413)。换言之,它们并非虚构类作品中作家从主观心理出发对人物心理的二次映射,而是讲述者真实心理状态的直接呈现,在客观真实程度上远胜于前者。而就叙事效果而言,这些本色讲述"堪比经典作品的最佳篇章"(407),足以令"任何想象力都相形见绌"(153)。而较之于声音和气味,色彩在作品中的地位和作用更为突出。基于此,我们有充足的理

---

① 伊顿:《色彩艺术》,杜定宇译,上海人民美术出版社,1993年,第8页。

② 刘晓阳、左迎春:《寻找契合心灵的颜色——科马克·麦卡锡小说〈骏马〉中"色彩叙事"分析》,载《长春理工大学学报》(社会科学版)2012年第25卷第12期,第201页。

③ 戴红梅:《中国新时期乡土小说色彩叙事》,载《科技信息》2012年第2期,第206页。

④ *Бабурченкова О. И.*, *Богданова Т. В.* Психология цвета в поэзии М. А. Волошина: цветовая палитра ранних стихотворений // Молодёжь и наука: актуальные проблемы педагогики и психологии. 2016. № 1. С. 6-13.

⑤ *Кушхова А. Л.* Художественная символика цвета в романе Ф. М. Достоевского «Преступление и наказание» // Литературное обозрение: история и современность. 2011. № 1. С. 23-27.

由从心理学角度去分析女性战争记忆中的色彩,探讨这些色彩在女性战争叙事中的特点和作用。

二、作品色调及色彩象征

跟画作一样,任何一部文学作品都有其色彩基调:或五彩,或黑白;或绚丽,或质朴;或浓重,或清淡……其主色调通常由一种或几种颜色构成:或红,或黑,或白,或灰,或蓝,或紫……作品色调在时空营造、氛围渲染、情绪把控、节奏调节等方面都发挥着重要作用,并构成读者对作品的直观印象。中译本《我是女兵,也是女人》共 30 万字,但据笔者不完全统计,其中提到的颜色词语不足几十处。换言之,整部作品是黯淡失色的。为何如此? 从一位女兵的讲述中或可找到答案:

> 我只记得自己离开家乡上前线时,家里的花园正是樱花盛开,我一边走一边回头看……后来,我在去前方的路边大概也见过不少花园,鲜花在战争中也照样开放,但我都不记得了……(283)

显然,是残暴的战争导致了色彩的大面积缺场,由此构成了整部作品的黯淡底色,这是符合作品悲痛哀伤的整体调性的。与此同时,在这种灰色背景的衬托之下,一切色彩都获得了倍增的意义,就好像爱森斯坦所执导的黑白影片《战舰波将金号》中那面世界电影史上最为鲜艳的红旗一样。在《战争的非女性面孔》中,黑色与红色构成作品的主色调:"战场上的一切都是黑色的。要说有另一种颜色,那就是血色,只有鲜血是红色的。"(17)红与黑这两种主色调与作品的叙事内容(流血与死亡)和叙事情绪(惨烈与绝望)极其匹配,为作品营造了触目惊心的叙事气氛,传递了人道主义反战思想。

黑色象征着黑暗和死亡。抽象艺术先驱、俄罗斯画家瓦西里·康定斯基有这样的精彩描述:"黑色在心灵深处叩响,像没有任何可能的虚无,像太阳熄灭后死寂的空虚,像没有未来、没有希望的永恒的沉默。"[①]在《战争的非女性面孔》中,黑色首先是德国法西斯侵略者的标志性颜色:德国兵驾驶的大黑摩托车,德国飞机上面的黑色十字等共同构成了杀戮者和刽子手的象征符号,使人们潜意识中固有的黑色死亡印象更加深刻。正因如此,人们视觉所感知的黑色往往并非事物的本色,而是一种心理作用下的象征性色彩,一如《静静的顿河》中那轮著名的"黑太阳"。书中类似情形屡见不鲜。比如母亲们给出征的女儿们送行时的生离死别,"当时虽然是白天,可是天色黑沉沉的"(25);一位在胜利前夕得知新婚丈夫牺牲噩耗的年轻妈妈"大概有七年没见过太阳,它不会照在我身上。我的眼前总是一片黑暗"

---

① 转引自海勒:《色彩的文化》,吴彤译,中央编译出版社,2004 年,第 67 页。

(320)。

红色,自古以来就是鲜血的颜色。早在约七万年前,现代人的祖先尼安德特人就形成了以象征生命之血的红色涂饰墓碑和遗体的殡葬习俗。在伟大的卫国战争中,"血流成河""血染大地"不再是夸张的修饰语,而变成了眼前的真实场景:"伏尔加母亲河被血染红了"(121),在斯大林格勒血战中,"鲜血把水和土地都染红了"(75)。对于亲历战争的女性而言,滔天血海制造的红色印象与鲜血、死亡、痛苦死死地捆绑在一起,不仅留下了难以愈合的心理创伤,甚至还会引起生理上的不良反应。战争结束之后,很多女兵都会患上"红色过敏症":

> 我曾经用红布给自己缝制了一件上衣,但是只穿了一天时间,双手就长满了斑点,发成了水泡。原来,无论是红色的棉布或红色的花朵,不管是玫瑰还是康乃馨,我的身体都不能接受。任何红色,任何血的颜色都不行。现在我的家里就是没有任何红色,绝不能有红色。(384)

另一位女兵说:

> 别人送给我一件红色衬衫,当时这可是很稀罕的东西,这种衣料不多见,可我不敢穿它,因为它是红色的,我受不了这种颜色。……当夕阳把树木、房屋和马路都染红时,那一切就都有了某种气味,对我来说,都是血腥味。不管吃什么、喝什么,我都驱除不了这种气味!甚至在摊开白衬衫时,我也觉得有血腥味……(395)

除了红色与黑色这两种主色调以外,作品中还偶有亮色点缀其间,为数不多,但每次出现都震撼人心。这些亮色主要是作为生命、希望、胜利、幸福等美好事物的象征出现的,与现实中的死亡、绝望、牺牲、痛苦相对。在整个战争期间,天性爱美的女兵姑娘们被迫忍受沾满泥的肮脏的、满是虱子跳蚤、肥大难看的男式军服,整洁亮丽的服饰对她们来说遥不可及。攻入德国之后,女兵们有一次在一座小镇城堡里过夜。城堡前厅挂满了漂亮女装,一件"鹅黄色裙子"(225)深深镌刻在女主人公的记忆中。很多女兵对于胜利之后最大的期盼就是"在一张白色的干净床单上打着滚儿睡觉,要白色的床单"(42)。

在一位女兵的讲述中,象征生命的绿色恰恰与死亡同在,触目惊心地控诉了战争的非人性:

> 我们有一个护士被俘了……一天之后我们夺回了被敌人占领的村子……找到了她:敌人剜掉了她的眼睛,割去了她的乳房……把她的身子残暴地竖插在木橛子上……寒冬腊月的天气,她身子雪白雪白的,头发也是灰白的。这姑娘才十九岁。
>
> 在她的背囊里,我们发现了她的亲人来信和一个绿色的橡胶小鸟,那是她

儿时的玩具……(143)

冰雪、白色尸体、灰白头发构成的雪白世界是死寂的、肃杀的,但在这被死亡充斥的雪白世界里,偏偏凸显出一个绿色的橡胶小鸟!绿色——生命的象征色;绿色小鸟,仿佛在唱着生命的赞歌为死亡送葬。这样的画面具有怎样撼人心魄的力量!

三、色彩叙事手法及其效果

在前一处引文中,死寂肃杀的雪白世界与绿色橡胶小鸟构成了一种强烈的色彩对立效果,类似使用色彩达成特定叙事效果的艺术技巧就构成了色彩叙事手法。当然,这些技巧也许并非讲述者有意为之,但其构成的艺术效果却是现实存在的。在《战争的非女性面孔》中至少用到了以下三种色彩叙事手法:色彩蒙太奇、色彩对立、自然主义式的色彩描写。

第一种手法是色彩蒙太奇。作为一种电影摄制技巧,蒙太奇包含画面剪辑和画面合成两个步骤。先在不同地点,从不同距离和角度,以不同方法拍摄大量镜头,继而将其按照一定顺序排列组合,使之产生连贯、对比、联想、衬托、悬念等内在联系以及快慢不同的叙事节奏。在《战争的非女性面孔》中就可以见到色彩蒙太奇效果。据一位讲述者回忆,1941年6月,在斯摩棱斯克战役前夕,她以女大学生的身份应征入伍,随军撤离城市,在其身后,整个城市被付之一炬。"整个地平线都被淹没在紫色光芒中,大约是四十公里开外,却好像映红了整个天空。"(44)(顺带一提,这里使用紫色绝非偶然,歌德早就指出,紫色暗示着世界末日的恐怖)为紧急备战,女兵们夜以继日地挖反坦克壕沟:"我挖得铁铲都像烤红了似的,沙土好像都红了。可是我的眼前还是浮现着鲜花和丁香丛中的家屋……白色的丁香……"(44)在这里,讲述者就下意识地运用了蒙太奇式的色彩切换。从眼前烤红的铁铲和沙土切换到想象中的白色丁香,战火带来的红色恐怖与被焚毁的白色温馨发生碰撞,充分表达了讲述者对战争的控诉和对故乡的痛惜。

另外一位女兵回忆起"吃人"的沼泽地时说:

没有人愿意死在这片沼泽地里,黑色沼泽地。哎,一个年轻姑娘怎么能那样躺在沼泽地里呢……还有一次,我们已经打到白俄罗斯了……在奥尔沙大森林中,到处是小灌木樱桃,花是蓝色的,整片草地都是蓝色的。要是死在这样的花丛中也值了!安静地躺在这里……那时候真是傻啊,只有十七岁……我想象自己就应该那个样子去死……(227)

此段讲述的核心是两个关键画面:黑色沼泽地——现实的死亡之地,以及蓝色花草地——梦幻的葬身之所。引文中的省略号全部为原文自带,也就是说,这里的讲述是跳跃的,通过这种跳跃,"死亡黑"与"梦幻蓝"之间构成了蒙太奇式拼接,达到了震撼人心的叙事效果。当然,这里的省略号既有可能是讲述过程中的真实停顿,也有可能是作家在文本编辑时的有意添加,但无论如何,其色彩蒙太奇式的拼接效果是客观存在的。

第二种手法是色彩对立。该手法与蒙太奇有所类似,但不同之处在于,蒙太奇有赖于不同镜头或画面的切换和拼接,而色彩对立则直接呈现于同一画面中,换言之,这种画面是真实事件的定格,而非思维情感加工的结果。这种画面往往是触目惊心的,会给亲历者留下难以磨灭的深刻印象,对于接受者同样具有直接而强大的视觉冲击力和心理震撼力。战争期间,有一位苏联女狙击手萨沙·施利亚霍娃曾击毙数十名德军,而且几乎全部打在脑壳的同一位置,令德军胆寒。后来,这位年轻的女狙击手不幸牺牲。她的战友回忆说:"使她遭殃的是一条红围巾。她非常喜欢那条红围巾,由于红围巾在雪地里太显眼,结果暴露了伪装。"(11)这段讲述看似平淡无奇,却在读者眼前描绘出一幅色彩妖艳的画面——白茫茫的雪地上,一条鲜艳的红围巾像一朵红花,被汩汩流出的热血浇灌得更加妖艳,摄人心魄。在另一段讲述中,同样是红与白的色彩对立,只不过是反过来的。一位女兵回忆起一位共同战斗两年之久的女战友。某天夜里,女战友突然对她说自己有不祥的预感,央求她一起去找司务长要一件梦寐以求的白衬衫:

> 这样,她终于有了件贴身的白衬衣……雪白雪白的,有一道小松紧带……
> 结果她真牺牲了,全身是血……白衬衣和红鲜血,红白相间——这情形到今天
> 还留在我记忆里,而她在事前已经有了预感……(96)

两段讲述,同一故事:在反人类的战争语境之下,对于美的天性追求使芳华少女付出了生命的代价。其中最能触动人心的正是红与白的色彩对立——红围巾与白雪地,白衬衫与红鲜血——这样的画面所具有的艺术震撼力是不言而喻的。

第三种手法或者说特点,是自然主义式的色彩描写,这与前文列举的对声音和气味的描述是一脉相承的。比如"死者的脸都是黄绿色的"(283);战地女护士"身上总是溅着血迹……像点点樱桃一样……不过是黑色的……"(70);开车经过战场,见到横尸遍野,"剃得精光的脑袋泛着青色,像被太阳晒过的土豆……他们就像遍地的土豆散落着……"(76);一位经常需要给伤员做截肢手术的女护士说:

> 截掉胳膊或大腿时,开始根本不见血……只有白净净的肉,过一会儿才涌
> 出血来。我直到现在还不能切鸡肉,特别是一看见白鸡肉,我的嘴里就会涌出
> 一股咸津津的味儿来。(143)

将衣服上的血迹比喻成暗红色的樱桃,将死尸的脑袋比喻成青色土豆,将白鸡肉联想成截断的四肢,这些都是很奇特的比喻和联想,都以食物作比。换作和平年

代,正常人见到死尸第一反应是作呕和恐惧,绝无可能将鲜血、死尸、残肢与食物联系在一起。然而,在战争年代,生与死的界限是模糊不清的。如一位女兵所说:

> 我在前线死人见得多,没有任何反应。我已经习惯于在死人中间活着,与死者为伍。我们就在尸体身边抽烟、吃饭、聊天。那些死去的人,他们既不在远处,也不在地下,就像和平生活时一样,永远在我们身边,和我们在一起。(386)

食物是维持生命的最基本需求,在死亡随时随地发生、食物严重紧缺的战争年代,对于生命的渴望越强烈,对于食物的需求就越突出。将鲜血、死尸、残肢比喻成食物,或许正是一种心理反噬:在见到流血死亡时,愈发感受到生命的存在和维持生命的渴望。

四、结 语

作为色彩心理学和叙事学理论相结合的产物,色彩叙事在文学批评中同样大有可为,完全可以发展成一种新的批评范式。在探讨文学作品中的色彩叙事时,我们可以从色彩基调、色彩象征、色彩叙事手法等多个角度展开。通过本文论述可知,色彩在苏联女兵的战争叙事中有着极为重要的特殊意义。从色彩基调来看,战争对事物原色彩的"剥夺"导致了色彩的大面积缺场,构成一种黯淡灰色的整体色调,为作品奠定了悲痛哀伤的叙事基调。从色彩运用来看,作品以黑色(杀戮、死亡)和红色(鲜血、牺牲)为主,偶以亮色(生命、希望)点染。在黯淡的背景色之下,每一次色彩描述的出现都代表着事件给亲历者造成的难以磨灭的印象和无法疗愈的心理创伤,而这些又通过亲历者的讲述传递给读者,造成强烈的心灵震撼与共鸣。从色彩叙事手法来看,作品中主要涉及色彩蒙太奇、色彩对立、自然主义色彩描写等手法。借助这些手法,色彩叙事的心理效果被放大,对战争的控诉、对生命的叹惋、对人性扭曲的悲哀得到了色彩鲜明的直观呈现。考虑到作品的非虚构性质,这些色彩全部源自亲历者的真实回忆和讲述,而并非作家的刻意编排,其心理真实度和叙事效果也因此获得了倍增的意义。

(编校:薛冉冉)

从建构到解构

——论电影《吗啡》对原著《年轻医生手记》的改编

吕天威

（西安外国语大学俄语学院）

[摘　要]　以布尔加科夫自传体短篇小说集《年轻医生手记》为改编蓝本，导演巴拉巴诺夫执导了电影《吗啡》。在展现原著元素的基础上，巴拉巴诺夫又加入了个人理解，使电影成为一部全新的艺术品：文学文本注重的是建构一部知识分子医生的精神成长史；电影文本则侧重于展现历史洪流及个人苦难中知识分子医生的毁灭，侧重于将一切解构。电影《吗啡》可以看作是对原著《年轻医生手记》的颠覆与再创作。

[关键词]　布尔加科夫；巴拉巴诺夫；《吗啡》；《年轻医生手记》；建构；解构

一、引　言

米哈伊尔·布尔加科夫（Булгаков М. А.）是一位超越时代的苏联小说家和剧作家，是"最具当代精神的"①作家。他的许多作品已被改编为电影剧本，搬上银幕，如《大师和玛格丽特》《狗心》《图尔宾一家的日子》《逃亡》和《吗啡》等，影响巨大。然而，综观布尔加科夫研究史，研究者们大都把重心放在了对布尔加科夫本人及其文学作品的分析上，对其作品的影视改编研究尚少有人涉足，因此这在学界仍是一片"未开垦的处女地"。无论是对于布尔加科夫的综合研究，还是对于电影鉴赏来说，这种情况都是一种缺憾。

俄罗斯导演阿列克谢·巴拉巴诺夫（Балабанов А. О.）执导的电影《吗啡》（2008）"以布尔加科夫同名小说《吗啡》为文本基础，糅合了记录布氏早期行医经历的自传体短篇小说集《年轻医生手记》"②。该影片在俄罗斯曾引发较大争议，批评者认为其恶心、糟蹋经典，赞美者认为其角度奇特、展现真实。电影既含有布尔加

---

①　米尔恩：《布尔加科夫评传》，杜文娟、李越峰译，华夏出版社，2001年，第4页。
②　*Кувшинова М. Ю.* Балабанов. СПб.：Мастерская «Сеанс»，2015. С. 157.

科夫原文本的许多元素,又融入了巴拉巴诺夫的个人解读。文学和电影各有侧重:布尔加科夫注重建构,巴拉巴诺夫注重解构。将文学文本与电影改编结合研究,对比分析文学语言与电影语言艺术手段表达的异同,可以窥得两位文艺大师的创作理念。

二、布尔加科夫的建构

　　文学批评家弗拉基米尔·拉克申(Лакшин В. Я.)在 1966 年评论说:"对布尔加科夫散文的最好评注是他的传记文学。"①布尔加科夫年轻时曾在俄国斯摩棱斯克州偏僻的乡村医院行医,根据自己的行医经历,他创作了带有自传色彩的短篇小说集《年轻医生手记》。《年轻医生手记》由《公鸡绣花巾》《铁喉管》《胎身倒转术洗礼》《暴风雪》《黑暗之灾》《星状疹》《失去的眼珠》和《吗啡》等 8 部短篇小说构成,于1925 至 1927 年间分期发表在《红色瞭望》(《Красная панорама》)和《医务工作者》(《Медицинский работник》)杂志上。牛津大学教授、《星期日泰晤士报》首席书评人约翰·凯里(John Carey)曾评论《年轻医生手记》是一部由"最伟大的俄国现代作家"创作的"深刻的人性故事集"。②

　　《公鸡绣花巾》讲述了年轻医生初到乡村医院的故事。毕业证书上的墨迹尚未干透,年轻的医生就被派遣到了极其偏僻的"穆里耶医院"。在物资匮乏、助手怀疑的情况下,勇气和责任心驱使医生战胜了初出茅庐时固有的胆怯和懦弱,顶住压力成功地为一个被机器碾断腿、濒临死亡的姑娘进行了复杂且高风险的截肢手术。医生挽救了姑娘的生命,也被助手们视为医院的"最高权威"。两个半月后,康复的姑娘送给了医生一条绣着公鸡的毛巾。这条毛巾跟随医生浪迹天涯,直到变旧褪色,图案磨损消失。绣着公鸡的毛巾也成为年轻医生正式开始救死扶伤事业的象征符号。

　　《铁喉管》中,医生大胆而出色地为患白喉的三岁小女孩进行了气管切除手术,并创造性地用金属管代替了气管,手术很成功,小女孩也得救了。然而手术前的准备工作却历尽坎坷:女孩愚昧的家人不同意在孩子的脖子上开刀,在医生的威胁下,他们才勉强同意手术。手术成功后,医生的形象愈发高大起来。通过这段不寻常的经历,医生深深地体会到:作为一名医生,不但要与疾病做斗争,还要与乡民的愚昧无知做斗争,这就要求医生有丰富的知识、坚强的毅力和高度的职业道德感。

　　《胎身倒转术洗礼》是充满戏剧性的一部短篇小说。年轻医生第一次做接生手术就遇到了胎位不正的产妇,手术很复杂且风险很大。由于缺乏实际操作经验,他

---

① 米尔恩:《布尔加科夫评传》,杜文娟、李越峰译,华夏出版社,2001 年,第 134 页。
② 凯里:《阅读的至乐》,骆守怡译,译林出版社,2009 年,第 59 页。

竟然临时去翻阅书本,结果越翻书脑子越混乱,最后他镇定下来,大胆使用"胎身倒转术",帮助产妇顺利产下男婴。这次危险的手术使医生悟到了什么才是"真正的知识":"巨大的经验是可以在农村获得的……但需要读书,读书,多多益善……"①医生明白了书本理论必须要联系实践,应多从劳动人民的实践中汲取经验教训,但是仍然不能忘记学习理论知识。

《暴风雪》讲述的是一个悲剧。前几次手术的成功使医生在当地已经小有名气,每天他都要接待大量来访的病人,虽然十分劳累,倒也收获巨大。这天医生冒着暴风雪到很远的村子去医治颅骨破裂的新娘,由于新娘伤势过重,他没能成功挽救她的生命。为此医生感到自责,内心痛苦不安。布尔加科夫在这里塑造的是一位有血有肉、勇于担当的年轻医生形象。

《黑暗之灾》中,布尔加科夫用讽刺夸张的手法记录了行医期间亲眼见到的乡民的愚昧无知和社会的封建迷信:产妇难产之时,接生婆不是忙于救治,而是将糖块塞进产妇阴道,以引诱婴儿出来;胎位不正,接生婆将产妇倒挂在天花板上以正胎位;按剂量配好的两星期药量,病人却一次全部吞掉,必须洗胃才得以救治……这些令人感到荒诞可笑的做法,乡村地区的人们已习以为常。在讽刺和揶揄这些愚昧无知的同时,布尔加科夫认识到,医生作为知识分子代表理应承担起更多的社会责任,领导民众与这种"黑暗之灾"做斗争。

《星状疹》讲述了年轻医生与"梅毒"做斗争的故事。乡村梅毒泛滥成灾,医生警告乡民,他们却不以为然。在医生告诉病人所患病为梅毒时,无知的乡民竟然回答"那是什么病?你能不能给我开些治喉咙的药?"通过这种戏剧性的反差,布尔加科夫道出与乡民的愚昧无知做斗争是长期且艰辛的过程,依靠个人的力量难以根除社会根深蒂固的恶习,只有人民自身意识觉醒,他们才会得到救治。

《失去的眼珠》中,作者记述了医生行医时遇到的医疗事故:第二次做胎身倒转术接生时,"我"不慎将婴儿的手拧断,导致婴儿死亡;为士兵拔牙时,"我"将整个牙床都拔掉,致使其大出血;将男孩眼睛上的脓包误诊为肿瘤……通过讲述这些由于粗心大意而引起的医疗事故,布尔加科夫指出:医生应对自己做出的决定负责,要尽可能减小病人的苦痛;医术再高明也难免会有失误,不应满足于自身知识而不知进步,认真学习、总结经验和教训才能成为合格的医生,"应该顺从地学习"②。

《吗啡》是一部相对独立的短篇小说,取材于布尔加科夫的个人真实经历。在一次手术中,布尔加科夫感染上了白喉病毒,开始注射吗啡以消除感染引起的病痛,并自此迷恋上了这种毒品,他根据这段痛苦的经历创作了小说《吗啡》。小说讲述了年轻医生波利亚科夫从染上吗啡到无法自拔、最后自杀的过程。小说中,"我"

---

① 布尔加科夫:《剧院情史》,石枕川译,作家出版社,1998年,第48页。
② 布尔加科夫:《剧院情史》,石枕川译,作家出版社,1998年,第75页。

的同学波利亚科夫捎信请求"我"去看望他,但还没等到"我",他就开枪自杀了。波利亚科夫死前为"我"留下了一个日记本,他在日记本中详细记录了自己因迷恋吗啡而走向毁灭的过程。身为医生的波利亚科夫无法拯救自己,沉溺于吗啡带来的短暂愉悦中,愉悦过后他要面对无尽的黑暗和痛苦,助手安娜护士也因他而染上这种毒品。经过医治,波利亚科夫仍无法摆脱毒品的诱惑,最后不堪折磨,认为"我"也无力救他,遂开枪自杀。"我"在好友死后将这些日记发表了出来。

在这部小说集中,布尔加科夫均以第一人称"我"作为叙事主人公,真实地记录了十月革命前后自己在封闭落后的偏远乡村行医的经历。"布尔加科夫的创作,既源于生活又高于生活"①,他将自己的行医经历以自传体手记的形式记录下来,同时又把现实生活中的平凡琐事戏剧化,进而变成了艺术作品。布尔加科夫"对现实生活之精妙绝伦的'显微'艺术,他的故事文本中那丰厚凝重的'象征'蕴藉,的确达到了经典的品位"②。通过这种"显微"艺术,布尔加科夫塑造了一位有血有肉的医生形象,建构了一部知识分子医生的精神成长史:从初到乡村的排斥、怯懦到后来的耐心、勇敢、成熟。作者认为,作为知识分子代表,医生在社会中的职责"不仅仅在救死扶伤,而且承载着重大的使命,那就是启发和教育人民,给人民带来光明和幸福"③,这也正是该小说集的创作主旨。

三、巴拉巴诺夫的解构

电影《吗啡》的成功之处在于借助了布尔加科夫原著的文本优势,在小说文本的基础上,导演巴拉巴诺夫加入了自己的理解,使其既含有原文学文本的元素,又有自己个性化的解读。电影《吗啡》兼具艺术性和批判性,是一部典型的巴拉巴诺夫式的作品。

如片头字幕所言,电影《吗啡》是基于布尔加科夫自传体小说所改编的银幕作品。当电影艺术家改编一部文学作品时,改动是必不可少的,《吗啡》改编了原作的故事梗概——原著被看作素材,导演需要的是人物和情节。更准确地说,这是一次利用原著人物和故事框架而进行的二次创作,导演根据自己的理解和需要,对故事进行了再创作:波利亚科夫成为影片主角,他所经历的是原著中"我"所经历的事情。

"当电影把文学作品作为改编对象时,著名的文学杰作已经在电影的潜在观众的意识中留下了他作为读者的主体意识参与思辨的印象。当他再来看影片时,必

---

① 温玉霞:《布尔加科夫创作论》,复旦大学出版社,2008年,第63页。

② 布尔加科夫:《布尔加科夫中短篇小说选》,周启超选编,中国文联出版社,2007年,选编者序第1页。

③ 温玉霞:《布尔加科夫创作论》,复旦大学出版社,2008年,第65页。

然要与自己已有的结论和印象相对照,从观赏中感受到认同,或者得到新的启发和发现。"①电影《吗啡》的潜在观众当然是熟悉布尔加科夫作品的人,当看完电影后,他们就会明白从导演巴拉巴诺夫的二次创作中能够得到许多新的启发和发现。

影片的背景时间被安排在了 1917 年,那时的俄国正处于革命风暴中。在文学文本里,布尔加科夫并没有在背景时间上做太多文章,革命风云被一笔带过,做了淡化处理,只是在《吗啡》里提到了一些零星短句:"尼古拉二世被推翻了","外面爆发了革命","枪炮声已经停止,新的政权已经建立了"。② 而巴拉巴诺夫在时间点上做了很大的文章:电影镜头里充斥着混乱的街道、酗酒的士兵、此起彼伏的枪声、烧焦的尸体、疾病、贫穷……诸多景象都昭示着这是一个混乱的时代,同时,这些由革命带来的社会阴暗面也表达了导演对苏联政权的厌恶和批判、对处于历史浪潮中个人命运的不安和彷徨。

电影梗概并不复杂,讲述了年轻医生波利亚科夫从染上吗啡瘾到无法自拔、最后自杀的过程。1917 年秋,年轻的波利亚科夫被派遣到偏远的乡村医院担任医生。他的第一个病人患急性白喉,为了救助病人,他为病人进行了人工呼吸,但病人仍然死亡。为预防病毒感染,护士安娜为他注射了疫苗。疫苗引起的并发症使他十分痛苦,他不得已请求安娜给自己注射了吗啡。在此期间,几项复杂手术的成功,使他在乡民中享有了良好的声誉。波利亚科夫沉溺于吗啡的致幻效果中,开始频繁注射,从此无法自拔。乡村生活的孤独,使得医生和护士之间产生了爱情。爱情使安娜丧失理智,她也开始注射吗啡。一次外出行医时,波利亚科夫结识了俄国社会民主工党成员医生戈林布尔格。经过了火灾和库兹亚耶沃庄园主的死亡,波利亚科夫终于认识到了吗啡的危害,在安娜的建议下去了乌戈利奇医院接受治疗。在医院里,波利亚科夫毒瘾频犯。一次骚乱中,他偷了医院的吗啡并逃了出去,在街上碰到了已经成为布尔什维克党领导的戈林布尔格,戈林布尔格威胁波利亚科夫要拘留他,他开枪打死了戈林布尔格并逃到了电影院,那里正在放映一场无声喜剧。注射了最后一剂吗啡后,波利亚科夫开始像其他观众一样疯狂大笑,在一片狂笑声中他开枪打死了自己。电影中无声喜剧的结束也是电影《吗啡》的结束。

布尔加科夫在《铁喉管》中描写了医生挽救患白喉的小女孩的故事。在救治过程中,医生被喷到脸上的白喉病毒感染,他为自己注射了疫苗,还注射了吗啡缓解并发症。巴拉巴诺夫的电影则与之相反。影片刚开场就是一次失败的救治,波利亚科夫的第一个病人是他到达医院的当天晚上送来的,病人同样是罹患白喉。在救人的时候,尽管病人口中不停喷吐秽物,但医生毅然为病人做了人工呼吸,然而病人还是直接死亡了。这次失败的救治是整部电影的起点,这是医生第一次注射

---

① 贺红英:《文学语境中的苏联电影》,中国电影出版社,2008 年,第 158 页。
② 布尔加科夫:《剧院情史》,石枕川译,作家出版社,1998 年,第 128 页。

吗啡的诱因。布尔加科夫的病人顺利痊愈,巴拉巴诺夫的病人不治身亡。可以说,电影从一开始就走上了与小说不同的道路。

《公鸡绣花巾》的原文本中,双腿被机器碾断的女孩被送到医院,因为失血过多和剧烈疼痛,她濒临死亡。在布尔加科夫看来,女孩有张"稀有的、不常能遇见的美人脸蛋,但此刻像是石膏雕塑,一动不动,红颜已然消殆"①。小说文本关注了女孩的美,而受伤女孩的美丽加重了医生的怜悯之心,促使医生拼命试图救治她,挽救正在消失的垂死之美。巴拉巴诺夫则几乎没有给病人容貌任何镜头,他注重的是自然主义画面。特写镜头聚焦的是女孩血腥的双腿和破碎的骨头,然后是掉入手术盆里的被锯掉的断腿,"美丽"无从谈起,有的只是支离破碎。几个月后女孩带着绣着公鸡的毛巾再次出现,所有这些只是在告诉观众:病人得救了。医生的个人感受仍然被排斥在屏幕之外。巴拉巴诺夫不仅解构了美丽,也解构了医生的感受。

《胎身倒转术洗礼》的原文本中,布尔加科夫的医生徘徊于教科书、经验丰富的助手和手术台之间,他试图弄清楚那些在学校里学不到的知识,并尽力完成手术,手术也很成功,母亲和孩子都得到了拯救。布尔加科夫关注的是慌乱的医生和成功的手术,尽管医生技术很生疏,但是他勇敢并顺利地完成了手术。在电影中,巴拉巴诺夫的大部分镜头给了那位痛苦的难产母亲:她面容痛苦,喊声歇斯底里。镜头面前的主角——医生不情愿地上前帮助,他显然被如此"丑陋"的肉体吓到了,他只想逃离现场。巴拉巴诺夫的医生是一个外人,是一个在经受血腥场面折磨的旁观者。

事实上,电影角色和原著人物的境遇有着极大差异。对于布尔加科夫的医生来说,每个病人都有自己特殊的故事,他们都有自己的个性,都会被当作"人"看待;对待每位病人,医生都会有不同的感受。在巴拉巴诺夫的医生这里,病人被物化为血腥的肉块和破碎的器官,他们被视为器官的生理组合,区别仅在于"能治"和"不治"。在被庄园主问到革命中要支持哪个阶级时,医生却回答说"我只知道两个阶级,健康的和生病的"。可以说,在电影里,病人们没有故事和个性,甚至没有面孔,只剩下破碎的双腿、烧焦的器官……小说文本里布尔加科夫记录下来的手术过程,为巴拉巴诺夫提供了自然主义画面的绝佳题材。但是"观众不会因为这些自然主义画面移开眼睛,因为巴拉巴诺夫没有触及观众的底线"②,他只是在向观众展示所谓的"真实的生活",在这种所谓"真实的生活"里,病人的形象也被彻底解构了。

20世纪20年代,偏远的苏联乡村还保留着19世纪流传下来的古旧医疗传统,

---

① 布尔加科夫:《剧院情史》,石枕川译,作家出版社,1998年,第11页。

② *Трофименков М. С.* Сеансу отвечают: Мэрфий [Электронный ресурс] // Сеанс: [сайт]. [Санкт-Петербург, 2009]. URL: https://seance.ru/n/37-38/movies-37-38/mophy/morphymnenia (дата обращения: 12.03.2019).

巫医术在闭塞的乡村仍然是主要的医疗手段,人民仍深受其害。在布尔加科夫看来,医生的职责在于教化这些弱者和文盲,在医治疾病的同时也要拯救人们的灵魂。一个受过教育的知识分子应当是引路人,最重要的是,医生应当承担起自身作为知识分子的社会责任。医生本该悬壶济世,但是,电影里的医生却成了病人,他并没有承担自己的社会责任,反而自甘堕落,无法自救,直至走向自我毁灭。巴拉巴诺夫的电影表达出了这样的观念:这就是真实的生活,但是这不是有意义的生活,人要与这样的生活保持距离,才不至于堕落、灭亡。到这里我们就能看出,巴拉巴诺夫的电影创作与布尔加科夫的文学创作是背道而驰的,文学文本注重的是建构一部知识分子医生的精神成长史,电影文本则侧重于展现历史洪流及个人苦难中知识分子医生的毁灭,侧重于将一切解构。布尔加科夫强调的是成长,巴拉巴诺夫强调的则是毁灭,电影《吗啡》可以被看作对原著《年轻医生手记》的颠覆与再创作。

四、结　语

电影理论家乔治·布鲁斯东(George Bluestone)说:"小说拍成影片以后,将必然会变成一个和它所根据的小说完全不同的完整的艺术品。"①每一部改编后的电影都是一个新的艺术作品,电影《吗啡》是导演巴拉巴诺夫以布尔加科夫的作品为基础二次创作出的一首"变奏曲"。与其说他是改编者,不如说他是创作者,他按照文学原著的人物和情节进行了自己的电影创作,把镜头对准了历史浪潮中个人命运的浮沉,对准了个人苦难中知识分子的毁灭。在这种从建构到解构的再创作中,巴拉巴诺夫成就了电影《吗啡》,也成就了自己。

(编校:薛舟舟)

---

① 布鲁斯东:《从小说到电影》,高骏千译,中国电影出版社,1982年,第69页。

"弹唱诗歌"的艺术风格及其对俄罗斯精英文化的影响

温玉霞

（西安外国语大学俄语学院）

[摘　要]　"弹唱诗歌"是 20 世纪中期流行于俄罗斯的一种独特的歌曲，诗人自己作诗、作曲并用吉他伴唱。本文以行吟诗人布拉特·奥库扎瓦、亚历山大·加利奇、弗拉基米尔·维索茨基为例，论述他们各自不同的艺术风格及其对俄罗斯精英文化的影响。奥库扎瓦在舞台上一边走动一边弹唱，歌唱莫斯科阿尔巴特大街，形成了"浪漫吟唱"的风格；加利奇以"白色丑角"两重世界的形式揭露和讽刺现实，形成了黑色幽默的风格；维索茨基以狂欢的江湖艺人自我表露、自我展示、自我摧残、自我毁灭的形式，展示充满矛盾的社会世界，形成了狂欢化的风格。他们的创作风格对当时俄罗斯文化艺术界主体人群有着巨大的影响。

[关键词]　弹唱诗歌；艺术风格；精英文化；影响

　　20 世纪 50 年代初，随着苏联"解冻"思潮，年轻人抱着乐观主义态度对确立公正、自由和光明未来社会充满向往，由此在苏联诗坛出现了一种独特的歌曲——"弹唱诗歌"（авторская песня，бард 或 бардовская песня），即作诗、作曲和演唱集于作者一身，由诗人自己作诗、作曲并用吉他伴唱，成为一种流行表演形式。弹唱诗歌作为苏联大众歌曲变体之一，以新的面貌出现在 50 年代中期官方的艺术舞台上，成为一种"独特的文化现象"①。弹唱诗歌起初是在莫斯科大学、列宁师范大学

---

① *Басовская Е. Н.* Авторская песня. М.：ACT-ОЛИМП，2000. С. 8.

以及莫斯科其他高等学校的大学生群体里出现的①,继而在年轻的知识分子②圈,亲朋好友圈,旅游圈、登山运动和地质勘测等狭窄的圈子里传唱。60 年代中期后,随着苏联文化语境的变化,乐观情绪被社会冷漠、道德沦丧、社会意识分裂等所替代,非官方"地下文化"(亚文化)增长,向往个性精神自由成为人们茶余饭后私下议论的话题。而作为亚文化的组成部分之一的弹唱诗歌就成为这种情绪表达的最主要的方式。非官方"私人出版物"(самиздат)的"磁带出版物"(магнитиздат)秘密地将这些弹唱诗歌制作成磁带、激光唱片传播。弹唱诗歌在表演者与听众之间产生了友好的互动,营造了相互信任的氛围。新奇的吉他伴唱的演唱方式、接地气的唱词与节奏感强的吉他音乐结合在一起,同时又传递出与苏联官方文化理念完全不同的信息,深受大众的喜爱。唱片成为苏联人家庭音乐必备的一部分,因此也引起了苏联官方政权的不满和不认可。尽管苏联官方试图采取各种措施,阻止其出版和演出③,但作为大众化"业余文艺活动"形式之一来表演的弹唱诗歌还是没能被限制住。弹唱诗人的歌曲一进入苏联的音乐舞台,当首次被"青春"电台播放时,就被官方视为"庸俗""低下""不体面"的作品,被戏称为"吟游诗"(бард),弹唱诗人也被称为"吟游诗人"(менестрель)。70 年代初,这种一边行走、一边用吉他伴唱的弹唱诗歌处于一种半自由、半禁止的状态,从官方舞台、电视屏幕和电台走向民间,走向莫斯科的大街小巷。弹唱诗歌注重以诗词的语义真诚而坦率地批评现实、政治体制的弊端,讽刺日常生活道德滑坡现象,揭示苏联人民的痛苦、政权的不公正和官方文化艺术的虚伪等,因创作形式的"自由"和内容的个性化,弹唱诗人又被称为"60 年代人"(шестидесятники)④的诗人。直到 80 年代中后期戈尔巴乔夫的"公开化改革",弹唱诗歌才获得合法地位,得到官方的认可,才出现了正式公开出版的弹唱诗歌唱片和诗歌集。90 年代初苏联解体,弹唱诗歌的流行从政治层面上来说已经结束,但它的自由和个性化创作风格对当时的精英文化有很大的影响。

弹唱诗人追求创作自由、音乐灵动、节奏感强、词语内容鲜活、个性化等创作理

---

① 早在 20 世纪 30 年代、二战时和战后在莫斯科就出现了所谓的"作者的歌曲"(авторская песня),如巴·括甘(Коган П.)和格·列普斯基(Лепский Г.)创作的浪漫歌曲《双桅纵横帆船》(《Бригантина》),叶·阿格兰诺维奇(Агранович Е.)和米·安恰洛夫(Анчаров М.)创作的歌曲,以及地质学家尼·弗拉索夫(Власов Н.)的《大学生的告别》(《Студенческая прощальная》),还有最流行的《青色的小手帕》(《Синий платочек》)、《沃尔霍夫斯克祝酒歌》(《Волховская застольная》)等。但是这一代人的演唱方式和歌曲内容几乎与苏联官方文化没有多大区别。

② 包括教师、学者、记者、演员、旅行者等。

③ 由于与官方文化理念不符,不少弹唱诗人遭到排斥,有的弹唱诗人的节目被限制在广播电台播出,有的人被开除党籍,甚至被迫侨居国外。

④ 许多作家生于 20 世纪 30 年代,在苏共二十大(1956 年)后新的历史条件下成长起来,并在 60 年代崭露头角,又被称为"40 岁一代作家"。他们创作的基本信念,就是在重新思考传统价值观念的基础上,强调创作的精神"独立"和个性化的"探索"。

念,表现出不同的艺术风格。有的弹唱诗人注重诗词语义接地气的内容,有的注重音乐与歌词叙事性的一致性,有的注重歌词独白与舞台表演戏剧性的结合等,从音乐、社会、历史和文化等多层面、综合地反映苏联社会文化现象。总之,弹唱诗歌运动是 20 世纪 50—90 年代苏联一种独特的大众性的音乐运动,是反映苏联特定时期的历史和社会思想的一面镜子,被俄罗斯戏剧家亚历山大·沃罗金(Володин А.)称为"城市知识分子的民间创作"①。在众多弹唱诗人中,不同风格的代表当属布拉特·沙尔沃维奇·奥库扎瓦(Окуджава Б. Ш.)、亚历山大·阿尔卡季耶维奇·加利奇(Галич А. А.)和弗拉基米尔·谢苗诺维奇·维索茨基(Высоцкий В. С.)。

一、"吉他伴奏下的诗歌":布拉特·奥库扎瓦的"浪漫吟唱"

弹唱诗歌在布拉特·奥库扎瓦(1924—1997)看来就是"吉他伴奏下的诗歌"。奥库扎瓦作为莫斯科和阿尔巴特大街的歌者,出生和成长于莫斯科阿尔巴特大街的"小院子",他用诗歌书写、用吉他伴唱,直接表达自己对莫斯科阿尔巴特大街的情感。阿尔巴特大街因此就成为和平、友善、人性、文化、历史记忆的象征,也是与战争、残酷和暴力对立的音符。奥库扎瓦用异于传统的"浪漫吟唱"对抗 50—80 年代苏联官方舞台文化艺术娱乐,用"吉他伴奏下的诗歌"将自己复杂、有趣而不幸的生活经历②转换成一种浪漫的抒情曲,歌唱大自然、友谊、勇敢、善良和爱,用歌声与听众谈话,进行内心的交流。在他的近 200 首歌曲中,"信仰""希望"和"爱"成为他最主要的演唱主题。

奥库扎瓦从俄罗斯民间传说和高加索民间叙事诗中汲取养分,创作诗歌和歌曲。60 年代初他首次在莫斯科官方晚会上用吉他演唱,一举成名。之后他被邀请到其他城市演唱,开始了作为弹唱诗人的生涯。他从官方舞台到不被官方认可,再走到民间的大街小巷,用"吉他伴奏下的诗歌"表达自己浪漫的哲理情怀,在与听众交流中营造出一种真诚、信任和自由的气氛。1967 年奥库扎瓦来到法国,在法国电台录制了近 20 首歌曲。1968 年法国出版了他的第一张唱片。尽管苏联当局对其不满,"报刊检查"认为他的弹唱内容有"反苏"的嫌疑,但这也难以阻止民间对他弹唱的崇拜潮流。从登山运动员、水手、士兵、地质工作者、飞行员到城市大街小巷的"霸主们"和杂耍者等,从普通民众到高官,在非官方的传统艺术节的舞台上、业余歌曲俱乐部、体育场馆里都能欣赏到他出色而独特的演唱。在莫斯科普通大众

---

① *Басовская Е. Н.* Авторская песня. М. :АСТ-ОЛИМП,2000. С. 9.

② 他的父亲在"大清洗"运动中被捕、被枪杀,母亲被流放到卡拉干达集中营,许多亲戚也被捕或被枪杀,而他本人差点被作为"人民敌人"的"兔崽子"送到孤儿院;二战时他当过迫击炮手、机枪手、重炮部队无线电报务员;1945—1950 年在第比利斯大学语文系学习,毕业后在卡卢加州郊区当一名中学俄语和文学老师。

心目中奥库扎瓦就是弹唱诗歌的奠基人、家喻户晓的"浪漫吟唱"诗人,即使大多数人没有见过他本人,他的声音早已灌入听众的耳朵里。他的歌曲不仅在苏联,而且在国外的俄罗斯侨民之间传唱。70 年代中期到 80 年代中期他的唱片在苏联正式发行,其中包括两部专辑——《战争之歌》(《Песни и стихи о войне》)、《作者演唱的新歌》(《Автор исполняет новые песни》)。他的弹唱诗歌成功地引领了俄罗斯歌曲文化中独特的潮流。

奥库扎瓦的"浪漫吟唱"有别于传统的抒情浪漫曲,他从诗歌到音乐的韵律塑造出了一种非现实面孔、远离现实生活原型、大众化的艺术形象。他的创新就在于,他将诗人叙说的话语、普通人的对话、民间俗语、抒情插入语等与音调和谐地结合在一起,让听众在幽默、风趣的弹唱中得到浪漫美的陶冶。《午夜的无轨电车》(《Полночный троллейбус》,1957)、《阿尔巴特大街之歌》(《Песенка о Арбате》,1959)、《阿尔巴特,我的阿尔巴特》(《Арбат, мой Арбат》,1976)等歌曲,歌唱莫斯科和阿尔巴特大街,阿尔巴特大街"小院子"里的日常生活承载着他的细腻情感。

> 蓝色无轨电车,疾驰在大街上
> 蓝色无轨电车行驶在莫斯科,莫斯科,就像一条河,静静流淌。①

在描述具体的无轨电车这个事物时,作者赋予了作为修饰语的颜色以一种隐喻,"蓝色"代表的就是一种"浪漫的爱","阿尔巴特大街"就像灵活跳动的音符。

> 你就像一条河,流淌。奇怪的名字!
> 柏油马路就像河水一样,清澈透亮。
> 哎呀,阿尔巴特大街,我的阿尔巴特大街,
>   你——就是我的志向。
> 你——就是我的欢快,也是我的灾难。
> 你的步行者——不是那些大人物,
> 鞋后跟叮咚响——忙于各种事情。
> 哎呀,阿尔巴特大街,我的阿尔巴特大街,
>   你——就是我的宗教,……

诗人由描写每一个具体事物"莫斯科""柏油马路""阿尔巴特大街""人"的步伐,到抽象的精神概念和认识的"志向"和"宗教",在每一节诗行末尾又将诗歌格律重复与音乐的律动结合在一起,用"河水流淌"营造出一种无法表达的城市律动的浪漫魔力。在浪漫的幻想中将诗意化的现实生活具象地展现在听众面前,让人们重新发现和认识莫斯科这座世界文化城市——它不是"胜利的""强权的"首都,而

---

① Песни Булата Окуджавы. Москва, 1989 г. 译文均由本文作者翻译,以下不再加注说明。

是记忆普通民众命运和悲剧的一座神秘城市。在这里,作者不关注于莫斯科城市本身,而是关注它的大街小巷里的具体事物与精神内容所充斥的日常生活。"无轨电车""柏油马路""步行者""阿尔巴特大街"……这些描写对象就成了带有情感色彩和文化内涵深厚的艺术形象,正如奥库扎瓦的诗歌中所唱到的,"这就是我的喊声,我的高兴,我的来自现实的痛"。

奥库扎瓦作为诗歌的革新者、苏联官方文学"礼节"的破坏者,摆脱了苏联僵化的文学创作模式,形成了完全有别于官方文学的独特艺术手法和风格。他关注城市抒情歌曲和流行歌曲,将那些被视为"低俗""不体面"的体裁进行改良、变体,不加修饰地、真诚而直率地反映普通民众真实的现实生活,在接地气的弹唱中产生高雅艺术欣赏的效果。

奥库扎瓦的"浪漫吟唱"风格影响了50—80年代苏联人的思想和年轻人的行为,影响了抒情诗歌、电影和戏剧,以及舞台音乐和流行音乐。在他乖戾的弹唱诗歌创作中,他用浪漫抒情歌的形式表达男士的激情和情欲,对女性的讨好和追求,却看不到一丝的低俗和下流。弹唱诗歌中的一系列女主人公"薇拉—纳佳—柳芭"构成了象征性的三位一体:"信仰—希望—爱情"①。他的"浪漫吟唱"挽救了"解冻时期"诗歌处于边缘的危机,也使他自己与诗人叶夫图申科(Евтушенко Е.)、阿赫玛杜琳娜(Ахмадулина Б.)、沃兹涅先斯基(Вознесенский А.)走到一起,走向听众,成为那个时代病态社会良心的心声。难怪年轻的弹唱诗人弗拉基米尔·维索茨基称他为"教父"。

奥库扎瓦与许多电影导演、作曲家、演员合作。他的《小草帽》(«Соломенная шляпка»,1967)、《热尼亚、热涅奇卡和"喀秋莎"》(«Женя, женечка и ‹катюша›»,1967)等弹唱诗歌成为电影和戏剧的背景音乐。在电影《连锁反应》(«Цепная реакция»,1962)、《白俄罗斯火车站》(«Белорусский вокзал»,1970)里,奥库扎瓦扮演了一个小角色,用吉他弹唱《最后一辆无轨电车》(«Последний троллейбус»)、《我们需要一个胜利》(«Нам нужна одна победа»),这两首歌曲也成为人们最喜爱的歌曲。

奥库扎瓦将诗歌文本表达的社会性和抒情性与舞台音乐和演唱结合在一起,影响了60—80年代的俄罗斯著名歌星如伊·杜纳耶夫斯基(Дунаевский И.)、米·塔里维尔耶季耶夫(Таривердиев М.)、安·彼得罗夫(Петров А.)、米·贝尔奈斯(Бернес М.)、阿·布加乔娃(Пугачёва А.)等的舞台演唱和表演。摇滚诗歌歌曲(рок-поэзия)的表演者代表安德烈·特罗比洛(Тропилло А.)、安德烈·马卡列维奇(Макаревич А.)、鲍里斯·戈列别申科夫(Гребенщиков Б.)等也受到其影

_____

① *Басовская Е. Н.* Авторская песня. М. : АСТ-ОЛИМП, 2000. С. 27.

响,如马卡列维奇将弹唱诗歌的主旨与摇滚音乐的节奏结合在一起,与自己的摇滚乐队"时间机器"(Машина времени)一起表演,形成了独特的"摇滚弹唱诗歌"(рок-бард);戈列别申科夫率领自己的"水族馆"(Аквариум)摇滚乐队,将日常生活中年轻人常用的口头禅、从英语借来的词语与黑话等运用在摇滚弹唱诗中,将自己封闭在抒情的浪漫世界里,甚至沉浸在隐形人的世界里,以期远离尘世的纷扰。这些舞台音乐的精英们无不受到奥库扎瓦"浪漫吟唱"风格的影响。

二、"白色丑角":亚历山大·加利奇的黑色幽默

亚历山大·加利奇(1918—1977)①的文学活动始于戏剧创作。40 年代他在斯坦尼斯拉夫斯基歌剧戏剧学校、莫斯科戏剧学校学习,参与了戏剧《朝霞里的城市》(«Город на заре»)的创作,并为此剧本创作了歌曲。1946 年到 60 年代末,他作为戏剧家、电影剧作家从事文学活动,在了解和研究现实生活的基础上,创作了许多戏剧作品和电影作品,如《水兵的寂静》(«Матросская тишина»,创作年份为 1945—1956)、《总排练》(«Генеральная репетиция»,1973)等。50 年代末加利奇开始创作弹唱诗歌,并用七弦吉他琴伴唱。1962 年他创作出与苏联官方诗学原则不符的《莲娜奇卡》(«Леночка»)、《关于水兵、锅炉工和相对论》(«Про маляров, истопника и теорию относительности»)、《大自然法》(«Закон природы»)等弹唱诗歌,大胆地涉及苏联政治敏感而尖锐的问题,表达自己对自由的追求,指责和批评苏联官方不公正和极权。这些与官方宣传的理念发生冲突,因此他的各种演出、唱片被禁止。于是加利奇拿起吉他,以"白色丑角"的身份走街串巷②,在虚构的两重世界里弹唱。他一边用吉他弹唱自己的志向和追求,一边用诗歌歌词继续揭露、讽刺苏联政治生活。

60 年代后期,他的弹唱诗歌通过地下"私人出版物"被刻制成唱片而传播,曾一度引起克格勃的"关注"。应莫斯科讽刺剧院的导演瓦连京·尼古拉耶维奇·普鲁切克(Плучек В. Н.)的邀请,加利奇以"白色丑角"身份为讽刺剧院的演员在讽刺滑稽节目中弹唱表演。1968 年 3 月,他首次在新西伯利亚科学城举办了个人弹唱音乐会。在弹唱中他提到了许多官方禁止的艺术家的名字和事件,遭到苏联官方报刊评论家的谴责,他的弹唱主题、激情、语言和休闲娱乐方式等都被认为违反苏联文艺创作的原则,有"反苏"嫌疑,于是官方再次禁止他的演唱。然而加利奇的歌曲却在公开的业余艺术音乐会上和家庭宴会上被演唱,他的歌曲被大量录成唱片、录音磁带,在各个领域传唱。他本人则用吉他大胆地行走在莫斯科的大街小

---

① 原名为金兹堡·亚历山大·阿尔卡季耶维奇(Аркадьевич Г. А.),1974 年起侨居国外。
② 为此他的弹唱诗歌表演被冠名为"家庭音乐会"(домашний концерт)。

巷,在非官方的舞台上公开吟唱。在弹唱中他隐喻自己处于半自由、半遭禁的状态,讽刺性地阐释他无法克服与官方制度的冲突。关于与苏联政府"和平共处",他从来不抱有任何幻想,《我选择自由》(《Я выбираю свободу》,1971)表明了他这种不妥协的态度。在不自由的、被犬儒主义意识形态掌控的社会里,道德的完善是不可能的,他指向那些成为极权精神奴隶的人,选择自由就意味着选择了悲剧性的牺牲。在歌曲最后,他以反讽的语调预示等待他的自由:就是被捕、流放、驱赶。

　　不参与艺术,
　　不准许进入教堂,
　　我一边在唱歌
　　一边在稍许品赏,……

　　……我坐着,拨弄吉他……
　　嘎嘎,轰轰,咯咯,叮当……
　　在隔壁房间无聊的邻居
　　把磁带录音机藏到桌子里……①

　　1969 年,在外国具有"反苏"性质的播种(Посев)出版社出版了他的第一本弹唱诗集,为此之后加利奇被开除出苏联作家协会、文学基金会、电影协会。他的剧本《水兵的寂静》(《Матросская тишина》)再次遭到禁演,直到1988 年才被解禁。

　　创作于 1962 年的弹唱诗《莲娜奇卡》(《Лєночка》)是在当时苏联封闭的社会政治环境背景下创作出来的。在从莫斯科到圣彼得堡的火车上,由于寂寞和孤独,夜里加利奇睡不着,他就虚构出一个现代灰姑娘——莲娜奇卡的故事。那个时候出国访问对苏联普通老百姓来说就是一种幻想,与外国人结婚更是不被允许的。加利奇却用虚构的灰姑娘外嫁阿富汗王子的故事讽刺苏联的社会政治生活。莲娜奇卡的命运具有童话色彩,但她与王子的舞会却是在苏共中央委员会的大厅里举办的。加利奇以玩笑式的弹唱进行讽刺,营造了一种不可能的可能,在主人公生活道路上有意设置一些障碍,却让主人公莲娜奇卡在假设中实施自救、自我实现,其中又穿插年轻的女警官出奇意外地成为伊朗的王后。而这种意外的、令人难以相信的幽默而风趣的事情却发生在现代人们的日常生活里。

　　基本生存权利得不到保障,居无定所,加利奇就像"持不同政见者"一样,1971年被开除出作家协会,他的一切职务被撤销。他面临的只有两种选择:要么被调查,要么出国。他内心还是不想离开祖国的。在《出路之歌》(《Песня исхода》,

<hr />

　　① 文本引自 *Галич А. А. Сочинения. В* 2 тт. М.:Локид, 1999. 译文均由本文作者翻译,以下不再加注说明。

1971)、《善与恶的诅咒》(«Заклинание Добра и Зла»,1974)里,他表达了面临生存艰难抉择的悲剧状况和内心的爱国情感。1974 年加里奇被迫与自己的妻子来到挪威,在奥斯陆大学教俄罗斯戏剧史,一年后他们来到慕尼黑,又转到巴黎。在生命的最后几年里,他在意大利和以色列举办自己的个人演唱会。在国外他出版了三部诗歌集——《歌曲》(« Песни »,1969)、《注定的一代人》(« Поколение обреченных»,1972)、《当我返回时》(«Когда я вернусь»,1977)。在他的弹唱歌曲里永远都能听到的两个关键词就是"留下"和"返回"。他的作品和名字留在了俄罗斯,他的创作灵魂和风格与俄罗斯在一起,留在了俄罗斯文化历史中、俄语语言里。①

加利奇以一名囚犯的名义创作了弹唱诗歌《云朵》(«Облака»,1962)。虽然囚犯被关在斯大林的集中营里 20 年,弹唱中却几乎找不到一丝集中营的生活细节,弹唱者总是与监狱的其他囚犯保持一定的距离,感受孤独、寂寞,感受来自永存于宇宙的寒冷。最后由作者的独白再转向囚犯的独白"我们的记忆永远停留在那些地方。云朵在漂浮,云朵……"。在这里,"云朵"不是抽象的词语,而是具体的语言意象。

加利奇从集中营的生活唱到部队的生活,他注重用诗歌虚构现实和精神两重世界,在弹唱时却以"白色丑角"身份探讨日常生活中的道德真相,将弹唱的音调与词意、成语、口语和俗语等结合在一起,产生黑色幽默和讽刺的效果。这不仅影响了他的弟子尤里·吉姆(Ким Ю.)的弹唱风格,而且对苏联的戏剧舞台表演、舞台音乐剧、笑话表演,对国外侨民作家、"地下文学"的后现代作家"自我实现""自我拯救""游戏"以及绘画艺术家们的创作都有很大的影响。

三、"自我揭露,自我嘲笑":弗拉基米尔·维索茨基的狂欢吟唱

弗拉基米尔·维索茨基(1938—1980)一生都把弹唱诗歌创作视为打磨精细的工艺品,将其看得比戏剧、电影、电视演出更为重要,他就是那个"在音乐伴奏下朗诵自己诗歌的诗人"。60 年代中期,维索茨基在一些公开的晚会上和音乐会上演唱自己创作的歌曲。他的歌曲题材宽泛,从斯大林的"红色恐怖"、赫鲁晓夫的"解冻"到勃列日涅夫的"停滞"时期,从民间寓言故事、生活的底层到上层的政治生活,从日常生活、爱情、体育到政治、军事等,他在吟唱中"自我揭露,自我嘲笑",他的异于传统的"含笑的泪"的狂欢化弹唱具有独特性,被视为"歌唱俄罗斯生活的百科全

---

① 1977 年 12 月 15 日,加利奇在巴黎的住所因电击而身亡,被埋在巴黎的俄罗斯墓地,与布宁、梅列日科夫斯基夫妻葬在一起。

书"①。

维索茨基的名字和命运是传奇式的。60 年代末到 70 年代初,维索茨基的弹唱诗歌就已经被非官方的"私人出版物"出版,录制成唱片传播。由于其内容和演唱风格,特别是弹唱诗歌里大量使用黑话和行话,与苏联官方文化理念完全不符,他本人及其诗歌遭到了苏联官方的否定,被认为玷污了苏联官方语言,而遭到禁止。70 年代中后期他被迫出国演出,在法国、保加利亚、美国、加拿大等国举办了个人演唱会。1979 年,因参与具有"反苏"嫌疑的、非官方丛刊《大都会》(«Метрополь»)的出版活动,他所参与排演的电影和弹唱诗歌被禁。维索茨基坦然地面对这一切,他坚持自己的信念和艺术追求,渴望并相信自己的作品会在死后得到苏联官方的认可。尽管他的弹唱诗被限制,他还是不断地受邀在全国各地演唱,用狂欢化的吟唱表达自己的心声,直到生命的最后,他的歌声赢得了广大听众的喜爱和崇敬。② 在纪念他去世一周年时,导演尤里·柳比莫夫(Любимов Ю.)编排了戏剧《弗拉基米尔·维索茨基》,将维索茨基的所有被禁作品列入此剧。从 1981 年出版歌曲集《神经》(«Нерв»)到 1988 年 1 月民间自行组织纪念维索茨基诞辰 50 周年的活动,虽然这些是非官方的纪念活动,但是对俄罗斯知识界来说无疑是非常令人高兴的大事。人们更加珍重他的创作,这也为 90 年代初俄罗斯社会解禁和流行他的弹唱诗歌做了很好的铺垫。1990 年,他的作品集《四十四条道路》(«Четыре четверти пути»)、《诗歌与小说》(«Поэзия и проза»)、《我唱完一段歌》(«Я куплет допою»)、《130 首电影歌曲》(«130 песен для кино»)等在俄罗斯出版。莫斯科建有维索茨基博物馆,斯特拉斯特街心花园以及塔甘卡剧院等处都树立了他的纪念碑。

维索茨基的弹唱诗歌被视为当代文学的一种类型。他以录制唱片和出版歌曲集这两种形式来表达自己的情绪和思想,展现既是诗人又是歌手的不平凡的现实生活。在吟唱中他常常以第一人称的"我"出现在观众和听众面前,唱出自己所熟悉的事件,让观众既感受到他的勇敢、亲切而坦率的抒情和浪漫,又感受到他的幽默,以及对社会大胆而犀利的讽刺。在歌曲《我曾拥有四十个姓……》(«У меня было сорок фамилий…»,1963)里,他以诗段跳跃性的重复、戏谑性的内容夸张、看似随意陈述的语言,展示他独特的讽刺性,以内心伤痛感叙说着现实生活中的不公平;在诗歌《纵身一跃……》(«Был побег на рывок...»,1977)里,从"我"的"脚""鼻子""腰部""肩膀"到"后脑勺""头""大脑""十字架"等,作者以自我戏谑、自我揭露的形式,对斯大林的个人崇拜和专制、集中营里惨无人道的行为进行了讽刺。

---

① *Басовская Е. Н.* Авторская песня. М.：АСТ-ОЛИМП，2000. С. 83.

② 1980 年 7 月 16 日,他在莫斯科郊区、加里宁格勒城市的列宁文化之家演唱;7 月 18 日,他在莫斯科塔甘卡剧院的舞台上最后一次表演,扮演哈姆雷特。1980 年 7 月 25 日,他在莫斯科自己的居所去世;7 月 28 日,成千上万的人来剧院悼念和送别这位歌者、诗人、艺术家。

戏仿作为一种掌握他人话语的手段,贯穿维索茨基的吟唱艺术体系。在诗歌《四十九天》(《Сорок девять дней》,1960)中,维索茨基背离苏联官方的报纸杂志上诗歌的风格,运用"戏仿"的文学手段①,使用"音调的引号"将作者与人物的声音区分开。他戏仿马雅可夫斯基的诗歌,关注部队事件,工匠、司机、飞行员等基层的民众生活,深入他们的内心深处,"潜入皮里"②,发现他们的特征、话语的幽默和个性特征,大量使用"黑话""行话""双关语"。在《文身》(《Татуировка》,1961)《我犯事》(《Я в деле》,1962)、《惯犯》(《Рецидивист》,1963)、《同路人》(《Попутчик》,1965)、《在出国航行之前》(《Перед выездом в загранку...》,1965)等弹唱诗歌里,维索茨基以小偷、流氓和土匪的名义吟唱。他没有将他们理想化,而是吟唱他们的残酷和厚颜无耻的行为,让听众思考他们犯罪行为的原因和所处的社会状况,重新理解苏联"法律的内涵"③,阐释人们走上犯罪之路的原因。《文身》就来源于他在公交车上的一次见闻,他看到一个衣衫不整的妇女身上的文身,上面写了"柳芭,我不会忘记你"(Люба,я тебя не забуду)。于是他对其进行了戏仿,为了押韵,他将 Люба 替换成 Валя,以朴素的风格弹唱:

我们没让你分开也没使你感到愉快,
那我们爱什么——就这样在后面,——
瓦利亚,弧线上我带着你光辉的形象,
廖莎却将你的形象刻在胸上。

就在火车站分别的那一天,
我至死答应你,——
我说:"我一生不会忘记瓦利亚!"
"而我——更是如此"——廖莎回答我。

现在请决定,我们中谁与他们一起更坏,
谁更艰难——试着分析一下。
在他那里——从外面刻下你的轮廓,
而在我这里——从内部刺满了心灵。

当我感到恶心,哪怕是到断头台,——

---

① 他在 8 岁的时候就开始使用"戏仿"作为文学手段。
② 这是维索茨基最喜欢的一句话——"влезал в шкуру"。
③ 指斯大林在 20 世纪 30 年代末"大清洗"运动中破坏社会法制,使许多人被投入监狱的事件。

> 但愿我的话语不要伤害到你,——
> 我要求,廖莎系紧衬衫,
> 我看着,长时间地看着你。
>
> 但是不久前我的同志,好朋友,
> 他用艺术战胜了我的灾难:
> 他复制了廖莎胸上的你
> 把你的轮廓刻在我的胸上。
> 我知道,难为情地把自己的朋友描绘
> 但是你对我来说更亲更近在于,
> 我的文身更真诚,你的——文身
> 胜过于他,更好更美![①]

维索茨基将抽象的"光辉的形象"和具体的"刻在胸脯上的形象"两种表述分为作者的声音与主人公的声音,似乎在作者开玩笑中显现一种严肃的话语,作者试图"潜入"主人公的"皮里",接近这个朴素至极的三人公。这样就在作者与主人公之间产生了一种反讽,并用俄语俗语的"красивше"代替正确的"красивее"远离主人公,而不是远离作者。实际上维索茨基本人没有完全远离主人公,"我的文身更真诚,你的——文身"就作为人们耳边常听到的一种玩笑,象征男人徘徊在情和欲、灵与肉之间,这个矛盾对社会各个阶层是永恒而具有现实性的问题。

维索茨基以一种独特而新颖的手法,把歌曲当作小说一样去创作,注重细节和结局的出其不意,他不用意识形态化抽象的素材(苏联或反苏联),而用具体的素材书写和吟唱战争细节、死亡、血腥的残酷和人物的悲剧性、战争的无意义,让人们认识到生命的珍贵和不可重复性,他以反战的姿态描写阿富汗战争和车臣战争的毫无意义。在《军医院之歌》(«Песня о госпитале»,1964)、《他没有从战场上回来》(«Он не вернулся из боя»,1969)、《大地之歌》(«Песня о Земле»,1969)、《那个没有射击的人》(«Тот, который не стрелял»,1972)等歌曲中,对犯错的苏联士兵各种处罚的书写,从被捕士兵的命运、心理变化到死亡,从苏军特别处的审问到枪毙,吟唱了一个"凶恶的、厚颜无耻的"军医院隔壁病房里的士兵。《伤感的拳击手之歌》(«Песня о сентиментальном боксере»,1966)塑造了两个具有矛盾性的人物:

> 一拳,一拳……还是一拳
> 又是一拳——就这样
> 鲍里斯·布特柯耶夫(克拉斯诺达尔)

---

① *Басовская Е. Н.* Авторская песня. М.：АСТ-ОЛИМП，2000. С. 78.

使用上勾拳。

他就这样把我逼到角落，
我就这样差点逃脱……
就这样一个上勾拳——我倒在地上，
我感到很不舒服！①

在不停止的体育拳击搏斗中，获胜的念头使主人公经历失败，他把自己的精力都投入到这种毫无意义、没有结果的拳击搏斗中。这不仅体现在体育上，也体现在日常生活中，从而产生"陌生化"的效果。歌曲《电视机旁的对话》（«Диалог у телевизор»,1973）从最高处审视瓦尼亚和吉娜，一切都是那么的不完美，吉娜将自己日常生活的痛苦与杂技创作的辉煌做对比，尽管瓦尼亚理解吉娜真诚的话语，但他还是满嘴脏话和粗话，时而骂人，时而开玩笑，时而与酒友们制造浪漫的故事，不承认自己生活的无意义和空虚。在这个主人公身上，维索茨基把"含笑的泪"划分为两个部分，一个是显性的笑，一个是隐性的泪，构成了独特的笑话。这又区别于果戈理的"含泪的笑"以及左琴科的"讽刺的笑"，他的目的就在于让听众在理解笑话地位的同时，批评性地审视自己，进行自我揭露和自我嘲笑。

弹唱诗歌作为俄罗斯亚文化的代言物，是反映苏联社会生活的万花筒，为许多年轻人打开了通往现代艺术的大门。弹唱诗歌以对抗官方模式化和口号式的语言，将俗语、口语、黑话、行话与文学语言一起使用，在吉他节奏音乐的伴奏下，在不和谐之处寻找道德和谐，营造出一种狂欢化的反讽场景。在维索茨基的世界里，只有爱才使人有人性，在《爱情叙事曲》（«Баллада о любви»,1975）、《这样发生了——男人们都离开了……》（«Так случилось—мужчины ушли...»,1973）、《白色华尔兹》（«Белый вальс»,1976）、《航班中断》（«Прерванный полет»,1973）、《他人的轨道》（«Чужая колея»,1973）等歌曲中，他哲理地思考生与死、善与恶、时代与命运、胜利与失败，特别是思考自然、人和人类存在的本质，思考自己生命的不完善时而产生的恐惧感和无出路的绝望。在每个读者和听众面前，他用弹唱诗歌现场提问题，而问题的答案就隐藏其中。他的"狂欢化吟唱"影响了80年代至90年代初的俄罗斯现代摇滚乐，俄罗斯许多城市里先后成立的"彼得堡摇滚俱乐部""莫斯科摇滚实验室""斯维德洛夫斯克摇滚俱乐部"等，对摇滚歌手尤里·舍甫丘克（Шевчук Ю.）的摇滚歌曲影响至深。例如家喻户晓的《狩猎狼》（«Охота на волков»,1968）就影响了当时民间弹唱的摇滚歌曲。在他的弹唱诗歌里主角都是来自底层的醉鬼、妓女、骗子、小偷、囚犯等，他们说着黑话和行话等。维索茨基的"自我暴露"和

---

① *Басовская Е. Н.* Авторская песня. М. : АСТ-ОЛИМП, 2000. С. 85.

"忏悔",对 80 年代乡村作家瓦·舒克申(Шукшин B.)作品中"怪人"形象的塑造有很大的影响,对苏联电影导演安德烈·塔尔科夫斯基(Тарковский A.)、戏剧导演尤里·柳比莫夫、后现代戏剧家们的创作以及塔甘卡剧院的演员们的表演都有影响,特别是对苏联解体后的俄罗斯"污秽读物"(чернуха)、"隐晦读物"(парнуха)产生了很大的影响。

(编校:王　永)

《黛西》中的拼贴艺术

张　煦

（上海外国语大学文学研究院）

[摘　要]　作为文学团体"谢拉皮翁兄弟"中的重要一员，尼古拉·尼古拉耶维奇·尼基京积极投身到了 20 世纪 20 年代文学实验的浪潮中，他的处女作《黛西》便是显著的证明。该作品最突出的特征即为拼贴艺术的运用。拼贴艺术作为视觉艺术下的一种新兴门类，原先被应用于绘画和诗歌领域。尼基京在故事《黛西》中巧妙地将该手法平移到了文学创作中，使得该文本不仅在视角上，也在结构上获得了"复合中的一体性"特征。这一尝试不仅成功地模拟了现代社会中人们日渐复杂的认知和思维方式，更重要的是宣告了一种多元化的世界观，后者与象征主义者所提出的二元化世界观相对峙，影响了俄罗斯现代主义文学的发展方向。

[关键词]　谢拉皮翁兄弟；尼基京；拼贴；综合

　　尼古拉·尼古拉耶维奇·尼基京的故事《黛西》是一部"有趣的作品"（特尼扬诺夫语），它的有趣之处至少体现在结构和视角两个方面。一个重要特征体现在《黛西》是"谢拉皮翁兄弟"创作中少有的几部仅从结构上便能体现出文学实验性的作品之一（卡维林的《第十一条公理》也可以算作一部）：整部作品可以分为两个板块，第一个板块由 11 个长短不一、体裁各异的小章节组成（准确地说是 12 个，其中的 11 个都有标号，剩下的一个只有小标题"自我简介——没有标号的随机章节"）——事实上，甚至很难称之为"小章节"，因为章节之间既没有情节主线的联系，也没有主要人物贯穿其中，作者很显然是用一种不同于传统的方式将它们聚合在一起的；第二个板块就是名为"关于'天空'的史诗"的第 11 章，分为 6 个小节，主要讲述老虎黛西的故事。另一个重要特征体现在：将传统的主人公"人类"换成"老虎"，以它的视角观察人类生活的片段并将变形后的画面原封不动地呈现在读者面前。

　　准确地说，将第二个特征纳入作者的实验性尝试是十分牵强的，因为"动物主题"(анималистическая тема)的传统在俄罗斯文学史上早已有之,经过漫长的发展演变之后,如今在各种文学体裁中仍然十分常见——从无名作者的《伊戈尔远征记》到俄罗斯经典小说作家托尔斯泰、契诃夫再到当代作家弗拉基米尔·库普宁、柳德米拉·皮特卢舍夫斯卡娅等的作品。本文将要涉及的"使动物人化,赋予其人的特征"只是其中的一个分支①,正如以往研究所指出的,"尼基京和费定的故事创造性地重新构思了俄罗斯传统动物小说,后者的代表作家有列夫·托尔斯泰、库普林和契诃夫"②。事实上,这两个方面的特征只有在相互作用的情况下才能达到实验性的效果,换而言之,独特的视角决定了叙述结构的创新,而故事结构组成上的碎片性特征正是对非人类视角下事件关系的模仿。特尼扬诺夫在评价这部作品时,将其归入了"野兽故事"(звериные рассказы)一类,并指出这类故事通常"将普通的整块事物分解成一堆复杂的征兆(正是在这个意义上它们与占卜十分相似,后者也是通过某些显现出来的征兆推测整个事件)"③。特尼扬诺夫的论断无疑是具有启发性的,正是在此基础上,我们提出了以上的假设性推论;然而,他在括号内补充说明的部分有待推敲,因为将动物视角造成的效果与占卜类同,不仅贬低了作者完整的创造能力,也将读者放在了一个无足轻重的位置上。首先,占卜者确实是根据各种征兆来推测事件发生的情况的,但是故事的创造者并未打算以他自己设计出来的事件碎片为线索假模假式地进行推测,他很明确地知道故事的发展方向和结局,至于碎片式的事实仅仅是留给读者的谜题,因此将其与占卜者相提并论无异于降低了其创造性;其次,如果说占卜者的类比对象不是作者,而是读者,那么很显然文本的无限可能性被缩小了——对于占卜者和读者来说真实的事件只有一个版本,但是对于读者来说,通过想象力将错位变形的事件碎片还原成其"本来面貌"并没有标准答案,这也正是文学文本的魅力所在。

综上所述,本文倾向于认为,故事《黛西》产生的效果更接近于电影中的蒙太奇拼接手段,而非占卜过程:在第一板块中,各种不同体裁的小章节好比看似没有关

---

① 科兹洛娃(Козлова А. Г.)认为目前的以动物为主题的文学作品中,可以观察到三种主要的描绘动物的方式,与之相对应的,存在三种主要的动物形象:其一被视为自然界真实存在的;其二被人化,被赋予人的某些特征;其三为拥有神力的动物,是超自然的存在,相当于幻想出来的神兽。详见:*Козлова А. Г.* Русская литературная анималистика: история и современность // Литература и жизнь: сборник трудов к 90-летию со дня рождения и 60-летию научно-педагогической деятельности доктора филологических наук/Под ред. М. Ф. Гетманца. Харьков: ХНПУ имени Г. С. Сковороды, 2013 [сайт]. URL: http://worldlit. hnpu. edu. ua/8/2. php (датаобращения 09. 01. 2019).

② *Тимина С. И.* Русская литература XX века: учебник для высших учебных заведений Российской Федерации. Учебно-методический комплекс по курсу « Русская литература XX—начала XXI в. ». СПГУ: Филологический факультет СпбГУ, 2011. С. 170.

③ *Прокопова Т. Ф.* Серапионовы братья. Антология: Манифесты, декларации, статьи, избранная проза, воспоминания. М. : Школа-Пресс, 1998. С. 589-590.

联的分镜头，然而通过在某种特殊语境下的并置却获得了超出普通叙事文本的内涵和外延意义，着重于视觉艺术带给读者的冲击；第二板块的《关于"天空"的史诗》则更像是舒缓的长镜头，既延续了从前半部分积累起来的情感，又自成一个完整的体系，在音乐性和象征性的层面上进一步发展了综合艺术在该文本中的应用。

第一板块的11个小章节从表面上看是一个文学体裁的拼盘，大部分原先只能在文学作品中占据次要位置（或者根本不能成为文学材料）的语体形式在此都独自撑起了整个章节——其中包含诗歌、对话（两篇）、笔录、便条、小说（两篇）、信件、新闻、电报、自我介绍。这些小章节的共同特点在于：具有形式上和内容上的完整性，并且相互之间存在跳跃式的关联。这种关联性首先体现在内容层面：第五章（"电话交谈"）可以看作第二章（"事务所风波"）的继续，二者在形式上也具有一致性；第六章（"黛西的梦"）与作为题记的第一章在韵律和思想层面相互贴合；第三章（"第137条笔录"）则与第八章（"摘自《北方之声》杂志第181期"）、第十章（"两封电报"）一起还原了动物园走失老虎的事件；第四章（"来自一个陌生人的便条"）、第七章（"别泰尔的信"）和第十章（"阿尔滕别尔格未完成的作品"）则必须放置在一起；没有标明号码的"自我简介"起到了将各个章节最终串联起来的作用，这也是它独立于其他各个部分的原因。除此以外，如果仔细观察以上分组，我们很容易发现，内容上具有关联性的章节同时也表现出了体裁方面的相同或相似，按照顺序主要为：两篇对话体文章，诗化小说与诗歌，三篇公文体文章，书信体与叙事小说。如此看来，作品的结构安排没有丝毫的混乱之处，恰恰相反，作者通过打破常规小说的叙事方式和修辞方式并将其重组，赋予了重组后的文本以原先没有的深意——如同将打碎的镜片拼搭成一个多面的晶体，从而获得由多个角度反射实物的可能性。

在这一板块中，作者显然更多地运用了拼贴画的技法，似乎在邀请读者一起参与一个大型的拼图游戏。拼贴（коллаж）是一种现代绘画技法，指的是通过把一些与主体画布质地不同的碎片材料（如报纸碎片、布块、宣传画等）粘贴在一起，获得一种具有强烈对比度的艺术效果。最早在绘画艺术领域使用拼贴技巧的是毕加索和布拉克，他们在1910—1920年将拼贴技法发展为立体主义艺术的一个重要方面。传统的绘画遵循透视法原则，强调从固定不变的视角得到统一的画面，而立体派画家则主张从不同的视角观察世界，并将所得到的碎片式画面并置在一起，组成一种不同色彩、线条和情感的集合体。当拼贴画艺术平移至文学创作领域时，某些关键性的构成因素发生了变化，进而分化出了至少两大类型的拼贴艺术：一是由语流所构成的不同质地的画面并置在一起，如俄国立体未来主义诗人赫列布尼科夫提出的"词语作画"（живопись словом）；二是不同语体风格形成的相应体裁位于同一个平面上，《黛西》就是这样一个典型的例子。

值得注意的是，进入第一板块的每一种体裁都在形式上经过了打磨，以便互相契合,以下试举几例说明。第一章中,按照惯例应当被引用为题记的勃洛克诗歌在这里自成一章:"我自己也不知道/我的住所/是在为什么而悲伤?"原先位于标题下方右侧的题记也移动至中间位置,就像诗集的排版一样。第二章在电话中的谈话几乎完全由重复语构成,两个人的对话似乎是由一个人独白自体分裂而成:

——咬人了……

——什么咬人了?

——黛西咬人了……

——马上,彼得,要快! 您做得太对了,要快。必须及时阻止! 您工作这么久了,她认识您。

——太可怕了。

——太可怕了……真是愚蠢……

——波克先生! 咬人了。波克先生,她真是可怕……尾巴会打人。

——我自己来……自己来……①

第四章中一段来自陌生人笔记本的摘抄十分有趣,虽然只有短短的几句,却同时具备了情节、结构和隐喻意义上的完整性,似乎是整个故事内部一个小型完整的血液循环系统:

一个人走着。脚下躺着一个火柴盒。捡起来。打开。什么都没有,除了几根烧焦的火柴。他觉得很不幸,灵魂被剥光的感觉。一个小时之后——他上吊了。(61)

而在六、七、八章当中,对印刷排版效果的运用达到了令人惊讶的程度:在一页纸上可以三次变化印刷字体(分别是斜体、仿信笺字体和报刊字体)和行间距(64),不仅形成了奇异的视觉艺术效果,也令材料更具真实可信度。

同艺术领域的拼贴画相比,此处的"异质性"主要不是体现在色彩、线条和质地上,而是体现在情感、篇幅和体裁的不统一上,但二者的最终目标都是指向"复合中的一体性"(единство в множественности)。从文本的开头就慢慢积累起来的惊异效果在第十章达到了峰值,之后读者的疑云便开始渐渐消散了:两条伪装成电报形式的线索已经令读者猜到了黛西事件的始末,而紧随其后的无名章节更是不论在语体风格还是感情色彩方面都与接下来的《关于"天空"的史诗》浑然一体,闪光的碎片有了聚合的迹象。直到阅读了第二板块之后,从一开始就置身于智力迷宫中的读者再回头翻阅前面十一张不同花色的扑克牌,才有机会一窥其中的奥秘:原来

---

① Серапионовы братья: Альманах первый. СПб. : 《АЛКОНОСТ》 ПЕТЕРБУРГ, 1922. С. 60. 后文出自该书的引文只在括号中标出页码,不再另加脚注。

第一板块中不同遭遇的叙述者不仅通过老虎黛西产生联系，而且他们所感受和经历的居然和一只野兽（黛西）有共通之处。

与第一板块相比，第二板块的节奏明显舒缓了下来，出现了熟悉的经典叙事以及清晰的时空关系，叙事的人称也统一为第三人称，读者似乎是从一个充满幻象的浪漫主义世界一跃进入了真真切切的现实主义世界。然而这仅仅是表面现象，不多时他们便会发现：黛西具有超越它自身认知能力的情感功能，简而言之，这只老虎的精神世界是普通人都无法企及的。黛西的痛苦具有一种崇高的诗意，后者与它所在的日常生活世界并没多大关联，其原因根植于梦想的远去、相契合灵魂的缺乏与自由被永久剥夺：

> 忧伤袭来时，只有饲料……为什么忧伤？难道不是因为大雾天里周围什么都没有？没有树，也没有天。（79）
> 狡猾的女清洁员歌莉娅不知道：当忧伤袭来时，是不是只有饲料……（80）

这种忧伤就像加缪笔下的"恶心"，在不同的时空附着在不同的宿主身上，贪婪吸食着他们的血液："想要诉说，可是他们对我（无名的人）喊叫：不行！但是忧伤缠绕着我。怎么摆脱呢？"（67）"……他（主人德吉）说到忧伤，那种像跳蚤一样咬人的忧伤，那种像灰尘一样，不知从哪儿钻出来的忧伤。"（73）被反复强调的情感本身使得《关于"天空"的史诗》从头至尾浸润在一种抒情性里，作者似乎有意将日常生活的琐碎意象与浪漫主义的崇高感情并置，从而获得一种令人惊异的效果——俄国未来主义诗人是这一技法的娴熟使用者。

第二板块的"史诗"并不能够从形式上分辨出拼接材料的边界（第一板块正是如此），然而在其内部涌动着两种形式的情绪——冰冷的、黏稠的以及炙热的、透彻的，前者代表着日常生活的、充满无奈和迷惑的世界，后者则象征着野性大自然的、充满活力和心之所向的世界。这两个世界分别在不同的时间段里占据过黛西的生命轨迹，然而由于它们的运作规则完全不同，所以企图将二者融合的尝试注定是一个悲剧。此处尼基京并没有借助心理分析或者环境对比描写（如传统的叙事体裁一样），而是通过变换叙述的语体风格达成了这一点：大自然的世界总是与诗意的描写相关，作者在此毫不吝惜新颖的同义词组、具有连贯性的暗喻和逆喻，试图勾勒出一幅具有视觉艺术美感的画面，如"秋日的天空因着乌云而暗沉，因着秋天而沉重。太阳被窗棂切割成四瓣开屏的孔雀尾巴——扇状，粉红色"（67）。与之对立的日常生活世界则是由陈词滥调堆砌而成的，语句之间缺乏连贯性，作者似乎是用特制的节拍器强调了停顿和空白，以此凸显日常生活令人厌烦的单调感：

> 枝条坚韧，人们谨慎。
> 早晨——寒冷，白天——忧伤，而晚上——猴子肉。

　　　　总是这样，一成不变……（76）

　　除了"停顿"之外，这种单调感也通过"重复"表现出来，包括语义上的重复和发音上的重复两种情况：

　　　　四点之前，主人都在工作，四点整——午饭，午饭过后——又是工作。人们的生活还真是乏味。他们怎么就学不会躺在飘窗上看看大树，看看花蕾是怎么绽放的，看看鸟儿是怎么啄虫吃的。（74）

　　这两个极端对立的世界仅仅在黛西的错觉中发生过短暂的融合，自然（幻想）世界以一种超现实的姿态入侵日常生活（现实）世界，获得了本不应有的体积、维度和色彩，具有明显的表现主义特征：

　　　　日子变长了。还没等到懒惰的蚯蚓开始蠕动，被压得紧实的草地早已遮蔽了黄昏和光裸的四壁。可是你要是去舔舔它——没有一点味儿，全是灰。（68）

　　如果说自然的世界是诗情画意的世界（поэтический мир），那么与之对立的日常生活世界就是单调乏味的世界（прозаический мир），从词源学的角度而言，这也在某种程度上体现了诗歌（поэзия）与小说（проза）的对立。因此，作者除了在视觉、听觉、嗅觉方面引导我们体察这两个世界的不同，也将这二者同小说和诗歌体裁关联起来，尝试通过不同体裁、约定俗成的语汇风格来突显两极之间的对立。在涉及与小说体裁相关的日常生活世界时，尼基京将叙述推至"物化"和刻板的极致——原本应当分布在好几个章节中的重复乐音瞬间被压缩在一个段落里，失去了本来的旋律。而在描绘那个与诗歌体裁有关的诗意世界时，作者则大胆运用了诗歌文本，其中不仅包含词法、句法和音调上的重复①，更渗透了与黛西拟人化世界观相吻合的神话思维，全然体现了装饰散文建立在神话思维上的诗学特征②，例如下述段落：

　　　　在人间有相似之处，就像在天上；人们也瞬息万变，就像天空一样。（78）

---

　　① За шаплерами шелест мышей, шуршит неслышными шажками живое за шпалерой. Дэзи морду **лапы**—и тише! Шорохнулось, смолкло—Дэзи прикрыла веками глаза, задремывая. И лишь шмыгнула мышь в кормушку, сощурились веки, Дэзи подобрала зад и подтянулась на передних **лапах**, заостряя туловище мордой. Мышка вышла на край кормушки. Ударом **лапы** сразу. Где мышка? Вон серый мячичек весело подлетывает в дэзиных **лапах**. （73）——以加粗形式标出的字母是重复的部分，形成一种循环往复的音乐感。

　　② "装饰散文——这并非诗歌源头对于叙事文本在一个较长历史阶段优势碾压的结果。几乎在全部历史时期都能找到诗歌对于小说的渗透痕迹，然而，只是在那些诗歌体裁占据优势地位并且神话思维深入人心的时代，诗化叙事的趋势才显得无比强劲。"——*Шмид В.* Нарратология. М.：Языки славянской культуры，2003. С. 263-267［сайт］. URL：http://slovar. lib. ru/dictionary/ornamentalizm. htm（дата обращения 09.01.2019）.

深夜，当梦境中的木头狗熊发出吱吱嘎嘎的响动时，天上，顺着那条毛茸茸的、沉甸甸的小路不紧不慢地踱来一头雄鹿。

只有一个活物：天空。

在笼子里可以听到大街上传来的熙攘声，看到花园、屋檐和天空。人们来了，又走了。只有一堵墙——天空。（80）

不难发现，"天空"（небо）是该语段中的核心词，围绕天空，黛西在想象中构筑了一个梦幻般的世界："木头狗熊"、草深土沃的小路以及优雅踱步的"雄鹿"。此处的"雄鹿"不是普通意义上的鹿（олень），而是具有神话含义的"角兽"（рогач），后者或象征超自然的神力、精神力、神明，或象征太阳神和月亮神的联合——象征太阳是因为埃及壁画中有角的公牛经常顶着太阳圆盘，象征月亮则是由于角的形状与弯月相似。除却神话意义上的联系，作者甚至刻意将"角兽"与"月亮"并置，形成一种暗示的联想效果：

当一个人都没有的时候，他（Тэдди）时常静静地躺着，伸开四肢，并将双腿倚靠在绿色天空的边缘。这片天空在深夜低低地垂向屋檐，那儿，在排水管道组成的森林中，雪白的鹿角月亮（рогатый месяц）在微笑着散步。（71）

由此，"角兽""月亮"和"天空"三个词产生了一种内在的、象征意义上的联系：月亮和角兽存在于天空中，角兽包含了月亮，而天空也有角兽的生命特质（"只有一个活物：天空"）。接下来我们会发现，这三个词在该史诗的最后一小节中重复出现，编织了一个理想的乌托邦世界。

与"天空"相对立的意象是"牢笼"，后者不仅剥夺了黛西同自然世界接触的机会，也令它美妙的梦幻崩塌：

笼子摇晃起来比细木条还要轻盈。可恶！多想在大地上奔跑，用掌心感受土壤的湿润。笼子在摇晃——太阳抓住了笼子。马车呼啸而过，发出铁蹄的轰鸣，街上的人们对黛西咧开嘴笑。为什么一圈围栏都是铁做的？需要——大地、树木和石头。需要！（75）

由此可见，以"天空"和"牢笼"为核心形成了两套具有对立意义的语汇体系，分别对"自由"和"不自由"的状态做出了诠释：（1）自由（梦想、理想）—天空—河流—月亮—大地—石头—音乐—故乡（对于拟人化的老虎而言，故乡是一个梦中遥远而不知名的地方，它那模糊的轮廓充满了诱惑，并且有一个诗意的名字"刚果"）；（2）不自由（现实）—铁笼—窗户—太阳—鞭笞声—陌生的房子—不明就里的事件：战争，革命（在黛西的印象中与鞭打联系在一起）—苟活—幻灭。

作为俄罗斯白银时代文学的最后一道闪光，文学团体"谢拉皮翁兄弟"不论在诗学思想、目标,还是在创作手段、方法上都吸收了那个辉煌年代的精华,如果不是受到来自官方意识形态的强力倾轧,他们很可能在接下来的几十年中成长为现代主义文学的中坚力量。换而言之,"谢拉皮翁兄弟"的创作是浪漫主义与现代主义之间的一环,前者的本质是"此岸与彼岸的对立",后者的本质则体现为"多元化的综合主义"。在从二元向多元转化的过程中,必然会出现原先对立或不相容的两种概念开始靠近或转化,或者原先某一个既定概念进行自体分裂并相互排斥的现象,这也决定了"谢拉皮翁兄弟"的创作理念在某些时候出现对立和转化的特征。

(编校:姜 磊)

俄罗斯文学与语言学

Русская литература：
лингвистические подходы

Атрибуты в художественном тексте как маркер гендера (квантитативный подход)

Андреев С. Н.

(Смоленский государственный университет, Россия)

Аннотация: В статье при помощи квантитативного анализа данных рассматривается вопрос, может ли синтаксическая позиция атрибута выступать маркером, разграничивающим женский и мужской гендеры. К анализу привлечены различные типы атрибутов, которые выделяются по морфологическому заполнению этой синтаксической позиции. Материалом исследования служат тексты на русском языке, объемом около 4 тысяч слов каждый, взятые из 40 произведений разных жанров современных писателей. Использование дискриминантного анализа позволило выделить типы атрибутов, различающих художественные тексты по гендеру их авторов. Кроме того, было установлено, что экспонентная функция хорошо улавливает распределение различных типов атрибутов в текстах, независимо от гендера их автора, индивидуального стиля, авторских особенностей и жанра.

Ключевые слова: гендер; атрибут; дискриминантный анализ; экспонентная функция; расстояние Махаланобиса

Исследованию стилистических различий речи в зависимости от гендера посвящено большое количество работ, выполненных на материале разных языков и использующих различные методы анализа. ① В русистике изучение гендера охватывает как чисто языковые особенности речи женщин и мужчин, так и философские, социокультурные и исторические аспекты речи и речевого поведения. ② Исследования, направленные на изучение чисто лингвистического аспекта различия гендеров, используют широкую парадигму признаков, включающую лексические, фонетические, синтаксические, деривационные, стилистические и др. признаки. ③ Одним из наиболее часто используемых факторов, предположительно способных различать мужскую и женскую речь, признаются прилагательные④, которые отражают степень детализации и сам характер описания. Вместе с тем следует признать, что достаточно часто исследования в этом плане основываются на впечатлениях самого автора исследования либо на впечатлениях информантов. Эта черта—отсутствие проверки выдвигаемых гипотез путем квантитативного анализа и статистической обработки количественных данных, характерна, к сожалению, для многих работ, исследующих гендерные различия стиля.

В этой статье предпринимается попытка ввести квантитативный анализ в исследование дифференциальной силы для гендеров критериального признака «синтаксическая позиция определения» (атрибут). Этот выбор объясняется следующими причинами.

При выборе характеристик для количественных подсчетов в стилеметрии достигнуто понимание того, чтобы используемые признаки желательно

① Koppel, M., Argamon, S., Shimoni, A. R. Automatically categorizing written texts by author gender. *Literary and Linguistic Computing*, 2002, 17(4), pp. 401-412; *Пушкарева Н. Л.* Гендерная лингвистика и исторические науки // Этнографическое обозрение. 2001. N 2. С. 31-40; *Кирилина А. В.* Гендерные исследования в отечественной лингвистике: проблемы, связанные с бурным развитием // Гендер: язык, культура, коммуникация. М., 2002. С. 5-13.

② *Кирилина А. В.* Гендер: лингвистические аспекты, М.: Институт социологии РАН, 1999; *Кирилина А. В.* Лингвистические гендерные исследования как проявление смены эпистемы в гуманитарном знании // Вестник Военного университета. 2010. № 4(24). С. 110-114; *Потапов В. В.* Язык женщин и мужчин: фонетическая дифференциация // Известия АН. Сер. лит. и яз. 1997. Т. 56. № 3. С. 52-62.

③ *Давыдкина Н. А.* Немножко о женской речи в художественной прозе // Русская словесность. 2004. № 7. С. 63-66; *Земская Е. А.* Особенности мужской и женской речи // Русский язык и его функционирование. М., 1993. С. 90-136; *Крючкова Т. Б.* Некоторые экспериментальные исследования особенностей использования русского языка мужчиной и женщиной // Проблемы психолингвистики. М., 1975. С. 186-200.

④ *Беляева А. Ю.* Особенности речевого поведения мужчин и женщин: дис. ... канд. филол. наук. / СГУ им. Н. И. Чернышевского. Саратов, 2002.

соответствовали бы следующим условиям:

- релевантностью признаков для речи;
- достаточная встречаемость в тексте;
- возможность их формального выделения (отсутствие большого числа переходных случаев).

Рассмотрим, как выполняются эти критерии для параметра «атрибут».

1. Релевантность признака.

Как указывалось выше, традиционно считается, что женская речь, как более эмоциональная, характеризуется значительным числом прилагательных, в большом количестве случаев замещающих синтаксическую позицию определения. Этот факт пока еще остается недоказанным квантитативными мерами и требует более детального изучения с использованием квантитативных мер.

Характер и тип определений, их соотношение с глагольной лексикой и другими частями речи рассматривается как важный аспект изучения способа описания (описание статическое vs. динамическое), что является важной характеристикой индивидуального стиля.

При том, что атрибутивные связи являются максимально тесными, определение не входит в обязательное окружение глагола в функции сказуемого, что означает, что использование атрибутов—весьма индивидуальная и факультативная черта авторского стиля.

2. Атрибуты составляют ядро списания и являются весьма частотным признаком.

3. В большинстве случаев можно достаточно хорошо формализовать части речи, замещающие эту позицию. Некоторые сложности возникают при выявлении случаев адъективации причастий, однако они достаточно успешно решаются на основании семантических критериев (переносное значение и постоянное свойство является маркером адъективации).

Для исследования были использованы следующие классы атрибутов, выделяемые по частеречной принадлежности замещающих эту синтаксическую позицию слов или словосочетаний и оказавшиеся относительно более частотными. Ниже в алфавитном порядке приводится список этих классов и их краткое обозначение.

(1) *ИНФ*—инфинитив (Желание *узнать*).

(2) *МЕСТ-Нег*—отрицательное местоимение (*Никакой* ошибки).

(3) *МЕСТ-Неопр*—неопределенное местоимение (*Какие-то* книги).

(4) *МЕСТ-Опред*—определительное местоимение (*Все* книги).

(5) *МЕСТ-Посс*—притяжательное местоимение (*Его* друг).

(6) *МЕСТ-Указ*—указательное местоимение (*Этот* дом).

(7) *ПЛГ*—прилагательное (*Бледное* лицо)

(8) *ПЛГ-Обр*—адъективный оборот (Лицо, *бледное от волнения*).

(9) *ПРЕДЛ-П*—падежная форма с предлогом (Книга *для детей*).

(10) *ПРИД*—придаточное предложение (Это тот человек, *который может нам помочь*; Вот план, *что делать дальше*).

(11) *ПРИЛ*—приложение (Незнакомец, *мужчина среднего возраста*, повернулся).

(12) *ПРИЛ-1*—приложение с именем собственным с согласованием (*полковник* Иванов).

(13) *ПРИЛ-2*—приложение с именем собственным с примыканием (*Озеро Байкал, гостиница «Космос»*).

(14) *ПРИЧ*—причастие (*Разбитый* стакан).

(15) *ПРИЧ-Обр*—причастный оборот (Книга, *потерянная вчера*).

(16) *РОД-П*—родительный падеж (Брат *отца*).

Для анализа брались выборки из 40 рассказов, повестей и романов, написанных наиболее популярными в России современными писателями. Двадцать произведений написаны женщинами, еще 20—мужчинами. Каждая выборка включала отрывок, объемом в несколько тысяч слов из начала повести или романа. Рассказы брались полностью. Произведения принадлежат различным жанрам: детективы, женский роман, постмодернизм. Список авторов и их произведений приводится в приложении.

В результате подсчетов были получены количественные данные об использовании указанных выше классов в текстах женщин и мужчин. Поскольку объем привлекаемых выборок различен, для возможности сопоставить классы атрибутов у разных авторов абсолютные числа делились на количество слов в выборке. Полученные данные отражены на гистограмме (Рисунок 1). По оси x указаны признаки, по оси y—их относительная частотность.

Из гистограммы видно, что, как и следовало ожидать, ПЛГ является наиболее частотным признаком—он охватывает более трети всех атрибутов, как у женщин, так и мужчин. Далее следуют причастия, существительные в косвенных падежах, приложения трех видов.

Теперь рассмотрим, есть ли различия з использовании этих классов в произведениях, сгруппированных по гендеру. Для этого используется метод дискриминантного анализа.

Это метод, который направлен на выявление у сопоставляемых групп объектов наличия или отсутствия различий сразу по нескольким признакам, позволяет определить характеристики, обладающие дискриминантной силой. В нашем случае—относительно двух классов текстов, написанных: женщинами (класс 1) и мужчинами (класс 2).

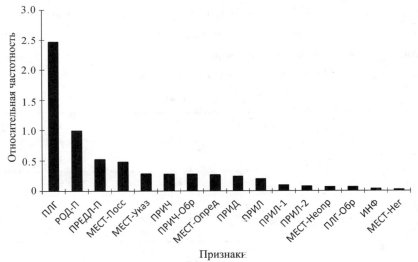

Рисунок 1   Частота различных классов атрибутов в текстах женщин и мужчин

Дискриминантный анализ показал, что между этими классами имеется различие по ряду признаков из числа привлекаемых к исследованию. Было установлено, что из 16 типов атрибутов 8 дифференцируют женский и мужской гендеры. В их число входят: МЕСТ-Нег, ИНФ, ПРИЛ-2, РОД-П, МЕСТ-Указ, ПРИЧ, ПРИЧ-Обр, МЕСТ-Посс. Все указанные признаки составляют дискриминантную модель. Три последних признака этой модели более характерны для мужчин, остальные—для женщин.

Для проверки результата использовался тест, который позволяет определить степень эффективности модели и, следовательно, подтвердить либо поставить под сомнение обнаруженное различие у классов. Тест состоит в том, что производится автоматическая классификация всех объектов（в нашем случае—произведений женщин и мужчин）в два класса. Затем такое автоматическое разбиение сопоставляется с фактическим（реальным）распределением текстов на два класса по гендеру. В случае, если в итоге получается достаточно сильное совпадение автоматической и реальной группировок, дискриминантная модель считается успешной. Для двух классов плохим результатом будет 50-процентное совпадение, что будет означать, что модель разбила тексты случайным образом. При показателе «правильности» автоматической группировки выше 80% мы будем считать модель успешной.

Результаты такого теста приводятся в таблице 1. По горизонтали представлены естественные классы（т. е. группировки, которые построены на фактических известных нам данных о гендере авторов）. По вертикали даны результаты автоматической классификации. В столбце «Процент совпадения» показан уровень сходства двух классификаций.

Таблица 1 Тест

Тексты	Процент правильно расклассифицированных текстов/%	Женские	Мужские
Женские	95	19	1
Мужские	100	0	20
Итого	97	19	21

Как видно из таблицы из 39 произведений из 40 были правильно отнесены к своему классу, что дает 97% соответствия двух классификаций—естественной и искусственной. Это, несомненно, хороший результат, который говорит о релевантности дискриминантной модели.

Анализ установленной дискриминантной модели позволяет сделать ряд выводов. Во-первых, прилагательные не являются маркером женского стиля, что опровергает достаточно распространенное мнение. Другой вывод, также несколько неожиданный, состоит в том, что причастия в синтаксической позиции определения достаточно характерны, скорее, для мужчин, чем для женщин. И наоборот（что снова неожиданно）, выявлена более высокая степень использования в атрибутивной позиции существительных в родительном падеже в текстах женщин.

Как указывалось выше, при автоматической классификации допущена только одна ошибка. Этим единственным исключением является текст из произведения В. Токаревой «Лавина», который автоматически на основе дискриминантных признаков оказался ошибочно отнесенным к классу мужских текстов. Однако среди «правильно» расклассифицированных текстов можно в свою очередь выявить те тексты, которые составляют своего рода ядро класса, и тексты, организующие его периферию. Для этого можно использовать меру расстояния—квадратичное расстояние Махаланобиса. [1]

На рисунках 2 и 3 показаны расстояния каждого из текстов женщин и мужчин от центра своего класса, которым является воображаемая точка в пространстве со средними значениями всех параметров. Чем меньше расстояние до центра, тем большее соответствие текста модели данного класса.

У женщин представлено 19 текстов (за исключением текста 11, отошедшего в класс мужчин). Соответственно число текстов класса 2 (мужчины) увеличено на один.

Ядро класса 1 составляют два текста: Т. 2 и Т. 8. К периферии класса относятся в первую очередь текст 12, а также тексты 5, 15, 18, 10. Остальные тексты занимают промежуточное положение. Если судить по авторам, то относительно более близкими центру класса 1 являются произведения Демидовой, Донцовой, Устиновой и Улицкой. Иными словами тексты именно этих авторов обладают в большей степени признаками женского гендера. Напротив у Токаревой (в особенности) и Третьяковой такие свойства проявляются в минимальной степени.

У мужчин ядро составляют Т. 40, Т. 31 и Т. 23, периферия организована текстами 24, 26, 27, 29. Если же взять все тексты нашей выборки, то наиболее близки по типам атрибутов произведения следующих авторов: Прилепин, Ерофеев, Акунин. Относительно меньшее сходство со своим классом демонстрируют Бушков и Веллер.

Здесь следует подчеркнуть, что полученные данные отражают только специфику авторского описания, но ни в коем случае не могут служить для какой-либо художественной оценки произведений.

В заключение вернемся к частотам признаков. Выше была показана

---

[1] *Клекка У. Р.* Дискриминантный анализ // Факторный, дискриминантный и кластерный анализ. М., 1989.

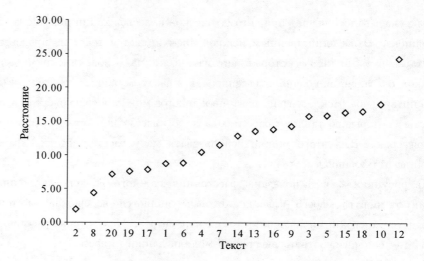

Рисунок 2　Расстояние текстов женщин от центра их класса

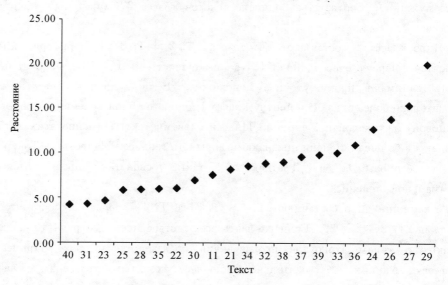

Рисунок 3　Расстояние текстов мужчин от центра их класса

частотность различных типов признаков во всех произведениях. Теперь рассмотрим, как эти признаки распределяются в классах текстов женщин и мужчин.

Ниже, в таблицах 2 и 3, приводятся ранги в соответствии с относительными частотами признаков по убыванию.

Здесь возникает вопрос, можно ли как-то отразить это распределение? Г.

Альтманн в ряде своих исследований в аналогичных случаях использовал ряд функций[①], одной из которых является экспонентная функция:

$$f_x = a \times e^{-bx},$$

где a and b являются параметрами. Параметр a определяется минимальной относительной частотой атрибутов, $x = 1$, параметр b показывает, как изменяется функция.

В таблице 4 показаны предсказанные функцией значения относительных частот и отклонение этих частот от наблюдаемых, которые были освещены в таблицах 2 и 3, а также значения параметров и коэффициент детерминации R^2. На рисунках 4 и 5 показано графически распределение текстов, написанных, соответственно, женщинами и мужчинами и линия тренда экспонентной функции.

Как видно из полученных, данных экспонентная функция очень хорошо отражает распределение относительных частот атрибутов различных типов в текстах как женщин, так и мужчин. Коэффициент детерминации R^2, отражает успешность использования данной функции, показывая, какая доля вариации результирующего признака y учтена в модели и объясняется изменением факторной переменной.

Таблица 2   Женщины

Ранг	Признак	Относительные частоты
1	ПЛГ	1. 218395
2	РОД-П	0. 491311
3	ПРЕДЛ-П	0. 274999
4	МЕСТ-Посс	0. 251311
5	ПРИЧ	0. 14504
6	ПРИЧ-Обр	0. 135212
7	МЕСТ-Указ	0. 131753
8	МЕСТ-Опред	0. 121929
9	ПРИД	0. 120909

---

① Andreev, S. , Popescu, I. -I. , Altmann, G. Skinner's hypothesis applied to Russian adnominals. *Glottometrics*, 2017(36), pp. 32-69.

（Продолжение таблицы）

Ранг	Признак	Относительные частоты
10	ПРИЛ	0.116790
11	ПРИЛ-1	0.050843
12	МЕСТ-Неопр	0.043131
13	ПЛГ-Обр	0.037148
14	ПРИЛ-2	0.035846
15	ИНФ	0.016537
16	МЕСТ-Нег	0.010371

Таблица 3 Мужчины

Ранг	Признак	Относительные частоты
1	ПЛГ	1.245324
2	РОД-П	0.499136
3	ПРЕДЛ-П	0.245605
4	МЕСТ-Посс	0.219194
5	ПРИЧ	0.153146
6	ПРИЧ-Обр	0.148038
7	МЕСТ-Указ	0.143577
8	МЕСТ-Опред	0.124698
9	ПРИД	0.108137
10	ПРИЛ	0.082658
11	ПРИЛ-1	0.040224
12	МЕСТ-Неопр	0.031153
13	ПЛГ-Обр	0.030067
14	ПРИЛ-2	0.025707
15	ИНФ	0.007691
16	МЕСТ-Нег	0.007525

Таблица 4   Результаты использования экспонентной функции

Ранг	Женский гендер		Мужской гендер	
	Предсказанные значения	Отклонение наблюдаемых частот от теоретических	Предсказанные значения	Отклонение наблюдаемых частот от теоретических
1	1. 154672	0. 063723	1. 194009	0. 051315
2	0. 622082	− 0. 130771	0. 607847	− 0. 108711
3	0. 335147	− 0. 060148	0. 309443	− 0. 063838
4	0. 180561	0. 070750	0. 157531	0. 061663
5	0. 097278	0. 047762	0. 080196	0. 072950
6	0. 052409	0. 082803	0. 040826	0. 107212
7	0. 028235	0. 103518	0. 020784	0. 122793
8	0. 015212	0. 106717	0. 010581	0. 114117
9	0. 008195	0. 112714	0. 005386	0. 102751
10	0. 004415	0. 112375	0. 002742	0. 079916
11	0. 002379	0. 048464	0. 001396	0. 038828
12	0. 001282	0. 041849	0. 000711	0. 030442
13	0. 000690	0. 036458	0. 000362	0. 029705
14	0. 000372	0. 035474	0. 000184	0. 025523
15	0. 000200	0. 016337	0. 000094	0. 007597
16	0. 000108	0. 010263	0. 000048	0. 007477
	$a = 2.143236$ $b = 0.618501$	$R^2 = 0.92983045$	$a = 2.345424$ $b = 0.675149$	$R^2 = 0.93728145$

Коэффициент детерминации может принимать значения от 0 до 1. Традиционно принята следующая схема оценки величины коэффициента детерминации: 0. 8 — 1 — модель хорошего качества; 0. 5 — 0. 8 — модель приемлемого качества; 0 — 0. 5 — модель плохого качества. В нашем случае коэффициент детерминации для обоих гендеров достаточно высок, превышая пороговое значение $R^2 = 0.8$, в связи с чем использование функции мы можем рассматривать как весьма успешное.

Следует отметить, что значения R^2 для обоих классов весьма близки, а

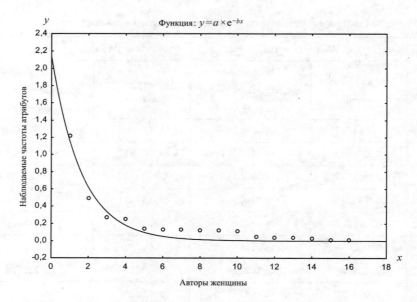

Рисунок 4   Женский гендер

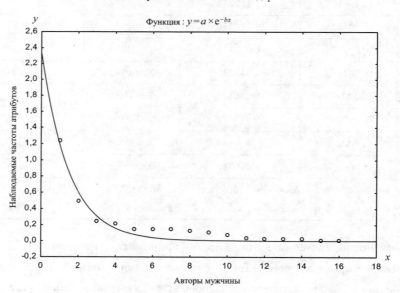

Рисунок 5   Мужской гендер

значения параметров a и b обоих гендеров практически совпадают. Из этого можно сделать следующий вывод. В рамках классов, организованных по гендерному принципу, имеет место почти полное совпадение в частотности типов атрибутов, причем, судя по всему, на это не влияют ни жанровые, ни индивидуальные особенности авторов.

В целом можно сказать, что использование атрибутивной позиции как маркера гендера можно признать вполне успешным. В этом плане получены результаты относительно предпочтений в использовании прилагательных, причастий, существительных в родительном падеже, ряда местоимений и др. типов атрибутов авторами двух гендеров, построена дискриминантная модель, дифференцирующая гендеры, определена картина распределения атрибутов различных типов у женщин и мужчин.

Здесь следует подчеркнуть, что требуется еще целый ряд исследований на более широком материале, в частности, для дискриминантного анализа, чтобы проверить полученную дискриминантную модель на новом материале. Интерес также может представлять изучение распределения различных атрибутов не толко в классах, сформированных по гендеру, но и у отдельных авторов. Однако следует подчеркнуть, что и в этих возможных исследованиях только квантитативная обработка материала позволит получить эксплицитные данные, которые можно использовать для выдвижения новых либо доказательства существующих гипотез.

Приложение

Авторы—женщины

Т. 1.	С. Демидова	«Рубиновая верность»
Т. 2.	Д. Донцова	«Клеопатра с парашютом»
Т. 3.	Д. Донцова	«Инь, Янь и всякая дрянь»
Т. 4.	Д. Донцова	«Продюсер козьей морды»
Т. 5.	А. Маринина	«Казнь без злого умысла»
Т. 6.	А. Маринина	«Стечение обстоятельств»
Т. 7.	А. Маринина	«Украденный сон»
Т. 8.	Д. Рубина	«Белая голубка Кордовы»
Т. 9.	Д. Рубина	«Последний кабан из лесов Понтеведра»
Т. 10.	Д. Рубина	«Тополев переулок»
Т. 11.	В. Токарева	«Лавина»
Т. 12.	В. Токарева	«Мои мужчины»
Т. 13.	В. Токарева	«Тихая музыка за стеной»
Т. 14.	Л. Третьякова	«Дамы и господа»
Т. 15.	Л. Третьякова	«Красавицы не умирают»
Т. 16.	Л. Улицкая	«Зеленый шатер»

Т. 17.	Л. Улицкая	«Искренне ваш, Шурик»
Т. 18.	Т. Устинова	«Олигарх с Большой Медведицы»
Т. 19.	Т. Устинова	«Вселенский заговор»
Т. 20.	Т. Устинова	«Мой генерал»

Авторы—мужчины

Т. 21.	В. Акунин	«Table-Talk»
Т. 22.	В. Акунин	«Пиковый валет»
Т. 23.	В. Акунин	«Турецкий гамбит»
Т. 24.	А. Бушков	«Пиранья. Война олигархов»
Т. 25.	А. Бушков	«Пиранья против воров»
Т. 26.	А. Бушков	«Танец Бешеной»
Т. 27.	М. Веллер	«Лаокоон»
Т. 28.	М. Веллер	«Марина»
Т. 29.	М. Веллер	«Пятикнижие»
Т. 30.	С. Довлатов	«Иностранка»
Т. 31.	В. Ерофеев	«Русская красавица»
Т. 32.	Д. Корецкий	«Антикиллер»
Т. 33.	Д. Корецкий	«Антикиллер-5»
Т. 34.	Д. Корецкий	«Антикиллер-6»
Т. 35.	В. Пелевин	«Операция "Burning Bush"»
Т. 36.	В. Пелевин	«Ассасин»
Т. 37.	В. Пелевин	«Греческий вариант»
Т. 38.	З. Прилепин	«Обитель»
Т. 39.	З. Прилепин	«Паталогии»
Т. 40.	З. Прилепин	«Шер аминь»

（编校：王　永）

Аспекты рецепции поэтического текста (На примере стихотворения Екатерины Яковлевой и его китайского перевода)

Разумкова Н. В.

(Тюменский государственный университет, Россия; Цюйфуский государственный педагогический университет, Китай)

Аннотация: В статье представлен сопоставительный анализ восприятия поэтического текста с позиций переводчика и читателей—носителей русского и китайского языков. Практическим материалом для исследования послужили стихотворение «Старый дом у реки, где на привязи лодка...» Екатерины Яковлевой и его китайский перевод, выполненный Чжэном Тиу. Изучение семантической структуры текстов оригинала и перевода позволило обнаружить особенности выражения субъектно-объектных отношений, закрепленных в значении лексических единиц разноструктурных языков. Особое внимание уделяется проблеме межъязыковых преобразований, отвечающих требованию сохранения единства содержания и стиля подлинника средствами языка— рецептора. Восприятие текста перевода читателями с точки зрения адекватности транслируемого содержания изначальному замыслу автора верифицируется посредством применения положений теории динамической эквивалентности Юджина Найды. Сравнение реакций читателей подлинника и его китайской версии свидетельствует о том, что их впечатления совпадают в эмоциональном плане. Процессы восприятия мира в сознании автора, переводчика и читателей сопровождаются «когнитивным преломлением» в аспекте ассоциативного развития мысли. Сделанные выводы можно обобщить в следующем суждении: моделирование и репрезентация поэтического текста средствами другого языка предполагают высокую степень освоения переводчиком сущностных характеристик текста первоисточника, следование нормам принимающей культуры, соответствие уровню читательских способностей.

Ключевые слова: Екатерина Яковлева; поэтическая картина мира; семантика восприятия; теория динамической эквивалентности перевода

Традиционно поэтический текст служит благодатным материалом, позволяющим исследовать переводческий процесс, иллюстрировать теоретические положения, изучать деятельность переводчика, которая трактуется не только как вид языкового посредничества, но и как форма кропотливого литературоведческого исследования. Со стороны переводчика требуются титанические усилия в трансляции представлений, смыслов, идей, ценностей автора, чтобы вызвать эмоциональный отклик у читателя подобный тому, какой возникает у них при чтении подлинника. Несмотря на разностороннюю исследованность стихотворных текстов и богатую практику поэтического перевода, в современном переводоведении вопрос о соотношении художественной содержательности текста оригинала и текста перевода под углом восприимчивости читателя к ним пока остается открытым.

Цель нашей работы—провести сопоставительный анализ читательских впечатлений при восприятии стихотворения Екатерины Яковлевой «Старый дом у реки, где на привязи лодка...» и его китайского перевода, выполненного Чжэном Тиу. [①]

В работе мы ориентируемся на положения концепции Н. Н. Белозеровой, постулирующей, что любой текст, созданный автором, живущим в иной системе координат, воссоздается читателем, чья система координат может совпадать или не совпадать с авторской в силу «закона взаимодействия автора, текста и читателя», а также в силу «закона погружения текста» в такие сложные структуры, как биосфера (пространство, заполненное живым веществом), ноосфера («царство разума», по В. И. Вернадскому), семиосфера (знаковая система, по Ю. М. Лотману), социосфера (общественные отношения) и этносфера» (система ландшафтов и народов, по Л. Н. Гумилеву). [②] Исходя из вышеизложенного, в эстетически организованной системе текста могут быть представлены разные аспекты восприятия. В русле заявленной темы мы

[①] Поэзии связующая нить. Из китайской и русской лирики / Редакторы-составители: *Чжэн Тиу*, *В. И. Масалов*. Шанхай, 2017. С. 352-353.

[②] *Ожегов С. И.* Словарь русского языка. 4-е изд. М., 1960. С. 26.

акцентируем внимание на следующих моментах данного феномена.

В аспекте функционального подхода восприятие представляет собой творческий процесс, в котором выделяются три грани: восприятие как видение, восприятие как понимание, восприятие как отношение. Восприятие зависит от ряда факторов—от уровня развития рецептора (эмоционального, интеллектуального, духовного, социального, психического, эстетического); от уровня притязаний воспринимающего; от сложности структуры литературного произведения, его художественной значимости, которая будит воображение читателя; наконец—от психологических условий. Воспринимающий выступает как соавтор: он интерпретирует произведение, оценивает его в свете личного опыта под действием ассоциаций, погружается в мысли автора.

В поэтическом тексте в слово переводится не объект, а его видение автором, его восприятие, имеющее значение, согласно словарю: «узнавание на основе прежних представлений»[①]. Синонимичными слову «восприятие» являются понятия «рецепция» и «перцепция». По форме слово восприятие относится к существительным типа nomen actionis («имя действия»), образованным от глагола «воспринимать» («ощущать», «чувствовать»). Проблема рецепции всегда стояла в центре филологических интересов. Перед тем как получить выражение в поэтической строке, восприятие проходит через состояние души творца. Опираясь на наши проведенные ранее исследования[②], отметим, что изучение семантики восприятия поэтического текста предполагает выделение принципов организации и классификации слов, обозначающих сенсорные ощущения. В качестве таких принципов указывается обычно перцепция физических явлений (звуков, цвета, запаха, вкуса). Перцептивность приобретает содержательную характеристику, создавая иллюзию достоверности субъектам и объектам, которые вовлечены в сферу художественного творчества. Индивидуально—авторское осмысление отношения «человек—мир» обусловливает особенности словесной образности произведения. Конечным результатом восприятия выступает освоение специфики духовно—ценностного аспекта, который формируется автором в процессе

---

① *Белозерова Н. Н.* Мир реальный и мир виртуальный: две экологические системы? Тюмень, 2010. С. 41-46.

② *Разумкова Н. В.* Лингвистическое моделирование перцептивной картины мира в лирике Осипа Мандельштама // Русская литература и искусство: междисциплинарные подходы. Ханчжоу, 2017. С. 220-226.

поэтической рефлексии. Беспредельность и неисчерпаемость материального мира равносильны бесконечности духовного мира в человеке.

Сюжет анализируемого стихотворения, представляющий собой повествование автора о личном событии (скорее реальном, чем воображаемом), компактно уложился в шестнадцать строк. При этом важной его составляющей становится образ дома, в котором пересекаются два пространства: внешнее, отмеченное локативными комплексами (*река, лодка, дом, окно, двор, поленница, поле*) и интерьерное, отмеченное описанием предметов быта (*икона, гармонь, рушник, ведро с молоком*). Каждая деталь является сигналом явственно ощущаемой ностальгической тональности. Перечисляются живые существа и предметы, с которыми больно расставаться: *кот, изогнулся как скобка, гармонь под цветным рушником, тонконогая лошадь вдали на меже...* Интерес к детализации указывает на стремление автора запечатлеть в слове картины — образы, традиционно маркированные в русской культуре: *дом, река, лодка, калина*. Предмет особого внимания—*старая икона*, украшенная белыми бумажными цветами, от которой становится светло в доме и на душе лирической героини.

Эмотивная сторона рассматриваемой темы связана с органом зрительной перцепции, представленным как объект, субъект и инструмент: *Поглядишь— тяжелеют ресницы от влаги*. В такой момент можно зримо зафиксировать что-то важное, значительное, способное вызвать сильные эмоции и даже потрясения. Индивидуальное восприятие связано с когнитивными особенностями памяти, которая оказывается не менее значимым источником информации, чем зрение. Следуя концепции перехода в мир воспоминаний через аромат, цвет, вид растения, поэтесса собирает мозаику из литературных и живописных аллюзий. Творческое видение автора обладает чувством катарсиса, окрашенного смутной тревогой: *Я была здесь такою счастливой когда-то... Здесь теперь меня нет. И не будет уже.*

Примечательно, что зрительный модус превалирует над другими: *Как светло; Из белой бумаги Распустились на старой иконе цветы; Белёсый песок; Между рамами окон краснеет калина*. Колористическая среда создает определенное настроение, служит знаком эмоциональных переживаний, обогащает художественный мир текста, стимулирует его рецепцию. Слуховое восприятие уступает визуальному. Звукообразы представлены своей оппозицией— тишиной: *И притихла гармонь под цветным рушником*. Отсутствие звуков не привносит умиротворяющую ноту, наоборот—внутренний драматизм. Активизируя зрительные ощущения, автор апеллирует к воображению читателя, пробуждая литературные аллюзии. Угадывается перекличка со стихотворением «Тихая моя родина» Николая Рубцова, где так же мотивы памяти, детства, странствия, возвращения в родные места переплавились в тихую светлую грусть. Предметно-вещный мир лирического произведения восприимчив ко всему, что воздействует на него извне.

Словесные картины Е. Яковлевой не только видимы, но и осязаемы. Температурный показатель вступает в отношения интеграции с понятием тактильности: *И на солнца* ***горяч его бархатный*** *бок* (положительные коннотации), *вечер* ***тягуч***, ***как смола***; ***тяжелеют*** *ресницы от влаги* (отрицательные коннотации). Явление лексической синестезии представляет собой включение в поэтическую ткань сочетаний, вызывающих межсенсорную ассоциацию. Синтетичность восприятия, когда вкусовые способности человека, связанные с ощущением сладости, соединяются с обонянием (***пахнет сладостно скошенной мятой***), придают тексту особую выразительность и экспрессивность, оставляя в воображении читателя чувственно—наглядные зацепки. Комплекс ощущений, воплощенный в зрительных, тактильных, вкусовых, одорических характеристиках образов, актуализируется как на внешнем уровне, так и на внутреннем. Внутренний уровень—восприятие самого автора, внешний—восприятие читателя, который соотносит их с собственными ощущениями.

Рассматривая художественное произведение в любом аспекте, невозможно не затронуть проблемы пространства и времени, ибо «всякое вступление в сферу смыслов совершается только через ворота хронотопа »[1]. В исследуемом стихотворении представлено последовательное чередование пространственных и временных планов. Пространственные образы (*дом*, *лодка*, *песок*, *двор*), получившие сенсорные характеристики, вмещают в себя различные психологические состояния человека. Замедление пространственной и временной развертки в тексте усиливается за счет сравнения: *вечер* ***тягуч***, ***как смола***. Ретардация передает душевный дискомфорт лирической героини. Пространственные образы перемежаются естественным образом. Прерывистость темпорального плана достигается за счет использования глаголов настоящего и

---

[1] *Бахтин М. М.* Вопросы литературы и эстетики. Л., 1975. С. 43.

прошедшего времени: *кот изогнулся*, *мухи купаются в ведре*, *краснеет калина*, *притихла гармонь*. Движение в пространстве преодолевает время, которое в формате локуса реализуется как знак ситуации: *вечер праздный и пустой*. Мир природы и быта антропоморфен. Простое одушевление *лодка дремлет*, *носом зарывшись в песок*, подчеркивает безлюдье, смысловые аллюзии одиночества.

Деятельность по восприятию и интерпретации стихотворения осуществляется в соответствии со спецификой функционирования текстовых единиц, валентность которых является существенным фактором в актуализации представлений и эмоций автора. В этой связи, особую значимость имеет прагматическая программа текста-оригинала, которая должна тронуть сознание воображаемого читателя, задать импульс его ментальным усилиям.

Рассмотрим аспекты рецепции текста—перевода китайскими читателями. Мы провели анкетирование студентов, сдавших экзамен четвертого сертификационного уровня по русскому языку. Были заданы следующие вопросы: (1) кто автор этого стихотворения—мужчина или женщина; (2) какие ассоциации вызывает данный поэтический текст; (3) какими русскими словами можно передать основное содержание текста, прочитанного на китайском языке.

Читательские реакции на вопросы-стимулы можно представить в виде цепочки оппозиций. (1) *Автор—мужчина* (*катается на лодке*, *ездит верхом*; *потому что выражает эмоции непонятно*) / **автор—женщина** (*сентиментальная*, *тонкая*, *любит кошку*, *имеет шаль*; *женская утонченность*, *поэтичность*, *красота*). (2) *Положительные ассоциации* (*счастливое будущее*, *красивый пейзаж*, *спокойный день*, *дыхание жизни*, *очаровательное место*) / *отрицательные ассоциации* (*одиночество*, *печаль*, *грусть*, *ностальгия*, *потерянная молодость*, *слезы воспоминаний*). (3) Интерпретация по гендерному признаку **читатель** / **читательница** демонстрирует почти полное совпадение в восприятии текста перевода как в эмоциональном плане, так и в плане коммуникативном. Модели интерпретации китайской версии стихотворения средствами русского языка указывают на их очевидную принадлежность к общим понятийно-смысловым полям; незначительные расхождения обусловлены, на наш взгляд, личностно—субъективными факторами.

Цель настоящего эксперимента была двоякой: во-первых, необходимо было выяснить понимание и восприятие носителями китайского языка русского поэтического текста, переведенного на их родной язык; во-вторых, определить способы передачи содержания китайского текста средствами русского (иностранного) языка. Содержащиеся в оригинальном тексте когнитивные структуры, отсутствующие в сознании представителей китайской лингвокультуры, осложнялись поиском репрезентативных соответствий.

В ходе сопоставительного анализа текста—оригинала и текста—перевода в аспекте восприятия мы методологически опираемся на теорию динамической эквивалентности Ю. А. Найды. Эквивалентность перевода трактуется как смысловая близость оригинала и текста на принимающем языке. Главным в концепции американского лингвиста представляется положение о двух типах эквивалентности при переводе—формальной и динамической. В основе его представлений лежит убеждение в том, что эквивалентный (абсолютно точный) перевод сделать невозможно, но близкий к оригиналу перевод (даже при отсутствии тождества в деталях) способен оказать воздействие на получателя. Формальная эквивалентность ориентирована на оригинал и ставит своей целью обеспечить возможность непосредственного сопоставления разноязычных текстов. Динамическая эквивалентность ориентирована на выполнение главной функции перевода—коммуникативной замены текста оригинала, обеспечивающей такое же воздействие на читателя перевода, как и первоисточник. Эти действия предполагают собой адаптацию лексики и грамматики, благодаря которой устанавливается динамическая связь между сообщением и рецептором на языке перевода, релевантная контексту его культуры. Юджин Найда считает определяющими факторами динамической экеивалентности следование нормам переводящего языка и принимающей культуры в целом, соответствие контексту сообщения и соответствие уровню аудитории. ①

Согласно, постулатам теории Ю. Найды. переводчик должен передать не только мысль, но и нюансы мысли. Данную проблему можно свести в теоретическом и практическом планах к проблеме адекватного перевода микроконтекстов в виде отдельных слов и словосочетаний, которые входят в состав предложения, тем самым образуют единое смысловое целое. Точность перевода как отдельных частей текста, так и всего текста в целом определяет качество перевода. На уровне предложения переводчик располагает

---

① *Найда Ю. А.* К науке переводить. Принципы соответствий // Вопросы теории перевода в зарубежной лингвистике: сб. ст. М. , 1978. С. 114-137.

возможностями в области семантических поисков решения.

В процессе анализа читательских реакций на текст перевода мы распределили лексику по сферам употребления: человек, объекты, предметы, пейзаж, явления, процессы, действия; выявили синонимические отношения, которые проявляются под воздействием общности сферы и функций; провели сопоставительный анализ. Были зафиксированы случаи лексико-грамматических трансформаций, обусловленных различиями в языковом строе. Например, в русском языке отсутствует такая категория, как счетное слово, в китайском— категория рода, деепричастие. Грамматические преобразования в этом случае неизбежны. Поэтическая мысль автора оригинала реализуется 103 языковыми знаками, в тексте перевода—223 единицами. Предпосылкой возникновению трансформаций является лакунарность этнографических единиц первоисточника в принимающем языке.

Приведем пример лексического преобразования, обнаруженный в тексте китайского перевода. Замена переводчиком видового понятия *калина* родовым 红梅 (прием генерализации) привела к деформации поэтической мысли в рецепции китайских читателей: *Между рамами окон краснеет калина* / 红梅在窗框之间防洪. В сознании носителей китайского языка отсутствует когнитивная структура «двойные рамы», пространство между которыми заполняется паклей, стружками или ватой и украшается ярко—красными ягодами калины. Поиск русских соответствий 红梅 получил причудливое ассоциативное развитие у китайских читателей: ***Земляника*** *спела среди окон*; ***Малина краснеет*** *в оконной раме*; ***Клюква красная*** *между оконными рамами*; *Мама поставила за окнами* ***красную сливу*** *созреть*. Замена слова переводчиком вполне понятна и объяснима: представления, стоящие за растением *калина*, обусловлены мифопоэтическими и фольклорными традициями русского народа. Ассоциативные ряды, близкие тем, в которые включается *калина*, могут возникнуть у китайца лишь при упоминании ***сливового*** *дерева*. Однако в данном контексте привлекательный образ 红梅 не способствует повышению восприятия содержания текста.

Причиной переводческой трансформации может быть отличие эстетической установки от системы ценностей, заявленной в произведении. Переводчик, как правило, не «опережает» мысль автора, старается обобщить полученные им знания, иногда «домысливает» за автора оригинала, стараясь конкретизировать исходный смысл. В этом качестве созданная им модель текста умственно вкладывается в такую систему, в параметрах которой возникает особое видение текста. В таком случае рецепция текста раздваивается: с одной стороны, читатель идентифицирует данный текст на родном языке в новом статусе; с другой — он соотносит его с категориями условности. Иллюстрацией может служить когнитивное преломление в восприятии китайских читателей понятий в процессе интерпретации следующих контекстов: *распустились на старой **иконе** цветы /* 老旧的圣像画, *притихла **гармонь** под цветным **рушником** /* 盖着花围巾的手风琴静默不语. Отсутствие в сознании представителей китайской лингвокультуры таких когнитивных структур, как *икона*, *гармонь*, *рушник*, обусловило ценностно-смысловые искажения в декодировании авторской мысли. (Ср.: ***Христианская** картина*; *Старая **картина***; *Красивые бумажные узоры распустились около **иконописи***; *Белый цветочный орнамент*; ***Аккордеон** покрыт цветным **шарфом***; *Прикрыли **аккордеон** пестрой **шалью***; ***Аккордеон** под пестрым **шарфом***; *гармошка, покрытая **набивным ситцем***; *Никто не хочет играть на **баяне***; ***Гармоника**, накрытая **цветастым шарфом**, молчит*). Несмотря на то, что модель восприятия универсальна, «каждый из нас остается пленником той или иной культуры и руководствуется принципами и идеалами культуры, к которой принадлежит»[①].

Итак, интересующая нас проблема была рассмотрена в разных аспектах рецепции поэтического текста, поскольку качество творчества автора и интерпретатора, как мы считаем, приобретает дополнительный смысл при изучении его под таким углом зрения. Замысел лирического произведения и его значение выявлялись путем анализа слов в русском и китайском языках, а также в процессе осмысления связей между ними в четверостишиях, как результат — декодирование текста. Авторская точка зрения содержится во всей внутренней структуре текста, раскрывается из его отношения к теме. Читатель оценивает прочитанный текст так, как автор изначально задумал его содержание, сопоставляет полученную информацию с той, что имеется в его банке данных, совершая ряд когнитивных операций, выбирает потенциально приемлемый смысл. Интеллектуальное взаимопонимание лирической ситуации, сконструированное автором и воссозданное переводчиком, находит отклик в сознании читателя. Такой сложный психический процесс, как восприятие поэтического текста, не

---

① *Тураева З. Я.* От мастерства писателя к открытиям читателя. В поисках сущности текста. М., 2016. С. 59.

ограничивается рамками лингвистических закономерностей. В сознании читателя происходит формирование ментальной модели, которая рассчитана на соучастие и домысливание. Наблюдаемая сопричастность читательского восприятия авторскому замыслу убеждает, что переводчику удалось создать равноценный оригиналу текст, который обеспечивает такое же воздействие на читателя перевода, как и первоисточник.

（编校：袁淼叙）

Новейшие издания русских переводов китайской прозы и поэзии в XXI веке*

Юань Мяосюй

(Чжэцзянский университет, Китай)

Аннотация: В статье показывается картина новейших изданий русских переводов китайской прозы и поэзии. В XXI веке на русском книжном рынке восстановилась и продолжается издательская деятельность как китайской классики, так и современных произведений. Её характерными особенностями являются государственная поддержка, специализированные издательства, самостоятельный перевод российской стороны, нехватка цифровых версий книг и недостаточная привлекательность для массового читателя.

Ключевые слова: китайская литература; русские переводы; новейшие издания

С тех пор, как академик В. М. Алексеев (1881—1951 гг.) подчеркнул значимость изучения китайской литературы в развитии синологии, прошло уже более ста лет. Первый пик переводческой деятельности пришелся на 1950-е гг., когда советско—китайские отношения стали особенно дружественными, классическая и современная китайская литература издавалась по всей стране большими тиражами, и значительный интерес к ней проявлял не только широкий советский читатель, но и много китаеведов. Помимо шедевров китайской классики и литературных произведений, написанных после 1920-х гг., в тот период вышел в свет и ряд научных работ о творчестве отдельных писателей, китайской литературной теории, истории китайской литературы и т. п. К сожалению, сильная зависимость литературных контактов от политической ситуации привела к большому разрыву в распространении китайской литературы

---

* Данная статья была опубликована в научном журнале «Иностранные языки в высшей школе», вып. 2018. № 3(46).

после периода напряженности между двумя странами. Восстановление литературных связей произошло лишь в 1980-х гг. благодаря нормализации двусторонних отношений, однако вполне можно отметить, что распространение китайской литературы в России вошло в колею уже в новом веке.

Всестороннее сотрудничество между Россией и Китаем в XXI в. предоставляет благоприятные условия обмену культурой двух народов, и в том числе в сфере литературных контактов. За семнадцать с лишнем лет, с 2001 г. по июнь 2018 г. [1], в России вышло 91 отдельное издание китайской прозы и поэзии, из них в 2001 г. опубликовано 0, 2002 г. —1, 2003 г. —10, 2004 г. —2, 2005 г. —2, 2006 г. —5, 2007 г. —8, 2008 г. —2, 2009 г. —0, 2010 г. —1, 2011 г. —1, 2012 г. —4, 2013 г. —3, 2014 г. —15, 2015 г. —9, 2016 г. —12, 2017 г. —13, 2018 г. —3. Конечно, отдельные произведения были опубликованы и в журналах, но их количество невелико. [2]

На основе вышеприведенных цифр переводческая деятельность китайской литературы в новом веке может быть разделена на два этапа—восстановление (2001—2010 гг.) и продолжение (с 2011 г. до настоящего времени).

За первое десятилетие нашего века были опубликованы и классические и современные произведения. К числу классики относятся 4 антологии поэзии, 1 антология драмы, 1 антология прозы, 6 персональных сборников прозы, 1 роман. А среди новейших представлено 7 антологий прозы, 1 антология поэзии, 3 персональных сборника современных писателей—Ван Мэн, Фэн Цзицай и Чжан Цзе, а также 7 романов. В поле зрения переводчиков и исследователей китайской литературы находится прежде всего классическая поэзия и проза, изучению которых были посвящены изданные в 2003 г. 7 книг, входящих в «Золотую серию китайской литературы», и первые 2 тома перевода В. М. Алексеева в 2006 г. Интересно, что вместо четырёх престижных классических романов[3] более

____

[1] Сведения об изданиях в России китайской литературы собраны по состоянию на конец июня 2018 г. за исключением изданий детской литературы.

[2] Мы отследили следующие публикации: Гао Синцзянь. Нобелевская лекция (Иностранная литература. 2001. № 5); Чжан Сяньлян. История про старика Сина и его собаку (Азия и Африка сегодня. 2005. № 11; 2006. № 1); Юй Хуа. Аппендикс (Институт Конфуция. 2011. № 4); Мо Янь. Белая собака на качелях (Институт Конфуция. 2012. № 6); Цю Хуадун. Халат с драконами (Иностранная литература. 2017. № 4); Шэн Кэи. Райская обитель (Иностранная литература. 2018. № 4).

[3] Они таковы: Ши Най-Ань. Речные заводи; Ло Гуань-чжун. Троецарствие; У Чэн-энь. Путешествие на Запад; Цао Сюэцинь. Сон в красном тереме.

привлекательными для русского читателя стали сборники рассказов Пу Сунлин (1640—1715) с восточным загадочным оттенком «Искусство лисьих наваждений: Китайские предания о чудесах», «Странные истории. Рассказы о людях необычайных» и «Лисьи чары. Монахи—волшебники», что подтверждается их многократным переизданием (17 раз) в течение 80 лет с их первого опубликования в России. И, наверное, это объясняется тем, что читатель, тем более и издательства, переживающие духовный кризис после распада СССР, уже были равнодушны к темам социалистического общества, модным в 1980-х гг. По сравнению с объемными романами, короткие рассказы куда легче воспринимаются массовым читателем. Таким образом, издания классической литературы в тот период были тесно связаны с научным интересом русских китаеведов, потому и большинство изданий было отпечатано в малых тиражах и пока было далеко от читателя.

А современная литература—другое дело. Только за 2007 г. было издано 5 антологий, 1 персональный сборник повестей и 1 роман. Это, конечно, было не случайным. Большая часть из них вышла при государственной финансовой поддержке в рамках «Года Китая в России в 2007 г.». При выборе произведений в меньшей степени учитывались мнения российской стороны, вследствие этого, «даже при высоким художественном уровне часть сочинений не соответствовала вкусам или была непонятной для российских читателей»[1]. В изданиях 2001—2010 гг. чаще всего встречаются произведения Вана Мэна, который начал свое творчество в 1950-х гг. и чьи произведения были переведены на русский язык уже с 1980-х гг. Правда, будучи бывшим министром культуры Китая, почетным председателем Союза китайских писателей и профессором многочисленных вузов, Ван Мэн хорошо знает внутренние литературные направления разного периода после образования Китая и относительно близок среднему и старшему поколениям русской интеллигенции «в мировоззренческом плане»[2]. Однако из-за малого числа переводов писателей, которые публиковались в Китае после 1970-х гг., картина развития современной китайской литературы далеко не полна. Более того, в 2005—2006 гг. были изданы подряд три эротических романа («Конфетка», «Крошка из Шанхая» и «Замужем за Буддой») и два мистических

---

[1] *Родионов А. А.* О переводах новейшей китайской прозы на русский язык после распада СССР // Вестник СПбГУ. Сер. 13. 2010. № 2. С. 137-149.

[2] *Родионов А. А.* О переводах новейшей китайской прозы на русский язык после распада СССР // Вестник СПбГУ. Сер. 13. 2010. № 2. С. 137-149.

(«Вирус» и «Заклятие»). К сожалению, эти в Китае бестселлеры не вызвали в России большого интереса, ожидаемого издательствами. В самом деле, писатели Миан Миан, Вэй Хой и Цай Цзюнь, хоть и относятся к ряду нового поколения, ведущими далеко не считаются. В частности, Миан Миан и Вэй Хой имели успехи на Западе лишь потому, что их произведения наводнены эротическими сценами и серым колоритом. Ещё хуже, что их переводы были выполнены с английского издания, в результате специалисты—китаеведы упрекали их в немалых количествах ошибок. Подробнее стоит остановиться на романе Цзян Жун «Волчий тотем», изданном в 2007 г. (тираж 10000 экз.) и посвящённом простому миру кочевника во внутренней Монголии—самобытной провинции Китая, и противостоянию людей и волков. Мы не будем говорить о высоком художественном достоинстве этого романа, но большое количество отзывов свидетельствует, что читательский интерес в России вызывают именно произведения с национально—культурной чертой.

Итак, в течение первых десятилетий XXI в., переводы китайской литературы продвинулись вперёд, хотя и с низким темпом. Классические произведения по-прежнему привлекали к себе внимание как ученых, так и читателя. В то же время, п роизведения новейших китайских писатели, в числе которых Мо Янь, Юй Хуа, Су Тун, Ван Аньи и др., хотя и были переведены на русский язык (преимущественно в отрывках или отдельными рассказами[1]), но всё равно стояли за дверью русского литературного круга. Можно без преувеличения говорить о том, что в тот период ни литераторы, ни читатели не успели обратить на них внимание.

С 2011 г. до нынешнего дня в переводческой деятельности китайская классическая литература существенно уступает современной. В изданиях классики[2] встречаются лишь 2 антологии прозы, 2 антологии поэзии, 1 персональный сборник стихов и 7 романов—6 из них было переиздано в рамках двусторонней «Программы перевода и издания произведений российской и китайской классической и современной литературы»[3]. Единственным изданием

---

[1] Исключается Су Тун, перевод чьего романа «Последний император» был издан в 2008 г., но отзывов было крайне мало.

[2] Исключается книга И. С. Смирнова «Китайская поэзия: в исследованиях, заметках, переводах, толкованиях», изданная в 2014 г., посвященная и переводу и научному исследованию.

[3] Подробно о данной программе мы скажем позже. Далее используется сокращённое название «Программа».

классического романа, который был впервые переведён на русский язык, является четвертый—последний—том наиболее знаменитого и скандального романа «Цзинь, Пин, Мэй, или Цветы сливы в золотой вазе». Сам роман был выполнен в конце XVI—начале XVII вв. и представляет собой первое в истории китайской литературы произведение, персонажи и сюжеты которого взяты из современности, а не исторических событий или мифов. Вследствие этого в романе проявляется тёмная сторона общества того же времени. С тех пор в китайской литературе начался реализм в качестве художественного метода и литературного направления, что оказало влияние и на роман «Сон в красном тереме»—вершины классической литературы—в середине XVIII в. За русский перевод данного произведения первым взялся Г. О. Монзелер (1900—1959), но впервые целиком и без купюр роман был издан только в 2016 г. (перевод В. С. Манухина, О. М. Городецкой, А. И. Кобзева и В. С. Таскина)①. При этом его тираж 300 экз. свидетельствует о том, что этот многолетний труд опять-таки не доступен для широкой читательской публики. Стоит отметить также антологию «Три вершины, семь столетий. Антология лирики средневекового Китая», в которой впервые показывается движение художественной мысли к человеку, к чувственному дыханию музыкальных строф в течение трёх великих периодов Тан, Сун и Юань с начала VII в. —до второй половины XIV в. При этом в переводах принял участие и китайский переводчик русской поэзии- профессор Гу Юй, он, по словам переводчика С. А. Торопцева, тщательно проверил точность переведенного текста. Разумеется, в переводческой практике успешная модель совместной работы положительно повлияет на дальнейшее распространение иностранной литературы.

После 2011 г. в России отмечается бум перевода современной китайской литературы. За последние семь лет вышло 48 изданий, в том числе: 25 романов, 9 антологий прозы, 5 персональных сборников повестей и рассказов, 3 антологии поэзии, 3 персональных сборника стихов, 2 повести и 1 очерк,—к тому же большая часть из них ранее не была переведена на русский язык. С одной стороны, к известным писателям, таким как Лу Синь, Мао Дунь, Лао Шэ и Ба Цзинь, ещё с 1950-х гг., издательства не равнодушны; а с другой, они уделяют большое внимание и прилагают много усилий к изданию произведений ведущих писателей нынешнего времени. Первое место в количестве изданных книг

---

① Перевод этого романа в усечённом виде был издан в 1977, 1986, 1993 и 1994 гг.

занимает писатель Мо Янь—лауреат Нобелевской премии по литературе 2012 г. ; в 2018 году выходит уже пятый русский перевод его романа «Красный гаолян. История одного рода», пользующийся большой популярностью за рубежом после экранизации китайского режиссёра Чжан Имоу в 1987 г. Будучи типичным официальным писателем, Мо Янь в своё время «и совестливый интеллигент, и общественный деятель с оттенком либерализма»[①], всегда умеет «стоять между центром и краем»[②]. Благодаря своей «изобразительной силе и той физиологичности, которая почти всегда отличает большого писателя»[③] он успешно нанес на глобальную литературную карту свою родную землю—Гаоми.

В списке переводов китайской литературы в 2017 г. наконец появилось первое отдельное издание знаменитого писателя Цзя Пинва «Циньские напевы», которое принесло своему автору Премию имени Мао Дуня—наиболее престижную литературную премию в Китае. Произведение, наполненное местным колоритом, особенным диалектом северо—западного Китая, отражает воздействие общественных реформ на сознание крестьян, а также любовь к родной земле. Как отмечает писатель, этот роман есть и памятник родине, где находится большинство прототипов персонажей. В романе смешиваются «тексты циньских арий (нередко написанных на вэньяне), язык традиционного устного сказа с газетными слоганами представителей власти и грубоватыми высказываниями крестьян о физиологических отправлениях»[④]. Несомненно, что при его переводе на русский язык возникло немало трудностей из-за диалекта и архаизмов, потому что даже опытный американский переводчик Говард Голдблатт (Howard Goldblatt), который успешно выполнил более 60 переводов произведений более 30 китайских писателей, в том числе двух романов Цзя Пинва «Фу цзао» («Турбулентность») и «Фэй ду» («Тленный град»), признался, что сам бросил перевод «Циньских напевов» из-за языкового барьера.

---

① *Лю Вэнтфэй*. Мо Янь: между центром и краем [Электронный ресурс] // Литературная газета, № 1 от 16. 01. 2013 г. : [сайт]. URL: http://lgz. ru/article/1-6399-2013-01-16/mo-yan-mezhdu-tsentrom-i-kraem/? sphrase_id＝1749143 (дата обращения 12. 06. 2018).

② *Лю Вэнтфэй*. Мо Янь: между центром и краем [Электронный ресурс] // Литературная газета, № 1 от 16. 01. 2013 г. : [сайт]. URL: http://lgz. ru/article/1-6399-2013-01-16/mo-yan-mezhdu-tsentrom-i-kraem/? sphrase_id＝1749143 (дата обращения 12. 06. 2018).

③ *Быков Д. Л.* Моянь [Электронный ресурс] // Профиль, от 15. 10. 2012 г. : [сайт]. URL: http://www. profile. ru/kultura/item/72658-moyan-72658 (дата обращения 12. 06. 2018).

④ *Коробова А. Н.* Предисловие к роману «Циньские напевы» // пер. с кит. А. Н. Коробовой. —М. : Восточная литература, 2017 г.

Самый переводимый современный поэт—это Джиди Мацзя (также Цзиди Мацзя), представляющий поэтическое творчество малой народности Китая. В течение пяти лет с 2013 г. по 2017 г. было выпущено в свет три его персональных сборника стихов. Свое вдохновение поэт черпает из древних поэм народа И, классической литературы народа Хань, а также иностранной литературы. А его творческий путь начался как раз с того, когда ему в руки попались стихотворения А. С. Пушкина. На сегодняшний день стихи Джиди Мацзя переведены уже на многие европейские языки, он награжден рядом литературных премий как в Китае, так и за рубежом; в частности, в 2003 г. ему была вручена памятная медаль имени М. А. Шолохова и грамота Союза писателей России. Будучи выходцем народа И, поэт сосредоточивает своё внимание на проблемах «сохранения идентичности в большом современном мире со всё более размывающимися границами»[1]. Литовский поэт, переводчик Томас Венцлова в предисловии к сборнику «Чёрная рапсодия: 120 стихотворений» рассматривает вклад Джиди Мацзя в мировую культуру как «возрождение первичных метафор древнего языка, глубокое уважение к природе, полная достоинства память о прежних поколениях, ощущение того, что все живые существа имеют души и что насилие никогда не будет приемлемо»[2].

Таким образом, в XXI в. переводческая деятельность китайской литературы восстановилась и постепенно развивается. Читая иностранную литературу, люди видят жизнь в контексте другой—непривычной—культуры, понимают модель мышления других народов, и тем самым становятся толерантными в отношении к чуждым проявлениям и расхождениям в разных областях. Безусловно, в делах распространения и восприятия зарубежной литературы не обойдётся без работы перевода и издания в целом. Рассматривая картину новейших изданий китайской прозы и поэзии в России, отмечаем следующие характерные особенности.

1. Государственная поддержка. Благодаря запуску в 2013 г. двусторонней «Программы» в России продолжается бум перевода и издания китайской литературы, который напоминает горячий период обмена литературными произведениями между двумя странами в 1950-х гг. По принятому в 2017 г.

---

[1] *Рослый А.* Китайский сувенир [Электронный ресурс] // Prosōdia, 2016 г., № 5. : [сайт]. URL: http://magazines.russ.ru/prosodia/2016/5/kitajskij-suvenir-pr.html (дата обращения 20.05.2018).

[2] *Джиди Мацзя.* Черная рапсодия: 120 стихотворений // пер. с кит. под ред. Ирины Ермаковой. М.: ОГИ, 2014. С. 12.

решению количество томов в Библиотеке китайской литературы на русском языке увеличится в два раза—с 25 до 50, в частности, состав переводов определялся двумя сторонами. Более того, конкурс переводов «Вдумчиво всматриваемся в Китай», организованный посольством Китая в России, проводился в 2018 г. уже в третий раз и успел привлечь внимание ведущих синологов и литераторов. Победителями конкурса стали не только крупные синологи, такие как Д. Н. Воскресенский①, С. А. Торопцев, но и представители молодого поколения: Ю. А. Дрейзис, Н. А. Орлова и др., которые занимаются переводами как классики, так и современных произведений.

2. Специализированные издательства. Главными издательствами, выпускающими подобные переводы, являются издательство «Восточная литература» в Москве и издательство «Гиперион» в Санкт-Петербурге. Первое с 1957 г. выпустило в свет тысячи названий книг по разным направлениям востоковедения, а второе—молодой представитель в сфере издания гуманитарной, особенно японской, литературы, за короткое время выдвинулось в издательских кругах этого профиля. Правда, выпуск в свет переведенной литературы в специализированных издательствах обеспечивает квалифицированную редакционную работу, с одной стороны; ограничивает из-за маломощных маркетинговых приёмов распространение данных переводов, с другой.

3. Самостоятельный перевод российской стороны. По нашему наблюдению, большая часть переводов китайской литературы, кроме несколько антологий стихов, была выполнена одними русскими синологами. Хотя при переводе они выясняли вопросы у своих знакомых китайцев, к сожалению, местами замечаются ошибки, которые в глазах носителя китайского языка выглядят наивно. В самое деле, оптимальной моделью работы является сотрудничество в переводе стихотворений, ведь в поэзии раскрывается языковая игра наивысшего уровня, соответственно на её преобразование с одного языка на другой требуются не столько языковые навыки, сколько менталитет другого человека, который понимает со всей полнотой только носитель языка. Хотя проблемы в переводе прозы не такие сложные, как в поэзии, но совместная работа приносит переводу только плюс—экономию времени и повышение качества.

4. Нехватка цифровых версий книг. Вместо традиционных СМИ в

_____

① Он скончался в 2017 г. на 90-м году жизни.

настоящее время широкой популярностью пользуются новые СМИ，благодаря которым не только упрощается сбор，обработка и распространение информации，но и сокращается дистанция между аудиторией и автором. Всё больше читающих людей привыкают к мобильному устройству которое позволяет им читать электронные книги，экономя время и деньги. Большую часть таких пользователей составляет именно молодёжь，на плечах у которой лежат задачи и перспективы осуществления межкультурного диалога. Однако если речь идёт о новейших изданиях китайской прозы и поэзии，то далеко не все книги оцифрованы，например，в популярном интернет—магазине «ЛитРес» в рублике «китайская литература» находится не более 30 книг. Пиратские сайты，с которых скачиваются книги，конечно，существуют，но в результате лишь грязью мажутся страницы китайской литературы и всей литературы в целом.

5. Недостаточная привлекательность для массового читателя. Сейчас уже нельзя говорить，что достать произведения китайских писателей трудно，их книги стоят на полках книжных магазинов. Но，к сожалению，кроме китаистов и переводчиков мало кто обращает на них внимание. Например，на встрече с писателем Лю Чжэньюнь，проходящей в ноябре 2017 г. в Китайском культурном центре в Москве，приняли участие только люди узкого круга. В то же время на книжном фестивале «Красная площадь» 2018 г. мало слушателей присутствовало на лекции первого заместителя декана восточного факультета СПбГУ А. А. Родионова о новых переводах китайской литературы. По его мнению，«историчность и выраженная культурная основа... являются условиями успешного распространения в России новейшей китайской литературы в будущем»[①]. Тем не менее，современный Китай со своей культурой нового времени интересует тех русских читателей，которые ожидают от быстрого темпа экономического роста Китая в последние годы более популярной и понятной литературы，переделанной посредством сокращения，иллюстраций，экранизаций и других видов искусства，нежели имеющаяся литература в каком-то научном смысле.

（编校：王　永）

---

① *Родионов А. А.* О переводах новейшей китайской прозы на русский язык после распада СССР // Вестник СПбГУ. Сер. 13. 2010. № 2. С. 137-149.

曼德尔施塔姆诗集《石头》的"世界文化"网络 *

王 永

（浙江大学外国语言文化与国际交流学院）

[摘 要] "对世界文化的眷恋"是俄罗斯诗人曼德尔施塔姆提出的阿克梅派的创作理念之一。这一理念充分体现在其第一部诗集《石头》中。本文从俄罗斯国家语料库提取该诗集相关词汇的数据，以此为线索，揭示出其"世界文化"网络构成的三大特征：(1)诗集的"世界文化"网络，是一个涵盖了上下数千年、纵横几万里的巨大网络，其中体现欧洲文化的节点最为密集；(2)在诗集的"世界文化"网络中，古希腊罗马文化占有独特地位，其中罗马构成了"世界文化"的核心；(3)在"世界文化"网络中，文学艺术构成其中至关重要的节点。这些特征既同诗人的生活经历有关，又反映出诗人对人类文明及俄罗斯文化的深层思考。

[关键词] 曼德尔施塔姆；《石头》；统计分析；"世界文化"；网络

一、引 言

奥西普·埃米尔耶维奇·曼德尔施塔姆（Мандельштам О. Э.，1891—1938）是俄罗斯白银时代阿克梅派诗人，被誉为"20世纪俄罗斯第一诗人，堪比黄金时代的三大巨擘——普希金、丘特切夫和莱蒙托夫"[①]，与阿赫玛托娃、帕斯捷尔纳克、茨维塔耶娃并称为"俄罗斯白银时代诗坛的四巨匠"。文艺批评家什克洛夫斯基称其为"天才"诗人。[②]在诺贝尔文学奖获得者布罗茨基的眼中，曼德尔施塔姆"以其本质上全新的内容而独树一帜"[③]。德语诗人、翻译家保罗·策兰甚为推崇曼德尔施塔姆的诗歌，翻译并出版了曼氏诗集。他在1960年2月29日致斯特卢威的信

* 本文原发表于 *Interdisciplinary Studies of Literature*（《文学跨学科研究》）2017年第4期，第120—131页。收入本论文集时有修改。

① *Мандельштам О. Э.* Собрание сочинений в четырех томах. Под ред. Г. П. Струве и Б. А. Филиппова. Т. 1. М.：ТЕРРА, 1991. С. LXI.

② http://www.mandelshtam.velchel.ru/（дата обращения 23.01.2017）.

③ 曼德尔施塔姆：《曼德尔施塔姆随笔选》，黄灿然等译，花城出版社，2010年，代序第13页。

中说:"曼德尔施塔姆:我很少再有像读他的诗时的那种感受,就好像在走一条路——这条路的旁边是无可辩驳的真实,为此我感谢他。"①曼德尔施塔姆在俄罗斯诗歌中的地位是毋庸置疑的,正因如此,他才成为俄罗斯白银时代诗歌研究中的一个热点。

在阐述阿克梅派的创作理念时,曼德尔施塔姆明确指出,阿克梅派诗学的一大特征是"对世界文化的眷恋"②。那么,作为"阿克梅派的信徒"③,曼德尔施塔姆是如何践行这一诗学原则的?他在创作中"对世界文化的眷恋"又有哪些具体表现?原因何在?本文尝试借助俄罗斯国家语料库提取曼氏第一部诗集《石头》中词汇的相关数据并对之进行统计分析,以此为线索,研究该诗集"世界文化"图景的构成及其特征。

二、《石头》的统计数据及其特征

1.专有名词数据

据统计,《石头》④总词数为4838个(不计标点),其中名词为1622词次,占总词数的33.53%。为了考察"世界文化"的构成,我们对诗集中的专有名词(人名、地名)做了统计,得出相关数据。

属于t:hum(人名语义场)的名词共有50个术语,57频次。其中既有真实人物,也有虚构人物,分属欧洲文化史的不同时期(表1);属于t:topon(地名语义场)的名词共有32个术语,52频次,分属大洲、国家、行政区划、地形地貌、市内地标等类别(表2)。

表1　t:hum(人名语义场)列表

文化史时期	真实人物	虚构人物
古希腊罗马时期	苏格拉底、荷马、恺撒、西塞罗、奥古斯都、奥维德、奥西安、查士丁尼	阿佛洛狄忒、狄奥尼索斯、海伦、墨尔波墨涅、缪斯、俄耳甫斯、北风神阿克维洛、狄安娜
中世纪		亚当、约瑟夫、以赛亚⑤

---

① Dutli, R. Vorwort des Herausgebers. In: Mandelstamm, O. *Im Luftgrab*. Zürich: Ammann Verlag, 1988, p.15.

② 阿格诺索夫:《白银时代俄国文学》,石国雄、王加兴译,译林出版社,2001年,第234页。

③ *Рогевер Е. С.* Русская литература ХХ века. СПб.: ПАРИТЕТ, 2003. С. 334.

④ 曼德尔施塔姆的《石头》有不同版本,本文从语料库中提取的数据以下面的版本为蓝本: *Мандельштам О. Э.* Собрание сочинений в четырех томах. Под ред. Г. П. Струве и Б. А, Филиппова. Т. 1. Стихотворения. М.: «ТЕРРА», 1991.

⑤ 如此归类是指中世纪文化宗教至上的特点。

续表

文化史时期	真实人物	虚构人物
近代	路德(马丁·路德)、彼得大帝、路易、波拿巴(拿破仑)、梅特涅、拉辛、苏马罗科夫、奥泽罗夫、巴丘什科夫、埃德加(爱伦·坡)、巴赫、贝多芬	费德拉、尤娜路姆、厄舍、浮士德、奥涅金、叶夫根尼、瓦尔基里
工业革命时期	查尔斯·狄更斯、福楼拜、仲马、左拉	董贝父子、奥利弗·崔斯特
现代	魏尔伦、Г.伊万诺夫、阿赫玛托娃、拉舍利、古米廖夫、本笃十五世	

表 2   t:topon(地名语义场)列表

大洲	国家	行政区划	地形地貌	市内地标
亚洲				
美洲				
欧洲	爱拉多①、意大利、波兰、西班牙、俄罗斯	雅典、比雷埃夫斯、特洛伊、罗马、热那亚、比斯开亚、伦敦、苏格兰	萨拉米斯岛、阿索斯圣山、阿芬丁山、卡皮托利山、阿尔卑斯山、涅瓦河、泰晤士河	卫城、圣索菲亚大教堂、彼得大教堂、海军部大厦、皇村、卢浮宫、巴黎圣母院
非洲	埃及			

2.专有名词数据分析

对以上两个表格中的词汇数据进行分析,可以发现以下特征。

(1)人名语义场特征

总体上看,表 1 的人名涉及社会政治、哲学、文化、文学艺术等领域,涵盖欧洲文化史的主要发展阶段及文学艺术的主要流派,具有跨时代、跨地域及多样性特征。

从欧洲文化史看,诗集的人物纵贯古希腊罗马时期(苏格拉底、荷马、奥古斯都等)、中世纪(《圣经》人物)、近代(马丁·路德、拿破仑、彼得大帝等)、工业革命时期(福楼拜、左拉等)、现代(魏尔伦、阿赫玛托娃、本笃十五世等)。

从人物性质上看,有君主帝王(查士丁尼、彼得大帝、路易)、哲学家(苏格拉底)、政治活动家(西塞罗)、宗教改革家(马丁·路德)、文学家(荷马、奥维德、拉辛、狄更斯、爱伦·坡、阿赫玛托娃等)、音乐家(巴赫、贝多芬等)、神话人物(狄奥尼索斯、海伦、狄安娜等)、《圣经》人物(亚当、约瑟夫、以赛亚等)、文学艺术作品人物(浮

---

① 即古希腊。

士德、费德拉、尤娜路姆等)。

从文学艺术流派上看,诗集的人物几乎包含了欧洲文学与艺术史的主要阶段及流派:古希腊罗马神话、《圣经》故事、巴洛克风格(巴赫)、古典主义(作曲家贝多芬;文学家拉辛、苏马罗科夫、奥泽罗夫等)、浪漫主义(爱伦·坡)、现实主义(狄更斯、福楼拜)、自然主义(左拉)、现代主义(魏尔伦、阿赫玛托娃)。

从人物所在国别上看,集中于欧洲主要国家,分别为古希腊(荷马)、古罗马(奥维德)、法国(路易、拿破仑、拉辛、福楼拜、左拉)、俄罗斯(彼得大帝、苏马罗科夫、奥泽罗夫、巴丘什科夫、阿赫玛托娃、古米廖夫等)、德国(马丁·路德、巴赫、贝多芬)、英国(狄更斯)、美国(爱伦·坡)等。

此外,在上述人名中,尤为突出的特征是有两种类型的人名比例非常高。其一是同古希腊罗马文化相关的人名,有 16 个,占了人名总数的 32%;其二是文学家、艺术家及其作品中的人名,有 40 个,占总数的 80%。

(2)地名语义场特征

首先,表2显示,《石头》中的地名语义场涉及亚洲、美洲、欧洲和非洲的国家及城市、山川等名称。其中欧洲地名有 28 个,占总数的 87.5%。由此构成了一个以欧洲为中心,辐射至其他地域的空间网络。

其次,在这些地名中,同古希腊罗马文化相关的有:国家名称爱拉多;城市名称罗马、雅典;山丘名称阿芬丁山、卡皮托利山、阿索斯圣山;岛屿名称萨拉米斯岛;《荷马史诗》中的特洛伊城。这些词共 8 个,占总数的 25%。

从词频分布的情况看,出现频率最高的国家是意大利,有 5 个词,18 频次,占总词频数的 34.62%。尤为突出的是,罗马一词出现 14 次,是诗集中词频最高的词。

3.结　论

基于以上数据分析,可以得出以下结论。

(1)《石头》体现出阿克梅派的特征——"对世界文化的眷恋"。诗人笔下的"世界文化"网络,是一个上至古希腊罗马,下至诗人所处的时代,以欧洲为中心,辐射到美洲、亚洲和非洲的时空域。

(2)在诗人的"世界文化"网络中,古希腊罗马文化具有独特地位,其中罗马构成了"世界文化"的核心。

(3)在"世界文化"网络中,文学艺术构成其最为重要的载体。

三、用节点和坐标建构"世界文化"网络

诗集《石头》"'浓缩'了诗人艺术世界几乎所有的特点,这些特点在其生活和创作历程的不同时期,虽然在表现方式上有所差异,但却始终保持着内在的统一性和

完整性"①。而《石头》的这种统一性和完整性,体现为诗人笔下"世界文化"网络的特征。上至古希腊罗马,下至诗人所处的时代,他的"世界文化"网络是一个以欧洲为中心,辐射到美洲、亚洲和非洲的时空域。在这个巨大的网络中,诗集中的人物、建筑、国家、山川等构成了一个个相互联系的网络节点。

从时间轴上看,《石头》描写的始自古希腊罗马并一直延续到诗人所处时代的各类人物,都是不同文化的代表性符号。例如古希腊罗马时期的苏格拉底、恺撒、西塞罗、奥古斯都、奥维德、查士丁尼等,是西方古典文明的符号;近代的马丁·路德、彼得大帝、拿破仑、巴赫、贝多芬等,是宗教、政治、艺术的文化符号;工业革命时期的狄更斯、福楼拜、仲马、左拉等,是文学与社会的文化符号;而与诗人同时代的魏尔伦、Г.伊万诺夫、阿赫玛托娃、古米廖夫等,则是同诗人自己紧密相连的诗歌的文化符号。

在《石头》构建的文化网络中,《圣索菲亚大教堂》《巴黎圣母院》和《海军部大厦》这三首诗构成了"世界文化"时间轴上的三个坐标。这三个坐标以建筑为标志,代表了古罗马帝国、中世纪及现代这三个历史时期的文化。它们把"世界文化"节点中的历史人物作为不同时期的文化符号串联在一起,编织出一张承载厚重历史文化的欧洲文化史网络。圣索菲亚大教堂是古典文化的符号。这座位于伊斯坦布尔的有"107根绿色大理石柱"的东正教教堂,是"在尘世漂游的庙宇"。"光"透过穹顶的"40个窗洞"照射进教堂内部,赋予了教堂以"庄严"的感觉。同时,诗歌在对教堂的建筑构造进行描写时,也揭示出这座建筑蕴含的历史文化。自公元6世纪东罗马帝国皇帝查士丁尼一世下令修建以来,这座教堂见证了拜占庭帝国的兴衰以及奥斯曼帝国曾经的辉煌:

> 圣索菲亚——上帝判定
> 所有的民族和国王在此停留!
> 须知,据目击者声称,你的圆顶
> 仿佛用铁链系挂于天庭。②(35)

"上帝判定",希腊人、罗马人、土耳其人等民族,以及查士丁尼、穆罕默德等国王"在此停留"。这一个个由人物体现的文化符号,在圣索菲亚大教堂里成为固化的历史,见证了时代更替、帝国兴衰的真理,那就是"智慧的球形建筑/比民族和世纪活得更长久"。

巴黎圣母院是另一个文化坐标。这座依据"神秘的平面图"建成的"巴西利卡

---

① 阿格诺索夫:《白银时代俄国文学》,石国雄、王加兴译,译林出版社,2001年,第236页。
② 本文所引诗歌译文基本出自:曼德尔施塔姆:《黄金在天空中舞蹈》,汪剑钊译,上海文艺出版社,2015年。译文后仅标出页码。

式教堂",有着"轻便的十字穹顶"。它那"马鞍形的拱门将力量凝聚在这里,/为的是让负重不去压垮墙壁"。同样,这首诗在描绘教堂建筑的同时,也揭示了蕴含于其中的历史文化:

> 在罗马法官审判异族人的地方,
> 矗立着一座巴西利卡式教堂
> ……
> 自然力的迷宫,不可思议的森林
> 哥特式灵魂那理智的深渊,
> 埃及的强力和基督教的胆怯,
> 橡树挨着小树,垂直线是准绳。(37)

巴黎圣母院的前身是巴黎第一座基督教教堂——圣斯蒂芬巴西利卡式教堂,自12世纪开始建造,至14世纪最后建成,业已成为中世纪哥特式教堂的典范。教堂顶部耸立着多座尖塔,最高的一座有96米,为橡树材质。与此相比,其他细瘦的尖塔犹如"小树"。教堂内庞大的肋骨状构架和垂直线条,宛若"自然力的迷宫,不可思议的森林"。置身于这座集宗教建筑艺术与历史文化于一体的教堂中,仿佛落入了"哥特式灵魂那理智的深渊",能感受到"埃及的强力和基督教的胆怯"。

"慵懒地仁立"在"北方的首都"的"海军部大厦",同样是一个文化坐标。作为圣彼得堡的地标建筑,海军部大厦占据着中心位置,从远处就可以看见那"透明的刻度盘",那"空中的帆船和高不可攀的桅杆/是彼得历代继任者的量尺"。显然,海军部大厦不仅是这座城市地理意义上的中心,而且在俄罗斯历史文化中占有显著地位,象征着彼得大帝时期俄国的崛起和文化的繁荣。诗中描写道:

> 上帝友善地赋予我们四种自然力,
> 但自由的人却创造了第五种。
> ……
> 任性的水母愤怒地吸附着,
> 铁锚在生锈,就像被扔弃的犁铧;
> 镣铐的三个维度就这样被砸断,
> 于是,全世界的海洋都敞开!(46)

"四种自然力""水母""铁锚",都是大厦塔楼上的雕塑。在塔楼第二层的28根廊柱上,有28尊雕像,其中有火、水、土、空气"四种自然力"。塔楼正面的檐上墙,雕刻着"建立俄国海军"的浮雕,描绘了海神波塞冬把象征海洋权力的三叉戟交给彼得大帝的场景,位于浮雕正中心位置的是彼得大帝。"自由的人"彼得大帝建立的俄国海军,创造了"第五种"力量,成为俄国海军荣耀与实力的象征。自此,"全世界的海洋都敞开",船舶由海军部大厦进入涅瓦河,由此通过芬兰湾进入波罗的海,打开了"通向欧洲的窗户",建立起俄国与欧洲各国沟通的桥梁,使俄国文化逐渐融入欧洲文化。

在"世界文化"的空间轴上,诗集中出现的遍布亚洲、美洲、欧洲和非洲的国家、城市、山川等名称,都同样是处于"世界文化"网络不同节点上的文化符号。国家如意大利、波兰、西班牙、俄罗斯、美国、埃及等,是代表世界不同民族文化的象征性符号。城市如雅典、比雷埃夫斯、特洛伊、罗马、热那亚、伦敦等,是代表不同历史文化的象征性符号;山川如阿索斯圣山、阿芬丁山、卡皮托利山、阿尔卑斯山、涅瓦河、泰晤士河等,是不同地域文化的符号。这张"世界文化"的网络通过三大坐标把众多节点连接在一起,实际上构建的是一张以欧洲为中心而辐射至其他地域的"世界文化"网络。

作为空间网络中心节点的欧洲,通过浩渺的海洋连接着亚洲和美洲:"习惯了辽阔的亚洲和美洲,/大西洋冲刷欧洲时不再汹涌"。在诗人的笔下,欧洲是"被海水抛出的最后一块大陆":

> 生动的海岸蜿蜒曲折,
> 半岛如轻盈的雕像;
> 港湾的轮廓女性般柔美:
> 比斯开湾,热那亚湾,一条慵懒的弧线……(63)

在这首诗中,诗人用俯瞰的视角勾勒出欧洲大陆的版图。她有曲折的海岸线,有鬼斧神工雕琢出来的巴尔干半岛、亚平宁半岛、伊比利亚半岛、斯堪的纳维亚半岛。比斯开湾、热那亚湾不仅本身的弧度柔和温顺,而且其俄文名称的词法属性为阴性,令人联想起女性的温柔。同时,这片大陆又是"专制君主的欧洲""新的爱拉多":

> 一片征服者古老的土地
> 欧洲穿着神圣同盟的破衣烂衫;
> 西班牙的脚踵,意大利的水母,
> 没有国王的温柔波兰。(63)

显然,诗人的主旨并不在于单纯描绘欧洲的形状,还在于揭示这片土地走过的历史。在欧洲大陆上,19世纪初结成的神圣同盟,先后镇压了意大利革命和西班牙革命。而如今,第一次世界大战的炮声又将她撕裂,致使"神秘的版图发生变化"。

综上所述,《石头》借助一个又一个节点,构筑了一个上下几千年、纵横数万里,以欧洲为中心,延伸至美洲、亚洲及非洲,涵盖各个时期欧洲文明的"世界文化"网络。

四、俄罗斯的古希腊罗马文化底色

在《石头》建构的"世界文化"网络中,古希腊罗马文化是这张网络的底色。除了现实中的人物,如查士丁尼大帝、哲学家苏格拉底、政治活动家西塞罗、文学家荷马和奥维德外,还有神话中的人物阿佛洛狄忒、狄奥尼索斯、海伦、缪斯、俄耳甫斯、狄安娜等。这些人物作为特色鲜明的古典文化符号分布在不同的国家和地域中,并同国家和地域融合在一起,变成新的文化符号。人物同国家、城市、山川等相融合演变成新的文化符号,爱拉多(古希腊)、特洛伊城、罗马(罗慕洛,Romulus)、阿芬丁山、卡皮托利山、阿索斯圣山、萨拉米斯岛等。这些词语表现出欧洲古典文化是由不同文化融合而来的特征。也正是这种融合,构成了古希腊罗马文化不同于其他文化的基本特色。

诗人借助这些从不同文化融合而来的文化词语的本义和隐喻,构筑起一个独特的"古希腊罗马文化"的语义空间。罗马、阿芬丁山、卡皮托利山、埃及、荷马、特洛伊、爱拉多等词,不仅表达本义,而且可以引起关于古希腊罗马文化的联想。诗人如此看重古希腊罗马文化,是同俄罗斯文化的构成特征分不开的。

首先,俄罗斯文化带有深刻的古希腊文化烙印。在《词的本质》中,曼德尔施塔姆指出,俄罗斯文化同古希腊文化有着天然的联系:"俄语是一种希腊化的语言。……古希腊文化的有生力量在西方让位于拉丁文化的影响,并在后继无人的拜占庭文化中短暂逗留后,一头扑进俄罗斯语言的怀抱。"①

这段文字表明,俄语文字有很深的希腊渊源。俄语字母为西里尔字母,脱胎于希腊字母的格拉哥里字母。由拜占庭帝国的基督教传教士西里尔和梅福季在9世纪为在斯拉夫民族传播基督教而创造的俄语,在"罗斯受洗"后成为东正教教会的官方语言,因此希腊字母构成了斯拉夫文化之源。在曼德尔施塔姆看来,俄罗斯是希腊文化传统的继承者。因此,作为古希腊文学基本精神的生命意识、人本意识和自由观念,自然而然地融入了他的诗歌创作中,成为他获得诗歌创作动力的重要来源。

在诗人的笔下,自由既是他本人所感受到的"恬静的""透明的""自由",也是他眼中具有自由本质的人或物体。那是"建立第五种自然力"的"自由的人"彼得大帝,拥有"我的权杖,我的自由"的恰达耶夫,在一战期间致力于和平、反对战争的罗马教皇本笃十五世。那座"廊柱圈成一个半圆"的喀山大教堂,就是自由圣殿。在诗人看来,自由具有与法律同等的崇高地位:

---

① *Мандельштам О. Э. Собрание сочинений в четырех томах.* Под ред. Г. П. Струве и Б. А. Филиппова. Т. 2. М.: ТЕРРА, 1991. С. 245.

> 我要把自己的王冠
>
> 庄严地敬献给你，
>
> 希望你由衷地服从自由，
>
> 恰似服从法律……（73）

其次，在俄罗斯文化中，罗马是"世界文化"的中心。《石头》中的罗马，既是古罗马时期的罗马，如诗歌《他们委屈地走向山冈》，也是天主教的罗马，如诗歌《写给本笃十五世教皇通谕》。俄罗斯文化怎样继承古罗马文化？"第三罗马"概念似乎是一条把二者连接起来的罗马文化通道。布罗茨基在《逃离拜占庭》一文中有一段形象的精彩文字，描述他如何"在博斯普鲁斯岸边""观看'第三罗马'①的航空母舰慢慢穿过'第二罗马'的闸门，驶向'第一罗马'"②。

但是诗人也看到，俄罗斯的罗马文化之根并不牢固。天主教的罗马要在俄罗斯文化与西方文化之间筑起一道屏障，使"俄罗斯文化和历史""永远在四面八方漂浮"③。诗人说："即使在今天，我们的文化也仍然在漫游，仍未找到它的墙。"④这就是说，俄罗斯文化植根于古希腊罗马文化之中，但是当罗马帝国灭亡，罗马成为拉丁文化中心之后，俄罗斯文化同西方文化之间就产生出更多的疏离。正是这种疏离，引发了诗人对俄罗斯历史文化的深层思考："让我们来谈谈罗马——神奇的城市！/它用胜利确立圆顶。"（458）

在诗人心目中，罗马是一座神奇的城市。作为欧洲的中心、欧洲文明的发源地，罗马集中体现了欧洲的历史命运与社会变革。历史上，这座城市的庶民们"在阿芬丁山上永远等待国王"，"我们这些铁人们被判定/去保卫安全的卡皮托利山"。从王政时期到共和时期，公民充分显示出其力量。"在无数世纪中生存的并非罗马/而是人在整个宇宙的位置。"诗人这样说：

> 自然就是罗马，罗马倒映着自然。
>
> 在透明的空气中，我们看到了
>
> 公民力量的形象。仿佛在蓝色的杂技场，
>
> 在空旷的田野，在林立的柱廊间。（60）

凭借一次又一次的胜利，罗马成为天主教中心，成为西方文化中心，"圆顶"的

---

① 1453 年，东罗马帝国为奥斯曼帝国所灭，此后，拜占庭帝国末代皇帝君士坦丁十一世的侄女索菲亚·帕列奥罗科嫁给了莫斯科公国大公伊凡三世，使其成为拜占庭帝国的继承者，莫斯科成为东正教中心，从而在俄国形成了"第三罗马"的概念。简言之，罗马帝国时期的罗马为第一罗马，罗马帝国分裂后的东罗马（拜占庭）帝国为第二罗马，东罗马帝国灭亡后的俄国为"第三罗马"。

② 布罗茨基：《小于一》，黄灿然译，浙江文艺出版社，2014 年，第 386 页。

③ 曼德尔施塔姆：《曼德尔施塔姆随笔选》，黄灿然等译，花城出版社，2010 年，第 48 页。

④ 曼德尔施塔姆：《曼德尔施塔姆随笔选》，黄灿然等译，花城出版社，2010 年，第 55 页。

圣彼得大教堂成为其见证。

这个神圣的罗马是俄罗斯文化的源泉,构成了诗人思考历史的载体。

> 庙堂那小小的躯体
> 比巨人更多一百倍的生气,
> 那巨人靠着整块岩石
> 无助地贴紧着大地!(58)

望着眼前这座由"罗马的俄罗斯人"设计建造的喀山大教堂,诗人联想起矗立在十二月党人广场上的"巨人"。这巨人是骑在马上的彼得大帝——青铜骑士雕像,受到普希金的颂扬。这座雕像的底座是重达40吨的整块花岗岩,与此相比,喀山大教堂虽然有96根围成半圆形的柱廊,但"启堂"本身只有"小小的躯体"。然而,这"小小的躯体"却比腾空而起的巨人"更多一百倍的生气"。这不仅是因为这座教堂是以罗马的圣彼得大教堂为原型而建的,具有同罗马的天然联系,而且也因为这里供奉着俄罗斯军队的保护神——喀山圣母像,保佑伊凡雷帝打败了蒙古军队,并使库图佐夫元帅打败了拿破仑。教堂里安放着俄法战争期间库图佐夫元帅的灵柩。

在另一首诗《权杖》(1914)中,诗人通过恰达耶夫的形象表达出个人的历史观。

> 我拿起权杖,心情舒展,
> 向遥远的罗马出发。
> ……
> 积雪逐渐消融在悬崖上——
> 被真理的太阳所烤化……
> 人民是对的,他们给我权杖,
> 因为我亲眼见过罗马!(64—65)

罗马同真理和权力相关,是恰达耶夫前往找寻道德与理性统一的目的地。在诗人眼中,恰达耶夫是彻底拥有内心自由的人。"恰达耶夫在俄罗斯找到了唯一一种馈赠:道德自由,选择的自由……恰达耶夫接受了自由,把它当作权杖,出发去了罗马。"去目睹"自己的西方,历史和伟大的王国,凝固于教堂和建筑中的精神家园"①。恰达耶夫意识到,"在西方存在着统一"而俄国"同统一的世界割裂,同历史脱离",因此,他遥望着"一个点,那里,统一构成了被悉心保护、代代相传的

① *Мандельштам О. Э. Собрание сочинений в четырех томах.* Под ред. Г. П. Струве и Б. А. Филиппова. Т. 2. М.: ТЕРРА, 1991. С. 287.

肉体"。①

在这一点上，曼德尔施塔姆赞同恰达耶夫的观点，把罗马视为西方文化的中心。因此，"坚信西方文化密不可分的完整性"，"构成了曼德尔施塔姆诗歌的典型特征"。② 不过，诗人同时认为，"恰达耶夫在发表他有关俄罗斯的意见，认为俄罗斯没有历史，也即俄罗斯属于没有组织的、非历史的文化现象的世界时，忽略了一个因素——俄罗斯的语言。这种如此高度组织、如此有机的语言，不只是进入历史之门，而且其本身就是历史"③。这或许就是古希腊罗马文化之所以在这部诗集中占据如此重要地位的原因，诗人试图借此构建起联系俄罗斯与西方文化的桥梁。

五、"世界文化"网络的文学艺术载体

在诗集《石头》的"世界文化"网络中，文学艺术构成其最为重要的载体。在诗集的人名中，文学家、艺术家以及文艺作品中的人物占人物总词数的 80%。这些人物几乎涵盖了欧洲文学与艺术史的主要阶段及流派。如此高的比例，如此全面的呈现，充分说明曼德尔施塔姆对文学艺术情有独钟。此外，另一个特点是在这些文学艺术家中以诗人、戏剧家和音乐家居多，而且绝大多数集中在俄国、法国、德国这三个国家。

将这些特点与曼德尔施塔姆的生平相联系，可以发现，《石头》对文学艺术的书写带有诗人自己的生活烙印。

曼德尔施塔姆出生于华沙（时为俄国领土），他的母亲是一位音乐家。1897年，他跟随父母迁居彼得堡，后进入捷尼舍夫学校学习，其语文老师为诗人弗拉基米尔·吉皮乌斯④；该校还时常举办"当代诗歌与音乐"晚会。母亲的音乐素养、吉皮乌斯的诗歌创作、学校的文艺活动，无疑对曼德尔施塔姆的兴趣爱好起到了指引的作用。此外，彼得堡浓厚的文学艺术氛围也熏陶着未来诗人的情趣。他可以"从带刺的栅栏后捕捉到柴可夫斯基那宽广、平稳、纯小提琴的作品"⑤，也可以在科米

---

① *Мандельштам О. Э.* Собрание сочинений в четырех томах. Под ред. Г. П. Струве и Б. А. Филиппова. Т. 2. М. : ТЕРРА, 1991. С. 286.

② *Террас В. И.* Классические мотивы в поэзии Осипа Мандельштама. В кн. : Мандельштам и античность. Сборник статей под ред. О. А. Лекманова. М. : Радикс, 1995. С. 27.

③ 曼德尔施塔姆：《曼德尔施塔姆随笔选》，黄灿然等译，花城出版社，2010 年，第 50 页。

④ 俄罗斯文学史上有三位姓吉皮乌斯的诗人。弗拉基米尔·吉皮乌斯（1876—1941）和瓦西里·吉皮乌斯（1892—1942）是兄弟，写诗时通常使用笔名。前者用弗拉基米尔·别斯图舍夫或弗拉基米尔·涅列金斯基，后者用瓦西里·加拉霍夫。我国读者较为熟悉的是两兄弟的亲戚——女诗人济娜伊达·吉皮乌斯（1869—1945）。

⑤ 曼德尔施塔姆：《曼德尔施塔姆随笔选》，黄灿然等译，花城出版社，2010 年，第 180 页。

萨尔热夫斯卡娅的小剧院里"呼吸着一种戏剧奇迹的、荒诞的、不现实的氧气"①。此时,他对诗歌和音乐的热爱已完全确立。1908 年,他在巴黎写信给吉皮乌斯说:"我这里的生活颇为孤寂,几乎完全专注于诗歌和音乐。"②

1908—1910 年,曼德尔施塔姆在法国巴黎大学和德国海德堡大学游学,尤其喜爱诗人波德莱尔和魏尔伦的作品。在这期间,他认识了阿克梅派诗人古米廖夫,常常回到彼得堡到"塔楼"听象征主义诗人伊万若夫的诗学讲座。1911 年,他进入彼得堡大学历史语文系罗曼日耳曼语专业,学习古法语及文学。次年,他加入"诗人车间",成为古米廖夫和阿赫玛托娃的好友。1915 年 6 月底,他与诗人茨维塔耶娃相识。9 月,他回到彼得堡,开始翻译法国剧作家拉辛的作品《费德拉》。

从这段履历不难发现,曼德尔施塔姆偏爱诗歌、戏剧、音乐,钟情于俄国、法国、德国的文学艺术家,同他的成长经历密不可分。对诗人而言,这些诗人、戏剧家、音乐家,以及他们的作品,已成为他生活中不可或缺的部分,甚至彻底溶于其血液中。

正因如此,在《石头》中,生活于不同国度、不同时期的文学家、艺术家,可以穿越国界,抚平时间的落差,共存于现实中。在"我们无法忍受紧张的沉默"时,"一个可怖的人诵读《尤娜路姆》",而"竖琴在吟唱埃德加的《厄舍府》"。(44—45)"当我听到英语的时候,……我看见了奥利弗·崔斯特",以及狄更斯笔下的"董贝事务所"。(52—53)作家和诗人们或他们笔下的主人公时常来到曼德尔施塔姆面前:

> 晶亮的刻度盘照耀着我
> ……
> 巴丘什科夫的傲慢令我厌恶,
> "几点钟?"这时有人问道,
> 可他老练地回答:"永恒"。(28)

甚至跟他对话:

> 福楼拜和左拉的神父——
> ……他点头示意,
> 姿态是那么彬彬有礼,
> 在与我交谈时指出:
> "您将像一名天主教徒那样死去!"(71—72)

当然,这些文学艺术作品不只是滋养诗人生活的养分,更是"世界文化"的载体。如巴赫的音乐是巴洛克音乐的代表,令人联想到教堂的肃穆与神圣:

---

① 曼德尔施塔姆:《曼德尔施塔姆随笔选》,黄灿然等译,花城出版社,2010 年,第 213 页。
② 曼德尔施塔姆:《曼德尔施塔姆随笔选》,黄灿然等译,花城出版社,2010 年,第 363 页。

> 在喧闹的酒馆,在教堂里,
>
> 音调嘈杂,七嘴八舌,
>
> 而你在欢呼,就像赞美诗,
>
> 哦,最有理智的巴赫!(42)

而"半侧身子","那一条伪古典主义的披肩/从肩膀滑落,变成石头"的阿赫玛托娃,酷似"——愤怒的费德拉——拉莎丽/曾经就这样站立"。

可以说,将彼时此时、彼处此处的文化历史事件同样发挥到极致的,当属《彼得堡诗篇》。尽管曼德尔施塔姆是一个"到处流浪的诗人",但他居住时间最长、最为亲近的城市无疑是彼得堡,对这座城市,他"熟悉到泪水/熟悉到筋脉,熟悉到微肿的儿童淋巴结"(195—196)。这座城市见证了俄罗斯文学艺术的辉煌,普希金等文学家和艺术家的灵魂深入其骨髓。因此,彼得堡的文化痕迹俯拾皆是:

> 北方假绅士的包袱沉重——
>
> 奥涅金长久的忧伤;
>
> 元老院广场白雪皑皑,
>
> 篝火的青烟和刺刀的寒光。
>
> ……
>
> 一辆辆汽车飞进迷雾;
>
> 自尊、谦虚的徒步旅人——
>
> 怪人叶夫根尼——羞于贫穷,
>
> 呼吸汽油,诅咒命运。(40—41)

在《彼得堡诗篇》中同现的有果戈理笔下的"北方假绅士"、普希金诗体小说中的"奥涅金"、别雷小说中的"怪人叶夫根尼"。奥涅金的忧伤同元老院广场的刺刀相伴,提醒着现代人十二月党人的命运。怪人叶夫根尼的贫穷令人联想到俄国当时的状况。关于普希金、果戈理的记忆,更是黄金时代俄罗斯文学的见证。这首诗以古喻今,打破时间的阻隔,打破真实人物与艺术形象的界限,体现出诗人对俄国历史文化的焦虑与思考。

由此可见,在《石头》中,文学艺术是曼德尔施塔姆用于表达"世界文化"的载体。从那些优美的诗行里,我们能够感受到世界文化就蕴涵在文学作品中,流淌在音乐的乐符中,凝固在建筑符号中。

(编校:薛冉冉)

俄罗斯文学与其他学科

Русская литература с точки
зрения других гуманитарных наук

Эстетика природы в прозе К. Паустовского (квантитативный подход)

Болдонова И. С.

(Нанькайский университет, КНР;
Бурятский государственный университет, Россия)

Аннотация: Статья посвящена эстетической позиции известного советского писателя К. Паустовского, которую он выразил в ряде своих произведений «Наедине с осенью», «Повесть о лесах», «Мещерская сторона» и других. Автор статьи рассматривает философско—эстетические взгляды писателя и иллюстрирует примерами из художественного текста. Для репрезентации эстетики природы в прозе Паустовского использованы следующие аспекты: цветопись словом, сенсорное восприятие природы, структурные компоненты образа природы как шедевра, идентификация любви к природе с любовью к родине. Автор статьи анализирует образный строй прозы Паустэвского, описывающий красоту русской природы.

Ключевые слова: эстетика природы; проза; пейзаж; цветопись; сенсорное восприятие; любовь к природе; натурфилософия

Природа в метафизическом смысле, как космос, обладает высшей или абсолютной эстетической ценностью. Постижение эстетической ценности природы зависит, очевидно, от социальных отношений, от доминирующего в данном обществе типа личности, от уровня развития культуры. [1]

В российской традиции одним из первых стал писать об эстетике природы Вл. Соловьев. Главный постулат его статьи «Красста в природе» (1889) сводится к роли эстетики природы в обосновании философии искусства в контексте

---

[1] Эстетика природы. Под ред. *К. М. Долгова*. М.: ИФРАН, 1994. С. 44.

всеединства. Вступив в полемику с Вл. Соловьевым, известный русский философ В. Розанов выразил свое мнение относительно красоты в природе в статье «Красота в природе и ее смысл».

Классики русской литературы XIX века Ф. Тютчев, А. Пушкин, Н. Гоголь, Л. Толстой, И. Тургенев, Ф. Достоевский и другие традиционно уделяли описанию природы большое внимание, включая пейзажные зарисовки либо в качестве фона, либо пейзаж выполнял самостоятельную эстетическую функцию. Писатели—реалисты золотого века русской классической литературы, безусловно, продолжали славные традиции предшественников. Писатели XX века А. Чехов, И. Бунин, А. Грин, К. Паустовский и М. Пришвин также принадлежат к поколению тех писателей, которые обладают обостренным чувством природы.

Оригинальная эстетическая концепция по отношению к художественному освоению природы сложилась у К. Г. Паустовского. В его произведениях «Наедине с осенью», «Повесть о лесах», «Мещерская сторона» и других красота природы обладает мощным эстетическим воздействием. Будучи сформировавшимся патриотом, Паустовский не устает восхищаться среднерусским пейзажем. К. Паустовский является непревзойденным мастером литературного пейзажа, он подчеркивает лиризм и спокойствие, которое навевает родная природа.

Мещерская сторона стала настоящим и неожиданным открытием совершенно случайно. Паустовский пишет:

«...я "открыл" для себя под самой Москвой неведомую и заповедную землю—Мещеру. Открыл я ее случайно, рассматривая клочок карты,—в него мне завернули в соседнем гастрономе пачку чая. На этой карте было все, что привлекало меня еще с детства,—глухие леса, озера, извилистые лесные реки, заброшенные дороги и даже постоялые дворы. Я в тот же год поехал в Мещеру, и с тех пор этот край стал второй моей родиной»[①].

Паустовский путем эстетизации увиденных картин природы включает их в художественную модель мира своих произведений, они становятся частью сферы культуры, и поэтому с ними может познакомиться читатель.

Для иллюстрации эстетики природы в прозе Паустовского будут

---

① *Паустовский К.* Повесть о лесах [Электронный ресурс] // Bookocean. net [сайт]. URL: https://bookocean. net/read/b/894/p/3 (дата обращения: 09. 01. 2019).

использованы следующие аспекты: цветопись словом, сенсорное восприятие природы, структурные компоненты образа природы как шедевра, идентификация любви к природе с любовью к родине.

Цветопись словом

Живопись, работа художников может научить писателя точно видеть и запоминать, а не только смотреть. Некоторые писатели пренебрегают красками и светом. Поэтому от их вещей остается впечатление пасмурности, серости, бесплотности. Видеть действительность в полном многообразии красок и света нас учат художники. [①]

Паустовский—мастер словесного пейзажа, этому он учился у художников. Этими уроками он воспользовался с великим мастерством. Паустовский как писатель становится художником слова, который обладает утонченным чувствованием, изысканным вкусом восприятия и понимания прекрасного естества.

С необыкновенным тонким вкусом он описывает цвет воды:

В Мещёре почти у всех озер вода разного цвета. Больше всего озер с **черной** водой. В иных озерах (например, в Черненьком) вода напоминает **блестящую тушь**. Трудно, не видя, представить себе этот **насыщенный, густой** цвет. И вместе с тем вода в этом озере, так же как и в Черном, совершенно **прозрачная**.

Этот цвет особенно хорош осенью, когда на **черную** воду слетают **желтые и красные** листья берез и осин. Они устилают воду так густо, что челн шуршит по листве и оставляет за собой **блестящую черную** дорогу.

Но этот цвет хорош и летом, когда **белые** лилии лежат на воде, как на необыкновенном стекле. **Черная** вода обладает великолепным свойством отражения: трудно отличить настоящие берега от отраженных, настоящие заросли—от их отражения в воде.

В Урженском озере вода **фиолетовая**, в Сегдене—**желтоватая**, в Великом озере—**оловянного** цвета, а в озерах за Прой—чуть **синеватая**. В луговых озерах летом вода **прозрачная**, а осенью приобретает **зеленоватый**

---

① *Паустовский К.* Поэзия прозы [Электронный ресурс] // Константин Паустовский [сайт]. URL: http://paustovskiy-lit. ru/paustovskiy/public/poeziya-prozy. htm (дата обращения: 09.01.2019).

морской цвет и даже запах морской воды.

Но большинство озер все же—**черные.** Старики говорят, что чернота вызвана тем, что дно озер устлано толстым слоем опавших листьев. Бурая листва дает **темный** настой. Но это не совсем верно. Цвет объясняется торфяным дном озер—чем старее торф, тем темнее вода. ①

В этом отрывке автор подчеркивает черный благородный цвет воды в озере, он не несет в себе дьявольсюю силу и демонические страсти, он просто черный глубокий и ествесственный. Автор специально приводит желтые и красные цвета листьев, а также белые лилии на черной поверхности озера, чтобы подчеркнуть естественный контраст. Автор упоминает как бы вскользь о парадоксальном сочетании черной воды и ее абсолютной прозрачности. Данная загадка природы оставляет в душе неразгаданную и всегда манящую тайну.

Используя необыкновенные краски, автор описывает цвет воды в других озерах. В его творческом восприятии вода в озерах разноцветная. Вероятно это зависит от настроения, от времени дня, времени года, от количества солнечного цвета, а также от естественного окружения вокруг этого водоема. Но Паустовский не устает восхищаться этим буйством красок—в этом он находит особый сакральный смысл единения с родной природой.

Над Прорвой часто стоит легкая дымка. Цвет ее меняется от времени дня. Утром—это **голубой** туман, днем—**белесая** мгла, и лишь в сумерки воздух над Прорвой делается **прозрачным**, как ключевая вода.

После дождя Отраженный **солнечный** свет на опушке соснового леса совершенно иной, чем свет вдали от опушки. Он значительно **теплее.** ②

Вступают в очередь описания живительного лесного воздуха. Здесь мы замечаем сочетание естественных цветов, присущих эфемерным бестелесным явлениям: голубой и белесый закономерно становится прозрачным, а солнечный свет делает все заметно теплее.

. . . **розовый** вереск, а на озере—**желтые** кувшинки, а еще дальше стоит непролазная гуща дикой малины, усыпанная ягодой. Ночь погасила цвета.

---

① *Паустовский К.* Мещерская сторона [Электронный ресурс] // Litra. ru [сайт]. URL: http://www. litra. ru/fullwork/get/woid/00382941189686621706/page/2 (дата обращения: 09. 01. 2019).

② *Паустовский К.* Мещерская сторона [Электронный ресурс] // Litra. ru [сайт]. URL: http://www. litra. ru/fullwork/get/woid/00382941189686621706/page/2 (дата обращения: 09. 01. 2019).

Но на предрассветной заре деревья, травы и цветы опять оденутся в краски, гораздо более **яркие**, чем днем, потому что эту яркость придаст им роса.

... **бронзовый** отсвет стволов; **пурпурная**, **лиловая**, **зеленая** и **лимонная** листва; **лиловые** колокольчики на полянах...

Роса стекает по **белым** стволам... Небо на востоке **зеленеет**. **Голубым** хрусталем загорается на заре Венера. ①

Листва у писателя пурпурная, лиловая, зеленая, лимонная, стволы белые и даже бронзовые. Небо на заре у Паустовского приобретает сказочный зеленый свет, как будто зеленым светом дает надежду на хороший зарождающийся день. А на фоне привычного алого света зари загорается голубым хрусталем планета Венера, что напоминает легкий утренний холодок. Очевидно, автор хотел выделить абсолютную степень прозрачности этой планеты—звезды.

В «Мещерской стороне» описывается мир богатых красок, населенный разнообразными растениями, кустами, деревьями. Цветопись словом у Паустовского похожа на живопись красками. Каждая деталь обыгрывается с большой любовью и заботой так, что Паустовскому удается раскрыть необычное в самом обычном пейзаже среднерусской полосы. В творчестве Паустовского реализуется гносеологический принцип эстетической концепции в стремлении познать и показать сокровища нетронутых мест дикой природы, чтобы раскрыть их необычайный эстетический потенциал.

Чувственное восприятие природы

Новое понимание художественного осмысления действительности через субъективное видение, тонкий психологизм и сенсорное восприятие уже были открыты М. Прустом еще в начале XX века. В прозе Пруста в его цикле «В поисках утраченного времени» сочетание ощущения (вкусового, тактильного, слухового, визуального, обоняния), которые хранит подсознание на чувственном уровне, становится эффективным методом познания реальности. У Паустовского мы видим, как некоторые элементы сенсорного впечатления используются для усиления эстетической функции пейзажа.

---

① *Паустовский К.* Мещерская сторона [Электронный ресурс] // Litra. ru [сайт]. URL: http:// www. litra. ru/fullwork/get/woid/00382941189686621706/page/2 (дата обращения: 09. 01. 2019).

Вкус：сочился осенний воздух, сильно отдающий вином.

Запах：дымок от костра, горький запах первого тонкого льда, лесные сумерки, когда из мхов тянет сыростью.

Осязание：осень окружит тебя и начнет настойчиво дышать в лицо холодноватою свежестью своих загадочных черных пространств; липкие маслюки, облепленные хвоей, жесткая трава, холодные белые грибы.

Автор описывает тактильное восприятие одного из персонажей его рассказа «Акварельные краски»：«Берг не обернулся. Спиной он чувствовал, что сзади идет дикая тьма, пыль. Первая тяжелая капля щелкнула по руке. В лицо ударила водяная пыль»①.

Слух：начнет перешептываться с последней листвой, непонятный звон, звучание вечера, догоревшего дня, бормотанье родников, крик журавлиных стай, крик журавлей.

Зрение：И блеснет неожиданным светом звезды, прорвавшейся сквозь волнистые ночные туманы; метелью закружились и залепили глаза мокрые листья. Также хороши у Паустовского угасающие закаты и чистые лужицы, где отражается прозрачный серп месяца.

Сочетание всех ощущений создает яркую, неповторимую картину природы. В процессе создания впечатления участвуют все органы чувств, каждый из них вносит свою специфическую лепту. Запахи хвои, вкус вина, тяжелая капля дождя, звон и бормотание, свет звезды—все в водовороте восхищения всем окружающим дает возможность автору переживать незабываемые минуты счастья. Не только его сознание, но все тело физически ощущает эту благодать. Болотистые места Мещерского края заиграли под пером автора сначала как результат наблюдения пытливого ума, далее овеянные его творческим вдохновением, стали опытом перехода от чувственного восприятия к миру духовности.

Что лучше: природный шедевр или литературный шедевр?

Образ природы как и любой образ, образ персонажа имеет свою структурированность и создается с помощью разных стилистических средств, характеризуется через поведение, речь, отношение других героев и т. д. В

---

① *Паустовский К*. Акварельные краски [Электронный ресурс] // Сказки [сайт]. URL：https:// vseskazki. su/paustovskiy-rasskazy/akvarelnye-kraski. html (дата обращения：09. 01. 2019).

произведениях Паустовского часто природа и есть главный персонаж. Образ природы складывается из эпитетов, метафор, сравнений, олицетворений.

Герой из рассказа «Первый туман» сравнивает природу с силой человеческого духа: «... глубочайшим образом люблю природу, силу человеческого духа и настоящую человеческую мечту. А она никогда не бывает крикливой, молодой человек. Никогда! Чем больше ее любишь, тем глубже прячешь в сердце, тем сильнее ее бережешь»①.

У Паустовского используются красочные метафоры «крик журавлей и их величавый перелет по неизменным в течение многих тысячелетий воздушным дорогам», «каждый осенний лист был шедевром, тончайшим слитком из золота и бронзы, обрызганным киноварью и чернь», «закат тяжело пылает на кронах деревьев, золотит их старинной позолотой». А метафора «целебный подарок» означает образ природы как целебный подарок людям. Встречается ряд удивительных эпитетов: благостный, успокоительный, священный, беззвучный, сумрачный и т. д.

В совокупности все эти стилистические художественные средства рисуют неповторимый образ природы. Не случайно задумавшись о шедевре как таковом, Паустовский невольно проводит параллель между шедевром, созданным гением и шедевром природным.

За несколько дней до этой встречи с журавлями один московский журнал попросил меня написать статью о том, что такое «шедевр», и рассказать о каком-нибудь литературном шедевре. Иначе говоря, о совершенном и безукоризненном произведении.

Я выбрал стихи Лермонтова «Завещание».

Сейчас на реке я подумал, что шедевры существуют не только в искусстве, но и в природе...

И все это покажется вам великим шедевром природы, целебным подарком, напоминающим, что жизнь вокруг полна значения и смысла...

Среди них лермонтовское «Завещание» кажется скромным, но неоспоримым по своей простоте и законченности шедевром. ②

① *Паустовский К* Первый туман [Электронный ресурс] // Константин Паустовский [сайт]. URL: http://paustovskiy-lit. ru/paustovskiy/text/rasskaz/pervyj-tuman. htm (дата обращения: 09.01.2019).

② *Паустовский К*. Наедине с осенью [Электронный ресурс] // Bookocean. net [сайт]. URL: http://paustovskiy-lit. ru/paustovskiy/text/rasskaz/naedine-s-osenyu. htm (дата обращения: 09.01.2019).

Образ природы в творчестве писателя становится всеобъемлющим, представленным с размахом, и поэтому пейзажные зарисовки, смена времен года, штрихи или детали окружающей среды занимают весь хронотоп—это принципиальная позиция Паустовского как писателя и философа, желающего изображать прекрасную природу как главное содержание произведения.

Любовь к природе—это любовь к Родине

В некоторых цитатах можно найти воплощение одной и той же мысли. Эстетическая ценность русской природы идентична таким ценностям русской культуры как родина, патриотизм, родная земля, родной язык. Любовь к родным сердцу пейзажам, где человек вырос, обязательно ассоциируется у писателя с Родиной.

Я в тот же год поехал в Мещеру, и с тех пор этот край стал второй моей родиной. Там до конца я понял, что значит любовь к своей земле, к каждой заросшей гусиной травой колее дороги, к каждой старой ветле, к каждой чистой лужице, где отражается прозрачный серп месяца, к каждому пересвисту птицы в лесной тишине.

Ничто так не обогатило меня, как этот скромный и тихий край. Там впервые я понял, что образность и волшебность (по словам Тургенева) русского языка неуловимым образом связаны с природой. [1]

В рассказе «Акварельные краски» говорится о художнике Берге и как его неожиданное открытие красоты родной природы изменило его как личность, «и что любовь к родине сделала его умную, но сухую жизнь теплой, веселой и во сто крат более прекрасной, чем раньше».

Можно привести другой пример, где про Ильинский омут сказано, что это обыкновенное место, каких тысячи по всей России, но у него есть своя притягательная и волшебная сила—«Оно не связано ни с какими историческими событиями или знаменитыми людьми, а просто выражает сущность русской природы».

Говоря о классиках русской литературы, Паустовский подчеркивает необычайную нежность, любовь и патриотизм в душе писателей. Так, о Пушкине

---

[1] *Паустовский К*. Повесть о лесах [Электронный ресурс] // Bookocean. net [сайт]. URL: https:// bookocean. net/read/b/894/p/3 (дата обращения: 09. 01. 2019).

говорил, что он относился к царскосельским садам как к святыне. Не случайно Паустовский восторгается красотой родной земли, дающей чувство защищенности, спокойствия и благости. «Такие места наполняют нас душевной легкостью и благоговением перед красотой своей земли, перед русской красотой».

Идентифицируя любовь к родной природе с любовью к родине, вполне закономерно Паустовский приходит к выводу:

И если придется защищать свою страну, то где-то в глубине сердца я буду знать, что я защищаю и этот клочок земли, научивший меня видеть и понимать прекрасное, как бы невзрачно на вид оно ни было, — этот лесной задумчивый край, любовь к которому не забудется, как никогда не забывается первая любовь.

Нет! Человеку никак нельзя жить без родины, как нельзя жить без сердца. ①

Из творческой позиции постепенно складывается у Паустовского рефлексия более сложного порядка, что приводит его к натурфилософии, необходимости осмысливать и обобщать выявленные закономерности в наблюдениях природных явлений.

Говоря о натурфилософии К. Паустовского, С. А. Мантрова приходит к выводу о том, что « В "небогатой" природе средней полосы К. Паустовский открывает новые этические и эстетические ценности. Автор метафоризирует природу через категории прекрасного и возвышенного, и поэтому возникают под пером писателя незабываемые образы родной природы. Они обладают эстетической ценностью для состояния души, вдохновения, самопознания. В аксиологии писателя "природа" оказывается рядом с понятиями "родина", "красота", "любовь", "гуманизм"»②. Эстетика природы, очарование Мещеры раскрывается художником постепенно, через соприкосновение с живым миром, одухотворение, знакомство с жителями. Природа края до поры таит скрытую от мимолетного взгляда красоту и силу.

---

① *Паустовский К.* Бескорыстие [Электронный ресурс] // Русская литература XIX века [сайт]. URL: http://russkay-literatura.ru/paustovskij-k-g/707-paustovskij-meshherskaya-storona-beskorystie-.html (дата обращения: 09.01.2019).

② *Мантрова С. А.* Человек и природа в прозе К. Г. Паустовского 1910—1940-х годов (типология героя, специфика конфликта, проблема творческой эволюции): автореф. дис. ... канд. филол. наук/Тамб. гос. ун—т им. Г. Р. Державина. Тамбов, 2011.

Раскрыв цветопись словом, сенсорное восприятие природы, сделав анализ структурных компонентов образа природы как шедевра, можно прийти к логическому результату—мы не можем не согласиться с Паустовским в идентификации любви к природе с любовью к родине.

Велика роль литературы в воспитании нового отношения к природе как одного из важнейших условий нравственного и эстетического развития личности XXI века. В истории мировой литературы немало примеров обращения к природе не только как источнику вдохновения, но и как к материалу для создания художественного образа, включения описаний пейзажа в сюжетную мотивировку, композицию, в качестве фона для характеристики персонажей. [1]

В XX веке рождаются такие междисциплинарные отрасли знания, как «экология человека» или «эстетика природы», или синтетическая форма художественного освоения действительности, где философия соединяется с живописью, литературными формами слова, звуками музыки, чтобы глубже и многообразнее выразить бытие человека, дойти до самого сокровенного уровня саморефлексии. Современные философские направления, такие как экзистенциализм, модернизм и постмодернистские типы философствования в особенности, нашли точки соприкосновения с искусством. Творческая и мировоззренческая позиция Паустовского—это органичное сочетание философских взглядов и его художественного кредо. Натурфилософия Паустовского—это внутренне выстраданная, эстетически осмысленная позиция. [2]

В прозе Паустовского сложилась природно—эстетическая модель мира, где природа приобретает видимость, индивидуализированность, природа становится персонажем и выполняет не только эстетическую функцию, но и функцию нравственного воспитания. Читая произведения Паустовского, мы окунаемся в его своеобразную и оригинальную эстетику, и приходим к выводу о его неоценимом вкладе в формировании нового сознания, нового и глубоко гуманистического отношения к природе.

(编校:袁淼叙)

---

① *Лосев А. Ф.*, *Тахо-Годи М. А.* Эстетика природы. Природа и ее стилевые функции у Р. Роллана. Киев: «Collegium» 1998.

② *Болдонова И. С.* Диалог природы и общества: Байкальский регион в контексте глобализирующейся евразийской цивилизации. Улан-Удэ, 2015.

Роль журналов в литературной жизни России сегодня

Борисова А. С.

(Шанхайский университет иностранных языков, Китай)

Аннотация: В статье автор рассматривает роль специализированных изданий в литературном процессе современной России. Особое внимание уделяется их основным функциям, имеющим важное значение для культуры в целом и литературы в частности на сегодняшний день. Также автор освещает проблемы, с которыми пришлось столкнуться российским литературно—художественным журналам в начале XXI века. Кроме того, в статье говорится о наиболее значимых особенностях развития данных изданий.

Ключевые слова: литературно—художественные журналы; аудитория; литературный процесс; литературная критика

С появлением телевидения, а затем и Интернета, многие начали говорить о закате печатных СМИ. Действительно, газеты и журналы не могут соперничать с другими СМИ в плане оперативности или интерактивности. Однако, несмотря на такие неблагоприятные прогнозы, они до сих пор существуют. Более того, каждый год появляются новые печатные издания, в их числе, и литературные журналы.

Список современных российских литературных изданий достаточно обширен. В него входят: «Арион», «Вестник Европы», «Волга-XXI век», «Дружба народов», «Звезда», «Знамя», «Иностранная литература», «Континент», «Нева», «Новая юность», «Новый журнал» (Нью-Йорк), «Новый мир», «Октябрь», «Сибирские огни», «Урал», «День и ночь», «Дети Ра», «Зарубежные записки», «Зеркало», «Иерусалимский журнал», «Интерпоэзия», «Крещатик», «Новый берег», «Слово/Word», «Студия» и так далее.

В XXI веке, когда высокие технологии стали неотъемлемой частью жизни большинства граждан развитых стран, необходимо держать руку на пульсе. Для того, чтобы удовлетворять интересы нового поколения читателей, большинство литературных изданий обзавелось электронными версиями.

Несмотря на такое разнообразие и попытку следовать новым тенденциям, сегодня литературные журналы играют далеко не такую важную роль, как, например, во второй половине XIX века или в начале XX века. Раньше данные издания являлись площадками для выражения собственного мнения, на которых порой происходили судьбоносные дискуссии, а их издание представляло одну из основных форм общественной активности для мыслящей части России.

Однако все же не стоит недооценивать значимость литературных журналов в культурном процессе современной России. Сегодня такие издания являются одним из немногих проводником между своим читателем и культурой XXI века.

Особое место в литературном процессе, протекающем в России, всегда занимали и до сих пор занимают « толстые » журналы. Благодаря « толстым » журналам русской литературе удалось достичь рассвета в XIX веке. Кроме того, они сыграли ключевую роль в формировании советской литературы. Впервые они возникли во времена Екатерины II как вспомогательный инструмент, призванный помочь просвещенной части общества найти себя, осознать свое предназначение и цель в жизни. Как уже упоминалось ранее, « толстый » журнал стал местом для обмена мнениями и самовыражения.

Из этого вытекает их особенность—от их авторов скорее ждут честной и объективной оценки и критики литературных произведений, а не самой литературы. Исходя из этого, можно сделать вывод, что литературная критика в изданиях данного типа занимала важное место.

« Литература у народа, лишенного общественной свободы,—единственная трибуна, с высоты которой он заставляет услышать крик своего возмущения и своей совести » [1],—писал А. И. Герцен.

Таким образом, литературный журнал в России был не столько источником хорошей качественной литературы, сколько рупором общественного мнения.

Однако в современных литературных изданиях главное—не социально-политическая проза, а художественные произведениях с их поэтикой и эстетикой.

---

[1] *Егоров Б. Ф.* История русской литературной критики середины XIX века: учеб. пособие для бакалавриата и специалиста. М. , 2018. С. 64.

Это повлияло в том числе и на структуру подобных изданий: в многих изданиях литературно—критические разделы были заменены на другие, соответствующие требованиям современной публики. Таким образом, жанр литературно—критической статьи оказался в кризисном положении, однако, именно литературная критика формирует у читателей представление о тенденциях, преобладающих в литературном процессе. Исчезновение аналитических материалов влечет за собой дефицит теоретического осмысления и обобщения современной литературы. Отсутствие целостной панорамы современного литературного процесса является действительной проблемой истории литературы и в первую очередь литературной критики. [1] Однако не все журналы упразднили свои критические разделы, некоторые всего лишь изменили язык и форму подачи материала. К таким изданиям, к примеру, относится «Новое литературное обозрение».

На сегодняшний момент большинство «толстых» журналов представляет из себя издания, которые ориентируются исключительно на художественную и интеллектуальную состоятельность текста. Благодаря им в нашей литературе и журналистике до сих пор сохранились такие жанры, как: развернутая рецензия, обзорная статья, эссе, подборка стихов и так далее.

Постсоветский период стал тяжелым временем для литературных изданий. Многие региональные журналы были закрыты, а большинство московских и петербургских перешло на самообеспечение.

Сейчас массовый читатель ушел из журнальной культуры, и те издания, что раньше занимали неотъемлемое место в читательском спросе, в наши дни отошли далеко на задний план. В данный период времени на книжном рынке получили популярность в основном женские или детективные романы, что привело к снижению спроса на «высокую» литературу. Кроме того, профессия литератора также потеряла свой престиж. Выше сказанное привело к значительной потере читательской аудитории. Это говорит о том, что между читателями и писателями образовались культурный и социальный барьеры, была нарушена целостность коммуникативной связи между этими двумя группами.

Несмотря на сложившиеся обстоятельства, с начала 2000-х годов «толстыми» журналами было открыто большое количество новых авторов «высокой

[1] *Бешукова Ф. Б.* Литературно-художественные журналы и проблемы «новой критики» // Известия Российского государственного педагогического университета им. А. И. Герцена. 2008. № 11(62). С. 53.

литературы». Очереди на публикации в литературных изданиях показывают, что они до сих пор пользуются спросом и большим авторитетом среди российских писателей.

Следует отметить, что, хотя «толстые» журналы в России сегодня не обладают большим тиражом, посещаемость их электронных версий держится на достаточно высоком уровне.

В XXI веке перед российскими литературными журналами встает новая проблема, ведь сейчас недостаточно быть просто сборником поэтических или прозаических текстов. Настоящий «толстый» журнал должен представлять из себя некий литературный проект. Его деятельность направлена не на создание пестрой мозаики из запоминающихся текстов, а на внедрение какой-то общественно значимой мысли. Традиционно в российских периодических литературно—художественных журналах освещались самые болезненные проблемы общества, формулировались нравственные и социальные вопросы, разрабатывались самые заметные этические и философские теории.

Литература, как и любой другой социальный институт, имеет ряд функций, который удовлетворяет потребности читателей. Специализированные издания знакомят свою аудиторию с направлением развития современной им литературы, авторами, являющимися авторитетами, литературными нормами и так далее.[①]

Одним из главных достижений литературных журналов является то, что они помогают поддерживать культурные связи между разными районами государства. В связи с огромной протяженностью страны, культура в России неоднородна. Каждому региону присущи свои особенности, это также сказывается и на литературе. Однако, благодаря существованию общероссийских «толстых» журналов, жители разных субъектов Российской Федерации могут ознакомиться с творчеством авторов из соседних или далеких от них регионов.

Одной из важнейших задач любого литературного журнала является предоставление возможности каждому автору найти своего читателя. Таким образом, данные издания выступают своеобразным мостом между писателем и аудиторией.

Более того, российские провинциальные издания всегда являлись и остаются

---

① *Головин Ю. А.* Литературно-художественные журналы в условиях глобальной трансформации социальной среды // Вестник Московского государственного университета культуры и искусств. 2010. № 1 (33). С. 42.

отражением действительности. Таким образом, можно сказать, что именно они находятся на передовых рубежах отечественной культуры. К сожалению, сейчас особенно резко ощущается проблема финансирования данных изданий, так как многие местные отделения Союза писателей прекратили свое существование.

Между провинциальными и столичными журналами идет постоянный обмен авторами. Таким образом, жители Москвы и Петербурга могут ознакомиться с творчеством региональных авторов, а, например, какие-то московские издательства могут заметить талантливых писателей из любой точки России.

Кроме того, публикация в журнале обеспечивает произведению несколько типов проверки: на реакцию публики, на эстетическую ценность контекста, сопоставления с другими текстами. Также работа проходит через руки редакторов, которые обычно обладают достаточным опытом, чтобы обратить внимание автора на ошибки и слабые места.

В современной России у литературных журналов прослеживаются два направления развития: патриотическое и либеральное. В отличие, к примеру, от начала XX века, когда читатели могли наблюдать за противостоянием разных изданий, в настоящее время толстые журналы не выступают друг против друга или действующей власти.

К сожалению, многие журналы находятся на грани остановки издания из-за проблем финансирования. Это говорит о том, что интерес российских читателей к литературе заметно снизился в последнее время.

История литературных журналов в России насчитывает уже более двух веков. Во второй половине XVIII века Екатерина Вторая создала журнал «Всякая всячина». Это было, применительно к тому времени, развлекательное издание. Практически сразу после этого Николай Новиков начал издавать журнал «Трутень», который можно было назвать оппозиционным власти.

Традиция рассматривать литературу как средство влияния на мыслящую часть общества стала нововведением русских литературных журналов, определила их роль в культурной и политической жизни страны. В сороковых годах XIX века « Отечественные записки » сформировали целое литературное поколение— знаменитую «натуральную школу». Белинский так сформулировал стоящую перед изданием задачу: «Журнал должен иметь, прежде всего, физиономию, характер. Безыдейность для него всего хуже. Физиономия и характер журнала составляется в его направлении, его мнении, его господствующем учении»①.

А вот что писал на эту тему спустя много лет Владимир Лакшин—один из руководителей знаменитого «Нового мира» времён Твардовского: «Такое уникальное социально—нравственное образование, как российская интеллигенция со всеми её достоинствами и недостатками есть прямой итог деятельности русской литературы и журналистики, прежде всего, толстых журналов»②.

Немалое значение для популярности у читателей имела и личность главного редактора. В историю вошли «пушкинский "Современник"», «герценовский "Колокол"», «некрасовские "Отечественные записки"», «"Новый мир" Твардовского». К сожалению, сегодняшних главных редакторов ведущих российских журналов едва ли кто знает по имени, и это тоже свидетельство падения их авторитета. Исключение составляет, разве лишь, «Наш современник» Станислава Куняева. Этот журнал твёрдо придерживается выбранного—патриотического, государственного, русского—направления. Его никак не назвать безыдейным и безликим.

XXI век—век массовой культуры. Именно поэтому современной России так необходимы литературные журналы. У них появляется функция реаниматоров—специализированные СМИ должны вернуть интерес читателя к художественным произведениям, познакомить их не только с популярными авторами-современниками, но и с новыми начинающими писателями. Литературные журналы меняются вместе со своей аудиторией, стараясь не только идти в ногу со временем, но и опережать его. Современные издания являются хранителями российской культуры и играют важную роль в формировании единого социального пространства на территории всей страны.

(编校:袁淼叙)

---

① *Козлов Ю. В.* «Толстые» журналы и литературный процесс в современной России [Электронный ресурс] // Роман — газета: [Сайт]. URL: http://roman-gazeta-1927. ru/2015/12/14/толстые-журналы-и-литературный-про/ (дата обращения: 15. 10. 2018).

② *Головин Ю. А.* Российский толстый литературно-художественный журнал как социокультурный феномен // Вестник Московского государственного университета культуры и искусств. 2010. № 2(34). С. 49.

Произведения современной русской литературы на факультативных занятиях РКИ «Круг чтения» (Продвинутый этап обучения)

Сапронова И. И., Курманова Т. В.

(Казахский национальный университет имени аль-Фараби, Казахстан)

Аннотация: В статье рассматриваются принципы отбора произведений современной русской литературы для работы на факультативных занятиях РКИ «Круг чтения» (продвинутый этап обучения—3 сертификационный уровень). Анализируется вопрос понимания и восприятия текстов, обращается внимание на выработку стратегий понимания имплицитных смыслов. На примере конкретных произведений современной русской литературы показан комплексный подход при анализе художественных текстов. В статье обобщён опыт преподавания курса «Язык художественного текста» в рамках РКИ.

Ключевые слова: художественный текст; принципы отбора; имплицитные смыслы

В настоящее время растет интерес к современной русской литературе в рамках использования произведений на занятиях по русскому языку как иностранному.

Говоря о необходимости чтения на факультативных занятиях по РКИ современной русской литературы, необходимо подчеркнуть, что сами иностранные учащиеся зачастую заинтересованы в этом, просят посоветовать, какие произведения современных авторов им следует читать. Что читать? Каких современных авторов выбрать из всего многообразного современного литературного процесса? Как читать? Зачем читать? —Все эти вопросы волнуют не только иностранцев, изучающих русский язык и русскую культуру, но и самих носителей русского языка, людей, которые нуждаются в хорошей литературе, отвечающей их потребностям и запросам. Кроме того, по сравнению с русской классикой современная литература имеет некоторые преимущества—посредством чтения современных авторов инофоны узнают жизнь нынешней России, знакомятся с ситуациями реального общения, в которых чувствуют себя не сторонними наблюдателями, а активными участниками. Используя свой жизненный опыт, студенты вживаются в ситуации, описанные в произведении, анализируют и сопоставляют реалии современной жизни.

В данной статье мы рассматриваем работу со студентами продвинутого этапа обучения B2—C1 (подготовка к 3-му сертификационному уровню). Иностранный учащийся на этом этапе обучения должен уметь понимать и адекватно интерпретировать художественные тексты, различать эмоционально—образные составляющие содержания, идентифицировать однотипные (синонимичные) высказывания, выраженные различными языковыми средствами, понимать текст на уровне, позволяющем проводить элементарный филологический анализ (выделять основные темы текста, определять функционально—смысловые типы речи, логико-семантические связи, выявлять позицию рассказчика). Кроме того, обучаемый должен уметь выявлять и адекватно интерпретировать материал, содержащий довольно высокий уровень культурологических и прецедентных текстов.

Преподаватель должен самостоятельно, с учетом реальных условий, отбирать качественные материалы, соответствующие поставленным учебным целям, ориентированные на уровень языковой подготовки студентов, на мотивацию, интерес, который делает процесс чтения привлекательным для студентов, а урок—эффективным, реализующим языковой, коммуникативный, культурно-этический потенциал. Выбирая текст, мы руководствуемся несколькими критериями:

А) Текст (на уровне языковой компетенции B2—C1) должен быть неадаптированным, т. к. намеренное упрощение и «подгонка» текста под читателя, на наш взгляд, снижает его художественную и эстетическую ценность. Аутентичный текст, напротив, служит источником увеличения лексического запаса, активизации мыслительной деятельности обучаемого, развития эстетического вкуса.

Б) Уровень языковой подготовки студентов должен соответствовать выбранному произведению, поскольку избыточное количество незнакомой лексики, неизвестных студентам грамматических и синтаксических конструкций, культурных реалий, замедляет процесс понимания и восприятия художественного текста.

В) Художественный текст должен быть интересен самому преподавателю, привлекательным для студентов—он должен всесторонне обогатить их внутренний мир и, естественно, повысить уровень языковой компетентности. Роль преподавателя и состоит в том, чтобы открыть читателям (в данном случае студентам—иностранцам) прекрасный сложный и неоднозначный мир современной русской литературы. Следует отметить, что большое внимание необходимо уделять тщательному отбору материала, так как, на наш взгляд, не может существовать готового обязательного списка необходимых для чтения на занятиях РКИ произведений. Выбор—за вами.

Г) Объем его должен соответствовать времени, необходимому для чтения, комментирования, анализа, обобщений (особенно времени для притекстовой работы). Оптимальным в нашем случае является либо рассказ, либо законченный в смысловом и сюжетном отношении фрагмент более крупного произведения (например, Б. Акунин «Возвращение»—фрагмент повести «Перед концом света. 1897», Ф. Искандер «По законам совести»—фрагмент рассказа «Школьный вальс, или энергия стыда»).

В настоящее время идет формирование современного литературного процесса. Как утверждает известный российский литературный критик, профессор РГГУ, под современной русской литературой следует понимать период развития литературы примерно с 1986—1987 года и до настоящего времени.

«Существует две позиции, два мнения по вопросу, в каком состоянии находится современная русская литература: или в полном упадке, или в полном расцвете. Почему можно говорить, что литература в упадке? Потому что очень много коммерческой литературы, очень много литературы низкопробной, литература больше не находится в центре нравственных и религиозных исканий и т. д. Я убеждён в противоположном: нынешняя русская литература—разные жанры по-разному, и мы об этом поговорим—переживает период расцвета. Может быть, это бронзовый век, может, ещё что-то. Критерий очень простой: огромное количество качественных, прекрасных текстов. Другое дело, что очень трудно выделить вершины. . . »[①]

Таким образом, мы определились с временными рамками современной русской литературы. Но не менее важным является вопрос о литературных направлениях в современной русской литературе. Исследователи уже в какой-то степени определили направления, течения, методы, стили, жанры, формирующие современную русскую литературу, но тем не менее это живой процесс, поэтому принципиального значения для иностранцев-нефилологов, изучающих русский язык, это не имеет.

Тексты современной русской литературы, опробованные на факультативных занятиях по русской литературе «Круг чтения»:

С. Довлатов «Компромисс», «Наши»;

А. Алексин «Виктория»;

Ф. Искандер «Школьный вальс, или энергия стыда»;

М. Палей «10 коротких рассказов»;

В. Токарева «Кошка на дороге», «Тайна земли»;

С. Мосова рассказы из цикла «Игра в классики»;

Е. Гришковец «Как я съел собаку», «Дарвин»;

Д. Рубина «Всё тот же сон»;

М. Веллер «Легенды Невского проспекта»;

Л. Петрушевская «Время ночь», «Рождественские истории»;

Б. Акунин «Не прощаюсь», «Алтын-толобас», «Возвращение» (фрагмент повести «Перед концом света. 1897»);

Т. Толстая «Чужие сны», «Ночь феникса», «Ложка для картоф. »;

Е. Водолазкин «Лавр» (фрагмент—Пролегомена);

Г. Яхина «Зулейха открывает глаза», «Дети мои» (фрагменты);

Л. Улицкая «Дочь Бухары» из сборника «Бедные родственники»;

С. Лукьяненко «Не спешу», Чужая боль»;

В. Пашинский «Чужая сделка».

Фантастика: А. Попов « Открытие профессора Иванова »; Г. Альтов « Машина смеялась », « Странный вопрос »; Е. Лукин « 49 секунд »; И. Варшавский «Автомат».

[①] *Бак Д. П.* Современная русская литература. Лекция, прочитанная в Мадриде в Университете Комплутенсе 8 октября 2009 г. ［Электронный ресурс］ // Станция мир ［Сайт］. URL: http://www. estacionmir. com/Cultura/articulos/Back_R. html # literatura_actual (дата обращения: 02. 11. 2018).

Необходимо отметить, в современной русской литературе происходит появление новых интересных авторов—достаточно назвать Е. Водолазкина, Г. Яхину и др.

Как мы уже отметили выше, на занятиях используются прозаические тексты небольшого объёма, обычно это рассказы либо законченные фрагменты более крупных произведений. Кроме того, анализируются произведения, относящиеся к различным стилевым и жанровым направлениям. Поэтические произведения также активно используются на занятиях, но этой темы мы в данной статье не касаемся, хотя методика анализа прозаических текстов аналогична методике поэтических.

Работа с художественным текстом складывается из трёх этапов: предтекстового, притекстового и послетекстового. Мы полностью согласны с мнением Н. В. Кулибиной[1] в том, что нет особой необходимости в том, чтобы проводить большую предтекстовую работу, подробно поясняя все детали, лексику, снимая все возможные трудности лексического и грамматического плана. На наш взгляд, это абсолютно правильное мнение, т. к. в противном случае это может привести к тому, что теряется интерес к дальнейшему чтению, размывается впечатление от произведения.

Естественно, предтекстовая работа нужна, к примеру, в некоторых случаях необходимо дать какие-либо сведения об авторе произведения, особенно в том случае, если факты биографии, контекст может влиять на восприятие произведения. Но объяснять заранее значение лексических единиц или какие-либо грамматические явления не следует. Кроме того, в предтекстовую работу можно включить анализ названия произведения/фрагмента.

Самым важным этапом является притекстовая работа, когда в процессе чтения преподавателем фрагментов идёт выявление и обсуждение смыслов. Это происходит при помощи вопросов и заданий преподавателя в данной миниситуации на уровне привлечения внимания к *ключевым единицам* (языковым средствам выражения характеристики персонажа или ситуации).[2]

Встречающиеся в тексте незнакомые лексические единицы студенты

---

[1] *Кулибина Н. В.* Зачем, что и как читать на уроке. Художественный текст при изучении русского языка как иностранного. СПб. : Златоуст. 2001. С. 106-118.

[2] *Кулибина Н. В.* Зачем, что и как читать на уроке. Художественный текст при изучении русского языка как иностранного. СПб. : Златоуст. 2001. С. 206-226.

идентифицируют с помощью преподавателя—его заданий и вопросов, которые наводят на *самостоятельное* понимание значения смысла. В данном случае инофоны используют различные когнитивные стратегии, языковую догадку, опираясь на контекст, на структуру слова и т. д. « Результатом грамотно проведённой притекстовой работы следует признать создание каждым обучаемым собственной проекции текста, которая представляет собой определённым образом организованную совокупность (систему) частных смыслов и образов— представлений, мотивированных словесными образами текста, откорректированную в соответствии с внутритекстовыми смысловыми связями»[①].

В процессе чтения студенты при помощи определенных «знаков» (стилистических приемов, языковой игры и т. д.) выявлять авторские намерения, выявляя и интерпретируя имплицитные смыслы. Например, фраза «Твой отец романтик. В детстве он много читал. А я—наоборот—рос совершенно здоровым...» (С. Довлатов «Наши») содержит глубинный ироничный смысл, который не сразу могут понять иностранцы, если не проанализируют лексико— грамматическую структуру предложения.

Таким образом в ходе притекстовой работы постепенно, шаг за шагом, через понимание частных смыслов словесных образов происходит понимание смыслов фрагмента художественного текста и представление ситуации, а затем и полное осмысление произведения. Происходит преобразование ключевых единиц в представления и образы, в результате чего каждый из учащихся формирует свой собственный набор стратегий понимания текста.

Следует обратить внимание на то, что иногда иностранные студенты, слишком увлекаясь поиском глубинных смыслов, впадают в крайность— настолько далеко уходят от самого текста, стараясь при анализе исходить из собственной логики, выстраивая собственные логико-семантические связи, что происходит искажение смыслов, идеи автора. В связи с этим преподаватель должен проверять, правильно ли идентифицирована та или иная лексическая единица или синтаксическая конструкция.

Как известно, существуют различные методы анализа художественного текста: лингвистический, литературоведческий, стилистический и др. Здесь возникает опасность, что анализ художественного текста на занятиях РКИ для

---

① *Кулибина Н. В.* Зачем, что и как читать на уроке. Художественный текст при изучении русского языка как иностранного. СПб. : Златоуст. 2001. С. 35.

нефилологов будет проводиться с позиции специалиста — исследователя, учёного — филолога, в результате в процессе изучения художественного произведения потеряется его коммуникативная и эстетическая ценность.

Текст читается преподавателем в аудитории по частям, небольшим фрагментам, абзацам и иногда по отдельным предложениям. Почему читает преподаватель при предъявлении материала для анализа? Понятно, что чтение текста студентами вслух несовершенно в произносительном, интонационном плане, что затрудняет понимание и снижает эффект восприятия.

В процессе формирования в сознании читателя представлений и образов необходимо постоянно ставить перед студентами вопросы: *зачем? с какой целью? для чего?* Такая тактика позволяет выявить в каждой из ключевых единиц текста скрытые смыслы, способствующие полному представлению о том, что хотел показать автор. Этому способствуют и интерактивные вопросы и задания, которые активизируют мыслительные процессы и способствуют глубокому пониманию.

Задача преподавателя на этом этапе работы — помочь, не навязывая своё восприятие, формированию у студентов — читателей индивидуальных представлений, образов, волнующих воображение и чувства каждого. Если это получилось, значит, цель достигнута — эстетическая функция художественной литературы «работает», воздействуя на представления и чувства читателя. И следует заметить, что студенты видят в тексте больше, чем представляет себе преподаватель.

Как утверждает Е. Потемкина, в настоящее время методика работы с художественными текстами нуждается в объединении двух подходов — комментированного чтения и лингвистического анализа, причём учебному комментарию придается большая лингводидактическая сила. Главная задача такого комментария — упорядочить анализ художественного текста.

Поскольку отсутствует четкая универсальная система анализа художественного произведения и способов комментирования единиц непонимания, преподавателю зачастую приходится импровизировать и в каждом новом тексте выискивать единицы для комментирования и пояснения.[①] Кроме того, нет четкого контроля и проверки умений в области изучающего чтения. В материалах

---

① *Потёмкина Е. В.* Комментированное чтение художественного текста в иностранной аудитории как метод формирования билингвальной личности: дис. ... канд. пед. наук / МГУ имени. М. В. Ломоносова. М., 2015. С. 93-94.

ТРКИ-3 (см. Типовые тесты по русскому языку как иностранному. Третий сертификационный уровень. Общее владение. «Златоуст», М. : СПб. , 1999) в субтесте *Чтение* проверяется лишь понимание содержательно-информационного аспекта и отсутствует контроль понимания глубинных подтекстов и смыслов.

На заключительном (послетекстовом) этапе работы, который может проводиться и в аудитории, и вне её или совсем не проводиться, можно предложить студентам высказать собственное мнение о прочитанном в свободной форме, либо написать эссе на заданную тему (морально—этического характера).

Послетекстовые формы работы и контроля по видам речевой деятельности и понимания смысла, а также контроля понимания могут быть различными: дискуссии, монологическое высказывание, написание эссе, выполнение тестовых заданий, лексические задания и др.

Опыт показывает, что в результате правильно проведенной работы по чтению и студентов возникает желание продолжить читать произведения современной русской литературы и стремление к дальнейшему самостоятельному изучению художественных произведений.

Мы видим, что в ходе чтения, анализа, понимания, восприятия художественного текста происходит процесс коммуникации читателя и автора, читателя и героя, процесс сопереживания, что в конечном итоге ведет к формированию языковой личности, умеющей участвовать в ситуациях коммуникативного общения.

（编校：袁淼叙）

Русская литературная усадьба в современном музейном пространстве России: тенденции и контексты (квантитативный подход) *

Скороходов М. В.

(Институт мировой литературы им. А. М. Горького РАН, Россия)

Аннотация: Русская усадьба—феномен культуры России. Ее формирование и развитие продолжалось несколько столетий. С эубежа XIX — XX вв начинается постепенный упадок усадебного мира, обусловленный изменениями в социально— экономической сфере. При советской власти усадьбы были национализированы, многие из них погибли, на базе других были созданы музеи, в том числе литературные. Музеефицированные литературные усадьбы играют важную роль в культурном развитии России. Они привлекают многочисленных посетителей усадебными комплексами, культурными и природными ландшафтами, постоянными экспозициями, временными выставками, программами для гостей. В числе тенденций развития литературных музеев в исторических усадьбах— восстановление во всей полноте усадебных комплексов и формирование на базе активно развивающихся музеев—заповедников достопримечательных мест. Также широко внедряются интерактивные программы, театрализация, что позволяет воссоздать некоторые элементы усадебной культуры. Эти тенденции позволяют не только сохранить усадьбы, связанные с жизнью и творчеством писателей, но и восстановить то, что было утрачено (парки, сады, системы прудов, хозяйственные постройки). Наличие значительных по площади достопримечательных мест дает возможность сохранить важнейшие видовые точки, те пространства, которые воплотились в творчестве писателей. Отмеченные

---

* Исследование выполнено за счет гранта Российского научного фонда (проект № 18-18-00129) и в ИМЛИ РАН.

тенденции рассматриваются в статье на примере Государственного музея-заповедника С. А. Есенина, расположенного в селе Константинове Рыбновского района Рязанской области.

Ключевые слова: русская усадьба; литературный музей; тенденции развития музеев; выставки; экспозиции; восстановление утраченных объектов; фондовые собрания

Русская усадьба—феномен национальной культуры России, формировавшийся и эволюционировавший на протяжении нескольких столетий. Это были особые пространства на карте страны, природно—культурные комплексы: в естественные ландшафты гармонично вписывались усадебные постройки—главный дом и флигели, каретный сарай, баня, оранжерея, хозяйственные строения. Создавался сад, высаживались аллеи парка, устраивались плотины, в результате возникали каскады прудов. Членение пространства на зоны—помещичьи жилые постройки, садовая, парковая, вспомогательная—часто обретало на местности зримые границы—создавались валы и рвы, через которые перебрасывались изящные мостики. В парках появлялись малые архитектурные формы: беседки, гроты, скамьи, скульптура. Но главное, в усадьбах развивалась особая культура—в усадебном пространстве велись беседы на самые разные темы, устраивались спектакли, организовывались выставки. С усадьбами связано и развитие меценатства—именно сюда привозились и здесь хранились коллекции живописи, скульптуры, декоративно-прикладного искусства, на основе которых при жизни владельцев или уже после национализации усадеб в советские годы формировались общедоступные музеи.

Многие русские усадьбы можно с полным правом назвать литературными, поскольку в них жили или гостили писатели, усадебные комплексы становились местом действия литературных произведений, их обитатели являлись прототипами литературных персонажей. Интересно проследить процесс формирования литературного пространства русской усадьбы, а затем и музеефикации.

Известный русский географ В. П. Семенов-Тян-Шанский включает в книгу «Район и страна» главу «География и искусство», в которой пишет о тесном взаимодействии науки и искусства, закладывая основы культурной географии. Ученый отмечает: «Для всякого рода изображений у человека имеется четыре средства. Первое из них—лепка природных форм, второе—графика их посредством линий и штрихов, третье—изображение посредством красочных пятен и мазков и четвертое—передача впечатлений от них посредством слова и звука...»[①]. Семенов-Тян-Шанский, рассматривая взаимодействие географической науки со всеми видами искусства, останавливается и на литературном творчестве.

На базе русских усадеб часто формируется своеобразный литературный ландшафт, который подробно рассматривают представители гуманитарной географии. Вслед за В. Н. Калуцковым и В. М. Матасовым мы рассматриваем литературный ландшафт—«сложный природно-культурный территориальный комплекс, обладающий устойчивым литературным образом»[②],—как одну из разновидностей культурного ландшафта. Отметим, что термин «литературный ландшафт» ввел в научный оборот Ю. А. Веденин. [③] Ученый охарактеризовал состав усадебного комплекса: «господский дом с флигелями (порою образовывавшие ансамбль дворцового типа), сад или парк, хозяйственные службы, связанное с усадьбой сельское поселение с церковью, а также принадлежащие владельцу усадьбы поля и лесные угодья»[④]. Таким образом, по Ю. А. Веденину, усадебный комплекс вбирал в себя не только собственно помещичью усадьбу, но и окрестные общественные пространства, крестьянские усадьбы и другие объекты. Для культурного, в частности литературного, ландшафта важна такая протяженность. Часто именно литературные произведения и связанные с ландшафтной первоосновой литературные образы становились основой для формирования культурных ландшафтов и определили их значимость для отечественной культуры, что в последующем привело к музеефикации таких комплексов.

Существовавшие в России усадьбы в течение длительного периода своего существования неоднократно меняли владельцев. Некоторые усадьбы в связи с разорением владельцев приходили в упадок, постройки ветшали или вовсе утрачивались. Обычно усадьбу приобретал новый владелец, и усадебная жизнь во

---

① *Семенов-Тян-Шанский В. П.* Район и страна. М. Л., 1928. С. 262.

② *Калуцков В. Н.*, *Матасов В. М.* Литературный ландшафт и вопросы его развития (на материале Пушкиногорья) // Географический вестник. 2017. № 1(40). С. 26.

③ *Веденин Ю. А.* Литературные ландшафты как объекты наследия // География в школе. 2006. № 8. С. 15-21.

④ *Веденин Ю. А.* Очерки по географии искусства. СПб., 1997. С. 17.

всей своей полноте восстанавливалась. После отмены в 1861 году крепостного права процесс разорения помещиков ускорился. Все чаще усадьбы приходили в упадок, усадебные комплексы приобретали уже не дворяне, а купцы и фабриканты. Интересы новых владельцев значительно отличались от жизненных приоритетов бывших хозяев. Усадебное пространство преобразовывалось— менялась планировка ансамбля, вырубались сады и парки, перестраивались здания. Усадьба использовалась для извлечения прибыли, в соответствии с этими задачами кардинально менялся облик комплекса. На рубеже XIX—XXвв начинается и активный процесс изучения усадеб, их описания, попыток сохранить наиболее ценные образцы. При советской власти усадьбы были национализированы, многие из них погибли, на базе других были созданы музеи, в том числе литературные.

Динамичное развитие сельского литературного музея-заповедника или музея-усадьбы приводит к формированию на сопредельных участках кластеров культурного туризма. Литературный музей, созданный на базе усадьбы, становится центром притяжения для тех людей—жителей России и зарубежных государств, которые интересуются определенной эпохой или личностью. В России работает немало музеев-заповедников и музеев-усадеб, сохраняющих места, связанные с жизнью и творчеством русских писателей. Посещение этих мест позволяет осмыслить истоки творчества писателей, тот предметный ряд, который повлиял на формирование их картины мира, творческого восприятия действительности. Это федеральные учреждения культуры (Государственный мемориальный и природный музей-заповедник И. С. Тургенева «Спасское— Лутовиново» в Орловской области, Государственный Лермонтовский музей-заповедник «Тарханы»—в Пензенской, Государственный мемориальный историко-литературный и природно-ландшафтный музей-заповедник А. С. Пушкина «Михайловское»—в Псковской области, Государственный историко-культурный и природный музей-заповедник А. С. Грибоедова «Хмелита»—в Смоленской области, Государственный мемориальный и природный музей-заповедник А. Н. Островского «Щелыково»—в Костромской области, Государственный мемориальный и природный заповедник музей-усадьба Л. Н. Толстого «Ясная Поляна»—в Тульской области, Государственный музей-усадьба «Остафьево»— «Русский Парнас»—в Московской области). Успешно работают и многие литературные музеи, имеющие не федеральный, а региональный или муниципальный уровень подчинения.

Музеефицированные литературные усадьбы играют важную роль в культурном развитии современной России. Они привлекают многочисленных посетителей усадебными постройками, часто с сохранившимися историческими интерьерами, культурными и природными ландшафтами, постоянными музейными экспозициями, проводящимися в музейных пространствах временными выставками, разнообразными, рассчитанными на различные целевые группы посетителей программами. В числе тенденций развития литературных музеев в исторических усадьбах—восстановление во всей полноте усадебных комплексов и формирование на базе активно развивающихся музеев-заповедников достопримечательных мест. Эти две тенденции позволяют не только сохранить усадьбы, связанные с жизнью и творчеством писателей, но и восстановить то, что было утрачено (парки, сады, системы прудов, хозяйственные постройки). Наличие значительных по площади достопримечательных мест дает возможность сохранить важнейшие видовые точки, те пространства, которые воплотились в творчестве писателей.

Особенностью музеев-заповедников и музеев-усадеб, посвященных писателям, являются литературные праздники—заметные явления в календаре событийного туризма. Именно в такие дни на родину писателей и в места, связанные с их жизнью и деятельностью, приезжают многочисленные почитатели их творчества, исследователи биографии и литературного наследия. Те, кто не имеет возможности побывать в музей в праздничные дни, стремятся туда в ближайшие к этому событию недели. В последнее время одной из важных тенденций развития музеев является широкое внедрение интерактивных программ, театрализация. Такое направление актуально и для литературных музеев-заповедников и музеев-усадеб. Это один из путей воссоздания (хотя бы частичного) усадебной жизни, восстановление реальной атмосферы быта, попытка осмыслить на новом этапе традиции усадебной культуры. Такая деятельность позволяет не только привлечь новых посетителей разнообразными программами, но и представить усадебную жизнь во всей возможной полноте, в том числе бытовые детали. На обширных пространствах музеев-заповедников возможно возрождение и демонстрация туристам традиционных видов хозяйствования— исторических технологий и исторически сложившихся форм природопользования: народных художественных промыслов, традиций садового, оранжерейного, прудового хозяйства, коневодства, иных форм производственной деятельности.

Отмеченные тенденции рассматриваются на примере Государственного музея-заповедника С. А. Есенина, расположенного в селе Константинове Рыбновского района Рязанской области.

Остановимся сначала на формировании достопримечательного места. Если территории самих музеев-заповедников обычно не очень велики, то их охранные зоны, территории достопримечательных мест, которые создаются на основе музеев-заповедников, могут составлять десятки и даже сотни квадратных километров. Площадь достопримечательного места « Есенинская Русь », включающего территорию Государственного музея-заповедника С. А. Есенина в селе Константинове Рыбновского района Рязанской области и его окрестностей, составляет около 46000 гектаров (460 квадратных километров). На этом огромном пространстве должны соблюдаться определенные градостроительные регламенты, в каждом населенном пункте—действовать свои режимы использования участков, определяющие этажность, высотность построек, материал, из которого разрешается возводить строения, материал и высоту ограды и пр.

Один из наиболее важных объектов на территории музея-заповедника и всего достопримечательного места—главный усадебный дом, последней владелицей которого была Л. И. Кашина, ставшая одним из прототипов главной героини поэмы С. А. Есенина « Анна Снегина ». К сожалению, изо всех усадебных построек до настоящего времени сохранился только этот дом, причем в значительной степени перестроенный по сравнению с мемориальным периодом, т. е. временем жизни в селе С. А. Есенина в конце XIX—первой четверти XX века. Утрачены два пруда, располагавшиеся на надпойменных террасах реки Оки, парк с аллеями и сад.

В последние десятилетия усадьба постепенно возрождается—частично восстановлены аллеи и фруктово-ягодный сад. В 1995 году, в год 100-летию со дня С. А. Есенина, в главном доме усадьбы был открыт музей поэмы « Анна Сненина », в котором представлены многие мемориальные вещи, а также типологические предметы, связанные с усадебным бытом конца XIX—начала XX века. В начале 2010-х годов были проведены значительные работы по выявлению истории усадьбы, прежде всего сохранившегося здания. Удалось в полном объеме восстановить ранее не использовавшийся цокольный этаж, в котором в усадебный период находились служебные помещения: кухня, комната прислуги, ванная комната, туалет, прачечная, кладовая. Теперь здесь действует новая экспозиция «История повседневности», раскрывающая прежде всего бытовую жизнь усадьбы. Отметим, что подобные экспозиции нечасто можно встретить в музеефицированных литературных усадьбах. Прежде всего заслуживают внимания уникальные подлинные предметы, многие из которых были выявлены в ходе археологических исследований и реставрации цокольного этажа. «Это строительные материалы и элементы отделки: кирпичи XIX века и детали деревянных конструкций, кованые гвозди, напольная и настенная плитка с клеймами производителей, а также некоторые предметы быта: части стеклянной, фарфоровой и керамической посуды, которую использовали в разные годы»[①]. Среди подлинных предметов—санки, на которых катались дети Л. И. Кашиной, детская коляска и кроватка. Также в музее на двух других этажах расположены мемориальные комнаты и экспозиции, рассказывающие об истории создания «Анны Снегиной», о постановках этого произведения на театральной сцене, о довольно многочисленных иллюстрациях и переводах известнейшей есенинской поэмы на языки народов мира.

В 2017—2018 годах были проведены археологические исследования с целью определения исторической планировки усадьбы- мест расположения отдельных объектов, некоторые из которых планируется восстановить и приспособить для музейного использования уже в 2020 году—в год празднования 125-летия со дня рождения С. А. Есенина. Прежде всего речь идет о довольно большом по площади каретном сарае, в котором предполагается создать литературную экспозицию, рассказывающую обо всем жизненном и творческом пути поэта. Включение в мемориальное пространство воссоздаваемого объекта позволит снести расположенное на усадебной территории здание, построенное несколько десятилетий назад (в нем в данный момент находятся литературная экспозиция, конференц-зал и служебные помещения).

Отметим, что восстанавливаемая усадьба является литературной в полном смысле этого слова. Во-первых, она связана с именем С. А. Есенина, который неоднократно бывал в ней, приезжая в родное село, посещал Л. И. Кашину. С

---

① *Аникина О. Л., Бабицына Н. Н., Воронина Ю. Н., Евдокимова В. Ю., Иогансон Б. И., Калинина Л. В., Панкратова В. И., Рамненак Н. В., Скороходов М. В., Титова В. С.* Путеводитель по Государственному музею-заповеднику С. А. Есенина. Рязань. 2018. С. 107-108.

ней поэт познакомился в 1915 или 1916 году через своего друга односельчанина Т. Данилина, который в то время занимался с двумя маленькими детьми Л. И. Кашиной. ① В усадьбе поэт бывал и позже. Вернувшись летом 1918 года в Москву из родного села, он написал стихотворение «Зеленая прическа...», посвященное Л. И. Кашиной. В послереволюционные годы С. А. Есенин заходил к ней в гости в Москве.

Ранее, в детстве, в период учебы в Константиновском земском училище, С. А. Есенин мог встречаться с отцом Л. И. Кашиной—И. П. Кулаковым, московским купцом, в течение 10 лет участвовавшим в финансировании училища. Затем, во время революционных событий 1905—1907 годов, когда в селе велась агитация против владельца местной усадьбы, И. П. Кулаков отказался от обязанностей приходорасходчика училища. В 1907 или 1908 году Есенин сочинил частушку:

> Есть в селе-то у нас барин
>
> По фамилии Кулак,
>
> Попечитель нашей школы,
>
> По прозванию дурак. ②

Во-вторых, усадебные ландшафты, постройки, «усадебный текст»—все это нашло отклик в творчестве С. А. Есенина. Непросто вычленить из разнообразных источников, оказавших влияние на формирование поэтической системы поэта, те элементы, которые связаны именно с кашинской усадьбой. Однако достаточно частотные в есенинской поэзии липы и клены, яблони и вишни напрямую отсылают нас не только к традиции русской классической литературы, которую С. А. Есенин прекрасно знал, зачитываясь с детства, но и к реальным усадебным ландшафтам Константинова.

В-третьих, сама усадьбы в 1910-е годы была своего рода литературным гнездом, здесь в гостях у хозяйки, кроме С. А. Есенина, бывали и другие литераторы, московские ученые. Часто велись разговоры на литературные темы. Важно, что портреты гостей этого дома представлены в экспозициях, это позволяет посетителям представить себе, как протекала усадебная жизнь. На стене—фотографии друзей и постоянных гостей хозяйки имения. Это поэты Ефим Янтарёв (литературный псевдоним Ефима Львовича Бернштейна, 1880—1942) и

---

① Летопись жизни и творчества С. А. Есенина: В 5 т. (7 кн.). Т. 2. М., 2005. С. 144.

② *Есенин С. А.* Полное собрание сочинений: В 7 т. (9 кн.). Т. 4. М., 1996. С. 487.

Николай Михайлович Мешков (1885 — 1947). Близким другом Кашиной был Иван Николаевич Худолеев (1875—1932)—артист и режиссер Малого театра, а с 1916 года—и актер немого кино. Бывал здесь и известный энтомолог, профессор Императорского Московского университета Григорий Александрович Кожевников (1866—1933). Он стоял у истоков заповедного дела, долгие годы руководил зоологическим музеем университета, внес значительный вклад в развитие пчеловодства. Часто бывал в гостях у Кашиной и константиновский священник отец Иоанн (Смирнов)[①].

Кроме экспозиций и временных выставок, представить усадебную жизнь помогают и музейные программы, в которые в последние годы активно внедряется театрализация. Это позволяет посетителям «расширить кругозор и познакомиться с традиционным бытовым и праздничным укладом крестьянской семьи, с образом жизни духовенства и традициями дачной жизни представителей русского общества начала XX века»[②].

К сожалению, не все тенденции современного развития можно обратить на пользу современному музею. Например, негативным для сохранения историко-культурной среды, в которой они находятся, является изменение структуры расселения. В России на протяжении многих десятилетий идет процесс укрупнения населенных пунктов и, соответственно, гибели когда-то процветавших сел и деревень. В результате оказываются заброшенными поля и луга, оставленные жителями дома ветшают и утрачиваются. Ландшафт постепенно теряет следы антропогенного влияния, в его формировании начинает преобладать природная составляющая. Данные о гибели важных с точки зрения сохранения историко-культурной среды родины Есенина поселений приведены на страничке музея-заповедника поэта, размещенной в Twitter. Деревня Шушпаново Старолетовской волости, через которую пролегал путь Есенина на станцию Дивово, упоминалась в писцовых книгах с XVI в., тогда она носила двойное название—Вороново Шушпаново, во времена Есенина (на 1 января 1905 года) в ней было 28 дворов и проживало 206 человек. Теперь там нет постоянных жителей. На пути в Дивово находилась и деревня Демидово, до 1929 года

---

① *Аникина О. Л. и др.* Путеводитель по Государственному музею-заповеднику С. А. Есенина. С. 112-113.

② *Аникина О. Л. и др.* Путеводитель по Государственному музею-заповеднику С. А. Есенина. С. 186-187.

входившая в состав Зарайского уезда, а теперь относящаяся к Рыбновскому району Рязанской области. В 1905 году здесь было 22 крестьянских двора (174 человека), теперь постоянно проживают только трое.

Исчезновение сельских поселений или резкое сокращение численности постоянно проживающего в них населения разрушает сложившиеся культурные ландшафты. С гибелью поселений утрачивается и соединявшая их дорожно-тропиночная сеть. В результате туристы, которые захотят пройти есенинской «тропой деревень», уже не смогут восстановить ту картину, которая представлялась взору поэта. Утрачены не только отдельные здания и целые деревни, но и многие бытовые реалии ушедших времен: базары, трактиры, лавки, кузницы, мельницы и др. [1]

В последнее время есть немало примеров положительной динамики в развитии литературных музеев-усадеб. Создание достопримечательных мест, восстановление утраченных усадебных построек и их приспособление для музейных нужд (новые экспозиции, выставочные пространства, точки общественного питания, гостевые дома), воссоздание значимых элементов усадебной жизни путем театрализации—все это позволяет не только сохранить память о известном писателе, но и приобщить посетителей музеев к усадебной культуре, показать ее привлекательность, важную роль в формировании национальной идентичности.

（编校：袁淼叙）

---

[1] Подробнее см.: *Скороходов М. В.* Историко-культурное пространство и формирование имиджа территории // Третьи московские Анциферовские чтения. М., 2015. С. 334-349.

2015 年诺贝尔文学奖解读：
作为口述史的纪实文学

陈新宇　　李芳萍

（浙江大学外国语言文化与国际交流学院）

[摘　要]　自从 2015 年白俄罗斯作家斯维特兰娜·阿列克谢耶维奇获得诺贝尔文学奖后，她的纪实文学创作开始得到学界越来越多的关注。根据目前已有的研究文献来看，从叙事结构角度研究作家纪实文学特征以及从作家的纪实作品的非虚构特征入手对作家进行解读的研究逐渐增多。本文拟在口述史的语境内对作家的纪实文学从以下三个方面进行解读：关于阿列克谢耶维奇创作体裁的界定；口述史作为跨学科研究的方式；阿氏的作为口述史的纪实文学的特征。希望以此作为探索阿氏纪实文学研究的突破口和新路径。

[关键词]　斯维特兰娜·阿列克谢耶维奇；纪实文学；口述史

一、关于阿列克谢耶维奇创作体裁的界定

在得知白俄罗斯作家斯维特兰娜·阿列克谢耶维奇（Алексиевич С. А.）获得 2015 年诺贝尔文学奖的消息后，人民网文化频道第一时间连线了作家邱华栋，他称此次阿列克谢耶维奇获奖是"纪实性文学的一次胜利"[①]。在接受中青在线记者独家采访时，邱华栋认为，"斯维特兰娜·阿列克谢耶维奇是继丘吉尔之后，第二位以写非虚构作品获诺贝尔文学奖的作家"[②]。

2015 年 10 月 8 日，中青在线以《女记者获诺奖：非虚构文学影响着当今世界》为题对诺奖得主阿列克谢耶维奇和她的作品进行了讨论。作家王童在描述阿列克

---

①　王鹤瑾：《邱华栋谈阿列克谢耶维奇获诺奖：纪实性文学的胜利》，http://culture. people. com. cn/n/2015/1008/c87423-27673913. html ［2016/08/15］。

②　张茜：《女记者获诺奖：非虚构文学影响着当今世界》，h-tp://news. cyol. com/content/2015-10/08/content_11684763. htm ［2016/08/15］。

谢耶维奇的《切尔诺贝利的回忆：核灾难口述史》一书时指出，女作家"将他们的声音绘成一部纪实文学史上令人无法忘记的不可或缺的作品，并借此期盼同样的灾难绝不再发生"①。

著名学者、评论家张颐武在接受中青在线记者独家采访时首先承认阿列克谢耶维奇的创作属于非虚构文学，并补充说："非虚构写作在全球范围内都是一个很大的类型。在中国这个类型通常我们叫纪实文学或者报告文学……"②

可见，中国作家、评论家已经将阿列克谢耶维奇的创作定性为"纪实文学"或"非虚构文学"。在中国学界也有人用"文献文学"表达的，这是将俄文"文献"（документ）一词直译的结果，但是这个词放到中国文化的语境中，通常它的形容词形式和电影搭配（документальный фильм），译成"纪录片"，与文学搭配译成"纪实文学"。俄语维基百科的"纪实文学"（документальная проза）词条里写着"斯维特兰娜·阿列克谢耶维奇被列入纪实文学作家之列"③。

对于阿列克谢耶维奇而言，记者就是她写作生涯的全部。当有人问她是否有一天会利用手中的采访记录，撰写一部虚构的文学作品时，她回答说："我的耳朵在任何小说化的作品中都能听到虚假的声音，我内在的听力构造是很特别的。"④在谈到自己如何由新闻专业转向文学创作时，她认为白俄罗斯作家阿列斯·阿达莫维奇在这方面是她的老师。她承认，阿达莫维奇和布雷利、科列尼斯克合作的《我来自火光熊熊的村庄》是引领她转向纪实文学创作的开端。这部书是根据300多个哈丁惨剧的见证者的录音文献整理而成的。阿达莫维奇这种以普通灾难见证者的录音采访文献为基础来记录战争灾难的写法深深震撼了阿列克谢耶维奇，并启发了她。于是她以记者兼作家的身份进入了文学领域，开启了她最著名的纪实文学系列"声音乌托邦"。

她曾在接受访谈时说："其实我有很多文献都在书外，我已经跟纪实这种体裁黏在一起了……这是与时代合拍的当代纪实形式，我觉得，出现纪实（俄语原文是文献的意思，根据中国文学界的习惯翻译成纪实）叙事作品是对文学虚假性的回应。"⑤这是记者的立场。作家本人倒是慎用"非虚构"，她认为，西方的非虚构与她

---

① 张茜：《女记者获诺奖：非虚构文学影响着当今世界》，http://news.cyol.com/content/2015-10/08/content_11684763.htm [2016/08/15]。

② 张茜：《女记者获诺奖：非虚构文学影响着当今世界》，http://news.cyol.com/content/2015-10/08/content_11684763.htm [2016/08/15]。

③ Документальная проза，URL：https://ru.wikipedia.org/wiki. 30 мая 2016 (датаобращения 15.08.2016).

④ *Алексиевич С.* Моя единственная жизнь // Вопросы литературы. Беседу вела Татьяна Бек. 1996. No 1. С. 219.

⑤ *Алексиевич С.* Моя единственная жизнь // Вопросы литературы. Беседу вела Татьяна Бек. 1996. No 1. С. 219.

的纪实作品不同。

俄罗斯当代先锋派诗人、剧作家米·布兹尼克（Бузник М. В.）在与他的中国弟子孙越一起讨论阿列克谢耶维奇因纪实文学作品而获得诺贝尔文学奖一事时，为我们揭示了俄罗斯当代纪实文学的源起："首先，苏联时期有个传统，写纪实作品是记者的事，写小说是作家的事，所以苏联时期的相当长的一段时间内，非虚构文学未被明确列入文学，纪实文学也一直为一些作家所不屑。纪实文学在苏联中后期开始与其他文学作品并驾齐驱，主要的原因是当时新闻报道不透明，作家和读者为了追求真实才选择纪实文学写作和阅读。"①阿列克谢耶维奇自己也承认，"语言文字不止一次引导我远离真相"②。所以她的选择在很大程度上是出于一个记者的责任感和使命感，至于是否将记者的事和作家的事结合起来创造了一种独特的纪实文学体裁，还需读者和批评家的评判。

"纪实文学"在英语中是用 non-fiction 来表达的。批评家谢·丘普里宁（Чупринин С. И.）在解析这个术语时指出，"这个词就是指没有虚构参与的文学，对我们来说是个新玩意儿，但是不知为何在俄语中还未找到对等的表达"③。不过同时他也指出，在俄罗斯其实早有非虚构文学的萌芽，"18 世纪的《从彼得堡到莫斯科的旅行记》，18—19 世纪之交的《安德烈·波洛托夫的生活和历险记》，19 世纪初卡拉姆津的《一个俄罗斯旅行者的书信》"④中已经有了纪实文学的先声。在列举当代的几个属于非虚构类型的作家时，丘普里宁首先提到了白俄罗斯女作家阿列克谢耶维奇，认为她的写作是"建构在原汁原味的证词基础上的"⑤，这个评价使之完全区别于其他非虚构作家。目前在俄罗斯越来越流行用 non-fiction 这个词指代白俄罗斯作家的纪实写作。

1990 年，《共青团真理报》上发表《锌皮娃娃兵》的片段后，作品中的一个人物——一个被采访者，指责作家没有准确无误地转达他的话，对他的荣誉和尊严构成了侵犯，于是将作家告上了法庭。白俄罗斯作家中心不得不出面为作家讨取公道，两次遭到拒绝后，法庭终于接受了白俄罗斯科学院扬卡·库帕拉（Купала Я.）文学院对作品进行的文学鉴定。这份鉴定同时也是白俄罗斯权威科研机构对作家创作体裁做出的界定。鉴定主要依据 1987 年的《文学百科词典》对阿列克谢耶维奇的纪实作品进行了阐释——"纪实文学，其中包括纪实小说，就内容、研究方法和

---

① 思郁：《阿列克谢耶维奇：倾听苦难的声音》，http://legalweekly. cn/index. php/Index/article/id/8690 [2016/08/15]。

② *Алексиевич С*. Моя единственная жизнь // Вопросы литературы. Беседу вела Татьяна Бек. 1996. № 1. С. 219.

③ *Чупринин С*. Русская литература сегодня: Жизнь по пснятиям. М. , 2007. С. 307.

④ *Чупринин С*. Русская литература сегодня: Жизнь по пснятиям. М. , 2007. С. 307.

⑤ *Чупринин С*. Русская литература сегодня: Жизнь по пснятиям. М. , 2007. С. 308.

手段、表达形式而言都属于文学叙事作品,因此会经常对文献材料进行艺术遴选和审美评价"①,并展开说明,纪实文学不同于新闻政论体作品和历史小说;同时还指出,"对从历史角度展示出来的历史事实的遴选质量和审美评价都拓展了纪实文学的信息特点,并将纪实文学从一系列的报纸新闻和政论体裁类的纪实体裁(特写、记录、纪实和报道)以及历史小说中脱离出来"②。因此证明阿氏"发表在《共青团真理报》上的《锌皮娃娃兵》片段不应该属于新闻采访、报道和特写中的任何一种体裁,也不是任何一种形式的新闻活动,只是即将出版的新书独特的广告,说明出版后的书应该是这样的"③。书中还引用加缪的话来说明不存在绝对的真实,纪实文学作家不是消极的搜集者,他们"拥有对概括的事实进行艺术化的处理、对历史事件形成个人的体系、对材料进行有意识的遴选、对事件证明人的口述材料进行文学加工、对比较后的事实做出自己结论的权利"④。鉴定专家组最终旨在证明,纪实作家阿列克谢耶维奇不仅在纸上逐词逐句记录下人物讲述的东西,而且在将口头表达转化为书面表达时,她所持的问题意识和道德立场都允许她对客观材料进行适当的加工和处理。

阿列克谢耶维奇获得诺奖后,她的纪实文学越来越多地成为研究对象。但大部分为采访式研究,以此探究作家是如何开始这种创作的,即作家是如何诠释自己的创作体裁的。偶尔有论文分析作家纪实文学中的体裁、叙事特点等。托木斯克国立大学的塔·安·科斯丘克娃(Костюкова Т. А.)教授在《纪实文学:体裁的特点》一文中企图揭示纪实文学与"历史""口述史"和"记忆"的关系,但是事实上并未揭示出与"口述史"的关联,这成为本文研究的出发点。

《俄罗斯文学报》观察员彼得·魏尔(Вайль П. Л.)敏锐地洞见了作家的纪实文学与西方的"口述史"之间的本质联系:关心别人的话语。他认为,"阿列克谢耶维奇的纪实文学运用的是西方常见的体裁,尤其是英语文学中的体裁,只不过他们叫 oral history,俄语则称之为口述史(устная история)"⑤。"用别人的话来写作,这是沉重的负责任的劳动,诚然,要比用自己的话写作更为负责任。"⑥因此彼得·魏尔认为,"进行忏悔的神父、站手术台的医生和写'口述史'的作家,他们是一类

---

① *Алексиевич С. А.* Цинковые мальчики. М.,2016. С. 304.

② *Алексиевич С. А.* Цинковые мальчики. М.,2016. С. 303.

③ *Алексиевич С. А.* Цинковые мальчики. М.,2016. С. 303.

④ *Алексиевич С. А.* Цинковые мальчики. М.,2016. С. 304.

⑤ *Вайль П. Л.* Правда-женского рода // Российская газета. Федеральный выпуск № 4673 от 30 мая 2008. С. 10.

⑥ *Вайль П. Л.* Правда-женского рода // Российская газета. Федеральный выпуск № 4673 от 30 мая 2008. С. 10.

人"①。在阿列克谢耶维奇的"口述史"写作中，彼得·魏尔发现了作家对人类的贡
献，这为我们在口述史的语境中认识阿列克谢耶维奇的纪实文学树立了信心。

二、研究口述史作为跨学科研究的方式

从口述史的角度研究过去是一种很古老的方法，但是作为一种科学术语提出
还是 20 世纪的事。研究口述史作为西方历史学中出现的一种较新的研究方法是
在二战之后形成的。美国学者约瑟夫·阿兰·内文斯（Joseph Allan Nevins）首先
将这个概念引入科学术语，并将其理解为搜集和运用历史事件参与者的回忆。
1948 年，在他的倡导下口述史办公室建立，旨在录制在美国人生活中发挥重要作
用的人物的回忆录，"截至 1971 年，该办公室的同事们已经搜集了与各种人的 2500
个谈话录音，篇幅达 35 万页"②。采访对象从开始的以社会精英为主发展到后来
的普通民众。在书面文献中普通人往往是缺席的，而口述文献为普通人进入历史
书写的视野提供了很好的机会，并且可以通过个人的经验去接受一代人或社会团
体的经验。口述史对于历史学家来说，不仅提供了关于过去的新知识有价值的文
献，而且为诠释著名历史事件展开了新的前景。如果说，书面历史都是正史，通常
是从历史学家的视角出发的表述，那么口述史则是一种非正式的历史，是从民间的
视角出发对历史的补充。

俄罗斯的口述史研究作为一种历史学研究方法是从美国移植过来的。"俄罗
斯学者更愿意称其为'口头文献'（устные источники），也有一些俄罗斯学者以'口
头证明'（устные свидетельства）、'录音文献'（фоноисточники）或者'口头历史传
统'（устные исторические традиции）等概念替换口述史"③，这些表达都可以用，但
是都不能反映口述史作为一种学科门类的特色。比如，在俄罗斯的口头文学中，壮
士歌、民谣、四句头、童话等都是口头文献，属于文学范畴，而我们这里讲的口述史
属于历史学范畴。

俄罗斯学界对口述史有很多界定。西·施密德（Шмидт С. О.）认为："口述史
是录制在录音磁带上的历史事件的证人和参与者的证明……是专家以研究和保存
历史信息为目的的证明记录。"④历史学家阿龙·古列维奇（Гуревич А. Я.）认为：

① *Вайль П. Л.* Правда-женского рода // Российская газета. Федеральный выпуск № 4673 от 30 мая
2008. С. 10.

② Nevins, A. *The Gateway to History.* New York: Anchor Books, 1962, p. 8.

③ *Орлов И. Б.* Устная история: генезис и перспективы развития // Отечественная история. 2006. №
2. С. 136.

④ *Шмидт С. О.* «Устная история» в системе источниковедения исторических знаний // Шмидт С. О.
Путь историка. Избранные труды по источниковедению и историографии. М., 1997. С. 106.

"口述史就是对事件的录音,这个事件的见证者可以是任何人,不一定是职业史学家,但是首先要是历史进程的普通参与者。建立在他们记忆基础上的事件不仅是个人生活中的,也是集体生活中的,而且是一种大历史。"①受西方的影响,俄罗斯 20 世纪的口述史发展得很快,仿佛史学家们都发现了书面历史书写的局限性,因而每段历史的记录都采用过口述史,如国内战争、卫国战争、斯大林的政治迫害、宇宙开发以及一些历时性的历史研究。20 世纪 90 年代,口述史变成当代历史学科中一种很有前景的研究方向。学者们发现,对历史的阐释需要跨文本理性的参与,需要与被认知的主体进行对话。20 世纪末 21 世纪初,口述史研究已经逐步发展成为一种跨学科的研究方法,被拓展到社会学、心理学、社会地理学、文化学和区域种族研究等领域。

根据上述一些学者对"口述史"的界定,我们发现,阿列克谢耶维奇的创作方法与西方这种跨学科研究方式的口述史几乎如出一辙。作家正是以口述史的书写形式对苏联和俄罗斯的历史做了补充,从而成就了她的纪实文学。这是一种投向历史的非虚构文本,是企图通过对历史的回访而实现对现实的启示功能。作家以口述史的形式塑造的"不是时代本身,是时代形象,因为现实本身不可思议,此处艺术要低调一点"②。作家在描述自己的创作过程时说:"从城市公寓到乡村小屋,从大街上到火车站里……我处处倾听……我变成一只越来越巨大的耳朵,在这所有的时间中变成了另一个人。我所阅读的,是声音。"③"我需要的不是一次采访,而是诸多的机遇,就像一个坚持不懈的肖像画家那样。"④"我在倾听痛苦……痛苦是走过人生的证据,再也没有其他证据了,我也不相信再有任何证据。语言文字不止一次引导我远离真相。"⑤

阿列克谢耶维奇先是采集各种口述史,然后将其转化为书面形式,企图以这种方式还原历史的真实面目,使历史变得更加人性化,教科书上的历史有时显得道貌岸然,而作家就是要在纪实写作里,去进行宏大叙事,而关注特殊历史语境中的平常琐事,为官方历史增添了平民色彩。她认为口述文献比书面文献更为真实,她的自信源于人们对灾难的记忆,对灾难的感受。

① *Гуревич А. Я.* Апории современной исторической науки: мнимые и подлинные. М., 1998. С. 234.
② *Алексиевич С.* Моя единственная жизнь // Вопросы литературы. Беседу вела Татьяна Бек. 1996. № 1. С. 219.
③ 阿列克谢耶维奇:《我是女兵,也是女人》,吕思宁译,九州出版社,2015 年,第 410 页。
④ 阿列克谢耶维奇:《我是女兵,也是女人》,吕思宁译,九州出版社,2015 年,第 407 页。
⑤ 阿列克谢耶维奇:《我是女兵,也是女人》,吕思宁译,九州出版社,2015 年,第 418 页。

三、阿氏的作为口述史的纪实文学的特征

1. 阿氏的口述史类型和模式

"记录谈话与艺术没有任何关系。在这种体裁中，新闻和叙事之间的界限很微妙。一方面，这是他们在说；另一方面，也是我在这样看世界。"①这是作家对自己的纪实写作的评价。阿列克谢耶维奇迄今出版了《战争的非女性面孔》《最后的见证人》《锌皮娃娃兵》《死亡的召唤》《切尔诺贝利的回忆：核灾难口述史》和《二手时间》等六部纪实作品，每一本书都是一部口述史。

《战争的非女性面孔》(《У войны не женское лицо》，1985)(最新译本又名《我是女兵，也是女人》)这本书是以 200 多个参加过伟大卫国战争的女人讲述的故事为基础的大历史中的个人历史写照。作家写这本书就是为了捍卫女人的历史，捍卫女人的话语和情感，揭示女性视角中的战争面孔。"那些书都是写男人的。……关于战争的一切我们都是从男人口中得到的。我们全部被男人的战争观念和战争感受俘虏了，连语言都是男式的。"②是女作家唤起了那些参加过战争的普通女性讲述自己的战争见闻的意识，他们所讲述的"不叉对我，对所有人都是陌生的"③，因为以往的战争文学里从来没有讲过这些。

《最后的见证人》(《Последние свидетели》，1985)(最新译本又名《我还是想你，妈妈》)是由那些孩童时代经历过伟大卫国战争的人的回忆组成的。他们中当年最小的 5 岁，最大的 14 岁。书中收录了教师、音乐人、建筑师、电影工作者、飞行员、农艺师和工人等几十种职业的 102 个人的讲述，构成全书的 102 个小节，每节的标题就是被采访者独白中的一句话，是对《战争的非女性面孔》主题的继续。战争带来的罪恶还远不止那些成千上万的尸体，还有给孩子们留下的一辈子的心理阴影。"没有，我没有当过孩子，我不记得自己是小孩子。尽管……我没有怕过死人，深夜或傍晚经过墓地的时候还是害怕。躺在地上的死人，不吓人，吓人的是那些埋在土里的。儿童的恐惧……保留了下来。"④

《锌皮娃娃兵》(《Цинковые мальчики》，1989)收录了那些参加了苏联在阿富汗的特殊行动并且战死在那里的年轻士兵的女友、母亲和妻子的回忆。不同于其他几本书，这本书里她没有直接称呼谈话对象的名字。这既是被采访者的个人要

---

① *Алексиевич С.* Моя единственная жизнь // Вопросы литературы. Беседу вела Татьяна Бек. 1996. No 1. С. 217.

② 阿列克谢耶维奇：《我是女兵，也是女人》，吕思宁译，九州出版社，2015 年，第 405 页。

③ 阿列克谢耶维奇：《我是女兵，也是女人》，吕思宁译，九州出版社，2015 年，第 405 页。

④ 阿列克谢耶维奇：《我还是想你，妈妈》，晴朗李寒译，九州出版社，2015 年，第 330 页。

求,同时也是为了保护她们。作品主体部分分别以第一天、第二天和第三天为标题,并下附一个小标题。每一天里有好几个被采访者的讲述。由于这本书中传达的反战观点引起了战死在阿富汗的士兵母亲的抗议,作者甚至被告上法庭,因此书后还附上了法庭上的实况记录以及一些人和报纸对该事的反响。

《死亡的召唤》(«Зачарованные смертью»,1994)中呈现的是三代不同职业、不同社会地位的人诉诸作者的独白。苏联解体后,一批生在社会主义制度下的苏联人不能接受这个事实,纷纷选择自杀。这本书就是自杀者的亲戚朋友们讲述的自杀者的故事。"他们并不想将自己的故事变成社会舆论财富,他们只是必须要讲出来,如果可能的话,将储存在内心的痛一吐为快。"[①]书中除了序言和尾声外,其余各章节以"谁发生的事"或"关于某事"等(«История с кем,...», «История о том,...», «История чья,...»)的形式为标题。

《切尔诺贝利的回忆:核灾难口述史》(«Чернобыльская молитва:Хроника будущего»,1997)这本书是译者王甜甜直接从美国出版的英文译著 Voices from Chernobyl:The Oral History of a Nuclear Disaster 翻译过来的,因此直接就称为"口述史"了。作家在近 10 年的时间里,冒着核辐射的危险,深入切尔诺贝利,采访了这场灾难中的幸存者,与事故的 500 多位见证者进行了交谈。因此在该书中我们可以听到消防员及他们的妻子和孩子、工程师、心理学家、医生、物理学家、教师等普通公民的声音。书中记录了受污染的世界里骇人的生活,这些典型的故事分别传达出不同的声音。"这本书描写了这场核灾难带来的心理和个体的悲剧,研究了人们的感受和核事故是如何影响人们的生活的。"[②]书中除了序言和尾声外,每节都以"关于某事的独白"(Монолог о том,...)的形式作为标题。瑞士社会学家让·罗西亚德(Jean Rossiaud)在给该书写的一篇评论文章中指出,"作家没有强加对于事件的评价,也没有控诉,但是迫使读者去思考这种关于核电站灾难带给人类和社会后果的集体记忆。这样在伦理上也必须促进阿列克谢耶维奇这部书的推广"[③]。

《二手时间》(«Время сэконд хэнд»,2013)是阿列克谢耶维奇描写苏联生活的最后一部扛鼎之作。这是作家在厨房、街道和红场的采访纪实。书的开始由作家的一段话引入,然后就是一段段直接引语式的人物独白,书的后半部分开始出现采

① Сивакова Н. А. «Зачарованные смертью» С. Алексиевич: особенности композиции и смысловой контекст // Веснік Магілёўскага дзярж. ун-та імя А. А. Куляшова. 2005. № 2-3 (21). С. 117.

② Matthews, R. Voices from Chernobyl: The Oral History of a Nuclear Disaster (S. Alexievich). Journal of Nuclear Medicine, 2016, 47(8), p. 1389.

③ Rossiaud, J. Apprendre à entendre l'horreur de Tchernobyl: «La supplication» de Svetlana Alexievitch // contratom. 2000. No. 54.

访对象的名字。采访对象有教授、医生、作家、音乐家、设计师、商人、工人、司机、前线老兵、学生、清洁工和酒鬼等。他们的真实讲述同时从宏观和微观上呈现出一个重大的时代、一个社会的变动,时间跨度为 1991—2012 年,他们的讲述为这段影响深远的历史赋予了人性的面孔。该书的英文编辑雅各布·泰斯塔德(Jacob Testard)在谈及《二手时间》时对记者说:"与她其他的书一样,这是一本口述史,讲的是对苏联的怀旧之情"①,"为了解苏联为人们留下了怎样的共同心理印记,她走遍了苏联,采访了无数的人。就像她的任何一本书一样,它令人心碎——它记述了身份的丧失,以及在自己已经认不出来的国家中发现自我的历程。这是一部 20 世纪后半叶的微观俄罗斯史,笔力直抵普京时代"②。书中大部分章节以"关于某事"(«Про то,...»)的形式为标题。

2. 阿氏的以口述史作为表现形式的纪实文学的主要特征

(1)复调性。阿列克谢耶维奇的纪实文学不同于曾经有过的名人传记、日记和回忆录。她的采访对象中没有苏联英雄,只有战争、核灾难、苏联解体等历史事件的普通的亲历者,她关注的是他们的集体记忆。她主动去联系他们,先倾听他们的各种声音,然后遴选和记录这些声音。"每个人都在说自己的,应该仔细去听这一切,并且与这一切融合,成为这一切。同时不失去你自己。"③这从一个侧面说明了她的创作过程不仅是倾听,而且是一种共同体验。她使自己隐身在作品中,只听众生哀歌一片。与其说她关注事件、事实本身,不如说,她关注的是每个讲述的个体对事件的态度和感受。综观她的每本书,或是由一个个独白组成的大合唱,或是由一个叙述代替另外一个叙述,偶尔将两个人物的并述进行对照,更客观地反映他们对同一事件的不同态度和感受。她通过剪辑的方式,组合了不同的声音,构成了作品的复调,也就是说她成了操纵这个声音交响乐的指挥。作家的以口述史为标志的纪实文学不仅构成了俄罗斯历史的附注,同时也构成了对战争、核灾难和社会动荡给人们带来的心灵创伤的一种社会和心理疗法。倾听是姿态,倾听是疗救。她以讲述者灵魂的颤音制胜,使其远超西方近似于新闻报道的纪实文学。

(2)非虚构性。对于阿列克谢耶维奇的口述史纪实文学而言,非虚构就是最重要的一个美学要求。亚·格尼斯(Генис А. А.)不无根据地指出,"区分两种语言艺术类型之间界限的唯一的标准就是人物,人物的缺席使文学失去虚构,正是虚构

---

① 徐鹏远:《阿列克谢耶维奇英文编辑:新书非同凡响 明年出版》,http://culture.ifeng.com/a/20151008/44797053_0.shtml [2016/08/15]。

② 徐鹏远:《阿列克谢耶维奇英文编辑:新书非同凡响 明年出版》,http://culture.ifeng.com/a/20151008/44797053_0.shtml [2016/08/15]。

③ *Алексиевич С.* Моя единственная жизнь // Вопрос литературы. Беседу вела Татьяна Бек. 1996. No 1. C. 217.

将文学变成艺术"①。为了追求写作的真实,她甚至把采访对象的基本信息单独列出来,有的列出了人名和职业(《战争的非女性面孔》《切尔诺贝利的回忆:核灾难口述史》和《二手时间》),有的列出了人名、年龄、职业和居住地(《最后的见证人》),这些信息或置于人物的讲述之前,或置于人物的讲述之后,以此区别于传统的回忆录和自传纪实文学体裁。有人也曾质疑她采集来的口述材料的真实性,认为她无法保证被采访者在讲述时不添油加醋,不由自主地歪曲事实。对此,她是这样回应的:"我关心的是那些不可能编造的东西。是灵魂的历史,而不是事实本身的历史。"②因此作家笔下的人物是证人,不是文学形象。而判断作品非虚构的另外一个重要标志就是作者和人物的关系。在阿列克谢耶维奇之前,不论是索尔仁尼琴、金斯堡(也译为金斯伯格)还是阿达莫维奇的纪实文学中都是既有创作主体的声音,又有人物的声音,二者是相互交织、相伴而生的。但阿列克谢耶维奇作为创作主体,在作品中起到的仅仅是引入讲述者的功能。她为了做到最低限度的虚构,尽量把自己置于作品之外。她将淹没创作主体做到了极致,甚至超越了她的老师阿达莫维奇在《我来自火光熊熊的村庄》中的写法。在阿达莫维奇的纪实作品中,时而有人物的声音,时而有叙事者的声音;而阿列克谢耶维奇引荐完讲述人后自己就完全隐身,不发表个人的评价和立场,读者只有在作品的序言或后记中才能听得到她的声音。她认为:"如果纪实作品里有很多注解的话,那么它就输了……我觉得,注解要少,要简练精确,可以表明一系列的想法和渲染自己主题的氛围。但是无论如何不要对人们讲的东西加注解。"③难怪《俄罗斯》文学报观察员彼得·魏尔在分析阿列克谢耶维奇的写作时,使用了 документально-художественная проза(纪实艺术)一词,有意将文献一词置于词首,揭示了作家纪实文学的独特性——以纪实为主,以艺术处理为辅。尽管有些研究者力图将作家的纪实写作定性为художественно-документальная проза(艺术纪实),但是综观作家的创作,还是彼得·魏尔的定性比较客观。作家企图以非虚构写作还原战争形象、国家形象和时代形象,颠覆宏大历史叙事,颠覆英雄形象和颠覆苏联神话。

(3)悲剧性。首先,从内容上而言,这六本书写的都是俄罗斯人民遭受的灾难,是亲历者痛苦的记忆。其次,从表现形式上看,作家通过他者的声音对灾难的描述所产生的悲剧力量能更加震撼人。从体裁上而言,作家开创的不是悲剧体裁,但是她的作品中"这些苦难与悲惨事件一旦成为历史,接受者一旦与之拉开一定的心理

---

① *Чупринин С.* Русская литература сегодня: Жизнь по понятиям. М., 2007. С. 308.

② *Алексиевич С.* Моя единственная жизнь // Вопросы литературы. Беседу вела Татьяна Бек. 1996. № 1. С. 217.

③ *Алексиевич С.* Моя единственная жизнь // Вопросы литературы. Беседу вела Татьяна Бек. 1996. № 1. С. 218.

距离或给予审美观照，那些分明不是艺术虚构而是真实的悲惨事件就会以作为审美形态的悲剧呈现出来"①。这种悲剧效果是阅读历史书所感受不到的。此外，这种悲剧效果不仅通过讲述者传达出来，还通过读者的感受传达出来。有人采访作家时说："你写书时难道不会发疯吗？这可是难以承受的心理负荷啊！如果是一个弱者写你的任何一本书都会进精神病院。你不是录音笔，而是活生生的人啊！"②"我在《消息报》上看了您的《切尔诺贝利》的片段，我都有些精神崩溃了。"③

四、结　语

不论是从创作历时之长，还是从采访对象数量之多之广而言，阿列克谢耶维奇的纪实文学创作都是独一无二的。因此，授予作家诺奖也可以说是对她几十年"口述史"马拉松的褒奖。作家的写作颠覆了传统书斋内的想象写作，她的写作是一种参与生活、参与历史过程的写作，是"以生动的细节表现个人生活与关涉国家命运的事件融合在一起，成为历史内涵的外在符号"④，而不再是一种玩弄文字和技术的智力劳动。如果说搜集个体口述史的历史学家关注的是人对历史的诠释，那么阿列克谢耶维奇除此之外，还承载着塑造时代形象的使命。这也正是她的纪实文学的艺术价值所在。

（编校：姜　磊）

---

① 杜学敏：《作为美学范畴的悲剧新论》，载《人文杂志》2014 年第 5 期，第 51 页。

② *Алексиевич С.* Моя единственная жизнь // Вопросы литературы. Беседу вела Татьяна Бек. 1996. No 1. C. 217.

③ *Алексиевич С.* Моя единственная жизнь // Вопросы литературы. Беседу вела Татьяна Бек. 1996. No 1. C. 221.

④ *Сивакова Н. А.* «Зачарованные смертью» С. Алексіевіч: особенности композиции и смысловой контекст // Веснік Магілёускага дзярж. ун-та імя А. А. Куляшова. 2005. No 2-3 (21). C. 118.

玛丽尼娜的侦探小说创作与女性主义

于正荣

（辽宁大学转型国家经济政治研究中心）

[摘　要]　玛丽尼娜是俄罗斯最受欢迎的大众文学作家之一,是侦探小说作家中的佼佼者,其作品在国内外拥有众多的读者,又因其在系列作品里成功地塑造了典型人物形象卡缅斯卡娅而备受国内外文学评论界瞩目。西方和俄罗斯学界一些学者将玛丽尼娜视为具有明显女性主义倾向的大众文学作家。通过阅读玛丽尼娜的作品,笔者认为,玛丽尼娜的作品确实带有明显的女性主义意识,但是她的女性主义并不富有挑战性,是"俄罗斯式的女性主义",是"温和的女性主义"。

[关键词]　大众文学;侦探小说;女性主义

　　大众文学的勃兴是后苏联文学发展的重要特点之一,而女性作家的加盟无疑带来了一种强劲的女性意识,这体现在大众文化的各个方面。"女人、女性乃至女权,越来越成为整个社会关注和议论的中心;文学也越来越为更多的女性所热衷,越来越显示出女性和男性共同分享文学空间的趋势。这两个现象的结合,使女性文学在当今的俄罗斯文化中赢得了空前的话语空间。"①许多以前不可能涉猎的"女性话题,如性别差异、女性在社会和家庭中的双重责任、婚姻和性等",现在均可以畅所欲言。加之西方文化如潮水般涌入俄罗斯,著名女权主义理论家伍尔夫、肖瓦尔特、波伏娃等人的论著都对俄罗斯女性产生了深远的影响和强烈的震撼。于是性别研究中心、女性作家协会、女性俱乐部、自发的女性作家组织等官方或非官方组织如雨后春笋般成立了,"为女性彼此之间的交流提供了一个平台,促进了女性自我意识的觉醒"②。许多女性作家开始在创作中体现出浓郁的女性主义意识。女性主义意识在当今俄罗斯女性文学中地位的凸显,激发了我们以新的视角解读受俄罗斯传统文化影响,并走出"苏联泛政治化阴影笼罩"的俄罗斯新女性。

---

①　陈方:《当代俄罗斯女性小说研究》,中国人民大学出版社,2007年,第29页。
②　陈方:《当代俄罗斯女性小说研究》,中国人民大学出版社,2007年,第29页。

在许多国家,首先是英美,女性侦探小说不止一次被当作学术研究的对象,包括从女性主义评论的角度。对女性评论而言,此类作品更具诱惑力和说服力,因为女侦探是侦破工作的主导者(而不再是从前的受害者、助手、服务人员等),这分明就是对传统男权模式的挑战。在男权社会中,女性往往是消极被动、敏感的,依附性很强,常常被当作"第二性"的代名词。

玛丽尼娜是俄罗斯最受欢迎的大众文学作家之一,是侦探小说作家中的佼佼者,其作品在国内外拥有众多的读者,又因其在系列作品里成功地塑造了典型人物形象卡缅斯卡娅而备受国内外文学评论界的瞩目。在 20 世纪 90 年代中期,玛丽尼娜的作品开始畅销。当时俄罗斯国内各个领域正值转型,女性主义文学的话题被引入俄罗斯文学批评中。虽然源自西方文化批评理论的女性主义在戈尔巴乔夫改革前后传入苏联,但是苏联时期以国家意识形态面目出现的父权/男性话语严格限制了萌芽于 20 世纪初叶的俄罗斯女性主义文学的进一步发展。① 玛丽尼娜在俄罗斯国内文学界的地位不断攀升,而西方和俄罗斯学界一些学者将玛丽尼娜视为具有明显女性主义倾向的大众文学作家。

我国有学者将西方女性主义文学批评的发展大致分为三个阶段:20 世纪 60 年代中期以前,20 世纪 60 年代中期至 70 年代中期,20 世纪 70 年代中期至 80 年代末。其宗旨是"消解"和"颠覆"传统的男性和女性二元对立的理念,建立女性自己的价值标准和话语空间;强调女性内在固有的积极性,摒弃社会秩序,主张建立一种女性能够摆脱男性影响而生存的社团或群体;把"平等"与"差异"、"男/女"对立的二分法作为强制的形而上学范畴,女性主义的目标必定致力于发展一个超越男女性别对立的社会。比照上述三个阶段及其宗旨,我们发现玛丽尼娜与这三个阶段的宗旨并无相似之处,因为西方的女性主义带有强烈的政治色彩,而玛丽尼娜创作中所彰显的女性主义或者女性意识,跟西方倡导的女性主义的理念二致。

实际上,玛丽尼娜无意在其侦探小说中研究、分析社会意识中的性别观念,更无意去颠覆父权制思维模式,进而重构具有女性主义的形象。玛丽尼娜显然不是走在时代思潮前列的先锋,她只愿做一个社会意识的记录者、讲述人,而非构建者、革新者,即描写女性在现实社会中的生存状态,并通过其状态反思女性被社会重视的程度,因此它并不具有政治色彩和挑衅性。毋庸置疑,卡缅斯卡娅身上的确有一股自发的女性主义气质,但是这与主流女性文学中表现出来的强烈的女性主义观念不同,卡缅斯卡娅的女性主义观念是"被极度弱化了的,是与传统思想进行折中的产物"。笔者认为,玛丽尼娜的作品所体现出来的女性主义是俄罗斯式的女性主义(феминизм по-русски),或者说是"温和"的女性主义(умеренный феминизм),即

① 相关资料请参见段丽君博士的关于俄罗斯女性主义的论述:《当代俄罗斯女性主义文学》《当代俄罗斯首个女性主义文学小组"新阿玛宗女性"》以及《当代俄罗斯女性主义小说对经典文本的戏拟》等。

"折中的、温和的、柔顺的",不富有挑战性的。实际上,玛丽尼娜在创作中更强调男女之间的平等与和谐。

伊·阿克图加诺娃在《作为俄罗斯女性主义一面镜子的亚·玛丽尼娜》一文中首次提出玛丽尼娜是女性主义作家。① 文章以伊拉与玛莎两个朋友之间的讽刺对话的形式谈论作为女性读者幻想与梦想对象的女作家的侦探小说。按照伊拉的说法,女性读者贪婪地阅读玛丽尼娜的侦探小说,是因为玛丽尼娜的作品彰显了"新俄罗斯民间女性主义"(новорусский народный феминизм),是女性主义思潮的反映。"作为反映(镜子)的玛丽尼娜"的提法在"伊拉与玛莎"对话前后发表的评论性文章中并不鲜见。显然这种普通的比喻恰当地描绘了大众文学(程式文学、通俗文学和庸俗文学)的地位和作用,即大众文学总是顺应并接受大众意识的理念,同时也是"大多数读者的共同愿望与梦想的体现形式",即"创造神话并给予影响"。正是因为其大众性的特点,大众文学在一定程度上决定了现实的艺术图景。这种图景通过创建一种价值偏好和时尚地位的优劣等级来形成读者群体的动机和行为策略。

通过阅读玛丽尼娜的侦探小说文本,评论家和普通读者发现了"新俄罗斯女性主义"(новорусский феминизм)的面孔。玛丽尼娜的作品最畅销时,俄罗斯媒体给予了极大的关注,报纸及杂志纷纷撰写文章发表对玛丽尼娜及其作品乃至对主人公卡缅斯卡娅的看法。"通过自己的侦探小说创作,玛丽尼娜给人以耳目一新的感觉,女性成为重要的智力中心,这似与女性只是以伙伴和助手身份出现的苏联时期侦探小说的传统背道而驰。但是这一女性主义并没有引起读者的不满,似乎一切本该如此,或者是由于作者再三强调女主人公卡缅斯卡娅不够漂亮所致。"②"卡缅斯卡娅与玛丽尼娜一样,都是不称职的主妇,宁可上班也不愿干家务。因此,玛丽尼娜书中的女主人公的丈夫与作家本人的丈夫一样,都承担了家庭主妇该做的家务劳动,女性主义者们为此拍手称快。"③

玛丽尼娜面对媒体的采访时,常常被问及女性主义问题。例如,安·纳林斯卡娅问玛丽尼娜:"您作品中的女主人公卡缅斯卡娅不是标准的俄罗斯女性。您因此被视为女性主义者,对此您有何看法?"玛丽尼娜说:"根本没有的事。我只是在写我自己,我和丈夫的关系就是这样。工作上,同事们常来找我寻求意见和建议。我认为自己在口味、爱好及其他方面并无与众不同处。我是典型的俄罗斯女性,尽管我也思考我们妇女的地位和状况,因为我亲身经历过许多。在中学时,我对苏联政权的优越性从来没有怀疑过。作为一个理性的小人物,我也曾耳濡目染过当时那

---

① *Актугатова И.* Александра Маринина как зеркало русского феминизма // На дне. 1996. No 33.

② *Прохорова И.* На Randez-vous с Марининой // Неприкосновенный запас. 1998. No 1. С. 39.

③ *Андрева С.* Встреча с русской Агатой Кристи [сайт]. URL: http://www.vor.ru/culture/cultarch 141-rus.html (датаобращения 09.01.2019).

些颇具蛊惑性的宣传。我只知道,我必须接受高等教育,获得相关文凭。但因为我不是共青团员,竟然没有一所大学愿意录取我。我参加工作时,听够了许多针对自己的指责。我听到最多的指责是三条:没有党证,没有工作经验,且是女性。我的回答是:我可以入党,可以通过实践获得工作经验,但是我永远不可能让自己变成男性。后来我入了党,因为我在内务部工作,这里对政治面貌有要求,而且不是党员就不会得到升迁。我曾做过一些努力,但最终未能如愿,有工作经验且为男性的同志更容易找工作。就这样,即使我有副博士文凭,也未谋到一官半职。经历了那些痛苦之后,我变成了道德上有缺欠的人,我与大家格格不入。大家都想要孩子,可我不想;所有的女人都想着嫁人,而我无所谓。于是我决定塑造一个与众不同的人物,让她在各方面都与周围的人不同,但同时她也不要成为一个不可思议的人。"①就像美国匹兹堡大学教授、斯拉夫学者叶·果希罗认为的那样,"玛丽尼娜与卡缅斯卡娅给俄罗斯父权制观念带来的变化,远远超过所有的妇女运动及学术著作"②。

下面的几个例子又让我们有理由相信,玛丽尼娜的系列小说是女性主义作品。例如,在小说《在别人的场地上游戏》中,娜斯佳从出现在戈罗德市的山谷疗养院开始,就遭到当地男性同行不友好的礼遇。地方官对娜斯佳身份的怀疑并加以审问,以及后来对娜斯佳作为一名女侦探的不屑,表现了玛丽尼娜对男性主宰的社会的不满。

在玛丽尼娜的小说里,女性作为被边缘化的对象,被迫向社会证明自己的与众不同。如《知情者》中的贝拉利沃夫娜向自己的女邻居娜塔莎抱怨说:"到处都要男性。对女性而言,她们只是为男人生孩子、做饭的工具。如果还有需要女性的工作岗位,那都是男性不愿意干的,即最乏味、最肮脏、最繁重的活,而且这些工作酬劳很低。如果女性不想干这种又脏又累的活,她还想这辈子谋到一个好岗位的话,她就不得不以自己的实力向人们证明,她比那些应聘这个岗位的男性能力都强才行。"③玛丽尼娜对侵犯女性的权利和对女性才能的限制予以直接谴责。"我笔下的这些士兵,有一个算一个,全都爱喝咖啡,而且是烟不离嘴。"④娜斯佳的新上司梅利尼克是男权的代表,他带着他特有的沙文主义认为:"女性在任何事业当中都是最弱的一个阶层,因此也就把她看作最容易争取的对象。"⑤梅利尼克首先把娜斯佳吸引到自己的阵营来,然后着手对付其他的二作人员。

① *Наринская А*. Кровь и любовь в одном флаконе: Алеҷмандра Маринина как предмет российского Экспорта // Эксперт. 1998. № 10. С. 66-67.

② *Трофимова Е.* Творчество Александры Марининой как отражение современной русской ментальности // Феномен детективных романов Александры Марининой в культурной современной России. М. : ИНИОН РАН, 2002. С. 13-16.

③ *Маринина А*. Тот, кто знает. М. : Издательство Эксмо, 2001. С. 6.

④ 玛丽尼娜:《我死于昨天》,张冰等译,漓江出版社,2000年,第91页。

⑤ 玛丽尼娜:《男人的游戏》,于宝林等译,河南文艺出版社,2001年,第19页。

　　总体而言,玛丽尼娜属于这样的女性:确实不知女性主义意味着什么。所以,当她模模糊糊地听到了"女性主义"作家这个说法时,似乎觉得不太光彩,就匆匆地加以澄清。但是我们了然,精准地定义一股文学思潮并非易事,尤其是女性主义,因为它包含了许多不同的甚至有时是相互排斥的观点。玛丽尼娜的女性主义是折中的、温和的、柔顺的,因为现在社会上流行一种时髦的说法:每个人都有权过自己想要过的生活,完全不必拘泥于周边环境、偏见以及其他因素。卡缅斯卡娅不仅选择了非俄罗斯传统的女性职业,而且她在日常生活中的表现,也不像她这个年龄的女性:穿着牛仔服,不修边幅,不喜欢做家务。她有个理想的丈夫,却常常想着自己到底该不该嫁给他。对生儿育女、传宗接代的事情,她漠不关心。这样的人通常被视为"怪物",可是玛丽尼娜笔下的卡缅斯卡娅却被视为"优秀的女孩,博得周围人的好感,拥有读者的喜爱"①。

　　综合上述评论家的观点以及在阅读玛丽尼娜作品文本时的体悟,笔者认为,玛丽尼娜的作品确实带有明显的女性主义意识,但是她的女性主义并不富有挑战性,是"俄罗斯式的女性主义"②,是"温和的女性主义"。不像柳·彼得鲁舍夫斯卡娅是带有女性主义性别政治倾向的女作家,对男权进行彻底颠覆、丑化和扭曲,从"审美"走向"审丑"。在彼得鲁舍夫斯卡娅、拉祖莫夫斯卡娅、托尔斯泰娅等人的作品中,推出了特别类型的女性,体现了晚苏时期众多矛盾及戏剧性。通常,她们所描写的都是受过教育、敏感、神经质、容易受伤的女性,生活在物质条件极差、心理压力极大的环境中。然而,面对生活的不幸,男人的妥协、胆怯与懦弱,她们表现出了超强的生活能力,能够担责,至少在自己的行为和事业中,表现得更为正直与诚恳。女性在俄罗斯社会过去数十年演进中所起的重要作用没有引起足够的重视,正是她们的存在尖锐地反映了俄罗斯社会在德育、智育方面的逐步退化,日常生活中恶劣现象不断增多。

　　玛丽尼娜对女性主人公的塑造与传统女性不同,对事业、男人的看法也不同,在如何处理家庭问题等方面也都有悖于传统的看法,即从她特有的性别视角出发就事论事。在玛丽尼娜对小说的人物形象设计中,女性的形象不但从数量上多于男性形象,在性格特点上也比男性更丰满、更多样化,而且还引入了异化了的"母亲的形象",对男性形象的塑造也打破了俄罗斯侦探小说的传统禁律。这不能不说是俄罗斯侦探小说创作上有创意的新尝试。

(编校:姜　磊)

---

　　① *Валикова* Д. Массовая литература: в рамках и за рамками жанров // Газета "Литература". 2001. No 13.

　　② *Савкина* И. Феминизм по-русски: Случай А. Марининой // Тверь: Доклад на международный семинаре, "Гендер по-русски: преграды и пределы", 10-12 сентября 2004. С. 1-20.

"生态平衡"关系中的《鱼王》

张　冰

（北京大学外国语学院）

[摘　要]　"生态平衡"历来是世界文学的主题之一。一千年前的中国文学家韩愈已经以文学家特有的敏锐强调天人感应论，并由自然灾害引申到政治灾害。20世纪70年代俄罗斯作家维克多·阿斯塔菲耶夫则以其经典的创作《鱼王》出色地展示了自然与人、人与社会、人与社会环境系统的和谐与冲突对峙。本文主要从"自然生态的平衡"与"社会生态的平衡"两方面，在"生态平衡"的视野中阐释《鱼王》的独特创作意义和审美价值。

[关键词]　生态平衡；阿斯塔菲耶夫；《鱼王》

　　2017年4月，俄罗斯作家维克多·阿斯塔菲耶夫（Астафьев В. П.，1924—2001）发表于20世纪70年代的小说《鱼王》（《Царь-рыба》）在中国重新出版后，备受瞩目，首印的两万册几个月便销售一空，书评、网评纷至沓来。《鱼王》在中国引起的热烈反响，或许首先应该归功于《鱼王》"生态平衡"关系中"自然与人、人与社会"的审美抒写在中国读者中产生了强烈的共鸣。

　　从始自丝绸之路的间接交往到16世纪后中俄官方间的直接往来，中俄文化交流历史悠久，源远流长，其中，文学翻译具有重要的作用和意义。就俄语文学在中国的翻译而言，19世纪中后期，中国开始了对于俄罗斯古典文学作品的翻译出版，旨在输入文明，借鉴其思想。但中国文学则更早地得到俄罗斯人的关注，18世纪时《庄子休鼓盆成大道》（《今古奇观》第二十篇话本小说）等中国文学作品便已在俄国翻译面世，尽管这篇《今古奇观》中的故事1763年在俄国发表时，是对英国作家哥尔德斯密作品的转译。而从1880年，瓦西里耶夫（Васильев В. П.，1818—1900）在俄国撰写出版了世界上首部《中国文学史纲要》，此后康拉德（Конрад Н. И.，1891—1970）提出了"东方的文艺复兴"等重要的论说，到20世纪上半叶鲁迅在《祝中俄文字之交》中阐述的俄国文学已经成为"我们的导师和朋友"，中俄文学文化思想的碰撞交流，可见一斑。

康拉德院士是俄罗斯著名的东方学家、中国学和日本学家，他在"东方的文艺复兴"研究中从"文艺复兴"问题出发，认为"文艺复兴"不是一种区域现象，它是一种世界性的思想文化运动。他剖析唐宋八大家中的韩愈、柳宗元等思想家、文学家的学说，认为他们"开创了新人文主义范式"，这是"中国文艺复兴的开始"①。而从中世纪转向新时代的"东方的文艺复兴"的历史发展，正是开始于中国的唐朝（7—10 世纪），然后向近东和中亚拓展，13 世纪到达欧洲。他说："14 世纪意大利最早的人文主义者彼特拉克、薄伽丘并不知晓，远在中国的他们的同道早在 600 年前已经走上了他们所走的路。"②康拉德的论说显然打破了以往的认识中，唐朝时的中国是无法与前资本主义的欧洲相提并论的看法，体现出俄罗斯反"欧洲中心主义"的学术研究传统，也显示出俄罗斯学者对中国唐宋哲人思想的价值认知。

唐代确实是文学文化高度发达的辉煌时期，自古以来便是中国思想界中心问题的"天人关系"于此时获得了深入开掘和探讨。唐代中叶，韩愈眼见由于人们对大自然的破坏，秦汉时的关中沃土至唐时却粮产不足，要由江淮运粮接济，深感天人关系中天与人的利益相悖，人成了破坏天地自然的一种蠹虫。"物坏，虫由之生；元气阴阳之坏，人由之生，……人之坏元气阴阳也亦滋甚：垦原田，伐山林，……悴然使天地万物不得其情，……吾意天闻其呼且怨，则有功者受赏必大矣，其祸焉者受罚亦大矣。"（柳宗元：《天说》）意即人类开荒伐木等种种生产活动都是对自然的破坏，使得天地万物衰败损坏，不能顺其本性发展……因此，在主张"博爱之谓仁"（韩愈：《原道》）的韩愈看来，这是对儒家不仅爱人也要爱物，不仅要施之于人也要施之于万物的"仁学"的反叛，而违反了自然规律者，必定会受到自然的惩罚。

其时韩愈的天人观引发了他与柳宗元、刘禹锡关于天人关系理论的一场讨论，致使围绕天人之际展开的中国哲学将"天道"纳入"人道"，从而成为宋明心性论哲学的新起点。韩愈的论见不仅是汉唐间"天人合一"自然论的重要论点，而且也是对"生态平衡"问题的深刻阐发。

如果说，一千年以前的韩愈是以文学家特有的敏锐强调天人感应论，并由自然灾害引申到政治灾害，"臣闻古之求雨之词曰：'人失职欤'，然则人之失职，足以致旱……"③引起俄罗斯学者发出"人不仅要以仁示人，而且要以仁示'鸟兽'"④的慨叹，那么置身于"或许人与自然的问题从未如此尖锐的时代"⑤的维克多·阿斯塔

---

① *Конрад Н. И.* Запад и Восток. Статьи, М.：Наука, 1966. С. 149.

② *Конрад Н. И.* Запад и Восток. Статьи, М.：Наука, 1966. С. 138.

③ 韩愈：《韩昌黎文集校注》，马其昶校注，马茂元整理，上海古籍出版社，1986 年，第 587 页。

④ *Конрад Н. И.* Запад и Восток. Статьи, М.：Наука, 1966. С. 228.

⑤ *Иван Жуков.* на Енисее реке жизни. —Царь рыба：Повествование в рассказах Астафьева В. П. Красноярск：Кн. издательство, 1987. С. 3.

菲耶夫则以其经典的创作《鱼王》，完成对"人与自然的和谐和对峙"①具象的审美展示，在中国让"来自西伯利亚的文字，也从冻土莽原中苏醒，吸引更多人驻足凝视"②。因此，在自然环境遭到极大破坏、讲求生态环境平衡的今日，在"生态平衡"关系中解读《鱼王》，或许会更加有助于我们认识阿斯塔菲耶夫这部经典创作独特的创作意义和审美价值。

"生态平衡"简言之就是人与自然、人与自然中的一切物种，包括人与人之间、人与社会之间建立起来的动态平衡状态。"生态平衡"关系中的《鱼王》关涉两方面的重要内容：其一是自然生态的平衡，包括自然、自然界一切物种与人的相互作用和状态，生物圈的平衡；其二是社会生态的平衡，包括社会环境系统与个体人之间的关系、社会圈的平衡。

一、自然生态的平衡

阿斯塔菲耶夫来自于广袤的西伯利亚，他大部分的创作都取材于此。北极圈以北神秘的冻土带、大片的原始森林、奔腾的叶尼塞河水，纯朴善良的居民、贪婪狡诈的盗捕者、可怕的流放犯和苦役犯……西伯利亚著称于世的所有"独特"和"异样"都在阿斯塔菲耶夫的第一人称叙事主人公的述说中，栩栩如生，入木三分，充满了厚重、鲜活的特质：本真、原始、粗放、细致，很西伯利亚，很乡村，很生活。一草一木，一鸟一兽……万物皆有灵性。

阿斯塔菲耶夫 1924 年出生，属于多灾多难的一代。这代人十七八岁时赶上第二次世界大战，或奔赴前线，或守卫后方，饱受战争之苦。阿斯塔菲耶夫又来自乡村，他的忆念叙事和自我独白中占有重要地位的是战争与和平、乡村与城市、善恶是非、道德责任、自然与人……在阿斯塔菲耶夫看来，许多人都在研究的自然与人的关系是最重要的问题……他认为，最引起他注意的是道德层面：自然与现代人之间到底是什么样的关系？

"我们的土地是完整的、统一的，在任何地方，即使在最愚昧闭塞的原始森林里做人也要像个人！"③阿斯塔菲耶夫的生态平衡观首先便是他通过稽查员切列米辛对盗捕者的谴责阐明的生态整体思想。在他看来，"在萨满教巫师的眼里，泰加林幅员辽阔，在我们周围不祥地呜呜叫着，与天空融为一体，天空卷集着低矮的乌云。

---

① *Иван Жуков.* на Енисее реке жизни. —Царь рыба: Повествование в рассказах Астафьева В. П. Красноярск: Кн. издательство, 1987. С. 3.

② 柏琳:《〈鱼王〉：我们热爱的一切事物和一切人，都是我们的痛苦》，载《新京报书评周刊》2017 年第 6 期，第 19 页。

③ 阿斯塔菲耶夫:《没心没肺》，选自《鱼王》，张冰译，广西师范大学出版社，2017 年，第 300 页。

很难,几乎不可能想象,在这个黑沉沉的、深不可测、无边无际的汪洋某处,藏着渺小的孤独的人"①。人只是这个整体生态系统中的一分子,因此,从生态平衡的视野来审视人,审视自然使得他面对建起了水电站、河岸永远不会干透、人们再也没法游泳的河流……,发出了"不知安静为何物的人类,总是凶狠倔强地要把大自然驾驭、征服"②的慨叹,而海鸥则是"安安静静地在水面上盘旋,耐心等待大自然另外的恩赐"③。"当然,有谁会反对让几百万千瓦乃至数十亿千瓦的电能供我们使用,为我们大家造福呢? 谁也不会反对! 可是到何年何月我们才能学会不仅仅向大自然索取——索取千百万吨、千百万立方米和千百万千瓦的资源,同时也学会给予大自然些什么呢?"④

生态一体的思想让阿斯塔菲耶夫强调人类和大自然是个完整循环的平衡系统,"我们总是同我们的土地,同这些群山、森林一起完成这一循环"⑤。他说,大自然有着威慑一切的自然之力,因此,要爱大自然,敬畏大自然,"一切都值得尊重,甚至是尊敬。就连小而又小的苍蝇也不例外……就连这些小苍蝇也在地球上占据着自己的地位……"⑥;"大自然就是会安排,让天下万物各得其所:有些东西要出声吼叫,有些就无声无息地生老病死"⑦。尊重自然规律法则的观点在《鱼王》的结尾引用的《圣经》经典格言"凡事都有定期,天下万物都有定时"⑧中可见一斑,作家自己的一本省思生活、论及个人和他人创作的杂文集也以"凡事都有定期"⑨命名。在他看来,大自然是个整体,任何的破坏,对任何物种的破坏,都会让人类自食其果,都会给生态平衡和人类带来灾难:"真是一物制一物啊……自然界它自己会在善恶之间制造平衡"⑩;"大自然是不会被你玩弄于股掌之间的"⑪。譬如,在新建的水库里,长满了被老百姓叫作"水里瘟疫"的水草。这种讨厌的水生废物在尚未种

① 阿斯塔菲耶夫:《没心没肺》,选自《鱼王》,张冰译,广西师范大学出版社,2017 年,第 147 页。

② 阿斯塔菲耶夫:《图鲁汉斯克百合花》,选自《鱼王》,杜奉真译,广西师范大学出版社,2017 年,第 433 页。

③ 阿斯塔菲耶夫:《图鲁汉斯克百合花》,选自《鱼王》,杜奉真译,广西师范大学出版社,2017 年,第 431 页。

④ 阿斯塔菲耶夫:《图鲁汉斯克百合花》,选自《鱼王》,杜奉真译,广西师范大学出版社,2017 年,第 435 页。

⑤ 阿斯塔菲耶夫:《叶飘零》,选自《树号》,陈淑贤、张大本译,广西师范大学出版社,2017 年,第 431 页。

⑥ 阿斯塔菲耶夫:《俄罗斯田园颂》,选自《树号》,陈淑贤、张大本译,广西师范大学出版社,2017 年,第 267 页。

⑦ 阿斯塔菲耶夫:《在黄金暗礁附近》,选自《鱼王》,夏仲翼译,广西师范大学出版社,2017 年,第 58 页。

⑧ *Астафьев В. П.* Царь-рыба. М. : Вече, 2016. С. 430.

⑨ См. *Астафьев В. П.* Всему свой час. М. : Молодая гвардия, 1985.

⑩ 阿斯塔菲耶夫:《达姆卡》,选自《鱼王》,夏仲翼译,广西师范大学出版社,2017 年,第 188 页。

⑪ 阿斯塔菲耶夫:《图鲁汉斯克百合花》,选自《鱼王》,杜奉真译,广西师范大学出版社,2017 年,第 433 页。

植东西的新辟的水域里会长得更加迅速,仅仅一个基辅水库,一个夏天就长出了1500万吨水草,在克拉斯诺亚尔斯克水库里也是如此。

也因此,阿斯塔菲耶夫在"人跟鱼又何必互不相让,何必呢?"①的责问中,描写了盗捕者伊格纳齐依奇与大自然化身"鱼王"的生死搏斗。那条称得上"大自然之王"的大鳇鱼在殊死的反抗中,让伊格纳齐依奇"皮开肉绽"地挂在了"仅次于用鱼叉和炸药的最残忍的捕鱼方式"②——"排钩"上,然后,作者以"鱼被惊动了,激怒地把嘴一咂,弓起身子,尾巴一扫,渔夫立刻感到腿上一阵刺灼的疼痛……""鱼似乎明白,他们是系在同一根死亡的缆绳上的"③结论性的叙写,进一步阐明了人类和大自然生态一体、命运与共,应该和谐相处的思想,人只是世界的一部分,并不能任意摆布万物,一切的灾难都源于人的贪婪,人也因此会付出代价,受到惩罚。"在疫疠流行,大火成灾,各种自然灾害猖獗一时的年代里,野兽和人两相对峙的事时时可见","但是,一个人和一条鱼同遭厄运"④却不是因为饥饿,因为生存的需要,只是因为伊格纳齐依奇贪得无厌、予取予求的习性,特别是他还触犯了渔夫们世代传承的禁忌——鱼王是不能捕杀的。

或许正是基于生态一体的思想,阿斯塔菲耶夫笔下的自然万物皆为生灵,皆充满了生命力。"живой, -ая, -ое, -ые"(充满生命力的、生气勃勃的、富有生气的、生灵等)一词不仅是他喜欢的描绘人类、人类特点的形容词,也成为他特别喜欢的展示世间万物的修饰语,譬如:"充满生命力的、火红的篝火""有生命力的空气""这枝干,这屋上的青烟,这才是有生命力的东西""生气勃勃的光亮""生机盎然的小花""鲟鱼——这些给河流增辉的生灵"。显然,在阿斯塔耶夫看来,自然万物是与人类同等的生命存在,并不是人类的附庸;充满生命力的自然万物本身就是作者的主人公、作者审美书写的主体,而不仅仅是作者思想表达的拟人化的写作对象,因此,他享受的是"悄悄运行的在自然散发出的生命力"⑤。土豆在他的眼里也并不只是一种食物、一种植物。作者通过一系列细节,逼真细致地揭示出土豆是俄罗斯菜园里"值得最有才华的艺术家、最有天赋的雕塑家设计一座纪念碑"的"最主要的救主",它的命运"酷似俄罗斯的妇女"!⑥

① 阿斯塔菲耶夫:《鱼王》,选自《鱼王》,张介眉译,广西师范大学出版社,2017年,第277页。
② 阿斯塔菲耶夫:《渔夫格罗霍塔洛》,选自《鱼王》,石枕川译,广西师范大学出版社,2017年,第253页。
③ 阿斯塔菲耶夫:《鱼王》,选自《鱼王》,张介眉译,广西师范大学出版社,2017年,第277页。
④ 阿斯塔菲耶夫:《鱼王》,选自《鱼王》,张介眉译,广西师范大学出版社,2017年,第278页。
⑤ 阿斯塔菲耶夫:《俄罗斯田园颂》,选自《树号》,陈淑贤、张大本译,广西师范大学出版社,2017年,第215页。
⑥ 阿斯塔菲耶夫:《俄罗斯田园颂》,选自《树号》,陈淑贤、张大本译,广西师范大学出版社,2017年,第232—233页。

因此,与其说《鱼王》的创作淡化情节,淡化人物,毋宁说阿斯塔菲耶夫淡化了以人为中心的故事情节,淡化了当时盛行的"生活的主人"一类人物主人公的塑造,作者在整体生态的视野中力求本色书写的中心是自然,以及自然与人的关系。即使是在充满了对大自然歌咏的《一滴水珠》和《我找不到回答》中,小说中的叙事主人公"我"也是在政论性的抒情述说中力求与自然的"物我合一"。"一滴椭圆形的露珠,饱满凝重,垂挂在纤长瘦削的柳叶的尖梢上,重力引它下坠,它凝敛不动,像是害怕自己的坠落会毁坏这个世界。我也凝然不动了。"①这篇公认的哲理抒情之作《一滴水珠》,典型地代表了阿斯塔菲耶夫自白追忆,道德至上、诗意小说散文化的叙事特点。

甚至有人直接将阿斯塔菲耶夫的《鱼王》称为本体论的创作,探寻一切实在的最终本性。他创作中的大自然绝非他自己喜爱的中国唐朝诗人杜甫的"感时花溅泪,恨别鸟惊心",而是大自然的一切,花儿如何开放,晨光如何来临,原始森林的苏醒……

> 一头母马鹿带着幼鹿从枯树旁走过去。母鹿摇晃着耳朵,用鼻子触碰着地面,一张一张地撕食着草叶,这与其说是在自己觅食,不如说在做榜样给幼鹿看。驼鹿走到离我们营地不远的奥巴里哈河上游来了,它吃树叶、水草,吃剩的残茎碎叶散落在河上。②

如此细致、逼真,甚至有时都让人觉得过于琐碎的描写,说明的是大自然就是他的创作对象,自然与人之间的相互关系就是作品的主题。在对大自然千姿百态,对自然与人形形色色关系的塑造中,阿斯塔菲耶夫完成了"生态哲理和心灵的体验",道出了自然生态平衡问题的实质、人性与道德、人性论与义利观等问题。

生态主题观当然也影响到我们对于《鱼王》体裁的界定。确实,《鱼王》由13个短篇叙事作品组成。什克洛夫斯基"即使不能确定短篇小说集与长篇小说间的因果关系,只能弄清它们出现的时间年代先后的事实",仍然断定"短篇小说集是现代长篇的前身"③。艾亨鲍姆甚至认为,"长篇小说和短篇小说并不是同一性质的形式,是相反却彼此互不相干的形式"④。阿斯塔菲耶夫本人更是因为"长篇小说""是个内容丰富而责任重大的词"⑤而不想称他的《鱼王》为长篇小说;被阿斯塔菲

---

① 阿斯塔菲耶夫:《一滴水珠》,选自《鱼王》,肖章译,广西师范大学出版社,2017年,第94页。
② 阿斯塔菲耶夫:《一滴水珠》,选自《鱼王》,肖章译,广西师范大学出版社,2017年,第98页。
③ *Шкловский В. О теории прозы.* М.: «федерация», 1929. С. 83.
④ 艾亨鲍姆:《论散文理论》,选自《俄苏形式主义文论选》,蔡鸿滨译,中国社会科学出版社,1989年,第175—176页。
⑤ 阿斯塔菲耶夫:《这本书的一切都很奇怪(作者序)》,选自《悲伤的侦探》,余一中译,黑龙江人民出版社,1989年,第3页。

耶夫加了副标题"短篇叙事集"的《鱼王》,却仍然是公认的一部完整的长篇小说,并且出版至今 40 余年,已经成了文学经典。而不知何时,《鱼王》出版时,"短篇叙事集"的副标题已然消失,2016 年俄罗斯维切出版社出版的《鱼王》便是如此。阿斯塔菲耶夫 30 年前就说过:"真奇怪!当我写《鱼王》时,我把它的体裁定作短篇叙事集,而批评家们无视我的意见,至今仍称之为长篇小说。"①

短篇叙事集也好,长篇小说也罢,只要存在着自然与人,我们便离不开《鱼王》。

二、社会生态的平衡

20 世纪六七十年代的苏联经历了十月革命后国内战争、第二次世界大战卫国战争的腥风血雨,农业集体化的偏差,"大清洗"、肃反扩大化的悲剧……面临着政治高压、思想停滞,经济飞速发展、科技进步和道德沦落、人们的苟且偷安……此时问世的《鱼王》虽满眼大自然,实则隐含着作家对社会生态平衡的认知,对从自然灾害转向社会灾难的揭示,对自然生态平衡和社会生态平衡的希冀。作家本人的创作命运"完全融到了这个时代,整个 20 世纪俄罗斯可怕的悲剧、正剧和闹剧"②之中。

作为社会环境体系与个体人之间的关系的社会生态系统在阿斯塔菲耶夫看来,就是简单的能让人"过得快快活活!"③,但是现实却常常相反。作者笔下地广人稀、气候恶劣的苏联北方社会体系结构简单,人们捕鱼、狩猎……单纯地生活着,他们的社会活动更多地具有的是原始本能的个体自然属性,但是仍然处于整个社会的大环境体制中。"枪?!在从前,猎人用枪换酒喝要判鞭刑。农夫卖马,猎人卖枪,都要吃鞭子。""现在谁来鞭笞呢?革命了,自由啦!"④这段对话明显地指出,"革命后"一些传统古朴的生活规则被打破。尽管"古人还守着条没写下来的西伯利亚规矩:'不问逃犯和流浪汉的来头,只给饭吃'",但"1937 年时,英明的惩戒营领导实施了条措施:逮住和交出诺里尔斯克逃犯,奖赏一百卢布奖金或者赏金,它们因此被隐晦地称为犹大的银币"。因此,"那些招募来的家伙、贪财鬼,已经接受各种贿赂的腐化分子,还有纯朴的北方各个民族——多尔甘人、恩加纳桑人、谢尔库普人、凯特人和埃文基人,他们自己也不知道自己做的是什么,便开始抓捕'人民的敌人',把他们送到军队的各个哨位,它们都设在水很深的河口"。作者说这是个

① 阿斯塔菲耶夫:《这本书的一切都很奇怪(作者序)》,选自《悲伤的侦探》,余一中译,黑龙江人民出版社,1989 年,第 3—4 页。
② Гончаров П. А. О периодизации творчества В. Астафьева // Филологические науки. 2003. № 6. С. 23.
③ 阿斯塔菲耶夫:《我找不到回答》,选自《鱼王》,高莉敏译,广西师范大学出版社,2017 年,第 615 页。
④ 阿斯塔菲耶夫:《一滴水珠》,选自《鱼王》,肖章译,广西师范大学出版社,2017 年,第 72 页。

"热情高涨、麻木的时代",这里出现了不称作"囚犯"的"特殊移民"——"诺里尔斯克人"。①

作为社会服务机构的乡村里小小的国营商店"雪松"则是这样的:

> 我到过楚什镇两次,在这期间却只有一回有幸见到"雪松"开门营业,其他所有的时间里,商店的门上总是贴着层层叠叠的布告,就像重病人的一张张病危通知书。先是简短的,不无傲气的"清洁日"。然后是与经商业务有关的"重新估产",接着就像是衰弱的胸膛里一声长叹"今日盘点",然后是一阵迟疑后,令人心惊的嘶叫"查对账目",最后是这位长期孤军奋战的战士满腔痛苦地迸出了一句"商品移交验收"。②

国营商店"雪松"正是其时社会生态的缩影。"这一切结束得突然而干脆。原计划要通过整个极北地区的筑路工程停止了。鲍加尼达村于是十室九空。"③传统的信条被摧毁,乡村衰亡,人生存无望……显然,社会生态平衡触目惊心。

《鱼王》中特殊的一篇《没心没肺》集中体现了作家的社会生态平衡思想。

1976 年,"短篇叙事集"《鱼王》首次在《我们的同时代人》杂志 4—6 期连载时,并没有《达姆卡》和《诺里尔斯克人》这两篇,因为它们没有通过当时的苏联官方出版审查。不过后来《达姆卡》发表在了 1976 年 1 月 16 日的《文学俄罗斯》周报上,《诺里尔斯克人》则在审查时被禁止出版,直到苏联解体后,阿斯塔菲耶夫才得以将其在《我们的同时代人》杂志 1990 年第 8 期上发表,名为《没心没肺》,而后又出现在再版的《鱼王》中,因此,《鱼王》全本总共由 13 篇构成。

1982 年《鱼王》首次在中国翻译出版单行本时,当然只有 12 篇,不包括《没心没肺》。此后,阿斯塔菲耶夫的其他作品,如《牧童与牧女》(《Пастух и пастушка》,1967)、《陨石雨》(《Звездопад》,1960)、《偷窃》(《Кража》,1966)、《悲伤的侦探》(《Печальный детектив》,1987)、《树号集》(《Затеси》,1972—1997)、《俄罗斯田园颂》(《Ода русскому огороду》,1972)等也相继被翻译出版。但是,《鱼王》始终是公认的阿斯塔菲耶夫代表作,受到中国读者的热爱,引起中国很多作家、评论家的共鸣,对 20 世纪 80 年代后中国文学创作产生了深刻的影响。

诺贝尔文学奖获得者莫言曾在 2011 年香港中文大学的一次演讲中这样说道:

> 苏联的作家阿斯塔菲耶夫写了一本小说《鱼王》,在这本小说结尾的时候,他也罗列了一大堆这种风格的话语,来描述他所生活的时代。我只记得他那

---

① 阿斯塔菲耶夫:《没心没肺》,选自《鱼王》,张冰译,广西师范大学出版社,2017 年,第 120—121 页。
② 阿斯塔菲耶夫:《达姆卡》,选自《鱼王》,夏仲翼译,广西师范大学出版社,2017 年,第 179 页。
③ 阿斯塔菲耶夫:《鲍加尼达村的鱼汤》,选自《鱼王》,石枕川译,广西师范大学出版社,2017 年,第 362—363 页。

里面写"这是建设的年代,也是破坏的年代;这是在土地上播种农作物的年代,也是砍伐农作物的年代;这是撕裂的年代,也是缝合的年代;这是战争的年代,也是和平的年代"等等。那我就感觉到要我来描述我们现在所处的时代,我实在是想不出更妙的更恰当的话语来形容。①

莫言显然强调了 20 世纪中俄间长期的社会语境的"同一"。

《没心没肺》开篇似嫌啰唆离题亦随思绪跳跃的情节起初让人以为是对"在留言里奉承上级,赖掉了给瘦弱的北方弱视男孩的极地补助……",在诺里尔斯克过着"奢侈生活"的市侩"巴黎人"的道德谴责,诚如《鱼王》是公认的充满了"道德激情"之作。但是阿斯塔菲耶夫一下子就把话题转向现在生活着的所谓"巴黎人"不屑一顾,却"让人感到难堪,没法忍受,可能会头痛"的"诺里尔斯克的历史"上,也许作者感到了自己的突兀,在 2017 年莫斯科出版的《鱼王》②中我们便看到了这里的空行。

但是我宁愿把这里的空行看成是阿斯塔菲耶夫在正戏前特意给读者的"喘息",就好像灵魂被击打前稍许的"养精蓄锐"。因为接下来就是惨烈、血腥的"诺里尔斯克人③的故事"了,或许正因为此,1976 年《鱼王》出版时,没有通过审查的这篇叙事短篇便名为《诺里尔斯克人》。《没心没肺》是 1990 年,作者在它面世时重新起的篇名。

阿斯塔菲耶夫通过讲述诺里尔斯克逃犯两次对河边渔民小木舍的惊险"光顾",展示了一个苏联军官的悲惨遭遇。他在 20 世纪 30 年代"大清洗"中成为政治犯,流放到了诺里尔斯克劳改集中营……为了求见斯大林揭露真相,几次出逃被抓,最后在集中营采石场挺身主持正义被杀……无论是在塞满犯人去西伯利亚的火车和船上,还是劳改营的"坏血病、采矿场崩塌、风暴和严寒","咳嗽、呻吟、打架、大屠杀、偷窃和残忍的押解","见多识广的人"说的埋的死人全都是没有臀部的以及成批的"了无痕迹"地消失在冻土带的垂死的囚犯……都残忍得令人不忍卒读,却又催促人去探掘究竟,就像书中听着"诺里尔斯克人"讲述的渔夫,"哪还睡得着啊?! 继续说吧。我们今天不捕鱼了。有风"④。

也难怪《没心没肺》当年(1976 年)被禁止出版,这个短篇中提到的同样题材的索尔仁尼琴(1918—2008)的《癌症楼》(«Раковый корпус»)和《第一圈》(«В круге первом»)也是此前几年被禁,然后在西欧发表的。此后,索尔仁尼琴更是因为《古

---

① 莫言:《文学与我们的时代》,载《中国作家(旬刊纪实)》2012 年第 7 期,第 219—220 页。

② *Астафьев В. П.* Царь-рыба. М.:Вече,2016.

③ 当时把"诺里尔斯克人"叫作"原来的逃犯",他们在那儿建了座陌生的、很少有人知道名字的城市"诺里尔斯克"。

④ 阿斯塔菲耶夫:《没心没肺》,选自《鱼王》,张冰译,广西师范大学出版社,2017 年,第 147 页。

拉格群岛》(《Архипелаг Гулаг》)在苏联以外的地方面世,1974年被驱逐出苏联。

篇名"没心没肺"在正文中出现了两次,责备人们对盐,对面包(粮食)的挥霍,都是在对话中出现的,充满口语色彩。"像通古斯人所说,神灵保佑……唉,我们多么没心没肺啊! 会有盐,会有面包吃,可是——心呢! ……"①因此,如果排除掉"没心没肺"(Не хватает сердца)的口语色彩,篇名本意实为"丧尽天良"(потерять всякую совесть)。

阿斯塔菲耶夫被称为"对语言有着绝对的把控力"。无论叙事风格还是结构话语,"没心没肺"都显得与《鱼王》中的其他各篇的自然抒情叙事笔调有些"格格不入",甚至读来艰涩拘谨。作者用近乎"干巴巴"的笔调,速写了"诺里尔斯克的人"。但是正是看似"没心没肺",实则人性泯灭的"丧尽天良"高度浓缩了当时社会环境系统与个体人之间的关系,借此,阿斯塔菲耶夫将自然生态平衡中的《鱼王》提升到了社会生态平衡的高度。也正是这幅"没心没肺""不平则鸣"的白描,与充满了浓郁的"触景生情""感物起兴"的其他12个短篇叙事,以俯拾即是的纪实叙事、尖锐杂议、实景对话、忆念反省、人格化的自然书写、真切感人的散文笔调,体现出作者创作中贯穿始终的政论性自白和道德哲理,创造出与中国古人韩愈倡导的"修辞以明道"相合的写作风貌。

"世界的意义注定在世界之外。"②"'造化有时,万物有期',道法自然的智慧在东西方文化里产生共鸣。天地以其不自生,故能长生,阿斯塔菲耶夫的《鱼王》是否也因其豁达地不争人类个体利益,以自然万物为先,才让我们百读不厌,欲罢不能呢!"③中国俄罗斯文学专家于明清的这段评论就是在告诉我们:在自我忆念和文学事实出色的艺术共谋中完成的《鱼王》,或许正是因为它以其尖锐的自然生态和社会生态平衡关系的笔触,在对当下面临严重的生态危机的众生灵魂猛烈的击打中,深深地走进中国读者的内心,显示出夺目的魅力!

(编校:姜 磊)

---

① 阿斯塔菲耶夫:《没心没肺》,选自《鱼王》,张冰译,广西师范大学出版社,2017年,第153页。
② 维特根斯坦:《逻辑哲学论》,郭英译,商务印书馆,1985年,第94页。
③ 于明清:《阿斯塔菲耶夫〈鱼王〉:造化有时 万物有期》,载《文艺报》2017年第9期,第4页。